Weihnachten 90

suhrkamp taschenbuch 551

Yasushi Inoue, 1907 auf der Insel Hokkaido geboren, studierte Philosophie und wurde Journalist. Bis 1951 war er im Kulturressort tätig, gab dann aber seine Stellung auf, um sich ganz dem Schreiben zu widmen. Seit 1964 ist er Mitglied der Japanischen Akademie der Künste, von 1981 bis 1985 war er Präsident des japanischen PEN-Zentrums.
Er gilt heute als der bedeutendste lebende japanische Autor, der für sein Werk alle großen literarischen Preise seines Landes erhielt. Im Suhrkamp Verlag erschienen die Prosabände *Das Jagdgewehr* (1964), *Die Eiswand* (1968), *Der Stierkampf* (1971), *Das Tempeldach* (1981), *Die Höhlen von Dun-huang* (1986), die Erzählungen *Meine Mutter* (1987) und der Gedichtband *Eroberungszüge* (1979).
Die Gebirgspartie, nach der der Roman seinen Namen hat, ist die steil aufragende Ostwand des Hodaka-Gebirges. Sie wird zum Schicksal zweier Freunde, die beide an dieselbe verheiratete Frau gebunden sind. Sie gehen an der Eiswand zugrunde.
Was in einer emanzipierten Umwelt weder Verlegenheit noch Unruhe hervorrufen könnte, bekommt innerhalb der starren, konventionellen Gesetze Japans anderes Gewicht. Und eben darin liegt der Reiz dieses Buches, in der noch zwischen den Zeilen charakterisierten Diskrepanz zwischen noch akzeptierten Regeln und der diesen Regeln nicht länger korrespondierenden Lebenswirklichkeit.
»Der Autor gebraucht seine reichhaltige Palette mit Bedacht, kraftvoll und behutsam, mit großer Kunst, mit ausgewogenem psychologischem Feingefühl, was alles in allem dieses Buch zu einem literarischen Kunstwerk macht, das den Weltrang des Autors ausweist.« *Südwest Presse*

Yasushi Inoue
Die Eiswand

Roman

Suhrkamp

Titel der Originalausgabe: *Hyōheki*
Aus dem Japanischen von Oskar Benl

suhrkamp taschenbuch 551
Erste Auflage 1979

Druck: Nomos Verlagsgesellschaft, Baden-Baden
Printed in Germany
Umschlag nach Entwürfen von
Willy Fleckhaus und Rolf Staudt

2 3 4 5 6 7 – 95 94 93 92 91 90

Die Eiswand

1. Kapitel

Uozu Kyota erwachte, kurz bevor der Zug in die Halle des Bahnhofs Shinjuku einfuhr. Rings um ihn standen alle auf, nahmen ihr Gepäck von den Netzen herunter und zogen sich die Mäntel an. Uozu war, kaum daß er sich in Matsumoto auf seinen Platz gesetzt hatte, sofort eingenickt, zwar dann und wann kurz aufgewacht, aber im übrigen hatte er fast die ganze Zeit über geschlummert.

Als er auf seine Uhr sah, war es 37 Minuten nach 8 Uhr. Zwei Minuten später, dachte er, würde der Zug in Shinjuku halten. Er gähnte mit weit aufgesperrtem Mund, steckte eine Hand in die Tasche seiner Jacke, die er über dem Sweater trug, nahm eine Schachtel Peace-Zigaretten heraus, steckte sich eine davon an und blickte zum Fenster. Riesige Neonlichter flammten auf und erloschen immer wieder, der Himmel über dem Stadtteil Shinjuku war rot entzündet. Das Gefühl von Ratlosigkeit, das ihn jedesmal befiel, wenn er, aus den Bergen zurückgekehrt, die Nachtlandschaft Tokios sah, ergriff ihn auch jetzt wieder. Es war wie eine körperliche Qual, wenn er plötzlich in den Lärm der riesigen Stadt hineingezerrt wurde, nachdem er sich für einige Zeit in die Stille der Berge versenkt hatte. Und das empfand er an diesem Tag besonders stark.

Kaum hielt der Wagen, da nahm er seinen Rucksack auf die linke Schulter, setzte sich die Sportmütze ein bißchen schief auf den Kopf und stieg mit der Zigarette im Mund auf den Bahnsteig. Dort blieb er – Uozu war untersetzt, 5 Shaku 5 Sun groß, hatte breite Schultern – eine Weile stehen und konnte sich nicht recht entschließen, weiterzugehen.

›Na, geh zu! Da mitten in diese ungeheure Menschenmenge hinein! Geh schon! Stürz dich in den Strudel, dieses wimmelnde Gedränge!‹ Uozu sprach kein Wort, er murmelte das nur in seinem Herzen. Er war nicht etwa menschenscheu und litt auch nicht unter Anfällen von Einsamkeit, aber in dieser Weise redete er, wenn er von den Bergen herunterkam, jedes-

mal zu sich. Nur erledigte er das sonst schon im Wagen, also noch bevor er ausgestiegen war, doch heute wirkte der Zauberspruch der Berge länger und stärker als üblich.
Als er den Haupteingang des Shinjuku-Bahnhofs erreicht hatte, stieg er in ein Taxi. Er fügte sich der Gewohnheit der Stadtbewohner, deren Fortbewegung dadurch erfolgt, daß sie, ohne sich ihrer Beine zu bedienen, von einem Ort zum andern befördert werden, aber mit ihm wurden nun auch die Dunkelheit und die Stille der Berge durch das Lichtermeer von Tokio getragen.
Er stieg kurz nach der Station Sukiyabashi aus und begab sich in eine der Hinterstraßen der Ginza. Die Ginza sprühte noch voller Leben. Uozu bückte sich unter den Türvorhang eines kleinen Restaurants, das Hamagishi hieß und gleich neben der Nachrichtenagentur D lag. Er hatte die Ginza aufgesucht, weil er in diesem Restaurant, in das er häufig kam, besonders gut speisen wollte.
»Ah! Guten Abend! Sie waren wieder in den Bergen?« rief ihm von der gleich gegenüber dem Eingang liegenden Kochstelle der mit einem weißen Kittel gekleidete dicke Eigentümer des Restaurants zu. Es war kein einziger Gast im Lokal.
»Ich bin den Oku-Hodaka hinaufgeklettert!«
»Da werden Sie nicht viel Leute getroffen haben, wie?«
»Nur zwei!«
Uozu übergab seinen Rucksack einem Mädchen, das auf ihn zugetreten war, und setzte sich an einen Platz, der sich der Kochstelle am nächsten befand.
»Das Herbstlaub dort ist jetzt sicher wunderschön!«
»Phantastisch waren aber vor allem die Sterne! In Karasawa!«
Das kalte Glitzern der Sterne, die er in der vergangenen Nacht von der Karasawa-Hütte aus gesehen hatte, war seinen Augen noch immer tief eingeprägt.
Er trank zu gebratenen Pilzen ein Fläschchen Sake, und er hatte seine Mahlzeit gerade mit gekochten Eingeweiden von Meerbrassen und einem Akadashi beendet, da kam der jüngere Bruder des Inhabers, namens Mon, der in diesem Lokal

mithalf, gleichfalls in weißer Küchenkleidung von irgendwoher zurück. Als er Uozu sah, rief er:
»Oh! Guten Abend!«
Und er fügte sofort hinzu:
»Gerade eben war Herr Kosaka da!«
Von der Kochstelle her rief der Inhaber:
»Ja! Das stimmt! Herr Kosaka war hier! Er hat, was ja nur selten vorkommt, überhaupt nichts getrunken, er aß nur ein bißchen und ging gleich wieder fort.«
»Ich habe ihn schon so lang nicht mehr gesehen! Schade, daß ich ihn heute verfehlte!« sagte Uozu, und darauf erklärte der Inhaber:
»Er hat etwas von einer Verabredung im Tokiwa-Kaikan erzählt. Sicher ist er noch dort! Er läßt sich ja bei allem Zeit...«
»Hm...«, erwiderte Uozu nur. Er hätte Kosaka Otohiko wirklich gern wieder einmal gesprochen. Seit er mit ihm im vorigen Monat zum Tanigawa-dake hinaufgeklettert war, hatte er ihn aus den Augen verloren.
Uozu bezahlte, verließ das kleine Restaurant Hamagishi und machte sich auf den Weg zu dem etwa einen halben Cho entfernten Tokiwa-Kaikan, in dessen erstem Stock sich ein Teeraum befand. Als er die Treppe hinaufgestiegen war, befand sich dort die Kasse, und er sah von hier aus in den großen, hellen Raum, wo fünfzehn, sechzehn Tische für die Gäste standen. Die Atmosphäre war so elegant, daß er kurz zögerte, in seiner Bergsteigerkluft einzutreten. Es waren fast nur junge Paare, die dasaßen.
Er erkannte Kosakas Gestalt nicht sofort. Kosaka Otohiko saß allein an einem Fenster und wandte ihm den Rücken zu. Sein großer Oberkörper war unruhig nach vorn gebeugt.
Uozu schritt zwischen den Tischen hindurch auf ihn zu und rief:
»He!«
Dabei schlug er ihm auf die Schulter. Als sich Kosaka mit einem leisen Ausruf verblüfft umwandte, sagte er:
»Du!«
»Na, das ist aber eine komische Begrüßung!«

Nachdem sich Uozu auf den Stuhl neben ihm gesetzt hatte, sagte Kosaka:
»Du! Ich warte hier auf jemanden!«
Er blickte Uozu scharf in die Augen und fragte ihn dann:
»Woher kommst du?«
»Vom Hodaka!«
»Warst du allein?«
»Hm«, nickte Uozu und fuhr fort:
»Du wartest also auf jemanden? Sicher sitzt du schon lang da...«
In diesem Augenblick sah Uozu über Kosakas männlich beherztes Gesicht plötzlich einen Schatten huschen.
»Vielleicht wartest du umsonst...«
Er hatte das kaum ausgesprochen, da bemerkte er, wie vom Eingang her eine jüngere Dame in japanischer Kleidung zwischen den Tischen hindurch näherkam. Sie trug zu einem schwärzlichen Kimono einen scharlachroten Obigürtel, in der rechten Hand hielt sie eine große Handtasche aus schwarzem Glanzleder.
Als Uozu erkannte, daß diese Frau ohne Zweifel auf sie zukam, fiel ihm ein, ob das nicht vielleicht Yashiro Minako sei, über die Kosaka ihm irgendwann anvertraut hatte, daß er sie heimlich liebe. Dann war das, dachte er erschrocken, ja höchst peinlich für ihn! Wie schnell war er, eben aus den Bergen zurückgekehrt, nun schon wieder in den Strudel menschlicher Gefühle geraten!
»Verzeihen Sie! Ich habe Sie lange warten lassen!« sagte die Frau, zu Kosaka gewandt.
»Das hier ist Uozu – mein Bergkamerad!« stellte Kosaka ihn der Dame vor.
»Oh!« rief diese überrascht, aber nur leise.
»Mein Name ist Yashiro.«
Und dabei senkte sie ihren Kopf höflich zu Uozu hin.
Als ihre Augen zu ihm hinglitzerten, hatte er das Gefühl, daß er erst jetzt wieder in die Wirklichkeit zurückgekehrt sei. Er hatte, kaum war sie eingetreten, seine Blicke nicht von ihr abgewandt – oder genauer gesagt: er hatte sie nicht von ihr abwenden können. Er hatte aber dabei nicht etwa das Ge-

fühl, daß ihm sein ungehöriges Verhalten peinlich sei, und das fand er, der er in solchen Situationen meist verlegen war, erstaunlich. Es war ihm, als würden seine Blicke, ohne daß er sich dagegen wehren konnte, von ihr eingesogen.
Doch kaum hatte sich Yashiro Minako auf den leeren Stuhl gesetzt, drang etwas völlig anderes in sein Herz ein. Nun war er plötzlich unfähig, seine Augen noch länger auf das faszinierende, prachtvolle Wesen zu richten, das zwischen ihm und Kosaka Platz genommen hatte. Er sah zum Fenster hin.
»Ich hatte gehofft, aus der ganz unwichtigen Versammlung gleich wieder weggehen zu können, aber sie hat leider eine Stunde später als geplant begonnen! Verzeihen Sie, daß ich Sie zu früh hierher gebeten habe!«
»Oh, ich bitte Sie! Das macht mir nichts aus!«
»Sind Sie schon lange hier?«
»Ich sitze in solchen Lokalen eigentlich immer gern, meist eine halbe oder eine ganze Stunde länger, als ich mir vorgenommen habe! – Um was für eine ›wichtige und eilige Sache‹ handelt es sich?«
»Ich möchte Ihnen etwas übergeben!«
»Was?«
»Ich gebe es Ihnen nachher ...«, antwortete sie, aber dann schien sie es sich doch zu überlegen und öffnete ihre Handtasche.
»Da ...«
»Was ist das?«
»Oh, bitte! Nein, nein! Machen Sie es erst auf, wenn Sie zu Hause sind!«
Ihre Stimme klang Uozu in diesem Augenblick ein wenig streng.
Er sah wieder zu den beiden hin. Kosaka wollte das kleine, offensichtlich in das Einschlagpapier irgendeines Ladens gewickelte Päckchen gerade in seine Mappe tun, da sagte Yashiro Minako:
»So – damit ist es erledigt. Ich möchte mich jetzt wieder verabschieden.«
Sie schien wirklich nur gekommen zu sein, um Kosaka das Päckchen zu übergeben.

»Bitte, bleiben Sie noch ein wenig! Trinken Sie eine Tasse Tee mit uns!« forderte Kosaka sie auf.
»Es tut mir leid, ich kann wirklich nicht ...«
Da erhob sich Uozu, der dieses Gespräch mitangehört hatte und sagte zu Kosaka:
»Ich gehe! Ich bin müde ...«
»Nein, bitte! *Ich* werde jetzt gehen!«
Mit diesen Worten erhob sich Yashiro Minako leicht von ihrem Sitz und gab sich Mühe, Uozu am Aufbruch zu hindern. Uozu hatte das Gefühl, daß Minako plötzlich etwas – übertrieben gesagt – Todernstes an sich hatte, und meinte, daß es vielleicht nicht anging, sich über ihr Drängen hinwegzusetzen. Blieb er aber und ließ sie fortgehen, so war das Kosaka gegenüber, mochte er mit ihm noch so befreundet sein, wohl herzlos.
Da sagte Kosaka plötzlich:
»Hören Sie, bitte, Sie brauchen sich doch nicht so zu hetzen! Und du, setz dich wieder, Uozu! Gnädige Frau, Sie können sicher auch noch ein bißchen bleiben! Fünf oder zehn Minuten!«
»Gut –!« antwortete Yashiro Minako, und da sie sich setzte, nahm auch Uozu wieder Platz.
»Ich würde mir gern«, sagte sie, »Eis bestellen. Was nehmen Sie, Herr Uozu?«
»Ich? Kaffee! Ich habe drei, vier Tage lang schon keinen Kaffee mehr getrunken!«
»Wie lange waren Sie denn in den Bergen?«
»Ich habe dreimal in einer Berghütte übernachtet!«
Kosaka rief das Mädchen und bestellte zwei Eis und einen Kaffee.
»Herr Kosaka, waren Sie neuerdings gar nicht mehr in den Bergen?«
»Es ist für mich immer schwer, von meiner Firma Urlaub zu bekommen! Aber ich werde jetzt bald wieder etwas unternehmen – selbst wenn meine Firma ein bißchen ins Gedränge kommt! Uozu und ich wollen vom Jahresende bis zu den ersten Januartagen den Okumatashiro besteigen – und dafür muß ich mich jetzt langsam in Form bringen!«

Während sich die beiden so unterhielten, dachte Uozu nur an eins. Die Frau, die ihm da gegenübersaß, war – nach der eben von Kosaka gebrauchten Anrede »gnädige Frau« zu schließen – verheiratet. Als ihm Kosaka aber damals von ihr erzählt hatte, war von dieser Tatsache mit keinem Wort die Rede gewesen.

Uozus Verlegenheit rührte jedoch nicht etwa daher, daß Kosaka ihm das verschwiegen hatte und er es erst jetzt erfuhr. Ihr Grund hatte vielmehr mit ihm selber zu tun. Auf ihn wirkte diese Dame, die Yashiro Minako hieß, keineswegs verheiratet. War sie aber nicht verheiratet, woher kam ihr diese Gelassenheit? Sie besaß in ihrer Art, zu reden und sich zu bewegen, etwas ungemein Ruhiges, und vor allem hatte ihre Schönheit eine wundervolle Stille.

Uozu fühlte sich ein wenig enttäuscht, daß sie verheiratet war. Und als er erkannte, daß mit dieser Enttäuschung kein Gedanke an seinen vertrauten Freund Kosaka verbunden war, konnte er sich selber kaum begreifen. Die Schönheit der Sterne, die er über dem Hodaka-Gebirge eben noch gesehen hatte, hatte ihn, dachte er, noch nicht ganz aus ihrem Zauberspruch gelöst.

Vom Fenster aus war in der Ferne die Neonreklame eines pharmazeutischen Artikels mit abwechselnd roten und blauen Schriftzeichen zu sehen. Diese Zeichen schimmerten immer wieder auf und erloschen dann. Uozus Augen starrten auf das sich wiederholende monotone, leere Schauspiel. Kosaka und Yashiro Minako unterhielten sich so, daß auch ein Unbeteiligter leicht zuhören durfte, aber schließlich sagte Minako:

»Also – jetzt werde ich wirklich gehen . . .«

Als Uozu sah, daß sie endgültig zum Aufbruch entschlossen war, wandte er sich an sie:

»Oh nein, *ich* werde jetzt gehen! Ich habe mit Kosaka nichts weiter zu besprechen. Ich wollte ihn nur schnell einmal sehen!«

Er erhob sich, nahm nach einem schnellen »Also, auf Wiedersehen!« seinen Rucksack auf, der auf dem Stuhl lag, doch auch Minako erhob sich und sagte:

»Aber ich muß jetzt ebenfalls gehen!«
Nur Kosaka blieb sitzen. Uozu sah, wie über Kosakas Gesicht genau wie vorhin etwas Dunkles huschte. Und als er dann seinen Blick von Kosaka zu Minako hin schweifen ließ, fühlte er, daß genau wie vorhin fast etwas Todernstes die Muskeln ihrer Wangen spannte.
Es war ganz und gar die gleiche Situation wie kurz vorher, als er sich bereits erhoben hatte. Seitdem hatte Uozu lediglich Kaffee getrunken und Minako Eis gegessen, und damit waren zehn Minuten hingegangen.
Entschlossen, sich nicht weiter darum zu kümmern, schwang Uozu den Rucksack auf eine Schulter, sagte:
»Also – bis zum nächsten Mal . . .«, ohne daß es recht klar war, wen er meinte, und ging hinaus. Er schritt die Treppe hinunter, trat dann auf die Straße, schob sich durch die dicht gedrängt stehenden Taxis und begab sich in Richtung Shimbashi.
Er spürte, daß seine Nerven wunderlich erregt waren, und er vermochte es gar nicht recht zu begreifen, daß sich durch die bloße Begegnung mit dieser schönen Frau etwas in ihm verändert hatte. Wie wunderbar schön sie war, dachte er und erkannte doch gleichzeitig, daß diese Schönheit nichts war, worauf er hätte bauen können. Jeder Mann, der, von den Bergen herabgestiegen, plötzlich wieder unter Menschen war, fühlte Sehnsucht nach menschlicher Vertrautheit.
Obgleich er die näheren Umstände nicht kannte, wußte er, daß Yashiro Minako eine Frau war, die zu Kosaka in besonderen Beziehungen stand. Es bedrückte ihn, daß die Ruhe seines Herzens durch sie mit einemmal gestört wurde, und es war ihm, als hätte sich etwas Ausschweifendes in ihm eingenistet. Dann aber, dachte er, war wohl auch die Berauschung durch die Schönheit des Sternenhimmels, zu dem er in der letzten Nacht, als er aus der Berghütte getreten war, zitternd vor Kälte aufgeschaut hatte, etwas Ausschweifendes. Sich etwas unvergleichbar Schönes aneignen zu wollen, war offenbar irgendwie ausschweifend.
»Ah! Jetzt habe ich Sie doch noch eingeholt!« hörte er plötzlich hinter sich eine Frauenstimme sagen, und er wandte sich

um. Es war Yashiro Minako, die, ein wenig außer Atem, sich ihm näherte.
Ihr Gesicht sah sehr bleich aus. Die Neonbeleuchtung des Kabaretts unmittelbar neben ihnen hatte das Pflaster bleich gefärbt, und Minakos blasse Gesichtsfarbe rührte zweifellos daher, unterschied sich nicht, aber Uozu dünkte es unwahrscheinlich, daß dies die Erklärung hierfür sei. Der Ausdruck in ihrem Gesicht verhärtete sich plötzlich. Sie sah aus, als beabsichtigte sie, nun etwas ungemein Wichtiges mit ihm zu besprechen.
»Wohin wollen Sie?« fragte sie.
»Nach Omori.«
»Und ich nach Denenchofu. Wie wäre es, wenn Sie und ich, nachdem wir ja die gleiche Richtung haben, gemeinsam ein Taxi nähmen? Sie steigen in Omori aus, und ich fahre dann weiter.«
»Einverstanden.«
Und nach ein paar Augenblicken fragte er:
»Was ist mit Kosaka?«
»Ich habe mich gleich nachher von ihm verabschiedet. Herr Uozu, erlauben Sie, daß ich ganz offen zu Ihnen bin: ich möchte etwas mit Ihnen besprechen. Als ich Sie vorhin sah, kam mir plötzlich diese Idee – ich war bis dahin noch nie darauf gekommen! Sie sind doch der beste Freund von Herrn Kosaka? Herr Kosaka hat mir das oft gesagt!«
»Tja – vielleicht ist das so ... Wir sind ja seit unserer Schulzeit zusammen in die Berge gestiegen!«
Um ein Taxi aufzutreiben, gingen Uozu und Yashiro Minako nach Dobashi. Als plötzlich ein ziemlich neuer, mittelgroßer Wagen an ihnen vorbeifuhr, hielt Uozu ihn an, ließ Minako zuerst einsteigen und stieg dann zu.
»Nach Denenchofu!«
»Oh! Aber ...«, wandte Minako überrascht ein, doch dann schwieg sie. Das Taxi fuhr los.
»Worum handelt es sich?« fragte Uozu in einem leicht förmlich klingenden Ton.
»Ja, ich habe da etwas, worüber ich mit Ihnen sprechen wollte ... Sie sind ja Herrn Kosakas bester Freund ...«

Uozu dachte einen Augenblick, daß er sich vielleicht noch weiter darüber erklären müsse, ob er wirklich Kosakas bester Freund sei, aber er schwieg dann doch. Es war das ein Problem, das, nach seiner Überzeugung, genauer untersucht werden müßte. Als Bergsteiger fühlte er sich Kosaka fest verbunden, und wenn er sich, überlegte er, etwa entscheiden müßte, mit wem zusammen er sterben wollte, so war das ohne jeden Zweifel Kosaka Otohiko. Allein, er war überzeugt, daß die Bande, die zwischen Bergsteigern bestehen, nur an einem bestimmten Ort, nämlich in den Bergen, gültig sind. Wollte man diese Bindung auch außerhalb der Berge unverändert stark aufrechterhalten, war das wohl ein mühseliges Unterfangen. Die Berge unterwiesen darin ganz sicher nicht. Was wußte er denn von Kosaka, was außerhalb ihrer gemeinsamen Bergtouren lag? Nicht das geringste.
»Herr Uozu! Wissen Sie eigentlich etwas über Herrn Kosaka und mich?« fragte Minako plötzlich.
Er blickte ohne jede Absicht auf ihre weißen Hände, die sie, leicht ineinandergefaltet, auf dem Schoß hielt.
»Nein!« antwortete er so entschieden, als schüttle er gleichzeitig den Kopf. Da er von Kosaka tatsächlich nicht so viel erfahren hatte, daß man dies als ein Wissen hätte bezeichnen können, war dieses »Nein« auch nicht gelogen.
»Ich habe Herrn Kosaka eben seine Briefe an mich zurückgegeben. Er hat sie mir in den vergangenen zwei Jahren geschrieben ...«
Uozu schaute in die Dunkelheit hinaus, die vor dem Wagenfenster lag. Das Auto fuhr durch Hamamatsucho. Der Chauffeur wollte offenbar von Shinagawa nach Gotanda und von dort aus nach Denenchofu fahren.
Plötzlich fühlte Uozu wieder die Dunkelheit und Stille der Berge. Er hatte nicht die geringste Ahnung, was Yashiro Minako ihm nun erzählen wollte, aber er fühlte, daß er innerlich nicht im mindesten vorbereitet war, irgend etwas anzuhören.
»Ich weiß die Empfindungen von Herrn Kosaka sehr wohl zu schätzen, aber das alles ist für mich, offen gesagt, so furchtbar peinlich. Außerdem bin ich verheiratet ...«

»Ah so ...«, entfuhr es Uozu.
»Ich überlege mir, ob ich nicht Sie, Herr Uozu, bitten könnte, ihrem Freund das klarzumachen!«
»Wie soll ich das tun?«
»Oh, ich verstehe ...«, rief Minako, schwieg aber sofort. Offensichtlich hatte Uozu da etwas für sie Unerwartetes geäußert, und nun war sie verlegen.
»Ist es Ihnen sehr unangenehm?«
»Nicht allzusehr!«
»Natürlich fällt man bei einem solchen Anliegen demjenigen, den man bittet, lästig ...«
»Ich weiß nur eben nicht, wie das zwischen Ihnen und Kosaka ist. Irgendwann, als wir in einer Berghütte zusammensaßen, habe ich Ihren Namen von ihm gehört – das ist alles! Wenn man so im Gebirge herumklettert, wird man manchmal irgendwie erregt – Phantasie und Wirklichkeit vermischen sich, und alles ist dann übertrieben. Um die Stimmung auszudrücken, in die man manchmal in den Bergen gerät, gibt es oft gar keine andere Möglichkeit, als sich solche Geschichten auszudenken. Und wohl deswegen habe ich das, was mir Kosaka damals erzählte, nicht weiter beachtet, ich habe nicht aufmerksam genug zugehört, und so weiß ich heute fast nichts mehr davon!«
So war das in der Tat. In den Bergen denkt man sich nur zu leicht Liebesgeschichten aus, deren Held man selber ist. Solange einer so etwas erzählt, ist sein Gefühl, das sich da äußert, unbezweifelbar wahr. Uozu hatte das selber an sich und auch bei anderen erlebt.
Doch als Minako nun erklären sollte, welcher Art die Beziehungen zwischen Kosaka und ihr seien, war sie in großer Not.
»Tja – wie wäre es, wenn wir jetzt ausstiegen und uns irgendwo in aller Ruhe darüber unterhielten?« fragte sie, doch Uozu antwortete nur mit einem zögernden »Hm ...«
Minako empfand den Taxichauffeur sicher als Hindernis, offen zu reden, es fiel ihr schwer, in seiner Gegenwart von ihren Gefühlen zu sprechen. Uozu aber fand es lästig auszusteigen und in irgendein Café zu gehen.

»Wollen wir nicht lieber in die Nähe Ihres Hauses fahren und uns dann unterhalten? Wohnen Sie weit vom Bahnhof Denenchofu?«

»Sechs, sieben Minuten zu Fuß.«

»So? Dann würde ich vorschlagen, daß wir auf dem Weg dorthin darüber reden. Ja?«

Uozu fühlte sich plötzlich ungeheuer müde. Wenn er sonst für ein paar Tage in die Berge gefahren war, hatte ihn das nur selten ermattet, heute aber war er, um den Schnellzug in Matsumoto zu erreichen, von der Karasawa-Hütte bis Kamikochi, also eine Strecke, zu der man im allgemeinen viereinhalb Stunden braucht, in etwa drei Stunden herabgestiegen. Das hatte ihn wohl so erschöpft.

»Ich weiß über das Hodaka-Gebirge nicht das geringste, aber ich nehme an, daß es dort jetzt schon sehr kalt ist!«

»Es ist Neuschnee gefallen!«

»Oh! Es schneit schon?«

»Es hat in diesem Jahr aber später als sonst angefangen!«

Beide unterhielten sich absichtlich nur über Dinge, die mit Kosaka nichts zu tun hatten. Das Taxi fuhr lange auf der Staatsstraße, wo große und kleine Autos mit strahlenden Scheinwerfern pausenlos in beide Richtungen dahinschossen.

Vor dem Bahnhof Denenchofu stiegen sie aus, schritten über den großen Platz und gingen die auf beiden Seiten von Bäumen bestandene, sanft ansteigende Pflasterstraße entlang. Nirgendwo war ein Mensch zu sehen. Unter ihren Füßen raschelte das Herbstlaub.

Uozu wartete darauf, daß Minako zu sprechen beginne, aber sie schwieg unverändert, und so sagte er, als sie auf halber Höhe des Hügels angekommen waren, plötzlich von sich aus: »Seit wann kennen Sie Kosaka?«

»Ich glaube, es sind vier Jahre. Ich war damals noch nicht verheiratet. Nachher sah ich ihn eine Zeitlang überhaupt nicht mehr, doch im vorvorigen Jahr begegnete ich ihm zufällig bei einer Weihnachtsfeier. Seitdem trafen wir uns dann und wann, und er schrieb auch Briefe.«

»Briefe? Was für Briefe?«

Kaum hatte er das gesagt, spürte er, wie unmöglich diese Frage gewesen war. Minako überlegte zögernd und arg verlegen, was sie antworten sollte. Uozu fühlte, wie sie in der Dunkelheit den Atem anhielt.

»Er hat mir in diesen Briefen seine Liebe gestanden . . .«, sagte sie nach einer Weile.

»Aber war das denn nicht aussichtslos?«

»Hm . . .«, nickte sie still.

»Was soll es denn, einer verheirateten Frau seine Liebe zu erklären! Es ist doch unvernünftig, sich da Erwartungen zu machen! Was sich Kosaka nur dabei gedacht hat!«

»Er wollte, daß ich mich scheiden lasse und ihn heirate!«

»Ho . . .! Und Sie?«

»Das war für mich natürlich eine unmögliche Lage!«

»Das kann ich mir vorstellen!«

»Und deswegen möchte ich Sie heute bitten, ihm das irgendwie beizubringen! Ich könnte mir so etwas überhaupt nicht vorstellen – es ist einfach unmöglich!«

»Aber können Sie ihm das nicht selber sagen?«

»Das habe ich doch schon so oft getan! Aber es war umsonst!«

»Will es Kosaka nicht begreifen?«

»Hm . . .«, nickte sie.

»Das ist doch einfach töricht, wie sich Kosaka benimmt!«

Da fiel ihm plötzlich ein, wie Kosaka, sich von der Felswand zurücklehnend, nach oben spähte, mit einem seltsam angespannten Ausdruck, als hielte er den Atem an. Er dachte, daß Kosaka fähig war, sich bedingungslos, leidenschaftlich hinzugeben, also eine Eigenschaft besaß, die gewöhnlichen Menschen abging.

»Und trotzdem . . .«, sagte er.

Uozu begriff nicht, mit welchen Gefühlen Minako eine solche Haltung seines Freundes bisher gestattet hatte. Sie hätte das, falls sie sich belästigt fühlte, Kosaka doch deutlich machen müssen und Kosaka hätte ihr seine törichte Forderung dann nicht gewaltsam aufdrängen können!

»Was empfinden Sie für Kosaka?«

Minako schwieg auf diese Frage. Sie überlegte, was sie darauf erwidern sollte.

»Ich empfinde für Herrn Kosaka jetzt eigentlich nichts mehr...«
»Jetzt nichts mehr?«
Minako spürte sehr wohl, daß Uozu das Wort »jetzt« betont hatte, und so fügte sie hinzu:
»Auch früher schon...«
Und dann wiederholte sie:
»Ja, auch früher empfand ich eigentlich nichts für ihn...«
»Sie empfanden also früher und auch jetzt Kosaka gegenüber nichts weiter –«
»Hm...«
»Und Sie irren sich auch bestimmt nicht?«
»Nein«, antwortete sie nach einer kurzen Pause.
»Dann werde ich Kosaka von mir aus etwas sagen. Ich habe den Eindruck, daß er sich falsch verhält.«
»Aber...«, warf Minako ein, blieb plötzlich stehen und fuhr fort:
»Aber ich wäre Ihnen dankbar, wenn Sie ihm das möglichst schonend beibringen wollten! Erklären Sie ihm nur, daß ich seine Liebe nicht erwidern kann und ihm dankbar wäre, wenn er auf mich verzichtete. – Ja, könnten Sie ihm das etwa so sagen?«
Noch immer an der gleichen Stelle stehenbleibend, wandte Minako ihm jetzt ihr Gesicht zu.
»Gut, ich bin einverstanden«, erwiderte Uozu, »ich spreche selbstverständlich nicht so, als ob ich ihn tadeln wollte. Ich habe es bisher nur immer vermieden, mich in Angelegenheiten anderer einzumischen. Solche Fragen müssen im allgemeinen von den Betroffenen selber gelöst werden, es kommt nichts dabei heraus, wenn sich Dritte einmischen. Aber hier kann ich vielleicht Kosaka als Freund ermahnen und ins Gewissen reden! Denn er verhält sich ja wirklich unvernünftig!«
»Hm...«, antwortete Minako nur, und das erweckte in Uozu neuen Zweifel.
»Stimmt das etwa nicht?«
»Hm...«
»Gibt es zwischen Ihnen nicht noch etwas, was Sie mir bisher verschwiegen? Etwa, daß Sie Kosaka doch lieben?«

»Nein!« erwiderte sie diesmal klar und entschieden. Dann fuhr sie fort:

»Nein, so ist das nicht. Und doch ...«

»Und doch? Was?«

»Vielleicht gibt es bei Herrn Kosaka irgendein Mißverständnis! Etwa so, daß er glaubt, ich liebte ihn!«

»Wie wäre das möglich? Haben Sie ihm doch nicht deutlich genug gesagt, wie Sie zu ihm stehen?«

»Ich habe ihm das unzählige Male erklärt!«

»Tja, dann weiß Kosaka doch Bescheid!«

»Hm ...«

»Dann ist doch alles in Ordnung!«

»Und doch ...« wiederholte Minako.

Nun blieb Uozu stehen. Er wartete darauf, daß auch Minako anhielt, und dann sah er ihr ins Gesicht. So gingen sie an der Steinhecke eines ziemlich großen Hauses vorbei. Das Licht der Gartenlaterne leuchtete über das Gebüsch hinweg Minako ins Gesicht.

»Ich begreife nicht recht, wie das zwischen Ihnen beiden ist ...«, sagte Uozu, und plötzlich sah Minako völlig verwirrt drein.

»Also ...«, stammelte sie und fuhr dann nach ein paar Augenblicken fort:

»Es handelt sich nicht um ein Liebesverhältnis, aber ich bin mit Herrn Kosaka einmal ...«

Hierauf senkte sie plötzlich ihre Stimme und fuhr schließlich fort: »... körperlich zusammen gewesen ...«

Sie blickte auf den Boden, verschränkte die Finger ihrer beiden Hände ineinander, streckte ihre Arme kräftig von sich und starrte auf die Finger. Dann sagte sie in einem Ton, als wollte sie nun, da sie zu bekennen angefangen hatte, rückhaltlos alles erzählen.

»Es war fürchterlich dumm von mir ... Ich habe einen schrecklichen Fehler begangen! Und deswegen kann ich Herrn Kosaka gegenüber nicht so entschieden auftreten ... Ich ...«

Sie verzog ihr Gesicht, das sie langsam zu Uozu aufhob, schmerzlich.

Uozu stand schweigend da. Ihr Geständnis bedeutete auch für ihn einen schweren Schlag. Er empfand, daß er hier etwas angehört hatte, was er um keinen Preis hätte hören dürfen. Als er spürte, daß Minako mit ihren Erklärungen fortfahren wollte, sagte er, um sie daran zu hindern:
»Ich habe verstanden. Ich werde es Kosaka schon richtig zu verstehen geben ...«
Dann ging er weiter. Er hatte die Absicht, Yashiro Minako nach Hause zu geleiten und sich dann von ihr zu verabschieden. Nach zwei, drei Ken sagte sie plötzlich:
»Da ...! Hier wohne ich!«
Uozu blieb sofort stehen. Zwischen den steinernen Torpfosten war ein massiver, hölzerner Türflügel, der aussah, als ließe er sich, selbst wenn man stark daran rüttelte, nicht bewegen. Er glich einer fest verschlossenen Muschelschale.
»Ja, dann will ich mich also verabschieden!« sagte Uozu.
»Aber, bitte ... Wollen Sie nicht für ein paar Augenblicke hereinkommen?« meinte Minako und legte einen Finger auf die Klingel an einer kleinen Tür neben dem Tor.
»Nein, es ist schon zu spät ...«
»Ja?«
Doch dann, als hätte sie es eingesehen, fuhr sie fort:
»Ich muß Ihnen wirklich danken, daß Sie mich hierher begleitet haben – obwohl Sie so müde sind!«
Uozu begann, den Weg, den er mit Minako gekommen war, wieder zurückzugehen. In seinen Augen waren die Schriftzeichen auf dem Emailschild des Tores »Yashiro Kyonosuke« wie eingebrannt. Er hatte diesen Namen natürlich bisher weder gehört noch irgendwo gesehen, aber weil Minakos Ehemann ein solches Haus besaß, nahm er an, daß er eine gewichtige gesellschaftliche Stellung besaß.
Er hörte noch hinter sich an der kleinen Tür die Klingel schellen, und aus dem Garten drang lautes Hundegebell. Er entfernte sich langsam immer mehr von dem hohen Steinwall, der sich in ziemlicher Länge an diesem Grundstück entlangzog.
Im Licht einer Straßenlaterne sah er unterwegs auf seine Armbanduhr. Es war fast elf Uhr.

Als er zum Bahnhof Denenchofu zurückkam, stieg er in ein dort haltendes Taxi. Die Dunkelheit und die Stille der Nacht auf dem Hodaka-Gebirge kehrten wieder zu ihm zurück. Und gleichzeitig fühlte er dumpf und bedrückend, daß er in den Strudel eines Skandals hineingezogen wurde und ihm Kosaka gegenüber eine Rolle und Aufgabe zugefallen war, der er sich nicht entziehen konnte.

Uozu Kyota wachte auf.

Er legte sich, kaum hatte er die Augen geöffnet, auf den Bauch und blickte auf die Armbanduhr, die neben seinem Kopfkissen lag. Es war acht Uhr. Befriedigt, daß er noch eine halbe Stunde sein Bett nicht zu verlassen brauchte, legte er sich wieder auf den Rücken, streckte seinen rechten Arm aus und griff nach der Schachtel Peace-Zigaretten dicht neben seinem Kopfkissen.

Er hatte es sich grundsätzlich untersagt, im Bett zu rauchen, aber an dem Morgen nach einer Rückkehr aus den Bergen erlaubte er sich eine Ausnahme.

Nur selten fühlte er sich so müde, daß ihm das Aufstehen eine Qual war, meist war ihm nur, als hätten sich die Muskeln da und dort ein wenig entkrampft, und er spürte nichts weiter als eine leichte Mattigkeit des ganzen Körpers.

Wenn er von den Bergen zurückgekommen war, bedrängten ihn, während er sich dieser gar nicht so unangenehmen Mattigkeit überließ, mit Sicherheit drei Dinge.

Das eine war das Problem des Geldes. Da er außer einem gewissen Hang zum Luxus und zu leichter Verschwendung immer wieder in die Berge fuhr, befand er sich oft in finanziellen Schwierigkeiten. Mit der Summe, die er sich dann von seiner Firma lieh, konnte er nur immer einen Teil der Schulden bezahlen, die ihm durch solche Bergtouren erwachsen waren.

Das zweite war das Problem der Besteigung des Okumatashiro. Er war entschlossen, vom Jahresende an bis in die ersten Januartage hinein diesen Berg zusammen mit Kosaka zu besteigen. Er hatte es bereits zweimal vergebens versucht, und so wollte er ihn diesmal um jeden Preis bezwingen. Das Bild

der von Schnee und Eis bedeckten Felsen flackerte unruhig in seinem Kopfe hin und her.
Das noch verbleibende dritte war für den Körper des jungen Uozu etwas ganz Natürliches: die verführerische Vorstellung eines Frauenleibes. Am Morgen nach einer Rückkehr aus den Bergen spürte er immer ein sehr starkes geschlechtliches Verlangen. Dieser von der allgemeinen Mattigkeit seines Körpers noch weiter angestachelte Trieb bemächtigte sich seiner ohne jede Rücksicht, und so sehr Uozu sich ihn zu unterdrücken bemühte, wuchs dieser schließlich zu einer so verwirrenden Wahnidee, daß Uozu fast zu ersticken glaubte.
Selbstverständlich bedrängten ihn diese voneinander so völlig verschiedenen Dinge wie Geld, Berge und sexuelle Zwangsvorstellung nicht in geordneter Reihenfolge. Wenn er das eine abgewiesen hatte, tauchte unerwartet ein anderes vor ihm auf, und hatte er sich dessen erwehrt, überfiel ihn das dritte. So attackierten diese drei Dinge das Gehirn des jungen Bergsteigers oft wirr durcheinander.
Aber diese in Wellen erfolgenden Angriffe waren an diesem Morgen anders als sonst. Sie versuchten im allgemeinen Geist und Körper von Uozu Kyota in eine bestimmte Richtung zu drängen, doch an diesem Morgen wurde Uozu von etwas völlig anderem in Beschlag genommen.
Er dachte an diesem Morgen weder an das Geld noch an den Okumatashiro, und selbstverständlich quälte ihn auch kein sexueller Wahn.
Uozu rauchte an diesem Morgen, im Bette liegend, zwei Zigaretten und stellte sich das helle Gesicht von Frau Yashiro Minako vor, der er gestern zum ersten Mal begegnet war. Es war jetzt ein sehr ruhiges und reines Erwachen.
Um einhalb neun Uhr stand er auf. Er zog den Vorhang zurück und sah zu dem bewölkten Frühwinterhimmel auf, unter dem sich die Straßen und Gassen des Omori-Viertels erstreckten. Als er das Fenster öffnete, stieg der gewaltige Lärm von Eisenbahn, Bussen und Taxis zu der auf einer Anhöhe gelegenen Pension empor, in der er wohnte.
Seine Wohnung bestand aus zwei zusammenhängenden Zimmern von viereinhalb und acht Matten Größe in einer Ecke

des Hauses, es waren die besten Räume in dieser für den Lebensstil mittlerer Angestellter gedachten Pension, die Miete war daher ziemlich teuer.
Nachdem er sich in dem kleinen Waschbecken, das sich im Hinterzimmer befand, gewaschen hatte, öffnete er die Wohnungstür und nahm die davorstehende Milchflasche, goß sie in ein Glas und trank dieses, am Fenster stehend, aus. Man konnte das zwar nicht ein Frühstück nennen, aber das war alles, was er in seinen Magen zu schütten pflegte, bevor er zur Arbeit aufbrach.
Hierauf nahm er ein noch in weißes Papier gehülltes Hemd aus dem Kleiderschrank, zog es über, wählte aus seinen auf Bügeln hängenden drei Winteranzügen einen grauen Zweireiher, verzichtete auf einen Übermantel und griff statt dessen nach seinem Regenmantel, den er sich über den Arm legte. Dann trat er mit eiligen Schritten aus seinem Zimmer.
Bis er zum Hausflur kam, traf er drei Leute, die auch in dieser Pension wohnten. Es waren zwei junge, offenbar verheiratete Frauen und ein Student. Uozu nickte als Gruß nur leicht mit dem Kopf. Er verkehrte mit den Mitbewohnern dieses Pensionshauses nur auf Distanz. Versuchte irgend jemand, sich ihm zu nähern, wich er stets einen Schritt zurück. Er grüßte zwar mit den Augen, aber sprach, wenn irgend möglich, kein Wort.
So hatte er auch mit dem Studenten, der unmittelbar neben ihm wohnte, noch nie ein Wort gewechselt. Auf der anderen Seite des Flurs wohnten zwei junge, liebenswürdig sanfte Eheleute, die beide irgendwo angestellt waren, aber auch mit ihnen hielt Uozu es so. Er hatte sich für das Leben in einer solchen Pension gerade deshalb entschieden, weil er hier mit niemandem Umgang zu pflegen gezwungen war.
Uozu ging den Hügelweg hinunter zu der Straße vor dem Omori-Bahnhof und dann auf den Bahnhof zu. Da es ihn störte, daß seine Schuhe schmutzig waren, ließ er sie sich vor dem Bahnhof putzen. Er kaufte sich sodann in einem Kiosk eine Zeitung und schritt durch die Sperre. Die Zeitung las er meist während der Fahrt. Weil seine Dienststunden ein wenig außerhalb der Hauptverkehrszeit lagen, konnte er zwar

nicht sitzen, doch es gab immer genügend Platz, um, die eine Hand an der Halteleine, die Morgenzeitung zu lesen.

An der Station Shimbashi stieg er aus. Hierauf ging er in Richtung Tamuracho, bog bei der Kreuzung nach rechts ab, wählte den Bürgersteig, der sich gegenüber dem Hibiya-Park entlangzog und trat nach etwa einem halben Cho durch den für ein Bürohaus viel zu imposant aussehenden Eingang des Nampo-Bürohauses.

Er stieg in den Fahrstuhl, der unmittelbar gegenüber dem Eingang lag, fuhr damit in den zweiten Stock und begab sich in einen Raum, auf dessen Milchglastür die Schriftzeichen »Neuer Ostasienhandel« standen.

»Guten Morgen!« rief er, ohne daß dieser erste Gruß an diesem Morgen an irgend jemanden gerichtet war. Es standen in dem Büroraum fünfzehn, sechzehn Tische, und etwa zehn Männer und Frauen, die an ihnen arbeiteten, nickten, diesen Gruß beantwortend, schweigend zu Uozu hin. Nur ein einziger Kopf bewegte sich nicht. Es war der des Filialleiters Tokiwa Daisaku.

Die Uhr an der Wand zeigte an, daß sich Uozu um vierzig Minuten verspätet hatte. Als sich Uozu an seinen Arbeitstisch setzte, sagte sein Kollege Shimizu, der ihm gegenüber saß, zu ihm:

»Wieder in den Bergen gewesen?«

»Tja ...«, antwortete Uozu mit leicht mürrischer Miene. Es war dies schon nicht mehr das Gesicht eines Bergsteigers.

»Wann sind Sie zurückgekommen? Heute morgen?«

»Nein, gestern abend.«

Das hörte der Filialleiter Tokiwa Daisaku, und er fragte:

»Warum fahren Sie eigentlich immer in die Berge? Vielleicht nur, ›weil es Berge gibt‹ ...?«

Während er dies mit unbefangen lauter Stimme gewissermaßen sich selber fragte und sich Antwort darauf gab, erhob er seinen etwa zwanzig Kan schweren, massiven Körper aus dem Stuhl.

»Ich habe mir einen Tag freigenommen ...«, sagte Uozu. Da er den gestrigen Tag ohne Erlaubnis der Arbeit ferngeblieben war, wollte er sich nun, zu Tokiwa gewandt, entschuldigen, doch da sich jetzt Tokiwa seinerseits erhoben hatte, wirkte das, als sei ihm jener zuvorgekommen. Allein Tokiwas Gesicht sah aus, als wollte er Uozus Worte ignorieren, und er fuhr fort:

»Bergsteigen ... Schritt für Schritt hinaufsteigen. Sich etwas Schweres auf die Schultern laden und stöhnend vor Anstrengung den Berg immer weiter hinaufsteigen. Na schön! Den größten Teil des Monatsgehalts, eine gar nicht große Summe, die man von dieser winzigen Firma bekommt, gibt man für dieses Bergsteigen aus. Na, ich danke! Die alten Eltern, die den Sohn haben studieren lassen, möchten natürlich, daß er bald heiratet. Aber der Sohn denkt nicht im Traum daran. Sowie er Zeit hat, steigt er in die Berge und läßt sich von ihnen betören.«

Diese Worte Tokiwas waren weder ein Schelten noch wollte er damit ermahnen. Am treffendsten wäre wohl die Bezeichnung Rede dafür.

Tokiwa Daisaku unterbrach seinen Redeschwall für ein paar Augenblicke und wandte seinen kahlgeschorenen, energischen Kopf Uozu zu. Und während er ihm in die Augen sah, suchte er nach den Worten, die er als die nächsten zu äußern gedachte.

Schließlich schnaubte er laut durch die Nase. Das tat er immer, wenn ihm plötzlich eine befriedigende Formulierung eingefallen war.

»Mir ist es lieber, von einer Höhe langsam zu einem tiefer liegenden Ort herunterzusteigen. Mit jedem Schritt, den ich tue, befindet sich mein Körper um diese kleine Strecke tiefer. Von einem unsicheren Ort kommt er zu einem sicheren herab. Uozu! Das scheint mir wenigstens natürlicher zu sein als das, was Sie da treiben!«

»Das hängt wohl von dem Alter und dem Gewicht ab ...«

Kaum hatte Uozu das gesagt, erkannte er, daß er das besser unterlassen hätte. Wäre er still gewesen, hätte sich der Taifun ausgetobt und wäre anderswohin gezogen. So hätte sich die Geschwätzigkeit von Tokiwa Daisaku am Ende sicher von selber beruhigt. Durch diese Antwort hingegen wurde seine Redseligkeit nur angeregt. Das Gesicht dieses kahlköpfigen,

gewaltigen Mannes, der sich in seinem Amt als Filialchef nur langweilte, erlangte jetzt schlagartig neues Leben und nahm einen Ausdruck an, der von einem eisernen Willen beherrscht war.
»Alter und Gewicht? Das ist doch barer Unsinn! Hören Sie, Uozu! Wollen Sie etwa damit sagen, daß man in der Jugend nach oben klettern und, sobald man alt und dick geworden ist, irgendwo hinuntertrotten möchte? Darin liegt das Problem sicher nicht! Es ist viel entscheidender, ob man die Menschen liebt oder nicht. Ich kann nicht begreifen, was in einem Mann vorgeht, der sich von da, wo sich andere Menschen aufhalten, Schritt für Schritt entfernt und zu höher gelegenen Orten hinaufsteigt! Mir ist es angenehmer, Schritt für Schritt herunterzusteigen! Schon als Kind bin ich gern einen Abhang hinuntergelaufen. Ich genieße es, herunterzusteigen!«
»So sehr lieben Sie die Menschen?« hätte Uozu beinahe darauf gesagt, aber er schluckte das gerade noch hinunter. Wenn Tokiwa noch so weiter mit ihm diskutierte, würde er kaum recht zur Arbeit kommen.
Tokiwa Daisaku blickte Uozu scharf an, als wartete er darauf, wie jener auf seine »Rede« reagierte, doch als er sah, daß Uozu seinen Mund nicht auftat, sondern die auf seinem Schreibtisch liegenden Papiere geschäftig hin und her schob, wandte er sich um und röhrte genauso laut wie vorhin weiter:
»Weshalb denn diese Bergsteigerei? Ja, vielleicht nur deswegen, weil es eben Berge gibt ...«
Mit diesen Worten kehrte er zu seinem Tisch am Fenster zurück.
Es war keineswegs etwa so, daß Uozu den Filialleiter Tokiwa nicht mochte. Er fand es zwar sehr störend, wenn er gerade, wenn er viel zu tun hatte, von ihm ins Gespräch gezogen wurde, lag aber weniger Arbeit vor, so machte es ihm viel mehr Vergnügen, sich mit diesem etwas geschwätzigen Mann als mit den anderen zu unterhalten. Gelegentlich verblüffte ihn Tokiwa, aber Uozu spürte auch durch solcherlei Nebel hindurch dessen originelle, seiner selbst sichere Art.
Von den Angestellten der Firma wurde Tokiwa Daisaku in

heimlichem Spott der »ewige Filialleiter« genannt. Zweifellos war seine äußere Erscheinung die eines Filialleiters, aber er war in der Firma »Neuer Ostasienhandel«, die ihr Hauptbüro in Osaka hatte, durchaus eine Persönlichkeit, die sowohl ihrem Werdegang wie den Kenntnissen nach schon längst einen Direktorposten hätte erhalten müssen, doch Tokiwa brachte, gleichgültig, ob es sich dabei um die Generaldirektion oder um sonstwen handelte, seine Meinung stets ohne jede Rücksicht und außerordentlich scharf zum Ausdruck, er bestand in allen Fällen unnachgiebig auf seiner Überzeugung, und so war er nur mehr nominell der Leiter der Tokio-Filiale und saß in Wahrheit auf einem Posten ohne jede Macht. Die Direktion hielt sich ihn in etwas scheuer Distanz vom Leibe, aber bei einem Teil seiner Angestellten war er beliebt.
Diese Tokio-Filiale der Firma »Neuer Ostasienhandel« war im Grunde eine merkwürdige Sache. Die Firma war zwar im ganzen Lande bekannt, aber die Tätigkeit ihrer Tokio-Filiale war von der des Hauptbüros verschieden. Sie bestand in einer Art Annoncen-Agentur. Wenn japanische Firmen in ausländischen Zeitungen oder Zeitschriften ihre Produkte offerieren wollten, übernahm diese Tokio-Filiale die Vermittlung und Verhandlungsarbeit; dafür erhielt sie die Kommissionsgebühren.
So war der auf dem Milchglas der Eingangstür stehende Name des Büros »Neuer Ostasienhandel, Tokio-Filiale« reichlich seltsam. Es handelte sich hier weniger um eine Handelsfirma als ein Annoncen-Vermittlungsbüro.
Bei der Gründung war dieses Büro zweifellos eine Filiale der Firma »Neuer Ostasienhandel«, und sie war auch in dieser Richtung zunächst tätig gewesen, aber unversehens trat das eigentliche Geschäft in den Hintergrund und die nebenher betriebene Arbeit einer Annoncenvertretung wurde die Haupttätigkeit. Die Verantwortung hierfür trug offensichtlich der Filialleiter Tokiwa Daisaku.
Man behauptete, daß die Direktion Tokiwa die eigentlichen Firmenaufgaben entzogen hätte, andererseits aber hieß es, Tokiwa wolle sich nicht an die Befehle der Direktion gebunden fühlen und tue nur das, was er selber für richtig halte.

In diesem Filialbüro waren außer Tokiwa noch vierzehn Angestellte für den Innendienst und fünfzehn für den Außendienst tätig. Bei dem Innendienst waren zwei für Nachforschung, zwei für Übersetzungen, drei zum Maschinenschreiben, zwei für allgemeine Angelegenheiten, drei für Rechnungsführung eingesetzt, dazu kamen Uozu und Shimizu als Aufsichtsführende. Von den fünfzehn Außendienst-Angestellten fuhren acht ständig umher, die anderen sieben tauchten nur auf, wenn sich Arbeit für sie ergab.

Aufsicht führten also Uozu und Shimizu. Gab es für sie zu tun, war es meist außerordentlich viel; hatten sie etwas Zeit, konnten sie es sich bequem machen. Die Arbeit war kompliziert, und da Tokiwa Daisaku den beiden praktisch alles überließ, mußten sie ihre Augen stets auf alles richten.

Natürlich unterschied sich der Tätigkeitsbereich von Uozu und Shimizu. Shimizu war drei Jahre älter als Uozu, also fünfunddreißig Jahre, und in die Firma eingetreten, um sich den eigentlichen Aufgaben der Firma »Neuer Ostasienhandel« zu widmen, er hatte jedoch von Anfang an insofern Pech, als er kurz nach seinem Eintritt in die Firma Tokiwa Daisaku unterstellt wurde. Seinem Aussehen nach und auch in seinem Wesen war er ein meist mürrischer Mann von galligem Temperament, aber er erledigte, obwohl er nicht überklug war, seine Arbeiten zufriedenstellend. An der Universität hatte er Wirtschaftswissenschaft studiert, doch da er sprachbegabt war, wurden ihm wie von selbst der Kontakt und die Verhandlungen mit den ausländischen Zeitungen und Zeitschriften übertragen; auf seinem Schreibtisch lagen zahllose Bündel von in englischer Sprache getippten Geschäftspapieren, die ihm von drei Typistinnen geliefert wurden. Er saß den ganzen Tag an seinem Tisch und ließ seine Augen unermüdlich über diese Papiere schweifen. Zu seinen Aufgaben gehörte es auch, gelegentlich der Devisen wegen in das Finanzministerium zu gehen. Da die japanischen Firmen in Yen bezahlten, mußte er die Beträge in Pfund und Dollar umwechseln.

Uozu überließ den Innendienst ganz Shimizu und leitete den Außendienst. Seine Aufgabe bestand darin, daß er sorgsam auf Firmen mit guter Konjunktur achtete und dorthin dann Angestellte des Außendienstes schickte. Er entwarf diverse Annoncen im vorhinein so, daß die japanischen Firmen Feuer fingen, und übergab den Entwurf dann einem Angestellten im Außendienst. Die Firmen entschieden sich dann tatsächlich meist für einen Annoncenauftrag.

Die Arbeit von Tokiwa bestand darin, daß er jeweils nach einigen Tagen, so als ob er sich plötzlich erinnere, an Uozu und Shimizu die gleiche Frage richtete, also etwa:

»Wie ist's? Geht alles gut?«

Fragte er Uozu, so bedeutete das, ob seine Annoncenentwürfe gut gezogen hätten, ob ein großer Auftrag hereingekommen sei. Richtete er die Frage an Shimizu, meinte er damit, ob die von Uozu an Shimizu weitergeleitete Angelegenheit günstig vorangehe.

Uozu war ebenso wie Shimizu als Angestellter der Firma »Neuer Ostasien-Handel« eingetreten, aber er war mit seinem jetzigen Posten nicht so unzufrieden wie Shimizu. Da ihm Tokiwa auch seine Aufgaben mitübertrug, war er gelegentlich überaus beschäftigt, hatte aber gerade deswegen viel freie Hand und machte es sich behaglich. Wäre er im Hauptbüro angestellt gewesen, hätte er angesichts seiner Jugend nicht mit soviel Freiheit rechnen können, er wäre von dem Abteilungsleiter beaufsichtigt worden und hätte den ganzen Tag mit nüchternen Zahlen hantieren müssen. In die Berge zu steigen, wäre völlig ausgeschlossen gewesen.

An diesem Tag hatte sich auf Uozus Tisch ziemlich viel Arbeit gehäuft, die dringend erledigt werden mußte, aber er verschob dies und stellte zunächst eine kleine Nachforschung an.

Er streckte einen Arm nach dem Tisch von Shimizu hin, nahm das dort liegende Who is Who und blätterte darin, bis sein Blick schließlich an einer Stelle haften blieb.

Er las dort in kleinen Schriftzeichen den Namen Yashiro Kyonosuke, darunter waren in noch kleinerem Druck drei Zeilen Erklärungen hinzugefügt. Es war dies der Name, der in achtunggebietender Schrift auf dem Türschild von einem Steinwall umgebenen Hauses in Denenchofu stand, in das gestern nacht Minako eingetreten war.

Geboren im 33. Jahre Meiji; Technische Fakultät der Kaiserlichen Universität Tokio. Dr.-Ing. Spezialgebiet: angewandte Physik. Tätig in der Firma Tohokako.

Danach war Yashiro Kyonosuke also ein 57 Jahre alter Geschäftsmann, entweder ein aus dem Ingenieurstand hervorgegangener Direktor oder ein Universitätsprofessor, der nach Erreichung der Altersgrenze sich in die Industrie begeben hatte. Aber das Alter von 57 Jahren kam Uozu merkwürdig vor. Für einen Ehemann Minakos war der Altersunterschied zu groß, für einen Vater von ihr war er zu gering.

Uozu nahm aus dem Bücherregal neben dem Eingang ein weiteres, aber etwas ausführlicheres Namensverzeichnis und blätterte darin. Außer Bemerkungen von ziemlich gleichem Inhalt war hier noch eine Zeile hinzugefügt, die lautete:

Ehefrau: Minako, geboren im 2. Jahre Showa.

Zweifellos war dies seine jetzige Frau. War sie im 2. Jahre Showa geboren, so war sie nun dreißig Jahre alt, also siebenundzwanzig Jahre jünger als ihr Ehemann.

Uozu sah nur sehr kurze Zeit auf diese kleinen Schriftzeichen, dann schloß er das dicke Buch. Irgendwie konnte er das alles nicht begreifen, fühlte sich ratlos. Warum hatte Minako einen um so sehr viel älteren Mann geheiratet? Vielleicht war sie schon seine zweite Frau, und seine erste war gestorben, doch was hatte eine Frau wie Minako nur bewogen, eine zweite Gattin zu werden?

Uozu mußte jedoch all diese Fragen sehr bald von sich wegschieben. Die auf nichts und niemand Rücksicht nehmende Stimme von Tokiwa Daisaku war so laut zu vernehmen, daß sie von allen, die in diesem Raume arbeiteten, gehört wurde.

»Na, im allgemeinen ...« rief Tokiwa jetzt, erhob sich aus seinem Stuhl und reckte seine Arme nach links und rechts, als triebe er Gymnastik.

»Man sollte doch endlich einmal die Vorstellung aufgeben, daß eine Sache deswegen hundertprozentig durchgeht, weil die Direktion das so will! Also, fahren Sie jetzt wieder zurück nach Osaka und sagen Sie das dem Herrn Tokioka!«

Tokioka war der Geschäftsführer des Hauptbüros der Firma in Osaka.

»Wann sind Sie eigentlich in diese Firma eingetreten?«
»Im 25. Jahre Showa!«
»Tja, da sind Sie ja bald einer der leitenden Herren dieser Firma! Sie dürfen dann die Befehle der Direktoren auf keinen Fall einfach kritiklos ausführen!«
»Oh ...«
Völlig ausgelaugt und steif stand vor Tokiwas Tisch ein Firmenangestellter, den das Hauptbüro in Osaka geschickt hatte.
»So wie ich Ihnen das jetzt dargelegt habe, ist das meine Überzeugung! Es handelt sich zwar um eine Anordnung des Hauptbüros, aber ich lehne sie rundweg ab! Im übrigen werden Angelegenheiten dieser Art von Uozu bearbeitet. Also gehen Sie jetzt einmal zu ihm und besprechen Sie es mit ihm. Ich weigere mich, aber vielleicht denkt Uozu anders ...«
Darauf verließ Tokiwa das Büro. Man hätte aber nicht sagen können, daß er zornig geworden war. Sobald sich Angestellte des Hauptbüros in der Tokio-Filiale zeigten, wurde ihnen vom Filialchef zunächst einmal eine Behandlung dieser Art zuteil. Tokiwa war dem Hauptbüro gegenüber zwar stets ein wenig zu empfindlich, aber seinen Argumenten konnte trotzdem eine gewisse Berechtigung nicht abgesprochen werden.
»Jetzt hat er es mir aber gegeben!« seufzte der Abgesandte des Osaka-Hauptbüros und begab sich, verlegen am Kopfe kratzend, zu Uozu.
»Um welche Angelegenheit handelt es sich?« fragte ihn dieser.
»Herr Tokioka von der Geschäftsführung meint, man sollte die Annonce der Firma Yamato-Optische-Linsen bis zum 15. Januar in einer großen amerikanischen Zeitung herausbringen. Die Geschäftsführung ist von dieser Firma darum gebeten worden, aber als ich das eben dem Filialchef erklärte, habe ich unbedacht das Wort ›mit Vorrang‹ gebraucht, und das hat Herrn Tokiwa offenbar verärgert!«
»Tja, ich meine allerdings auch – zu diesem Zeitpunkt ist das ein bißchen schwierig!«
»Hm, ich verstehe ...«

»Aber, na ja – ich will sehen, ob es mir noch gelingt!«
»Es geht also in Ordnung?«
Er wollte damit sagen, ob Tokiwa nicht vielleicht erbost sein würde.
»Seien Sie unbesorgt! Herr Tokiwa ist im Grunde ein guter Mensch. Er redet manchmal nur aus Opposition gegen das Hauptbüro so . . .«
Während Uozu das sagte, kam ihm der Gedanke, daß ihm Tokiwa diese Sache sicher in dieser Absicht zugeschoben hatte.
Nachdem sich der Angestellte des Hauptbüros mit langer Nase verabschiedet hatte, rief Uozu den Verlag Toko in Kanda an und wollte Kosaka sprechen.
Kosaka telefonierte aber gerade mit jemand anderem, und das dauerte lange. Uozu wollte resigniert den Hörer gerade auflegen, da meldete sich Kosakas Stimme:
»Entschuldige vielmals!« bat Kosaka.
»Ich hätte dich in einer bestimmten Sache wegen gern gesprochen . . .«, sagte Uozu, und Kosaka erwiderte:
»Kommst du zu mir her? Oder soll ich dich aufsuchen?«
»Ich komme zu dir!«
»Das geschieht aber bei dir selten! Meist klebst du auf deinem Sessel! Also, was gibt's?«
»Ich habe dir etwas zu sagen . . .«
»Handelt es sich um Geld?«
»Ach was! In Geld schwimme ich . . .«
»Schön . . . Also gegen Abend?«
»Abends muß ich noch arbeiten!«
Über etwas anderes hätte sich Uozu natürlich auch beim Essen unterhalten können, aber er fand es schließlich doch besser, seinen Freund um die Mittagszeit zu treffen. Da ihm die Sache wichtig erschien, wollte er sich mit ihm in möglichst nüchterner Atmosphäre unterhalten, irgendwann zwischen der Arbeit, bei hellem Tageslicht also und ohne daß irgendein niederdrückendes Gefühl oder eine Sentimentalität die notwendige Klarheit störte.
»Gut! Dann komme *ich* also! Etwa in einer halben Stunde!« sagte Kosaka abschließend und legte auf. In seinen letzten

Worten glaubte Uozu einen ungewohnten, seltsamen Ernst zu spüren.

Kosaka kam, wie er versprochen hatte, nach dreißig Minuten zu Uozus Firma. Als Uozu ihn am Büroeingang sah, sagte er zu Shimizu:

»Ich gehe jetzt kurz weg ...«, und erhob sich. Neben dem Lift traf er mit Kosaka zusammen, und beide traten nebeneinander in den Aufzug.

»Was gibt es?« fragte Kosaka mit einer Stimme, die fast besorgt klang.

»Ich habe gestern, nachdem ich mich von dir verabschiedet hatte, noch einmal Frau Yashiro getroffen!« antwortete Uozu ohne Umschweife. Da der Aufzug voller Menschen war, konnte er sich dem neben ihm stehenden Kosaka nicht zuwenden, er sah also nicht, ob sich dessen Miene verändert hatte.

Als die beiden aus dem Bürohaus auf den Bürgersteig hinausschritten, lenkten sie, als hätten sie das verabredet, ihre Schritte in Richtung Hibiya-Park. Der Himmel war etwas bewölkt, die dünne, plötzlich winterlich aussehende Sonne beschien das Pflaster nur mit schwachen Strahlen. Es war ein wenig windig. Kosaka trug einen Herbstmantel, Uozu jedoch hatte sich, als er wegging, nichts übergeworfen und hielt beide Hände in seinen Hosentaschen.

»Worum geht es?« fragte Kosaka fast drängend. Uozu blickte, während er neben dem ziemlich großen Kosaka einherschritt, dann und wann von der Seite her zu ihm auf.

»Ich muß dir von Frau Yashiro etwas bestellen. Ich brachte sie gestern abend, nachdem sie mich eingeholt hatte, auf einem ziemlichen Umweg mit dem Taxi nach Hause.«

»Hm, das war nett von dir«, bemerkte Kosaka fast mürrisch.

»Sie hat mich gebeten, dir etwas zu bestellen!«

»Das habe ich geahnt. Sie ist ziemlich hastig aufgebrochen, und ich dachte mir gleich, daß sie dich vielleicht einholen wolle. Das war also wirklich der Fall! Was sagte sie denn? Im großen und ganzen kann ich es mir denken ...«

»Du kannst es dir denken?«

In diesem Fall, überlegte Uozu, würde es ja genügen, Kosaka einfach nach seiner Meinung darüber zu fragen. Er hätte es unnötig gefunden, nun irgendwelche Worte zu gebrauchen, die ihn verletzen konnten.
Da antwortete Kosaka:
»Ich weiß es schon – aber –, na, sprich ruhig weiter!«
»Tja, ich kann dir nur weitergeben, was ich von ihr gehört habe: sie hat mir gesagt, sie könnte sich deinen Wünschen nicht fügen ...«
Kosaka schwieg zunächst, dann meinte er:
»Komm, gehen wir da hinüber. Ich würde vorschlagen, daß wir uns im Hibiya-Park darüber unterhalten!«
Unversehens waren beide zur Straßenkreuzung am Hibiya-Park gekommen.
Sie überquerten die Straßen, auf denen die Straßenbahnen fuhren, und traten dann neben dem Polizeihäuschen in den Park ein.
Uozu wartete, daß Kosaka zu reden begönne, aber Kosaka blieb stumm, und so fing Uozu an:
»Was meinst du dazu?«
Und er sah dabei zu Kosaka hin.
»Ach, mit mir ist es aus! Es ist aus!«
Er sagte das plötzlich mit großem Nachdruck. Er hatte manchmal eine Art, wie ein verwöhntes Kind zu reden – was in seltsamem Widerspruch zu seinem gewaltigen Körper stand.
»Ich weiß nicht im einzelnen, was sie dir gesagt hat, aber mit mir ist es aus ...«
»Was meinst du damit?«
»Ich kann nur leben, wenn ich irgendwie mit ihr verbunden bin. Es ist für mich unvorstellbar, daß das plötzlich zu Ende sein soll. Ich kann dann nicht mehr weiterleben!«
»Komm, hör auf, mir Angst zu machen!«
Uozu blickte seinen Freund beunruhigt an.
»Ach – ich meine das wirklich so!«
»Und trotzdem finde ich die Art, wie du das siehst, ein wenig unvernünftig ...«
»Von allem Anfang an war es unvernünftig!«

»Ach, das ist doch wirres Zeug!«
»Selbstverständlich! Du hast völlig recht!«
»Wenn du mir so immer nur beipflichtest, weiß ich kaum mehr, wie ich mit dir reden soll! Aber ich meine: darf eine Liebe so sein?«
»Nein! Natürlich nicht!« erwiderte Kosaka und fuhr fort:
»In meinem Fall ganz sicher nicht! Alle Ordnung, jede gesellschaftliche Moral wird dadurch zerstört. Es ist, mit anderen Worten, eine unerlaubte, ganz und gar verbotene Liebe! Von allem Anfang an war sie ohne Sinn, ohne jede Vernunft . . .! Nur – in unserem Fall . . .«
Kosaka gebrauchte plötzlich den Plural und redete von »unserem Fall«.
Aber er fuhr gleich fort:
»Für mich gibt es nur eine Möglichkeit, gerettet zu werden. Und die ist, daß sie ihr eigenes Gefühl wichtig nimmt! Ja! Daß sie ihr Gefühl als etwas Wertvolles bejaht und dadurch alle Hindernisse überwindet. Wenn sie aber an ihrer Ehe, die doch bar jeder Liebe ist, um des äußeren Scheins, um der Gesellschaft willen festhalten will und ihr Gefühl abtötet, weiß ich nicht mehr, wo ich bleiben soll!«
»Ob sie wirklich, wie du sagst, ihr eigenes Gefühl abtötet?«
»Das tut sie!«
»Sie redet aber anders darüber!«
»Das kann ich mir denken. Auch vor mir gibt sie es nicht zu!«
»Sie hat mir gesagt, daß du sie mißverstehst!«
». . .«
»Nach meiner Auffassung ist sie dir gegenüber . . .«
Plötzlich konnte Uozu nicht mehr weitersprechen. Es fiel ihm allzu schwer, seinem Freunde brutal ins Gesicht zu sagen, daß Minako ihn nicht liebe.
Nach ein paar Augenblicken bemerkte Kosaka in einem Ton, als rede er mit sich selbst:
»So, sie hat also gesagt, daß sie mich nicht liebt!«
»Ja . . .«
Uozu fand es grausam, aber es erschien ihm unumgänglich, jetzt ganz klar zu sein.

»Gut. Das hat sie wohl behauptet. Sie hat das auch zu mir immer gesagt, und warum sollte sie zu dir anders reden? Und trotzdem: es ist nicht wahr!«
»Und woran willst du das erkennen?«
Da blieb Kosaka plötzlich stehen und fragte:
»Übrigens – auf welcher Seite stehst du?«
Es klang fast drohend.
»Auf keiner Seite!«
»Hast du aber die Absicht, mich von ihr wegzuziehen?«
Uozu schwieg eine Weile, aber schließlich antwortete er:
»Ja, wenn ich das könnte, würde ich es gern tun.«
»Hast du dich etwa in sie verliebt?« fragte Kosaka scharf.
»Was? . . .«
Uozu sah Kosaka fest in die Augen. Und da sagte dieser, als hätte er erkannt, daß seine Art zu reden schon fast hysterisch war: »Nein, verzeih mir! Das ist mir nur so über die Lippen gerutscht!«
Sein Gesicht war bleich.
»Jedenfalls stimmt es nicht, was sie dir gesagt hat. Sie behauptet da etwas, was sie selber gar nicht so fühlt! Sie hat es mir ausdrücklich gesagt, daß sie mich liebt!«
Seine Stimme klang, als spiele er damit seinen letzten Trumpf aus.
Als Uozu noch immer schwieg, fuhr Kosaka fort:
»Sie hat es mir selber gesagt, daß sie mich liebt! Beteuert denn sonst eine Frau einem Manne, daß sie ihn liebt? Sie hat mir das gesagt, weil sie mich wirklich liebt – davon lasse ich mich nicht abbringen! Und es ist völlig ausgeschlossen, daß die Liebe, die ein Mensch für einen andern fühlt, plötzlich und spurlos erlischt!«
Uozu blieb noch immer stumm, und da sagte Kosaka: »Komm, wir wollen uns jetzt irgendwo auf eine Bank setzen!«
Auch Uozu blickte nun im Park umher und suchte nach einer hübschen Bank am Rand des Teichs. Als sie eine entdeckt hatten, schritten sie einträchtig darauf zu.
Dort setzten sie sich nebeneinander.
»Sie ist ja sehr viel jünger als ihr Mann!« begann Uozu nach einer Weile.

»Hat sie dir davon erzählt?«
Uozu war verblüfft, daß nun er es war, der ausgefragt wurde. Natürlich konnte er unmöglich verraten, daß er nachgeforscht hatte, und so antwortete er nicht.
»Ja, da besteht ein großer Altersunterschied – von dreißig Jahren schätze ich.«
»Warum hat sie nur eine solche Ehe geschlossen? Sie ist wohl seine zweite Frau?«
»Ja.«
»Wie sie nur dazu kam?«
»Darüber weiß ich nichts. Aber egal, aus welchem Grund sie ihn geheiratet hat, er hätte es ablehnen müssen! Ich finde es eine Sünde, wenn ein Mann, ohne sein Alter zu bedenken, ein junges Mädchen heiraten will!«
»Tja . . .«
»Sie hat mir einmal erzählt, daß ihr Verhältnis zu ihrem Mann so etwas wie zwischen Vater und Tochter sei!«
Ebenso wie vorhin, als Kosaka ihm bekannte, daß Minako ihm ihre Liebe erklärt habe, fühlte er auch jetzt, als er von ihm hörte, daß Minako ihm sogar über ihr Eheleben berichtet habe, fast etwas wie Eifersucht.
Uozu hatte sich mit Kosaka verabredet, um ihm das mitzuteilen, worum er von Minako gebeten worden war, aber das war nun alles – eine Lösung des Problems stand keineswegs, wie Minako es sich erhoffte, in Aussicht.
»Hören wir lieber auf, davon zu reden!« sagte Kosaka plötzlich mit veränderter Stimme und fügte hinzu:
»Fürs Jahresende ist doch alles in Ordnung, ja?«
Er meinte damit ihren gemeinsamen Aufstieg zum Hodaka.
»Ja!« erwiderte Uozu gleichfalls in einem anderen Ton.
»Und das Geld dazu?«
»Ich werde es schon irgendwie schaffen. Und du?«
»Ich? Ich verlasse mich auf den Jahresbonus!«
Die Ostwand des Okumatashiro erhob sich vor Uozus Augen in strengem Weiß.
»Am 27. Dezember schließe ich meine Arbeit ab. Am 28. morgens kann ich schon aufbrechen.«
Kosaka sagte das mit einem Ausdruck, der an diesem Tag

zum erstenmal zu seinem Wesen paßte. Uozu liebte die Miene Kosakas, wenn er von Bergen sprach. Dessen regelmäßiges und energisches Gesicht war meist ein wenig schwierig und fast düster, aber sobald er von den Bergen erzählte und sich seine Augenbrauen dabei hoben, erstrahlte es hell.
Uozu verkehrte nun schon viele Jahre lang mit Kosaka und hatte immer nur dieses helle, heitere Gesicht gesehen. Heute war er zum erstenmal einem Gesicht begegnet, das sich von dem des Bergsteigers Kosaka unterschied. Darüber sann er eine Weile nach, und dann sagte er:
»Ich werde wohl bis zum Abend des 28. Dezember zu tun haben. Am Nachmittag des 29. ist es soweit!«
»Gut, fahren wir mit dem Nachtzug am 29.? Wir kommen am 30. morgens in Matsumoto an, fahren bis Sawando mit dem Taxi und erreichen noch am gleichen Tag Sakamaki. Am 31. können wir wohl in der Tokusawa-Hütte sein, ja?«
»Und am 1. Januar kampieren wir am Okumata?«
»Am Morgen des 2. Januar nehmen wir uns die Ostwand vor!«
»Schön, aber vielleicht könnten wir schon einen Tag früher aufbrechen? Wir wären dann bereits am 1. Januar an der Felswand!«
Im letzten Jahre hatte er, überlegte Uozu, bis zum 28. Dezember zu arbeiten, aber in diesem erschien es ihm möglich, die Arbeit bis zum 27. abzuschließen. Wenn es irgend zu machen war, wollte er am Morgen des 1. Januar an der Felswand sein.
Uozu sann gerade darüber nach, da ließ Kosaka ein kleines Feuerzeug aufschnappen und steckte sich seine Zigarette an. Uozu merkte plötzlich, daß das Feuerzeug rot und von einer Art war, wie es Frauen haben.
Er streckte seine Hand danach aus und nahm es Kosaka fort; nachdem er es zwei-, dreimal hatte aufschnappen lassen, bemerkte er: »Das ist ja wirklich ein niedliches Ding!«
»Ein Geschenk . . .«
Und dabei lächelte Kosaka übers ganze Gesicht. Uozu fand die Frage, von wem er es denn erhalten habe, zwar wenig fein, aber er stellte sie trotzdem:

»Vielleicht von ihr?«

»Ja ...«

Im gleichen Augenblick nahm Kosaka das Feuerzeug wieder an sich und steckte es mit einer Geste, als sei es ein Ding von unschätzbarem Wert, in seine Tasche.

Uozu hatte das Gefühl, als hätte er bei Kosaka eine ihm völlig neue, unangenehme, merkwürdig weibliche Seite entdeckt. Wenn plötzlich Regeln gebrochen werden, die lange Zeit hindurch streng eingehalten wurden, jemand unerwartet also in das Privatleben seines Freundes eindringt, geschieht dergleichen wohl nicht selten. Und Uozu hatte ferner den Eindruck, daß sich auch Frau Yashiro Minako höchst unvernünftig und inkonsequent verhielt, wenn sie Kosaka dieses Feuerzeug schenkte und ihn, Uozu, um die Lösung von Problemen bat, die sich zwischen ihr und Kosaka ergaben.

»Wollen wir am nächsten Sonntag packen?« fragte Uozu.

»Gut! Einverstanden!«

Sie mußten das Zelt, die Verpflegung und allerlei Gerät zum Klettern im voraus an einen Bekannten in Sawando schicken und es durch ihn nach Kamikochi bringen lassen.

Dann sollten wir jetzt auch mit dem Training beginnen! bemerkte Uozu noch, und es klang wie ein Befehl.

»Gut«, antwortete Kosaka nur. Aber Uozu sagte noch, wie in einem Gefühl des Unbehagens:

»Ich fände es besser, du ließest das Feuerzeug zu Hause ...«

Mit diesen Worten stand er auf und verabschiedete sich.

2. Kapitel

Es war am Morgen des ersten Sonntags im Dezember. Minako bereitete zusammen mit ihrem Dienstmädchen Harue in der Küche das Frühstück, aber da sie zwischendurch die Hände frei hatte, wollte sie den Garten säubern, den sie schon ein paar Tage lang vernachlässigt hatte, und schritt von der Engawa zum Garten hinab. Da hörte sie, wie in dem Studierzimmer des ersten Stocks ihr Mann Kyonosuke in die Hände klatschte.

Minako, die eben zum Rasen hinschritt, hielt an und spitzte die Ohren, aber nun hörte sie nichts mehr. Und sie glaubte, sich vielleicht verhört zu haben. Sie war dem Geklatsche gegenüber, wenn ihr Mann in die Hände schlug, um sie zu rufen, außerordentlich empfindlich. Schon manchmal war sie in dem Glauben, ihr Mann habe sie gerufen, umsonst in den ersten Stock hinaufgestiegen.

Nun blieb sie eine Weile stehen und lauschte angespannt, aber da sie kein Klatschen mehr vernahm, ging sie ein paar Schritte weiter, hielt jedoch plötzlich wieder inne. Diesmal hatte sie deutlich gehört, wie ihr Mann in die Hände geklatscht hatte.

Sie stieg schnell die Engawa hinauf und rief, als sie zum Flur gekommen war, der sie von der Küche trennte:

»Jaaaa!«

Sie rief so laut, daß es ohne Zweifel bis in den ersten Stock zu hören war, trat in die Küche und goß Bancha-Tee in eine große Tasse. Ihr Mann trank sehr gern Tee, und wenn er den ganzen Tag zu Hause war, mußte sie unzählige Male Tee in sein Zimmer bringen. Es war sehr starker Sencha-Tee. Machte sie ihn einmal nicht so stark, daß sie sich wunderte, wie man so etwas nur trinken konnte, war ihr Mann nicht zufrieden. Aber diesmal war es Bancha-Tee. Kurz vor dem Frühstück wäre der Sencha-Tee zu stark gewesen, und aus diesem Grund trank ihr Mann vor dem Frühstück Bancha- oder auch Tang-Tee.

Minako setzte die große Tasse auf ein kleines Tablett und stieg die Treppe hinauf. Diese Treppe war breiter als in gewöhnlichen Häusern, es konnten auf ihr zwei Personen nebeneinander gehen. Von der Bauart ausländischer Häuser war hier nur die Treppe übernommen worden, und so wirkte diese für ein im übrigen japanisch gebautes Haus unharmonisch, ja wie angeklebt.

War man die Treppe ganz hinaufgestiegen und bog dann nach links, stieß man an die Tür des Studierzimmers, bog man nach rechts, lag da das Schlafzimmer des Ehepaares. Minako war bis auf einige Stufen emporgestiegen, da blieb sie plötzlich stehen und blickte von oben in die Teetasse hinein. Es schwamm dort ein großes Teeblättchen.

Um dieses winzige Ding daraus zu entfernen, hätte sie, wie sie wußte, nur das Fenster gleich neben sich zu öffnen und etwas Tee mit diesem Blättchen fortzuschütten brauchen, aber dann fiel ihr eine noch simplere Methode ein. Sie legte Daumen und Mittelfinger ihrer rechten Hand dicht aneinander und schöpfte das Teeblättchen damit aus der Tasse.

Nachdem sie hierauf die nassen Fingerspitzen an ihrer weißen Schürze abgetrocknet hatte, stieg sie die letzten Stufen hinauf und trat in das Studierzimmer ihres Mannes ein, das außer dem Empfangszimmer als einziger Raum des Hauses europäisch eingerichtet war.

»Du wolltest Tee?« fragte sie ihren Mann, der mit dem Rücken zu ihr am Fenster stand und durch das Fenster in den Garten hinunterschaute. Kyonosuke, den mageren Körper in einen grauen Sweater gehüllt, wandte sich langsam um und sagte mit sanfter Stimme:

»Ob heute morgen überhaupt kein Reif liegt?«

»Hm – soll ich einmal nachschauen? Ich wollte eben in den Garten, aber da hast du mich gerufen!«

»Oh, du brauchst nicht eigens nachzusehen!«

Er lachte. Irgendwie fand er es wohl komisch, daß seine Frau diese ganz bedeutungslose Frage so ernst genommen hatte. Aber offenbar empfand er bei dem Gedanken, eine noch so mädchenhafte Gattin zu besitzen, gleichzeitig etwas wie Befriedigung.

»Da – ich stelle den Tee hin.«
Minako stellte die Teetasse an den Rand des großen Tisches, der in der Mitte des Zimmers stand.
»Eigentlich hätte ich lieber Tomatensaft getrunken . . .«
»Oh, keinen Tee?«
»Doch – ich trinke auch den Tee da!«
»Ich kann dir Tomatensaft holen!«
»Schon gut! Der Tee ist recht. – Es ist ja auch bald Zeit zum Frühstück, wie?«
»Ja, aber vielleicht dauert es noch zehn Minuten!«
Da Kyonosuke nach der Teetasse griff, hoffte Minako, daß er sich zufrieden gab, und so wollte sie sich gerade aus seinem Arbeitszimmer zurückziehen, da sagte ihr Mann:
»Der Tee riecht nach Lauch!«
Als sie das hörte, wandte sie sich betroffen zu ihm um.
Kyonosuke hob die Teetasse an seine Nase und schnupperte daran, doch dann setzte er die Tasse leicht an die Lippen.
»Riecht er irgendwie?«
»Hm . . .«
»Laß, ich bringe dir einen anderen!«
»Nein, es ist schon gut . . .«
Nachdem er einen Schluck getan hatte, sagte er:
»An deinen Fingern haftet sicher ein Geruch von Lauch!«
»Meinst du?« antwortete sie unklar. Sie hätte nur zu gern erwidert, das sei durchaus nicht der Fall, aber das konnte sie natürlich nicht behaupten. Vielleicht hatte, überlegte sie, die Tür seines Studierzimmers halb offengestanden, und er hatte ihr zugesehen, wie sie mit zwei Fingern das Teeblättchen herausgefischt hatte. Irgendwie mußte das so gewesen sein . . .
»Hast du es gesehen?«
»Was?«
»Ach, schon gut . . .«
Minako sagte das mit dem Lächeln eines Kindes, das eines kleinen Streiches wegen von seinem Vater gescholten worden ist. Kyonosuke blickte seine Frau eine Weile ausdruckslos an und bemerkte dann:
»Übrigens muß ich heute wohl wieder weg – obwohl Sonntag ist!«

Und nachdem er auf diese Weise das Thema geändert hatte, schlürfte er den Tee weiter in sich hinein.

»In die Firma?«

»Tja ...«

Diesmal verließ Minako den Arbeitsraum ihres Mannes tatsächlich, und sie dachte, während sie die Treppe hinunterschritt, daß er ihr bestimmt zugesehen hatte, wie sie das Teeblättchen mit zwei Fingern aus der Tasse herausgefischt hatte.

Um zehn Uhr fuhr das Auto vor. An gewöhnlichen Tagen wurde er mit dem Firmenwagen um neun Uhr abgeholt, aber weil heute Sonntag war, ließ sich ihr Mann wohl etwas mehr Zeit.

Nachdem sie Kyonosuke an der Pforte verabschiedet hatte, arbeitete sie eine Weile noch in der Küche, aber irgendwie fühlte sie einen dumpfen Druck in ihrem Kopf. Ihr war, als hätte sie etwas Wichtiges vergessen.

Nach einer Stunde etwa ging sie mit der Zeitung auf die Engawa, aber sie las nicht, sondern starrte versonnen auf den winterlich dürren Garten.

Plötzlich merkte sie, daß sich ihr Gefühl wegen der kleinen Begebenheit vor dem Frühstück verkrampft hatte. Sie war mit einemmal fest davon überzeugt, daß ihr Mann sie beobachtet hatte, als sie das Teeblättchen aus der Tasse fischte. Sonst hätte er doch nicht behaupten können, ihre Finger röchen nach Lauch. Hatte er das gesehen, so war es – mochte sie auch seine Frau sein – für einen so peinlich sauberen Menschen wie ihn sicher unerträglich, Tee zu trinken, in den Finger hineingesteckt worden waren. Aber er hatte, obgleich er alles mitangesehen hatte, nicht klar davon gesprochen. Er hatte es nur angedeutet und bis zuletzt ein Gesicht aufgesetzt, als wüßte er von nichts.

Sie war heute zum erstenmal darauf aufmerksam geworden, daß ihr Mann auch eine solche Seite besaß. Sie hielt es für möglich, daß er sich auch in anderen Fällen so verhielt. Sicher erklärte sich sein Verhalten ganz harmlos daraus, daß er auf sie, seine junge Ehefrau, Rücksicht nehmen wollte. Selbstverständlich hatte sie manchen Fehler, aber er wollte – naja –

eben so tun, als merke er das nicht. Das war vielleicht alles, was er sich dabei gedacht hatte. Und doch . . . was das Teeblättchen betraf, wäre zwar nichts weiter zu sagen, aber...
Als sie das dachte, hielt sie unwillkürlich ihren Atem an. Sie spürte, wie sich die Muskeln ihres Gesichts versteiften. War es denn völlig ausgeschlossen, daß ihr Mann von ihrem Fehltritt mit Kosaka etwas gemerkt hatte? Wie wäre es, wenn er tatsächlich davon wußte und sich nur so stellte, als ahne er nichts?
Minako sann über Worte und auch den Gesichtsausdruck ihres Mannes in den verschiedensten Situationen nach. Er wußte ohne jeden Zweifel, daß Kosaka ihr Briefe schickte. Einmal hatte er ihr einen sogar aus dem Postkästchen geholt und ihn ihr selber überreicht.
Und als Kosaka sie einmal besuchte, hatte er zu ihm gesagt:
»Bleiben Sie ruhig ein wenig länger! Minako fühlt sich ein bißchen einsam . . .«
Ja, daran konnte sie sich genau erinnern. Und dann war er aufgestanden und in sein Arbeitszimmer hinaufgestiegen. Und außerdem gab es noch manches andere. Sie versuchte, sich an jede Einzelheit zu erinnern, um so seine Haltung und auch seine Miene daraufhin noch einmal überprüfen zu können.
Plötzlich erhob sie sich. Sich ihres Verhaltens klar bewußt, schlug sie in die Hände und befahl Harue:
»Verbinden Sie mich mit meinem Mann!«
Sie fühlte, daß sie ihre Angst nur durch ein Gespräch mit ihrem Mann loswürde. Es war fünf Jahre her, daß sie seine Frau geworden war, aber von einer so starken Unruhe war sie bisher noch niemals befallen worden. Da wo sie in seinem Blick bisher nur Rücksicht vermutet hatte, war noch ein anderes Auge, von dessen Existenz sie nichts geahnt hatte.
Harue rief in der Firma an, aber Kyosonuke befand sich nicht in seinem Zimmer, und so rief sie selber zehn Minuten später noch einmal an.
Minako wußte nicht genau, was die Firma ihres Mannes, die Tohokako also, im einzelnen produzierte. Sie hatte über sie nur erfahren, daß sie Nylonfasern herstellte.

Die Fabrik bestand aus mehreren Hallen, die Zahl der Beschäftigten betrug etwa zweitausend, in einer der Hallen stieg ständig ein absonderlicher Geruch auf, und in einer anderen Halle kochte in vielen Kesseln ständig eine breiige, teebraune Flüssigkeit. So stellte sie sich den Betrieb vor. Da sie das aber noch nie selber gesehen hatte, wußte sie nichts Genaues. So ungefähr war jedoch ihre Vorstellung von dem Ort, an dem ihr Mann tätig war.

In Wahrheit war Minakos Unwissenheit noch sehr viel größer. So hatte sie etwa nicht die geringste Ahnung, wo sich ihr Mann heute, einem Sonntag, aufhielt. Wenn sie in seinem Sekretariat anrief, verband man sie dorthin, wo sich ihr Mann gerade befand, aber sie wußte überhaupt nicht, wie es dort aussah. Sie hörte gelegentlich verschiedene Männer miteinander reden, und danach zu urteilen, befand sich ihr Mann in irgendeiner Abteilung der Fabrik, aber ein andermal vernahm sie aus dem Hörer das Klirren von Eßtellern und ein Geklapper wie von Bestecken Sie hatte dann den Eindruck einer Konferenz, bei der gleichzeitig gegessen wurde.

Minako hatte ihren Mann oft gebeten, ihr doch genau zu sagen, was er an dem und jenem Tage tue, aber er antwortete nur:

»Heute tagt der Atomkraft-Forschungsausschuß der Firma.«

Oder:

»Heute tritt der Industrieforschungsausschuß für Atomkraft zusammen!«

Oder:

»Heute ist eine Versammlung wegen Isotopen.«

So nichtssagend lautete sein Bescheid stets. Offenbar gab es in seiner Firma einen Ausschuß für Atomkraftforschung, und er war dessen Vorsitzender. Wenn er die ihm geläufigen Worte Atomkraft oder Isotopen gebrauchte, konnte Minako nicht das mindeste damit anfangen. Sogar sein Gesicht dabei kam ihr unverständlich vor.

Heute aber hielt sich Kyonosuke in seinem Direktorzimmer auf. Als sie zehn Minuten nach Harues erstem Anruf Verbindung mit ihm erhielt, hörte sie statt der üblichen liebens-

würdigen Stimme seiner Privatsekretärin die tiefe, herbe Stimme ihres Mannes:
»Hm ... was ist?«
Sie sah ihn deutlich vor sich, wie er, die Augen aufmerksam auf die Papiere auf seinem Schreibtisch gerichtet, den Hörer an sein Ohr hielt.
Lächelnd erwiderte Minako:
»Komm, sieh mal für einen Augenblick von deinem Schreibtisch auf!«
Und nachdem er entweder »hm« oder »ja«, also jedenfalls irgendein kurzes, unverständliches Wort gemurmelt hatte, antwortete er:
»Ja, gut ... ich bins ... was ist?«
Jetzt erst hatte er sich wohl entschlossen, sich mit seiner Frau zu unterhalten.
»Ich mache mir Sorgen ...«, sagte Minako.
»Worum?«
»Du hast sicher gewußt, daß ich heute morgen das Teeblättchen mit dem Finger herausgefischt habe, ja?«
Nach einer Weile hörte sie ein bejahendes »Hm ...«
»Du hättest mich, nachdem du es doch gemerkt hattest, lieber schelten sollen! – Das mag ich nicht, diese Art, wie du mit mir umgehst! Daß du sagst, ich röche nach Lauch!«
Dies war für Minako eine höchst ungewohnt spitze Art zu reden. Ihr Mann schwieg eine Weile, vielleicht weil ihn das verblüfft hatte – aber dann hörte sie seine leise, lachende Stimme an ihr Ohr dringen:
»Ach du! Laß es gut sein! Ich habe es wirklich nicht böse gemeint! Ich weiß nicht, ob es sich um ein Teeblättchen oder irgendeinen Staub gehandelt hat, aber irgend etwas wolltest du ja wohl aus der Tasse fischen, und dabei hat deine Fingerspitze für einen Augenblick den Tee berührt – na, ich sehe da keine böse Absicht ...«
»Meinst du das wirklich?«
»Ich kann keine besondere böse Absicht darin sehen, und ich wüßte auch nicht, was es daran zu tadeln gäbe ...«
»Tja, natürlich hatte ich dabei keine böse Absicht, aber .. «
Das war ein seltsames Gespräch. Hätte ein Außenstehender

mitgehört, müßte er wohl geglaubt haben, daß Kyonosuke seinen Finger in die Teetasse gesteckt hatte und Minako ihn deswegen tadelte.
»Nun – was gibt es also Wichtiges?«
»Wichtiges? Eigentlich nichts ... Ich wollte dir nur sagen, daß es mir lieber gewesen wäre, wenn du offen zu mir gesprochen hättest!«
»Oh – und deswegen rufst du mich hier an?«
»Ja!«
Darauf sagte er, halb im Spaß und halb doch sehr erstaunt:
»Gut! Ich habe verstanden!«
Und dann fügte er hinzu, als hätte er jetzt etwas sehr Dringliches zu erledigen: »Also – ich lege jetzt auf ...«
Doch zu Kyonosukes Verblüffung fragte Minako:
»Gibt es eigentlich außerdem noch etwas?«
»Wie?«
»Ich meine außer dem Teeblättchen ...«
Sie hatte den unwiderstehlichen Drang gefühlt, danach zu fragen. Sie konnte natürlich – mochte die Wahrheit sein wie sie wollte – auf eine solche Frage kein »ja« erwarten, und doch wäre sie mit sich unzufrieden gewesen, hätte sie ihm diese Frage nicht wenigstens gestellt.
»Außer dem Teeblättchen? – Hör mal, worum geht es denn nun eigentlich?«
Er begriff den Sinn ihrer Frage offenbar nicht im geringsten.
»Ich meine: gibt es nach deiner Auffassung irgend etwas, was ich tue und wozu du, obwohl es dir nicht angenehm ist, doch schweigst?«
»Etwas, was du tust?«
»Ja!«
»Ich glaube doch wohl nein ...«
Seine Antwort klang, als dächte er ein wenig nach.
»Gibt es das wirklich nicht?«
»Nein ...!«
»Dann ist es gut ...«
»Wie kommst du nur plötzlich auf so eine Frage?«
»Es beunruhigt mich einfach – ich meine die Sache mit den Teeblättchen!«

Nachdem Minako den Hörer aufgelegt hatte, trat sie wieder auf die Engawa, die nun ganz von der Sonne beschienen war. Vielleicht hatte Kyonosuke, überlegte sie, wirklich nichts von ihrer Affäre mit Kosaka gemerkt. Die Last auf Minakos Herzen wurde durch diese Überlegung keineswegs leichter.
Um drei Uhr erschien Harue und meldete ihr, es sei ein Anruf für sie gekommen.
»Es ist irgend jemand, der Uozu heißt, glaube ich.«
Minako war gerade damit beschäftigt, die Wintergarderobe ihres Mannes aus dem Kasten zu nehmen und auf der Engawa in die Sonne zu hängen, aber obwohl ihr Harue den Namen Uozu genannt hatte, begriff sie nicht gleich.
»Eine Dame?«
»Nein, ein Herr.«
»Wer kann das denn sein? Ich werde selbst mal sehen!«
Während sie auf das Telefon zuschritt, fiel ihr plötzlich ein, wer Uozu war, und sie sah, ein wenig beunruhigt, seine Gestalt, die kleiner und nicht so kräftig wie die Kosakas war, vor sich, und sie erinnerte sich auch, daß dieser Uozu vor etwa einem Monat mit ihr in einem Taxi gefahren, vor dem Bahnhof Denenchofu ausgestiegen war und sie dann bis an ihr Haus gebracht hatte.
Sie bereute ihren Leichtsinn, mit ihm, dem sie damals ja doch zum ersten Male begegnet war, so offen über ihre Schwierigkeiten wegen Kosaka gesprochen zu haben. Weil sie ihre Beziehungen zu Kosaka endlich in Ordnung bringen wollte, hatte sie zu diesem Herrn Uozu, der ja Kosakas vertrautester Freund war, so unvorsichtig und eifrig geschwatzt . . .
Sie nahm den Hörer auf, hielt ihn jedoch in gewisser Entfernung von ihrem Ohr.
»Hier ist Minako.«
»Gnädige Frau? Verzeihen Sie neulich!«
Es war unverwechselbar Uozus Stimme, die da an ihr Ohr drang.
»Aber ich bitte Sie! Es tat mir neulich so leid, Sie waren so müde!«
»Verzeihen Sie, daß ich mit meiner Antwort so spät bin. Darf ich Sie heute mit Kosaka zusammen besuchen?« fragte er

plötzlich. Als Minako das hörte, befiel sie am ganzen Körper ein leichtes Zittern.

»Sie wollen mit Herrn Kosaka kommen?«

»Ja. Ich fände es günstig, wenn er dabei ist ...«

»... Aber ... worum geht es?«

»Ich habe Kosaka ein paarmal getroffen und mich mit ihm über die Sache unterhalten. Kosaka möchte Sie heute zum letzten Male sehen. Er hat mir versprochen, daß es wirklich das allerletzte Mal ist!«

»...«

»Er hat sich entschlossen. Und ich finde, daß es ein gewaltiger, schwerer Entschluß für ihn ist! Ich wäre Ihnen dankbar, wenn Sie seiner Bitte entsprechen wollten und ihn ein letztes Mal empfingen. Da ich dabei bin, werde ich schon verhindern, daß er irgend etwas sagt, was Ihnen unangenehm sein könnte!«

»Hat er sich wirklich entschlossen?«

»Ja!«

»Gut, dann will ich ihn empfangen.«

»Dürfen wir gleich zu Ihnen kommen? Falls es Ihnen aber angenehmer ist, könnten wir uns auch in der Nähe des Bahnhofs Denenchofu treffen ...«

»Es geht hier ohne Schwierigkeit«, erwiderte sie.

Obwohl sie dieses Gespräch innerlich ruhig beendet hatte, spürte sie bald wieder etwas Angst. Sie erinnerte sich an Kosakas Gesicht, in dem, wenn man so wollte, etwas sehr Reines, aber gleichzeitig doch auch unheimlich Hartnäckiges war. Es war ein regelmäßiges Gesicht, aber ihr erschien es bedrückend wie kein anderes auf der Welt.

Sie konnte sich des Weihnachtsabends vor drei Jahren nicht mit einem Gefühl erinnern, als sei das alles wirklich so gewesen. Nachdem sie sich liederlich hatte gehenlassen, wollte sie die Verantwortung dafür auch keineswegs von sich abschieben, aber was in jener Nacht geschah, dünkte sie jetzt so unbegreiflich und absonderlich, daß sie eigentlich doch nicht recht verantwortlich dafür war. Wenn sie an jene Nacht dachte, an sich, wie sie sich da verhalten hatte, vermochte sie es nicht zu fassen, daß jene Frau wirklich sie gewesen war.

An jenem Tag hatte sich ihr Mann auf einer Dienstreise in Kansai befunden, und sie verspürte nicht die geringste Lust, den sonst so vergnügten Weihnachtsabend trübselig allein zu Hause zu verbringen. Gerade als sie bekümmert darüber nachsann, rief Kosaka an.
Sie fuhren zusammen in die Ginza und speisten in einem Restaurant. Sie tranken ein wenig Wein, und ihr Gesicht rötete sich wohl etwas, aber sie fühlte sich nicht eine Spur angetrunken. Nachdem sie aber das Restaurant verlassen hatten und in der riesigen, lärmenden Menschenmenge dahintrieben, verwandelte sie sich plötzlich in eine völlig andere Minako. Sie hatte bis zu diesem Tag Kosaka gegenüber nicht ein einziges Mal so empfunden, nun aber war ihr, als könnte sie sich unmöglich von ihm wieder trennen.
Sie war es auch, die ihn herausgefordert hatte:
»Kommen Sie! Wollen wir nicht noch mehr trinken?«
Daran erinnerte sie sich auch heute noch klar. Und damit begann ihr Fehltritt. Um zehn Uhr stiegen sie in ein Taxi, um nach Hause zu fahren, aber sie hatte, was ihr in ihrem Leben noch nie passiert war, zuviel ausländischen Wein getrunken; vor ihren Augen schwankte es nur so. Sie spürte nur einen Wunsch, möglichst schnell auszusteigen und sich irgendwo hinzulegen.
Das Taxi hielt in einem dem Stadtkern nahen Viertel vor einem kleinen, recht ordentlich aussehenden Hotel. Als sie das Zimmer betraten, war sie es, die Kosaka zurückhielt, der sie ausruhen lassen und selber heimkehren wollte. Sie erinnerte sich noch heute sehr genau daran.
Wer dann beim Küssen und als sie beide auf das Bett sanken, begonnen hatte, konnte sie freilich nicht mehr sagen. Damals sehnten sich die Herzen wie auch die Körper der beiden wie wild nach einander.
Um zwölf Uhr verließ, von Kosaka begleitet, Minako das Hotel. Sie fühlte sich von Scham, Reue und einem schweren Schuldgefühl maßlos befleckt. Als sie auf die Straße hinaustraten, war es da so dunkel und still, daß nichts mehr an Weihnachten erinnerte, und dann trennten sie sich. Minako stand noch einige Zeit neben einem Telefonmast und wartete

auf ein Taxi, ihr Körper wie auch ihr Herz zitterten vor Kälte. Als sie ihr Gewand anfaßte, war es feucht. Das kam von dem Nebeldunst, der vom Himmel sank.
Von jener Stunde bis auf den jetzigen Tag war Kosaka für sie der junge Mann, an den sie nur mit größter Sorge dachte. Die Ernsthaftigkeit seines Wesens, seine Reinheit, seine bedingungslose Hingabe, all das erfüllte sie eher mit Furcht. Da sie ja selber das Feuer in ihm entzündet hatte, war es nun für sie schwierig, die von ihr angerichtete Verwirrung wieder aufzulösen.

Als es auf dem Flur läutete, schickte sie ihr Mädchen Harue hinaus und ließ die beiden Gäste ins Besuchszimmer führen. Dann stellte sie sich vor den Spiegel und puderte ihr vor Erregung bleiches Gesicht.
Im gleichen Augenblick, in dem sie das Besuchszimmer betrat, erhob sich Uozu; Kosaka blieb auf der Kante des Sofas sitzen und verbeugte sich mit seinem langen Oberkörper, während er starr zu Boden blickte.
»Seien Sie willkommen!«
Minako spürte selbst, wie kalt und steif ihre Stimme klang. Kosaka sah nun auf und sagte:
»Ich weiß, daß ich Ihnen sehr lästig gefallen bin. Aber jetzt habe ich mich entschlossen! Ich bin heute nur gekommen, weil ich es unerträglich finde, Sie nicht sehen zu dürfen, ohne daß unsere Beziehungen geklärt sind . . .«
Er sprach in ruhigem Ton.
»Verzeihen Sie!« bat Minako.
»Es klingt absonderlich, wenn Sie das sagen! Auch ich müßte um Verzeihung bitten! Aber reden wir lieber nicht davon, ob wir das zu Recht oder zu Unrecht tun. Uns wird nur noch elender davon!«
Minako schwieg. Sie wußte, daß sie, ganz gleich was sie auch sprach, Kosaka nicht zufriedenstellen konnte.
Da sagte Kosaka wieder:
»Ich habe nur eine Bitte noch!«
Doch jetzt schaltete sich Uozu ein:
»Rede kein dummes Zeug! Du hast mir das versprochen!«

»Sei unbesorgt!« antwortete Kosaka, und er wandte sich an Minako:
»Empfinden Sie wirklich so, wie sie es Uozu dargestellt haben?«
Minako schwieg fest. So klar sie auch aufgefordert werden mochte, sie fühlte sich außerstande, auch nur ein Wort darüber zu äußern. Sie konnte Kosaka doch unmöglich erklären, daß es sich bei ihr nur um einen Fehltritt gehandelt habe. So war sie gezwungen zu schweigen. Dieses Schweigen war die einzige Möglichkeit, ihren Willen kundzugeben.
»Haben Sie mich wirklich – wenn auch nur ein wenig – geliebt? Nur das möchte ich noch hören!«
Und nach einer Weile bat er wieder:
»Ich bitte Sie: sagen Sie ja oder nein!«
Nachdem ihr Kosaka so unerwartet scharf zusetzte, blickte sie ihn plötzlich entschlossen an und erwiderte:
»Es ist mir peinlich, davon zu reden, aber in jener Nacht habe ich Sie, glaube ich, geliebt, aber dann ...«
»– – fühlten Sie nicht mehr so? Meinen Sie das?«
»Ja!«
Dabei nickte sie.
Kosaka erwiderte fast trotzig:
»Ich habe verstanden! Wenn das aber so ist, kann man einem Menschenherzen doch wohl niemals vertrauen – meinen Sie nicht auch?«
Minako fand es sinnlos, darüber zu diskutieren. Zweifellos hatten in jener Nacht ihr Herz und auch ihr Körper nach Kosaka verlangt. Und das konnte man schon Liebe nennen. Aber all das war bereits, als sie zu später Nachtstunde im feuchten Nebel auf der Straße stand, ganz und gar in ihr erloschen.
»Wenn das wirklich so ist«, begann Kosaka von neuem, »habe ich mich einfach fürchterlich geirrt! So ist das also ... das Menschenherz ... Sie haben mir damals doch selber gesagt, Sie liebten mich ...«
»Nun hör endlich auf!« unterbrach ihn Uozu.
Kosaka aber kümmerte sich nicht darum, sondern fuhr bleich vor Erregung fort:

»Und weil Sie das sagten, habe ich das naiv, dumm und ehrlich geglaubt! Ich habe unmöglich damit rechnen können, daß Ihr Gefühl nur ein paar Augenblicke währte! – Aber ich nehme es Ihnen nicht ohne weiteres ab, was Sie da reden! Wie kann denn das, was einmal in Ihrem Herzen brannte, so schnell erlöschen? Verschwinden, ohne die geringste Spur zu hinterlassen? – Uozu, was hältst du davon?«
»Ich?« fragt dieser erstaunt. Aber er ging nicht weiter darauf ein und bat Kosaka nur:
»Nun hör damit auf! Du hast es mir versprochen! Warst du denn gestern nicht einverstanden, daß heute nicht darüber geredet wird?«
»Wie? Bist du mein Aufpasser?« entgegnete Kosaka wütend, und nachdem er das aus sich herausgeschrien hatte, fuhr er fort:
»Ach was – nehmen wir also an, ich hätte das alles begriffen. Jedenfalls bin ich mir jetzt im klaren, daß Sie in Zukunft jemand sein wollen, den überhaupt nichts mehr mit mir verbindet, ein Mensch also, der gleichgültig an mir vorübergeht, wenn Sie mir auf der Straße begegnen. Von Ihrem Standpunkt aus ist das natürlich. Das verstehe ich. Nur was Sie über die Liebe sagten, glaube ich Ihnen nicht. Ihnen ist Ihre Ehe und ihr gesellschaftlicher Ruf nur eben wichtiger als Ihre Liebe!«
Mit diesen Worten erhob er sich.
»Uozu! Ich gehe als erster!«
»Nein, ich gehe auch!« entgegnete Uozu.
»Ich möchte aber allein hier fortgehen. Laß mich!«
Kosakas Starrsinn trat in diesem Augenblick unverhüllt zutage.
Minako blieb stumm. Sie wußte, daß ihr Schweigen verstockt, ja böse wirkte, aber hätte sie auch nur ein einziges unüberlegtes, mißdeutbares Wort geäußert, wäre die mühsam hergestellte Ruhe erneut zerstört gewesen. Und das fürchtete sie über alles.
»Gut! Geh du zuerst!« sagte Uozu.
Kosaka warf Minako einen flüchtigen Blick zu und murmelte: »Dann also . . .«

Und er schritt so heftig hinaus, als wollte er die Tür des Besuchszimmers über den Haufen rennen.
Minako gab ihm bis zum Eingang das Geleite.
Als Kosaka seine Schuhe angezogen und sich, auf dem Vorflur stehend, wieder aufgerichtet hatte, sagte sie noch:
»Verzeihen Sie!«
Sie verneigte sich leicht. Kosaka sah aus, als wollte er noch irgend etwas bemerken, aber dann öffnete er wie in einem plötzlichen Entschluß und während über seine Wangen ein Hauch von Trauer huschte, die Tür und war verschwunden.
Minako stand noch eine Weile auf der Schwelle, dann begab sie sich in die Küche und trug Harue auf, Tee ins Besuchszimmer zu bringen. Sonst war es üblich, daß der Tee sofort nach dem Erscheinen eines Gastes serviert wurde, aber Harue hatte offenbar gespürt, daß die Atmosphäre der beiden Gäste ungewöhnlich war.
Als Minako wieder ins Besuchszimmer trat, stand Uozu am Fenster und blickte in den Garten hinaus.
»Verzeihen Sie, daß ich Sie habe warten lassen!« bat sie höflich.
Uozu ging zu seinem Stuhl zurück und sagte plötzlich:
»Natürlich kann ich die Situation, in die ich mich da eingemischt habe, nicht begreifen, aber man mag Kosakas Verhalten beurteilen, wie man will – was er gesagt hat, ist doch wohl nicht unvernünftig? Haben Sie, gnädige Frau, wirklich die ganze Wahrheit gesagt?«
Er machte den Eindruck, als hätte er darüber nachgedacht, während er in den Garten hinaussah.
Minako hielt ihren Kopf leicht geneigt, aber schließlich sah sie mit einer fast heftigen Bewegung zu Uozu auf und erklärte:
»Gut, ich will es Ihnen sagen!«
Sie war überzeugt, zu ihm darüber sprechen zu können. Im Gegensatz zu Kosaka war er ja in die Sache nicht selbst verwickelt. Aber es war nicht nur das. Sie war sich auch sicher, daß sie von diesem offenbar hochherzigen Mann, einem Bergsteiger, doch begriffen wurde.
»Ich habe Ihnen damals meinen so beschämenden Fehltritt

bekannt, und daher will ich Ihnen heute wirklich alles sagen, nichts verheimlichen, sondern alles genauso darstellen, wie es war. Ich habe in jener Nacht Kosaka gegenüber wohl Liebe empfunden – aber das währte nur eine ganz kurze Zeit! Schon als wir uns nachher trennten, war er mir unangenehm, und das ist er bis heute für mich geblieben!«

Damit wiederholte sie eigentlich nur, was sie bereits erklärt hatte, nur kam jetzt in ihrem Gesicht ein Gefühl zum Ausdruck. Und trotzdem war Uozu verblüfft. Er sah Minako zweifelnd an und fragte schließlich:

»Kann so etwas wirklich geschehen?«

»Ich glaube ja!«

»Hm . . .«

Und dann fragte er sie mit großem Ernst:

»Verzeihen Sie, daß ich Ihnen damit lästig falle, aber – wie ist das nur möglich gewesen?«

Diese allzu direkte, ja fast grobe Art zu fragen, verwirrte Minako außerordentlich. Sie errötete ein wenig und erwiderte:

»Da muß mich ein böser Geist verhext haben! Ich kann es mir nicht anders erklären . . .«

Aber sie wußte sehr wohl, daß sie keineswegs das Opfer irgendeines bösen Geistes gewesen war. Sie hatte ein unwiderstehliches Verlangen nach Kosaka verspürt! Sie wußte auch, daß sie alles nachher bereuen würde. Sie sah voraus, daß es die lästigsten Schwierigkeiten geben würde. Und sie war sich völlig darüber im klaren, daß sie sich für eine verheiratete Frau schändlich verhielt.

Sicher war unter dem zu starken Alkoholgenuß ihre Selbstbeherrschung zusammengebrochen, aber irgend etwas in ihrem Körper führte diesen Fehltritt bewußt und in aller Klarheit herbei. Nur hatte sie jetzt das Gefühl, daß jene Frau, die jenes Verlangen nicht in sich hatte unterdrücken können, nicht sie selber gewesen war.

»Gut . . . ich habe verstanden . . .«, sagte Uozu. Dies waren die gleichen Worte, die kurz vorher Kosaka gebraucht hatte, und ebenso wie bei diesem stand keine Überzeugung dahinter, die Worte klangen nur, als müßten sie eben gesagt werden.

»Nun – Kosaka wird von seinen unsinnigen Chimären schon loskommen – eine Zeitlang wird er wohl darunter leiden, aber dann wird alles schon gut werden . . .«
»Verzeihen Sie mir, bitte!« bat Minako.
»Übrigens haben Kosaka und ich uns entschlossen, zu Jahresende – beziehungsweise zu Jahresanfang – die Ostwand des Hodaka-Gebirges zu erklettern. Ich glaube, das wird ihm guttun!«
Damit erhob er sich.
»Der Tee wird gleich kommen!« wandte Minako ein, aber Uozu lehnte entschieden ab:
»Nein! Verzeihen Sie, daß ich schon gehe! Ich bin überzeugt, daß Kosaka nicht mit der Bahn nach Hause fährt, sondern die ganze Strecke zu Fuß läuft! Er täte mir leid, wenn ich währenddessen hier gemütlich Tee tränke . . .«
»Meinen Sie wirklich, daß er zu Fuß geht?«
»Ja! Ganz bestimmt, bis nach Hause!«
»Bis nach Hause?« fragte Minako erstaunt.
»Zwei, drei Stunden zu laufen, ist für ihn keine große Sache. Er steigt doch schon seit seiner Schulzeit in die Berge! Ich denke mir, daß er jetzt ernst und bedrückt durch die Straßen geht . . .«
Als Minako sich Kosaka vorstellte, wie er düster und traurig dahinschritt, empfand sie einen leichten Schmerz.
»Wann fahren Sie beide?« fragte sie Uozu, während sie ihn zum Flur hinausbegleitete.
Uozu zwängte, ohne den Schuhanzieher zu gebrauchen, seine Füße ziemlich mühsam in die Schuhe und erwiderte:
»Wir wollen um den 28. herum von Tokio abfahren!«
»Und am 1. Januar sind Sie in den Bergen?«
»Am 1. Januar sind wir mitten auf der Felswand!«
»Das ist sicher ein schwieriges Unternehmen! Ist es nicht gefährlich?«
»Ganz ungefährlich kann man es wohl nicht nennen, aber, na ja, es wird schon alles gutgehen. Es ist ja gewissermaßen unser Beruf!«
»Wenn Sie wieder zurück sind, schreiben Sie mir eine Karte? Ich mache mir Herrn Kosakas wegen doch Sorgen!«

»Bestimmt geht alles bestens! Sobald wir die Ostwand bezwungen haben, wird die Welt für Kosaka sicher gleich anders aussehen! Vielleicht steigt er nur deswegen bisher in die Berge, um diese Schwierigkeit zu überwinden!«
Mit einem leichten Gruß verließ Uozu das Haus.
Nachdem Minako wieder in das Besuchszimmer zurückgekehrt war, brachte Harue den schwarzen Tee.
»Oh! Ist der Besuch schon wieder gegangen?«
»Lassen Sie den Tee ruhig hier! Ich werde ihn trinken. Hier – in diesem Zimmer!«
Harue stellte die Teetasse auf den Tisch. In einem bedrängenden Gefühl der Leere rührte Minako mit dem Löffel in der Tasse herum. So lange, daß Harue darüber erstaunte, ließ ihre weiße, zarte Hand nicht ab, in winzigen Bewegungen immer weiter herumzurühren.

Als Uozu von einem Außendienstgeschäft abends in die Firma zurückkehrte, lag auf seinem Tisch ein Brief von Kamijo Shinichi aus Sawando.
Kamijo war ein Bergführer, den Uozu seit seiner Studienzeit kannte. Er war etwa sechzig Jahre alt, aber dafür ungemein lebendig und kräftig; er spielte in der Sommersaison für die hier Kletternden den Bergführer, und man nannte ihn mit Recht den Herrn des Hodaka. Er übernahm es auch, Gepäck für die Bergsteiger zu befördern. Auch diesmal hatten Uozu und Kosaka ihm ihr Gepäck zugeschickt und ihn gebeten, es, solange noch nicht tiefer Schnee lag, nach Kamikochi oder, wenn möglich, von dort noch in die Tokusawa-Hütte zu bringen, die acht Kilometer von Kamikochi entfernt, noch tiefer in den Bergen lag. Der Brief, den Uozu jetzt vorfand, war die Antwort darauf und lautete:
»Ich habe das Gepäck, das Sie mir geschickt haben, vor zehn Tagen in die Tokusawa-Hütte hinaufgebracht. Sie können also beruhigt sein. Ich habe es in die Hütte gebracht und die Hütte abgeschlossen, so daß nichts passieren kann. Hier schneit es nun Tag für Tag, aber der Schnee liegt noch nicht sehr tief. Bis Sakamaki fährt jedenfalls ein Lastwagen. Hin-

ter dem Tunnel von Sakamaki liegt der Schnee jetzt etwa 1 Shaku 5 Sun hoch. Aber wenn Sie hier eintreffen, gibt es viel mehr Schnee. In diesem Jahr schneit es bestimmt, ganz bestimmt sehr viel! Der Bus fährt dann nicht bis nach Sawando, er hält bereits in Inakoki. Damit müssen Sie also rechnen! Bitte grüßen Sie auch Herrn Kosaka.«

Das war alles. Der Bergführer hatte mit dünner Tinte geschrieben und einige seiner Schriftzeichen waren auch falsch.

Uozu las Briefe von Kamijo Shinichi gern. Jedesmal, wenn ein Brief von diesem Manne kam, ließ er seine Augen lange darauf ruhen. Er fühlte, wie dann ein warmes, menschlich schlichtes Gefühl langsam auf ihn überging.

Er besuchte Kamijo jedesmal, wenn er nach Sawando kam, und er wurde von ihm in dem dunklen Flur mit eingepökeltem Gemüse und Tee bewirtet. Selbst in diesem Augenblick glaubte er die bis in die Zähne eindringende Kälte des Pökelgemüses, diesen eigentümlichen Geschmack, den Zuspeisen dieser Art sonst nirgendwo hatten, aus dem Briefpapier mit den ungeschickt gekritzelten Schriftzeichen aufsteigen zu fühlen.

Uozu las den Satz »In diesem Jahr schneit es bestimmt, ganz bestimmt sehr viel!« einige Male hintereinander. In dieser Zeile war Kamijos ganzes Wissen enthalten, der den Hodaka besser als irgend jemand kannte. Weil Kamijo schrieb, es gebe in diesem Jahr bestimmt viel Schnee, war Uozu dessen sicher. Und daß Kamijo ihr Gepäck in die Tokusawa-Hütte hinaufgeschafft hatte, war Uozu eine Beruhigung. Damit waren alle Vorbereitungen getroffen, sie konnten jederzeit von hier aufbrechen.

Nun gab es nur noch das Geldproblem. Sobald Uozu an Geld dachte, wurde er freilich melancholisch. Er verließ sich zwar auf den Jahresbonus, aber dieser war innerhalb von zwei Tagen sicher schon ausgegeben. Uozu brauchte für Essen und Trinken eigentlich nicht viel, er hatte sich auch kaum etwas weiter angeschafft. Aber da Jahresende war, mußte er seine bisherigen Schulden begleichen, und als er sie zusammengerechnet hatte, verblieben ihm 1200 Yen. Er erschrak. Das

reichte ja nicht einmal aus, die Bahnfahrt zum Hodaka zu bezahlen.
Um die Summe aufzubringen, die zur Besteigung der Felswand nötig war, gab es nur ein einziges Mittel. Das war, sich sein Monatsgehalt vorschießen zu lassen. Er hatte solchen Vorschuß schon öfter erbeten, und so gab es keinen Grund, warum er diesmal hätte zögern sollen. Aber nun kam dazu, daß er einen Tag frei haben wollte, und das paßte schlecht.
Die Firma schloß ihre Arbeit in jedem Jahr mit dem 28. Dezember ab, aber diesmal hatte es besonders viele Aufträge gegeben, und daher mußten alle Angestellten noch am 29. erscheinen. Uozu aber wollte unbedingt am 28. abends schon abfahren. Darum mußte er sich einen Tag früher freigeben lassen.
Und nun Tokiwa zu sagen, daß er sich nicht nur sein Monatsgehalt vorauszahlen lassen möchte, sondern als einziger einen Tag früher Urlaub wünschte, erschien zweifellos sehr egoistisch. Uozu hatte schon am Vortag mit Tokiwa darüber sprechen wollen, aber hatte es doch nicht über sich gebracht.
Nachdem er jedoch den Brief von Kamijo in seine Schublade gelegt hatte, stand er auf und trat vor Tokiwas Schreibtisch hin, wo dieser in ein paar Schriftstücke vertieft war.
»Herr Filialchef!« sagte Uozu. Tokiwa sah auf und blickte ihn fragend an.
»Ich möchte Sie bitten, Ihrem Stempel unter einen Vorauszahlungsschein zu setzen!«
Hierauf senkte Tokiwa seinen Blick wieder auf seine Papiere, blätterte eine Seite um, steckte zwei Finger seiner rechten Hand in eine Westentasche seines europäischen Anzugs, nahm ein Schächtelchen mit seinem Stempel heraus und legte diesen schweigend auf den Rand des Tisches.
Uozu griff danach, begab sich zu seinem Tisch und drückte Tokiwas Stempel auf einen Zettel, auf dem »Bescheinigung für Gehaltsvorauszahlung« gedruckt stand. Dann brachte er Tokiwa den Stempel zurück, legte ihn mit einem kurzen »Danke!« auf dessen Tisch, zeigte Tokiwa den Zettel mit geschäftsmäßiger Geste und nahm ihn gleich an sich.
»So? Eine Vorauszahlung?«

»Ja.«
Tokiwa blickte wieder auf das vor ihm liegende Schriftstück und steckte seinen Stempel wieder in seine Westentasche.
»Herr Filialchef!« wandte sich Uozu nun aber erneut an ihn.
»Wollen Sie Urlaub haben?« fragte Tokiwa. Er hatte glänzend vorausgeahnt, was auf ihn zukam.
»Ja.«
»In die Berge?«
»Ja. Ich möchte unbedingt in der Nacht des 28. fahren!«
Daraufhin sah Tokiwa zu ihm auf und sagte, nachdem er das Schriftstück in seine Schublade gelegt hatte:
»Einen Tag! Sie können gehen, wenn Ihre Arbeit das erlaubt!«
Und dann fuhr er fort:
»Eigentlich – na ja ...«, und wandte sich Uozu zu. Für diesen blieb unter diesen Umständen nichts anderes übrig, als sich mit Tokiwa zu unterhalten; er zündete sich also eine Zigarette an und nahm eine Haltung ein, aus der zu erkennen war, daß er sich abgefunden hatte, die Geschwätzigkeit seines Chefs über sich ergehen zu lassen.
Tokiwa erhob sich aus seinem Stuhl und wandte, während er mit beiden Händen seinen Hosengürtel hinaufzog, sein energisches Gesicht Uozu zu:
»Man sagt, das Bergsteigen sei im Winter gefährlich – stimmt das?«
»In gewissem Sinn ja ...«
»Wohin geht es diesmal?«
»Zum Hodaka!«
»Da klettern Sie also die Felswand hinauf?«
»Ja.«
»Bis zu welchem Alter klettert man eigentlich?«
»Da gibt es keine feste Grenze. Aber meist sind es junge Leute. Vor allem die Bergsteiggruppen der Universitäten.«
»Tja, sicher haben gar nicht so viele, nachdem sie ihr Studium hinter sich gebracht haben, eine so lobenswerte Gesinnung ...«
Uozu hatte das Gefühl, daß er sich die Antwort hierauf sorgfältig überlegen müßte, und schwieg daher eine Weile. Er

konnte sich nicht recht vorstellen, worauf Tokiwa hinauswollte.
»Jeder Mensch«, begann Tokiwa, »hat irgendwann eine Periode, wo er den Sinn seines Lebens darin sieht, es für irgend etwas einzusetzen, für irgendeine Sache zu wagen. Das sind wohl die Jahre zwischen achtzehn, neunzehn und sieben- und achtundzwanzig. Man will ein ›Abenteuer‹ bestehen, und das heißt, man ist entschlossen, seine Kraft bis zum äußersten auszugeben. Aber wenn man älter als acht- oder neunundzwanzig ist, kommen einem solche ›Abenteuer‹ blödsinnig vor. Man hat nämlich inzwischen gemerkt, daß die Kraft eines Menschen ziemlich gering ist. Ungefähr in diesem Alter begreift man, was der Mensch ist, daß er letzten Endes gar nichts so Großartiges darstellt, und damit erlischt der Glorienschein des Abenteuers. Der junge Mensch ist von diesem Augenblick an erwachsen.«
»Meinen Sie damit, daß ich es noch nicht bin?«
»Wie alt werden Sie demnächst?«
»Im kommenden Jahr 33.«
»Hm – ich würde das ›spätreif‹ nennen . . .«
»Herr Filialchef!« protestierte Uozu leicht und fuhr fort:
»Nach dem, was Sie da reden, bin ich in meiner Entwicklung mit dem acht- oder neunundzwanzigsten Jahre stehengeblieben, ja? Aber wäre das wirklich so schlimm? Ich finde es gar nicht nötig, daß man unbedingt ›erwachsen‹ wird!«
»Da mögen Sie recht haben; denn nirgendwo existiert eine Vorschrift, daß man erwachsen werden muß. Bleiben Sie also ruhig weiter da stehen! – Vielleicht findet Ihre Firma das ein wenig beschwerlich . . .«
Hier lachte Tokiwa mit einer Stimme, die ganz und gar nicht giftig klang.
»Was ich zum Ausdruck bringen möchte, ist eigentlich nur, daß ein Mann, für den mit acht- oder neunundzwanzig Jahren das Abenteuer seinen Glanz verliert, von da an zu wirklichen Leistungen fähig wird und deswegen sein Leben nicht sinnlos wegzuwerfen braucht. Auch der Bergsteiger verliert irgendwann sein Leben, wenn er nicht Vernunft walten läßt und rechtzeitig innehält. Hören Sie, Uozu! Büßen letzten

Endes nicht fast alle Bergsteiger ihr Leben im Gebirge ein? Stimmt das nicht? Und das kommt daher, daß sie sich immer neuen Gefahren aussetzen! Das ist doch so, oder?«
Tokiwa schwieg eine Weile und sah Uozu in die Augen.
»Es ist dies sicherlich«, erwiderte Uozu, »nur eine unter vielen Möglichkeiten, dieses Problem zu betrachten, aber ich sehe es jedenfalls so. Das Bergsteigen erscheint als ein Kampf mit der Natur. Keiner weiß, wann die Lawine herunterrollt, das Wetter umschlägt, der Fels abbröckelt, an den man sich klammert. Aber der Bergsteiger hat all das von vornherein einkalkuliert, und daher ist er so vorsichtig wie nur möglich! Sie haben vorher das Wort Abenteuer gebraucht, aber das ist für den Bergsteiger verboten. Wir Bergsteiger lassen uns auf keinen Fall in Abenteuer ein. Sobald das Wetter auch nur etwas gefährlich erscheint, brechen wir das Klettern ab. Auch bei leichter Ermüdung steigen wir nicht weiter, selbst wenn wir den Gipfel schon vor uns sehen!«
»Ah so?«
»Solange man in dem Abenteuer, von dem Sie eben sprachen, etwas Großartiges sieht, ist man noch kein rechter Bergsteiger geworden! Wer in die Kunst des Bergsteigens wirklich tief eingedrungen ist, den lockt das Abenteuer nicht mehr, ihm ist es nichts als Torheit!«
»Tja, falls das stimmt, dann alle Achtung! Aber es dürfte sehr schwer sein, so weit zu gelangen. Falls ich Sie recht verstanden habe, geht es beim Bergsteigen darum, daß man sich einen Ort aussucht, den man Natur nennt, sich dorthin begibt und mit seinem Ich dort kämpft. Vielleicht handelt es sich beim Bergsteigen tatsächlich um etwas von dieser Art. Einem echten Bergsteiger unterlaufen ganz sicher keine Fehler ... Da ist der Gipfel bereits zu sehen! Es fehlt nur noch eine winzige Anstrengung, und man hätte es geschafft! Aber der Körper ist ermattet! In diesem Augenblick kommt es darauf an, ob einer sich beherrschen kann, oder ob er das nicht schafft! Bringt er es fertig, ist alles in bester Ordnung. Aber der Mensch ist nun doch so, daß er sich gerade dann nicht beherrschen kann, wenn er es müßte! Der Mensch darf nicht zuviel Vertrauen in sich selber setzen! Uozu, Sie haben

den Kampf mit der Natur nur einfach mit dem Kampf mit dem eigenen Ich vertauscht. Gut, nichts dagegen – aber die Gefahr ist dadurch nicht ein bißchen kleiner geworden!«
»Sie wollen damit sagen, daß man das Bergsteigen lieber lassen sollte?«
»Das habe ich nicht behauptet. Übrigens – selbst wenn ich das gesagt hätte, Sie würden sich nicht danach richten! Ich meinte nur, daß man mit dem Bergsteigen von einem gewissen Zeitpunkt an lieber aufhören sollte. Wenn Ihnen meine Formulierungen ›Glorienschein des Abenteuers‹ oder ›Erkenntnis der Grenzen der eigenen Kraft‹ nicht angenehm sind, ziehe ich sie hiermit zurück. Und ich sage statt dessen, daß der Mensch ein Wesen ist, das sich selber nicht blind vertrauen darf!«
»Da bin ich anderer Auffassung!« erwiderte Uozu und fuhr fort:
»Weil ich mir selbst traue, steige ich in die Berge, und sobald ich das Gefühl habe, mir nicht mehr vertrauen zu können, soll ich das Bergsteigen aufgeben? – das ist doch purer Blödsinn. Das Bergsteigen ist etwas anderes!«
Als Uozu immer leidenschaftlicher sprach, wurden auch Tokiwas Augen immer lebhafter.
»Oh, warten Sie mal!«
Er beugte sich, als atmete er tief ein, zurück und sagte:
»Tja, nun will ich Ihnen einmal etwas sagen. Sie behaupten, das Bergsteigen sei ein Kampf mit dem eigenen Ich. Dort also ist der Gipfel bereits zu sehen! Aber der Nebel beginnt langsam aufzusteigen! Das Gefühl befiehlt: ›Steig weiter!‹ Der Verstand mahnt: ›Halt ein!‹ Nun, Uozu, Sie – das weiß ich – werden das Gefühl unterdrücken und sich der Vernunft beugen ...«
»Natürlich, klar! Darum meine ich ja, daß das Bergsteigen ein Kampf mit sich selber ist!«
»Es tut mir leid, aber hier scheiden sich unsere Geister. Ich glaube, daß man es in einem solchen Fall um jeden Preis wagen muß! Alles oder nichts – wenn nichts gewagt würde, könnte die Geschichte des Bergsteigens nie geschrieben werden!«

»Sicher, so denken manche. Als sich die Erste Manaslu-Expedition entschloß aufzugeben, ist sie von vielen kritisiert worden, weil sie das letzte Wagnis gescheut hat!«
»Auch ich bin dieser Meinung!« erwiderte Tokiwa. »Um über die Weltgeschichte des Bergsteigens auch nur eine Seite zu schreiben, ist es unumgänglich, daß man sich dem Wagnis stellt! Man ersteigt zum erstenmal einen Berg, den bis dahin noch keiner erklommen hat. Vielleicht ist damit eine Gefahr für das eigene Leben verbunden. Aber – so weit hat es der Bergsteiger nun schon geschafft und jetzt ist er entschlossen, sein Werk zu Ende zu führen!«
»Aber die modernen Bergsteiger sind etwas nüchterner. Sie riskieren ihr Leben nicht auf gut Glück! Vernunft und klares Urteilsvermögen helfen den Sieg erringen, und nur dann hat der Sieg Wert. ›Alles oder nichts – ich will es wagen!‹ Na, wenn so einer dann zufällig Erfolg hat, ist nichts weiter daran.«
»Oh nein, das stimmt nicht! Wenn es um Sieg und Erfolg geht, ist das nun eben so! Bis zu achtzig Prozent leitet die Vernunft, aber die restlichen zwanzig entscheidet der wagemutige Einsatz!«
»Meinen Sie?«
»Ja! Die Grundlage jedes Sports ist ein Geist, der mit Vernunft nichts zu schaffen hat. Man hat Zatopek die menschliche Lokomotive genannt, aber er war tatsächlich eine Lokomotive! Und gerade, weil er das war, hat er den Rekord aufgestellt. Auch bei den Bergsteigern ist das so. Und warum nicht auch bei den Kohlebrennern und Holzfällern? Die Waffe, die den Sieg schafft, ist ein kräftiger Körper und ein unbeugsamer Wille. Alles andere ist belanglos!«
»Das Bergsteigen ist nicht einfach ein Sport!«
»Oh, was sonst?«
»Es ist Sport plus Alpha!«
»Was verstehen Sie hier unter Alpha?«
»Alpha? Ich könnte es auch den besonders reinen Geist des Fairplay nennen. Es sieht doch niemand zu, ob einer den Gipfel wirklich erklommen hat!«
»Hm ...«

Tokiwa Daisaku lockerte die Krawatte, die er sich um den Hals geschlungen hatte, und streckte, als ob er Gymnastik triebe, beide Arme nach rechts und links und atmete dabei tief, als suche er nach Worten, die über Leben und Tod seines Partners entschieden.
Zum Glück kam gerade in diesem Augenblick Besuch. Dieser legte auf Tokiwas Tisch seine Visitenkarte. Tokiwa nahm sie flüchtig auf und las den Namen, dann sah er schnell zu Uozu hin und rief:
»Es tut mir leid ... also: vorübergehender Waffenstillstand!«
Und er fügte hinzu: »Seien Sie jedenfalls vorsichtig, Uozu!«
Uozu spürte, daß er irgendwie auch erregt war. Schon oft hatte er mit Tokiwa eifrig diskutiert, aber das Gespräch hatte ihn wohl nur deswegen so gepackt, weil es um das Problem des Bergsteigens ging. Obgleich Tokiwa nichts davon verstand, hatte er, dachte Uozu ärgerlich, versucht, weiß Gott wie gescheit daherzureden.
Seltsamerweise fühlte er sich aber nicht unangenehm davon berührt. In Tokiwas Auffassung lag durchaus eine gewisse Berechtigung. Doch er, Uozu, mußte ihr von seinem Standpunkt als Bergsteiger auf das entschiedenste widersprechen. Bergsteigen durfte auf keinen Fall ein abenteuerliches Wagnis sein.
Als er zu seinem Schreibtisch zurückkehrte, läutete dort das Telefon. Er nahm den Hörer auf, und da drang an sein Ohr, das bis jetzt der überlauten Stimme Tokiwas ausgesetzt war, unerwartet eine sanfte Frauenstimme.
»Sind Sie Herr Uozu? Hier ist Yashiro. Yashiro Minako!«
Den Hörer ans Ohr haltend, setzte sich Uozu auf den Tisch. Er tat das kaum je, aber nun setzte er sich unbewußt darauf.
»Ja, hier ist Uozu ...«, erwiderte er leicht verdrießlich.
Nachdem Minako sich bedankt hatte, daß er sie gestern wegen der Sache mit Kosaka aufgesucht hatte, sagte sie:
»Ich habe wieder einen Brief bekommen ...«
Es klang, als preßte sie ihren Atem zusammen.
»Einen Brief? Von Kosaka?«
»Ja.«

»Wie kann er nur so etwas tun! Wo doch alles klar gewesen ist! Was hat er geschrieben?«

»Also ...«

Es fiel ihr offensichtlich schwer, darüber zu sprechen, aber schließlich fuhr sie fort:

»Tja, wie soll ich das sagen? Ich glaube, er ist furchtbar erregt! Er schrieb mir, er möchte mich unbedingt sehen und mir etwas mitteilen. Ich solle um sechs Uhr kommen – und er gab auch an, wohin ...«

»Wann haben Sie den Brief erhalten?«

»Eben jetzt. Mit Eilpost.«

Sie hatte also sofort angerufen.

»Wohin sollen Sie kommen?«

»In das Restaurant Hamagishi in der Nishi-Ginza. Er hat mir auch aufgezeichnet, wie ich es finde.«

»Hamagishi?«

»Kennen Sie es?«

»Ja! Es ist ein kleines Restaurant, das wir beide öfter aufsuchen.«

»Was soll ich nur tun? Natürlich könnte ich hingehen, aber ...«

Damit ließ sie durchblicken, daß sie Uozu entscheiden lassen wollte.

Uozu fühlte, wie in ihm Ärger gegen Kosaka aufstieg. Er fand es unbegreiflich, daß sich Kosaka, obwohl er ein Mann war, nicht abfinden wollte.

»Nach meiner Überzeugung ist es nicht nötig! Ich werde statt Ihrer gehen und mit ihm reden!« sagte er und legte bald darauf den Hörer auf. Auch ohne diesen Anlaß hätte er Kosaka heute abend aufgesucht, um ihre Bergtour zum letzten Male zu besprechen.

Gegen einhalb sechs Uhr verließ Uozu seine Firma und ging, um Kosaka im Hamagishi zu treffen, in Richtung Nishi-Ginza. Da das Jahr zu Ende ging, herrschte überall ein geschäftiges Treiben, und doch war der Trubel nicht mehr so stark wie zu Weihnachten. Uozu liebte die Straßen in der kurzen Zeitspanne zwischen Weihnachten und Neujahr; sie kamen ihm wie entzaubert vor.

Da er in jedem Jahr um diese Zeit in die Berge fuhr, bewegte ihn der Neujahrstrubel in Tokio vielleicht besonders. Im letzten Jahr war er am 25. Dezember abgefahren und zum Nord-Hodaka aufgestiegen, und im vorletzten Jahr hatte er Tokio am 27. verlassen, um, genauso wie er es diesmal vorhatte, die Ostwand des Vorderen Hodaka zu erklettern. Er hatte fünf Jahre lang das Jahresende in der »Welt da unten« nicht mehr erlebt.

Als er das Lokal Hamagishi betrat, sah er Kosaka gleich vorn bei der Kochstelle sitzen und sich mit dem Inhaber unterhalten. Er war der einzige Gast.

Kosaka war, kaum hatte er Uozu erkannt, natürlich betroffen.

»Oh, du!« rief er kurz und wandte sich ihm zu.

»Trinkst du?« fragte Uozu, während er den Mantel auszog.

»Nein!«

Tatsächlich stand vor Kosaka nur eine große Teeschale. Kosaka dachte sich wohl, daß Uozu ja doch bald sehen würde, warum er hier war, und so erklärte er ihm offen:

»Ich warte auf jemanden ...«

»Auf Frau Yashiro Minako, nehme ich an ...«

Als Kosaka das hörte, blitzte es in seinen Augen. Doch noch bevor er etwas erwidern konnte, fuhr Uozu fort:

»Ich weiß schon. Sie hat mich angerufen!«

Er hätte es seinem Freund gegenüber unschön gefunden, ihm das zu verheimlichen.

»Sie kommt nicht. Sie hat mich angerufen, damit ich dir das bestelle!«

Kosaka starrte Uozu betroffen an, aber dann rief er in einem Ton, als sei ihm nun alles gleich:

»Herr Wirt! Bringen Sie mir Sake!«

Die Linien seines Profils hatten sich, wie kaum anders zu erwarten war, verhärtet. Uozu setzte sich neben Kosaka.

»Hast du dich denn noch immer nicht beruhigt?« fragte er ihn in einem Ton, in dem weder Kritik noch Mitleid schwang.

Kosaka schwieg.

»Natürlich ist es für dich hart, aber du solltest wirklich darauf verzichten, sie noch einmal sehen zu wollen!«

Da sah Kosaka kurz auf und sagte:
»Es ist aus mit mir!«
Dann schwieg er erneut. Uozu empfand ihn fast wie ein Kind.
»Komm, faß wieder Mut! Du bist doch ein Mann! Also finde dich ab! Außerdem mußt du bedenken, daß sie verheiratet ist!«
Diesmal klang Uozus Stimme kühler. Die Frau des Inhabers brachte Sake-Fläschchen und etwas Fisch und Gemüse als Zuspeise und sagte, als sie das auf den Tisch stellte:
»Wie ich höre, fahren Sie am 29. ab?«
Das war alles, was sie mit Kosaka sprach, sie wandte sich gleich wieder um und ging eilig weg. Ihr Verhalten erschien irgendwie unnatürlich, aber Uozu erkannte fast sofort auch den Grund. Kosaka kaute, die beiden Hände aufgestützt, leicht mit den Lippen; seine Augen waren geschlossen, als würde er Qualen leiden, aber über seine Wangen liefen einige Tränen. Ja, ohne Zweifel Tränen, dachte Uozu bestürzt.
Uozu verkehrte seit seiner Studienzeit, zehn Jahre also schon, mit Kosaka, aber nun sah er zum erstenmal bei ihm Tränen. Er hatte fest geglaubt, daß Kosaka und Tränen nicht das geringste miteinander zu tun haben könnten. Kosaka hatte sich bisher, was immer geschehen war, stets trotzig zur Wehr gesetzt und war seinen Weg unbeirrbar gegangen. Er war kein Mann gewesen, der sein Herz weichlich einem Gram überließ. Uozu hatte nun zwar schon zweimal einen Ausruf »Es ist aus mit mir!« aus Kosakas Mund vernommen, Worte, die zu seinem Freunde überhaupt nicht paßten, aber er hatte darin nur ein vorübergehend übersteigertes Empfinden gesehen und keineswegs einen Herzenszustand wahrgenommen, der diesen Worten entsprochen hätte.
Diese Tränen kamen für Uozu höchst überraschend. Er hätte es sich nicht träumen lassen, daß Kosaka einer Frau wegen Tränen vergießen könnte.
»Weinst du?« fragte er, und Kosaka antwortete mit unklarer Stimme: »Nein! Es laufen mir nur einfach ein paar Tränen herunter . . .«
Und dann fügte er, während er sein nasses Gesicht Uozu offen zuwandte, hinzu:

»Ich bin nicht traurig! Es ist nur peinlich für mich. Ich bin dumm! Sie ist ja, wie du richtig sagtest, mit einem anderen Mann verheiratet! Ich finde es scheußlich von mir, daß ich mit einer verheirateten Frau umgehe. In dieser Welt gibt es unzählige Frauen. So viele, daß, falls man sie zur Seite fegte, noch immer viele übrigblieben. Zahllose jüngere, schönere, unverheiratete Frauen! Und da wäre es doch töricht, mich um jeden Preis an eine zu klammern!«
Uozu hatte das Gefühl, daß er Kosaka gerade, weil dieser sich in diesen Worten so enthüllte, nicht unbesehen zustimmen durfte, und so erwiderte er:
»Hab' doch Geduld! Bis zum 28. Vom 29. ab sind wir in den Schneebergen! Am Silvesterabend sind wir am ›Teich‹ von Matashiro, am Morgen des 1. Januar an der Ostwand und abends am A-Hang. Alles was mit Frauen zu tun hat, wird da weggefegt!«
»Ach du«, sagte Kosaka leise – »auch wenn ich wieder in den Bergen bin – weiß ich, wie mir da zumute ist?«
Und er fuhr fort:
»Ich habe mich jedenfalls in den Bergen immer geprüft, ob mein Gefühl für sie echt und tief ist. – Hast du dir noch nie ausgemalt, daß du mit einer Frau zusammen auf die Berge steigst? Ich kann mir nicht denken, daß du das nie getan hast! Bestimmt wenigstens einmal! Selbstverständlich kann man eine Frau nicht mit ins Gebirge nehmen. Das ist unmöglich. Es ist ein Traum, eine Vision, eine Utopie ... Aber wenn ein Bergsteiger von einer solchen Wahnidee erfüllt ist, bedeutet diese Frau für ihn Außerordentliches! Die Liebe zu ihr ist in diesem Zeitpunkt rein! Seit Jahren denke ich, wie herrlich es wäre, mit Frau Yashiro Minako zusammen auf Berge zu steigen. In meinen Träumen und Visionen erscheint sie mir immer wieder! Auch du möchtest sicher die Frau, die du am meisten liebst, mit in die Berge nehmen!«
Uozu schwieg. Er hatte, überlegte er, in den Bergen noch nie an eine Frau gedacht. Da irrte Kosaka ...
Aber er mußte nun an etwas anderes denken. Falls er eines Tages eine Frau mitnehmen wollte, wäre das, wie er plötzlich erkannte, auch bei ihm keine andere als Yashiro Minako!

Kaum war er sich dessen klargeworden, war er aufs äußerste bestürzt.
Gab es eine schlimmere Treulosigkeit seinem Freunde gegenüber, als gerade dann, wenn dieser unter Schmerzen versuchte, sich von seiner Liebe zu Minako zu lösen, eben diese Frau selbst mit in die Berge nehmen zu wollen? Uozu empfand Abscheu vor sich selbst.
»Man liebt«, erklärte Kosaka, »nur die Frau, an die man in den Bergen denkt!«
»Das will ich gern glauben . . .«
»Aber dann begreifst du doch, wie mir zumute ist? Yashiro Minako ist – daran ist nichts zu ändern – die Ehefrau eines anderen. Sie kommt also nicht in Frage. Und doch gibt es für mich wohl in der ganzen Welt nur sie! Sie ist die Frau, die ich irgendwann diese schneebedeckte Felswand emporschauen lassen möchte!«
»Die Felswand?«
»Die Ostwand!«
»Das geht nicht!« sagte Uozu, ohne viel zu überlegen.
»Natürlich nicht, und deshalb erklärte ich dir doch, daß es nichts als ein Traum ist! Ein Traum! Wenn das nur ein Traum für mich ist, was kann dagegen eingewendet werden? Einen Traum darf ich doch wohl haben, wie?«
»Aber hast du ihr nicht einen Brief geschrieben, in dem du sie batest, hierher zu kommen?« wandte Uozu ein und brachte damit das Gespräch zu seinem Ausgangspunkt zurück.
»Ich wünschte nur, sie noch einmal zu sehen. Zum Schluß – nur noch einmal!«
Plötzlich änderte er aber seinen Ton und fuhr fort:
»Na gut . . . Ich sehe es ein. Während ich mit dir jetzt geredet habe, bin ich zur Vernunft gekommen. Es war dumm von mir, daß ich ihr schrieb. Es steht mir nicht zu, sie hierher zu bitten. Irgendwie war ich durchgedreht . . .«
Uozu schwieg. Als Kosaka vorhin von seinem Wunsch erzählt hatte, Minako eines Tages die schneebedeckte Ostwand emporschauen zu lassen, sehnte sich Uozu, mit Minako ganz woanders zu stehen. Auf irgendeinem kühlen Weg noch in der Waldzone, wo Tohi, Buchen, Makanba, Shirabi und Katsura-

Bäume wuchsen. Darauf schien die Herbstsonne, und sie hörten den Azusa-Fluß ununterbrochen klar dahinrauschen. Da stand also schlank und in japanischer Kleidung Yashiro Minako und atmete, den Oberkörper leicht dehnend, ein.

Kosakas Wunsch, sie in die winterlichen Berge mitzunehmen, war, wie er selber zugab, letzten Endes nichts als ein Traum, aber bei Uozu handelte es sich um mehr. Irgendwo war sein Verlangen mit der Wirklichkeit verknüpft. Er war durchaus imstande, den Plan, mit ihr in einem solchen Wald zu stehen, konkret zu fassen, und daher fühlte er jetzt quälende Ungeduld. Sowohl Kosaka wie auch Minako gegenüber hatte Uozus Phantasie etwas Aufrührerisches, etwas zutiefst Unerlaubtes.

Als wollte Uozu all diese Wunschbilder gewaltsam fortschieben, sagte er zu Kosaka:

»Kamijo hat geschrieben. Es soll in diesem Jahr besonders viel Schnee geben. Ob es vielleicht heute abend schon zu schneien anfängt?«

»Tja, das kann schon sein. Um diese Zeit . . .«

Kosakas Stimme klang wieder ruhig. Seine Erregung war verflogen, sein Gesicht verwandelte sich langsam in das eines Bergsteigers.

3. Kapitel

Wie sie geplant hatten, fuhren Uozu und Kosaka am 28. Dezember vom Shinjuku-Bahnhof in Tokio um 22 Uhr 45 Minuten mit dem Nachtschnellzug ab. Um 4 Uhr 57 Minuten in der Frühe trafen sie in Matsumoto ein. Von Morgendämmerung war noch nichts zu sehen. Auf dem Bahnsteig war es eisig kalt. Als sie die Treppe zum Ausgang emporstiegen, fragte Uozu: »Hast du einigermaßen schlafen können?«

»Etwa fünf Stunden.«

»So? Das geht ja, ich habe, glaube ich, auch ungefähr so lang geschlafen.«

Im übrigen wechselten die beiden kein Wort miteinander. Es war kalt, sie hatten nicht viel geschlafen, und schon am Bahnhof Matsumoto verfielen sie in das Schweigen, das in den Bergen üblich war.

Sie warteten eine Stunde, stiegen hierauf in den Zug nach Shimajima und kamen 40 Minuten später dort an. Während sie in dem kleinen Warteraum dort auf den Bus nach Sawando warteten, hellte sich der Himmel langsam auf.

Uozu wie Kosaka waren im Sporthemd, Sweater und Skihosen aus Tokio aufgebrochen. Da Uozu jetzt fror, nahm er in Matsumoto seinen Anorak heraus und zog ihn sich über, aber Kosaka krempelte nur den Kragen seines weißen Pullovers hoch.

Als Gepäck hatten sie lediglich einen kleinen Rucksack und Ski mit. In dem Rucksack war verabredungsgemäß alles Überflüssige weggelassen, damit er möglichst leicht blieb. Es fanden sich in ihm nichts weiter als Bento-Kästchen für die Wegzehrung, ferner Unterwäsche, Thermosflasche, Taschenlampe, Bergtagebuch, eine Schnee-Mütze, Schneebrille, Handschuhe, Überhandschuhe sowie Strümpfe.

Das Zelt, einen Zeltsack, Seil, »die drei Geräte«, Steigeisen, also das zum Klettern unbedingt Nötige, hatten sie durch Kamijo bereits in die Tokusawa-Hütte vorausbringen lassen. Den Pickel hatten sie diesmal in das Strohmattenpaket ge-

tan. Die Eßsachen, der Kocher, der Petroleumofen, also alles für das Kochen Nötige, befand sich in diesem Strohmattenpaket, das sie vorausgeschickt hatten.
Uozu und Kosaka hatten damit gerechnet, daß, wie Kamijo geschrieben hatte, der Bus nur bis Inekoki verkehrte, doch als sie in Shimajima eintrafen, erfuhren sie zu ihrer Freude, daß er doch nach Sawando fuhr.
»So haben wir einen ganzen Tag gewonnen!« rief Kosaka beglückt. Sie hätten tatsächlich von Inekoki bis Sawando einen Tag zu Fuß laufen und in Sawando übernachten müssen.
»Dann kommen wir also heute vielleicht bis nach Kamikochi!« meinte Uozu.
»Ja! Hat man Glück, geht alles stets glatt!« erwiderte Kosaka in einem Ton, als sei er sich des Erfolges sicher.
Der Bus, in dem nur wenige Fahrgäste saßen, fuhr nach Sawando. Als sie durch das Dorf Shimajima kamen, das von dem Bahnhof ein wenig entfernt lag, begann feiner Schnee vom Himmel herabzutänzeln.
Der Bus fuhr dann und wann an Lastwagen vorbei, auf denen Holz hoch aufgeladen war. Nach zwanzig Minuten passierten sie die Inekoki-Brücke und gelangten an das andere Ufer des Azusa-Flusses. Das Dorf Inekoki, dessen Dächer mit Steinen beschwert waren, lag so still da, als krümme es sich in der Kälte zusammen. Man sah nirgendwo einen Menschen. An den Wänden der Häuser hingen Inekoki-Gemüse und getrocknete Persimonen.
»Liegt in den Bergen der Schnee schon hoch?« unterhielt sich der Chauffeur mit einigen Fahrgästen, die offenbar aus dieser Gegend stammten.
Um zehn Uhr kam der Bus im Dorf Sawando, der Endhaltestelle, an. Der Schnee lag etwa einen Shaku hoch. Uozu und Kosaka eilten, kaum daß sie ausgestiegen waren, schnell in den Laden Nishiokaya, der gleich daneben lag.
Beide hinterlegten dort Rucksack und Ski, um den etwas entfernt wohnenden Kamijo aufzusuchen, aber da trat schon die Inhaberin des Ladens aus der Hinterstube hervor und bestellte ihnen von Kamijo, er habe einer dringenden Sache

wegen leider heute nach Inekoki fahren müssen. Er war also nicht zu Hause, aber ließ den beiden ausrichten, sie möchten auf dem Heimweg unbedingt bei ihm vorbeisehen. Und dann legte die Frau ein ihr von Kamijo für sie übergebenes, in Zeitungspapier gewickeltes Päckchen auf den Tisch neben den Holzkohlenofen. Es enthielt die Neujahrs-Reiskuchen, um die Uozu in seinem Brief gebeten hatte.

Dann nahmen sie aus ihren Rucksäcken ihre Bento-Speisekästchen und ließen es sich schmecken, wobei allerdings nicht klar war, ob es sich um ihr Frühstück oder Mittagessen handelte.

In dem Laden lagen getrocknete Fische, Obst, billiger Kuchen und allerlei Grobwaren, die verschiedensten Artikel bunt durcheinander, es war ein Gemischtwarenladen, wie man ihn oft auf dem Lande antrifft. Neben dem Holzkohlenöfchen standen ein einfacher Tisch und ein paar Stühle, und so diente der Laden gleichzeitig auch als eine einfache Gaststätte. Wer hier Udon oder Soba-Püree bestellte, wurde sofort bedient.

Ferner konnte man hier sogar übernachten. Unmittelbar neben dem Zementflur am Eingang befand sich ein sechs Matten großer Raum mit einem Kotatsu-Öfchen. Dort wärmte sich gerade ein alter Mann, wohl aus dieser Gegend, aber es übernachteten hier dann und wann wohl auch die Bergsteiger, die im Winter Klettertouren unternahmen. Nachdem Uozu und Kosaka mit Kamijo bekannt geworden waren, übernachteten sie meist in dessen Haus, doch bis dahin hatten auch sie von dieser Möglichkeit im Nishiokaya Gebrauch gemacht.

In dem Laden selbst war an sichtbarer Stelle eine Reihe von Waren ausgestellt, die man für Neujahr benötigte. Rechts lagen Heringsrogen und Kisten von Mikan-Orangen, schräg davor sah man Tang und getrocknete Tintenfischbündel gehäuft. Zur Linken gab es außer hohen Stiefeln noch Tabi mit Gummisohlen sowie Wollhandschuhe, ferner drei rote Wollsweater für Kinder. Irgendwelche Mädchen aus diesem Dorf trugen solche Sweater wohl zu Neujahr.

Ein etwa fünfzigjähriger Dorfbewohner betrat in tief beschneitem Arbeitskittel den Laden.

»Ho ... Kalt!« grüßte er zu Uozu und Kosaka hin.
»Na, Herr Priester! Sie machen heute Pause?« rief er dem alten Mann am Kotatsu-Öfchen zu.
»Auch unser Gott schlottert vor so viel Kälte!« gab der Alte scherzend zur Antwort. Er war offenbar Priester eines Shintotempels in der Nähe. Auf dem Kotatsu vor ihm stand ein Sake-Fläschchen.
Nachdem Uozu und Kosaka bezahlt und die Tür des Ladens geöffnet hatten, schnallten sie sofort ihre Ski an. Der Schnee tänzelte noch immer vom Himmel herab.
»Komm!« sagte Kosaka und trat als erster in den Schnee hinaus.

Um 11 Uhr Aufbruch von Nishiokaya in Sawando. Um 1 Uhr in Sakamaki, um 2 Uhr in Nakanoyu. Tiefe Schneewehen bis zum Kama-Tunnel. Um halb 3 Uhr am Kama-Tunnel. Wir brauchten eine Viertelstunde, bis wir den Tunnel verlassen hatten. Unerwartet wenig Eiszapfen. Der Tunnelausgang wie immer von Schnee fast versperrt. Von da ab hörte es zu schneien auf. Nur sehr dünner Sonnenschein. Der Yakegadake-Berg tauchte auf. Weißer Rauch stieg schnurgerade in die Höhe. Um dreiviertel 4 Uhr am Taisho-Teich. Ein Teil des Hodaka-Gebirges wurde sichtbar. Fünf Minuten nach 4 Uhr waren wir an dem Verkaufsladen am Taisho-Teich. Unterwegs im Wald fühlten wir uns ziemlich müde. Um 5 Uhr an der Schutzhütte des Hotels. Wir waren glücklich, als wir auch diesmal in der Finsternis plötzlich die Lichter der Schutzhütte sahen. In der Nacht unterhielten wir uns lange und vergnügt mit T. vom Hotel, um den Ofen herum sitzend. Um zehn Uhr gingen wir in den ersten Stock schlafen.
30. Dezember. Um 8 Uhr Aufbruch von der Schutzhütte des Hotels. Der Schnee lag etwa 1 Shaku hoch. Eine halbe Stunde bis zur Kappa-Brücke. Bis nahe an den zum Tokugo-Paß abzweigenden Weg fließt der Azusa-Fluß, aber er war in seinem Oberlauf völlig gefroren. Genau wie in den vergangenen Jahren lag hier, weil der Wind besonders stark wehte, wenig Schnee. Die Breite des Flusses war fast unver-

ändert. Von der Kappa-Brücke bis zum Myojin dauerte es eine Stunde. Weiter bis zur Tokusawa-Hütte eineinhalb Stunden. Um 11 Uhr langten wir dort endlich an.
Da der Inhaber der Tokusawa-Hütte schon hinunter ins Dorf gezogen war, fanden wir nun den Hausmeister vor. Nachdem wir uns kurz ausgeruht und etwas gegessen hatten, ordneten wir unser Gepäck. Wir entschlossen uns, einen Teil des hierher geschickten Gepäcks (Zelt und Klettergeräte) gleich zum Eingang des Matsutaka-Gebirgsbaches zu schaffen und dabei gleichzeitig die Lage auszukundschaften. Für den Hinweg schätzten wir drei Stunden. Um 1 Uhr brachen wir von der Tokusawa-Hütte auf. Jeder nahm einen kleinen, in eine Strohmatte gewickelten Korb auf den Rucksack. Sonst hatten wir nur noch wenig mit. Wir wanderten durch den Wald und gelangten an das ausgetrocknete Flußbett. Dann gingen wir unter der Shimmura-Brücke hindurch. Von Oshidashi aus sahen wir zum Nord-Grat auf. Bis hierher hatten wir eine Stunde gebraucht. Im Haupttal des Okumata wurde der Schnee plötzlich tiefer. Wir stapften etwa eine Stunde das mit Schnee gefüllte Flußbett entlang. Auf beiden Seiten verschwand der Wald. Es tat sich ein völlig neues Gesichtsfeld auf. Wir sahen die phantastische, geradezu göttliche Landschaft des Nord-Grats. Alles ringsum war ein einziges Weiß, vereinzelt ragten kahle Bäume auf. Bald durchquerten wir auf dem rechten Ufer einen Bergbirkenwald und gelangten an den Eingang zur Matsutaka-Schlucht. Wir suchten eine Stelle, wo keine Lawinengefahr drohte, und verstauten dort unser Gepäck. Wir rauchten eine Zigarette und traten hierauf den Heimweg an. Um 7 Uhr waren wir wieder in der Tokusawa-Hütte.
31. Tag. Um 7 Uhr Aufbruch. Wir nahmen den gleichen Weg wie am Tag zuvor und folgten unseren eigenen Fußspuren im Schnee. Verglichen mit gestern fiel es uns leicht. Um 10 Uhr erreichten wir den Eingang zur Matsutaka-Schlucht, wo wir unser Gepäck deponiert hatten. Wir schnallten unsere Ski ab, sortierten und verteilten das Gepäck und machten uns zum eigentlichen Aufbruch bereit. Um der Lawinengefahr auszuweichen, wählten wir den Nakahata-shindo-Weg dem Grat entlang, auf dem linken Ufer der Matsutaka-Schlucht. Sehr

steiler Hang. Auf dem rückwärtigen Grat zogen wir unsere Schneeschuhe an. Hier aßen wir zu Mittag. Es wurde 11 Uhr. Hinter dem Grat ein sehr stiller Hang. Der Schnee lag so tief, daß wir bis zur Brust eingesunken wären. Wir sahen nun den Okumatashiro in seinem ganzen Ausmaß. Der Takara-Baum quer oben auf dem Sattel des linken Hangs erschien uns sehr nahe, aber wir brauchten noch eine Stunde. Um 3 Uhr erreichten wir den Okumata-Teich. Am Fuß der Takara-Bäume spannten wir unser Zelt auf. Es begann zu schneien. Nachdem es Nacht geworden war, kam Wind auf.

Uozu legte die Feder beiseite und sagte, nachdem er das Licht der auf dem Flaschenhals der leeren Whisky-Flasche befestigten Kerze gelöscht hatte, in der Finsternis zu Kosaka:

»Jetzt hat Wind eingesetzt!«

Der Saum des Zeltes knirschte im Wind.

»Er wird sich morgen schon wieder legen!« antwortete Kosaka. So brachten Uozu und Kosaka die Silvesternacht des 30. Jahres Showa am Fuß einer großen Bergbirke zu, die man Takara-Baum nannte und die sich auf mittlerer Höhe des schneebedeckten Okumatashiro befand.

Der Platz, wo die beiden ihr Zelt aufgeschlagen hatten, war in der Nähe des Okumata-Teichs der einzig sichere Ort. Anderswo als unter diesen Bäumen hätten sie überall mit Lawinen rechnen müssen.

Als die beiden um 3 Uhr hier angekommen waren, scharrten sie sofort den Schnee zur Seite, flachten den Boden ab und spannten das Zweierzelt einen Ken lang und vier Shaku hoch. Einen Teil des Gepäcks trugen sie ins Zelt, den anderen ließen sie draußen. Da es wieder schneite, nahmen sie ihr Abendessen im Zelt ein. Sie taten Schnee in ihren Kocher und machten so Wasser. Mit den aus der Tokusawa-Hütte mitgebrachten Reisklößen und etwas Schweinefleisch bereiteten sie sich Reisbrei mit Gemüse und Fleisch.

Um 5 Uhr nahte den tief verschneiten Bergen die Nacht. Und dann schrieb Uozu etwa eine Stunde lang im Licht einer Kerze in sein Tagebuch. Er schrieb, so müde er auch war, an jedem Tag die wichtigsten Vorgänge nieder.

Nachdem er die Kerze ausgeblasen hatte, war der Wind plötzlich wieder sehr laut vernehmbar. Er rauschte wie Flutwellen.
»Wenn es morgen zu schneien aufgehört hat, stehen wir um halb 4 auf und gehen um 5 los! Ob dieser ekelhafte Wind uns bis dahin den Gefallen tut aufzuhören?« sagte Kosaka.
»Es wird schon alles gut gehen. Wenn sich der Wind bis zum Morgen ausgetobt hat! Schlafen wir ...«
Dann schwiegen sie beide.
Als Uozu in den Schlafsack gekrochen war, streckte er sich aus und schloß die Augen. Das Sausen des Windes war unverändert stark zu hören. Uozu hatte keineswegs vor, an irgend etwas zu denken. Fing er damit an, war das Ende gar nicht abzusehen. Morgen war der erste Januar. Er sah seine Mutter vor sich, wie sie sich um die Zeremonie bemühte, das neue Jahr gebührend zu empfangen. Er sah auch seinen Vater, der sicher jetzt Silvester-Sake trank. Er mußte an seinen jüngeren Bruder und seine jüngere Schwester denken, die er ein Jahr lang nicht mehr getroffen hatte. Und dann an die Firma, die Pension, in der er wohnte ...
Wenn Uozu im Winter in die Berge fuhr, gab er sich jedoch Mühe, möglichst an nichts zu denken. War er in den Bergen, um irgendwelchen Gedanken nachzuhängen? Er war hierher gekommen, um überhaupt nichts zu denken, sondern nur eben bergzusteigen.
Er und Kosaka planten diesmal, die Ostwand des Vorderen Hodaka zu bezwingen. Diese sogenannte Ostwand bestand eigentlich aus verschiedenen Wänden. Sie umfaßte die A-Wand, die B-Wand, die C-Wand, also drei große Felswände, und auch die an der Seite aufragende Nordwand war mit eingeschlossen, all das zusammen hieß die Ostwand.
An der Ostwand gab es verschiedene Routen, aber Uozu und Kosaka wollten von der Nordwand aus über die A-Wand den Gipfel des Vorderen Hodaka ersteigen. Im Winter war bisher noch niemandem die Bezwingung dieser Route gelungen. Zwar war die Nordwand von drei Kletterpartien bereits in jeweils zwölf Stunden bestiegen worden, aber Uozu und Kosaka waren entschlossen, diese Nordwand und die A-Wand an einem einzigen Tag zu schaffen.

Beide trauten sich das zu. Sie waren schon einige Male im Sommer zur Erkundung heraufgestiegen und hatten die Berichte über die bisher begangenen Routen an der Ostwand des Vorderen Hodaka sorgfältig studiert. Allein schon die im Herbst bei Neuschnee von ihnen aufgenommenen Fotos waren zahllos.

Gab es für sie beide eine Frage, die sie nicht beantworten konnten, so war es die, aus welchem Grund die bisherigen Klettergruppen allein zum Ersteigen der Nordwand zwölf Stunden benötigt hatten. Schon nach ihren eigenen Erfahrungen im Sommer erschien ihnen das fast unverständlich.

Uozu wachte auf. Er kroch aus seinem Schlafsack und zündete ein Streichholz an – es war 3 Uhr. Der Wind hatte sich gelegt. Als er sein Gesicht aus dem Zelt hinausstreckte, sah er die Sterne glitzern. Er zog sich, mit der wie Eis an ihm klebenden Luft, wieder ins Zelt zurück und schüttelte Kosakas Schlafsack.

»Steh auf! Die Sterne sind schon zu sehen!«

»Hm . . .«, knurrte Kosaka, aber er erhob sich unverzüglich und streckte, als wollte er Uozus Behauptung nachprüfen, ebenfalls seinen Kopf zum Zelt hinaus.

»Das ist ja großartig!« murmelte er, beugte sich, kaum war er wieder ins Zelt zurückgekrochen, über den Kocher und steckte ihn an. Das Wasser, das sie am vergangenen Abend aus Schnee aufgetaut hatten, war wieder zu dickem Eis geworden.

Uozu legte es in den Kocher, nahm die von Kamijo besorgten Omochi-Reiskuchen aus dem Rucksack und sagte:

»Die Zoni-Suppe zu kochen, ist ja jedes Jahre meine Aufgabe . . .«

»Tja, aus irgendwelchem Karma habe ich nun schon fünf Jahre lang deine Zoni-Suppe gegessen!« entgegnete Kosaka und sorgte für den süßen Neujahrssake.

Durch das Feuer des Kochers hatte sich das Innere des Zeltes ein wenig erwärmt. Die beiden tranken einen Schluck Whisky, jeder aß drei Reiskuchen dazu, und schlürften Zoni-Suppe, die ihren Namen eigentlich nicht ganz verdiente; schließlich kauten sie noch zwei Stückchen Schokolade. Die Mahlzeit am

1. Januar des 31. Jahres Showa begann um halb 5 Uhr und war um 5 Uhr beendet.
Hierauf trafen sie die letzten Vorbereitungen zum Aufstieg. Sie gossen schwarzen Tee in die Thermosflaschen und steckten Cracker, Käse, Schokolade, Rosinen und Yokan in ihren Rucksack. Noch einmal überprüften sie Seil, Haken, Karabiner, Hammer, Steigbügel, Zeltsack und taten das alles in ihre Rucksäcke.
Dann zogen sie Anorak und Überhosen an. Sie schlüpften selbstverständlich in Überschuhe, und darüber setzten sie die Steigeisen; über die Wollhandschuhe stülpten sie die Überhandschuhe.
Um halb sechs schwangen sie ihren Rucksack auf die Schultern, ergriffen den Pickel und verließen das Zelt. Es war noch dunkel draußen.
Beide stiegen zum Haupttal des Okumata hinab, überquerten es und gelangten in das B-Tal. Dort erhob sich ein steiler Hang. Zum Glück war der Schnee nicht allzu nachgiebig, aber sie sanken trotzdem Schritt für Schritt bis zu den Knien ein.
»Wir haben eine Stunde bis jetzt gebraucht . . .«, rief Kosaka von hinten her.
»In einer weiteren Stunde haben wir es geschafft!« rief Uozu zurück. Ihr Ziel war der Fuß der Nordwand. Dort wollten sie gegen halb acht sein.
Als sie das B-Tal ganz hinaufgestiegen waren, war es genau 7 Uhr. Hinter ihnen erhob sich langsam die Neujahrssonne, und es wurde ringsum schnell hell und warm. Die Felsen an beiden Seiten lagen bloß, alles sonst war ein einziges Weiß, kein Baum war weit und breit zu sehen.
Am Ende des B-Tales ragte der 150 Meter hohe Fels der Nordwand auf. Als sie den Schneehang an seinem Fuß hinaufgeklettert waren, war es, wie das ihrem Plan entsprach, halb 8 Uhr.
Sie scharrten den Schnee des Hangs etwas beiseite, schufen dadurch eine kleine ebene Fläche und legten ihren Rucksack darauf. Bevor sie ihr großes Werk begannen, rauchten sie in seltsam friedlicher Stimmung eine Zigarette. Die schnee-

bedeckte Felswand war für sie gewissermaßen eine Herausforderung.
Uozu blickte, während er das dachte, zu der riesigen, 150 Meter hohen Felswand empor, die zu erklettern sie sich vorgenommen hatten. Da fing es mit einem Mal wieder leicht zu schneien an.

Genau um 8 Uhr nahm jeder von uns aus seiner Thermosflasche einen Schluck Tee, und dann seilten wir uns an. Das Seil war 30 Meter lang. Wir verwendeten hier zum ersten Mal ein Nylonseil. Die Führung hatte Uozu. Er begann, an dem Fuß der Felswand emporzuklettern. Es war eine steile, schneebedeckte Schrägwand, und sobald wir Schnee wegkratzten, sackte auch unser Körper ein wenig nach unten. Dann hieben wir den Pickel ein und schwangen uns mit aller Kraft nach oben. Es war eine harte Arbeit, zur ersten Schneekante emporzusteigen. Dann steckten wir die erste Kletterphase ab und stießen auf den Felsen selbst. Nachdem wir dort eine Strecke hinaufgeklettert waren, erreichten wir bald eine kaminartige Felsgestaltung. Da sich oberhalb davon ein Überhang befand, schlugen wir Haken, setzten den Karabiner auf, sodann das Steigeisen und stiegen darüber.
Was nachher kam, waren Felsen und weitgehend mit Schnee bedeckte Flächen.
Und schließlich erreichten wir das letzte große Felsstück. Es war außerordentlich steil. Wir wußten, daß wir hier unter zwei Routen wählen konnten. Die rechte war offenbar bequemer, aber erforderte mehr Zeit. Wir entschlossen uns, mit ganzer Energie direkt nach oben vorzustoßen. In zwei Phasen gelang es. Aber das dauerte eineinhalb Stunden.
3 Uhr. Wir kletterten die Nordwand völlig hinauf und gelangten auf die Zweite Terrasse. Die Zeit, die wir insgesamt gebraucht hatten, betrug acht Stunden. Hier nahmen wir unsere Mittagsmahlzeit ein.
1/2 4 Uhr. Wir klammerten uns an die A-Wand. Langsam verlor die Sonne ihren Glanz, es wurde dunkler, Wind kam auf, und es setzte Treibschnee ein. Große Schwierigkeiten beim Klettern.

1/2 6 Uhr. Es war völlig dunkel geworden. Weiteres Klettern unmöglich. An der oberen Hälfte der A-Wand machten wir unser Biwak. Die Entdeckung eines geeigneten Platzes war ein Himmelsgeschenk. Ich kratzte zur Sicherheit mit meinem Pickel den Schnee aus einer Felsvertiefung, und da kam zwischen den Steinen ein ziemlich breiter Raum zum Vorschein. Er war gerade groß genug, daß zwei Männer nebeneinander sitzen konnten. Wir schlugen Biret-Haken ein und banden uns mit dem Seil aneinander. Den Zeltsack zogen wir uns über den Kopf.
Der Treibschnee wehte direkt von vorn auf uns. Wir wollten uns etwas wärmen, aber auf den Docht der Kerze war Schnee gefallen, und das Feuer ging nicht an. Wir bereuten, keinerlei Feuerzeug mitgenommen zu haben. Beide fühlen wir uns sehr erschöpft.

Uozu ließ im Dunkel seine Feder über das Papier seines Tagebuchs gleiten. Er war sich nicht sicher, ob lesbare Schriftzeichen daraus wurden.
Von nun an sank Uozu immer wieder in ein leichtes Dösen, aus dem er aufschreckte. Das erste, was er dann dachte, war, daß sie sich jetzt an der oberen Hälfte der A-Wand befanden. Die Felswand war nach etwa 30 Metern wohl zu Ende. Der Gipfel befand sich also schon in ziemlicher Nähe. Wenn sie nicht der Kälte erlagen, mußten sie ihr Ziel nach kurzer Zeit erreichen können.
»Das ist ein schweres Stück Arbeit ...«, sagte Kosaka. Der Ausdruck seines Gesichts war nicht zu erkennen, aber nach dem Ton zu schließen, lächelte er bitter.
»Hast du geschlafen?« fragte Uozu.
»Hm ... ganz und gar nicht!« antwortete Kosaka. »Wir wollen aber jedenfalls, sobald es zu schneien aufgehört hat, das letzte Stück hinaufklettern. Ich löse dich jetzt ab und übernehme die Führung.«
Da sich Kosaka, überlegte Uozu, offenbar kräftiger fühlte als er, war es wohl tatsächlich besser, daß nun Kosaka voranstieg.
»Gib acht, daß du dir keine Erfrierungen zuziehst!« warnte

ihn Uozu noch, aber Kosaka erwiderte nichts. Er war schon wieder eingeschlafen. Uozu wischte den Schnee vom Zeltsack, Kosaka aber schlummerte noch.
Dann nickte irgendwann auch Uozu ein. Es war ihm nicht klar, wieviel Zeit vergangen war, aber plötzlich drang wie aus weiter Ferne Kosakas Stimme an sein Ohr.
»Alles gut? He! Du kannst doch, wie?«
Uozu hörte Kosakas Stimme nun ganz laut, er öffnete seine Augen.
»Ja . . .«, erwiderte er.
»Schlaf nicht wieder ein!« mahnte Kosaka. »Es ist besser, wenn du wach bleibst!«
Kosaka, der dicht an seiner rechten Seite saß, war ganz nahe an ihn herangerückt. Kosakas Körper zitterte heftig. So stark, daß Uozu fast erschrak.
»Wenn du so zitterst, stürzt du ab! Wir sitzen hier nicht auf einer Tatami-Matte!« zwang sich Uozu zu einem Scherz, und Kosaka gab sich Mühe, ihm nicht nachzustehen: »Ach was, *du* zitterst doch! Dein Körper zittert! Ich zittere nur einfach mit!«
Es war nicht zu erkennen, wer von den beiden da »mit«-zitterte. Tatsache war jedenfalls, daß beide Körper heftig bebten.
Der Wind beruhigte sich etwas, aber die Schneeflocken tänzelten unablässig weiter von oben herab. Der Zeltsack war steif gefroren und durch den darauf liegenden Schnee sehr schwer geworden.
»Wie spät ist es?«
»Ich glaube 4 Uhr.«
Kosaka zündete ein Streichholz an. Für einen Augenblick war es im Zeltsack hell.
»4 Uhr!«
»Tja, dann müssen wir uns noch drei Stunden lang gedulden. Um 7 Uhr können wir wohl aufbrechen . . .«
Dann setzten sie zum wievielten Mal die Whiskyflasche an den Mund. Mit den Händen ertasteten sie aus dem Rucksack Biskuit und Käse und steckten sich das in den Mund. Die Kälte wurde immer grimmiger. Sie überfiel die beiden Männer, als wolle sie sie erfrieren lassen.

Uozu schlang beide Arme um seinen eigenen Oberkörper, machte sich möglichst klein und hielt, wie Kosaka ihm geraten hatte, gewaltsam die Augen weit offen, damit er nicht einschlief. Noch drang der Schnee nicht in Handschuhe und Kleidung. Auch die Müdigkeit war erträglich. Sie hatten genügend Nahrungsmittel mit. Wenn er davon absah, daß sie dreitausend Meter hoch in einer Felsspalte eng aneinander gepreßt waren, brauchte man, dachte er, ihre Situation gar nicht so schlecht zu nennen. Aber trotzdem war ihm, als lauere in dem ungeheuren leeren Raum außerhalb ihres Zeltsacks der Tod auf sie. Falls sie sich irgendwie schwach zeigten, packte er sie.

»Kosaka! Was denkst du?« fragte er.

»Ob es nicht bald hell wird ... Sobald es anfängt, wollen wir losklettern!«

»Auch bei Schneesturm?«

»So schlimm wird das nicht mehr sein ...«

Um sich zu vergewissern, schlug Kosaka den Saum des Zelts ein wenig nach oben. Im gleichen Augenblick pfiff der Wind mit den Schneeflocken so scharf herein, als wolle er alles erstarren lassen.

»Schon gut ... Sobald es Morgen ist, hört das auf!«

Kosaka sagte das weder zu sich selber noch etwa zu Uozu.

Um halb 7 wurde es hell. Unverändert tobte der Schneesturm. Es war fast überhaupt nichts mehr zu sehen. Beide warteten, daß er, wenn auch nur wenig, nachließ. Sobald er sich beruhigt hätte, wollten sie weiterklettern. Hier konnten sie auf keinen Fall noch lange bleiben. Wieder hinabzusteigen, kam für sie nicht in Frage. Es waren ja nur noch dreißig Meter, und dann hatten sie es geschafft! Nachdem sie so weit gekommen waren, erschien ihnen das Aufsteigen nicht mehr so schwierig.

Um halb 8 Uhr hörte der Schneesturm zwar nicht auf, aber er war nicht mehr ganz so heftig, und die beiden glaubten, es jetzt wagen zu können.

»Also, wollen wir?« fragte Kosaka.

»Gut! Einverstanden!«

Nachdem sie in der von Schnee bedeckten Felsspalte eine

ganze Nacht hindurch sich aneinandergekauert hatten, wünschten sie nichts sehnlicher, als dieser unerträglichen Lage zu entrinnen. Was immer ihnen bevorstand, sie konnten sich nicht vorstellen, daß es noch schlimmer sein könne. Nach dreißig Metern mußte der Felshang zu Ende sein. Auch falls sie viel Zeit dafür veranschlagten, standen sie, wenn sie drei Stunden lang mit der Felswand und dem Schnee gekämpft hatten, auf dem Hodaka-Gipfel. Dann würden sie über das A-Tal zu dem Takara-Baum hinuntersteigen, wo sie am Morgen des vergangenen Tages gewesen waren. Aber das war, an den bisher überstandenen Mühen gemessen, geradezu unwahrscheinlich einfach.

Natürlich gab es auch auf dem Rückweg Lawinengefahr, und infolge des Schneesturms mußten sie damit rechnen, daß sie keinen Fuß mehr vor den andern setzen konnten, aber das schreckte die beiden nach dieser letzten fürchterlichen Nacht nicht. Falls sie auf Lawinen achtgaben, waren diese zu vermeiden, und bei Schneesturm blieb ihnen im schlimmsten Fall die Möglichkeit, sich in eine Schneehöhle einzugraben. Verglichen mit dem gestrigen Biwak war eine solche Behausung ein Palast.

Sie falteten den Zeltsack zusammen und brauchten etwa zwanzig Minuten, um mitten im Schneegestöber die letzten Vorbereitungen zum Weiterklettern zu treffen.

»Das ist jetzt die letzte Kletterstrecke!« sagte Uozu, und nachdem sie das Seil überprüft hatten, lachten Kosakas Augen, als wolle er sagen »Also! Jetzt geht es los!«, unter seiner Mede-Kappe hervor, die fast den ganzen Kopf einhüllte. Heute morgen hatte Kosaka geführt. Als Uozu mit seinen allerletzten Vorbereitungen fertig war, hatte er das Gefühl, daß alle seine Kräfte wiedergekehrt waren, und er fand es eigentlich unnötig, die Führung Kosaka überlassen zu haben.

Kosaka beugte sich ein wenig vor, und begann, Schritt für Schritt sorgfältig sichernd, den schneebedeckten Felsen emporzuklettern.

Nach eineinhalb Stunden waren zwanzig Meter geschafft. Jetzt blieben nur noch zehn Meter, und sie hatten ihr Ziel erreicht.

Als Kosaka sich abgesichert hatte und Uozu zu ihm vorgedrungen war, fragte ihn Kosaka, der, weil der Schnee so dick an ihm klebte, wie ein Schneemann aussah:
»Wollen wir rauchen?«
Er griff nach seiner Zigarettenschachtel, steckte sich eine Zigarette in den Mund und reichte die Schachtel zu Uozu hin. Uozu nahm sich eine. Jeder zündete sie sich selber an.
Infolge des von unten heraufwehenden Windes fühlten sich die beiden von Schneenebel bedrängt, aber es schneite jetzt viel weniger. Es war fast anzunehmen, daß es bald ganz aufhören würde.
»Unser Fehler war diesmal, daß wir kein Feuerzeug mitgenommen haben!« sagte Uozu.
»Ich hatte«, erwiderte Kosaka, »es schon im Rucksack, nahm es aber wieder heraus!«
Uozu war betroffen. Er sah vor seinen Augen plötzlich das rote Damenfeuerzeug, das er bei seinem Freund einmal entdeckt hatte.
Kosaka sprach aber von dem Feuerzeug nicht weiter, er warf nach ein paar Augenblicken die nur halb gerauchte Zigarette weg und sagte:
»Komm! Jetzt weiter!«
Er blickte Uozu kurz in die Augen und wandte ihm sofort den Rücken zu.
Uozu schlug seinen Pickel in den Felsen und sicherte sie beide damit ab. Dies war nun das letzte schwierige Felsstück. Die dick beschneite Felswand ragte wie ein Wandschirm vor ihm auf. Vier, fünf Ken weiter suchte Kosaka lange nach einer Stelle, wo seine Füße Halt fanden.
Der durch das leichte Schneetreiben verursachte Schneedunst verbarg Kosakas Gestalt zweimal vor Uozus Blicken. Als der Schneedunst schließlich verzogen war, nahm er die sich an die Felswand klammernde Gestalt Kosakas wieder wahr. Kosaka kletterte nun langsam, und schließlich rief er Uozu zu:
»Gut! Jetzt komm!«
Darauf hin zog Uozu seinen Pickel aus dem Gestein und begann auf den Felsblock loszuklettern, wo Kosaka stand.

Da und dort lagen Schneehaufen, manchmal aber war überhaupt kein Schnee mehr zu sehen, und es trat der graubraune Felsen hervor – all das war bunt durcheinandergemischt.
Uozu kletterte empor, indem er sich, wie Kosaka es getan hatte, Schritt für Schritt seinen Standplatz sicherte.
Als er endlich etwa einen halben Ken von Kosaka entfernt war, begann, ihn ablösend, Kosaka unverzüglich weiterzuklettern. Beide waren zu angespannt, um miteinander sprechen zu können. Ihre sehr beschwerliche und gefährliche Tätigkeit ließ sie gar nicht dazu kommen.
Uozu, den Pickel in den Felsen schlagend, blickte zu der Gestalt seines Freundes empor. Der Wind wehte von der linken Seite heran, und ständig begrub neuer Schneedunst die Leere unter ihnen. Gelegentlich erzeugten winzige Lawinen unheimliche Laute und zerstäubten zu Uozus Füßen.
In diesem Augenblick hielt sich Kosaka an der von Uozu fünf Meter schräg entfernten Wand fest und versuchte das Seil über den über seinen Kopf hinausragenden Felsen zu schlingen. Seltsamerweise war Kosakas Gestalt für Uozu klar wie ein Bild sichtbar. Nur der winzige Raum, der Uozu umgab, war wie saubergewischt, es war, als blicke man durch Fensterglas – die Felsen, der Schnee, Kosakas Körper besaßen einen schwachen, kalten Glanz.
In diesem Augenblick geschah es. Uozu sah, wie der Körper Kosakas plötzlich ins Gleiten geriet und den Felshang hinunterstürzte. Unmittelbar darauf hörten Uozus Ohren aus Kosakas Mund einen kurzen, heftigen Schrei.
Uozu klammerte sich, nach Kosaka starrend, an seinen Pickel. Im selben Augenblick löste sich Kosakas Körper, wie von einer riesigen Kraft erfaßt, von der vertikalen Fläche. Er verwandelte sich in eine herabstürzende Masse und verschwand in einem Meer von Schneedunst.
Uozu hielt sich an seinem Pickel fest. Und als er Kosaka nirgendwo mehr entdeckte, wußte er mit einem Schlag, was geschehen war. Kosaka war abgestürzt.
Er rief wie außer sich:
»Ko-sa-kaaaa!«
Die letzte Silbe »ka« zog er unendlich in die Länge. Er schrie

mit aller Kraft, die seine Stimme hergab, und wollte diesen verzweifelten Ruf immer wiederholen, aber er ließ es sein; nun wußte er, das alles Schreien wirkungslos blieb.

Er blickte nach unten. Nach wie vor fegte der Wind den Schnee der Felswand fort und blies ihn nach oben. Uozu konnte daher nicht das geringste sehen. Auch falls der Schneedunst seinem Blick nicht alles verborgen gehalten hätte, war der Fels unterhalb der Stelle, wo Uozu vorher seinen Pickel eingeschlagen hatte, wie abgesägt, und so vermochte er nichts von dem, was darunter war, zu erkennen. Uozu und Kosaka hatten diese steile Klippe vermieden und waren seitlich hinaufgeklettert.

Uozu zog das Seil ein. Es glitt nun nur mit dem eigenen Gewicht oberhalb des Felsens bis nahe zu seinen Füßen heran. Daß er, als Kosaka abstürzte, keine Erschütterung des Seils verspürt hatte, wunderte ihn, aber darüber konnte er jetzt unmöglich nachdenken. Das Seil war, als Kosaka ausgeglitten war und das Gewicht seines ganzen Körpers daranhing, aus irgendeinem Grund gerissen.

Das Seil lag nun dicht neben ihm, und als er es da, wo es gerissen war und wie abgenutzt aussah, genauer betrachtete, wurde er erneut von unsagbarer Furcht erfüllt. Kosaka war abgestürzt. Er wußte nicht genau wohin, doch jedenfalls war er von der oberen Hälfte der A-Wand in die Tiefe der Schlucht gestürzt.

»Ko-sa-kaaa!«

Wie außer sich schrie Uozu noch einmal verzweifelt den Namen seines Freundes. Das Echo seiner eigenen Stimme kehrte, seine Panik verdoppelnd, zu ihm zurück.

Uozu überlegte, daß er nun auf jeden Fall hinuntersteigen müsse. Er flehte Gott in seinem Herzen an, Kosaka möge irgendwo auf der Zweiten Terrasse liegen. Wahrscheinlicher war allerdings, daß sein Körper nicht dort geblieben, sondern die schneebedeckte Schrägwand weiter hinuntergestürzt war und irgendwo tief im Abgrund lag. Aber es war keinesfalls ganz ausgeschlossen, daß Kosaka dank einem Zufall im Schnee der Zweiten Terrasse lag.

Mochte ein solcher glücklicher Zufall aber auch gewaltet

haben, wenn Uozu bedachte, daß von da, wo er jetzt stand, bis zur Zweiten Terrasse eine fast hundert Meter hohe, senkrechte Wand führte, packte ihn erneut Verzweiflung.
Er überlegte, was er tun, zu welcher Aktion er sich entschließen sollte, und nach einer Minute wußte er, daß es überhaupt keine andere Möglichkeit gab, als unverzüglich hinabzuklettern. Er mußte zur Zweiten Terrasse hinunter.
Aber das war schwierig. Jetzt war er ja allein. Er mußte mit Hilfe seiner eigenen Kraft die A-Wand hinab. Während er wie betäubt noch immer auf dem gleichen Fleck stand, fielen ununterbrochen kleine Schneewehen. Er krümmte sich dann zusammen, um zur Zweiten Terrasse hinabzusteigen, wo Kosaka, wie er hoffte, vielleicht doch lag.
Der Schnee peitschte ihm wieder quer ins Gesicht.
Uozu dachte, während er zur Zweiten Terrasse hinunterstieg, überhaupt nichts. Er verwandte seine ganze Kraft darauf, sein Ziel so schnell wie möglich zu erreichen.
Währenddessen schneite es. Gelegentlich hörte es zwar auf, dann aber wurde er über und über in Schnee gehüllt, und er kauerte sich für ein paar Augenblicke still in den schräg auf ihn losstürzenden Schneesturm. Er war jedoch völlig gedankenleer und widmete sich mit aller Konzentration der die größte Sorgfalt erheischenden Technik des Abseilens. Er schlug Haken in den Fels, hängte die Seilschlinge daran, befestigte das ihm noch verbliebene Seil und ließ sich daran hinunter. Und da, wo das Seil zu Ende war und er es wieder herauszog, wiederholte er das. Er schlug den Haken ein, warf die Seilschlinge, befestigte das ihm verbliebene Seil und ließ sich daran hinab.
Uozu verlor vollends jede Vorstellung von Zeit. Er besaß nicht die geringste Ahnung, wie lange er sich nun schon abseilte. Als er die A-Wand hinter sich gebracht und den Schneehang der Zweiten Terrasse erreicht hatte, war er völlig erschöpft. Die Felswand hatte er bewältigt, jetzt kam ein ziemlich steiler, 40 Meter großer Schneehang.
Kaum stand er auf der Zweiten Terrasse, rief er mit lauter Stimme: »Ko-sa-kaaa!«
Er schrie ein paar Mal mit aller Kraft. In dem Schnee waren

die Spuren, die er und Kosaka am vergangenen Tag hinterlassen hatten, völlig ausgelöscht, die Fläche lag in ihrer ursprünglichen Reinheit vor ihm. Nirgendwo war Kosaka zu erblicken, nichts deutete darauf hin, daß sein Körper auch nur darübergeglitten war. Es war eine makellos glatte, hübsche Fläche Schnee.

Uozu bewegte sich, nur noch mit einer winzigen Hoffnung, auf seinen Freund zu stoßen, eine Weile auf ihr hin und her und stieß seinen Pickel immer wieder in den Schnee.

Schließlich brach er seine kummervollen Versuche erschöpft ab und blieb wie geistesabwesend stehen. Als er merkte, daß er sich jetzt gerade da befand, wo er gestern um 3 Uhr mit Kosaka zusammen stehend die Mittagsmahlzeit eingenommen hatte, ergriff ihn instinktiv das Verlangen, sich hier niederzukauern.

»Ko-sa-ka!« kam es diesmal leise über seine Lippen, und er blickte um sich. Er konnte es nicht fassen, daß Kosaka nicht mehr bei ihm war. Er vermochte es einfach nicht zu fassen, daß Kosaka nicht da war und er selber hier allein stand.

Er sah auf seine Uhr. Es war 12. Er hatte drei Stunden gebraucht. Er überlegte schnell, was er als nächstes tun mußte. Hierauf überquerte er die V-förmige Schneeschlucht und den Zweiten Matsutaka-Grat, begab sich zum A-Tal, kam nach Fumikaeten und wollte zum Zelt in Okumatashiro zurück.

Normalerweise benötigte man hierfür zwei Stunden, doch da Uozu außerordentlich erschöpft war, hatte er mit der doppelten Zeit zu rechnen. Gleichwohl würde er wohl gegen 4 oder halb 5 das Zelt erreichen. Hierauf mußte er so schnell wie möglich in die Tokusawa-Hütte. Dafür waren wieder fünf, sechs Stunden nötig.

Da er auf der Zweiten Terrasse Kosaka nicht entdeckt hatte, blieb ihm in der Tat nichts übrig, als möglichst schnell zur Tokusawa-Hütte zurückzukehren, um Hilfe zu holen.

Er konnte sich vor Ermattung kaum mehr anders als fast kriechend fortbewegen. Er hatte sich schon vorher unbeschreiblich erschöpft gefühlt, aber daß er auf der Zweiten Terrasse nichts von Kosaka hatte entdecken können, raubte ihm den winzigen Rest seiner Kraft.

Der Abstieg von der Zweiten Terrasse zur V-förmigen Schneeschlucht ging über einen steilen Hang. Uozu stieß seinen Pickel tief in den bis zur Hüfte reichenden Schnee, hielt sich daran fest und schleppte sich langsam, Schritt für Schritt, weiter. Er wußte sehr wohl, daß er so langsam vorwärtskam.

Warum war das Seil gerissen? Zweifellos war es ohne Ruck gerissen. Als Kosaka abglitt und sich sein Körper von der Felswand löste, hatte sich Uozu an seinem Pickel festgehalten, aber er hatte nicht den geringsten Ruck verspürt. Das Gewicht von Kosakas Körper hatte nicht auf ihn eingewirkt.

Warum hatte es aber an dem Seil keinen Ruck gegeben? Das bedeutete doch wohl, daß das Seil riß, als Kosakas Körper schon mit seinem Gewicht daran hing. Doch war es überhaupt denkbar, daß dieses Seil reißen konnte?

Während Uozu mit diesen Überlegungen rang, setzte er seinen Weg fort, und sobald er über das Seil nachzusinnen aufhörte, tauchte vor ihm Kosakas Körper auf.

Warum Kosaka, dachte Uozu, wohl auf dem Rücken lag? Es war doch wahrscheinlicher, daß er mit dem Gesicht nach unten im Schnee ausgestreckt war, aber aus irgendeinem Grund sah er ihn auf dem Rücken, mit den Augen zum Himmel.

Er schloß aus dieser Vorstellung, die er sich von Kosaka machte, unwillkürlich, daß Kosaka sicher noch lebte. Es war Uozu einfach nicht möglich, sein Bild von Kosaka mit dem Gedanken an den Tod zu verknüpfen.

»Kosaka, warte! Bitte, warte! Kosaka, bitte, sei am Leben! Ich bitte dich, sei am Leben!«

Er wollte so schnell wie möglich die Tokusawa-Hütte erreichen. Natürlich hätte er sehr viel lieber selber da gesucht, wo er Kosaka vermutete, als daß er jetzt zur Hütte hinunterstieg, doch bei diesem Wetter und angesichts seiner totalen Erschöpfung war das aussichtslos.

Kaum verschwand Kosakas Gestalt vor seinen Augen, meldete sich sofort wieder das Problem des Seils in seinem Kopf. Aus welchem Grund war das Seil gerissen?

Inzwischen schneite es abwechselnd und hörte wieder auf,

aber Uozu kümmerten solche Veränderungen in der Natur nicht mehr. Ob Schnee einherstob oder es zu schneien aufgehört hatte, drang kaum mehr in sein Bewußtsein. Ihn hielt vielmehr abwechselnd das Problem des Seils und das Bild des auf dem Rücken ausgestreckt liegenden Kosaka gefangen.
Als er bei dem Takara-Baum angekommen war, vermochte er sich nur mehr mit allergrößter Mühe weiterzuschleppen. Seine Erschöpfung war vollkommen. Das Zelt war, im Lichtschein des Schnees, tief mit Schnee bedeckt. Irgendwann war es völlige Nacht geworden.
Nachdem er das Zelt betreten und dort die Lebensmittelvorräte seines Rucksacks ergänzt hatte, setzte er sich keinen Augenblick nieder, sondern schleppte sich gleich wieder hinaus, um zur Tokusawa-Hütte hinunterzusteigen. Kaum hatte er das Zelt verlassen, fühlte er zum ersten Male, daß ihn eine totenähnliche Stille der hohen Berge und längst vergessenen Schneenächte umgab.

Als Minako nach dem Frühstück aufgeräumt hatte, goß sie für ihren in einem Rohrstuhl auf der Engawa die Zeitung lesenden Mann den Kaffee aus der Kaffeemaschine in eine kleine Tasse aus hartem Porzellan.
Kyonosuke trank gern Kaffee. Er fühlte sich nicht wohl, wenn er sich nicht an jedem Morgen nach dem Frühstück zwei Tassen starken Kaffees einverleibte. Gleich nach der ersten Tasse klatschte er in die Hände und forderte die zweite. Hätte er Kaffee nur zu Hause getrunken, wäre das noch nicht beunruhigend gewesen, aber auch in der Firma schüttete er, wenn Konferenzen stattfanden oder er Gäste empfing, weitere Mengen dieser braunen, nervenanregenden Flüssigkeit in seinen Magen.
Schon lange wollte Minako die Menge Kaffee, die sie ihm vorsetzte, verkleinern. Mit dem vielen starken Tee, den er trank, glaubte sie sich abfinden zu müssen, aber was den Kaffee betraf, wollte sie doch etwas unternehmen. In den letzten zwei, drei Jahren hatte sich der körperliche Zustand ihres Mannes sehr verschlechtert. Er hatte nicht etwa ein bestimmtes Leiden, aber er aß außerordentlich wenig. Zum

Frühstück nahm er ein weichgekochtes Ei, ein halbes Stück Brot, ein halbes Gläschen Tomatensaft und eine winzige Portion rohen Salats zu sich. Minako bereitete es jeden Morgen erneut Pein, daß sie ihm nur gleichsam ein Puppenfrühstück machen durfte.

Nur Kaffee trank er. War, überlegte Minako, vielleicht vor allem deswegen sein Appetit so stark zurückgegangen? Ihr Wunsch war, es für ihn bei einer einzigen Tasse Kaffee bewenden zu lassen, aber das brachte sie nicht fertig.

Sie hatte sich nun zum Jahresende einige besonders kleine Kaffeetassen gekauft. Sie besaßen ein Format wie die Mokkatassen, aus denen man nach europäischem Essen zu trinken pflegt. Zwei solche Tassen entsprachen genau einer bisherigen. Sie hatte sich vorgenommen, sie ihrem Mann gleich nach Beginn des neuen Jahres vorzusetzen, aber es gab in den ersten Januartagen so viel Durcheinander, daß sie die kleine Tasse erst heute, am 5. Januar, aufdeckte.

Sie setzte zwei dieser Tassen auf ein Tablett, die eine für ihren Mann, die andere für sich selber, und brachte sie auf die Engawa. Kyonosuke ließ sich gerade von der durch das Fenster dringenden schwachen Morgensonne bescheinen und lehnte sich gedankenverloren in seinen Rohrstuhl zurück.

Minako stellte das Tablett auf den Tisch und nahm ihrem Mann gegenüber Platz.

Kyonosuke nahm die Tasse auf und betrachtete sie eine Weile, als wolle er ihre Form und Farbe genau besehen.

»Sie ist doch schön, wie?« fragte ihn Minako. Das weinrote Porzellan sah, wenn man sie ins Sonnenlicht hielt, wirklich hübsch aus.

»Sie ist ja schrecklich klein geworden!«

»Aber dafür bekommst du zwei!«

Minako glaubte, ihr Mann werde die Tasse, die er in der Hand hielt, nun gleich an die Lippen führen, aber das geschah keineswegs. Er setzte die Tasse vielmehr wieder hin und nahm den silbernen Löffel auf, den Minako ebenfalls an diesem Tag zum ersten Mal gebracht hatte. Ihr Mann betrachtete ihn sorgfältig, wendete ihn hin und her, inspizierte ihn genauestens, aber plötzlich sagte er:

»Minako! Was für Beziehungen bestehen eigentlich zwischen Herrn Kosaka und dir?«
Sie hob ihr Gesicht und blickte ihn erstaunt an. Sie konnte sich überhaupt nicht vorstellen, warum ihr Mann nun mit einem Mal von Kosaka sprach.
Kyonosuke spielte, ohne aufzusehen, noch immer weiter mit dem kleinen Silberlöffel, aber schließlich legte er ihn auf die Untertasse und sagte:
»Er ist hübsch, der Löffel! Wirklich hübsch ...«
Und damit sah er zum ersten Mal zu seiner Frau hin.
»Was meinst du mit ›Beziehungen‹?« fragte sie, von ihrem schlechten Gewissen leicht beunruhigt.
»Einfach Freundschaft oder in gewissem Umfang ...«
»Natürlich Freundschaft!«
»Nein, du verstehst mich nicht recht. Natürlich Freundschaft – aber ob du ihn nun ein bißchen gern hast oder so ...«, erwiderte er unklar und fügte hinzu:
»Sag mir, was du ihm gegenüber fühlst!«
Sie überlegte angstvoll, ob sie vielleicht gar schon bleich geworden war.
Minako war außerstande zu ermessen, was in ihrem Mann vorging. In welcher Absicht hatte er die Frage gestellt? Als erstes fiel ihr ein, daß Kosaka ihr vielleicht einen Brief geschickt und ihr Mann ihn gelesen hatte. Das lag immerhin im Bereich des Möglichen.
Minako rührte mit ihrem Löffel in der kleinen Tasse herum. Der Löffel schien ein wenig zu groß zu sein. Bewegte sie ihn nicht sehr ruhig, bestand Gefahr, daß der Kaffee über den Rand schwappte.
Sie hielt ihre Antwort noch immer zurück, nahm, um sich ein wenig zu beruhigen, die Tasse auf und schlürfte den Kaffee. Als sie die Tasse auf den Unterteller zurückstellte, überlegte sie, ob es nicht vielleicht am klügsten sei, ihrem Mann ihr Verhältnis zu Kosaka offen zu bekennen.
Sie hob ihr Gesicht und sah ihren Mann an. Nun war es Kyonosuke, der mit dem Löffel in der Tasse hin und her rührte.
»Offen gestanden bin ich Herrn Kosakas wegen in Bedräng-

nis. Er ist ein guter Mensch, aber manchmal ist er ein wenig unvernünftig. Sicher hat er, könnte man sagen, etwas sehr Reines in seinem Wesen ... Ich habe ihm deutlich genug zu verstehen gegeben, daß ich nichts mehr mit ihm zu tun haben will!«

»Hm – du sagst ›unvernünftig‹? Heißt das, daß er dich gern hat?«

»Ja ... na ja ...«

»Und du?«

»Ach, frag mich doch nicht so!«

»Doch, ich möchte dich fragen! Ich kann mir schon denken, daß der junge Mann ungefähr so ist, wie du ihn mir da geschildert hast ...«

»Du willst also wissen, wie ich zu ihm stehe? Ich kann für ihn überhaupt nichts empfinden! Da hast du mich in einem falschen Verdacht!«

»Ich habe dich in keinem Verdacht!«

»Hm – warum fragst du mich dann so? Hör, ich will es dir offen sagen. Er ist mir unangenehm! Ich mag ihn einfach nicht! Und deswegen will ich auch nichts mehr mit ihm zu schaffen haben!«

»Ich habe verstanden. Das genügt mir.«

»Was soll nun das heißen? Was ist los?«

»Gar nichts. Schon gut ...«

Nachdem er seine leicht erregte Frau mit diesen Worten ein wenig beruhigt hatte, sagte er:

»Bring mir doch, bitte, noch eine zweite Tasse Kaffee. Und dann die Morgenausgabe, sie liegt im Wohnzimmer. Falls du für Kosaka nichts weiter fühlst, ist es gut – dann lies die Zeitung ...«

Minako vernahm diese Aufforderung fast erschrocken. Sie ahnte, daß da irgendeine Nachricht stand, die Kosaka betraf, aber sie konnte sich nicht die geringste Vorstellung machen, worum es sich dabei handelte.

»Ist etwas geschehen?«

»Nun – lies selbst!«

Minako stand mit der leeren Tasse ihres Mannes auf, um sie ihm noch einmal mit Kaffee vollzugießen, dann begab sie

sich in das Wohnzimmer, schob das Einschenken zunächst auf und griff nach der Zeitung.
Sie öffnete die allgemeine Lokalseite, überflog die wichtigsten Meldungen, entdeckte plötzlich die Schriftzeichen »Das erste Unglück dieses Jahres im Hodaka-Gebirge« und erschrak zutiefst. Im selben Augenblick fiel ihr ein, daß Kosaka und Uozu ihr erzählt hatten, sie wollten in den ersten Januartagen den Vorderen Hodaka erklettern.
Die Zeitungsnachricht lautete:
»Die bei einem Teil der Bevölkerung als junge und tüchtige Bergsteiger bekannten Uozu Kyota und Kosaka Otohiko sind zu einer Besteigung der Ostwand des Vorderen Hodaka am 29. des vergangenen Monats von Kamikochi aus zum Okumatashiro aufgebrochen, aber am 2. Januar riß ihr Seil, und Kosaka ist abgestürzt. Dieser Vorfall ist von Uozu, der sofort wieder abstieg, in der Tokusawa-Hütte berichtet worden, und es sind von dort aus unverzüglich Mitglieder der Bergsteigergruppe der Universität M zur Hilfeleistung losgegangen. Die ganze Gegend ist tief verschneit, und die Suche wird dadurch außerordentlich erschwert. Die Hoffnung, Kosaka noch zu retten, wird als nicht sehr groß betrachtet.«
Als Minako damit fertig war, hätte sie vor Entsetzen fast laut aufgeschrien, aber es gelang ihr gerade noch sich zu beherrschen. Vor ihren Augen erschien Kosakas zwischen die Felsen eingeklemmter, abgestürzter Körper. Er hob sein sehr energisches Gesicht und versuchte sich aus der Felsspalte zu befreien. Da Minako überhaupt nicht wußte, wie es im Winter in den Bergen aussah und auch keine Ahnung vom Klettern hatte, stellte sie sich dieses Unglück unwillkürlich so vor.
Dann ging sie in die Küche und goß für ihren Mann noch einmal Kaffee aus der Maschine in die Tasse. Da ihre Hände aber zitterten, war sie recht ungeschickt dabei.
Als sie zur Engawa zurückkam, sagte ihr Mann:
»Die Berge im Winter sind offenbar gefährlich ...«
Minako aber fragte ihn, als wünsche sie, das Thema zu wechseln:
»Es ist doch für dich das gleiche – mit der kleinen Tasse da?«

Sie sprach also von der Kaffeetasse, doch sie wünschte sich in diesem Augenblick nichts sehnlicher, als sich möglichst schnell aus der Nähe ihres Mannes zu entfernen und allein zu sein. Daß sie vor wenigen Minuten noch behauptet hatte, Kosaka sei ihr unangenehm, und sie könne ihn nicht leiden, war bestimmt nicht gelogen. Aber nachdem sie aus der Zeitung erfahren hatte, daß er verunglückt sei, konnte sie nicht gleichgültig bleiben. Sie warf sich vor, so kalt und ablehnend zu ihm gewesen zu sein, ja, er tat ihr von Herzen leid.

»Du siehst ja entsetzlich bleich aus, Minako!« bemerkte ihr Mann, aber sie wußte das, noch bevor er sie darauf angesprochen hatte. Es überfiel sie ein Schwindel, als würde sie in Ohnmacht fallen; dies ist immer ein Vorbote der Gehirnanämie.

Ihr war, als bliebe ihr Mann absichtlich länger als sonst am Frühstückstisch. Sonst stand er, kaum daß er seinen Kaffee getrunken hatte, so eilig von seinem Stuhl auf, daß man hätte glauben können, es sei ihm jede Sekunde kostbar. Heute ließ er sich aber auf eine merkwürdige Weise Zeit.

»Hast du keinen Kuchen zu Hause, etwa Windbeutel?«

»Leider nein! Ich hatte Yokan, aber den habe ich gestern abend selber gegessen . . .«

»Und Obst?«

»Wie wäre es mit Äpfeln?«

»Gut, einverstanden . . .«

Sonst behauptete er immer, dachte sie, daß ihm die Kälte der Äpfel unangenehm bis in die Zähne dränge, und aus diesem Grund hatte er bisher kaum Äpfel gegessen.

Immerhin erhielt Minako dank dieses Apfels, den ihr Mann jetzt wünschte, die Möglichkeit, sich von ihm zu entfernen. Sie trug dem Mädchen auf, ihrem Mann einen geriebenen Apfel zu bringen. Sie selber nahm sich zwei andere Zeitungen vor, die sie vorhin nicht gesehen hatte und las sie, in der Küche stehend.

Die Unglücksnachricht fand sich auf ziemlich gleicher Stelle der Lokalspalten, auch die Größe der Schlagzeilen war die gleiche, und ebenso deckten sich die Darstellungen inhaltlich mehr oder weniger. Ein Unterschied bestand nur insofern, als

in den beiden Zeitungen der Tod Kosakas als ziemlich gewiß bezeichnet wurde; die Suche sei, hieß es, offenbar nach einigen Tagen als ergebnislos abgebrochen worden und man müsse nun bis Mai warten.
»Ihr Herr Gemahl fährt jetzt weg!« meldete Harue, und als Minako diese Worte vernahm, hob sie ihre Augen von der Zeitung.
»Hat sich mein Mann denn schon umgezogen?«
»Ja.«
»Und das Auto?«
»Es ist eben gekommen.«
»Oh, das ahnte ich ja nicht ...«
Als sie in den Flur trat, zog Kyonosuke gerade seine Schuhe an. Er wirkte, wie er da mit gekrümmtem Rücken nach vorn gebückt stand, wie ein alter Mann. Minako fiel es dann und wann auf, daß er wirklich alt geworden war.
Nachdem sie sich von ihm verabschiedet hatte, stand sie noch eine Weile an der Schwelle, aber plötzlich fiel ihr ein, was ihr Mann vorher zu ihr gesagt hatte, und sie geriet in Zorn. Vielleicht, überlegte sie, hatte er die Absicht gehabt, sie, falls sie sich Kosaka besonders verbunden fühlte, die Unglücksnachricht gar nicht erfahren zu lassen? Vielleicht wäre es ihm unangenehm gewesen, sie in Verlegenheit zu sehen? Oder hätte er sie vor einem Schock bewahren wollen?
Nun, jedenfalls waren das, dachte sie, zweifellos alles Empfindungen eines Ehemannes gegenüber seiner sehr jungen Gattin. Daß er nicht mitansehen wollte, wie sie, seine Frau, in Verwirrung geriet, war im Grunde nichts als Herzenskälte und ein Egoismus, der sich in allem nur selbst zum Maßstab nahm. Handelte es sich jedoch um eine Art Rücksicht, die der jungen Ehefrau eine solche Peinlichkeit ersparen wollte, war das ihr gegenüber nichts weiter als der Geist hochmütiger Sklaverei. So einen Mann empfand sie plötzlich als widerwärtig. Wie in Reaktion darauf erinnerte sie sich plötzlich an Kosakas jungen Körper, der sie in jener Nacht so leidenschaftlich umarmt hatte, daß sie kaum mehr atmen konnte. Und als sie überlegte, daß eben dieser Körper nun, unter Schnee begraben, irgendwo lag, begann sie am ganzen Leib zu zittern.

Sie drehte an der Wählscheibe ihres Telefons, um die Firma Kosakas anzurufen. Ihr Gesicht war dabei so angespannt wie das einer Frau, die um das Leben ihres Geliebten bangt.
Der Apparat der Toko-Druckerei, in der Kosaka tätig war, war ständig besetzt. In kurzen Abständen drehte sie die Scheibe unzählige Male.
Dann aber kam die Verbindung zustande, doch es meldete sich eine sehr unliebenswürdige Männerstimme.
»Eben habe ich in der Zeitung gelesen, daß Herr Kosaka verunglückt ist. Wissen Sie Genaueres darüber?« fragte sie.
Darauf antwortete der andere nicht, sondern fragte seinerseits:
»Wer sind Sie?«
»Eine Bekannte von Herrn Kosaka.«
»Eine Verwandte?«
»Keine Verwandte, aber es sind Beziehungen, die denen zwischen Verwandten gleichstehen ...«
Darauf erwiderte der Mann in einem Ton, als sei er in einem solchen Falle ausnahmsweise bereit, Auskunft zu erteilen:
»Wir haben bisher nur ein Telegramm über das Unglück erhalten, sonst nichts weiter. Auch wir erkundigen uns bei den Zeitungsredaktionen ...«
Offenbar herrschte in der Firma dieses Vorfalls wegen große Verwirrung, und so wurde das Gespräch auch von seiten der Firma schnell beendet. Minako fühlte sich völlig hilflos.
Da sie sonst keine andere Möglichkeit sah, entschloß sie sich zu dem Versuch, mit Zeitungen Verbindung aufzunehmen. Sie rief die B-Zeitung an, wußte allerdings nicht recht, mit welcher Abteilung sie sprechen sollte und teilte dem Mädchen in der Telefonvermittlung kurz mit, worum es sich handelte.
Nachdem sie eine Weile gewartet hatte, kam ein offenbar noch jüngerer Journalist der Lokalabteilung an den Apparat.
»Tja – ich weiß auch nichts darüber ...«
Er sprach, als fühlte er sich belästigt, fuhr aber fort:
»Bitte, warten Sie einen Augenblick! Ich verbinde Sie weiter ...«
Als nächster meldete sich ein Journalist der Provinzabteilung.

Als Minako ihm ihr Anliegen mitteilte, erhielt sie die gleiche Antwort wie von der vorigen Redaktion:
»Tja ... ich weiß auch nichts darüber ...«
Er fuhr aber gleichwohl fort:
»Bitte, warten Sie einen Augenblick!«
Und er wurde von einem anderen Journalisten abgelöst. Diesmal sprach eine ältere Stimme zu ihr:
»Wir haben hier auch nur die Mitteilung, die wir bereits veröffentlicht haben! Sind Sie mit Herrn Kosaka verwandt?«
»Ja.«
»Oh – ich kann mir vorstellen, in welch schrecklicher Sorge Sie sind ... Die Winterberge sind voller Gefahren. Soll ich Ihnen, sobald wir etwas weiteres hören, Nachricht geben?«
Und er erkundigte sich nach ihrer Telefonnummer.
Minako gab sie ihm. Dann legte sie auf.
Plötzlich fiel ihr ein, daß Kosaka eine jüngere Schwester hatte, mit der er zusammen lebte, und sie rief noch einmal die Firma an, in der Kosaka beschäftigt war. Sie erkundigte sich diesmal nach Kosakas Wohnung.
Während sie also Kosakas Firma zum zweiten Male anrief, merkte sie erstaunt, daß ihr Kosakas Leben eigentlich unbekannt war. Von seinen Briefen her erinnerte sie sich lediglich, daß er in dem Stadtteil Mita wohnte, doch da sie ihm alle Briefe zurückgegeben hatte, konnte sie nichts Genaueres feststellen. Ferner entsann sie sich aus Gesprächen mit ihm, daß er mit seiner jüngeren Schwester, die irgendwo angestellt war, zusammen wohnte, aber natürlich hatte sie seine Schwester nie kennengelernt und sich bisher auch nicht einen Augenblick lang Gedanken gemacht, was für ein Leben er mit dieser Schwester führte.
Als sie sich dieser Gleichgültigkeit bewußt wurde, erschauerte sie.
Am Telefon der Firma meldete sich jetzt ein anderer Angestellter als vorhin. Auf ihre Frage, wo Herr Kosaka wohne, erklärte er ihr dies auf das liebenswürdigste.
»Sie steigen die Querstraße bei der Mita-Polizeistation so lange hinauf, bis sie wieder zu fallen beginnt, und biegen

nach links ab. Da sehen Sie dann gleich das Haus Harada. Es ist ein großes Haus. Die Häuser in dieser Gegend sind aber alle groß. Nun – am Tor dieses Harada-Hauses finden Sie jedenfalls auch das Namensschild Kosaka ohne Schwierigkeit.«

»Danke, ich habe verstanden. Wenn ich mich recht erinnere, wohnt Herr Kosaka mit seiner jüngeren Schwester, ja?«

»Ja. Seine Schwester war gerade eben noch bei uns hier, ist aber schon wieder gegangen ...«

Als Minako den Hörer auflegte, war sie entschlossen, wenigstens Kosakas Haus aufzusuchen. Vielleicht erfuhr sie dort mehr.

Sie machte sich zum Fortgehen zurecht. Um zehn Uhr verließ sie ihr Haus.

Sie fuhr mit der Stadtbahn zum Bahnhof Meguro und stieg, da ihr die Gegend unbekannt war, in ein Taxi. Es war seit dem Vortag schon etwas kälter geworden, der Himmel hatte sich auf eine Weise bewölkt, daß bald Schneefall zu erwarten war. Die Straßen trugen noch alle Neujahrsschmuck. Vor jedem Laden stand eine Kiefer, und es waren weniger Menschen unterwegs als sonst.

Als das Taxi bei der Mita-Polizeistation einbog, gab es dort tatsächlich einen ziemlich steilen Hang und rechts davon nahmen einige ausländische Gebäude, die nach Botschaften aussahen, viel Platz ein. Auf der gegenüberliegenden Seite standen einige Häuser, von denen man nicht mit Sicherheit sagen konnte, ob es Wohnhäuser oder Restaurants waren, mit imposanten Toren.

Oben am Hügel bog ihr Taxi nach links ab, und Minako bat den Chauffeur, nach dem Haus der Familie Harada zu suchen.

Als der Chauffeur da, wo er hielt, nach dem nächsten Tor sah, stand tatsächlich auf dem Namensschild Harada und gleich daneben, so wie es dem Bewohner eines Seitenhauses ziemte, war ein kleines Schild mit dem Namen Kosaka angebracht.

Minako schickte das Taxi weg. Das Tor mit dem Namensschild Harada zeugte von ziemlichem Alter, der Garten war geräumig. Als sie durch das Tor geschritten war, stieß sie sofort auf den Flur des Haupthauses, das ebenfalls alt wirkte. Sie drückte auf die Glocke, und es erschien ein junges Mädchen, wohl das Dienstmädchen, und antwortete ihr auf ihre Frage nach Kosaka, sie möge um das Gebäude rechts herumgehen, da sei das Seitenhäuschen sofort zu sehen, dort wohne Herr Kosaka.

Als sie daraufhin um das Gebäude ging, fand sie ein kleines, wohl zwei Zimmer fassendes Häuschen, das früher vielleicht das Gärtnerhaus war. Aus ihm entfernte sich gerade ein zwei- oder dreiundzwanzigjähriges Mädchen in gelbem Pullover, schwarzen Slacks und mit Geta an den Füßen.

Sie wollte offenbar schnell irgendwohin laufen. Als sie aber bemerkte, daß ein Gast kam, blieb sie stehen und wartete, bis Minako sich genähert hatte.

»Sind Sie die jüngere Schwester von Herrn Kosaka?« fragte Minako.

»Ja.«

Aus ihrer Miene sprach Verwunderung, aber dann wurden ihre Augen lebendig, und sie erkundigte sich:

»Sind Sie Yashiro-san?«

Ihr Ton verriet, daß sie eigentlich nicht daran zweifelte. Minako war erstaunt, daß jene sie kannte, aber vor allem war sie über die jugendliche Schönheit dieses ihr zugewandten, aufgeregten Gesichts betroffen. Der feste Blick des Mädchens glich dem ihres älteren Bruders.

»Ja, ich heiße Yashiro. Ihrem Bruder ist etwas geschehen – es tut mir so leid!«

»Ich habe bisher nur ein einziges Telegramm über das Unglück bekommen und weiß daher auch nichts Genaues, aber ich bin auf das Schlimmste gefaßt!«

Dann fuhr sie fort: »Bitte, kommen Sie herein! Ich muß schnell zum Telefonieren ins Haupthaus, es ist dort für mich angerufen worden, ich bin gleich wieder zurück!«

Und sie bat noch einmal:

»Es ist hier sehr eng, aber bitte, kommen Sie herein!«

»Danke!« erwiderte Minako. »Darf ich also ganz kurz stören . . .?«

Kosakas Schwester eilte mit kleinen, flinken Schritten zum Haupthaus hinüber. Minako begab sich aus dem schmalen Flur in das angrenzende Zimmer. Vor der Engawa stand ein Tisch, den offenbar Kosaka gebraucht hatte; schräg davor wirkte das bis zur Decke reichende Bücherregal für diesen Raum viel zu gewaltig. Sonst befand sich kein Einrichtungsgegenstand in diesem Zimmer, das schmuck und ordentlich aussah. Daneben war ein weiterer Raum, der wohl Kosakas Schwester gehörte und beiden als Wohnzimmer diente.
Nach etwa fünf Minuten kam Kosakas Schwester zurück, ihr Gesicht war unverändert erregt, sie nahm Minako gegenüber Platz und bat:
»Verzeihen Sie, daß Sie in meine Sorgen mithineingezogen werden. Die Firma meines Bruders hat gerade ein Telegramm erhalten, aber es besagt nur, daß man noch weiter suche. Zwei Angestellte der Firma fahren heute an die Unglücksstelle, ich möchte ebenfalls mit ...«
»Wann fährt ihr Zug?«
»Um 12 Uhr 25, es ist ein Schnellzug.«
»Oh, da müssen Sie sich aber beeilen!«
Die Uhr zeigte auf kurz vor 11.
»Ja, dann möchte ich nicht weiter stören ...«
Als sich Minako mit diesen Worten erhob, widersprach Kosakas Schwester:
»O nein! Bitte, bleiben Sie! Ich muß nichts weiter vorbereiten. Ich war vom Jahresende bis in die ersten Januartage in Oku-Nikko skifahren und bin erst gestern zurückgekommen. Mein Rucksack ist noch gar nicht ausgepackt, und so genügt es, ein paar Kleidungsstücke dazuzulegen. Ich bringe Ihnen sofort Tee!«
Mit diesen Worten eilte sie ins Innere des Hauses. Nach einer Weile brachte sie auf einem Tablett zwei Tassen Sencha-Tee, und sie stellte je eine Tasse vor Minako und sich selbst hin.
»Irgendwann hat mein Bruder in einer Zeitschrift über hervorragende Bergsteiger geschrieben, die im Gebirge verunglückten. Die meisten waren Ausländer, doch es sind auch einige Japaner dabei. Nun gehört mein Bruder dazu ...«
Während sie das wie zu sich selber sagte, betrachtete Minako

ihr Profil, das ein wenig starr wirkte. Sicher, dachte sie, waren die Linien dieses Gesichts infolge des Schocks hart geworden und sonst weicher.

»Aber Herr Kosaka ...«, begann Minako, doch sie verstummte sofort. Sie hatte sagen wollen, daß man doch noch gar nicht sicher wisse, ob er tot sei, doch mit knapper Not unterdrückte sie das.

»Hat Ihnen Ihr Bruder von mir erzählt?« fragte Minako.

»Ich weiß nicht genau, wer Sie sind – ich kenne Ihren Namen nur von dem Umschlag eines Briefes, den mein Bruder geschrieben hat – ich behielt ihn im Gedächtnis.«

Minako errötete.

Schließlich waren sie sich einig, gemeinsam wegzugehen. Während Kosakas Schwester sich fertigmachte, saß Minako allein in Kosakas Zimmer. Da kein Feuer angemacht war, fröstelte sie.

»Verzeihen Sie, daß ich Sie so lange habe warten lassen!«

Mit diesen Worten erschien Kosakas Schwester nach fünf oder zehn Minuten wieder. Minako war verblüfft, wie schnell sie das geschafft hatte; sie selber hätte wenigstens eine halbe Stunde dazu gebraucht.

Sie verließen das Haus gemeinsam. Kosakas Schwester eilte, nachdem sie die Türe zugesperrt hatte, noch schnell ins Haupthaus, kam aber gleich wieder zurück, nahm ihren Rucksack, den sie auf den Estrich vor dem Haus gelegt hatte, auf, schwang ihn über die Schulter und sagte:

»So, nun können wir gehen ...«

Als sie auf die Straße hinauskamen, fuhr zum Glück ein Taxi vorbei, sie hielten es an und stiegen ein.

»Zum Shinjuku-Bahnhof, bitte!« bat Minako den Chauffeur.

»Bitte, fahren Sie ruhig nach Hause, ich steige unterwegs aus!« wandte Kosakas Schwester ein.

»Ich möchte Sie gern zum Bahnhof bringen!«

»Oh, aber ...«

»Machen Sie sich keine Gedanken. Ich habe nichts weiter zu tun.«

Minako wünschte, Kosakas Schwester bis zum Bahnhof zu bringen. Auf dem Weg zu ihr hatte sie das nicht gedacht,

doch nachdem sie nun mit ihr bekannt geworden war, glaubte sie, daß eine günstige Nachricht über Kosaka wohl kaum mehr zu erhoffen war.
Das Unglück war am Morgen des 2. Januar geschehen, und heute war der fünfte. Es waren also drei Tage vergangen, aber nach dem in Kosakas Firma eingegangenen Telegramm war Kosaka noch nicht gefunden worden.
Während sich Minako den schaukelnden Bewegungen des Taxis überließ, sah sie Kosakas abgestürzten, mit Schnee bedeckten Körper vor sich.
»Wenn ich bergsteigen könnte, würde ich mitkommen!« sagte sie plötzlich, und da erwiderte Kosakas Schwester, die diese Worte Minakos ernst nahm:
»Oh! Wie schön, wenn Sie das könnten! Ich selber fahre Ski, bin aber im Winter noch nie geklettert und bleibe deswegen irgendwo unten in einem Dorf und warte. Aber mein Bruder würde sich sicher freuen, wenn Sie mitkämen!«
Verlegen erwiderte Minako:
»Ja, leider kann ich das nicht . . . meine Familie . . .«
»Familie?« fragte Kosakas Schwester unwillkürlich, aber dann schien sie begriffen zu haben und sagte verwirrt:
»Oh . . . Verzeihen Sie . . .«
Dann versank sie in Schweigen. Als das Taxi in die Nähe des Shinjuku-Bahnhofs gekommen war, bat sie Minako:
»Sobald ich wieder zurück bin, gebe ich Ihnen Nachricht. Dürfte ich vielleicht Ihre Visitenkarte haben?«
Der Ausdruck ihres Gesichts war ernst.
Da Minako keine Karte mithatte, ließ sie sie ihre Wohnung und Telefonnummer auf einem Zettel aufschreiben.
Nachdem sie vor dem Shinjuku-Bahnhof ausgestiegen waren, bat Kosakas Schwester, sich nun doch nicht weiter bemühen zu wollen, aber Minako kaufte sich eine Bahnsteigkarte, um sie an den Zug zu begleiten.
Sie verließen die Bahnsteigsperre und stiegen die Treppe zum Bahnsteig für die Züge nach Matsumoto hinauf, und da drängte sich eine Unmenge von Leuten durcheinander. Kosakas Schwester streckte plötzlich ihre rechte Hand hoch, aber Minako vermochte nicht zu erkennen, wem das galt. Sie

folgte ihr, bahnte sich mühsam einen Weg durch die vielen Menschen, und schließlich standen sie vor zwei jungen Männern, offenbar den beiden Angestellten aus Kosakas Firma. Sie sahen kräftig aus, waren zum Bergsteigen ausgerüstet und standen in der Nähe der Wagenfenster. Kosakas Schwester verneigte sich vor ihnen tief und sagte:
»Verzeihen Sie! Es tut mir leid, daß Sie so viel Mühe haben ...«
Darauf antwortete der größere der beiden:
»Ich kenne Ihren Bruder doch gut, und ich glaube, daß nichts Ernstes passiert ist ...«
»Vielleicht hat er sich in einer Schneehöhle eingegraben?« meinte der andere.
Für Minako, die im Hintergrund diesem Gespräch lauschte, klangen alle diese Worte seltsam leer.
»Aber es heißt doch, daß das Seil gerissen und er deswegen abgestürzt ist!« sagte Kosakas Schwester entschieden in einem fast kühlen Ton.
»Ich kann mir das nicht recht vorstellen!« erwiderte der größere der beiden.
»Haben Sie noch einen Sitzplatz bekommen können?« fragte Minako, indem sie in den Zug hineinspähte.
»Nein! Es ist alles besetzt! Aber von Kofu ab wird schon etwas freiwerden. Ich habe nur das Gepäck inzwischen verstaut!« sagte der andere der beiden jungen Männer.
Auf dem Bahnsteig waren viele junge Menschen in Bergsteigerausrüstung zu sehen. Einige von ihnen führten auch Pickel mit. Minako sah zum erstenmal und mit gewissem Interesse junge Leute, die zum Klettern in die Winterberge fuhren.
Schließlich begab sich Kosakas Schwester in den Wagen, brachte ihr Gepäck im Netz unter und kam dann wieder auf den Bahnsteig heraus. Sie bedankte sich noch einmal bei Minako, daß sie sie hierher begleitet hatte.
Als die Abfahrtsklingel ertönte, wandte Kosakas Schwester, die auf der Innenplattform des Wagens stand, ihr bleiches Gesicht Minako zu, und auf ihren Wangen erschien ein schmales Lächeln. Als dann der Zug losfuhr, winkte sie für

eine Weile. Minako stand schließlich allein auf dem Bahnsteig, und sie fühlte sich mit einemmal furchtbar erschöpft.

An dem Tage, an dem Kosaka verunglückt war, erreichte Uozu völlig ermattet die Tokusawa-Hütte gegen 10 Uhr. Zum Glück befanden sich dort gerade einige Mitglieder der Bergsteigergruppe der M-Universität, die da übernachteten.
Kurz danach, um 2 Uhr nachts am 3. Januar, brach eine Suchmannschaft auf, die aus fünf Studenten und dem Hüttenwart S bestand. Einer der Studenten trennte sich vor der Hütte von den anderen und stieg nach Kamikochi hinunter, um das Unglück weiterzumelden. Seit Uozu die Tokusawa-Hütte betreten hatte, waren knapp vier Stunden vergangen.
Nach dem Aufbruch des Suchtrupps schlief Uozu bis zum Mittag wie tot. Nachmittags lag er mit offenen Augen auf seinem Futon.
Von Zeit zu Zeit erhob er sich, ging zu dem mit einem Ofen versehenen ungedielten Fußboden hinunter und spähte durch das Türfenster hinaus. Der Himmel war strahlend blau, doch tänzelten federleicht Schneeflocken durch die Luft.
Uozu blickte dann und wann auf seine Uhr und überlegte angespannt, wo sich der Suchtrupp nun wohl befand. Er hatte die Aktion vorher ausführlich besprochen.
Da er die Zweite Terrasse selber schon durchsucht hatte, brauchte man, nach seiner Überzeugung, dort nicht noch einmal nachzuforschen, und außerdem meinte er, daß man auch die Erste Terrasse übergehen könnte; sie war außerordentlich schmal, bildete weniger eine Terrasse als ein Felsband, das die A-Wand und C-Wand voneinander trennte. Es war höchst unwahrscheinlich, daß Kosakas Körper hier hängengeblieben war.
Das Gebiet, das abgesucht werden mußte, befand sich vielmehr unterhalb der C-Wand. Die Suchmannschaft mußte, das B-Tal vor Augen, sich mit allen Kräften hierauf konzentrieren. Dann sollte sie das Haupttal von Okumata vornehmen. Hier waren früher Gymnasiasten einer Oberschule von Ma-

tsumoto verunglückt, in eine V-förmige Schneeschlucht gestürzt und in der Nähe des Fünften Gipfels (Gohoo) liegengeblieben. Sollte auch Kosaka bis hier heruntergeglitten sein, war nicht auszuschließen, daß er sich in der Nähe des Fünften Gipfels befand. Auch hierauf mußte die Suchgruppe also ihr besonderes Augenmerk richten.

Dieses Suchprogramm hatte Uozu mit den Studenten abgesprochen.

Am 3. Januar hatte Uozu den Eindruck, daß es außerordentlich schnell dunkel wurde. Die Nachmittagsstunden waren überraschend kurz, und als er glaubte, es werde nun langsam Abend, war in die weiße, stille Welt rings um die Hütte plötzlich die Nacht hereingebrochen.

Die Suchmannschaft kehrte gegen 8 Uhr zur Hütte zurück. Dick mit Schnee gleichsam beschmiert, traten die Studenten mit dem Hüttenwart S in den Raum, wo Uozu den Ofen geheizt hatte. Keiner der jungen Leute sprach ein Wort.

Als das sechste Mitglied des Suchtrupps die Tür hinter sich geschlossen hatte, sagte Uozu wie betäubt vor Verzweiflung: »Haben Sie vielen Dank!«

»Es war leider umsonst ...«, erwiderte einer.

»Ich danke Ihnen!«

»Wir haben uns wirklich keinen Augenblick Ruhe gegönnt und immer weiter gesucht!« sagte ein anderer.

»Ich danke Ihnen von Herzen!« wiederholte Uozu nur immerzu.

Eine Stunde, nachdem dieser Suchtrupp erfolglos zurückgekehrt war, traf unerwartet eine aus sieben Männern bestehende Bergsteigergruppe in der Hütte ein. Es handelte sich um Mitglieder des I. Bergsteiger-Clubs, die am Nachmittag in der Winterhütte des Kamikochi-Hotels angekommen waren. Sie änderten auf die Nachricht von diesem Unglück ihren Plan, am nächsten Morgen nach Yokoo aufzubrechen, um dann das Massiv des Nord-Hodaka zu ersteigen und kamen herauf, um bei der Suche mitzuhelfen.

Diese Gruppe aus Kamikochi verließ als zweite Hilfsmannschaft nachts gegen zwei Uhr die Tokusawa-Hütte.

Am 4. Januar schneite es vom Morgen an. Die völlig erschöpften Studenten hatten bis Mittag geschlafen. Nur Uozu war vormittags aufgestanden; er machte den Ofen an und bereitete den Studenten eine Mahlzeit. Dann und wann stand er wie am Vortag an der Tür und spähte durch das Fenster hinaus.

Es schneite unaufhörlich, still und fein, aber anders als gestern waren es große und irgendwie schwere Flocken. Kurz vor Mittag nahm dieses Schneien gewaltig zu.

»Das schneit ja fürchterlich!« meinte einer der Studenten, der inzwischen aufgestanden war, und es sah tatsächlich aus, als komme es zu einem ganz besonders schweren Schneefall.

Um 3 Uhr kehrte die zweite Suchtruppe, die kurz nach Mitternacht aufgebrochen war, wieder zurück, ohne Kosaka gefunden zu haben. Es bestand Lawinengefahr, und daher mußte das Suchen abgebrochen werden.

Das Schneien hörte auch am folgenden Tag, dem 5. Januar, noch nicht auf. Unter diesen Umständen mußten die Nachforschungen zunächst eingestellt werden. Sie wußten sich keinen Rat mehr. Die vielen jungen Bergsteiger saßen in der engen Hütte niedergedrückt umher.

Uozu bemühte sich, möglichst nicht an Kosaka zu denken. Sobald er es doch tat, glaubte er fast wahnsinnig zu werden. Er stellte sich vor, daß sich auf Kosaka, der, wie er glaubte, mit den Augen nach oben dalag, der Schnee vielleicht schon einen oder zwei Shaku hoch gehäuft hatte.

Uozu saß mit den anderen am Ofen, aber er schwieg. Die Anwesenden hielten sich vor ihm scheu zurück und sprachen ihn nicht an. Sie wußten, daß der Schmerz eines Bergsteigers, der seinen Freund verloren hat, durch kein noch so mitfühlendes Wort gelindert werden kann.

Uozu schwieg, aber seine Augen, seine Ohren und sein Mund waren in Tätigkeit. Die Augen blickten starr auf Kosakas Gesicht, die Ohren hörten Kosakas Stimme, und der Mund unterhielt sich mit ihm.

»Es war also falsch gewesen, daß wir uns in der Führung abgelöst haben? Ich hätte sie behalten sollen! Weshalb hast du mich ablösen wollen? Hätten wir das nicht getan, wäre nichts passiert! Es war ja wirklich hart, wie wir in der Felsspalte der A-Wand eingeklemmt waren! Der Schneesturm kam von vorn her auf uns zu. Es war zum Verzweifeln kalt! Da hast du ein Streichholz angezündet und im Zeltsack war es plötzlich hell! Dann war es gleich wieder dunkel – und in diesem Augenblick kamen die unheilvollen Worte aus deinem Mund: ›Morgen gehe ich voran!‹«

Auf solche Weise unterhielt er sich mit seinem Freund.

»Kosaka, du mochtest das Gedicht von Roger D. doch so gern. Wenn du ein bißchen viel getrunken hattest, hast du immer dieses Gedicht ›Wenn ich eines Tages . . .‹ rezitiert:

Wenn ich eines Tages,
eines Tages in den Bergen sterben sollte,
dann hinterlasse ich dir, meinem alten Bergfreund,
dieses Testament:
Suche meine Mutter auf
und sage ihr, daß ich glücklich gestorben bin;
weil ich neben ihr saß, habe ich nicht gelitten!
Sage meinem Vater, daß ich ein Mann gewesen bin –
Sage meinem jüngeren Bruder,
ich übergäbe ihm den Stab der Nachfolgeschaft.
Sage meiner Frau,
daß sie leben soll, auch wenn ich nicht mehr bin,
und ja auch ich weitergelebt hätte,
wenn sie nicht mehr wäre.
Bestelle meinen Söhnen, sie würden wohl in den
Felsen vom Etanson die Spuren meiner Nägel
entdecken.
Und dir, mein Freund, sage ich:
nimm meinen Pickel auf,
ich hoffe, daß der Pickel vor Scham nicht stirbt!
Nimm ihn zu irgendeiner schönen Bergwand mit
und mache für den Pickel einen kleinen Steinhügel
und stecke ihn dort hinein!

›Kosaka! Wie Roger D. es sich gewünscht hat, nehme ich deinen Pickel auf. Damit er nicht vor Scham vergeht! Und diesen deinen Pickel bringe ich zu der kleinen Felsspalte, wo wir Biwak gemacht haben. Dort baue ich einen kleinen Steinhaufen und stecke ihn hinein.«

Uozu war fest entschlossen, das für ihn zu tun. Dann und wann liefen ihm die Tränen über die Wangen, aber er merkte es nicht. Dazu hatte er keine Zeit. Er unterhielt sich, ohne daß er sich im geringsten bewegte, immerzu mit Kosaka.

›Kosaka! Du!‹

Gleichwohl konnte Uozu nachts schnell einschlafen. Das ununterbrochene Sprechen mit seinem Freund am Tag hatte ihn erschöpft.

Auch am 6. Januar schneite es ohne Unterlaß. Die Studenten der M-Universität und auch die Mitglieder des I. Bergsteiger-Clubs blieben, nachdem die Suche nach Kosaka ja noch nicht aufgegeben werden mußte, ungern in der Hütte sitzen, aber angesichts des Schneesturms war jedes Unternehmen von vornherein aussichtslos. Sobald das Wetter sich besserte, wollte die eine Gruppe zum Nördlichen Hodaka und die andere zum Hinteren Hodaka, also ihrem eigentlichen Ziele, aufbrechen.

In der Nacht des 6. Januar erschienen in dieser bereits überbelegten Hütte zwei weitere Gäste. Sie sahen wie Schneemänner aus und riefen:

»Was ist mit Kosaka-san? Mit Kosaka-san!«

Sie riefen dieselben Worte zur gleichen Zeit. Es waren die jungen Angestellten aus der Firma, in der Kosaka arbeitete.

Auch am 7. Januar hörte es nicht zu schneien auf. Die Studenten der M-Universität und die Mitglieder des I. Bergsteiger-Clubs besprachen sich und beschlossen, an diesem Tag um 10 Uhr durch den Schnee bis zur Yokoo-Hütte vorzudringen. Die Studenten nahmen sich den Hinteren Hodaka, der I. Bergsteiger-Club den Nördlichen Hodaka als Ziel vor. Sie fanden es unerträglich, so lang umsonst zu warten, bis es zu schneien aufhörte, und so wollten sie wenigstens zunächst bis zu jener Hütte.

Die 13 jungen Leute schnallten alle ihre Ski an, schwangen ihren Rucksack auf die Schulter und sprachen Uozu ein paar Worte des Trostes zu, dann verließen sie die Tokusawa-

Hütte. Uozu hörte ihre wirr durcheinander redenden lebhaften Stimmen so lange, bis sie, nachdem sie gleich vor der Hütte nach rechts abgebogen waren, den Wald betraten. Dann war einer nach dem anderen schnell zwischen den Bäumen verschwunden. Hinter ihnen begruben unaufhörlich dünne Schneeflocken den Raum.

Uozu saß auch an diesem Tag in der plötzlich still gewordenen Hütte am Ofen und schwieg. Er unterhielt sich nicht mehr wie bis zum Vortag mit Kosaka. Seine Kraft zu fühlen, war erschöpft.

Der Hüttenwart S und die beiden jungen Leute aus Kosakas Firma unterhielten sich leise, und er entnahm ihren dann und wann an sein Ohr dringenden Worten, daß sie wohl absichtlich das Unglück nicht erwähnten, sondern von anderen Dingen sprachen.

Als es jedoch Abend wurde, redeten sie zum erstenmal davon.

»Wir wollen morgen, sobald es hell ist, jedenfalls noch einmal suchen!« sagte der acht- oder neunundzwanzigjährige Mann, der Edamatsu hieß, und er fuhr fort:

»Wir wollen uns das Haupttal vornehmen!«

Der etwa gleichaltrige Miyagawa stimmte ihm zu. Sie waren beide in einem Verlag tätig, der alpine Literatur herausgab, und daher wußten sie über Berge gut Bescheid.

Als Uozu die beiden so hörte, sagte er:

»Ich gehe auch mit! Ob sich das Wetter freilich dafür eignet ...«

»Es wird schon aufhören zu schneien«, meinte Miyagawa. »Etwas heller ist es ja geworden!«

Aber dann fragte er Uozu:

»Wegen des Schnees brauchen wir uns nicht zu sorgen, aber ob Sie noch Kraft haben, Herr Uozu?«

Jetzt mischte sich der Hüttenwart S, der gerade kochte, ein:

»Gleichgültig ob der Schnee aufhört oder nicht – versuchen Sie es doch einmal, ins Haupttal vorzudringen! Sie werden sofort von Lawinen erschlagen!«

Er sagte das in einem ziemlich scharfen Ton. Uozu wußte von dieser Gefahr, doch fand er die Vorstellung, nicht mehr nach

Kosaka zu suchen und schon jetzt nach Tokio zurückzufahren, unerträglich.

»Etwas gefährlich mag es schon sein...«, erwiderte Edamatsu, doch da rief der Hüttenwart heftig:

»Das können Sie mir wirklich glauben, daß es gefährlich ist! Erkundigen Sie sich doch!«

»Sie brauchen sich um die beiden jungen Leute keine Sorgen zu machen, ich gehe mit!« sagte Uozu.

»Nein! Nein! Nein! Sie dürfen auf keinen Fall!« rief S, als wolle er sich überhaupt nicht darauf einlassen. Er war ein ziemlich unansehnlicher, meist auch langsamer, gutmütiger Mann, aber hier reagierte er mit großem Ernst.

Die beiden jungen Leute standen nun zwischen Uozu und dem Hüttenwart und wußten mit verlegenen Gesichtern nicht recht, wie sie sich verhalten sollten, aber S mahnte erneut:

»Ich bitte Sie, Herr Uozu! Sie gehören doch sonst nicht zu denen, die gewaltsam etwas Unvernünftiges durchsetzen wollen! Also – auf keinen Fall! Ich verstehe gut, wie Ihnen zumute ist, aber das dürfen Sie nicht!«

»Herr Uozu! Ja, lassen wir es lieber bleiben!« sagte nun Edamatsu, »es war von uns nicht recht, daß wir davon angefangen haben! Kosaka-san würde sich bestimmt nicht darüber freuen! Geben wir es auf!«

»Na endlich! Das ist doch ganz selbstverständlich!« rief der Hüttenwart nun aus, und damit war dieser Plan endgültig fallengelassen. Uozu schwieg und starrte in den Ofen.

Wenn nun also auch er nicht mehr nach Kosaka suchte, mußte dieser bis zum Frühling im Schnee liegenbleiben. Bis im April oder Mai der Schnee schmolz, würde Kosaka mit nach oben blickenden Augen im Schnee begraben sein. Auf seinem Gesicht, seinen Händen, seinen Beinen würden drei, vier Shaku hoch Schnee liegen! Uozu fühlte plötzlich die Schwere dieses Schnees, und da blickte er auf. S sah ihm in die Augen und sagte:

»Ich halte hier bei Kosaka-san bis zum Frühling Wache, seien Sie beruhigt! Fahren Sie zurück und trösten Sie die Hinterbliebenen! Das ist jetzt wichtiger!«

Diese schlichten Worte lösten die seltsam qualvolle Verdrehtheit seines Gefühls.

»Gut«, erwiderte er, »wir vertrauen Kosaka-san Ihnen an und steigen morgen wieder hinunter!«

Als er am nächsten Morgen aufstand, hatte es fast aufgehört zu schneien. Er trat vor die Hütte, und da hatte der dicke Schnee die Hütte, den Platz davor, die Bäume, alles in ein einziges Weiß gehüllt. Es schien zwar keine Sonne, aber der Himmel war hell. Uozu und die beiden jungen Leute beschlossen, noch am Vormittag aufzubrechen.

Ihr Frühstück verzehrten sie zusammen mit dem Hüttenwart neben dem Ofen. Nachdem sie dann noch eine Zigarette geraucht hatten, begann Uozu sofort mit seinen Vorbereitungen. Während er den Rucksack schnürte, dachte er, wie einsam er sich wohl fühlen würde, sobald er diese Hütte verlassen hätte.

Sie verabschiedeten sich von dem Hüttenwart, der den ganzen Winter hier zubrachte. Es war 10 Uhr, als sie aus der Hütte traten. Kaum hatten sie den Platz davor überquert, wandte sich Uozu um. Vom Eingang her blickte ihnen S noch immer nach. Uozu winkte ihm kurz zu und entzog sich dann, wie mit einem Sprung, seinem Blickfeld.

Als er dachte, daß ihn der Hüttenwart nicht mehr sehen könne, blieb er stehen und sah zum Vorderen Hodaka auf. Es schien die Sonne zwar nicht, aber der völlig von Schnee bedeckte Berg lag wie zum Greifen nahe. Auch die Ostwand, frei von Schnee, ragte dunkel und klein empor.

Uozu wußte, daß der Vordere Hodaka seinen Augen nun bald entschwinden würde, und es erschien ihm plötzlich völlig unmöglich, von hier wegzugehen.

»U –o zu – san –« hörte er Edamatsu rufen.

»Hallo!« antwortete er und blieb weiter stehen. Da tauchte mit einemmal in der Ferne die Gestalt von Edamatsu auf, der sich wohl um ihn Sorgen machte und ein Stück Weg zurückgekommen war.

Hierauf glitt Uozu auf dem Schnee weiter dahin.

»Kosaka! Ich kehre zunächst nach Tokio zurück! Aber ich komme bald wieder!«

Dann sauste er in rasender Geschwindigkeit hinab. Als er die beiden jungen Leute eingeholt hatte, gönnten sie sich eine kleine Pause.

Der Azusa-Fluß war gefroren. Jenseits davon waren einige Gipfel der Myojin-Kette zu sehen; sie ragten scharf wie Dolche auf. Der Vordere Hodaka, wo Kosaka ruhte, war für Uozu und seine Begleiter schon nicht mehr sichtbar.

Die drei kamen gegen halb 1 Uhr in der Winterhütte des Hotels an. Sie bedankten sich bei Herrn T vom Hotel für seine Hilfe und baten ihn, nach Matsumoto zu telefonieren, man möge ihnen nach Sawando ein Taxi entgegenschicken.

Es war fast 6 Uhr, als Uozu und seine Begleiter nach Sawando gelangten. Das Dorf lag unter dem vielen Schnee wie begraben, es herrschte Totenstille. Schon war es Nacht geworden, aber der Schnee leuchtete hell, und der Weg, den die Dorfbewohner gingen, war freigeschaufelt.

Als Uozu allein, später als die beiden anderen jungen Leute, vor dem Nishiokaya-Laden ankam, sah er vom Licht des Ladeninnern angestrahlt eine Gestalt davor stehen. Sie kam, während er seine Skier abschnallte, zur Begrüßung ihm offenbar entgegen und blickte schweigend zu ihm herab.

Zunächst glaubte er, es sei ein Mädchen aus dem Dorf, aber als er sich anschickte, den Laden zu betreten, roch er plötzlich Parfüm und merkte erst jetzt, daß es Kosakas Schwester war. Ganz bestimmt hatten ihm die beiden jungen Leute aus Kosakas Firma mitgeteilt, daß Kosakas Schwester, Kaoru, ihn in Sawando erwarte. Aber er war so erstaunt, als hätte er das gar nicht gehört.

Obgleich er also wußte, daß es die jüngere Schwester Kosakas war, brachte er zunächst kein Wort über die Lippen. Er wußte nicht, wie er über den Tod ihres Bruders mit ihr sprechen sollte. Er spürte, daß Kaoru ihm ihr Gesicht zuwandte und ihm direkt in die Augen sah. Das aus dem Laden dringende Licht ließ die eine Hälfte ihres Gesichts klar hervortreten. Nach einer Weile merkte er, daß sie ein paar Schritte auf ihn zu tat. Und plötzlich fühlte er, wie sie, beide Hände über der Brust gefaltet, auf ihn zustürzte. Er fing sie schnell auf und sagte:

»Bitte! Verzeihen Sie mir!«
Es waren dies Worte, die ihm wie von selber aus dem Munde kamen. Kaoru, ihre Wangen an seine schneenasse Brust schmiegend, stöhnte auf.
»Mir zuliebe – weil ich so erschöpft war – hat mich Ihr Bruder bei der Führung abgelöst!«
»...«
»Ich hätte das nicht zulassen sollen!«
»...«
»Es fehlten nur noch zehn Meter und wir hätten es geschafft!«
Kaoru drückte jedesmal, wenn er etwas sagte, ihr Gesicht an seine Brust, als wollte sie sich dort hilfesuchend festklammern. Erst nach geraumer Zeit fing sie zu sprechen an:
»Ich ...«, begann sie, und sie fuhr fort:
»Bitte, lassen Sie mich jetzt weinen! Ich werde es später bestimmt nie wieder tun! Nur jetzt!«
Dabei entrang sich ihrer Brust erneut ein Schluchzen und ihr antilopenschmaler, kräftiger Körper erzitterte. Uozu überließ sie ihrem Schmerz.
Plötzlich erschien die Besitzerin des Nishiokaya und rief:
»Oh, bitte! Kommen Sie doch herein!«
Kaoru schnellte unwillkürlich von Uozus Brust zurück, trat einige Schritte von ihm weg und stand dann genau da, wo sie vorhin gewesen war. Uozu bat sie noch einmal:
»Verzeihen Sie mir! Ich kann es nicht fassen, daß mir das bei Ihrem Bruder geschehen ist!«
Kaoru schüttelte langsam ihren Kopf, wie ein Kind, das etwas ablehnt. Sie sah Uozu fest ins Gesicht. Dann wischte sie sich mit den Händen die Augen trocken und erwiderte:
»Ich bin mir so sicher, daß mein Bruder glücklich gewesen ist – weil er mit Ihnen war, als das Unglück geschah! Ich danke Ihnen für meinen Bruder ...«
Ihre Stimme klang so fest, daß man kaum glauben konnte, wie sehr sie noch eben geschluchzt hatte.
Uozu trat mit ihr in den Nishiokaya-Laden.
»Oh, es ist entsetzlich!« schluchzte die Inhaberin und fuhr fort:

»Ich sehe Sie noch alle beide, wie Sie gesund und munter hier Tee getrunken haben ...«

Uozu und die anderen setzten sich alle in dem ungedielten Flur des Ladens neben den Ofen und aßen zu Abend. Für Uozu war das nach langer Zeit die erste richtige Mahlzeit.

Noch bevor sie damit fertig waren, traf aus Matsumoto das Taxi ein, das T bestellt hatte. Der junge Chauffeur trat in den Laden und verzehrte Udon-Nudeln.

»Es liegt unterwegs wahnsinnig viel Schnee! Außerdem ist Nacht, und so müssen Sie mit mehr Zeit als gewöhnlich rechnen!«

Uozu und seine Begleitung entschlossen sich sofort zum Aufbruch. Da nun weder Skier mehr nötig waren, noch sie zu Fuß gehen mußten, zog sich Uozu um und brachte mit ein paar Handgriffen seinen Rucksack in Ordnung. Dabei fiel ihm ein, wie sehr er sonst immer aufatmete, daß es endlich geschafft war. Was ihn aber jetzt erfüllte, war nur Erschöpfung und die verzweifelte Erkenntnis, daß er seinen Freund in den Bergen für immer verloren hatte. Seit seiner Mittelschulzeit war er viele Jahre lang in die Berge gestiegen, aber zum erstenmal erlebte er eine solch trübe, bitter einsame Rückkehr.

Als er mit allem fertig war und den Nishiokaya-Laden verließ, mußte er denken, daß er das nächste Mal allein hierher kam. Er würde unmöglich mit irgend jemand anderem Bergtouren unternehmen. Wenn Kosaka noch lebte, würden sie noch lange, lange Zeit gemeinsam bergsteigen, doch da Kosaka tot war, mußte er fortan allein hierherkommen.

Uozu stand geraume Zeit auf der tief verschneiten Straße. Er konnte sich nicht entschließen, in den Wagen zu steigen. Es fiel ihm ein, wie unerträglich schmerzlich es für ihn gewesen war, als er die Tokusawa-Hütte verließ und den Vorderen Hodaka plötzlich kaum mehr sehen konnte und er sich trotzdem immer weiter von ihm entfernen mußte. Das empfand er nun wieder.

Während der Chauffeur sich hinabbeugte und die Schneeketten überprüfte, ging Uozu noch ein paar Schritte nach oben. Es fiel ihm ungeheuer schwer, sich von hier zu trennen.

Er dachte, daß er nun dahin fuhr, wo es keinen Schnee gab, die Straßen überhaupt nicht verschneit waren, wo viel elektrisches Licht strahlte, Neonlichter schimmerten und sich viele Menschen drängten, die mit diesem Unglück nicht das mindeste zu tun hatten.

»Uozu-san, steigen Sie nicht ein?«

Uozu wandte sich um, und da stand Kaoru vor ihm.

»Aber natürlich können Sie, wenn Sie wollen, noch ein wenig hier stehenbleiben ...«, fügte sie hinzu.

Uozu zweifelte, ob er recht gehört habe. Aber Kaoru hatte das tatsächlich gesagt. Er blickte unwillkürlich in ihre Augen. Natürlich war der Ausdruck ihres Gesichts im Schneelicht nicht genau zu erkennen, aber er sah sie unverwandt an. Dieses Mädchen also wußte, wie schwer es ihm fiel, hier fortzugehen! Sie verstand das!

»Gut – steigen wir ein!« sagte er nach einer Weile und ging, mit Schnee am Hosensaum, hinter Kaoru her auf das Taxi zu.

Der Wagen fuhr auf der tief verschneiten nächtlichen Straße langsam dahin. Gelegentlich drehten die Räder durch, und der Wagen drehte sich halb im Kreise, dann ließ der Chauffeur ihn eine kleine Strecke zurückfahren, und er kam mit erneuter Kraft über die schwierige Stelle hinweg.

Uozu setzte sich an das rechte Fenster, wo unterhalb eines Steilhangs der Azusa dahinfloß. In der Mitte des Wagens saß Kosakas Schwester, links Edamatsu. Miyagawa hatte vorn neben dem Chauffeur Platz genommen. Lange Zeit redete keiner von ihnen ein Wort. Der unerträgliche Gedanke, daß Kosaka immer weiter zurückblieb, bedrückte sie alle.

Ob es nun Schneelicht war oder der Mond schien, jedenfalls lag vor den Fenstern ein matter Glanz, und sie konnten manche Umrisse vage erkennen. Uozu blickte dann und wann durch das Fenster, und er sah jedesmal etwas, das ihn in irgendeiner Weise an Kosaka erinnerte, so etwa Kosakas Profil, wenn er sich eine Zigarette anzündete, seine Gestalt von hinten, wie er schweigend dahinschritt, oder wie er, seinen langen Oberkörper nach vorne beugend, sich die Schuhriemen zurechtband – diese Bilder strömten ihm von überallher zu.

»Kosaka ist da! Kosaka ist überall!« sagte er in seinem Herzen. Und als Kosakas Gestalt ihn mit allzu schmerzlichen Gedanken belud, wollte er nicht länger aus dem Fenster sehen.
»Sie sind sicher furchtbar müde!« wandte sich Kaoru ihm zu.
»Oh, es ist nicht mehr so schlimm ...«
»Sie zünden sich schon seit einer Weile eine Zigarette nach der anderen an ...«
»So?« fragte er erstaunt. Hatte er das, überlegte er, unbewußt getan? Seine Nerven waren wohl stumpf vor Erschöpfung.
Das Haus am Maegawado war fast unter dem Schnee begraben. Das Auto fuhr am Fuß eines Berges entlang. Schließlich kamen sie durch das Dorf Kagando und dann in das Dorf Inekoki. Das länglich angelegte Dorf lag ebenfalls in tiefem Schnee still wie in leisem Schlaf versunken.
Als sie an dem Haus von Kamijo Shinichi vorüberfuhren, überlegte Uozu, ob er ihn nicht schnell besuchen sollte, aber er verzichtete darauf. Er fürchtete, daß die Wunde in seinem Herzen durch ein Gespräch mit Kamijo nur noch größer und schmerzender würde.
Nachdem sie das Dorf Shimajima erreicht hatten, ließ Uozu vor der Polizeistation anhalten, stieg allein aus und begab sich hinein. Er gab dort seinen Bericht über den Hergang des Unglücks zu Protokoll.
Nach dem Bahnhof Shimajima wurde die Straße flacher. Der Vordere Hodaka, wo Kosaka ruhte, lag nun schon sehr weit zurück. Jetzt in der Nacht war nichts zu sehen, aber er war auch am Tage wohl nur als ein Teil des fernen Gebirgszugs zu erkennen, dessen Gipfel alle tief verschneit waren.
»Meine Mutter ist über den Tod meines Bruders wohl am meisten bekümmert. Der nächste sind Sie, Herr Uozu, und dann komme ich«, erklärte Kaoru.
Als vor dem Taxi die Lichter der Stadt Matsumoto auftauchten, spürte Uozu, wie es in seiner Brust plötzlich heiß wurde. Was gab es hier viele Lichter! Ohne irgendwelche Beziehung zum Schnee, zu den Bergen, den Felsen funkelten dicht beieinander diese zahllosen Lichter der großen Stadt.

Schließlich fuhr der Wagen durch das geschäftige, belebte Viertel und gelangte zum Bahnhof. Edamatsu stieg als erster aus, dann Kaoru, der letzte war Uozu. Auf der Erde lag hier kein Schnee. Im Wartesaal des Bahnhofs drängte sich eine Unmenge Menschen. Uozu, Kaoru und die beiden jungen Leute stellten ihr Gepäck in eine Ecke; Edamatsu ging, um für alle Fahrkarten zu lösen, und Kaoru lief mit kleinen Schritten hinter ihm drein, als wollte sie diese Karte selber besorgen.

Uozu blickte auf die Uhr des Bahnhofs. Bis zur Abfahrt ihres Zuges um halb elf war, wie er wußte, noch eine halbe Stunde Zeit, und so bat er Miyagawa, auf das Gepäck zu achten, verließ den Wartesaal und ging auf den Platz vor dem Bahnhof hinaus. Über den Nachthimmel, der wie Samt aussah, waren zahllose Sterne gesät. An diesem Himmel also, dachte Uozu, gab es Sterne ...

Er ging auf und ab. Unablässig fuhren Autos heran. Unaufhörlich kamen Menschen über den Platz. Uozu schritt langsam dahin. Hätte ihn jemand beobachtet, würde er ihn wohl für einen sorglosen jungen Mann gehalten haben, der gerade aus den Bergen zurückgekehrt war und sich die Zeit bis zur Abfahrt seines Zuges damit vertrieb, daß er auf dem Bahnhofsplatz einherspazierte.

Aber Uozu ergab sich einer Einsamkeit, wie er sie in den 32 Jahren seines Lebens noch nie erfahren hatte. Sie konnte, dachte er, von keinem, den er kannte, je verstanden werden. Wenn er jetzt von dem Unglück berichtete, würde sicher niemand den Tod Kosakas begreifen. Man würde ihm nur antworten, wie konntet ihr euch in die hohen, verschneiten Berge wagen! Warum seid ihr mitten in der Nacht aufgestanden und wolltet, an ein Seil gebunden, diese fürchterliche, steile Felswand erklettern? Habt ihr denn nicht von Anfang an gewußt, wie gefährlich das ist?

Aber, antwortete Uozu für sich, wir haben das tun müssen! Darf ein Mensch nicht das durchführen, woran ihm sehr viel liegt? Wir wollten die Ostwand des Vorderen Hodaka besteigen, weil das bisher noch niemand getan hat. Weil uns das keinen Heller einbrachte, weil es eine Aufgabe war, bei der unser Leben gefährdet wurde, weil es ein Kampf zwischen Schnee, Felsen und unserem Willen war – deswegen wollten wir es wagen! Statt wie andere zu tanzen, Majong zu spielen oder ins Kino zu gehen, haben wir auf die schneebedeckten Berge klettern wollen!

Und dann war Kosaka abgestürzt! Uozu hielt an, als ihn dieser grausam eisige Gedanke überfiel. Er stand gerade am Eingang des Wartesaals. Er sah um sich. Überall hasteten viele Leute hin und her, die mit Kosakas Tod nicht das geringste zu tun hatten und ihn auch nicht verstehen würden.

Uozu blickte zu der gegenüberliegenden Ecke des Wartesaals, wo das Gepäck lag. Edamatsu, Miyagawa und Kosakas Schwester lasen interessiert in einer Zeitung.

Uozu ging zu ihnen hin und fragte:

»Steht etwas darin?«

Darauf wandte sich Kaoru ihm zu und antwortete:

»Nein.«

Gleichzeitig faltete sie die Zeitung zusammen und steckte sie in ihre Tasche. Dann sagte sie:

»Gleich wird die Sperre aufgemacht. Wir wollen uns in die Reihe stellen!«

Uozu kam die Atmosphäre seltsam vor, aber er vergaß es gleich wieder. Sie stellten sich an das Ende einer der Schlangen, die sich an den Sperren gebildet hatten.

Als sie auf den Bahnsteig traten, erkundigte sich Kaoru bei einem Eisenbahnbeamten, wo die Wagen der Zweiten Klasse hielten.

»Dort drüben, sagt er!« rief Kaoru dann und schritt als erste los. Uozu hatte den Kauf der Fahrkarte den andern überlassen, und er wußte auch nicht, wer das Geld für ihn ausgelegt hatte; er dachte, es würde genügen, wenn er es nachher bezahlte. Jetzt empfand er allein schon den Gedanken daran als lästig.

Im Wagen waren nur noch zwei, drei Sitze frei. Uozu setzte sich neben Kaoru, und schließlich bekamen auch Edamatsu und Miyagawa, etwas weiter von ihnen weg, nebeneinander Platz.

Obwohl sich Uozu mit anderen Menschen in diesem Wagen

befand, fühlte er sich bald wieder allein. Mochte auch Kaoru unmittelbar neben ihm sein, er versank wieder in sein altes Grübeln, so als sei weit und breit niemand da als er.

Kaoru kaufte auf dem Bahnsteig Tee, aber Uozu bemerkte gar nicht, wann sie ihn ihm gebracht hatte. Irgendwann begann der Zug abzufahren. Die Vorstellung, daß sie sich jetzt von Sekunde zu Sekunde Tokio mehr näherten, fing an, Uozu zu bedrücken. Kosaka ruhte noch im Schnee der Berge. Trotzdem war er, Uozu, in einen Zug gestiegen und befand sich nun auf dem Heimweg nach Tokio. Warum kehrte er zurück?

Etwa eine halbe Stunde, nachdem der Zug aus Matsumoto abgefahren war, sagte er zu Kaoru:

»Bitte, geben Sie mir die Zeitung!«

Er hoffte, daß ein Blick hinein ihn etwas ablenken würde.

»Die Zeitung?« fragte Kaoru und fuhr zögernd fort:

»Ja ... die Zeitung habe ich zwar ...«

Ihr Gesicht sah verlegen aus. In diesem Augenblick kam Uozu zum erstenmal der Gedanke, daß darin vielleicht etwas über das Unglück stand.

»Was steht denn darin?«

Kaoru sah, als er so fragte, ein wenig betrübt drein, sie blickte ihm dabei in die Augen.

»Geben Sie sie mir einmal!«

»Aber es wäre besser, wenn Sie das nicht läsen!«

»Warum?«

»Sie regen sich auf!«

Ihr Bestreben, ihm die Zeitung vorzuenthalten, hatte etwas Eigensinniges.

»Seien Sie ohne Sorge! Aber wenn etwas darüber in der Zeitung steht, möchte ich das doch auch lesen!«

»Tja, also ...«, antwortete Kaoru, holte die kleine Tasche aus dem Gepäcknetz herunter, nahm die Zeitung heraus und setzte sich wieder.

»Ich habe Angst, daß es Sie verstimmt! Sie dürfen sich auf keinen Fall darüber ärgern!«

Mit diesen Worten reichte sie ihm schließlich die Zeitung hin. Uozu konnte sich überhaupt nicht vorstellen, was für ein Artikel ihn aufregen könnte.

Er schlug sofort die Lokalseite auf und überflog die Überschriften, aber er entdeckte keinen Artikel, der in Frage gekommen wäre. Hierauf nahm er die rechte Zeitungsseite vor, und da stockte ihm fast im nämlichen Augenblick der Atem. Es war ein leicht durch Umrahmung hervorgehobener Artikel mit der Überschrift »Ist das Nylonseil tatsächlich gerissen?« und es hieß dort weiter:

»Bei dem Versuch, die Ostwand des Vorderen Hodaka zu erklettern, hat es ein Opfer gegeben. Da Uozu, der am Leben Gebliebene der beiden Bergsteiger, noch nicht zurückgekehrt ist, sind die zugrunde liegenden Tatsachen nicht genau bekannt, aber es verlautet, daß Kosaka durch das Reißen des Nylonseils abgestürzt ist. Das Problem, das sich hier stellt, lautet: ist das Nylonseil tatsächlich gerissen? Nylonseil ist stärker als das übliche Hanfseil, und man ist allgemein davon überzeugt, daß es auf keinen Fall reißt; es wird daher in der ganzen Welt von den Bergsteigern verwendet und ist auch in Japan langsam in Gebrauch gekommen. Hören wir nun einmal die Auffassungen der Bergsteiger, ob ein Nylonseil reißen kann.«

Nach diesen einleitenden Bemerkungen wurden die Meinungen von drei Bergsteigern zitiert, die Uozu dem Namen nach bekannt waren. Der eine hielt angesichts der Tatsache, daß ein Nylonseil nicht reißt, die Möglichkeit eines technischen Versehens der zwei Bergsteiger für gegeben. Der zweite sagte aus, er habe bisher noch niemals gehört, daß ein Nylonseil gerissen sei, und er zweifle, ob nicht vielleicht diese Nachricht falsch sei. Der dritte gab zu überlegen, ob nicht etwa das Nylonseil, falls es gerissen war, deswegen riß, weil mit den Eisen daraufgetreten und das Seil dadurch beschädigt worden war.

Als Uozu diese Auffassungen der ihm an Erfahrungen überlegenen Bergsteiger gelesen hatte, schlug er die Zeitung zusammen und gab sie Kaorus Schwester mit den Worten zurück:

»Das Seil *ist* gerissen!«

Er sagte das in ganz ruhigem Ton.

»Natürlich! Wie können die Leute nur so etwas schreiben!«

»Tja ...«
Uozu begriff das nicht. Natürlich, man war allgemein überzeugt, daß Nylonseil stärker als gewöhnliches Hanfseil sei, und gerade deswegen hatten sie beide doch diesmal auf das Hanfseil verzichtet und das Nylonseil verwendet. Aber das Nylonseil ist dann gerissen! Ohne jeden Zweifel ist es gerissen!
Während er den Artikel las, hatte er überhaupt nicht den Eindruck, daß hier von dem Unglücksfall die Rede war, bei dem sein Freund Kosaka sein Leben eingebüßt hatte. Darüber, daß ein Mensch namens Kosaka sein Leben eingebüßt hatte, war nicht weiter geschrieben worden. Nicht eine Spur von Trauer fand sich in diesen Zeilen. Das Problem lag hier völlig anderswo.
In der Tat war die Ursache des Unglücks darin zu suchen, daß das Seil riß. Auch sie beide, Uozu und Kosaka, hatten geglaubt, daß es nicht reißen könne, und sie hatten ihm deshalb ihr Leben anvertraut, aber es war gerissen!
Warum aber war das Seil, das gar nicht hätte reißen können, gerissen? Die Journalisten behandelten den Unglücksfall allein unter diesem Gesichtspunkt und hatten deswegen drei berühmte Bergsteiger befragt. Und jeder von ihnen hatte sich dazu geäußert.
Das Seil, das eigentlich nicht hätte reißen können, war gerissen! Das war zweifellos ein ungemein schwieriges Problem. Aber Uozu interessierte jetzt die Diskussion darüber nicht. Das Seil war nun einmal gerissen, und dadurch war Kosaka abgestürzt. – Kosaka Otohiko war nicht mehr auf dieser Welt.
Nachdem Uozu den Artikel gelesen hatte, bedrängte ihn erneut die Empfindung, daß er hinfort allein sei.
»Sie sollten sich nicht darüber ärgern! Über so etwas!« sprach Kaoru auf ihn ein, aber selbst diese Worte fand er nicht recht verständlich.
»Ich nehme es mir wirklich nicht zu Herzen. Nicht im mindesten!«
Tatsächlich drang das alles nicht weiter in ihn ein. Sein Herz war nur von dem Gedanken erfüllt, daß Kosaka nicht mit ihm war.

»Vielmehr mache ich mir Gedanken, ob ich nicht noch länger in der Tokusawa-Hütte hätte bleiben sollen. Vielleicht hätte sich Kosaka darüber gefreut! Wer weiß, ob er es mir nicht übelnimmt, daß ich ihn allein ließ!«
Durch seine eigenen Worte erregt, wäre er fast in Tränen ausgebrochen.
Unversehens schlief er ein. In dem einherwehenden Schneedunst schlug er seinen Pickel in Felsspalten. Kleine Schneeklumpen fielen ständig auf ihn herunter. Seine Hände waren steif vor Kälte. Nirgendwo fand sein Pickel ganz sicheren Halt.
Dann wachte Uozu auf. Er hörte, wie sich Kaoru mit Edamatsu, der auf dem Gang stand, unterhielt.
»In der Pension ist er natürlich völlig allein«, sagte Kaoru.
»Ja, ich nehme das an.«
»Ich mache mir Sorgen um ihn, wenn niemand bei ihm ist. Er ist ja wahnsinnig erschöpft. Auch meine Traurigkeit hat er auf sich geladen . . .«
Er dachte, daß die beiden sich über ihn unterhielten, und schon sank er wieder in Schlaf. – Der Schnee wehte ihm von links ins Gesicht. Kleine Lawinen stürzten wie ein Wasserfall herunter. Er wartete, bis der Schneedunst ein wenig nachgelassen hatte, und wollte dann weiter nach Kosaka suchen. Aber er fand ihn nirgendwo, und da fiel ihm plötzlich eisig kalt ein, daß Kosaka ja gar nicht mehr lebte. Völlig verzweifelt wachte Uozu aus dem Angsttraum auf.

4. Kapitel

Tokiwa Daisaku sah, wie Uozu das Büro betrat. Uozu hielt sein schneegebräuntes, rotschwarzes Gesicht ein wenig gesenkt, zog den Mantel aus und hängte ihn in eine Ecke. Dann grüßte er seine Kollegen mit einem »Guten Tag!«

Dabei nickte er leicht, begab sich an seinen Schreibtisch und schob, während er noch davor stand, die dort liegende Post zur Seite.

Niemand sprach ihn an. Gewöhnlich hieß es, wenn er von einer Bergtour zurückkam: »Gut, daß Sie wieder heil da sind!« Oder: »Das war doch sicher eine sehr anstrengende Sache, wie?«

Es war ganz natürlich, daß er von allen Seiten auf seine Klettertouren angeredet wurde, aber an diesem Tag hatte seine Miene etwas so schwer Zugängliches, daß niemand auch nur auf den Gedanken kam, mit ihm zu plaudern.

Er tauschte nur mit dem vor ihm sitzenden Shimizu mit leiser Stimme einige Worte, aber hierauf entfernte er sich schnell von seinem Platz. Tokiwa wußte, daß er jetzt zu ihm kam.

»Verzeihen Sie, daß ich so lange eigenmächtig wegblieb!« sagte Uozu, als er vor dessen Schreibtisch kam.

»Eigenmächtig oder sonst was – ich habe mir vor allem um Sie Sorgen gemacht! Na schön, daß Sie heilgeblieben sind! Jedenfalls haben Sie zurückkommen können – und sind nicht gestorben!«

»Ja . . . es tut mir leid, daß ich Ihnen Sorgen machte!«

»Seit wann sind Sie wieder da?«

»Ich bin gestern nacht zurückgekommen!«

»Sie werden bestimmt todmüde sein!«

»Ich habe meinen Freund in den Bergen gelassen – ich fühle mich wie ausgelöscht . . .«

»Das kann ich mir gut vorstellen, kommen Sie! Nehmen Sie Platz!« sagte Tokiwa und wies auf einen Stuhl. Uozu setzte sich.

»Die Berge im Winter sind, weiß Gott, zum Fürchten! Aber

Sie haben das ja vorher gewußt. Ihr Freund, das Opfer Ihrer gemeinsamen Tour, tut mir aufrichtig leid ... Aber irgendwie hat das ja wohl so kommen müssen ... Durch Zufall haben nicht Sie, sondern hat Ihr Freund das Unglückslos gezogen. O nein – es wäre ja möglich gewesen, daß es Sie alle beide traf! So ist es ein Glück, daß wenigstens Sie wieder da sind!«

Tokiwa Daisaku zürnte dem jungen Angestellten, der die Berge so liebte, eigentlich, es ärgerte ihn, daß er so viel Arbeit und Sorgen mit ihm hatte. Er hätte nicht übel Lust gehabt, ihn erbarmungslos abzukanzeln, aber diesen Genuß wollte er sich aufheben. Er konnte Uozu, der mit knapper Not dem Tod entronnen war, nicht gleich beim ersten Wiedersehen grob zusammenschimpfen.

Andererseits empfand er gegenüber diesem jungen Mann, der in den Bergen sinnlos sein Leben ständig riskierte, auch eine Art von Achtung, er stand ihm näher als die anderen Mitarbeiter seiner Firma. Er war wütend, daß Uozu ihm Scherereien machte, aber er wußte auch, daß Uozu klüger als die anderen war.

»Die Berge sind, weiß Gott, zum Fürchten! Das haben Sie doch jetzt, wo Ihnen das passiert ist, zum erstenmal gemerkt, was?«

Tokiwa hatte durchaus die Absicht, in seinen Worten etwas Mitgefühl durchklingen zu lassen.

Daraufhin blickte Uozu auf und erwiderte:

»Das Seil ist gerissen!«

Er wollte damit sagen, daß es, falls das Seil nicht gerissen wäre, dort nichts zu fürchten gegeben hätte.

»Das Seil ist gerissen? Ja, davon habe ich gehört, Aber man kann nicht die ganze Verantwortung auf das Seil schieben!«

»Sicher. Da haben Sie recht. Aber wenn das Seil gehalten hätte, wäre alles gut gegangen! Und deswegen hängt die Katastrophe allein damit zusammen, daß das Seil gerissen ist!«

Tokiwa sah, daß Uozus Augen noch immer erregt waren, und so lenkte er ein.

»Schon gut! Jedenfalls war es Ihr beider Unglück, daß das Seil gerissen ist ...«

Und dann setzte er hinzu:
»Sie sollten sich nun wohl einige Tage ausruhen.«
»Ja... Verzeihen Sie mir, bitte, aber ich hätte gern vier, fünf Tage Urlaub. – Ich muß in die Heimat meines Freundes, zur Mutter von Kosaka und ihr alles berichten.«
»Hm... wo ist das? Ich meine seine Heimat?«
»In der Yamagata-Präfektur.«
»Und dahin möchten Sie also fahren?«
»Ja.«
»Da müssen Sie auch ein Beileidsgeschenk mitbringen, Sie brauchen Fahrgeld – das kostet, fürchte ich, alles sehr viel Geld!«
Tokiwa rief den Boten der Firma und ließ sich ein Vorauszahlungsformular bringen.
»Nachdem es sich darum handelt... es ist ein besonderer Fall!«
Mit diesen Worten schob er Uozu den Zettel hin.
»Verzeihen Sie!«
Uozus Gesicht verriet, wie erleichtert er sich fühlte. Er sah Tokiwa kurz in die Augen, nahm sofort einen Füllfederhalter aus der Tasche und schrieb in die Spalte, wo die Summe einzusetzen war: 100 000 Yen.
Tokiwa holte aus der Schublade seinen Stempel, doch als sein Blick auf die Summe fiel, meinte er betroffen:
»Das ist viel!«
Und er fügte gleich hinzu: »Höchstens die Hälfte!«
»Geht es wirklich nicht?«
»100 000 Yen sind sehr viel Geld! Brauchen Sie denn das?«
»Ja. Mit dem Fahrgeld und den anderen jetzt nötig werdenden Ausgaben käme ich schon zurecht. Die 100 000 Yen aber möchte ich der Mutter meines Freundes geben. Ich bin lebendig zurückgekehrt, er ist tot! Natürlich ist auch diese Summe im Grunde nichts, aber ich besitze kein Vermögen und möchte doch mein Äußerstes tun. Mein Freund begreift schon, und auch seine Mutter wird sich freuen.«
»Hm...«
Tokiwa Daisaku überlegte offensichtlich eine Weile, dann drückte er mit verdrießlicher Miene den Stempel darunter.

»Da. Nehmen Sie das«, sagte er, und nach ein paar Augenblicken:
»Wenn es Sie getroffen hätte, wäre die Firma noch schlimmer dran. Das ist uns erspart geblieben ... Gut. Wann fahren Sie nach Yamagata?«
»In ein, zwei Tagen. Ich wollte eigentlich schon heute abend, aber ...«
In diesem Augenblick erscholl eine Stimme:
»Tokiwa-kun!«
An der Eingangstür des Büros stand Tokioka, der Geschäftsführer des Hauptbüros in Osaka und blickte zu ihm her.
»Oh!« rief ihm Tokiwa in einem Ton entgegen, wie er unter völlig Gleichgestellten üblich ist. Dann fragte er in einem etwas höflicheren Ton:
»Wollen Sie nicht hereinkommen?«
Tokiwa wünschte vor seinen Angestellten darzutun, daß sein Gast den Rang eines Direktors hatte.
»Ich würde Sie gern zu einer Tasse Tee einladen! Haben Sie nicht zehn Minuten für mich Zeit?« fragte Tokioka, indem er seinen unansehnlichen Körper leicht zurückbog.
Er stand nach wie vor am Eingang. Er wollte das Büro nicht betreten, weil er fürchtete, von Tokiwa allzu lange aufgehalten zu werden. Diese Taktik beachtete nicht nur Tokioka, sondern auch die anderen Direktoren, wenn sie hierher kamen. Sie betraten das Büro der Tokio-Filiale, die allein Tokiwas Machtbereich war und wo dieser dann seine bombastische Geschwätzigkeit zu entfalten pflegte, absichtlich nicht. Tokiwa war für sie ein gefährlicher Gesprächspartner, keiner von ihnen wußte vorher, ob er hier nicht an Würde verlor.
Schließlich erhob sich Tokiwa und sagte zu Uozu, der noch immer vor seinem Schreibtisch stand:
»Geben Sie offiziell Meldung über Ihre Abwesenheit!«
Dann bewegte er seinen dicken Körper in überraschend natürlicher Art auf Tokioka zu.
Die beiden Herren fuhren mit dem Lift ins Erdgeschoß, schritten aus dem Nampo-Gebäude auf die Straße hinaus und begaben sich in ein Café, das sich im Erdgeschoß eines Nachbargebäudes befand.

Sie nahmen an einem leeren und in der Mitte des Raumes stehenden Tisch Platz. Tokioka bestellte bei dem herbeieilenden Mädchen Kaffee und sagte plötzlich:
»Wir sind da in großen Schwierigkeiten! Tokiwa-kun! Ich meine die Seilaffäre bei Ihnen!«
Tokiwa blickte Tokioka erstaunt an.
»Wie heißt er schnell ... Uozu oder wie? Jedenfalls ist uns die Sache mit dem Unglück im Hodaka außerordentlich peinlich! Der Mann bei Ihnen behauptet, das Seil sei gerissen, aber so eine Formulierung bringt riesige Scherereien, wie? Hören Sie!«
Tokiwa schwieg. Tatsächlich, dachte er, das konnte zu Schwierigkeiten führen. Sakura, der Chef der Firma Sakura-Seiko, wo das Nylonseil hergestellt wird, war ein Großaktionär der Firma »Neuer Ostasienhandel«. Vom Kapital her betrachtet, waren die beiden Firmen gewissermaßen Schwesterfirmen. Und die Behauptung, das Nylonseil, ein Produkt der Sakura-Seiko, sei gerissen, stammte von einem Angestellten der Tokio-Filiale dieser Firma »Neuer Ostasienhandel«. Das war zweifellos eine prekäre Lage.
»Man hat sich offenbar in der Firma Sakura-Seiko furchtbar aufgeregt!« sagte Tokioka. Sein scharfer, aggressiver Ton reizte Tokiwa, der nun erwiderte:
»Die können sich doch ruhig aufregen. Natürlich kann man die Firma Sakura-Seiko als Schwesterfirma bezeichnen. Aber wir sollten uns da nicht über jede Lappalie den Kopf zerbrechen! Wir gehören zur Firma ›Neuer Ostasienhandel‹ und sind keine Angestellten der Sakura-Seiko! Wir sollten die Angelegenheit ruhig dem Chef dieser Firma überlassen!«
»Unmöglich! Der Chef ist doch wirklich in einer gräßlichen Lage!«
»Das ist gar nicht so schlimm, wenn er ein bißchen in Bedrängnis gerät!«
»So kommen wir nicht weiter ...«
»Da läßt sich nichts dagegen tun, wenn einer die Tatsache, daß das Seil gerissen ist, offen ausspricht! Ich kann die Sakura-Seiko seit jeher nicht leiden! Nicht nur in dieser Sache, auch sonst machen die sich wichtig, mischen sich überall

ein! Wie anmaßend ist dieser Sakura überhaupt!« sagte Tokiwa mit seiner tiefen Baßstimme.
»Ach, hören Sie damit auf!« entgegnete Tokioka. »Wir sollten die Persönlichkeit von Herrn Sakura hier außer Betracht lassen!«
Und er fuhr fort: »Jedenfalls heißt es bei der Sakura-Seiko, daß ein Nylonseil auf keinen Fall reißen kann!«
»Aber es ist gerissen!«
»Wir können es doch gar nicht wissen, ob es wirklich gerissen ist!« erwiderte Tokioka. Daraufhin richtete Tokiwa seine großen Augen auf seinen Partner und sah ihn ernst an; schließlich stöhnte er ein »Hm . . .« und erwiderte:
»Doch! Das Seil ist gerissen! Uozu lügt nicht! Ich weiß das, er hat viele Jahre schon bei mir gearbeitet!«
Sein Ton klang außerordentlich entschieden. Tokioka wollte daraufhin nicht riskieren, Tokiwa noch weiter zu reizen und so sagte er:
»Ach, was! Ich behaupte gar nicht, daß der junge Mann lügt! Aber gesehen hat es ja schließlich niemand!«
»Wer da, wo niemand zusieht, nicht lügt, der lügt wirklich nicht. Und so ist Uozu! Den kenne ich!«
Tokiwa rief das bedienende Mädchen, bestellte Wasser und leerte das Glas mit einem Schluck.
»Also! Tokioka-kun!«
Er richtete auf ihn, der jetzt für ihn selber nichts weiter als eine Siegesbeute war, seine vor Energie blitzenden Augen. Uozu war, dachte Tokiwa, einer seiner Untergebenen, der ihm viel Arbeit und Verdruß bereitete, aber weil er sein Untergebener war, mußte er ihn verteidigen.
»Gerade, weil im Hauptbüro soviel zusammengelogen wird, darf man dieses Hauptbüro und die Filiale hier nicht in einen Topf werfen! Natürlich sind Sie eine Ausnahme, aber im übrigen ist dieses Hauptbüro ein Nest von Lügen, Taktiken und Kriechereien! Alle wollen Bürovorstand, Abteilungsleiter, Direktor werden! Alle, die da im Hauptbüro beieinander hocken, sind so! Sie reden nie, wie sie die Dinge selber sehen! Sie lügen, sie schwindeln Zeug zusammen, an das sie selber nicht glauben!«

»Ich bitte Sie, Tokiwa-kun! Lassen Sie das Hauptbüro aus dem Spiel!« gebot Tokioka Einhalt.
»Nein, nein – so ist das Hauptbüro eben! Und das möchte ich hier ausdrücklich feststellen! Bei der Filiale ist das anders!«
»Ich verstehe! Filiale ist nur so ein Wort, in Wahrheit ist das ein Königreich, in dem Sie absoluter Herrscher sind!«
»Weichen Sie nicht so geschickt aus! Sobald man Direktor wird, versteht man sich auf so etwas!«
Tokiwa sagte das ohne die Spur eines Lächelns, und er fuhr fort:
»Jedenfalls lügt der junge Uozu nicht! Wenn er sagt, das Seil sei gerissen, so ist das Seil gerissen! Ich finde diese Geschichte auch gar nicht so übel! Die Sakura-Seiko soll es bescheiden zugeben und sich um die Herstellung eines Seils bemühen, das eben nicht reißt! Einfach wütend zu werden, ist unverzeihlich! Den jungen Uozu, der bei einem Produkt dieser Firma ohne jede Scheu einen Mangel öffentlich aufzeigt, könnte die Sakura-Seiko ruhig mit einer Geldsumme belohnen!«
»Na, hören Sie! Mit Ihnen kann man es wirklich nicht aufnehmen!« erwiderte Tokioka matt, meinte aber dann:
»Gut, ich habe Sie verstanden. Gehen wir also davon aus, daß das Seil gerissen ist. Aber das Seil kann ja schließlich nicht von selber reißen! Entweder war da noch zusätzlich irgendeine physikalisch wirkende Kraft tätig, oder es ist eine chemische Veränderung eingetreten – jedenfalls muß das Seil besonderen Bedingungen ausgesetzt worden sein, unter denen es reißen mußte.
»Ja, das ist richtig . . .«, pflichtete Tokiwa bei.
»Nachdem Sie mich soweit verstanden haben, müssen wir uns noch über etwas unterhalten.«
»Was wäre das?«
»Lassen Sie mich eines vorausschicken: ich will auf keinen Fall, daß Uozu mir etwas zugesteht, wovon er nicht völlig überzeugt ist!«
»Das würde er nie tun!«
»Ich weiß, und deswegen sage ich Ihnen das, damit Sie nicht glauben, ich wollte es auch nur versuchen, ihn herumzukrie-

gen! Also, hören Sie mir bis zum Schluß zu! Vom Nylonseil gilt es als ausgemacht, daß es nicht reißen kann. Deshalb wird es auch in allen Ländern verwendet. Und nun ist es gerissen!«

»Ja ...«

»Vielleicht ist ein technisches Versehen dabei passiert ...«

»Hm ...«

»Vielleicht ist einer der beiden Bergsteiger am Abend zuvor, ohne es zu wissen, also ganz versehentlich, mit seinen Eisen darangekommen und hat das Seil beschädigt ...«

»Hm ...«

»Vielleicht ist das Seil über eine besonders scharfe Felskante gelegt worden ...«

»Hm ...«

»Solche Fälle kann es ja ziemlich viele geben!«

»Tja, das ist alles möglich.«

»Ich möchte also keinesfalls, daß Uozu mir irgend etwas einräumt, dessen er selber nicht ganz sicher ist! – Das Seil ist gerissen. Den Grund hierfür wissen wir noch nicht, aber man sollte die Sache genau untersuchen! – Ich möchte also, daß Uozu-kun eine Erklärung dieses Inhalts in einer Zeitung abgibt.«

»Sie meinen, daß es nicht an dem Seil liege, wenn es gerissen ist –?«

»Nein, das meine ich nicht. Ich möchte nur, daß er irgendwie die Möglichkeit einräumt, daß bei der Handhabung des Seils vielleicht ein Fehler oder ein Versehen vorgekommen ist!«

»Hm ...«

»Wie finden Sie das? Ich könnte mir vorstellen – so ginge das doch! Wie?«

»Uozu-kun soll so etwas in einer Zeitung schreiben!«

»Es genügt eine Unterhaltung über diese Frage. Seine bisherige Behauptung, das Nylonseil sei gerissen – hören Sie, Tokiwa-kun! – die kann die Firma Sakura-Seiko unmöglich hinnehmen! Es wird kein Mensch mehr ein Nylonseil verwenden! Nun, auf das Nylonseil käme es auch nicht so an, die Anzahl solcher Seile, die pro Jahr verkauft werden, ist nicht groß. Aber das allgemeine Vertrauen in die Firma Sakura-Seiko schwindet damit! Es werden also auch andere

Produkte dadurch betroffen! Tokiwa-kun, könnten Sie mit Ihrer Kraft da nicht einiges für uns tun? Sie mögen sagen, was Sie wollen, aber letzten Endes beziehen Sie ihr Monatsgehalt doch von dieser Firma!«
»Schön, ich bekomme Gehalt, aber es ist eine ganz andere Frage, ob diese Summe angemessen ist!«
»Sehen Sie! Weil Sie immer gleich so reden, hat man es schwer mit Ihnen! Na – könnten Sie den jungen Mann nicht veranlassen, daß er sich so, wie ich das eben dargelegt habe, äußert?«
»Gut, weil Sie es sind! Wenn es nicht mehr als das ist, werde ich es ihm schon sagen!«
Mit diesen Worten erhob er sich und trat an den Counter, wo es ein Telefon gab. Man sah diesem Mann an, daß er nie etwas gegen seine Überzeugung tat.
Er nahm den Hörer ab, wählte die Nummer seiner Firma und fragte, ob Uozu Kyota noch da sei. Nach einer Weile meldete sich Uozu selber:
»Eben wollte ich gehen. Gibt es etwas?«
»Nein, das nicht. Es handelt sich nur um die Frage, warum das Seil wohl gerissen sein könnte. Hing es vielleicht über eine allzu scharfe Felskante?«
»Tja, das mag sein.«
»Mit anderen Worten, das Seil war nicht unbedingt zu schwach ...«
Tokiwa war damit kaum zu Ende, da entgegnete Uozu bereits:
»Oh doch, das Seil war zu schwach! Es kann doch ein Seil unmöglich reißen, weil es über einer scharfen Felskante liegt! Sonst würde das Seil von den Bergsteigern gar nicht verwendet werden! Normalerweise reißt es nicht!«
»Tja, natürlich! Halten Sie es auch für völlig ausgeschlossen, daß einer von Ihnen am Abend zuvor aus Versehen mit den Eisen darangekommen ist?«
»Ja, das ist ausgeschlossen! Anfängern kann das natürlich passieren, aber schließlich sind wir, ich und Kosaka, doch ...«
»Hm, also ausgeschlossen? ...«
»Ja, so etwas ist völlig ausgeschlossen!«

»Tja, ein schwieriges Problem ...«
Dann fuhr er fort:
»Gut! – Also, auf Wiedersehen!«
Mit diesen Worten legte Tokiwa den Hörer auf, begab sich zu Tokioka zurück und erklärte:
»Da ist nichts zu machen!«
Und nach ein paar Augenblicken:
»Er sagt, ein Seil könne unmöglich deswegen reißen, weil es über einem scharfen Felsen liegt, und da hat er natürlich recht! Sonst wäre ja wohl auch Takane Jinkichi ein hervorragender Mann!«
Takane Jinkichi war der Name eines Direktors.
Dann fuhr er fort:
»Und was die Frage angeht, ob das Seil nicht vielleicht durch die Eisen beschädigt worden sei, so kann das, meint Uozu-kun, Anfängern natürlich passieren, aber bei Leuten, die etwas vom Bergsteigen verstehen, sei das völlig ausgeschlossen.«
»Hm ...«
Tokioka schwieg. Sein Gesichtsausdruck wurde zusehends verdrossener, aber dann meinte er:
»Das beste ist wohl, Sie überlegen sich das noch einmal! – Es könnte für Sie Ärger geben ...«
Das klang fast drohend. Dies reizte Tokiwa, und er antwortete:
»Ärger für mich? Was heißt denn das?«
»Das weiß ich auch nicht ...«
»Diesen Zeitpunkt, wo es für mich Ärger gibt, wollen wir einmal abwarten! Ich brauche doch wohl kaum für die diversen Produkte der Firma Sakura-Seiko persönlich die Verantwortung zu übernehmen!«
Seine Stimme wurde plötzlich laut. Und hierauf kehrte Tokioka zu einem sanfteren Ton zurück.
»Na ja – lassen wir das auf sich beruhen! Ihr Charakter ist nun einmal so, daß Sie sich immer selber schaden. Wer Sie so reden hört, könnte geradezu meinen, Sie seien darauf aus, den Firmenchef zu erzürnen oder sonstwie in Schwierigkeiten zu bringen!«

»Davon kann keine Rede sein!« erwiderte Tokiwa. Aber insgeheim dachte er, daß Tokioka mit dem, was er da gesagt hatte, nicht ganz im Unrecht war. Ihm, Tokiwa, lagen nur einfach die Interessen seines jungen Bergsteigers, der ihm ständig neue Sorgen machte, näher als die des Firmenchefs.

Nachdem sich Tokiwa von Tokioka verabschiedet hatte und ins Büro zurückkehrte, bemerkte er, daß ein Mann, der offenbar von einer Zeitung war, vor seinem Schreibtisch saß und ihn erwartete. Als dieser Tokiwa kommen sah, stand er auf und überreichte ihm seine Visitenkarte. Er gehörte zur Lokalabteilung der R-Zeitung.

»Worum handelt es sich?« fragte Tokiwa sofort.

»Ich wollte, offen gesagt, eigentlich Herrn Uozu wegen des Unglücks im Hodaka interviewen. Nun hat man mir hier mitgeteilt, Herr Uozu sei schon nach Hause gegangen. Darf ich also Sie einiges fragen?«

Mit diesen Worten nahm der junge Journalist sein Zigarettenetui heraus, doch Tokiwa unterbrach ihn:

»Sie sagen, Sie wollten etwas von mir darüber hören, aber ich – erlauben Sie – ich habe dieses Unglück ja schließlich nicht miterlebt!«

»Ja, natürlich, ich wollte Sie auch nur fragen, was Sie wissen. Nach dem, was ich bisher so hörte, hat Herr Uozu nur Ihnen darüber berichtet.«

»Tja, das ist schon möglich. Aber Genaueres hat er auch mir nicht erzählt. Er hat sich einen Gehaltsvorschuß geben lassen, ein Formular über Dienstabwesenheit unterzeichnet und ist dann nach Hause gefahren. – Wäre es nicht am besten, Sie unterhielten sich dort mit ihm selber?«

»Ja – ja – aber ich glaube, es ist gar nicht nötig, daß ich eigens zu ihm fahre. Es würde genügen, wenn ich Ihnen ein paar Fragen stelle.«

Hierauf fuhr er fort:

»Ist das Seil denn tatsächlich gerissen? Wenn ja, so ist das nach meiner Meinung außerordentlich beunruhigend! Die Bergsteiger glauben an die Zuverlässigkeit des Seils, sie vertrauen dem Seil ihr Leben an!«

»Hm ...«

»Was meinen Sie dazu? Ist das Seil gerissen?«

Tokiwa sah seinen Gesprächspartner fast drohend an und sagte dann wegwerfend:

»Ich weiß das nicht!«

»Hat Herr Uozu Ihnen das nicht gesagt? Hat er gesagt, ob es gerissen ist?«

»Darüber hat er sich sicher geäußert, aber ich habe ihm nicht zugehört!« erwiderte Tokiwa boshaft.

»Sie haben nicht zugehört?«

»Nein! Um Ihretwillen hätte ich aber wohl zuhören müssen. Es tut mir leid!«

Damit erhob er sich und sagte:

»Wenn Sie das wirklich wissen wollen, suchen Sie Herrn Uozu auf! So zeitraubend ist das nicht! Sie können mit dem Wagen in dreißig Minuten dort sein. Eine halbe Stunde müssen Sie dafür aufwenden, aber dafür ist der Bericht, den Sie dann schreiben, auch richtig! Und der Leser möchte, daß das, was ihm in der Zeitung vorgesetzt wird, stimmt!«

Der junge Journalist begriff, was Tokiwa Daisaku damit sagen wollte, er erhob sich mit einem etwas sauren Lächeln.

»Ich werde das tun!« sagte er.

Nachdem er gegangen war, drang an Tokiwas Ohr, wie eine der weiblichen Angestellten in einer Ecke des Büros telefonierte:

»Es heißt, es sei gerissen! . . . aber er hat doch so gesagt!«

Tokiwa eilte sofort hin.

Er klopfte dem Mädchen auf die Schulter und gab ihr mit einem Blick zu verstehen, daß er dieses Gespräch selber übernehmen wolle.

»Bitte, einen Augenblick!« rief das Mädchen noch in den Apparat, dann reichte sie den Hörer Tokiwa.

»Hallo – worum geht es?« fragte er. Hierauf meldete sich eine schrille Männerstimme:

»Hier ist die Redaktion. Verzeihen Sie, daß ich Sie in Ihrer Arbeit störe, aber es geht um die Sache mit Herrn Uozu . . .«

Dieser Journalist war höflicher als der junge Mann vorhin, aber offenbar handelte es sich um das gleiche.

»Ist das Seil gerissen? Wissen Sie darüber?«

»Jawohl!« antwortete Tokiwa.
»Sie wissen davon? Ah, tatsächlich? Bitte, warten Sie einen Moment ...«
Tokiwa entnahm einigen Geräuschen, daß sich der Journalist Papier und Bleistift reichen ließ.
»Also, bitte! Nun – es ist das Seil also –«
»Gerissen!«
»Gerissen? So? Aber man ist allgemein überzeugt, daß ein Nylonseil nicht reißt!«
»Aber es ist eben doch gerissen!«
»Durch welche Umstände?«
»Das weiß ich nicht. Es ist jedenfalls gerissen! Plötzlich gerissen ...«
»Ho!!«
»...«
»War die Felskante vielleicht etwas scharf?«
»Das weiß ich nicht. Das Seil ist auf jeden Fall gerissen! Es steht fest, daß es gerissen ist!«
»Hier liegt aber das Problem! Ich meine, das Nylonseil reißt unter normalen Umständen doch nicht von selbst!«
»Tatsache ist, daß es gerissen ist! Der Betreffende, der es ja wissen muß, hat mir das gesagt! Und es gibt nichts Zuverlässigeres als diese seine Aussage!«
Plötzlich rief Tokiwa mit lauter Stimme in den Apparat:
»Wenn Sie über diese Aussage von Herrn Uozu hinaus noch Weiteres wissen wollen, ist das hier am Telefon nicht möglich. Am besten wenden Sie sich direkt an Herrn Uozu!«
»Ja ...«
»Ja, wirklich! Das sollten Sie tun! Das ist das Beste!«
Nachdem Tokiwa den Hörer krachend aufgelegt hatte, reckte er plötzlich seine Arme nach rechts und links, als wollte er Gymnastik treiben und sagte:
»Man darf sich da keine Mühe sparen! Um keinen Preis! In der Arbeit muß man gewissenhaft sein!«
Die laute Stimme Tokiwas bewirkte, daß es im ganzen Büro plötzlich mäuschenstill war. Jeder der zwanzig Angestellten hatte das Gefühl, daß der Chef ihn schalt.
Da klingelte das Telefon auf Tokiwas Schreibtisch. Er schritt

schnell dorthin, nahm den Hörer auf, es war die Telefonvermittlung der Firma, und das Mädchen meldete:

»Eben ist eine Dame namens Yashiro Minako gekommen und möchte wissen, wo Herr Uozu wohnt. Darf ich ihr das sagen?«

»Uozu ist doch so müde! Ich glaube, Sie sollten es ihr nicht sagen!«

»Aber sie möchte die Adresse unbedingt haben!«

Tokiwa überlegte eine Weile, dann sagte er:

»Lassen Sie die Dame hereinkommen. Ich werde mich mit ihr darüber unterhalten!«

Als Yashiro Minako an der Tür des Büros erschien, erschrak Tokiwa fast. Er überlegte, ob die Redensart von dem Kranich auf dem Schutthaufen die Situation nicht sehr treffend bezeichnen würde.

Minako wurde von einer Angestellten des Büros zu ihm geleitet, und als sie vor seinem Schreibtisch stand, legte sie ihren Mantel, den sie über dem rechten Arm trug, auf den Stuhl neben sich und richtete den Eri-Kragen ihres Kimonos zurecht. Daraufhin verneigte sie sich höflich mit den Worten:

»Ich freue mich, Sie kennenzulernen. Mein Name ist Yashiro.«

Tokiwa erhob sich.

»Oh!« stieß er kurz und fast ein wenig barsch hervor.

»Bitte sehr!« fügte er hinzu und deutete auf einen Stuhl, auf den sie sich setzen sollte.

Nachdem Minako dort Platz genommen hatte, richtete sie sich etwas steif auf und bat:

»Ich möchte dringend Herrn Uozu sprechen ...«

»Sind Sie eine Bekannte von ihm oder etwa von dem Verunglückten?«

»Herr Uozu ist mir erst kürzlich vorgestellt worden, aber ich kenne den verstorbenen Herrn Kosaka von früher her ...«

»Hm – dann wollen Sie wohl den Hergang des Unglücks erfahren? Aber Uozu ist wirklich total erschöpft!«

Und er fügte hinzu:

»Könnten Sie nicht noch einige Tage warten?«

»Aber ...«, antwortete sie, offensichtlich unzufrieden.

»Ich weiß nicht, in welchen Beziehungen Sie zu Uozu stehen, aber ich würde ihm gern ein paar Tage Ruhe gönnen!«
Da blickte sie auf und fragte:
»Hätten Sie etwas dagegen, wenn ich ihn anrufe?«
Ihre Stimme klang etwas hart.
»Sie wollen ihn anrufen?«
Er konnte ihr schlecht erwidern, daß sie auch das nicht dürfe.
»Telefonieren könnten Sie wohl – aber bitte, nur kurz!«
»Ich verstehe. Darf ich die Telefonnummer erfahren?«
Tokiwa rief seine Sekretärin und ließ sie Minako die Nummer von Uozus Pension mitteilen. Minako nahm aus ihrer Handtasche ein kleines Notizbuch und schrieb sie hinein.
»Verzeihen Sie, daß ich Sie störte! Ich werde, wie Sie mir aufgetragen haben, mit Herrn Uozu nur kurz telefonieren!«
Damit erhob sie sich. Vielleicht bildete Tokiwa es sich nur ein, aber ihre Worte klangen etwas ironisch.
Nachdem Yashiro Minako fort war, dachte Tokiwa, daß die Bekanntschaft einer schönen Frau überhaupt nicht zu Uozu paßte. Tokiwa liebte im Grunde schöne Frauen nicht, und das erwies sich auch jetzt. Er konnte das Gefühl nicht loswerden, daß er von dieser Dame bewegt worden war, ihr Uozus Telefonnummer zu geben. Und das verdroß ihn.

Zwei Tage lang schloß sich Uozu in seiner Pension ein und redete mit niemandem. Die Verwalterin bat er, alle Besucher mit dem Hinweis abzufertigen, er sei krank. Bei all diesen Besuchern handelte es sich um Journalisten von Zeitungen und Zeitschriften.
Er wurde auch viel angerufen, aber nur bei Kaoru ging er an den Apparat.
Er lehnte jeden Besuch und jedes Telefonat ab, weil er, solange er der Mutter Kosakas noch nicht berichtet hatte, der Öffentlichkeit gegenüber schweigen wollte. Sie sollte sich wenigstens solange gedulden, bis die Mutter Kosakas von dem Tod ihres Sohnes durch ihn erfahren hatte.
Er brachte diese zwei Tage damit zu, die mit Kosaka unter-

nommene Besteigung des Vorderen Hodaka zu Papier zu bringen. Zur Grundlage nahm er die Aufzeichnungen seines Bergtagebuches, und er beschrieb jeden Tag so genau wie es ihm nur möglich war. Auch die zwischen ihnen geführten Gespräche fügte er, soweit er sich ihrer erinnerte, hinzu. Er fand, daß er all das für Kosaka und auch Kosakas Mutter schuldig war.

An dem Tag, als er nach Sakata fahren wollte, rief Kaoru in seiner Pension an. Er lief ins Büro hinunter und nahm den Hörer.

»Hier ist Kaoru ...«, drang deren Stimme an sein Ohr. Der Name Kaoru besaß aus ihrem Munde einen für sie sehr kennzeichnenden Klang. Und er fand, daß dieser Name sehr gut für eine Schwester von Kosaka paßte. Ihre schmalen Arme und Beine, die noch gar nicht die einer erwachsenen Frau waren, und auch ihr eher dunkles, energisches Gesicht, das sie wie ihr Bruder geerbt hatte, gaben ihm das Gefühl, daß ihre Erscheinung zu ihrem Namen, einem sowohl männlichen wie weiblichen Vornamen, gut paßte.

»Werden Sie nicht viel von Besuchen belästigt? Auch bei mir erscheinen sie, aber mit dem, was ich weiß, können sie wohl nicht viel anfangen, und deswegen kommen sie, glaube ich, alle zu Ihnen, Herr Uozu!«

»Ich unterhalte mich mit niemandem, sondern lasse ihnen durch die Verwalterin bestellen, ich sei krank!«

»Wäre es nicht vielleicht besser, wenn Sie doch mit ihnen sprächen? Sonst gibt es nur Mißverständnisse! Und das wäre schlimmer!«

Ihr Ton klang besorgt.

»Oh, mir ist das gleichgültig. Solange ich Ihre Mutter noch nicht besucht habe, habe ich keine Lust, mit denen zu reden. Alle interessiert ja doch nur, ob das Seil gerissen ist oder nicht!«

»Ja, das scheint so ...«

»Aber was soll denn das ganze Gerede? Das Seil ist gerissen! Ich werde eines Tages genau darüber schreiben, unter welchen Umständen das passiert ist.«

»Und doch bin ich in Sorge! Solang Sie schweigen, Herr

Uozu, werden die willkürlichsten Vermutungen geäußert, und das finde ich schlecht! Sollten Sie nicht lieber mit den Besuchern sprechen, damit die Mißverständnisse beseitigt werden?«

»Sie brauchen sich keine Gedanken zu machen!«

Uozu berührte das alles nicht.

»Der Zug fährt um neun Uhr ab, ja?« fragte er.

»Könnten Sie nicht schon zehn oder fünfzehn Minuten vorher an der Sperre auf mich warten?«

Und sie fügte hinzu:

»Dritte Klasse! Aber ich habe Schlafwagenkarten besorgt!«

Dies war wohl der Grund, warum sie ihn angerufen hatte.

Uozu wartete an diesem Abend nahe der Sperre des Bahnhofs Ueno fünfundzwanzig Minuten vor der Abfahrt um 9 Uhr auf sie. Wie er zum ersten Male feststellte, trug der um 9 Uhr nach Akita abgehende Schnellzug, mit dem sie fahren wollten, den Namen Haguro. Uozu erschrak unwillkürlich, als er erkannte, daß dieser Zug den Namen eines Berges trug. Allein schon den Bergnamen zu hören und zu sehen, reichte seltsamerweise aus, daß ihn plötzlich ein Schmerz durchzuckte. War er denn neurosekrank, dachte er erschrocken.

Was ihm im Bahnhof Ueno weiter Mißbehagen bereitete, war die Tatsache, daß er so viele skitragende junge Leute beiderlei Geschlechts sah, die zu den Skiplätzen im Tohoku-Gebiet fuhren. Der Anblick all dieser Skier, Rucksäcke und Skistiefel stach, wie er deutlich spürte, eine alte Wunde in ihm auf. Wenn er nun aus dem Fenster des Zugs auch noch die schneebedeckten Berge sah, würde er, so fürchtete er, das kaum ertragen können. So war es also gut, daß sie nicht am Tage fuhren, sondern den Nachtzug gewählt hatten. Er entschloß sich, sich gleich nach dem Einsteigen auf sein Bett zu legen, um zu schlafen.

Er dachte eben darüber nach, da wurde er plötzlich angesprochen.

»Herr Uozu!«

Er wandte sich sofort um, und es stand Frau Yashiro Minako

vor ihm. Ihr Gesicht war strenger, anders als er es bisher gekannt hatte.
»Oh, Frau Yashiro?« begrüßte er sie erstaunt.
»Ich habe einmal in Ihrer Pension angerufen, aber man teilte mir mit, Sie seien krank und könnten niemanden empfangen. Aus diesem Grund habe ich mich zurückgehalten. Heute morgen rief ich nun aber die Schwester von Herrn Kosaka an und erfuhr von ihr, daß Sie mit diesem Zug verreisen. – So fühlen Sie sich also wieder besser?«
»Oh, eigentlich war es nichts weiter.«
»Sie sind sicher sehr müde«, sagte Minako und fügte mit einer leichten Veränderung ihres Gesichtsausdrucks plötzlich hinzu:
»Es war schrecklich – dieser Unglücksfall . . .«
Ihr Gesicht war von Traurigkeit umwölkt.
Er wurde sich bewußt, daß er bis zu diesem Augenblick der Wiederbegegnung von anderen Dingen so in Anspruch genommen war, daß er Minako völlig vergessen hatte. Nun aber fragte er sich ernstlich, ob er damals nicht einen schwerwiegenden Fehler begangen hatte. War diese Yashiro Minako für Kosaka denn nicht die einzige Frau gewesen, mit der er sich verbunden gefühlt hatte?
Yashiro Minako war bemüht, der Erinnerung an ihren Fehltritt mit Kosaka möglichst auszuweichen. Und er, Uozu, hatte ihr dabei geholfen, war mehr oder weniger bestrebt gewesen, Kosaka von ihr fortzuziehen. Und dies war an sich nichts, was man ihm hätte vorwerfen können.
Aber nach Kosakas Tod empfand er, daß er sich auf sehr grausame Weise eingemischt hatte. Und eine solche Veränderung des Gefühls war, wenn auch in anderer Form, vielleicht auch in Minakos Herzen geschehen. Weshalb machte sie, überlegte er, jetzt ein so strenges Gesicht?
»Also . . .«, begann sie und sah aus, als würde ihr der Atem zusammengepreßt.
»Also . . . das Seil ist«, fuhr sie fort, »gerissen – wirklich gerissen . . .?«
Sie sprach diese Worte, während sie Uozu unverwandt in die Augen sah. Uozu war bestürzt.

Der Frage, ob das Seil gerissen war oder nicht, kam für Minako offenbar eine ungewöhnliche Bedeutung bei. Unwillkürlich sah nun auch Uozu ihr fest in die Augen.
Die Vermutung, daß Kosaka das Seil abgeschnitten haben könnte, um seinem Leben ein Ende zu bereiten, war ihm bisher noch nie gekommen. Nun aber war er mehr oder weniger deutlich von Minako darüber befragt worden, weil sie Gewißheit wünschte, und erst jetzt begriff er, daß er sich mit ihrer angstvollen Vermutung auseinandersetzen mußte.
»Das Seil ist gerissen . . .?« wiederholte Minako und versuchte so noch einmal sich bei ihm zu vergewissern.
»Ja! Sie können beruhigt sein!«
Er wollte sie damit diesem Wahn entreißen. Im gleichen Augenblick fiel ihm nun wieder ein, daß er, während er sich mit seinem Pickel am Felsen festhielt, bei Kosakas Absturz keinerlei Ruck oder irgendeinen Stoß gespürt hatte. Und er merkte, wie der winzige, bisher kaum in sein Bewußtsein aufgestiegene Verdacht sich nun klar in ihm erhob, aber er sagte gleichwohl und mit kräftigem Nachdruck:
»Das Seil ist gerissen!«
Die Entschiedenheit, mit der er das aussprach, rührte daher, daß er selber unbedingt glauben wollte, daß Kosaka keinesfalls ein Mann war, der auf eine solche Weise Selbstmord begehen konnte. War Kosaka denn nicht ein Bergsteiger? Ja, er war es wie kaum ein anderer! Und deswegen war es völlig ausgeschlossen, daß er sich, während er mit seinem Freund eine steile Felswand erkletterte, das Leben nehmen wollte. Das war einfach undenkbar!
Er hätte ja durch so eine Tat die Berge besudelt und sich gegen die Heiligkeit des Bergsteigens versündigt. Gerade, weil er Namen wie Würde eines Bergsteigers besaß, war er zu einer solchen Torheit außerstande. Viele verloren im Gebirge ihr Leben der Berge wegen, aber keiner von ihnen beging unglücklich verworrener menschlicher Beziehungen wegen Selbstmord.
»Ich habe sehr darunter gelitten! Wenn das wirklich so gewesen wäre – ich hätte nicht gewußt, was ich tun sollte . . .«
Nur diese Worte von ihr drangen in ihn ein. Es war sehr

wohl möglich, daß sie noch vieles andere zu ihm sagte, aber seine Ohren nahmen es nicht auf.

»Kosaka hat nichts getan, weswegen Sie sich sorgen müßten! Ohne jeden Zweifel ist das Seil gerissen!«

»In diesem Falle bin ich wieder ruhig ...«

Aber der Ausdruck ihres Gesichts veränderte sich nicht.

»Da! Die Schwester von Herrn Kosaka!« sagte Minako plötzlich, und als er da hinsah, wohin Minako ihre Blicke richtete, erkannte er Kaoru, die mitten durch die vielen Menschen mit großen Schritten näherkam.

»Sprechen wir jetzt nicht mehr davon! Sie brauchen sich also keine Sorgen zu machen!« wiederholte er. Minako nickte ihm leicht zu, sie schien ihm zwar, nachdem sie kurz zu ihm aufgesehen hatte, noch etwas sagen zu wollen, aber dann schwieg sie doch.

Kaoru wandte sich, als sie bei ihnen ankam, höflich an Minako: »Ich danke Ihnen, daß Sie mich heute morgen anriefen und nun auch noch hierher gekommen sind!«

Hierauf sagte sie zu Uozu:

»Es tut mir leid, daß ich Sie habe warten lassen. Es gab immer wieder so viel zu tun!«

Ihr Gesicht war vor Aufregung gerötet.

Da der Augenblick der Abfahrt des Zuges immer näher heranrückte, begaben sie sich alle drei auf den Bahnsteig. Uozu schaffte sein Gepäck und auch das von Kaoru auf ihren Platz im Wagen. Dann kam er wieder heraus und stellte sich neben die beiden, die sich eben unterhielten.

»Kommen Sie das nächste Mal doch auch mit nach Sakata! Mein Bruder würde sich bestimmt freuen!« sagte Kaoru zu Minako.

»Ja, danke! Ich würde das gern tun. Die Tohoku-Gegend kenne ich überhaupt nicht. Bei Sakata liegt sicher viel Schnee jetzt.«

»Es schneit jeden Tag, aber da ja der Strand in der Nähe ist, bleibt nicht viel davon liegen!«

So redeten die beiden Frauen eben miteinander. Als Uozu wieder auf den Bahnsteig zurückkam, fragte ihn Kaoru: »Ist es nicht riskant, das Gepäck so allein zu lassen?«

»Nein – es ist schon gut so!« erwiderte Uozu, aber Kaoru schien gleichwohl beunruhigt zu sein, und sie verabschiedete sich von Minako:

»Verzeihen Sie, aber ich gehe doch lieber schon in den Wagen!«

Mit diesen Worten ließ sie Uozu und Minako allein und stieg in den Zug.

»Es ist mir«, sagte Minako mit bekümmertem Gesicht, »immer furchtbar peinlich, wenn ich mit Herrn Kosakas Schwester spreche – Sie mißversteht die Beziehungen, die ich zu ihrem Bruder hatte! Ich möchte sie am liebsten darüber aufklären!«

»Bitte, tun Sie das nicht!«

»Meinen Sie ...? Aber sie sieht mich in ganz falschem Licht!«

»Das macht doch nichts aus!«

»Mir ist immer dabei, als hätte ich etwas Böses getan und wollte es ihr verheimlichen!«

Da ertönte die Abfahrtsklingel. Uozu hätte ihr seine Auffassung über dieses Problem gern genauer dargelegt, aber nun sagte er:

»Also – auf Wiedersehen!« und stieg ein. Vom Wagen aus erklärte er ihr noch:

»Ich bin jedenfalls nicht einverstanden, daß Sie mit ihr darüber reden! Niemand außer mir und Ihnen weiß über die Geschichte zwischen Ihnen und Kosaka. Sowohl für Kosaka wie für Sie wäre es nicht gut, wenn Sie davon sprächen. Daran, daß Sie es möchten, ist nur Ihr Egoismus schuld. Ihre Gefühle werden wohl auf diese Weise beruhigt, aber im übrigen wird niemand darüber erfreut sein.«

Der Zug setzte sich in Bewegung. Vielleicht weil Uozu mit großem Nachdruck gesprochen hatte, wurde Minakos Gesicht plötzlich traurig. Dann wandte sie sich von ihm ab und winkte mit der Hand in die andere Richtung. Kaoru hatte offenbar ihr Fenster geöffnet und zeigte sich ihr noch einmal.

Nachdem der Zug Tsuruoka passiert hatte, begann der Himmel langsam heller zu werden. Uozu stieg aus seinem Bett, trat auf den Korridor und schaute zum Fenster hinaus. Der Zug fuhr durch eine leicht beschneite Ebene.

Er wusch sich kurz, kehrte auf seinen Platz zurück, und da erhob sich auch Kaoru in ihrem unten und ihm gegenüberliegenden Bett.

»Haben Sie schlafen können?« erkundigte sich Uozu.

»Sehr gut!« erwiderte sie. »Ich bin vor einer Stunde erst aufgewacht und habe allerdings nicht wieder einschlafen können. So wusch ich mich und legte mich wieder hin.«

Als Uozu sie genauer ansah, erkannte er auch gleich, daß sie sich tatsächlich schon gewaschen hatte, ihr Gesicht war frisch, das Rot auf ihren Lippen stärker aufgetragen als am Abend zuvor.

»In etwa einer Stunde sind wir da. Ich denke, meine Mutter kommt an den Bahnhof«, sagte sie.

Um halb 7 Uhr lief der Zug in Sakata ein. Als sie aus dem Wagen stiegen, drang eisige Frühmorgenluft auf sie ein. Um die Sperre war so viel Gedränge, daß sie beide so lange stehenblieben, bis sich die meisten verlaufen hatten.

»Meine Mutter ist da! Erkennen Sie sie?«

Uozu suchte unter den Frauen, die hinter der Sperre standen, welche Kosakas Mutter wohl sein könnte, und da fiel ihm schon im nächsten Augenblick eine etwa sechzigjährige Dame auf, die zu ihnen hersah und von einem ungefähr zwanzigjährigen, rotwangigen Mädchen begleitet war.

»Diese Dame ist es doch, ja? Zusammen mit dem jungen Mädchen ...«

»Ja! Die neben ihr steht, ist das Dienstmädchen, aber weil meine Mutter jetzt keines ihrer Kinder mehr bei sich hat, behandelt sie das Mädchen wie ihre Tochter. Sieht meine Mutter meinem Bruder ähnlicher als mir?«

Uozu konnte sich aber aus der Entfernung kein Urteil bilden, wem der beiden Kaorus Mutter mehr glich.

Nachdem sie die Sperre passiert hatten, trat Kosakas Mutter mit einem Lächeln auf sie zu und begrüßte Uozu:

»Seien Sie herzlich willkommen! Was für eine weite, anstrengende Reise Sie hinter sich haben! Nachher will ich das in aller Ruhe tun, aber ich möchte mich jetzt schon bei Ihnen bedanken!«

Sie senkte leicht ihren Kopf. Es war nicht das Gesicht einer Mutter, die den Mann empfängt, der ihr die Botschaft vom Tod ihres Sohnes bringt. Zweifellos war sie furchtbar bekümmert, aber sie zeigte weder ihre Trauer noch ihren tiefen Schmerz. Ihr Ausdruck und auch ihre Haltung waren schlicht, als empfinge sie einen aus der Ferne gekommenen Gast.

»Hast du schon das Taxi bestellt?« fragte Kaoru.

»Es wartet dort. Bitte!«

Kosakas Mutter ging voraus, auf das Taxi zu. Auf dem weiten Platz vor dem Bahnhof tanzte der feine Schnee in abertausend kleinen Flocken durch die Luft, setzte sich jedoch nicht auf der Erde fest.

Als erster stieg Uozu, dann Kaoru und schließlich Kosakas Mutter in den Wagen. Das rotwangige Mädchen nahm neben dem Chauffeur Platz.

Das Familienhaus der Kosaka befand sich fünf, sechs Autominuten vom Bahnhof entfernt. Es hatte eine Einfahrt zu einem Park, der Hiyoriyama-Park hieß. Von der Ebene des Bahnhofs aus gesehen, lag das Anwesen in ziemlicher Höhe. Innerhalb von Sakata gehörte das Haus zur ruhigsten, oberhalb des Stadtzentrums liegenden Wohngegend.

Sie stiegen aus. Es war ein ziemlich weiträumiges Gebäude, mit einem schwarzgestrichenen Holzzaun darum. Niemand wäre hier auf den Gedanken gekommen, daß nur eine alte Frau mit ihrem Dienstmädchen darin wohnte.

»Da sind wir also! Es ist ein ländliches, altes Haus, ein bißchen komisch natürlich, wenn man an Tokio denkt . . .«, erklärte Kaoru, als wollte sie ihn gleich von Anfang an darauf aufmerksam machen. Sie ließ ihre Mutter und das Dienstmädchen zuerst eintreten, begab sich dann neben Uozu, als wollte sie ihn führen, und ging mit ihm durch das Tor hinein. Als sie die Tür des Flurs geöffnet hatte, sah Uozu einen langgestreckten ungedielten Estrich. Uozu schritt auf ihm hinter Kaoru in das Innere des Hauses, der Estrich bog in rechtem Winkel nach links, und da, wo er zu Ende war, lag offenbar die Küche.

Plötzlich tat sich die Shoji-Tür eines der verschiedenen Zimmer auf und Kaorus Mutter erschien.

»Bitte, kommen Sie herein!« bat sie höflich.
»Das ist ja wirklich ein prachtvolles Haus!« sagte Uozu unwillkürlich. – Noch auf dem Estrich stehend, betrachtete er die freiliegende Holzkonstruktion der Decke. Man hatte hier so kräftiges Holz verwendet, wie man es in Tokio nirgendwo antrifft. Es war ein Haus, dessen Anlage zu einer alten Familie gut paßte. Doch weil der Estrich so große Ausmaße hatte, war es hier auch kalt.
Uozu zog seine Schuhe aus und trat in das mit einem Kotatsu-Öfchen ausgestattete Zimmer, das offenbar als Wohnraum diente.
Kaoru kam aus der Richtung der Küche und erklärte: »Im Nachbarzimmer ist das Foto meines Bruders aufgestellt ...«
In diesem Haus war Kosaka geboren, und Kaorus Worte bedeuteten wohl, sie sollten zunächst sein Bild aufsuchen.
So gingen sie also zu dritt in das Nachbarzimmer. Der schlechten Beleuchtung wegen war es dort dunkel, aber nachdem sich Uozus Augen daran gewöhnt hatten, erkannte er, daß auf einem viereckigen Tischchen in einer Ecke eine vergrößerte Fotografie von Kosaka, in Bergsteigerausrüstung und mit einem Pickel in der Hand, aufgestellt war und in einer Vase davor zwei, drei Rosen steckten.
Im allgemeinen verwendet man bei Todesfällen einen Buddhaaltar, doch da Kosakas Leiche noch nicht aufgefunden worden war, hatte man sich, dachte Uozu, wohl für diese Art zeremoniellen Schmucks entschieden. Das Foto ließ die Vorstellung, daß der dort Dargestellte nun tot sei, nicht im mindesten aufkommen. Uozu konnte sich an dieses Bild gut erinnern. Es stammte aus ihrer gemeinsamen Besteigung des Yarigadake im Sommer ihres dritten Universitätsjahres. Uozu hatte es mit Kosakas Apparat aufgenommen.
»Kaoru hat mir gesagt, ich dürfte, wenn Sie da sind, auf keinen Fall weinen! Und ich weine ja auch nicht, selbst wenn ich allein bin. Otohiko hat sein Leben verloren, indem er das tat, was ihn am meisten freute und befriedigte. Und Sie, Herr Uozu, waren in all den Jahren sein bester Freund und standen ihm bei. Den Namen Uozu, Uozu, oh, diesen Namen habe ich wohl tausendmal aus seinem Mund gehört!«

Sie sprach mit kräftiger, fester Stimme.
Als sie hierauf wieder ins Wohnzimmer zurückgingen, brachte Uozu in leicht veränderter, fast feierlicher Haltung Kosakas Mutter sein Beileid zum Ausdruck, aber er achtete dabei sorgsam darauf, daß er ihren Schmerz nicht wachrief. Er berichtete ihr ausführlich, wie es zu dem Unglück gekommen war und was nachher geschah. Sie hörte, dann und wann nickend, allen Einzelheiten aufmerksam zu. Als er zu Ende war, sagte sie:
»Er hat von seiner Mittelschulzeit an – halb im Scherz – oft gesagt: ›Mutter, wenn ich sterbe, möchte ich nicht auf den Tatami-Matten liegen!‹ – Und nun ist das Wirklichkeit geworden! Ich finde es richtig, wenn ein Junge das ausführt, was er gern tun möchte. Jeder hat ja nur ein Leben. Ich bin zufrieden, daß Otohiko so gelebt hat, wie er es sich wünschte und will nicht darüber klagen, daß er dabei sterben mußte ...«
Nun standen ihr doch die Tränen in den Augen, aber der Ton, in dem sie sprach, war klar und entschieden. Kaoru, die neben ihrer Mutter saß, sagte, als sie über deren Wangen Tränen rinnen sah:
»Mutter! Du darfst nicht weinen!«
»Ich weine ja auch nicht!« erwiderte diese. »Ich weine wirklich nicht. Daß mir die Tränen kommen, kann ich nicht verhindern. Sie kommen von selber!«
Dabei lächelte sie und lächelnd wischte sie die Tränen mit ihrem Taschentuch fort.
»Nun, habt ihr beide doch wohl Hunger, wie?«
Und als wollte sie der traurigen Szene ein Ende machen, stand Kosakas Mutter mit einer energischen Bewegung auf, die bei einer Sechzigjährigen überraschte.
Uozu hatte den Eindruck, daß, wie ihm Kaoru bereits erklärt hatte, Kosakas Mutter tatsächlich weniger Kaoru als ihrem Bruder ähnlich sah. Das galt auch für die Gesichtsform und, wie ihm schien, auch für den Charakter. Kaoru glich wohl mehr ihrem Vater, der irgendwo in der Provinz eine Bank geleitet hatte und vor zehn Jahren verstorben war. Wie Uozu dünkte, besaß sie noch mehr als ihre Mutter und ihr Bruder eine außerordentliche innere Stärke, alle Gefühle in

sich niederzuhalten und in ihrem Gesicht nie zum Ausdruck kommen zu lassen.

Nachdem sie gefrühstückt hatten, erinnerte sich Uozu an das Kondolenzgeschenk von 100 000 Yen und legte es vor Kosakas Mutter und Schwester hin.

»Oh! Was machen Sie da! Otohiko würde sich sehr wundern!« lehnte Kosakas Mutter ab, doch als sie sah, daß es Uozu zu sehr bedrückt hätte, erklärte sie:

»Gut, ich werde damit einen Teil der Kosten bestreiten, die durch die Bergung von Otohikos Körper entstehen. Wir werden Sie ja öfter bitten müssen, um seinetwillen in die Berge zu fahren.«

»Seien Sie unbesorgt. Die Reisekosten kann ich sicher von meiner Firma leihen!«

»Das soll doch wohl nicht heißen, daß Sie eine ganze Bank hinter sich haben!«

»Nein – aber glauben Sie mir! Der Filialchef meiner Firma ist sehr einsichtsvoll!«

So drängte Uozu ihr das Kondolenzgeschenk geradezu auf, und sie sagte nach einer Weile:

»Gut, wenn Sie es wünschen, werde ich die Summe vorläufig in Verwahrung nehmen!«

Dann begaben sie sich wieder in das Nachbarzimmer und legten dieses Geschenk vor Kosakas Foto nieder.

Am Nachmittag ging Uozu, von Kaoru begleitet, in den Park, der auf dem Hügel hinter ihrem Haus lag. Wie am Morgen tanzte ein feiner, flaumgleicher Schnee vom Himmel.

Sie stiegen eine sanfte Böschung und dann rechts eine Steintreppe hinauf und standen schließlich auf dem Hügel.

»Bei Frühlingsanfang ist es hier wundervoll! Jetzt aber ist es nur kalt!« sagte Kaoru. Es herrschte tatsächlich eine grimmige Kälte.

Von diesem Park aus konnte man über den ganzen Hafen und die Bucht blicken, aber das Meer sah, da es schneite, fast rauchig aus, und war wie verschlossen.

»Die Mündung des Mogamigawa kann man normalerweise erkennen!« meinte Kaoru, und sie zog Uozu an einen Platz,

von wo aus die Mündung dieses Flusses tatsächlich, wenn auch nur schwach, auszumachen war, doch da in der Luft zahllose Schneeflocken schwebten, ahnte man eigentlich mehr als man sah. Nur das Delta der Mündung lugte unter dem graufarbenen, düsteren Himmel schwach hervor.
Da der Wind vom Meer her blies, war es schneidend kalt. Auf dem Hügel standen viele Kiefern, und nur an der dem Meer abgewendeten Seite der Stämme klebte weiß der Schnee.
Sie schritten quer über das Plateau des Hügels und traten in die Einfriedung des Hie-Shinto-Tempels. Schon im Park war niemand zu sehen gewesen, doch auch am Tempel dieses Gottes, den die Leute hier »Bergkönig« nannten, war alles menschenleer. Es lag aber viel Schnee.
Während sich immer mehr Schnee an die Sohlen ihrer Schuhe heftete, begaben sie sich auf das zweistöckige Torhaus zu.
»Hier hat mein Bruder viel gespielt!« erklärte Kaoru, und Uozu stellte sich vor, wie sein Freund als kleiner Junge Tag für Tag hierher gelaufen war, um zu spielen. Er hatte das Gefühl, als sähe er die Gestalt des lebhaften Knaben mit den schnellen, leuchtenden Augen deutlich vor sich.
Der Haupttempel war fast ganz durch Schilfmatten abgeschirmt, die vor dem Schnee schützen sollten. Nur ein Teil der Front lugte durch die Matten.
»Ich weiß noch gut, wie mein Bruder auf den Chinesischen Hunden ritt. Vielleicht ist er jetzt dafür gestraft worden ...«
Auch auf diesen Steinhunden lag Schnee.
»Wenn das Wetter morgen besser ist, will ich Ihnen noch vieles andere zeigen!« sagte Kaoru, aber Uozu erwiderte:
»Leider geht das nicht! Ich muß morgen wieder fahren!«
»Oh! Sie müssen schon wieder weg?«
»Ich habe ja meine Arbeit in der Firma! Darum kann ich mir nicht soviel Zeit lassen, wie ich möchte!«
»Aber nur eine Nacht ...! Was sollen wir dann tun? Ich und meine Mutter? Wir werden sehr traurig sein und weinen, sobald Sie fort sind ... Bitte! Bleiben Sie noch eine Nacht!«
Ihr Gesicht war ernst geworden.

Uozu konnte sich sehr wohl vorstellen, wie einsam und traurig sich die beiden Frauen dann fühlten.
So entschloß er sich, in dem Kosaka-Haus nur eine Nacht zu bleiben und am Nachmittag von Sakata abzufahren. Sowohl Kosakas Mutter wie auch Kaoru baten ihn, er möge noch eine weitere Nacht bleiben, aber er empfand bei der Vorstellung, daß er, nachdem Kosaka tot war, in dessen Haus übernachten sollte, unerträglichen Schmerz. Außerdem überwältigte ihn nun, da er durch den Besuch bei Kosakas Mutter sein Vorhaben ausgeführt hatte, plötzlich die ganze Erschöpfung, die sich seit dem Unglück aufgestaut hatte, und er wollte endlich auch wieder allein sein.
Für die Rückfahrt nahm er sich vor, in Yamagata auszusteigen und da zu übernachten, um Terada zu treffen, der mit Kosaka ebenfalls sehr befreundet gewesen war. Er, Uozu, kannte Terada, der Lehrer an einer Oberschule war, recht gut aus seiner Studienzeit. Uozu glaubte, er müsse auch ihm unbedingt von Kosakas Tod berichten, und war auch überzeugt, daß sich auch Kosaka darüber freuen würde.
Als der Zeitpunkt seines Aufbruchs gekommen war, brachten Kosakas Mutter und Kaoru ihn zum Bahnhof.
»Ich komme in einer Woche wieder nach Tokio«, sagte Kaoru zu ihm, »ich will dann noch einmal bei Ihnen vorbeisehen und mich bedanken!«
Kosakas Mutter hatte bei Uozus Ankunft keine Tränen gezeigt, aber nun, da er wieder abfuhr, weinte sie doch. Als er aus dem Wagenfenster noch zu den beiden Frauen heraussah, trat Kosakas Mutter ganz nahe heran und sagte:
»Als ich Sie und Kaoru gestern morgen auf dem Bahnsteig sah, meinte ich fast, daß Otohiko und Kaoru zusammen heimgekommen seien! Ja, wirklich, so ein Gefühl war das plötzlich. Und wenn Sie jetzt, Herr Uozu, wieder abgefahren sind, werde ich unerträglich einsam sein!«
»Mutter! Es wird schon alles werden! Mach dir keine Sorgen! Ich komme mit Herrn Uozu auch bald wieder!« versuchte Kaoru sie zu trösten.
»Ja – ich komme bestimmt noch oft hierher!« rief er, doch er wußte nicht, ob sich das auch verwirklichen ließe. Aber so-

bald man Kosakas Körper barg, mußte er sicher noch einmal hierher fahren, und auch sonst würde er die Mutter seines Freundes doch wohl gelegentlich besuchen.

Als der Zug zwischen den Bahnsteigen hinausglitt, tanzten auf der Shonai-Ebene, über die man weithin sehen konnte, winzige Schneeflocken kreuz und quer. Der Zug war bereits an vielen Bahnhöfen vorbeigefahren, aber diese Ebene zog sich noch immer hin.

Kaum hatten sie sich den Bergen genähert, schneite es nicht mehr so fein wie Flaum, sondern es kamen richtig feuchte Flocken vom Himmel herunter. Und auch an die Fenster wehte der Schnee heran.

Hinter dem Karigawa-Bahnhof verengte sich die Shonai-Ebene, es rückten die am Ausgang der Ebene schon seit einiger Zeit sichtbar gewordenen Schneeberge näher, und schließlich war an den linken Wagenfenstern der blaue Mogamigawa-Fluß zu erkennen.

Kurz nachdem sie den nächsten Bahnhof verlassen hatten, fuhr der Zug den Mogamigawa entlang. Der Schnee lag auf den verschiedenartigen Laubbäumen eines Berges, der sich in einer hübschen, silbergrauen Farbe darbot. Am Fuß dieses Berges strömte der blaue Fluß, ohne daß sich die winzigste Welle in ihm erhob, düster dahin.

Während Uozu ihn betrachtete, stieß der Gedanke an Kosakas Tod sein Herz in qualvolle Trauer. Es waren mehr als zehn Tage vergangen, aber Uozu trauerte nun zum ersten Mal darüber, daß Kosaka nicht nur als Bergsteigerkamerad, ein von jenem Unglück Betroffener, sondern als sein vertrautester Freund nicht mehr auf dieser Welt war. Bis sich bei Tsutani der Zug vom Mogamigawa löste, starrte Uozu in den Fluß.

Die kleinen Bahnhöfe an der Strecke lagen halb unter dem Schnee begraben, und in der Nähe eines jeden Bahnhofs sahen sie, wie frierende Pferde Schlitten dahinzogen.

Da Uozu vor seinem Aufbruch aus Sakata telegrafiert hatte, war Terada am Bahnhof Yamagata erschienen, ihn abzuholen.

»Du hast ja Furchtbares erlebt! Natürlich tut mir auch

Kosaka sehr leid, aber sein Schicksal hat ihm wohl keine längere Frist geschenkt. – Ich habe ja schon immer gesagt, daß ich die Berge hasse!«
Der fünf Shaku und sieben Sun große Terada sagte das, nachdem er durch die Sperre gegangen war und Uozu entdeckt hatte, im Ton eines vertrauten Freundes, der sofort weiß, wie dem andern zumute ist.
»Du bist sicher noch ganz erledigt, wie?«
»Ach, nun geht es schon wieder, aber daß Kosaka wirklich und für immer tot ist, wurde mir erst während der Bahnfahrt hierher bewußt!«
»Tja – wir wollen nachher in deinem Hotel darüber sprechen!«
Sie nahmen ein Taxi und fuhren zu einem alten Gasthof, der einer der besten in Yamagata war. Auf den Straßen war kein Schnee zu sehen, aber da Yamagata eben doch im Norden Japans liegt, tänzelten abends doch feine Schneeflocken vom Himmel herab.
In einem Zimmer des Gasthofs saßen sich die beiden Männer, die seit ihrer Studienzeit miteinander befreundet waren, gegenüber und tranken Sake.
»Kosaka wird sich, weil er doch auch gern Sake mochte, bestimmt darüber freuen, daß wir jetzt trinken!«
Mit diesen Worten goß Terada das Schälchen von Uozu ziemlich schnell immer erneut mit Sake voll. Für Uozu war dies der erste Abend, an dem er seit dem Unglück Sake trank. Im Hause der Kosaka war ihm zum Abendessen ein Sake-Fläschchen vorgesetzt worden, aber er hatte es nicht über sich gebracht zu trinken.
Nachdem drei, vier leere Fläschchen auf dem Tisch schon aneinandergereiht standen, fühlte Uozu, wie er langsam im ganzen Körper trunken wurde. Terada hatte behauptet, viel Sake zu vertragen, aber die Menge, die er sich zumuten konnte, entsprach dem nicht ganz; sein Gesicht verfärbte sich bald rot, und er redete laut.
»In einer Firma, die irgend ... Seiko heißt, will man, wie ich gelesen habe, jetzt ausprobieren, ob das Seil wirklich reißen kann. Eine unangenehme Sache das!«

Uozu stellte, als er das hörte, sein Schälchen, das er bereits an die Lippen gesetzt hatte, auf den Tisch zurück und fragte ruhig:
»Hat das in einer Zeitung gestanden?«
»Du hast das noch nicht gelesen? Es stand heute morgen drin. Ich weiß jetzt nicht mehr genau, ob es der Chef oder der Geschäftsführer der Firma ist, die das Nylonseil herstellt, jedenfalls hat irgendeiner von dieser Stellung die Behauptung aufgestellt, daß das Nylonseil auf gar keinen Fall reißt! Wenn gesagt werde, es sei gerissen, könnte es sich nur um einen Irrtum handeln. Nun will man, nachdem die Lage genau untersucht worden ist, nötigenfalls ein öffentliches Experiment veranstalten, ob das Seil reißt!«
»Hm ...«
Unwillkürlich drang aus Uozus Mund ein Ächzen.
»Willst du das lesen? In diesem Gasthof gibt es ja wohl Zeitungen?«
Terada wollte gerade das Mädchen rufen, da meinte Uozu:
»Ach laß ... schon gut! Ich will das in aller Ruhe lesen, wenn ich wieder in Tokio bin!«
Und dann entrang sich seiner Brust ein neues Stöhnen:
»Hm ...«
Während Uozu die Angelegenheiten, die der Tod von Kosaka mit sich brachte, erledigte und sich seiner eine immer ausweglosere Traurigkeit bemächtigte, entwickelte sich die Affäre in eine Richtung, die er nicht vorausgesehen hatte. Die Vorzeichen für diese Entwicklung hatten schon in der Zeitung gestanden, die er auf der Rückfahrt von Matsumoto nach Tokio las, aber er hatte damals nicht weiter darauf geachtet. Oder genauer gesagt, der ihm durch den Tod Kosakas zugefügte Schlag war so gewaltig, daß er außerstande gewesen war, so etwas in sich aufzunehmen.
»Aber, hör mal ...«, sagte Terada, während er Uozus Schälchen erneut mit Sake vollgoß.
»... Du kommst doch da in Schwierigkeiten, wenn es heißt, daß das Seil gar nicht reißen kann! Bedeutet denn das nicht, daß du es abgeschnitten hast?«
»Ja, das tut es wohl ...«

»Du mußt jetzt deine ganze Kraft zusammennehmen! Sobald du in Tokio bist, mußt du klar bekanntgeben, auf welche Weise das Seil gerissen ist!«
»Natürlich . . .«
»Sonst kommt es zu den übelsten Vermutungen! Ob du das in einer Zeitung oder Zeitschrift machst, ist gleichgültig, du mußt nur so schnell wie möglich den Hergang des Unglücks schildern!«
»Hab keine Sorge . . .«, antwortete Uozu kurz, aber seine Gedanken kreisten um etwas anderes.
Das Seil war gerissen. Da dies – gleichgültig, wer das meinte oder was die Leute darüber dachten – eine Tatsache war, gab es nichts daran zu rütteln. Das Problem war vielmehr: wie war das Seil gerissen? Der Grund, warum es riß, lag entweder in der Leistungsfähigkeit des Seils selbst oder man mußte ihn in irgend etwas Äußerem suchen. Nahm man das letztere an, so lautete die Frage, ob derjenige, der diese von außen her einwirkende Ursache geschaffen hatte, er selber oder Kosaka gewesen war.
Als Antwort auf diese letzte Frage verneinte Uozu die eine Möglichkeit.
»Ich habe das Seil nicht durchgeschnitten!«
Er hatte völlig vergessen, daß er vor Terada saß.
»Das ist doch selbstverständlich! Keiner behauptet, daß du das warst!«
»Tja, *du* meinst das nicht, aber die Öffentlichkeit wird, falls sie davon überzeugt ist, daß das Seil nicht von selber riß, annehmen, daß ich es durchgeschnitten habe!«
»Deswegen sage ich dir doch, du mußt deine Auffassung darüber so schnell wie irgend möglich veröffentlichen!«
»Die Tatsache, daß ich das Seil nicht durchgeschnitten habe?« fragte Uozu mit betrübtem Gesicht, und fuhr fort:
»Du meinst also, ich sollte für alle deutlich zum Ausdruck bringen, daß ich das Seil nicht durchgeschnitten habe? Aber aus welchem Grunde sollte ich denn auf so etwas gekommen sein?«
Terada schwieg. Nun gab Uozu selbst, gewissermaßen für jenen, die Antwort:

»Ich wollte mein Leben retten! Mein Leben war mir zu kostbar! Und darum habe ich das Seil, an dem mein Freund hing, abgeschnitten! Meinst du das? Natürlich, keiner hat es gesehen! Wer da zusah, waren nur die schneebedeckten Felsen!«
Kaum hatte er das gesagt, lachte er fast hysterisch auf und fuhr fort:
»Terada, sei unbesorgt! Ich habe das Seil nicht abgeschnitten! In einer solchen Situation hätte ich wohl eher gewünscht, zusammen mit Kosaka zu sterben, nie aber mich allein zu retten!«
»Ach du, komm, trink! Du bist einfach noch zu erschöpft!«
Terada kamen die Worte Uozus wohl zu irre vor, und er ging daher nicht darauf ein.
»Nimmt man nun an, daß ich das Seil nicht abschnitt, wäre noch die Frage zu klären, ob das Seil vielleicht falsch gehandhabt wurde. Ob wir vielleicht versehentlich, ohne daß wir es merkten, mit dem Eisen das Seil beschädigten? Oder ob, während wir unsere Mahlzeiten bereiteten, das Seil von dem Feuer des Kochers angesengt worden ist? Aber weder ich noch Kosaka konnten solche Fehler begehen. Werden solche Möglichkeiten auch nur erwogen, könnte Kosaka selbst im Tod noch keine Ruhe finden!«
»Ich verstehe!«
»Ich habe das Seil nicht abgeschnitten, und es hat bei der Handhabung des Seils auch keine Fehler gegeben. Räumt man das ein, so lautet die Frage, die jetzt noch bleibt...«
Plötzlich verstummte Uozu. Er konnte diese Möglichkeit, die dann verblieb, auf keinen Fall vor Terada erörtern. Es war dies der Fall, daß Kosaka absichtlich das Seil angeschnitten hatte, weil er sich das Leben nehmen wollte. Natürlich konnte man nicht behaupten, es hätte für Kosaka nicht den geringsten Grund zum Selbstmord gegeben. Er und Yashiro Minako waren auf der Welt die einzigen, die Kosakas Seelenverfassung in der letzten Zeit kannten. Und hegte nicht tatsächlich Yashiro Minako eine solche Vermutung?
»Aber...«
Uozu äußerte nur dieses eine Wort, doch er sagte es, während er angestrengt nachdachte, zu sich selbst.

Es war für ihn unvorstellbar, daß Kosaka auf diese Weise Selbstmord begehen wollte. Ich kenne doch, sagte er sich, den Menschen Kosaka gut. Mag er noch so außer sich geraten sein, mag ihn vielleicht die Sehnsucht nach dem Tod noch so unerwartet überfallen haben, er war kein Mann, der einen Tod dieser Art wählte. Er war ein Bergsteiger. So eine Tat würde aber die Berge beschmutzen!

»Das Seil ist gerissen! Die Schwäche, die in dem Seil steckte, ist aus irgendeinem mir unbekannten Grund plötzlich in jenem Zeitpunkt zutage getreten. Sicherlich gibt es noch andere Probleme, etwa ob die Felskante, über der das Seil lag, zu scharf war – man kann nicht von vornherein die Möglichkeit ausschließen, daß sich bei einem Felsen von einem bestimmten Winkel das Seil als zu schwach erweist ...«

Zum ersten Male formulierte Uozu hier etwas wie eine Zusammenfassung und fügte hinzu:

»Gut – all das sind Fragen, die nach meiner Rückkehr zu beantworten sind. Jedenfalls fühle ich mich jetzt unsagbar einsam, daß es Kosaka nicht mehr gibt!«

Mit diesen Worten nahm er das Sakefläschchen, um Terada daraus einzugießen.

5. Kapitel

»Ich verlor meinen Freund an der Ostwand des Vorderen Hodaka.«
Unter dieser Überschrift erschien ein Aufsatz in Essay-Form von Uozu Kyota in der Morgenausgabe der K-Zeitung, einem der größten Blätter Tokios, und zwar in der Spalte »Wissenschaft und Kunst«. Es war dies zehn Tage, nachdem Uozu von Terada zurückgekommen war.
Dieser Essay wurde in drei Teilen an drei aufeinanderfolgenden Tagen veröffentlicht.
An dem Tage, an dem der erste Teil erschienen war und Uozu am Morgen die Firma betrat, sprach ihn Tokiwa sofort darauf an:
»Sie haben einen ausgezeichneten Stil, Uozu! Mit einem modernen Ausdruck könnte man ihn ›dry‹ nennen. Es ist ja wirklich nicht nötig, unbedingt ›feucht‹ zu schreiben. Nun muß ich meine Meinung über Ihr literarisches Talent ändern!«
Tokiwa Daisaku sagte das gut gelaunt. Für ihn, der nur selten lobte, war das etwas Ungewöhnliches.
»Sie haben geschrieben, Sie wollten auf das Grab Kosakas die Worte setzen ›Geboren, auf Berge gestiegen, gestorben.‹ Aber wäre ›Geboren, hinaufgestiegen, gestorben‹ nicht besser? Nein: ›Geboren, geklettert, gestorben‹ ist wohl am besten. Was meinen Sie? Jedenfalls erscheint mir das Wort ›Berg‹ überflüssig!«
»Gut, dann mache ich das so!«
Uozu lächelte ein wenig bitter.
»Dann noch eine Anregung. Ihr Mitgefühl mit dem Opfer dieses Unglücks bewegt den Leser tief. Mir wäre es lieber, wenn etwas mehr Dokumentarisches hineinkäme. So wie Sie das geschrieben haben, sind das Sätze eines Literaten. Und da Sie keiner sind, ziehen Sie, sobald Sie literarische Ambitionen pflegen, den kürzeren! Auch wenn Sie noch so angestrengt die Nächte hindurch schreiben . . .«
»Ich habe keine Nächte hindurch geschrieben!« widersprach

Uozu, doch Tokiwa nahm das gar nicht zur Kenntnis, er fuhr fort:

»Sie hätten mit den Augen eines Bergsteigers, nicht mit den Augen anderer, jenes Ereignis kühl aufzeichnen müssen. Sie haben in Ihrem Aufsatz schöne Dinge gesagt, wie etwa ›Der Sinn dieses Geschehens hat mich erzittern lassen, der Sinn dieses Geschehens, der kälter als Schnee ist‹. Das ist gut formuliert, aber Sie hätten jenes Geschehen ›kälter als Schnee‹ aufzeichnen sollen!«

»Ihre Einschätzung meines Artikels wird immer niedriger. Lesen Sie, was morgen drin steht! Das ist, glaube ich, ›kälter als Schnee‹ geschrieben!«

»Erscheint morgen die Fortsetzung?« fragte Tokiwa fast überrascht.

»Das heute war der erste Teil. Er ist auch als solcher vermerkt!«

»Ach so?« erwiderte Tokiwa und fuhr fort:

»Das ist ja ein großes Werk!«

Uozu kam plötzlich der Gedanke, daß am nächsten Tag Tokiwa vielleicht über das, was da von ihm stand, betroffen war.

Da er über die Leistungsfähigkeit des Nylonseils schrieb, war es unvermeidlich, in gewissem Ausmaß auch Kritik an der Firma Sakura-Seiko zu üben. Über die Beziehungen zwischen dieser Firma und der Firma »Neuer Ostasienhandel« wußte Uozu natürlich mehr oder weniger Bescheid, aber im Interesse von Kosaka und auch in seinem und darüber hinaus im Interesse aller Bergsteiger hatte er sich verpflichtet gefühlt, so und nicht anders zu schreiben.

Als Uozu am nächsten Tag in die Firma fuhr, kaufte er sich am Bahnhof Omori die Morgenausgabe und las den zweiten Teil seines Aufsatzes »Ich verlor meinen Freund an der Ostwand des Hodaka« in der Bahn.

– Wir kauften das Seil, das wir diesmal gebrauchen wollten, in einem Sportgeschäft in Shinjuku. Wir verwendeten das Nylonseil zum ersten Mal. Die Rohfaser dieses Seils stammte von der Firma Tohokako, im übrigen war es von der Firma Sakura-Seiko hergestellt und 8 mm dick; laut der beiliegenden Erklärung, auf der sich auch ein Garantiestempel befand, entsprach die Widerstandskraft dieses 8-mm-Nylonseils der des bisher von uns gebrauchten 11-mm-Manilaseils.

Da wir dieses Nylonseil gebrauchen wollten, besaßen wir natürlich die hierfür nötigen Kenntnisse. Wegen der Kälte waren wir nicht weiter besorgt, weil Nylonseil, wenngleich von einer anderen Firma, schon bei der Besteigung des Manaslu-Gebirges und auch im Südpolarmeer zum Walfischfang verwendet worden war. Nur hatten wir bis dahin noch nichts über den Test gehört, bei dem man zwischen die Fasern des Nylon Wasser eindringen und dieses dort gefrieren ließ.

Da man im allgemeinen der Auffassung ist, Nylon sei ultravioletten Strahlen gegenüber anfällig, färbten wir es, um diese Strahlen auszuschalten und dieses Seil gleichzeitig von anderen unterscheiden zu können, orangefarben. Selbstverständlich betraf diese Färbung nur die Oberfläche des Seils, wir sorgten also dafür, daß der Farbstoff nicht ins Innere eindrang. Um weiter zu verhüten, daß das Seil, außer beim Anseilen, von ultravioletten Strahlen getroffen werde, und auch um Beschädigungen anderer Art zu verhindern, fertigten wir einen eigenen Beutel aus wasserdichtem Material, taten unser Seil da hinein und nahmen es so in die Berge mit.

Auch nachdem wir das Seil gekauft hatten, beratschlagten wir bis zum Tag der Abfahrt immer wieder, ob wir dieses für uns ja neue Seil wirklich verwenden sollten. Wir waren hinsichtlich dieses, von anderen Bergsteigern schon seit einiger Zeit gebrauchten 8-mm-Seils, das dünner als die von uns bisher gebrauchten Seile war, keineswegs ganz beruhigt, aber wir entschieden uns dann doch dafür, weil wir die epochale Entwicklung der Nylonwissenschaft auf verschiedenen Gebieten mitverfolgt hatten und ihr vertrauten.

So entschlossen wir uns also, das schon gekaufte 80 Meter lange Nylonseil zu verwenden, und wir wollten damit die zerklüftete Wand an der Ostseite des Vorderen Hodaka im Winter besteigen. Es ist dies eine Felswand von etwa zweihundert Metern Gesamthöhe. Wir nannten sie gewöhnlich die Ostwand des Vorderen Hodaka.

Bis Uozu in Shimbashi ausstieg, las er diese Sätze zweimal.

Als er die Tür der Firma öffnete, sah er schnell zu dem in gerader Richtung vor ihm stehenden Tisch von Tokiwa hin. Dieser saß in seinen Stuhl zurückgelehnt und hielt die Zeitung vor das Gesicht.

Uozu fühlte, wie sich seine Blicke mit denen Tokiwas kreuzten. Tokiwa wandte seine Augen schnell wieder auf die Zeitung zurück, veränderte seine Haltung aber sonst nicht im geringsten; doch als Uozu inzwischen an seinen eigenen Schreibtisch gelangt war, gähnte Tokiwa ungezogen mit weit aufgesperrtem Mund. Uozu sah zu ihm hin.

Tokiwa erhob sich langsam, schritt wie immer gemächlich und träge durch den Raum und näherte sich Uozus Tisch, doch plötzlich bog er nach rechts ab, kam wieder an seinem eigenen Tisch vorbei, ging dann dahin, wo sich die Tische der Angestellten des Außendienstes befanden, und machte rechtsum kehrt.

Uozu wartete auf den Augenblick, daß Tokiwa an seinem Tisch vorüberkam und da stehenblieb. Er war überzeugt, daß Tokiwa das tun werde. Aber Tokiwa kam keineswegs. Er schritt dahin, wo über zehn Angestellte an ihrer Arbeit saßen, und glich einem plumpen Bären, der in einem Käfig des Tiergartens einhertrottet.

Uozu dünkte es höchst unwahrscheinlich, daß Tokiwa seinen Artikel an diesem Morgen nicht gelesen hatte. Daß jener trotzdem kein Wort darüber sagte, erfüllte ihn mit Unbehagen.

Nachdem Tokiwa bereits verschiedene Male an Uozus Tisch vorbeigegangen war, ohne stehenzubleiben, rief Uozu von sich aus ihm zu:

»Herr Filialchef!«

Und da hielt Tokiwa mit fragender Miene inne und wandte sich ihm dann zu.

»Haben Sie es freundlicherweise gelesen?«

»Was?«

»Was ich in der Zeitung schrieb.«

»Hm . . .«, antwortete Tokiwa vage. Darauf blickte er Uozu an, als wollte er ihn auffordern, weiterzureden.

»Ein bißchen Sorge spüre ich dabei ...«
»Sorge?«
»Ja – weil ich die Firma Sakura-Seiko erwähne!«
»Und warum sind Sie besorgt?« fragte Tokiwa. Da war nun Uozu verlegen, was er antworten sollte. Er schwieg. Tokiwa machte ein Gesicht, als hätte er geschickt seine Beute in die Falle gelockt, und er sagte:
»Ich hätte es eigentlich für unmöglich gehalten, dieses Wort ›Sorge‹ aus Ihrem Mund zu hören. Ich dachte, Sie seien ein Mann, der das, was ihn mit Sorge erfüllt, eben nicht schreibt. Ich hielt Bergsteiger für Männer dieses Schlages!«
Hierauf tat er einen tiefen Atemzug und fuhr fort:
»Ich habe es gelesen, was Sie da geschrieben haben! Und während ich es las, habe ich mir folgendes gedacht. Offenbar hat sich dieser Uozu immer mehr entschlossen, sein Entlassungsgesuch bei mir einzureichen. – Trotzdem ist er ein großartiger Bursche! Er versetzt den Firmenchef in schäumende Wut, bringt den Filialchef in eine höchst peinliche Lage, und er selber gibt seinen Posten in der Firma bereitwillig auf! Oder irre ich mich? Wer das nicht einkalkuliert hat, kann doch wohl kaum so schreiben! Was Sie da verfaßt haben, ist eine klare Herausforderung der Firma, Sie haben der Firma einen Fehdehandschuh hingeworfen, daß einem das Herz im Leibe lacht!«
Uozu schwieg, weil er noch nicht herausgefunden hatte, was Tokiwa in Wahrheit dachte.
»Aber jetzt reden Sie plötzlich von ›Sorge‹! Schreiben Sie doch nichts, was Sie nachher mit Sorge erfüllt!«
Tokiwa sagte dies keineswegs zornig, aber Uozu war, als durchzuckte ihn ein elektrischer Schlag.
»Ich mache mir der Firma wegen keine Gedanken, nur Ihretwegen!«
»Hm ... Sie sorgen sich also um mich? Ich danke Ihnen! Ich danke Ihnen – aber auf Ihren Beistand kann ich verzichten! Wissen Sie, das ist so eine Redensart ungehorsamer Söhne. Nachdem sie furchtbar ungehorsam waren, sagen sie, sie hätten sich um der Eltern willen Sorgen gemacht!«
»...«

»Aber diese Eltern freuen sich keineswegs, daß sich die ungehorsamen Söhne nun plötzlich um sie sorgen. Da wäre es besser, so ein Sohn täte seinen Eltern den Gefallen, das, was er getan hat, nicht zu bereuen! Wie?«

»Ich habe verstanden«, antwortete Uozu und nach einer Weile fügte er hinzu:

»Ich werde weitermachen, bis zum Ende! Ich stelle von mir aus keinen Entlassungsantrag, denn das würde heißen, ich fühlte mich schuldig!«

»Tja, gut ...«, murmelte Tokiwa, als er das hörte, und er zog ein kompliziertes Gesicht.

»Nachdem ich einmal angefangen habe, mache ich bis zum Schluß weiter. Wenn Sie die Freundlichkeit haben, auch meinen morgigen Artikel zu lesen und mich dann von sich aus auffordern, aus der Firma auszutreten, tue ich das.«

»Was steht morgen drin?«

»Kurz gesagt: Es dürfte Grenzen für die Leistungsfähigkeit des Nylonseils geben. Verglichen mit dem Manilahanf-Seil hat es zweifellos Vorzüge, aber vielleicht auch Nachteile. Man sollte diese Mängel ausfindig machen und sie abstellen, damit nicht ein neues Unglück geschieht!«

»Hm ...«

»Das ist ungefähr, was ich geschrieben habe.«

»So? Wenn Sie aber schreiben, es gebe bei dem Nylonseil wohl Mängel, wird das der Firma Sakura-Seiko Schwierigkeiten bereiten. Falls es tatsächlich solche Mängel gibt, hat das für diese Firma peinliche Folgen.«

»Aber solche Mängel bestehen doch!«

»Gut, es mag sie geben, aber falls darauf hingewiesen wird, entstehen Schwierigkeiten. Es gibt bei Papier, bei Haarpomade, bei allen möglichen Waren bestimmt irgendwelche Mängel, aber sobald jemand davon spricht, kauft sie keiner mehr.«

»...«

»Es ist natürlich unmöglich, daß Waren nur lauter Vorzüge haben! Tja, vielleicht müssen Sie früher oder später wirklich Ihr Rücktrittsgesuch schreiben. Machen Sie sich jedenfalls darauf gefaßt und gehen Sie fest und ungebrochen Ihren

Weg weiter. Nehmen Sie an, Sie seien neulich in den Bergen gestorben. Da ist es immer noch ein Gewinn für Sie, daß Sie noch leben!«

Es war schwer zu entscheiden, ob Tokiwa ihn schalt oder anfeuern wollte. Uozu schöpfte aus Tokiwas Worten seltsamerweise Mut.

Da rief plötzlich Tokiwas Sekretärin:

»Ein Anruf aus dem Hauptbüro in Osaka!«

»So – das ist er ...«, sagte Tokiwa und wandte sich zu Uozu:

»Ich habe mit Ihnen noch etwas zu besprechen. Bleiben Sie im Büro!«

Dann ging er ans Telefon.

Er nahm von der Sekretärin den Hörer entgegen, redete mit leiser Stimme ein paar Worte in den Apparat, pflichtete bald nur mit einem »Ha!« und »Ho!« bei, doch allmählich wurde seine Stimme lauter. Und diese Stimme drang in die Ohren aller, die in dem Büro gerade über ihrer Arbeit saßen.

»Nein ... auch ich bin erstaunt! ... Ja, so ist das! ... Nach meiner Meinung wußte er über die Beziehungen zwischen Sakura-Seiko und dem Hauptbüro unserer Firma ... Ja, da hat er etwas Schönes angerichtet! ... Der reine Wahnsinn! Genau, wie Sie sagen, Herr Firmenchef! Ich kann überhaupt nicht begreifen, was da in seinem Kopf vorgegangen ist! ... Mit einem Wort: typisch ›Nachkriegsgeneration‹! ... Nein, er ist hier im Büro. Ich wollte ihn gerade fragen ... Sobald ich mich vergewissert habe, gebe ich Ihnen Antwort! ... Tatsächlich! ... So? Hat er gesagt, das sei eine Katastrophe? Ja, ... für Herrn Sakura ist das katastrophal!«

Mit der rechten Hand den Hörer an sein Ohr haltend, setzte sich Tokiwa auf den Tisch, mit der linken griff er nach der Schachtel »Peace«-Zigaretten, nahm eine Zigarette heraus und steckte sie sich in den Mund. Dann gab er mit seinem Kinn ein Zeichen, er wolle Feuer haben.

Als Uozu das sah, zündete er mit seinem Feuerzeug Tokiwas Zigarette an. Er fand, daß er ihm eine Gefälligkeit dieses Ausmaßes erweisen müsse. Tokiwa unterhielt sich offenbar mit dem Firmenchef inzwischen weiter.

»... Nein, da liegt eine gewisse Schwierigkeit. Es wäre an sich nichts einzuwenden, wenn man die Angelegenheit sofort bereinigte. Zwingt man ihn aber zur Kündigung, ist ein gewisses Risiko damit verbunden. Bei den jungen Leuten von heute muß man auf alles gefaßt sein ... Ich begreife! Einverstanden! Übertragen Sie also, bitte, zunächst mir die Regelung dieser Sache ... Es erscheint dreimal, also morgen noch einmal. Doch morgen soll nichts Bedeutendes mehr darin stehen ... Also, Herr Firmenchef, ich möchte Ihnen die weitere Besprechung mit Herrn Sakura ... Hm ... Er wird sich natürlich klar und vorbehaltlos entschuldigen müssen! Ich werde ihn schonungslos dazu veranlassen! ... Na ja, so etwas kann ruhig gelegentlich passieren! ... Nein, natürlich wäre das nicht gut!«

Dann legte Tokiwa den Hörer auf. Mit einem Ausdruck der Betroffenheit sagte er fast wie im Selbstgespräch:

»Das ist erst der Anfang ... Es kann ja noch schön werden ...«

Hierauf wandte er sich wieder Uozu zu und sagte ihm, als sei ihm das plötzlich eingefallen:

»Hallo! Kommen Sie! Wir wollen einmal kurz weggehen!«

Ohne den Fahrstuhl zu benutzen, schritt Tokiwa die Treppe hinab, Uozu folgte ihm.

»Es ist wirklich unverzeihlich, daß ich Ihnen soviel Verdruß bereite ...«

»Daß das unverzeihlich ist, weiß ich, auch wenn Sie mir das nicht eigens beteuern!«

»Es ist schwierig, mich Ihnen verständlich zu machen ...«, erwiderte Uozu.

Als sie das Gebäude verließen, bemerkte Tokiwa:

»Es ist zwar noch ein wenig früh, aber gehen wir ruhig Mittagessen!«

Er trat auf den Gehsteig hinaus und ging dort weiter. Der Wind wehte kalt.

»Soll ich Ihnen Ihren Mantel holen?« fragte Uozu. Er hätte gern für sich selber auch einen Mantel mitgenommen, aber er fragte das, weil Tokiwa, der die beiden Hände in die Hosentaschen gesteckt hatte, aussah, als fröre ihn.

»Danke! Wir sind gleich da, es geht schon so! Außerdem kann ich Mäntel nicht leiden! Aber weil alle, kaum daß es Winter wird, gleich in ihre Mäntel schlüpfen, sieht es vielleicht komisch aus, wenn ich allein es nicht tue – solange ich jedoch kann, laufe ich lieber ohne Mantel!«
Uozu stimmte nicht ohne weiteres zu:
»Ja, aber frieren Sie denn nicht ein bißchen?«
»Tja, der Winter ist eben nun mal kalt!«
So überquerten sie die Hibiya-Kreuzung, bogen zwischen den hohen Geschäftshäusern nach rechts ab und schließlich traten Tokiwa und hinter ihm Uozu in den großen Flur des T-kaikan.
Tokiwas Erscheinung paßte eigentlich nicht recht zu der dort herrschenden mondänen Atmosphäre, aber kaum waren sie eingetreten, bemerkte Uozu, wie die Mädchen und Boys Tokiwa kannten und grüßten.
»Wenn man keinen Mantel trägt, braucht man ihn auch niemandem zur Aufbewahrung zu geben!«
»Tja, das stimmt natürlich ...«
Nachdem sie durch die geräumige Lobby geschritten waren, traten sie in den daneben befindlichen Speisesaal. Einer der Boys führte sie an einen etwas abgelegenen Tisch; Tokiwa griff sofort nach der Speisekarte.
»Bestellen Sie sich irgend etwas, das Sie gerne mögen!« forderte Tokiwa Uozu auf. Und als sich Uozu für ein Garnelengericht entschieden hatte, meinte er:
»Gut, das nehme ich auch! Und Suppe?«
»Nein, danke!«
»Ich möchte aber gern eine ...«
Uozu wartete, daß Tokiwa nun reden werde, aber jener schwieg, und daher blieb auch er stumm.
So saßen sich die beiden gegenüber und aßen die Gerichte, die ihnen ziemlich schnell serviert worden waren. Schließlich sagte Tokiwa, während er Messer und Gabel eifrig handhabte:
»Essen Sie nicht noch etwas?«
Und er wies mit den Augen auf die Speisekarte.
»Danke! Es genügt mir!«

»Das genügt Ihnen? So furchtbar wenig essen Sie also?«
Tokiwa ließ sich noch ein Fleischgericht und außerdem Salat kommen. Bis er seinen dritten Teller leergegessen hatte, ließ Uozu seine Augen unwillkürlich über die anderen Tische des Speisesaals schweifen, wo zahlreiche Ausländer saßen.
»Jetzt Eis, Erdbeeren und Kaffee!« bestellte Tokiwa schließlich noch, indem er sich den Mund mit der Serviette abwischte, und dann sagte er mit einem Gesicht, als sei er erst jetzt zufrieden:
»Ich möchte gern Ihre Meinung zu folgendem hören. Ich frage mich, ob man das Problem nicht am schnellsten dadurch löst, daß man die Leistungsfähigkeit des Seils durch ein Experiment erprobt. Auch die Firma Sakura-Seiko wird unter den jetzigen Umständen damit einverstanden sein können. Kann ich überzeugt sein, daß Sie dadurch keinesfalls in Schwierigkeiten geraten?«
In seinem Ton lag ein gewisser Ernst.
»Sie meinen, man wird durch ein Experiment herausbringen, ob das Seil reißt?« fragte Uozu, indem er nun seinerseits Tokiwa fest in die Augen sah.
»Ja!«
»Das ist genau das, was ich mir wünsche! Es wird natürlich unmöglich sein, genau die gleichen Voraussetzungen zu schaffen, die bei dem Unglück gegeben waren, aber falls man sich gewissenhaft bemüht, möglichst nahe an sie heranzukommen, bin ich sehr einverstanden!«
»Gut! Nun bin ich, nachdem Sie mir das sagten, beruhigt! Um zu entscheiden, ob das Seil reißt oder nicht, gibt es wohl keine andere Möglichkeit als das wissenschaftliche Experiment. Man kann es zwar nicht hundertprozentig beweiskräftig nennen, aber bis zu einem Grade ist es das doch.«
Dann fragte er Uozu noch einmal:
»Sie sind also einverstanden?«
»Jawohl!«
»Nun wollen wir aber nicht warten, bis die Sakura-Seiko das von sich aus vorschlägt, sondern wollen von uns aus dazu raten! Ich übernehme die Verantwortung dafür, daß das Experiment außerordentlich gewissenhaft vorgenommen wird.

Reißt das Seil, so bedeutet das, daß es Schwächen hat – reißt es nicht, nun, so kann man nichts machen – Sie haben eben dann irgendwie einen Fehler gemacht – entweder bei der Handhabung des Seils oder ...«

Hier verstummte Tokiwa.

»Oder: ich habe es abgeschnitten?«

»Das wird man ja wohl zunächst daraus folgern ...«, erwiderte Tokiwa, indem er die Erdbeeren auf seinem Teller zerdrückte.

»Das ist einfach irre!«

»Regen Sie sich nicht auf, Uozu! Durch das Experiment werden doch gerade diese ›irren‹ Vermutungen zerschlagen! Das Seil wird ja wohl, wie Sie sagen, wegen eines Mangels in seiner Leistungsfähigkeit reißen!«

Er sagte das in ruhigem Ton.

Als er seinen Kaffee ausgetrunken hatte, standen sie beide auf. Uozu schob die ziemlich schwere Drehtür des Außenflurs auf und erklärte:

»Ich muß noch schnell jemand besuchen ...«, und verabschiedete sich von Tokiwa, wobei er es unklar ließ, ob es sich um einen geschäftlichen oder privaten Besuch handelte.

Uozu ging zwischen den großen Bürohäusern hindurch zu der K-Zeitung. Da er keinen Mantel anhatte, hätte ihn eigentlich frieren müssen, aber er spürte die Kälte fast nicht. Er empfand, daß er über sehr, sehr viel unbedingt nachdenken mußte.

Nachdem er das Zeitungsgebäude betreten hatte, ließ er dem Journalisten, der ihn damals um das Manuskript »Ich verlor meinen Freund an der Ostwand des Vorderen Hodaka« gebeten hatte, sein Anliegen bestellen. Nach kurzer Zeit schon brachte der junge Mann den Fahnenabzug zu ihm hinunter.

»Es kommen viele Zuschriften«, sagte der Journalist mit ausdrucksloser Miene.

»Welcher Art?«

»Die verschiedensten! Ungefähr die Hälfte sympathisiert, die andere vertritt den Standpunkt, daß das Seil auf keinen Fall reißen konnte. – Soll ich sie bringen?«

»Oh, nein, danke! Ich komme morgen wieder und würde Sie dann bitten, sie mich lesen zu lassen.«
Uozu interessierte sich durchaus für den Inhalt dieser Zuschriften, aber im Augenblick hatte er keine Lust, sie zu lesen. Er überflog den Fahnenabzug. Es handelte sich um den dritten und letzten Teil seines Essays, der am nächsten Tag in der Morgenausgabe abgedruckt werden sollte.
Uozu las. In der ersten Hälfte war die Situation in dem Augenblick des Unglücks ziemlich ausführlich dargestellt. Die andere Hälfte brachte seine Gedanken über die möglichen Ursachen, aus denen das Seil hätte reißen können.

– Nach den bisherigen Erfahrungen beim Bergsteigen kommt es gelegentlich zu einem Rutschen von ca. 30 cm Länge, so wie das ja auch Kosaka widerfahren ist. Ein Rutschen von diesem Ausmaß gibt es auch oft beim Abseilen, wenn das Seil über einem Felsen liegt. Keinesfalls ist aber mit einem Reißen des Seils zu rechnen, denn es ist ja ein Kletterseil.
Man muß also zu dem Schluß gelangen, daß entweder das von der Firma Sakura-Seiko hergestellte Seil, das wir verwendeten, zufällig schlecht war oder es bei der Leistungsfähigkeit des Nylons selbst einen noch unbekannten Mangel gibt. Das Nylon besitzt zweifelsohne eine größere Widerstandskraft als Hanf, aber vielleicht erweist es sich gegenüber sehr scharfen Felskanten als schwach. Selbstverständlich ist auch mir bekannt, daß man das Nylonseil jetzt in allen Ländern der Welt gebraucht. Dies ist eine Tatsache. Aber auch meine Erfahrung mit dem Seil ist eine Tatsache. Sie hat den Tod meines Freundes Kosaka verursacht. Und so kann ich nur hoffen, daß man bald ein besseres Bergsteiger-Seil herstellen kann. –
Dem waren dann noch weitere zehn Zeilen beigefügt. Sie lauteten:
– Es ist sehr wichtig zu wissen, welche Form der Felsen hatte, auf den Kosaka das Seil gelegt hat. Aber um das herauszubringen, muß man noch ein halbes Jahr warten; denn dieser Fels ist genauso wie Kosakas Körper und das Seil, das ihn noch umschlingt, tief mit Schnee bedeckt. –

»Gut, ich lasse es so!« sagte Uozu und gab den Fahnenabzug dem Journalisten zurück. Dann verließ er das Zeitungsgebäude.
Die Menschen, die Autos, die Läden – und die Straßen, in denen es das alles gab, erschienen seinen Augen seltsam schräge, irgendwie schief und fern. Der Himmel war bewölkt.

Nachdem es Februar geworden war, reihten sich so viele warme Tage aneinander, daß man eigentlich nicht mehr von Winter sprechen konnte.
In den Zeitungen erschienen Fotos von Frauen, die in den Fischerdörfern der Izu-Halbinsel an dem Sandstrand arbeiteten, und Fotos von allen möglichen Ausflüglern, die auf einer Straße in einer sumpfigen Landschaft nebeneinander einherspazierten, und die Überschriften dazu hießen »Frühlingsglanz« und »Das Wasser wird warm«. Wäre schon März gewesen, hätte niemand darüber gestaunt, aber für Februar war das ein verrücktes Wetter.
An einem dieser Abende waren Minako und ihr Mann zu einem Hochzeitsbankett eingeladen, das im N-Hotel in der Nähe des Hibiya-Parks stattfand. Geheiratet hatte die Tochter des Chefs einer Kamera-Firma.
Minako verließ das Haus zur festgelegten Zeit, fuhr mit einem Taxi in das Hotel und traf dort ihren Mann, der unmittelbar aus der Firma gekommen war. Beide wurden am Haupttisch auf zwei Seitenplätzen nebeneinander gesetzt.
Minako kannte weder die Braut noch den Bräutigam; die Beziehungen zu dieser Familie waren so lose, daß Minako, wie es in solchen Fällen üblich ist, die Glückwunschgeschenke unmittelbar von einem großen Kaufhaus zuschicken ließ. Sie kam lediglich aus Höflichkeit. Gleichwohl empfand sie die Atmosphäre dieser festlichen Stätte, wo sich für ein junges Paar das Tor zum Leben auftat, keineswegs als unangenehm. Ohne sich mit einer Verantwortung für das, was hier gefeiert wurde, belastet fühlen zu müssen, genoß Minako das ausgezeichnete Essen und betrachtete die etwas aufgeregten

Gestalten von Braut und Bräutigam, mit denen sie noch nie ein Wort gesprochen hatte, gewissermaßen als schmückendes Beiwerk.

Falls sie wenigstens einen der Partner gekannt hätte, wäre sie bei dieser wunderlichen Zeremonie, die man Heirat nennt und von der man nicht recht weiß, ob sie Grund zum Beglückwünschen ist, wohl versucht gewesen, auf Grund ihrer eigenen Eheerfahrungen zu urteilen oder zu empfinden, aber diese Voraussetzungen waren nicht gegeben.

Die Begrüßungsrede des Ehevermittlers war geschwätzig und langweilig, doch was die anderen Gäste als Segenswünsche äußerten, klang interessant, und so verbrachte Minako diese Stunde, ohne daß sie sich gelangweilt hätte.

Nachdem das Bankett zu Ende war und man sich erhob, fragte Minako ihren Mann:

»Gehst du gleich nach Hause?«

Vor Beginn des Hochzeitsschmauses war ihr Mann damit beschäftigt gewesen, verschiedene Leute zu begrüßen, und so hatten sich die beiden nur kurz zugenickt, waren gar nicht dazu gekommen, miteinander zu reden. Während des Essens hatten sie sich auch nicht eigentlich unterhalten. So kam es, seit ihr Mann am Morgen das Haus verlassen hatte, erst jetzt wieder zu einem Gespräch zwischen ihnen.

»Wir gehen zusammen!« antwortete ihr Mann. »Bitte, warte in der Nähe des Lifts. Ich muß mich noch mit Yamakawa unterhalten, komme aber dann sofort!«

Yamakawa war der Name eines Minako bekannten Geschäftsmannes.

Sie ließ ihren Mann also im Saal zurück, drängte sich, während sie einigen Gästen höflich zunickte, durch die vielen Menschen hindurch bis in die Nähe des Lifts und nahm dann auf einem roten Sessel in der unmittelbar benachbarten Lobby Platz. Von dort aus sah sie zu, wie die drei Aufzüge mehrere Male feierlich gekleidete Herren und Damen ins Erdgeschoß beförderten.

Als es nach einer Weile ruhiger geworden war, erschien ihr Mann.

»Verzeih, daß ich so spät bin!«

Er ging sofort auf den bereits wartenden Fahrstuhl zu.
»Hattest du heute sehr viel zu tun?« fragte sie ihn beim Einsteigen. Nur sie beide befanden sich darin. Die Tür schloß, doch dann öffnete sie sich wieder. Da sich von der anderen Seite noch einige Herren näherten, wollte der Boy auch sie noch mitnehmen.
»Hm, in einem fort sind Leute auf mich zugetreten, mit denen ich dann ein paar Worte reden mußte! Ich mußte immerzu Kaffee trinken!«
»Und es wäre so viel besser für dich gewesen, du hättest das unterlassen!«
»Ach, so einfach ist das leider nicht. Wenn man sich eine ganze Stunde lang dummes Zeug anhören muß . . .«
Als die fünf, sechs Herren eingestiegen waren, zogen er und Minako sich in eine Ecke des Lifts zurück.
»Oh, ja! Nun hat man mir das Experiment mit dem Seil aufgedrängt!« sagte er plötzlich.
»Seil?«
Im gleichen Augenblick wurde ihr leicht übel, wie sie das in Fahrstühlen hin und wieder erlebte. Sie stand schweigend dicht bei ihrem Mann. Die Spanne Zeit, bis sie im Erdgeschoß angekommen waren, erschien ihr ungeheuer lang. Sie glaubte, ins Bodenlose zu stürzen.
Am Hoteleingang gab ihr Mann dem Boy die Nummer des auf sie wartenden Wagens. Minako spürte eine ihr gar nicht erklärliche Unruhe. Dann aber erkannte sie, daß diese wohl durch die Mitteilung ihres Mannes, daß er das Experiment übernehmen werde, hervorgerufen worden war und sie fragte: »Was soll denn mit dem Seil geschehen?«
»Es geht um den Absturz jenes Herrn Kosaka im Hodaka-Gebirge. Das stand doch neulich in der Zeitung. Nun ist man also an mich herangetreten, ich möge das Experiment mit dem Seil übernehmen!«
Als das Auto herangefahren war, ließ Minako ihren Mann zuerst einsteigen, dann stieg sie zu. Kaum war der Wagen angefahren, fragte sie:
»Es soll also durch ein Experiment geklärt werden, ob das Nylonseil reißt?«

»Hm ...«
»Und du hast das übernommen?«
»Hm ...«
Hierauf schwieg sie. Was für eine unangenehme Arbeit, dachte sie, hatte er sich da aufgeladen! Sie hatte in der Zeitung über die Frage gelesen, ob die Firma Sakura-Seiko das Experiment wohl übernehmen werde, und es war ihr dabei merkwürdig unheimlich zumute gewesen, aber daß dieses Experiment ausgerechnet von ihrem Mann vorgenommen werden sollte, versetzte ihr einen Schock. Kosakas Tod beunruhigte sie aufs äußerste. Sie hegte den Verdacht, daß er Selbstmord begangen haben könnte. Uozu hatte auf dem Bahnsteig des Ueno-Bahnhofs eine solche Möglichkeit zwar entschieden ausgeschlossen, aber ihre Unruhe war dadurch nicht ganz beseitigt worden.
»Warum hast du das übernommen?«
»Die Rohfaser des Seils wird in unserer Fabrik hergestellt, und ich kann da schwer ablehnen, wenn man an mich herantritt!«
»Oh! Deine Fabrik stellt das Seil her?«
»Nicht das Seil, aber das Nylon dazu.«
»Kann denn aber nicht die Fabrik, die das Seil hergestellt hat, das Experiment durchführen?«
»Gerade weil sie das Seil hergestellt hat, läßt sich das schwer machen!«
Minako spürte in der Art, wie ihr Mann das sagte, Bosheit. Sie wußte, daß er das nicht beabsichtigte, aber sie konnte sich dieses Eindrucks nicht erwehren.
Sie rückte etwas von ihm ab und sah durch das Fenster nach draußen, wo sich die zahllosen Scheinwerfer der Wagen bewegten.
Als sie zu Hause ankamen, begab sich ihr Mann, ohne sich umzukleiden, ins Besuchszimmer, setzte sich dort auf das Sofa und sagte zu ihr:
»Könntest du mir nicht starken Tee machen lassen?«
Er sah sehr erschöpft aus.
Minako wies das Mädchen Harue an, ihrem Mann Tee zu bringen, sie selber ging in das Wohnzimmer, legte ihren

Mantel ab und kehrte dann ins Besuchszimmer zu ihrem Mann zurück. Sie wollte von ihm noch Genaueres über das Experiment mit dem Seil erfahren, aber sie fühlte sich seltsamerweise so gehemmt, daß sie dazu unfähig war.

»Willst du nicht gleich baden?« fragte sie ihren Mann.

»Das ist wohl das beste. Aber war das heute nicht ein glänzendes Fest? Auch die Braut war hübsch. Wie alt sie wohl war?«

»Tja, ich habe keine rechte Vorstellung ...«

»Ihre Eltern schienen schon besorgt gewesen zu sein, denn das eigentliche Heiratsalter ist bereits verstrichen. Vielleicht ist sie sieben- oder achtundzwanzig?«

»Nein, das ist zu viel. Ich halte sie für höchstens fünfundzwanzig! Falls sie achtundzwanzig ist, wäre sie ja kaum jünger als ich ...«

»Tja, allerdings ...«, erwiderte er mit verlegenem Gesicht, als hätte er wirklich etwas völlig Unnötiges gesagt.

Nachdem er die von Harue gebrachte große Tasse Tee langsam ausgetrunken hatte, erhob er sich und band seine Krawatte auf.

Minako blieb, bis er gebadet hatte und im Schlafanzug in den ersten Stock stieg, im Wohnzimmer sitzen, sie hatte noch keine Lust, ihren Obi zu lösen.

Es war etwa elf Uhr, als er aus dem Bad stieg, überall im Hause nachsah, ob die Türen verschlossen waren und sich dann in den ersten Stock zum Schlafen begab. In dem zehn Matten großen Schlafzimmer standen die beiden Betten an den Wänden einander gegenüber.

Er stieg ins Bett und las im Schein der Lampe neben seinem Kopfkissen in einer ausländischen Zeitschrift. Als Minako eintrat, sagte er: »Ich habe mich schon hingelegt ...«, und blickte, ihr den Rücken zuwendend, gar nicht weiter auf.

Minako setzte sich vor ihren Toilettenspiegel und sagte, während sie ihr Gesicht betrachtete, das sich in dem dreiteiligen Spiegel reflektierte: »Das ist schlecht für deine Augen!«

Obwohl ihr Mann sich immer wieder vornahm, abends nicht mehr zu lesen, weil das seine Augen zu sehr anstrengte, las er fast jeden Abend in irgendeiner Zeitschrift.

»Hm, ich will aufhören. Ich bin heute abend entsetzlich müde!«
Er legte die Zeitschrift neben sein Kopfkissen und knipste die Standlampe aus. Da das Deckenlicht bereits gelöscht war, herrschte rings um sein Bett Dunkelheit. Nur die Nachttischlampe Minakos und das Licht über ihrem Toilettenspiegel erleuchteten das halbe Zimmer und nahmen Minako vor ihrem Toilettenspiegel gewissermaßen in ihre Mitte.
»Kann man durch das Experiment feststellen, ob das Seil reißt?« fragte sie in seine Richtung.
»Wie meinst du?« hörte sie aus dem Dunkel seine Stimme, und dann erklärte er ihr:
»Man macht das Experiment ja gerade deswegen, weil man nicht weiß, ob es reißt! Solange das Experiment nicht abgeschlossen ist, läßt sich nichts darüber aussagen!«
»Natürlich – aber ich meine, wie ist das nun eigentlich. Was denkst du darüber?«
»Nichts.«
Hierauf wälzte er sich wohl zum Schlafen zurecht; das Bett knarrte. Nach einiger Zeit aber erklärte er:
»Ich weiß das auch nicht so genau, aber solche Seile werden im allgemeinen erst hergestellt, nachdem man sie x-mal getestet hat! In diesem Sinne begreife ich die Behauptung, das Seil sei gerissen, nicht recht! Es ist ganz natürlich, daß man solche Behauptungen anzweifelt! Man kann nichts Genaues sagen, bevor das Experiment unter den verschiedensten Umständen durchgeführt worden ist, aber das Normale ist ja wohl, daß es nicht reißt!«
»Die Wahrscheinlichkeit, daß das Seil bei diesem Experiment nicht reißt, ist also sehr groß, wie?«
»Das weiß ich auch nicht . . .«
»Aber du hast doch eben erklärt, daß normalerweise das Seil nicht reißt!«
»Es ist normal, daß es nicht reißt, aber solange das Experiment nicht stattgefunden hat, weiß man nicht, ob es reißt!«
Er gähnte leicht.
Minako aber fuhr, während sie ihr Gesicht im Spiegel anstarrte, zu fragen fort: »Was ist, falls es nicht reißt?«

»Nichts weiter. Es wird damit nur die Verläßlichkeit des Seils als Ware bestätigt.«
»Und Herr Uozu?«
»Das ist doch der junge Mann, der mit Kosaka zusammen geklettert ist? Er ist einmal hier gewesen, wie?«
»Ja.«
»Hm ...«
Er verstummte eine Weile, aber dann antwortete er:
»Man redet da die verschiedensten Dinge. Ein paar Leute, die heute im Büro erschienen, um mit mir wegen des Experiments zu sprechen, erzählten mir davon ...«
»...«
»Für den Fall, daß das Seil abgeschnitten worden ist, gibt es verschiedene Hypothesen. Etwa, daß Uozu es abschnitt, um sein eigenes Leben zu retten, aber es gibt auch ganz andere Erklärungen.«
»Redet man tatsächlich so?«
»Offenbar ...«
Er sprach, als ginge ihn das nicht das geringste an.
»Einige, die Herrn Uozu gut kennen, meinen, daß er das Seil vielleicht abgeschnitten hat, um Kosakas Ehre zu schützen. Das Seil, das sich Kosaka umband, hat sich gelöst und er ist abgestürzt. Löst sich aber das Seil, ist das für einen Bergsteiger eine Schande, und um ihn zu decken, hat Herr Uozu das Seil vielleicht nachträglich abgeschnitten ... So etwas wäre denkbar!«
Minako spürte, wie die Worte, »um ihn zu decken«, sie bis ins Herz trafen. Ihr Mann sprach zwar von dem Fall, daß sich das Seil von selbst gelöst hat, aber ihr war, als wollte er damit etwas ganz anderes andeuten.
»Ob es das gibt?« fragte sie zweifelnd.
»Obgleich in beiden Fällen Herr Uozu das Seil abgeschnitten hat, besteht doch ein großer Unterschied, ob er es tat, um sein eigenes Leben zu retten, oder, um die Schande seines Freundes zu verdecken! Natürlich weiß man nicht, was zutrifft!«
»Aber wenn nun beim Experiment das Seil nicht reißt, für welche der beiden Möglichkeiten, sein Verhalten zu erklären, wird man sich entscheiden?«

»Tja ..., es gibt übrigens auch noch andere Möglichkeiten. Irgendwie war heute die Rede davon.«
Er brach ab, als wollte er nachdenken.
Minako empfand diese Augenblicke, in denen ihr Mann schwieg, zermürbend, sie erschienen ihr wie eine Ewigkeit. Angestrengt überlegte sie, was ihr Mann als nächstes sagen werde.
»Ja, das war es! Unter den japanischen Bergsteigern stehen diese beiden jungen Männer ziemlich isoliert, und so gibt es auch Leute, die an ihrer Klettertechnik zweifeln. Sie halten es für möglich, daß Kosaka das Seil ungeschickt gehandhabt hat. Geht man nämlich unvernünftig damit um, reißt auch das stärkste Seil – und dann war da noch etwas ...«
Und wieder schwieg er.
»Was?«
»Tja, was war es wohl noch ...«
Er schwieg noch immer. Minako konnte nur mehr mühsam atmen.
Da der Gasofen an war, war der Raum ziemlich warm, aber Minako fröstelte unter ihrem Schlafanzug.
»Was war da noch?« wiederholte sie ihre Frage. Sie fürchtete, es käme jetzt das Wort Selbstmord aus seinem Mund.
Als sie merkte, daß ihr im Spiegel reflektiertes Gesicht sie wie gebannt anstarrte, hielt sie es plötzlich für möglich, daß ihr Mann sie deswegen genau betrachtete. So streckte sie eine Hand aus und löschte das kleine Licht über dem Spiegel.
Im gleichen Augenblick hörte sie ein lautes Atmen. Es war bestimmt der Atem eines Schlafenden. Sie war wie erleichtert und gleichzeitig doch zornig, so einen Ehemann zu haben.
Dann krümmte sie, wie sie das zu tun pflegte, leise ihren Körper und kroch ins Bett.
In dieser Nacht hatte sie einen Traum.
– Ein Wald von Kunugi-Bäumen mit rotem, dürrem Laub erstreckte sich endlos in die Ferne. Rechts, links, vorne, hinten, überall war nur dieser Wald. An jedem Baum hingen unendlich viele dürre Blätter, die jeden Augenblick abzufallen drohten.
Zwischen diesen Bäumen ging sie dahin. Sie war offenbar

schon ziemlich lange unterwegs, denn sie fühlte sich sehr müde. Nie hätte sie geahnt, daß Kunugi-Blätter so rot verdorren. Aber wo war nur Kosakas Haus? Sie wußte, daß es in dieser Gegend liegen mußte, aber sie entdeckte weit und breit kein Haus, das es hätte sein können.
Sie fühlte sich beklommen und überlegte, ob sie auf eine Begegnung mit Kosaka nicht lieber verzichten und zurückkehren sollte. Aber als ihr einfiel, daß der Zweck dieses Besuches war, sich von ihm das Feuerzeug zurückgeben zu lassen, das sie ihm einst geschenkt hatte, war sie sich klar, daß sie ihr Vorhaben unmöglich aufgeben konnte.
Sie mußte Kosaka unbedingt treffen, damit er ihr das Feuerzeug gab. Weshalb hatte sie es ihm eigentlich geschenkt? Ach ja, ihr Mann hatte es ihr aus dem Ausland mitgebracht. Sie hatte es Kosaka eines Tages spontan und ohne viel dabei zu denken, geschenkt, aber nun mußte sie es unbedingt wiederhaben. Sonst war Gefahr, daß die Liebesaffäre zwischen ihm und ihr durch dieses Feuerzeug aufkam.
Sie ging weiter, immer weiter und weiter, aber der riesige Wald voller roter, welker Kunugi-Blätter zog sich endlos hin. Schließlich nahm sie einen Mann wahr, der ihr entgegenkam. Eine Weile hielt sie ihn für Kosaka, aber als er sich genähert hatte, war es ein ihr völlig Unbekannter.
Sie wollte ihn nach dem Weg fragen.
»Verzeihen Sie, könnten Sie mir sagen, wo hier Herr Kosaka wohnt?«
»Kosaka? Ist denn Herr Kosaka nicht am Vorderen Hodaka tödlich verunglückt?«
Sie erschrak. Oh, ja, Kosaka war gestorben, fiel ihr ein. Gleichzeitig wurden ihr Herz und Körper so kalt, als würde sie erfrieren. Kosaka war tot! Er tat ihr leid. Da verwandelte sich der Unbekannte plötzlich in Uozu.
»Wie sind Sie denn nur auf die Idee gekommen, Kosaka aufzusuchen?« fragte Uozu mit einer Mundbewegung, als wollte er zuschnappen.
Sie schwieg, sie konnte sich nicht entscheiden, ob sie ihm von dem Feuerzeug erzählen sollte oder nicht. Plötzlich sagte Uozu:

»Wenn Sie hier so herumstreifen, wird Ihr Skandal bald überall bekannt sein! Sie müssen mehr auf sich achten!«
Da merkte sie, wie sich Uozus Hände auf ihre Schultern legten.
»Ja? Haben Sie verstanden?« fragte er prüfend und gleichzeitig fühlte sie, wie seine Hände sie wie wild hin und her schüttelten. –
Plötzlich wachte Minako auf. Der Kunugi-Wald war verschwunden und ebenso auch Uozu. Nur an ihren Schultern hatte sie noch das Gefühl, daß sie von Uozus Händen brutal gepackt und geschüttelt worden war.
Sie blieb still liegen. Sie irrte sich nicht; an ihren Schultern spürte sie noch immer Uozus wilde Hände und, halb trunken, fühlte sie noch an ihrem Oberkörper, daß Uozu sie hin und her geschüttelt hatte.
Diese Empfindung, die der Traum in ihr zurückgelassen hatte, wurde aber langsam schwächer und verschwand schließlich fast ganz. Sie öffnete, während sie ruhig liegenblieb, die Augen. Sie machte ihren Körper steif und verfolgte hellwach, wie sich diese Trunkenheit allmählich auflöste, ihr war, als hörte sie menschliche Schritte sich langsam entfernen.
Es war im Schlafzimmer kalt. Aus dem Bett ihres Mannes war das leise Schnarchen noch ebenso regelmäßig zu hören wie zu dem Zeitpunkt, als er einschlief. Ihr war, als vernehme sie dieses laute Atmen wie über ein weites Meer herüber.
Sie sann über den Traum, den sie gerade gehabt hatte, mit geschlossenen Augen weiter nach. Aus welchem Grund hatte sie das nur geträumt?
Sie wollte Kosaka aufsuchen, um sich das Feuerzeug zurückzuholen, und sie hatte, wie sie im Traume meinte, diesen Wunsch all diese Jahre über schon verspürt. In Wirklichkeit hatte sie zwar Kosaka das Feuerzeug geschenkt und nie daran gedacht, es sich zurückgeben zu lassen. Das, was sie im Traum empfand, war aber auch nicht als unwahr zu bezeichnen, es hatte sich dieser Wunsch wohl auf dem Grunde ihres Bewußtseins nur verborgen gehalten. Im übrigen dachte sie, daß hier ihr Gefühl gegenüber Kosaka erschreckend klar zutage gekommen war.

Und dann traf sie den unbekannten Mann und erinnerte sich, daß Kosaka gestorben war. Das kalte, geradezu eisige Gefühl, das sie da überfiel, war wohl das, was sie seit der Nachricht von Kosakas Absturz seinem Tode gegenüber empfand. Doch weil sie, als er noch lebte, herzlos zu ihm gewesen war, tat er ihr nun, da er hatte sterben müssen, auch leid.
Schließlich hatte sich jener Unbekannte unversehens in Uozu verwandelt. Und Uozu warnte sie, ihr Skandal würde bekannt werden, falls sie in dieser Weise umherstreiche, sie solle mehr auf sich achten! – Aber warum hatte er das gesagt?
Sie sann weiter nach. Ob nicht vielleicht Uozu sie schützen wollte? Als ihr diese Möglichkeit einfiel, dehnte sie sich unbewußt im Bett.
Verbarg Uozu nicht Kosakas Selbstmord deswegen, weil er ihren skandalösen Fehltritt verheimlichen wollte? War das so, hatte Kosaka also doch Selbstmord begangen! Vielleicht wußte Uozu genau Bescheid und er tat nur, als wüßte er nichts?
Aber Minako verwarf den Gedanken, von Uozu beschützt zu werden, am Ende doch. Sie hielt das für ganz und gar unmöglich und wunderte sich, daß sie das auch nur einen Augenblick erwogen hatte. Vielleicht träumte sie noch immer?
Sie richtete sich in ihrem Bette auf. Und in dem Gefühl, nun erst völlig aufgewacht zu sein, überlegte sie, wie spät es wohl war.
Sie streckte sich wieder aus, aber ihre Augen waren wunderlich frisch, und sie konnte nicht schlafen. Sie hätte zu gern gewußt, wie spät es sei, aber um nach der Uhr zu sehen, hätte sie ihre Nachttischlampe anknipsen müssen. Sobald sie jedoch das Zimmer erleuchtete, war die Welt, in der sie versunken war, wohl für immer verschwunden. Sie aber wollte die Zeit, die noch vom Traum her auf sie zuströmte, noch ein wenig so belassen.
Sie hielt noch zehn oder zwanzig Minuten im Dunkeln ihre Augen auf. Als sie plötzlich erkannte, daß sie all die Zeit über an Uozu gedacht hatte, war sie bestürzt. Ihr war, als müsse sie sich selber streng dafür bestrafen, war sie doch

unversehens wieder auf den Gedanken verfallen, den sie vorhin abgewiesen hatte, den Gedanken nämlich, daß Uozu sie beschütze.

Als sie so ihrer Jämmerlichkeit bewußt wurde, zu tiefer Nacht, wach im Bett liegend, noch immer an Uozu gedacht zu haben, zog sie die Decke nach oben, versteckte ihr Gesicht halb darunter und bemühte sich einzuschlafen, ohne weiter solchem Unsinn nachzuhangen.

Da hörte sie, daß ihr Mann etwas redete. Sie konnte es nicht verstehen. Sie wollte ihn fragen. Da kamen noch einmal ein paar Worte über seine Lippen, und nun wußte sie, daß er im Schlafe redete – in englischer Sprache!

Wie kam das nur, daß er im Schlaf nicht wenigstens, für sie verständlich, japanisch sprach? So fremd, dachte sie, war er ihr, daß sie nicht einmal das, was er im Schlafe redete, begreifen konnte, wie er ja auch sonst in seinem ganzen Wesen nicht zu ihr paßte. So also war das mit ihrer Ehe.

Sie vernahm aus der Ferne den Lärm einer Straßenbahn und schlummerte ein.

Sie schlief länger als sonst und wachte erst um acht Uhr auf. Als sie die Augen öffnete, war das Bett ihres Mannes schon leer.

Hastig sprang sie auf und lief im Nachtgewand die Treppe hinunter. Unterwegs stieß sie mit ihrem Mann zusammen, der, im Sweater, die Zeitung heraufbrachte.

»Es ist heute morgen etwas kälter als sonst! Gib acht, daß du dich nicht erkältest!« sagte er.

Als sie ihm beim Frühstück gegenübersaß, war dies eine Minako, die sich von der in der vergangenen Nacht sehr unterschied.

Sie war sich dessen auch bewußt. Nun fand sie es unangenehm, daß sie so geträumt hatte, nach dem Traum nicht wieder einschlafen konnte und, die unmöglichsten Dinge erwägend, lang wachlag.

Während sie, nachdem sie fertig gefrühstückt hatte, das Profil ihres in der Zeitung lesenden Mannes betrachtete, war ihr deutlich, daß sie in ihrer Ehe eigentlich gar nicht so unzufrieden war. Sie verehrte ihren Mann und schenkte ihm ihr

Vertrauen. Und deswegen war sie für ihren Fehltritt mit Kosaka bestraft worden, litt darunter und wäre am liebsten vor sich selber geflohen. So sagte sie sich jetzt gleich ein paar Mal hintereinander, daß sie ihren Mann doch wirklich liebte. Kaum hatte sie aber ihrem Mann, der in die Firma fuhr, auf Wiedersehen gesagt, wurde sie sich bewußt, daß sie sich vor ein paar Augenblicken ihre Liebe zu ihrem Mann immer wieder beteuert hatte. Das bestürzte sie. Wo gab es eine wirklich liebende Frau, die sich ihre Liebe immerfort selbst bestätigen wollte?

Dieses Problem hielt sie den ganzen Vormittag über auf dem Rohrstuhl in der Engawa fest. Sie griff immer wieder nach irgendeiner Zeitschrift, um sich abzulenken, aber die Schriftzeichen drangen gar nicht in ihre Augen.

Das geschah ihr jedoch nicht zum ersten Mal; sie hatte es schon öfter erlebt. Nur hatte sie bisher noch nie so intensiv wie heute über ihre Ehe nachgedacht. Sie liebte ihren Mann, und auch ihr Mann liebte sie. Daraus konnte also keine Unzufriedenheit entstehen. Aber lauerte nicht trotzdem in ihrem Herzen irgendeine gefährliche Macht, die sie gleichwohl immer wieder zu Fehltritten verleiten wollte?

Minako begab sich in den Garten. Und nachdem sie dort hin und her gegangen war, sah sie auf dem Boden vor sich eine Biene liegen, die sich nicht mehr bewegen konnte. Ihr Körper zappelte heftig, aber das kleine Tier besaß schon keine Kraft mehr wegzufliegen. Minako betrachtete es, nach unten gebeugt, voller Spannung.

»Gnädige Frau, es ist Besuch gekommen!«

Als sie sich umwandte, sah sie Harue von der Engawa heruntersteigen. Sie erhob sich, setzte ihre Geta-Klötzchen über die Biene und trat, nachdem sie eine Weile gezögert hatte, mit festem Entschluß darauf.

»Wer ist es?« fragte sie das junge Mädchen, das ihr entgegenkam.

»Kosaka-san.«

»Ein Mädchen?«

»Ja!«

»Gut, führen Sie sie ins Empfangszimmer!« befahl sie, aber

die grausame und gleichzeitig traurige Stimmung, die sie, nachdem sie die Biene totgetreten hatte, erfüllte, hinderte sie, sich vom Fleck zu bewegen.

Als sie ins Empfangszimmer trat, stand Kaoru von ihrem Stuhle sofort auf.

»Seien Sie herzlich willkommen! Ich freue mich!« begrüßte Minako sie.

»Ich hätte Sie schon längst einmal aufsuchen sollen, aber es war ein entsetzliches Durcheinander . . .«

Kaoru wirkte ein wenig starr, und sie sah, während sie sprach, Minako unverwandt in die Augen.

Sie machte auf Minako einen anderen Eindruck als sonst. Minako hatte sie bisher zweimal getroffen; es war dies unmittelbar nach dem tödlichen Absturz ihres Bruders, und da hatte Kaoru wenig gepflegt ausgesehen und war verwirrt gewesen, aber dieses Mädchen jetzt vor ihr besaß außer einem feingliedrigen und flinken Körper auch noch eine erstaunliche Gelassenheit.

Minako sah weg. Dann sagte sie:

»Bitte!« und ließ Kaoru Platz nehmen.

Auch nachdem Kaoru wieder saß, sah sie Minako in die Augen.

Minako hatte das Gefühl, daß sie solchen Augen, in denen nicht eine Spur von Unreinheit war, schon lange nicht mehr begegnet war. Und der Gedanke, daß ihr die eigene Unreinheit deswegen um so mehr auffiel, verwirrte sie.

»An dem Todestag meines Bruders sind alle zusammengekommen, und ich habe mir überlegt, ob ich ihnen Nachricht geben sollte, aber ich fand es doch besser, darauf zu verzichten . . .«, sagte Kaoru und fügte hinzu:

»Wäre es für Sie nicht gut gewesen?« und sie sah dabei aus, als könnte sie es selber nicht beurteilen, ob die von ihr getroffene Entscheidung für Minako richtig war.

Sie empfand auch jetzt wieder, daß Kaoru ihre, Minakos, Beziehungen zu ihrem Bruder völlig mißverstand. Das war ihr unangenehm und lästig, aber nun gab es, dachte sie, keine andere Möglichkeit, als sich abzufinden. Uozu hatte ihr am Bahnsteig in Ueno ja gesagt: stellte sie die Dinge richtig, wäre

das nur eine Angelegenheit ihres eigenen Herzens, und so nichts weiter als, wie Uozu es formulierte – Egoismus.
Daher gab sie eine belanglose Antwort und wechselte das Thema.
»Treiben Sie Sport?«
»Nicht viel – aber ich gehörte in der Schule zur besten Skigruppe der Präfektur!«
In der Tat, sie war kräftig und stramm gebaut, ihre Gestalt verriet sofort, daß sie gut Ski lief.
»Ich bin heute gekommen, um Ihnen ein Bild meines Bruders zu schenken!«
Mit diesen Worten stand Kaoru auf und griff nach ihrer grünen Tasche, die sie auf den Ecktisch am Fenster gestellt hatte. Minako fiel dieses junge Mädchen, das so fest überzeugt war, daß zwischen ihrem Bruder und ihr ein Liebesverhältnis bestanden hatte, auf die Nerven.
Kaoru nahm aus der Tasche ein Album und legte es auf den Tisch.
»Ich habe hier die Bilder geordnet. Es gibt im Haus meiner Mutter noch viele andere Fotos von meinem Bruder, aber fürs erste habe ich die bei mir vorhandenen eingeklebt. Ich möchte das Album meiner Mutter schicken. Vorher sollen aber Sie ein paar Bilder, die Sie besonders gerne mögen, für sich auswählen.
Da Kaoru das Album vor sie hingeschoben hatte, mußte Minako sie aus Höflichkeit ansehen.
Die Hand auf dem Album, zögerte sie, es zu öffnen. Sie wußte nicht, wie viele Fotos darin enthalten waren, aber es handelte sich jedenfalls um Bilder von Kosaka Otohiko, also jenem jungen Bergsteiger, dessen Liebeswerben sie abgewiesen und der deswegen vielleicht Selbstmord begangen hatte!
Minako nahm ihre Hand von dem Album weg und stand auf, um Harue zu rufen. Sie griff nach der Klingelschnur, die an dem rechts von ihr stehenden Sofa herabbaumelte. Eigentlich hatte sie Harue, die erst Tee gebracht hatte und wieder hinausgegangen war, nichts zu sagen, aber sie gewann dadurch einen Aufschub und brauchte das, was ihr so unangenehm war, nicht gleich zu tun.

Sie war kaum zu ihrem Stuhl zurückgekehrt, da erschien Harue schon.

»Bringen Sie Obst!« trug sie ihr auf, und als das Mädchen hinausgegangen war, schlug sie geradezu beklommen die erste Seite des Albums resigniert auf. Dort sah sie ein Brustbild von Kosaka, der einen europäischen Anzug trug. Nach einem flüchtigen Blick darauf blätterte sie um und dann weiter, möglichst schnell, aber doch nicht so hastig, daß es Kaoru hätte verletzen können.

»Sie können sich ruhig einige davon aussuchen!« erklärte Kaoru, aber Minako verspürte nicht einmal Lust, sich auch nur eines zu nehmen. Sie wollte Fotos des Mannes, der sich ihretwegen vielleicht das Leben genommen hatte, möglichst von sich fernhalten.

»Ist es nicht schade – nachdem Sie die Bilder eingeklebt haben?«

»Oh, das macht nichts!«

»Sollten Sie nicht lieber das Album, so wie es jetzt ist, ihrer Mutter schicken?«

»Aber wir haben ja so viele Bilder von ihm!«

Daraufhin entschloß sich Minako, diese peinliche Arbeit möglichst schnell hinter sich zu bringen.

»Gut – nachdem Sie mir das Album eigens hergebracht haben – darf ich vielleicht dieses hier haben?«

Sie zeigte auf ein Foto in Viertelformat, auf dem die beiden Bergsteiger Uozu und Kosaka nebeneinander in einem Flußfeld hockten. Sie fand ein Bild, auf dem Kosaka zusammen mit Uozu war, immer noch erträglicher als eines mit Kosaka allein.

»Oh, das da?« rief Kaoru verlegen und fuhr fort:

»Es wäre mir fast lieber, wenn Sie ein anderes wählten! Außerdem sieht da das Gesicht meines Bruders, weil ihn die Sonne blendet, ein bißchen komisch aus . . .«

»So? Dann will ich ein anderes nehmen.«

Sie schlug einige Seiten weiter und deutete auf ein Foto, wo ebenfalls Kosaka mit Uozu zusammen zu sehen war.

»Das?« fragte Kaoru mit leiser Stimme.

»Darf ich nicht?«

»Doch, aber wenn es ginge ...«

Nun also, dann ein anderes, dachte Minako. Es war ihr ja völlig gleichgültig. Sie vermied aber trotzdem, eines auszuwählen, wo Kosaka allein zu sehen war, und sie blätterte immer weiter. Als sie schließlich wieder eines entdeckte, wo er mit Uozu zusammen war, überlegte sie eine Weile, ob sie sich dafür entscheiden sollte, und sagte dann:

»Bilder, auf denen Ihr Bruder und Herr Uozu zusammen darauf sind, gibt es in diesem Album gar nicht so viele. Nachdem beide doch so oft miteinander in den Bergen waren, wundert es mich, daß Sie nicht mehr davon besitzen!«

»Tja, aus irgendeinem Grund, den ich nicht weiß, gibt es vielleicht nur zwei oder drei davon ...«

Minako wollte sich nun für das dritte entscheiden, und als sie es gefunden hatte, meinte sie:

»Dieses da darf ich haben!«

»Ja!« rief Kaoru, fügte aber gleich hinzu:

»Wollen Sie nicht lieber eines, auf dem nur mein Bruder ist?«

»Verzeihen Sie – aber bei einem Bild nur mit Ihrem Bruder muß ich immer daran denken, daß er jetzt tot ist ...«

»O ja ... also ...«, begann Kaoru, aber sie stammelte nur. Minako hatte das Gefühl, daß sie sie bitten wollte, doch ein anderes zu wählen.

Sie sah von dem Album auf. Ihre Blicke trafen sich mit denen Kaorus, und sie erkannte in deren Gesicht ein fast schmerzliches Lächeln. Nicht etwa, daß sie lächelte, weil sie etwas merkwürdig fand, Minako schien es eher, als sollte dieses Lächeln etwas verbergen, womit es Kaoru sehr ernst war. Sie war betroffen.

»Es soll also kein Bild sein, auf dem Ihr Bruder zusammen mit Herrn Uozu zu sehen ist?« fragte sie.

»Oh, so meine ich das nicht!« antwortete Kaoru mit einem verzweifelten Gesicht.

»Gut, dann will ich das sein lassen und ein anderes wählen.«

»O nein ...«

Worauf sich dieses »Nein« bezog, war Minako nicht klar, aber Kaoru wiederholte dieses »Nein« ein paarmal hintereinander, und nach einer Pause sagte sie schließlich:

»Bitte! Nehmen Sie das ruhig! Es macht nichts aus!«
Doch Minako fühlte deutlich, daß Kaoru es trotzdem nicht wünschte, und sie war nun fest entschlossen, um ein anderes zu bitten. Es war eines, wo Kosaka mit vielen anderen, ihr unbekannten Bergsteigern auf einem Gipfel saß.
»Ist das recht?«
»Bitte! Ja! Es ist allerdings eines aus seiner Studentenzeit...«, erwiderte Kaoru, aber Minako ließ es sich gleichwohl aus dem Album lösen. Sie empfand es eher angenehm, daß Kosaka auf diesem Bild so schmal und mager aussah und er für sie kaum zu erkennen war.
Im Gegensatz zu vorhin, als sie gekommen war, sah Kaoru kaum mehr auf. Ihre Blicke hafteten auf ihren Knien. Minako betrachtete sie fast boshaft; Kaoru kam ihr wie eine schwache Beute vor, die sie nun jederzeit verspeisen konnte.
Dieses Mädchen fühlte sich offenbar zu Uozu hingezogen. Konnte man es sich sonst erklären, daß sie die Fotos, auf denen Uozu zu sehen war, nicht hergeben wollte?
Als Minako plötzlich merkte, daß sich unversehens Eifersucht in ihre regte, überlegte sie, auf was von Kaoru sie eifersüchtig war.
Und tatsächlich entdeckte sie, während sie Kaoru intensiv ansah, vieles an ihr, was sie mit Neid erfüllte. Selbst der Haaransatz an Kaorus reiner Stirn war nur einem Mädchen ihres Alters eigen – hier wurde ein Teil ihres Herzens sichtbar! Auch die kindliche Ungeschicklichkeit, die sie hemmte aufzusehen, war etwas, das allein Mädchen ihrer Jahre hatten. Wenn sie sie jetzt ansprach, sah Kaoru sicher verlegen auf. Aber selbst ihre Art aufzublicken und ihr im Grunde sinnloser Ernst, mit dem sie ihr vorhin in die Augen gesehen hatte, war die Schönheit der Jugend, die gegen nichts einzuhandeln war. Ebenso besaß ihr schmaler, von einem Sweater eingehüllter Oberkörper etwas so Reines, daß man nur neidisch werden konnte. Und wie war nur das Wunder dieser klaren, feinen Schulterlinien zu begreifen!
Irgendeinem wollte das Mädchen all diese Schönheit und Reinheit schenken! Unwillkürlich wünschte Minako, daß das alles von jemandem besudelt würde.

»Treffen Sie Herrn Uozu öfter?« fragte sie die schöne Beute.
»Ja.«
Kaoru sah dabei auf, senkte aber die Augen sofort wieder.
»Er kam zum Totentag meines Bruders. Und weil neulich in der Zeitung so merkwürdige Dinge standen, habe ich ihn aus Sorge auch einmal besucht.«
»Merkwürdige Dinge? Meinen Sie das Experiment mit dem Seil?«
»Ja!«
»Wie hat sich Herr Uozu dazu geäußert?«
»Er fand es sehr angenehm, daß ein solches Experiment gemacht würde. Und ich glaube das nun auch!«
»Aber falls das Seil nicht reißt?«
»Das ist unmöglich!«
Kaoru hob ihren Kopf. Ihre Stimme klang nach Protest.
»Herr Uozu sagt aber doch, es sei gerissen!«
»Ja, sicher ... Der Fall ist jedoch nicht ganz auszuschließen ...«
»Für mich ist es unvorstellbar, daß das Seil bei dem Experiment nicht reißt! Falls diejenigen, die das Experiment durchführen, ohne böse Absicht sind!«
Minako überlegte, ob sie ihr mitteilen sollte, daß ihr Mann mit diesem Experiment betraut worden war, aber sie ließ es dann sein. Plötzlich war sie sich aber fast sicher, daß das Seil nicht reißen würde.
Kosaka hatte Selbstmord begangen. Und Uozu deckte ihn. – Mit einer ähnlichen Grausamkeit, mit der sie vorhin die Biene zerquetscht hatte, steigerte sie sich in diese Vorstellung immer mehr hinein. Obwohl sie seit jenem Unglücksfall gefürchtet hatte, Kosaka könnte Selbstmord begangen haben, hoffte sie nun im Gegenteil, daß es sich tatsächlich so verhielt.

Um 11 Uhr erschien ein junger Angestellter aus dem Sekretariat und sagte zu Yashiro Kyonosuke:
»Darf ich Sie erinnern, daß Sie heute zu einem Mittagessen im III. Industrie-Club verabredet sind?«
»Hm, gut ... ich werde hingehen ...«, erwiderte er, während

er die auf seinem Schreibtisch liegenden Postsendungen überflog.
»Soll ich das Auto gleich kommen lassen?«
»Ja, bitte ...«
Und dann fügte er hinzu:
»Vorher möchte ich aber, daß Sie mich mit jemandem telefonisch verbinden!«
Mit diesen Worten wandte er sein Gesicht erst jetzt seinem Sekretär zu. Daraufhin trat der hübsche junge Mann, der bisher an der Tür gestanden hatte, in das Zimmer. Kyonosuke öffnete eine Schublade und nahm zwanzig, dreißig Visitenkarten heraus.
»Darunter ist auch eine Karte der Tokio-Filiale von der Firma ›Neuer Ostasienhandel‹. Suchen Sie die heraus und verbinden Sie mich!«
Der junge Mann blätterte in den Visitenkarten, die ihm sein Chef gereicht hatte, und fragte nach ein paar Augenblicken:
»Handelt es sich um einen Herrn Tokiwa Daisaku?«
»Tja, ich weiß nicht genau ...«
»Nur auf dieser Karte steht ›Neuer Ostasienhandel‹!«
»Ja, dann ist er es! Rufen Sie dort an und bitten Sie diesen Herrn an den Apparat. Sobald er sich gemeldet hat, sagen Sie mir Bescheid!«
Der junge Mann nahm den auf dem Schreibtisch befindlichen Telefonhörer auf und begann die Nummer zu wählen.
Kyonosuke erhob sich und ging zu dem Waschbecken in einer Ecke, reinigte sich die Hände und richtete vor dem Spiegel seine Krawatte zurecht. Dann trat er vom Spiegel etwas zurück und warf noch einmal einen kurzen Blick auf seine Krawatte im Spiegel. Es war keine Krawatte, die er besonders schätzte. Er hatte gegen die Roteisenocker-Farbe nichts einzuwenden, aber sie war quergestreift. Er hatte sie am Morgen beim Anziehen umgebunden, weil Minako sie ihm reichte. Aber als er sie jetzt betrachtete, fand er sie zu bunt und auffallend, irgendwie nicht fein. Minako wählte immer eine rötliche Krawatte, aber er selber fand neuerdings zunehmend an unauffälligeren, schlichteren Farben Gefallen.
Bis zum letzten Jahr hatte er gegenüber den von Minako

gekauften Krawatten eigentlich keinen Widerwillen empfunden, aber seit geraumer Zeit störten sie ihn, wenn er vor dem Spiegel stand und sie besah. Dabei hatte sich zwischen seinem und Minakos Geschmack nicht eigentlich eine Kluft aufgetan, es wurde nur seine eigene, auch bisher schon vorhandene Vorliebe, sein Geschmack an diesem und jenem stärker. Und das beschränkte sich nicht auf Krawatten. Auch bei anderen Dingen fand er es plötzlich unmöglich, Kompromisse zu schließen.

Wenn ein Mensch die fünfzig überschritten hat, will er nicht mehr das sein, was im Grunde außerhalb seiner selbst liegt. Nun, bei Krawatten, dachte er bisher, konnte man eigentlich schon erwarten, daß er sich einem anderen Geschmack fügte, und deswegen ließ er den eigenen möglichst nicht hervortreten, richtete sich vielmehr nach dem von Minako. Das war gegenüber seiner jungen Frau gewissermaßen eine Art Höflichkeit.

»Herr Tokiwa ist am Apparat!« rief der Sekretär, und Kyonosuke verließ den Spiegel und ging auf das Telefon zu.

Als er den Hörer abnahm, deckte er den Sprechtrichter zunächst mit einer Handfläche zu und befahl dem jungen Mann:

»Lassen Sie das Auto inzwischen vorfahren!«

Dann erst legte er den Hörer an sein Ohr.

»Hier ist Yashiro von der Tohokako-Firma – verzeihen Sie neulich!« sagte er in einem ruhigen, doch geschäftsmäßig klingenden Ton. Darauf erscholl eine energische, tiefe Stimme:

»Hier spricht Tokiwa. Oh – *ich* muß mich bei Ihnen entschuldigen, daß ich Sie neulich, obwohl Sie doch so viel Arbeit haben, noch mit meiner Bitte behelligte!«

»Es geht heute um diesen Fall!«

»Ah so?«

»Ich möchte gern mit Ihnen etwas besprechen.«

»Gut – ich komme sofort.«

»Ja? Ich kann Ihnen das gar nicht zumuten . . .«

»Ah, das macht mir nichts aus! Wann soll ich Sie aufsuchen? In der Firma?«

Tokiwa redete völlig unbekümmert.

»Ich muß zunächst noch zu einer Versammlung im III. Industrie-Club in der Hibiya-Gegend. Sie wird gegen halb eins zu Ende sein ...«
»Würde es Ihnen um 1 Uhr etwa passen?«
»Ja!«
»Gut, also um 1 Uhr! Und wohin soll ich kommen? Gleich in den III. Industrie-Club?«
Kyonosuke hatte eigentlich nichts dagegen einzuwenden, aber weil er damit rechnen mußte, daß sich die Veranstaltung länger hinzog, erschien ihm ein anderer Ort sicherer. So meinte er: »Vielleicht ist es woanders besser?«
»Soll ich in der Lobby des T-Hotels auf Sie warten?«
Kyonosuke konnte aber die Atmosphäre des T-Hotels nicht recht leiden, da dort ständig riesige Ausländerinnen umherlungerten. Dann sagte Tokiwa:
»Es gibt in der Gegend noch das Grill des Mengyokaikan. Wie wäre es damit?«
Kyonosuke fürchtete jedoch, daß ihn in diesem Grill viele Gäste kannten. Als seine Reaktion ein wenig zögernd war, machte Tokiwa einen neuen Vorschlag:
»Wie wäre es in der Lobby des Hotels im 6. Stock des N-Kaikan?«
»Einverstanden! Ausgezeichnet!« erwiderte Kyonosuke sofort. Da er noch nie dort gewesen war, hatte er keine Bedenken.
»Also im sechsten Stock?« wiederholte Kyonosuke.
»Ja. Ich bin genau um 1 Uhr da. Ich warte so lange, bis Sie kommen; es spielt also keine Rolle, falls Ihre Versammlung etwas länger dauert!«
Als Kyonosuke den Hörer auflegte, empfand er eine Art Bewunderung für Tokiwa. Tokiwa hatte, seinem Empfinden nach, etwas Reines, Vollkommenes. Sobald er sich mit Tokiwa unterhielt, war ihm, als würde die ihm selber sehr wohl bekannte Starrheit seines Wesens auf eine gelassene, überlegene Art pariert.
Er verließ die Zusammenkunft im III. Industrie-Club um halb eins und fuhr mit dem Wagen zu dem fünf Minuten entfernten N-Kaikan.

Als er die Lobby des im 6. Stock befindlichen Hotels betrat, war es zehn Minuten vor 1 Uhr. Er wählte in dem mit einem roten Teppich ausgelegten großen Raum ein Sofa, das irgendwo im Hintergrund stand. Es war hier sehr ruhig. Auch der Wandschmuck, die Verbindungstreppe zu dem im ersten Stock liegenden Aufenthalts- und Gesellschaftsraum, die Beleuchtung, von der man nicht wußte, woher sie kam, all das war wie im Film und besaß etwas Leichtes, Beschwingtes. Daß hier gleichzeitig Ruhe herrschte und nur wenige Gäste anwesend waren, empfand er als außerordentlich angenehm. In einer Ecke saß eine Gruppe von Ausländern; außer ihnen sah er nur ein paar Japaner, unter ihnen eine Frau, zusammensitzen, doch hörte er niemanden sprechen oder lachen.

Er bestellte bei dem Mädchen, das ihm ein Gesichtstuch brachte, einen Sencha-Tee, dann lehnte er sich in das Sofa zurück und schloß die Augen. Nach dieser albernen Versammlung fühlte er sich plötzlich erschöpft.

Von nun an wollte er, nahm er sich vor, sorgfältiger unter solchen Versammlungen auswählen. Es gab zu viele davon. Und nicht nur Versammlungen. Er war mit zuviel täglichem Geschäftskram überlastet. Daß er hierher kam und auf jemanden wartete, gehörte auch dazu. Und das Experiment, ob das Seil nun risse oder nicht, war gleichfalls solcher Kram, mit dem er eigentlich nichts zu tun hatte. Niemand hätte ihn dazu zwingen können. Es war ihm unversehens aufgedrängt worden. Und nachher bereute er so etwas immer. Wie schön wäre es, wenn er das alles nicht so entsetzlich gewissenhaft zu erledigen brauchte – aber das gestattete ihm sein Charakter eben nicht. Sogar dieses Experiment mit dem Seil mußte er, nachdem er es einmal übernommen hatte, mit aller Sorgfalt ausführen. Und daß er es auf keinen Fall etwa mit der linken Hand und nur irgendwie erledigen könnte, wollte er jetzt Tokiwa, auf den er hier wartete, ausdrücklich sagen. So wurde ihm also von den ohnehin nur 24 Stunden des Tages erneut kostbare Zeit geraubt.

Als er Tokiwas dicke Gestalt am Eingang der Lobby auftauchen und geradewegs auf sich zukommen sah, schlug er

seine Beine auseinander und erhob sich aufrecht. Dann trat er, um Tokiwa zu begrüßen, einige Schritte auf ihn zu und sagte: »Verzeihen Sie, daß ich Sie störte ...«
Seine Stimme klang gewohnt ruhig.
»Oh, habe ich Sie warten lassen? – Bitte!«
Seltsamerweise forderte hier Tokiwa, der Gast, den einladenden Kyonosuke zum Sitzen auf.
Tokiwa ließ seinen gewaltigen Körper tief in dem Sofa versinken, sagte:
»Verzeihen Sie«, und nahm, weil es ihm hier offenbar zu heiß war, seine Jacke ab, saß also in der Weste da.
»Erlauben Sie, daß ich gleich zur Sache komme! – Es handelt sich, wie ich Ihnen schon sagte, um die Geschichte mit dem Seil. Die Kosten betragen eine Million Yen – darüber sind Sie sich im klaren?«
»Eine Million Yen? – Tja, das wird das mindestens kosten. Einverstanden. Ich werde Ihnen die Summe sofort überweisen lassen!« sagte er, als sei das eine Kleinigkeit.
»Und dann: ich möchte das Experiment mit der äußersten Sorgfalt ausführen. Falls Sie da anderer Auffassung sein sollten ...«
Hierüber Klarheit zu schaffen, war ihm am schwierigsten erschienen, und dies war der Grund, warum er Tokiwa, der das Experiment ja vorschlug, hergebeten hatte.
»Was verstehen Sie unter ›anderer Auffassung‹?«
Tokiwa sah wie erschrocken auf.
»Ich könnte mir vorstellen, daß mit dem Auftrag durch die Firma Sakura-Seiko, dieses Experiment auszuführen, die Erwartung oder Hoffnung verbunden sein könnte, das Seil möge nicht reißen!«
»Tja, das ist wohl so ...«
»Ich möchte Sie jedoch aufmerksam machen, daß das Experiment selbst von einer solchen Erwartung nicht im geringsten beeinflußt werden kann.«
Ihm war, als er das sagte, zumute, als schlüge er einen Nagel ein.
»Sie haben vollkommen recht!«
Tokiwa Daisaku nickte lebhaft. Als vertrete Kyonosuke

damit selbstverständlich auch seine eigene Auffassung, wurde Tokiwas Gesicht höchst lebendig und energisch. Er sprach jetzt noch lauter als bisher:

»Das ist sehr richtig, was Sie da gesagt haben! Genau so ist es! Man will durch das Experiment ja herausbringen, ob das Seil reißt oder nicht! Falls es nicht reißt, ist es gut. Aber ich habe nicht das geringste einzuwenden, selbst wenn es reißt!«

»Es ist keineswegs sicher, daß es reißt! Erst das Experiment stellt fest, ob es reißt oder nicht!«

»Selbstverständlich!«

»Reißt es, wird die Firma Sakura-Seiko doch wohl in Schwierigkeiten geraten, wie?«

»Ja. Aber das ist nicht so schlimm. Kennen Sie den Firmenchef Sakura?«

»Ja.«

»Ich glaube, er ist noch nie auf irgendwelche Schwierigkeiten gestoßen. Daß er so etwas einmal erlebt, ist, glaube ich, nicht schlecht für ihn! Für einen solchen Mann! – Offengestanden, ich mag ihn nicht sehr, aber es ist sonderbar, wie er ständig vom Glück verfolgt wird. Kaum ist er aus dem Bus gestiegen, wartet schon die Straßenbahn, und steigt er aus der Straßenbahn und geht zum Bahnsteig, kommt gerade sein Zug herein. So ein Mensch ist das! Daß er es bis jetzt soweit gebracht hat, erklärt sich allein daraus, daß er immer nur Glück gehabt hat. Deswegen ist er auch als Mensch so unbefriedigend. In der Wissenschaft, unter den Unternehmern und Politikern gibt es ja manchmal solche Leute . . .«

»Ah, ich verstehe! – Aber ist er denn nicht mit Ihrer Firma ›Neuer Ostasienhandel‹ liiert?«

»Ja. Er besitzt viele Aktien unserer Firma. In diesem Sinn sind wir Schwesterfirmen.«

Kyonosuke hob das Gesicht und sah Tokiwa erneut aufmerksam an.

»Dann müssen Sie von Ihrer Position aus doch hoffen, daß das Seil nicht reißt!«

»Tja, gewissermaßen schon, aber falls es reißt, habe ich nichts einzuwenden.«

Tokiwa lachte. Kyonosuke konnte den Standpunkt dieses

Mannes nicht recht verstehen, aber das Treffen mit ihm hatte seinen Zweck insofern erfüllt, als er sich von ihm ausdrücklich bestätigen ließ, daß das Experiment in keiner Weise beeinflußt werden könne.
Da erschien eines der Hotelmädchen, um Bestellungen entgegenzunehmen.
»Was trinken Sie? Kaffee oder schwarzen Tee?« fragte Tokiwa.
»Nein, danke – ich möchte lieber Sencha-Tee!«
»Also: Sencha und Kaffee!« bestellte Tokiwa.
»Sencha-Tee«, fügte er hinzu, »schmeckt gut, je älter man wird ...«
»Sie sind doch noch jung, möchte ich meinen!«
»O nein – ich glaube, ich habe ungefähr Ihr Alter ...«
»Ich bin 58!«
»Tja, dann bin ich drei Jahre jünger«, antwortete Tokiwa mit einer energischen Stimme, der man den Unterschied von nur drei Jahren nicht anmerkte, und er fügte hinzu:
»Obwohl ich also drei Jahre jünger bin, ist nichts mehr mit mir los! Bei allem ...«
Seine Stimme klang aber durchaus nicht, als treffe dies zu.
»Oh, wie kommen Sie denn darauf! Sie sind voller Lebenskraft! In unserem Alter ist ein Unterschied von drei Jahren sehr wohl zu spüren!« sagte Kyonosuke, ohne daß er sich damit unbedingt ein Kompliment abgerungen hätte.
»Die Lebensjahre«, erwiderte Tokiwa, »sind gar nicht so wichtig! Einer meiner Lieblingsgedanken ist: Wer jung lebt, ist jung, und wer alt lebt, ist alt! – Das ist meine Überzeugung. Es gibt Menschen, die, obwohl sie den Jahren nach jung sind, das Leben alter Leute führen, und andererseits Leute, die den Jahren nach alt sind, aber jugendlich leben. Sie, Herr Yashiro sind mit Ihren Arbeiten auf dem Gebiet der Atomkraft doch springlebendig! Es gibt überhaupt keine Art, jünger zu leben!«
Tokiwa wurde immer beredter, und er fuhr fort:
»Na – jedenfalls heißt es, der Wert eines Menschen entscheide sich, sobald man seinen Sarg geschlossen habe. Ich weiß nicht, was man unter dem ›Wert eines Menschen‹ versteht, aber die

Lebensfülle eines Menschen wird wohl tatsächlich erst erkennbar, wenn man seinen Sarg zumacht. – Ob etwa jemand reich ist, kann man nach der Summe des Geldes feststellen, das er während seines Lebens in die Hand bekam. Es ist die Totalsumme zu dem Zeitpunkt, wo man seinen Sarg schließt. So kann man auch einen Schuldner oder auch einen Dieb, Menschen also, die während ihres Lebens viel Geld besessen und ausgegeben haben, letzten Endes reich nennen! Besitzt einer hingegen ein riesiges Vermögen, geht aber nicht daran, gibt fast nichts davon aus, ist er zweifellos ein armer Schlukker zeit seines Lebens gewesen. Das gilt nicht nur bei Geld, sondern, meiner Überzeugung nach, bei allem. Auch beim Jungsein. Es gibt Männer, die, um jung zu bleiben, eine junge Frau heiraten. Man soll ja durch eine viel jüngere Ehefrau wieder jung werden, weil man ihre Hormone in sich einsaugt. Tja, ich weiß nicht genau, ob da etwas Wahres daran ist, aber ich halte das für Blödsinn! Einen Körper, der schon zu altern begonnen hat, kann man nicht jung erhalten. Hier erweist sich die ganze Schmach der Menschen! Heiratet einer also eine viel jüngere Frau, hat das nicht diesen Sinn! Wichtig ist, mit einer jungen Frau jung zu leben. Nicht einzusaugen, sondern zu verschwenden, ist wichtig! Entscheidend ist, daß man in Auflehnung gegen seine tatsächlichen Jahre jung lebt! Es kann durchaus sein, daß man dabei nicht wieder jung wird, sondern im Gegenteil den Zeitpunkt seines Todes nur noch schneller herbeiführt – aber sich noch einmal in Jugendfülle zu stürzen, hat seinen Sinn!«

»Es ist schon möglich, daß Ihre Behauptung richtig ist . . .«, sagte Kyonosuke, um Tokiwas Geschwätzigkeit, deren Ende gar nicht abzusehen war, zu stoppen. Aber nicht nur das, er hatte plötzlich Lust bekommen, sich dazu zu äußern.

»Ich habe zwar selbst eine viel jüngere Frau . . .«, begann er.

»Oh! Verzeihen Sie mir!« rief Tokiwa ernst aus und seufzte.

»Ich habe zwar eine sehr junge Frau«, fuhr Kyonosuke fort, »und ich fände es schön, wenn ich, wie Sie sagen, in Auflehnung gegen meine tatsächlichen Jahre mit ihr ein junges Leben führen könnte – aber ich kann das nicht!«

Seine Stimme klang ruhig. Da Tokiwa bisher fast schreiend

laut geredet hatte, wirkte diese Stimme nun besonders still und auch überzeugend.

»Aber ich habe sie nicht geheiratet, um ihre Hormone einzusaugen! Wenn ich schon Farbe bekennen soll, gehöre ich eher, von allem Anfang an, zu der verschwendenden Art! Ich möchte in Auflehnung gegen meine Jahre jung leben! Aber das gelingt mir nicht! Jugend genießen kann man eben nur in seiner Jugend! Nun freut es mich mehr, zu arbeiten, als mich mit meiner Frau zu unterhalten. Ich möchte nachts lieber allein schlafen, als zu ihr zärtlich sein! Hin und wieder gehe ich mit ihr in die Stadt, um gemeinsam einzukaufen, aber eigentlich langweilt es mich! Na ja, das Einkaufen ginge noch an, aber wenn es sich um Kino oder Theater dreht, sage ich, sei mir nicht böse, aber gehe doch, bitte, allein!«

»Ja, ich verstehe ...«

»Meine Frau möchte den Garten in einen Rasen verwandeln, sie möchte einen ovalen Teich darin anlegen, Bänke hinstellen und den Schäferhund loslassen. Aber dafür habe ich eben keinen Sinn. Ich fände es hübscher, wenn ein paar Kaki-Bäume im Garten stünden. Damit wäre ich glücklicher. Und mit der Zeit wird das ja immer schlimmer werden ...«

»Tja ...«

»Es ist da eine Kluft zwischen alt und jung. Und wenn ich es ganz deutlich sagen soll: ich empfinde die Jugend, wie sie sich mir in Geist und Körper meiner Frau manifestiert, immer deutlicher als meinen Feind! Natürlich gibt es individuelle Unterschiede, aber meine Frau ist nur dem Namen nach noch meine Ehefrau. Für sie ist das natürlich albern, ja unerträglich. Ich würde an ihrer Stelle wütend werden!«

»Hm ...«

»So gesehen ist eine Frau eigentlich etwas Gefährliches. Jawohl! Das ist, glaube ich, sehr verständlich! Es ist ganz natürlich! Ich komme mir wie ein Vater vor, der eine Tochter im heiratsfähigen Alter hat. Peinlich ist es für mich nur, wenn sie sich den anderen als Ehepartner wünschen! Das ist fast eine Tragödie. – Tja, es wäre schön, wenn man, wie Sie meinen, es fertigbrächte, sich gegen seine Jahre aufzulehnen! Aber man verliert bald die Lust daran, es macht zuviel Mühe, es wird lästig, und unvermeidlich schilt man das Ganze schließlich als eine bloße Theorie . . .«

Tokiwa, der schweigend zugehört hatte, rollte nun seine Hemdärmel auf. Es sah aus, als wolle er damit seine Absicht kundtun, den Gegenangriff zu eröffnen. Er kniff den Mund ein wenig zusammen und wandte dem alten Gentleman vor sich, der irgendwo, wenn auch in aller Ruhe, etwas Kaltes in seinem Herzen trug, entschlossen sein Gesicht zu.

»Das ist, nach meiner Meinung, eine Frage der Veranlagung. Es gibt Männer, die noch mit sechzig, siebzig hinter den Mädchen herrennen. Bei Herrn Yashiro Kyonosuke ist das nur deswegen anders, weil es für ihn etwas Reizvolleres als Mädchen gibt. Sie hätten sich nicht mit einer jungen Frau, sondern mit der Atomenergie verheiraten sollen! Es ist ja gar nicht unbedingt nötig, daß sich ein Mann zum Inhalt seines Lebens nur das weibliche Geschlecht erwählt. Falls man sich in Auflehnung gegen seine Jahre von etwas faszinieren lassen will, braucht das nicht eine Frau zu sein. Ich selber bin von keiner Frau betört, aber habe auch nichts anderes zum Ersatz – darin liegt mein Problem!«

So stellte es Tokiwa also von seiner Warte aus dar, und er fuhr fort:

»Im Unterschied zu mir erfüllen Sie Ihr Leben prall mit Jugend! Ich verstehe nichts von Atomphysik, aber ist sie nicht voll von den Träumen der Menschheit? Die allerverschiedensten Möglichkeiten sind in ihr enthalten. Und davon haben Sie sich betören lassen. Ich beneide Sie aus ganzer Seele!«

»Die Fülle an Jugend in dem Augenblick, da man meinen Sargdeckel schließt, besteht bei mir nur aus sehr hohen Zahlen!« antwortete Kyonosuke und er lachte, fügte jedoch hinzu:

»Aber das gestaltet sich bei mir nicht zu einem lebendigen Gefühl! Da ich Ingenieur bin, widme ich mich meiner Facharbeit mit all meinen Kräften, doch bin ich keineswegs überzeugt, daß in der Atomwissenschaft nur strahlende Menschheitsträume und großartige Möglichkeiten enthalten sind! Die Chance des Untergangs aller Menschen liegt auch in ihr!«

»Ja«, erwiderte Tokiwa, »auch die Möglichkeit des Untergangs. Ist es aber nicht so, daß hier die Menschheit mit der Möglichkeit ihres Untergangs zum erstenmal das wird, was sie sein soll? Jeder Einzelne ist natürlich von Anfang an zwangsweise auf den Tod ›subskribiert‹, aber wir leben trotzdem, ohne daß unser Dasein besonders düster dadurch würde. Nach soundsoviel Jahren sterben wir. Gleichwohl leben wir bis dahin ohne Verzweiflung. Wir bemühen uns, auf möglichst rechte Art zu leben. Und nicht nur der Einzelne ist so, die ganze Menschheit hat sich im Lauf der Zeit nun so entwickelt. Eigentlich ist es kaum zu fassen, daß man bis gestern nie auf den Gedanken gekommen ist, daß auch die Menschheit untergehen kann! Auch sie besitzt die Möglichkeit des Untergangs, und natürlich verändern sich dadurch auch Moral und Politik. Wir werden bald so weit kommen, daß wir nicht nur vom Standpunkt des Einzelnen und des Staates, sondern von dem großen, uns allen gemeinsamen Standpunkt der Menschheit denken!«
»Ja, das ist richtig. Da haben Sie vollkommen recht. Doch liegt da noch eine Schwierigkeit. Es handelt sich hierbei zwar nur um den Einzelnen, doch ist es eigentlich wenig schön für ihn, daß er sich unausweichlich, mit jedem Tag, seinem Tode nähert. Ich etwa werde neuerdings immer unnachgiebiger. Als ich jünger war, habe ich mich redlich bemüht, die Gefühle anderer zu respektieren und anderen Menschen dann und wann gefällig zu sein, aber seit einiger Zeit bringe ich es immer weniger fertig, Kompromisse zu schließen! – Ich fürchte, nach ein paar Jahren bin ich so weit, daß ich am liebsten allein in einem kleinen Hause lebte ... In Frankreich soll es alte Leute geben, die sich von ihrer Familie, ihren Kindern, ihrer Schwiegertochter und auch ihrer Frau absondern und von niemandem Hilfe annehmen wollen, sie hausen einsam in einem Zimmer irgendeiner Pension und führen da ein freies, eigenwilliges Dasein. Einige sollen sogar zu den Banken kein Vertrauen mehr haben, sie stecken ihr Geld in einen Topf und verscharren den im Hintergarten, notfalls graben sie ihn heimlich wieder aus ...«
»Ha! Ganz sicher nur bei Nacht!«

»Tja, ich weiß nicht, ob ich mein Geld im Hintergarten vergraben würde, aber zu Ähnlichem wäre ich wohl auch imstande! Ich fürchte, ich werde einmal ein mürrischer alter Mann, den niemand recht leiden kann!«
Kaum hatte Kyonosuke dies gesagt, wurde ihm klar, daß er so etwas zum erstenmal in seinem Leben aussprach. Er fühlte das Bedürfnis, den Mann Tokiwa, der ihn zu solchen Äußerungen gebracht hatte, noch einmal genau anzusehen, und so blickte er seinem Gegenüber nachdenklich in die Augen. Da rief Tokiwa plötzlich:
»Wasser!«
Er rief so laut, als befände er sich in seinem Büro. Sein Gesicht war dunkelrot.
»Ich meine also: man soll sich nicht in anderer Leute Sachen einmischen, aber anderen auch keine Einmischung gestatten, man soll niemanden belästigen, sich dafür aber ausbitten, von keinem belästigt zu werden! Wenn ich sehr alt werden sollte, möchte ich sicher gern wie jene alten Männer leben, von denen Sie eben erzählten. Gleichgültig, ob man das als den höchsten und schönsten Traum des Menschen oder als sein Ideal bezeichnen kann – ich würde mir so etwas wünschen. Im allgemeinen ...« Yashiro Kyonosuke tat einen tiefen Atemzug. Er fühlte sich sehr wohl dabei, daß er, zu seiner eigenen Verblüffung, hier Dinge sagte, die er wirklich auch dachte. Er befand sich in einem seltsamen, ungewohnten Zustand, und er wollte noch immer mehr, immer weiter, endlos lang darüber reden. Ihm war, als hätte er noch unerschöpflich viel zu sagen.
Als er die Unterhaltung mit Tokiwa begonnen hatte, war ihm dessen Geschwätzigkeit bedrängend, ja unerträglich vorgekommen. Er hatte beinahe den Eindruck, als handele es sich hier um einen geheimnisvollen, selbsttätigen Mechanismus, doch jetzt hätte man glauben können, daß er Tokiwas Monopol auf Schwatzhaftigkeit an sich gerissen hatte.
»Ja, ich habe Sie gut verstanden!« meinte Tokiwa. »Es ist übrigens nicht etwa so, daß ich selber ein solcher alter Mann nicht werden möchte, aber ich würde es in der Praxis wohl gar nicht fertigbringen, irgendwo allein zu hausen. Ich bin meiner Natur nach ein Mensch, der sich gern um andere

kümmert, sich in ihre Angelegenheiten einmischt, ich muß immer für andere tätig sein. Sobald ich irgend jemandem bei seiner Tätigkeit zusehe, kann ich, selbst wenn es mich überhaupt nichts angeht, nicht einfach stumm zusehen. Ich gehe darauf los, sage gleich meine Meinung darüber oder, falls ich keine habe, das, was ich empfinde.«

Tokiwa hatte das eben zu Ende gesprochen, da erschien das Hotelmädchen:

»Es ist ein Herr Uozu gekommen!«

»Führen Sie ihn hierher!« sagte Tokiwa und wandte sich dann an Kyonosuke:

»Das ist ein junger Mann, den zu empfangen ich Sie bitten möchte! Er ist ein Angestellter meiner Firma. Ich wollte ihn gleich mitbringen, aber er war ausgegangen und deswegen ließ ich ihm bestellen, er solle, sobald er zurück sei, hierherkommen.«

Tokiwa hatte dies eben erklärt, da trat Uozu schon heran. Auf Kyonosuke wirkte der breitschultrige, kraftvolle, mittelgroße junge Mann vielleicht deswegen besonders jugendlich, weil er gerade soviel von alten Männern geredet hatte.

Als Uozu neben Tokiwa stand, sagte dieser zu ihm:

»Das ist Herr Yashiro. Ich habe Ihnen das bisher noch nicht erzählt, aber Herr Yashiro wird das Experiment mit dem Seil ausführen.«

Und zu Kyonosuke gewandt, sagte er:

»Das ist jemand, der sich nicht von Frauen, sondern von den Bergen betören läßt! Wenn er alt ist, gehört er wohl zu denen, die ihr Geld in einen Topf tun und den im Hintergarten vergraben. Er heißt Uozu Kyota und steht im Mittelpunkt der Seilaffäre!«

Mit diesen Worten stellte er Uozu also vor. Kyonosuke stand auf, nahm aus der Tasche seiner Jacke eine Visitenkarte und überreichte sie Uozu. Dieser sah kurz darauf, hob dann den Kopf und sagte:

»Ich war schon einmal in Ihrem Haus, Herr Yashiro!«

»So? Tja ...«

Natürlich wußte er genau, um wen es sich handelte, aber er tat, als erinnerte er sich nicht recht, und meinte dann:

»Ich habe das eben Herrn Tokiwa schon erklärt: ich bin fest entschlossen, das Experiment mit aller Sorgfalt auszuführen. Es dürfen nicht die geringsten persönlichen Empfindungen mit hineingeraten. Ich habe Herrn Tokiwa darauf aufmerksam gemacht, man müsse von vornherein auch darauf gefaßt sein, daß das Seil reißt. Und Sie möchte ich darauf hinweisen, daß das Seil vielleicht nicht reißt. Ich bitte Sie, sich innerlich darauf einzustellen!«

Uozu hörte mit gefurchter Miene angespannt zu, bemerkte dann:

»Das ist selbstverständlich!« und fuhr fort:

»Da Sie durch das Experiment feststellen wollen, ob das Seil reißt oder nicht, bejahe ich von vornherein das Ergebnis, gleichgültig, wie es ausfällt. Ich bin beruhigt, von Ihnen zu hören, daß Sie das Experiment außerordentlich gewissenhaft vornehmen wollen. Als ich eben Ihre Visitenkarte las, war ich, offen gesagt, erstaunt, daß Sie der Tohokako-Firma angehören. Die Rohfaser des fraglichen Seils wird ja von dieser Firma hergestellt, und daher mißfiel es mir zunächst, daß eben diese Firma auch das Experiment durchführt. Nach Ihrer Erklärung bin ich aber völlig beruhigt. – Das Problem ist lediglich, nach welcher Methode Sie vorgehen wollen?«

»Es handelt sich hier um folgendes ...«, begann Kyonosuke; er beugte sich etwas vor und fuhr fort:

»Das Ideal wäre natürlich, den Ort jenes Geschehnisses so zu rekonstruieren, wie er damals war, und erst dann das Experiment zu beginnen. Aber das läßt sich im Augenblick nicht machen. Den Ort jenes Geschehnisses zu rekonstruieren, würde bedeuten, daß man die Form jener Felskante, wo das Unglück geschah, mit Gips abnimmt, über eine somit gewonnene Kante das Seil legt und nun experimentiert. Doch das läßt sich erst im Juni oder Juli durchführen, wenn der Schnee geschmolzen ist. Die Methode, die jetzt allein möglich ist, besteht darin, daß man aus Granit verschieden scharfe Felskanten macht und diese für das Experiment verwendet. Ander Möglichkeiten gibt es im Augenblick nicht. Welchen Winkel besaß der Felsen?«

»Ich selber habe das Seil ja nicht über den Felsen gelegt, ich weiß es daher nicht genau, aber im allgemeinen dürfte selbst ein noch so spitzer Felsen einen Winkel von 90 Grad haben!«

»Gut. Ja, so schätze ich auch. Denn wenn ein Fels so spitz wie ein Messer zuläuft, umgeht man ihn wohl beim Klettern. Schön, ich will mir also für das Experiment eine Felskante von 90 Grad und außerdem zwei doppelt so spitze, also von 45 Grad herstellen lassen. Wird das genügen?«

»Ja, durchaus!«

»Als Material wähle ich Granit.«

»Ja, das ist wohl recht. Wann machen Sie das Experiment?«

»Ich denke, daß die Vorbereitungen einen oder eineinhalb Monate in Anspruch nehmen. Das bedeutet, daß das Experiment frühestens im März oder Anfang April stattfindet.«

Dieses Gespräch Kyonosukes mit dem jungen Uozu hatte etwas wunderlich Steifes. Es war, als würde ein Duell ausgefochten.

Zwischen den drei Männern herrschte eine Weile Schweigen, dann meinte Tokiwa:

»Uozu, haben Sie an Herrn Yashiro noch irgendeine Frage?«

»Nein, eigentlich nicht!«

»Nicht? Gut«, erklärte Kyonosuke.

»Eigentlich ist es ja«, sagte Tokiwa, »kaum zu fassen, daß gerade einem Angestellten unserer Firma das Seil der Sakura-Seiko gerissen ist!«

Sein Ton klang geradezu heiter. Dann fuhr er fort:

»Und nun wird das Seilexperiment von Herrn Yashiro von der Firma Tohokako durchgeführt. Eigentlich müßte man sich wundern, wenn das Seil reißt. Das sähe so aus, als täten sich Verwandte zusammen, um dem Hauptzweig der Familie eins auszuwischen!«

»Es steht ja keineswegs fest, daß es reißt!« entgegnete Kyonosuke. Er spürte selbst, daß er ein wenig verstimmt war. So erging es ihm oft. Sobald sein Gesprächspartner in besonders gute Stimmung kam, sank seine eigene Laune.

Tokiwa erwiderte, als habe er bemerkt, wie sich Kyonosukes Stimmung verändert hatte:

»Nun, natürlich! Es ist ja ein Experiment!«

Uozu jedoch bemerkte:
»Und doch wird es reißen! Denn es ist ja in Wirklichkeit gerissen!«
Kyonosuke ging darüber hinweg, er blickte den selbstbewußten jungen Mann nur an und sagte:
»Übrigens bin ich Ihren Freund Kosaka in meinem Haus einmal begegnet!«
»So?«
Uozus Miene war schwer durchschaubar.
»Es ist jammerschade um ihn. Er war ein sehr wertvoller Mensch! Waren Sie lange mit ihm befreundet?«
»Seit meiner Studentenzeit. Er war mein bester Freund!«
»So? Dann hat Sie das alles ja furchtbar getroffen! Es gibt nichts Schöneres als einen Freund! Besser als Eltern und Geschwister begreift oft der Freund, wie einem zumute ist. Man weiß alles voneinander ...«
Kyonosuke betrachtete Uozu, der zu Boden sah, unverwandt. Er sah, wie über dessen Gesicht ein Schatten von Schmerz flog, und er dachte, daß dieser junge Mann bestimmt über die Beziehungen zwischen seiner Frau und Kosaka Bescheid wußte. Er überlegte, was er als nächstes sagen sollte. Durch ein Gespräch mit diesem jungen Mann war vielleicht herauszubringen, welcher Art die Beziehungen waren. Er, Kyonosuke, hatte noch nie ein Wort darüber verloren und auch in seiner Haltung nichts erkennen lassen, aber es war ein Problem, das ihm die letzten zwei, drei Jahre schwer auf dem Herzen gelastet hatte.
Er wußte, daß seine Frau Kosaka ausgewichen war. Aber gerade in diesem Ausweichen befremdete ihn etwas. Wäre nichts zwischen den beiden gewesen, hätte sie Kosaka doch nicht so entschlossen aus dem Weg gehen müssen.
»Tja, das wäre für heute alles! Ich darf mich verabschieden«, erklärte Kyonosuke plötzlich und erhob sich. Unerwartet hatte sich in ihm etwas verändert. Kosaka, der für ihn so lange ein schwieriges Problem dargestellt hatte, war tot! Was wollte er mehr? War jetzt nicht alles gut? Als er merkte, daß er das Geheimnis seiner jungen Frau zu entschleiern versuchte, stieß er sich selbst zurück.

6. Kapitel

Vom Februar bis März kämpfte Uozu mit seinem Verlangen, wieder in die Berge zu fahren. Sobald er daran dachte, daß Kosaka noch immer unter dem Schnee begraben lag, meinte er, nicht länger untätig in Tokio bleiben zu dürfen. Wachte er nachts plötzlich auf und stellte sich vor, wie sich auf Kosakas Körper der Schnee häufte, richtete er sich unwillkürlich im Bette auf.

In solchen Augenblicken wäre er am liebsten sofort, koste es, was es wolle, in die Berge gefahren. Er konnte seine Sehnsucht nach dem Schnee des Vorderen Hodaka kaum unterdrücken, ihm war, als riefe ihn Kosaka.

Bisher war er immer mit Kosaka zusammen auf die winterlichen Berge gestiegen, aber diesmal, dachte er, war er allein. Natürlich besaß er ein paar gute Bekannte, die, falls er sie bäte, ohne weiteres mitgekommen wären. Aber das wollte er auf keinen Fall. Er hätte das Kosaka gegenüber als Verstoß gegen ihre Freundschaft betrachtet, er wäre sich wie ein Mann vorgekommen, der gleich nach dem Tode seiner Frau eine andere freit.

Außerdem mußte er unbedingt allein sein, wenn er die Schneefläche betrat, die Kosakas Körper bedeckte.

›Kosaka! Ich bin gekommen!‹

›Wie schön! So lange haben wir uns nicht gesehen!‹

Ein solches Gespräch mit Kosaka wäre unmöglich, falls andere zugegen waren.

Doch er widerstand diesem Wunsch, so schnell wie möglich aufzubrechen. Außerdem fiel es ihm schwer, Tokiwa, dem er nun schon so oft lästig gefallen war, wieder um zwei oder drei Tage Urlaub zu bitten.

Im übrigen gab es gerade jetzt in der Firma besonders viel zu tun. Bisher hatten die Geschäfte in den Monaten Januar bis März etwas stagniert, aber in diesem Jahr hatte sich das geändert. Vielleicht war der allgemeine Konjunkturaufschwung daran schuld, jedenfalls wollten plötzlich sehr viele Firmen

in ausländischen Zeitungen und Zeitschriften annoncieren. Es war das zehnte Jahr nach Kriegsende, die japanische Industrie erholte sich zusehends, sie suchte nach neuen Absatzmärkten auf der ganzen Welt, und das war auch an der Zunahme der Firmenarbeit Uozus zu erkennen.
Gleichsam als Bestätigung brachten einige große Zeitungen die Nachricht, daß in Übersee Messen japanischer Waren abgehalten würden. Diese Meldung erbrachte für Uozus Firma neue günstige Chancen. Uozu stellte die Firmen fest, die Waren herstellten, die zu diesen Mustermärkten gesandt wurden, er schickte Außendienst-Angestellte hin und erzielte auf diese Weise ziemlich große Aufträge.
Da ihn diese Arbeit sehr in Anspruch nahm, vermochte er seine Sehnsucht nach den Bergen, die natürlich nach wie vor bestand, wenigstens in der Firma leichter zur Seite zu drängen.
Es war Mitte März, als in den Zeitungen stand, das große Experiment mit dem Nylonseil finde bald statt. Die Nachricht erschien in vielen Blättern mit ziemlich sensationellen Überschriften. Aber es wurden weder der Tag noch die Methode des Experiments genannt.
Uozu las das, als habe er im Grunde nichts damit zu schaffen.
Er erhielt nun aber von älteren und auch jungen Bergsteigern die verschiedensten Zuschriften. Einige Verfasser waren ihm bekannt, einige nicht.
Abgesehen von einer sehr kleinen Gruppe von Menschen, hatte man sich bisher kaum dafür interessiert, daß das Nylonseil in den Bergen riß, doch als jetzt das große wissenschaftliche Experiment angekündigt wurde, erregte dies weithin Aufmerksamkeit.
Diejenigen, die selber Bergsteiger waren, berichteten zumeist von ihren persönlichen Erfahrungen mit dem Nylonseil. Es hieß da etwa: »Das Problem ist die Felskante – das heißt: wie war der spitze Winkel der Felsoberfläche beschaffen, der aus Eis und Felskante bestand?« Oder: »Sie schrieben seinerzeit, sie hätten sich mit dem Zeltsack zugedeckt und so Biwak gemacht – ist da vielleicht das Seil gefroren?« Solche Art Briefe gab es, bei denen nicht genau zu unterscheiden war,

was Frage und was Kritik darstellte. Einige schilderten höchst ausführlich, welche Erfahrungen sie mit dem Nylonseil gemacht hatten.
Es waren auch zwei Briefe von offenbar jungen Wissenschaftlern dabei. Der eine von ihnen hatte die Grundfaser von sieben, acht Sorten Nylonseil, die aus in- und ausländischen Rohstoffen hergestellt war, mit dem Mikroskop untersucht, und er berichtete, daß die Dicke fast 0,4 mm betragen habe. Er prüfte dann die Unterschiede in der Flexibilität bei den in- und ausländischen Grundstoffen. – In dem anderen Brief waren die Deformationen der Seilbruchstelle untersucht worden, und zwar sowohl wenn das Nylonseil mit der Hand durchgerissen, wie für den Fall, daß das Seil mit einer Feile durchgeschnitten worden war. Darüber war in dem Brief sehr detailliert berichtet, und es lagen auch Mikroskopfotos bei.
Da beide Untersuchungen fachmännischer Art waren, wußte Uozu nicht viel damit anzufangen, und er ahnte auch nicht, welche Auffassungen die beiden vertraten.
Uozu wurde auch von Zeitungsreportern besucht und die mit ihnen geführten Gespräche wurden in deren Zeitungen wiedergegeben. Er fürchtete nun, da er im Mittelpunkt dieser Affäre stand, Tokiwa in eine mißliche Lage zu bringen, und er hätte sich gern mehr zurückgehalten, doch angesichts der großen Aufmerksamkeit, mit der die Öffentlichkeit den Fall verfolgte, konnte er nicht umhin, den eigenen Standpunkt einmal klarzumachen.
Die verschiedenen Interviews erschienen in drei Zeitungen, aber alle hatten ungefähr den gleichen Inhalt. Es hieß da ungefähr:
– Ich glaube, daß es auf der ganzen Welt heute niemanden gibt, der die Frage, wie das Nylonseil damals gerissen ist, zu beantworten vermag. Da dieses Problem für das Leben aller Bergsteiger von außerordentlicher Bedeutung ist, dürfen jetzt Meinungen von Laien keinerlei Beachtung finden, man muß das Ergebnis der wissenschaftlichen Untersuchung abwarten.
Ich hege in bezug auf das bevorstehende Experiment große Erwartungen, und ich hoffe dringend, daß durch sein Ergebnis die Vorzüge und Schwächen des Nylonseils klarwerden und

sich die Kenntnisse von seinem rechten Gebrauch verbreiten. – Uozu formulierte also möglichst zurückhaltend.
Wirklich ausführlich über das Experiment berichtete eine große Zeitung Ende März.
Danach sollte das Experiment am 3. April um 2 Uhr nachmittags in der Tokio-Fabrik der Firma Sakura-Seiko auf dem Strandgelände der Stadt Kawasaki durchgeführt werden. Und es wurde auch ziemlich genau der experimentelle Vorgang beschrieben.
– Die hierbei zur Verwendung kommenden Seile sind 12 und 24 mm dicke Manilahanfseile und 8 und 11 mm dicke Nylonseile, insgesamt also 4 Seile, die von Bergsteigern allgemein gebraucht werden.
– An dem Ort des Experiments ist, mit einem Kostenaufwand von 1 Million Yen, ein zehn Meter hohes Eisengerüst bereits aufgestellt worden, mit dessen Hilfe die Reaktion der Seile auf Stoßeinwirkung untersucht werden soll. Die Kanten von zwei gut polierten Granitfelsen, mit Winkeln von 45 und 90 Grad, sind daran befestigt. Das Experiment besteht darin, daß man an dem Manilahanfseil und dem Nylonseil ein Gewicht von 55 kg befestigt, dieses die Felskante hinunterfallen läßt und man dabei die Reaktion der Seile beobachtet. Es wird der senkrechte Fall und auch der Fall bei 70 und 80 Grad getestet. Die Fallhöhe beginnt bei zehn Metern und nimmt jeweils um 50 cm zu, und der Test wird so lange weitergeführt, bis das Seil reißt.
– Der Leiter dieses Experiments ist Yashiro Kyonosuke, der eine führende Stellung in der Firma Tohokako bekleidet, die die Grundfaser des am Vorderen Hodaka gerissenen Nylonseils der Firma Sakura-Seiko geliefert hat. Herr Yashiro hatte früher in der K-Universität einen Lehrstuhl für angewandte Physik inne, er ist ein wichtiges Mitglied der Studiengesellschaft für Atomenergie. –
An dem Tag, an dem diese Nachricht in der Zeitung erschien, fuhr Tokiwa auf das Experimentiergelände, um die Vorbereitungen zu besichtigen, und als er am Abend in die Firma zurückkehrte, klopfte er Uozu, der an seinem Schreibtisch saß, auf die Schulter und fragte ihn:

»Was machen Sie am 3.? Kommen Sie mit?«
»Ja.«
»Gut, dann fahren wir zusammen!«
Und nach einer Pause sagte er:
»Mehr oder weniger hängen Sie ja tatsächlich mit ihrem Kopf darin! Es ist zwar kein sehr wichtiger Kopf, aber er macht einem viel Sorgen!«
Dabei lachte er gutgelaunt.
»Haben Sie Herrn Yashiro seitdem noch einmal getroffen?«
»Erst heute wieder, auf dem Gelände.«
»Was hat er gesagt? Er weiß ja nun wohl schon Bescheid. Nachdem er für das Experiment alles hergerichtet hat, hat er den Versuch sicher schon einmal für sich durchgeführt ...«
»Tja ...«, antwortete Tokiwa nachdenklich. »Normalerweise ist das wohl anzunehmen, aber bei ihm kann ich mir tatsächlich vorstellen, daß er bis zum Tag des öffentlichen Experiments nichts macht. Ich weiß nicht, ob ich seinen Charakter als sehr rein oder einfach als schwierig bezeichnen soll. Er hat etwas in sich, was man nicht so leicht durchschaut. Unter den Ingenieuren gibt es nicht selten solche Menschen; er ist ungewöhnlich, hervorragend, keiner von der üblichen Sorte! Er hat mir gesagt, er würde, wenn er alt ist, sein Geld in einen Topf stecken und den im Hintergarten vergraben ...«

In den Zeitungen stand, daß es in diesem Jahr später Frühling als gewöhnlich werde. Es war zwar April, aber die Knospen an den Kirschbäumen neben Uozus Pension waren noch hart. Am 3. April, dem Tag also, an dem das Experiment mit dem Nylonseil stattfinden sollte, ging Uozu ohne Übermantel aus dem Hause, aber es war ihm dann doch zu kühl, und so kehrte er noch einmal um, den Mantel zu holen. Es war ein klarer, völlig wolkenloser Tag. Alles war so hell und heiter, daß man an nichts anderes als an den Frühling denken konnte, und doch wehte ein kalter Wind.
Uozu erledigte wie gewohnt am Vormittag allerlei Kleinarbeit. Er feilte an den Annoncenentwürfen, schrieb an diverse Firmen Briefe; es hatte sich ziemlich viel dergleichen angehäuft.

Tokiwa erschien kurz vor Mittag, aber er sagte, er müsse zusammen mit einigen Herren vom Hauptbüro zu Mittag essen, und ging fort. Um 1 Uhr kam er wieder.

»Die Sache startet, glaube ich, um 2 Uhr. Kommen Sie!« forderte er Uozu auf, als er in das Büro trat.

Uozu verließ seinen Schreibtisch, griff nach dem Mantel und ging mit Tokiwa zusammen hinaus. Im Büro saßen etwa zehn Angestellte an ihren Tischen, aber keiner sprach, als er ging, ein Wort mit ihm. Es befand sich bestimmt keiner unter ihnen, der nicht wußte, daß dies der Tag des Experiments sei, aber jeder vermied es geflissentlich, davon zu reden.

Tokiwa und Uozu stiegen in ein Taxi, das gerade vorbeifuhr.

»Vom Hauptbüro sind es 2 Leute, von der Sakura-Seiko 6, die alle gekommen sind, bei dem Experiment zugegen zu sein«, sagte Tokiwa.

»Eine große Sache!« meinte Uozu nachdenklich.

»Ja! Wirklich eine ›große Sache‹! Die Firma Sakura-Seiko wird, falls das Seil reißt, nicht übel in Verlegenheit geraten! Man kann es sich eigentlich kaum vorstellen, daß eine Firma so töricht ist, eine Million Yen für ein Experiment aufzuwenden, das in aller Öffentlichkeit die schlechte Qualität ihrer Produkte beweist! Und nicht nur für die Sakura-Seiko, auch für unsere Firma gäbe es Schwierigkeiten, vor allem für unseren Firmenchef! Gegenüber der Sakura-Seiko hätte er daraufhin nichts mehr zu melden!«

»Was geschieht also?«

»Nichts Besonderes, aber unserem Chef kommt das sehr ungelegen ...«

Der Wagen passierte den Bahnhof Shinagawa und fuhr dann auf die Autostraße Tokio–Yokohama.

Plötzlich sagte Tokiwa, als sei dies das Ergebnis langen Überlegens:

»Ob es nicht vielleicht besser ist, Sie sind bei dem Test gar nicht zugegen?«

Und er fuhr fort:

»Ja, ich meine, Sie sollten darauf verzichten!«

Und dann:

»Es könnte als eine Provokation aufgefaßt werden, falls Sie kommen. Sind Sie aber nicht da, ist alles einfacher!«
»Tja, gut, dann lasse ich es sein ...«, antwortete Uozu willig. Das Seil wird, dachte er, bestimmt reißen, und reißt es in seiner Gegenwart, meinen die Leute der eigenen Firma wie die der Sakura-Seiko, er wollte triumphieren.
»Falls Sie aber nicht hingehen, was tun Sie? Ich steige da aus, wo das Experiment stattfindet, und Sie fahren zurück, ja?«
»Hm ...«
Uozu hatte keine Ahnung, wie lange das Experiment dauern würde, aber er spürte keine Lust, zur Firma zurückzukehren.
»Ich gehe vielleicht am Strand spazieren ...«
»Das Experiment dürfte zwei, drei Stunden dauern!«
»Es fällt mir nicht schwer, eine solche Zeitspanne irgendwie hinzubringen! «
»Das kann ich mir vorstellen. Sie schaffen es ja auch, sich in den Bergen die Zeit zu vertreiben ...«
»Ich finde es allerhand, daß Sie das als Zeitvertreib bezeichnen!«
»Na ja, ist es etwa nicht dasselbe?«
Das Taxi verließ die Tokio-Yokohama-Route und fuhr, ohne jedoch in die Straße nach dem Haneda-Flugplatz abzubiegen, geradeaus in Richtung Kawasaki.
Sie überquerten die Daishi-Brücke, und sausten nach zehn Minuten direkt auf den Strand zu. Eine breite, gepflasterte Straße führte unmittelbar dorthin. Auf beiden Seiten lagen nah und fern zahllose große Fabrikanlagen verstreut.
Wo das Auto schließlich hielt, sah man einen Zementzaun und dahinter ein ruhiges, geräumiges Gelände, wo nur zwei Häuser standen. Auf dem Pfosten des Zugangstores war, wie Uozu las, eine Tafel »Tokio-Fabrik der Sakura-Seiko« angebracht, aber die eigentlichen Fabrikgebäude schienen erst im Bau begriffen, auf dem Gras lagen Eisenträger und Holz aufeinander getürmt, und es waren einige Arbeiter zu sehen, die gemächlich den Boden planierten.
Als Tokiwa und Uozu durch das Tor hineinblickten, standen neben dem hintersten Haus über zehn Autos, und in ihrer

Nähe gingen etwa zwanzig Menschen auf und ab. Dort befand sich wohl das Experimentiergerüst, aber aus der Entfernung war nichts weiter zu erkennen. Vielleicht fand das Experiment hinter dem Gebäude statt.

Uozu stieg aus.

»Also, ich sonne mich hier am Strand.«

»Sobald das Experiment zu Ende ist, hole ich Sie da ab«, sagte Tokiwa. Dann schloß er die Tür und der Wagen glitt in das Fabrikgelände hinein.

Uozu schritt auf der breiten Fahrstraße, die in rechtem Winkel auf den Strand stieß, gemächlich dahin und genoß die Frühlingssonne. Gelegentlich fuhr ein Fabrikbus mit dem Schild »Zur H-Werft« oder »Zur N-Stahlrohrfabrik« vorbei. Sonst war weit und breit niemand zu sehen.

Nachdem Uozu eine Weile gegangen war, breitete sich auf beiden Seiten des Wegs eine große, leere Fläche aus, über die man ungehindert in die Ferne blicken konnte. Die Fabrikgebäude traten immer mehr zurück. Weiße Öltanks glitzerten in der Sonne.

Als er schon ziemlich nahe am Meer war, sah er im Hintergrund rechts ein großes Fabrikgelände und zahllose Krane und Kamine aufragen.

Am Strand war unerwartet schöner Sand. Ruhige, kleine Wellen plätscherten heran, aber das Gelände schien Eigentum einer Fabrik zu sein, es war mit Stacheldraht umzäunt, und so war es unmöglich, an den Strand zu gelangen.

Nur da, wo die Straße ans Meer stieß, gab es freien Raum, und dort hatte Uozu das Gefühl, auf dem Sand des Strandes zu stehen. Der Sandstrand war durch einen zementenen Wall vom Meer abgeschirmt.

Uozu blieb eine Weile auf diesem Wall stehen und blickte auf das Wasser, das in einiger Entfernung durch Wellenbrecher vom offenen Meer getrennt war. Auf diesem Meer zogen niedrige, flache Schiffe, wohl Öltanker, mit lärmenden Motoren dahin. Uozu blickte auf die Uhr. Es war kurz nach 1 Uhr. Vielleicht hatte das Experiment gerade begonnen. Jedenfalls mußte er hier zwei Stunden verbringen.

Als er hinter dem Stacheldrahtverhau rechts ein ausgedehntes,

dürres Schilffeld sah, entschloß er sich, dort Mittagsschlaf zu halten. Zwar war da eine Tafel mit der Aufschrift »Betreten verboten«, aber er dachte, daß gegen einen Mittagsschlaf dort sicher niemand etwas einzuwenden habe.
Er suchte in dem Drahtzaun ein Loch und kroch dann hindurch, wobei er sorgsam darauf achtete, mit seinem Anzug nicht irgendwo hängen zu bleiben. Hierauf setzte er sich ins Schilfgras und streckte sich wohlig aus. Am Himmel zeigte sich nicht eine einzige Wolke. Es war ein wenig blauer, vielmehr frühlingshaft weißlicher Himmel. Zwei Weihen flogen darüber. Alle beide zogen mit horizontal ausgestreckten Schwingen ruhig umher.
Ich möchte schlafen – dachte er. Er schloß die Augen, und da hörte er die Maschinengeräusche der fernen Fabriken, als grollte die Erde. Zunächst hielt er sie für das Rauschen der Wellen am Strand, aber dann erkannte er, daß es der von weither dringende Lärm zahlloser Maschinen war. Er vermochte kaum zu denken, daß jetzt das Experiment mit der Belastung des Nylonseils stattfand. Natürlich war das Ergebnis – die Tatsache, ob das Seil riß oder nicht – etwas, das ihn unmittelbar betraf, aber seltsamerweise fühlte er sich nicht im mindesten beunruhigt. Das Seil im Hodaka war gerissen. Das hatte er selber erlebt! Er hatte das Seil nicht abgeschnitten und Kosaka hatte das ebenfalls nicht getan. Es war völlig ausgeschlossen, daß Kosaka es abgeschnitten hatte! Das Seil war gerissen, weil es zu schwach war.
Wieder flogen die Weihen genau über ihn hinweg. Sie zogen ruhig umher. Er fühlte sich plötzlich sehr müde. Er empfand eine so gesunde Müdigkeit, wie er sie seit seiner Studienzeit, seit vielen Jahren also, nicht mehr gespürt hatte und die nun langsam sein Bewußtsein in die Weite entführte.
Plötzlich erwachte er von dem ständigen Gehupe eines Autos. Wieviel Zeit war wohl vergangen?
Er richtete sich auf und sah auf dem etwa zehn Ken entfernten Weg ein Auto und daneben Tokiwa.
»Herr Filialchef!« rief er laut und erhob sich aus dem Schilf.
Tokiwa erkannte Uozus Gestalt sofort, er streckte seine rechte Hand ein wenig in die Höhe und rief ihm etwas zu,

aber der Wind riß die Worte mit sich fort und Uozu verstand nichts. Als er sich vorhin ins Gras gelegt hatte, war kein Wind gegangen, dachte er, jetzt aber wehte er ziemlich heftig. Tokiwa wandte Uozu den Rücken zu und zündete sich eine Zigarette an. Uozu näherte sich vorsichtig dem Loch in dem Drahtzaun, um auf den Weg zurückzukommen.

Gleichzeitig nahm er wahr, daß die Sonne im Westen ziemlich weit gesunken war. Er sah auf seine Armbanduhr. Es war schon nach 4 Uhr. Ging seine Uhr recht, hatte er drei Stunden geschlafen! Er konnte das kaum glauben, aber der Sonne war anzusehen, daß sie bereits langsam unterging. Sie war durch den aus den vielen in der Ferne aufragenden Schornsteinen strömenden Rauch schwärzlichrot beschmutzt, und das wirkte auf Uozu fast unglückverheißend. Als er nach dem Meer blickte, bewegten sich diesseits der Wellenbrecher genauso wie vorhin zwei Schiffe, wohl Tanker, mit lautem Motorengeräusch wie nervös dahin.

Uozu schlüpfte durch den Drahtzaun und näherte sich Tokiwa, der neben dem Wagen stand. Tokiwa wandte sich ihm nicht zu, sondern ließ seinen Blick über das Meer hin schweifen.

»Herr Filialchef! Verzeihen Sie, bitte!« entschuldigte sich Uozu, daß er geschlafen hatte. Daraufhin sah Tokiwa ihn kurz und scharf an und ächzte leise.

»Haben Sie geschlafen?«

»Ja.«

»Sie sind ja wirklich ein unbekümmertes Menschenkind!« und dann fügte er hinzu:

»Kommen Sie! Wir fahren zurück!«

»Wie ging das Experiment aus?« fragte Uozu, aber Tokiwa antwortete nicht darauf.

»Yashiro Kyonosuke ist großartig! Ich vertraue ihm. Auch Sie müssen ihm vertrauen. Tun Sie das?«

»Natürlich!«

»Dann ist es gut! Nachdem Sie ihm vertrauen, dürfen Sie wegen des Ausgangs seines Experiments auch nicht auf ihn schimpfen! – Das Seil ist nicht gerissen! Es ist stärker als Manilahanfseil!«

Tokiwa sagte das ganz langsam. Dann öffnete er selber die Tür des Wagens und forderte Uozu auf:
»Da – steigen Sie ein!«
Uozu tat, wie ihm geheißen worden war, und stieg sofort ein.
Nachdem er die Tür geschlossen hatte, fühlte er, wie ihn plötzlich etwas sehr Ernstes zu bedrängen begann. So ruhig und langsam, daß er selber darüber staunte, sagte er zu Tokiwa:
»Das Seil ist also nicht gerissen . . ., das bedeutet . . .«
»Nein . . .«
»Das Seil ist nicht gerissen! Das Seil ist also nicht gerissen . . .«
Er fühlte, wie sich dieses Ereignis gleich einer dunklen, schweren Wolke langsam ausbreitete.
»Daß bei dem Experiment das Seil nicht gerissen ist, bedeutet, daß es damals aus einem anderen Grund riß!«
Und dann rief er mit einer Stimme, die zum ersten Mal bebte, sehr scharf:
»Wie kann es denn so etwas geben! Das ist doch Blödsinn!«
»Regen Sie sich nicht auf!« fuhr ihm die Baßstimme Tokiwas dazwischen.
»Bei dem Experiment ist das Seil nicht gerissen. – Auch ich hatte fest damit gerechnet, daß es reißen würde! Aber es ist nicht gerissen! Es ist eben doch möglich, daß dieses Seil, von dem wir so fest überzeugt waren, daß es reißen werde, nicht riß!«
»So etwas gibt es nicht!«
»Aber so etwas hat es nun gegeben!«
»Da war irgendein Fehler dabei!«
»Vielleicht. Aber trotzdem ist etwas, das man für völlig unmöglich gehalten hat, geschehen! – Ich vertraue dem Menschen Yashiro Kyonosuke. Und daher zweifle ich auch nicht an seinem Experiment. Und bei dem Experiment ist das Seil nicht gerissen!«
»Aber Herr Filialchef!«
Doch Tokiwa achtete nicht darauf und fuhr fort:
»Vertrauen auch Sie diesem Mann Yashiro Kyonosuke!

Äußern auch Sie kein Wort der Kritik an diesem Experiment, kein Wort der Beschwerde! Bringen Sie das fertig?«
Uozu schwieg. Mochte Tokiwa noch so von ihm verlangen, er solle vertrauen, dazu fühlte er, Uozu, sich fast außerstande.
»Aber . . .«
»Kein Wort der Kritik mehr!«
»Aber . . .«
»Zum Teufel mit diesem aber!«
Es klang wie ein Befehl.
»Vertrauen Sie! Vertrauen Sie schweigend!«
»Das ist doch Blödsinn!«
»Blödsinn? Bevor Sie in diesen Wagen eingestiegen sind, haben Sie auf meine Frage, ob Sie Yashiro Kyonosuke vertrauen, mit einem Ja geantwortet. Haben Sie gelogen? Sie sind doch ein Mann – also bleiben Sie bei Ihrem Wort!«
»Dem Menschen Yashiro vertraue ich auch!«
»Wenn man sagt, man vertraue einem Menschen, heißt das, daß man auch seinen Handlungen vertraut! Bei dem Experiment ist das Seil nicht gerissen! Also gut! Na ja, ›gut‹ ist es natürlich nicht, aber man kann nichts dagegen machen! Wenn Sie dem Experiment nicht vertrauen, entfernt sich das ganze Problem vom Seil weg, zu irgend etwas anderem hin. Sie müssen unbedingt an das Ergebnis des heutigen Experiments glauben, einfach glauben! Das bedeutet keineswegs, daß Sie heute eine Niederlage erlitten haben!«
»Aber die anderen denken nicht so!«
»Vielleicht nicht, aber ich bin davon überzeugt. Sind Sie damit unzufrieden, wenn nur ich es bin?«
Uozu sah, wie Tokiwas Hände auf den Knien wie in einem Krampfe zitterten.
»Ich weiß, es ist schwierig, daß ein Mensch dem vertraut – aber das müssen Sie sich schon gefallen lassen! Ich mute Ihnen doch nicht zu, daß Sie etwas Unrechtes tun! Ich und Sie, wir sind fähig, Yashiro Kyonosuke zu trauen. Es geht ja nur darum, daß das Experiment, das Yashiro Kyonosuke zufällig übernommen hat, aus irgendeinem Grund unerwartet ausging. Hätte ich das geahnt, hätte ich dieses Experiment

nicht vorgeschlagen – ja, geradezu darum gebeten! Aber jetzt wäre es sinnlos, das zu bereuen. – Ihr Standpunkt ist natürlich noch schwieriger geworden. Da die Menschen alles immer nur simpel sehen, werden sie Sie auf Grund des Ausgangs, den das Experiment genommen hat, in eine mißliche Lage bringen. Dagegen läßt sich nichts machen! Sie stehen heute in einer neuen, plötzlich veränderten Wirklichkeit. Sie befinden sich in einer Position, die noch erbarmungsloser ist als die an der Ostwand des Vorderen Hodaka. Wappnen Sie sich also mit Ihrer ganzen Kraft! Nicht erst morgen, nein, schon heute abend, wenn Sie in die Firma zurückkommen, wird in der Abendausgabe vielleicht die Klinge gegen Sie schon geschärft. – Aber was bedeutet das schon! In den Bergen ist das Seil gerissen! Das haben Sie ja doch selber erlebt!«

Uozu hatte Tokiwa bisher noch nie in dieser Weise, mit bleichem Gesicht sprechen sehen. Tokiwa sah zwar auch sonst, wenn er energisch redete, seinen Partner scharf an, aber nun blitzten seine Augen fast drohend.

Uozu schwieg. Er wußte, daß etwas höchst Unerfreuliches auf ihn zukam, aber er begriff nicht recht, wie er Tokiwas Worte verstehen sollte.

Tokiwa forderte von ihm, er solle dem Menschen Yashiro Kyonosuke volles Vertrauen schenken, und auch dem Experiment vertrauen, das jener heute ausgeführt hatte. Das hieß, er solle sich, ohne zu murren, dem Ergebnis des Experiments unterwerfen. Und meinte er nun, er solle die Tatsache, daß das Seil in den Bergen riß, vor der Öffentlichkeit nicht mehr erwähnen?

»Aber ...«, wandte Uozu erneut ein, und er fuhr nach ein paar Augenblicken fort:

»Irgendwie kann ich es nicht glauben, daß bei dem Experiment das Seil nicht gerissen ist!«

»Aber deswegen fordere ich doch Vertrauen! Vertrauen Sie Yashiro Kyonosuke! Es genügt, daß Sie vertrauen! Um keinen Preis darf jetzt ein Wort von Ihnen geäußert werden, das man als Zweifel an dem Experiment deuten könnte. Lassen Sie auf keinen Fall ein solches Wort über Ihre Lippen kommen! – In den Bergen ist das Seil ganz sicher gerissen. Ich

vertraue Ihnen! Und weil ich Ihnen vertraue, sollen Sie auch Yashiro Kyonosuke vertrauen! Gut?«
Tokiwa sprach, als wolle er sich noch einmal vergewissern, daß ihn Uozu auch begriffen hatte. Ihr Wagen befand sich mitten in dem Gewühl von Autos auf der Tokio-Yokohama-Route. Langsam breitete sich die weißliche Abenddämmerung des Frühlings aus.
Auf dem Rückweg zur Firma ließ Tokiwa den Chauffeur am Bahnhof Shinagawa halten und bat ihn, Abendzeitungen zu kaufen. Aber in keinem der Blätter stand etwas über das Experiment.
»Offenbar ist die Nachricht für die Abendausgabe nicht rechtzeitig bekannt geworden«, sagte Tokiwa. »Allerdings stand das Ergebnis erst kurz vor drei Uhr fest.«
Als das Auto vor dem großen Geschäftshaus hielt, in dem sich seine Firma befand, stieg Tokiwa zuerst aus. Er wartete so lange, bis auch Uozu ausgestiegen war, und sagte zu ihm:
»Gehen Sie heute früh nach Hause! Ich weiß nicht, wie die Dinge in der morgigen Frühausgabe dargestellt sind – aber jedenfalls geht alles erst weiter, wenn man die Morgenausgabe gelesen hat! Ich werde morgen früher als sonst in der Firma sein. Kommen Sie doch auch eher!«
»Jawohl!«
Dann stiegen sie beide in den vor ihnen haltenden Lift und fuhren in den dritten Stock. Als sie den Lift verließen, sagte Tokiwa noch einmal:
»Am besten ist es, Sie gehen gleich nach Hause! Es ist für Sie nur lästig, wenn die Journalisten Sie zu fassen kriegen! Sucht Sie einer zu Hause auf, geben Sie ja keine Antwort, aus der geschlossen werden könnte, Sie zweifelten an dem Experiment! Seien Sie vorsichtig!«
Tokiwa drückte den Türflügel des Büroraumes selber auf und sah noch einmal zu Uozu hin.
»Ich habe begriffen!« antwortete Uozu.
Er war kaum ins Büro getreten, da machte er auf seinem Schreibtisch Ordnung und bereitete sich zum Heimgehen vor. Die anderen Angestellten saßen gerade bei der Arbeit. Auch Shimizu war zugegen, doch vielleicht scheute er sich, nach

dem Ausgang des Experiments zu fragen, er erkundigte sich mit keinem Wort danach.
»Also, ich gehe jetzt schon ...«, verabschiedete sich Uozu von ihm und verließ das Büro.
Nachdem er auf die Straße hinausgetreten und allein war, ging er ziellos dahin, nur eben so, wohin ihn seine Füße trugen. Er überquerte die Straßenkreuzung beim Hibiya-Park und ging geradeaus, immer weiter. Rings um ihn war bis an den Gehsteig geradezu eine Überschwemmung von Autos. Aber ihm war, als sei er allein, genauso, wie wenn er in den Bergen kletterte. Hin und wieder fühlte er eine Schwäche in den Beinen, dann blieb er stehen und murmelte gedankenlos die Worte »das Seil?«.
Er verfiel jedoch in keine verzweifelte Stimmung. Da es noch nicht in der Zeitung gestanden hatte, besaß das unerwartete Ergebnis des Experiments für ihn noch keine Wirklichkeit.
Als er an diesem Abend in seine Pension zurückkehrte, trank er eine halbe, kleine Flasche japanischen Whisky und legte sich, wie Tokiwa ihm empfohlen hatte, gleich zu Bett. Er fand es selber komisch, wie er, gleich einem Kind den Befehlen seiner Eltern, gehorchte. Aber offenbar fühlte er sich bedrückt, denn er wachte in der Nacht zweimal auf. Beide Male war es vor drei Uhr.
Als er das dritte Mal aufwachte, war es draußen hell und durch die Lücken des Vorhangs strömte Licht ins Zimmer. Es war 6 Uhr.
Er stand auf, zog den Mantel über seinen Schlafanzug und ging, um die Morgenzeitungen zu holen, zum Flur hinunter. Er öffnete die Eingangstür und nahm aus dem gleich daneben befindlichen Zeitungskasten einen Packen unordentlich hineingepfropfter Zeitungen.
Dann kehrte er in sein Zimmer zurück, zog den Vorhang auf und schlug, am Fenster stehend, die Blätter auf. Er selber hatte nur die R-Zeitung abonniert, doch – wofür er sich bei den Beziehern nachher durchaus entschuldigen wollte – auch alle anderen Zeitungen mit heraufgebracht.
Er las in einer nach der anderen die Überschriften der Lokalspalten und fand da »Das erste Stoßexperiment mit dem

Nylonseil«, und »Mehrfach stärker als Hanfseil«, und »Nachspiel zum Bergunglück« und »Leistungsfähigkeit des Nylonseils geklärt«. Solche und ähnliche Schriftzeichen sprangen in seine Augen. In einigen Zeitungen war der Bericht als top-Nachricht sogar mit Fotos ausgestattet, in anderen stand die Meldung mit unscheinbarer Überschrift klein in einer Ecke. Die Fotos waren Schnappschüsse vom Experimentiergelände, von der Reißstelle des Seils, dem Gesicht von Yashiro Kyonosuke – je nach der Zeitung war das verschieden.

Uozu las die einzelnen Artikel nacheinander. Die R-Zeitung hatte am genauesten darüber berichtet, und es hieß dort:

– Der Test bestand aus 21 Belastungsversuchen mit Hanf- und vier Arten von Nylonseilen, wobei polierte Granitfelskanten mit Winkeln von 90 und 45 Grad sowie Karabiner verwendet wurden, ferner aus einem Versuch, bei dem die Seile an Granitfelskanten von 20 Grad heruntterglitten, sowie aus drei Schlagversuchen auf gleicher Kante unter Verwendung eines Pendels, und anderes mehr – insgesamt aus 28 Versuchen.

– Bei dem Versuch mit dem 12 mm dicken Manilaseil an einer Felskante von 90 Grad befestigte man an dem Ende des von der Kante ab 2 Meter langen Seils ein Gewicht von 55 Kilogramm und ließ es aus einer Höhe von einem Meter herabfallen: Es riß allzu leicht. Das 11 mm dicke, 3,50 Meter lange Nylonseil aber riß erst, als man es 8 Meter oberhalb der Kante herunterfallen ließ, und es erwies gegenüber dem vorher gerissenen Hanfseil eine vielfache Stärke. Da man bisher als Grund für das Unglück im Vorderen Hodaka angenommen hatte, daß das Nylonseil gegenüber einer spitzen Kante schwach sei, war dies ein unerwartetes Ergebnis.

– Das Nylonseil wird jedoch, sobald es naß ist, schwach. Und als man ein 8-mm-Seil unter Verwendung eines Karabiners als Stützpunkt, mit einer Länge von 2,50 Meter 2 Meter tief und ein 11-mm-Seil auf eine Kante von 45 Grad mit einer Länge von 3,50 Meter 4,50 Meter tief hinunterfallen ließ, rissen sie beide.

– Auch das 8 mm dicke Nylonseil, wie es bei dem Unglücksfall am Vorderen Hodaka gebraucht wurde, zeigte gegenüber

dem Stoß und der Kante eine große Zugfestigkeit; das 3 Meter lange Seil riß selbst dann nicht, als man es 3 Meter tief hinunterfallen ließ.
Die R-Zeitung berichtete über diese Ergebnisse des Experiments und zog die Schlußfolgerung: »Es besteht nun nur noch geringe Wahrscheinlichkeit, daß das Unglück am Vorderen Hodaka mit dem Stoß des Seils auf die Felskante zusammenhängt.«
In der S-Zeitung hieß es:
»Was das Nylonseil im allgemeinen betrifft, so ist bei der Untersuchung der Rohfaser durch X-Strahlen die Molekülstruktur ohne Makel; bei den Tests auf Stoß, Knotenstärke und Widerstandskraft gegenüber Kälte erwies es sich viel stärker als das Seil aus Manilahanf. Aber als es quer auf eine scharfe Felskante traf und man dann einen Stoß darauf ausführte, stellte man fest, daß es außerordentlich leicht reißt.
Bei der Prüfung der Zugfestigkeit beim Fall stellte sich das Nylonseil als dreimal stärker heraus als das Manilahanfseil. Man hat das am Vorderen Hodaka gerissene 8-mm-Nylonseil nach 2 m einer Fallbelastung durch ein Gewicht von 55 kg ausgesetzt, doch es ist nicht gerissen. Die Grenze, bis zu der das Seil auf einer spitzen Kante nicht reißt, beträgt 65 kg, bei Manila nur 20 kg.
– Man legte ferner ein 11-mm-Seil auf eine messerscharfe Kante von 45 Grad und ließ daran ein Metallgewicht von 55 kg 3 m tief hinunterfallen, ohne daß es gerissen wäre. Hängt man jedoch ein 20 kg schweres Metallgewicht daran und reibt eine dreieckige Feile hin und her, so reißt ein Manilahanfseil beim 110. Mal, ein Nylonseil schon bei dem 10. Mal.

Uozu las diese Zeitungsberichte im Licht des frühen Morgens. Irgendwo mußte, dachte er, ein Fehler stecken. Da es sich um ein Experiment handelte, konnte er ihn aber nicht nachweisen. Doch war er überzeugt, daß die Wirklichkeit anders aussah.
Nachdem er die Darstellungen in den verschiedenen Zeitungen zu Ende gelesen hatte, wußte er, daß die Schlußfolgerung,

die alle Zeitungen zogen, etwa lautete: Bei dem Unfall am Vorderen Hodaka dürfte das Nylonseil kaum durch einen Stoß auf eine besonders scharfe Felskante gerissen sein. Am allervorsichtigsten formulierte es die O-Zeitung. Sie enthielt sich aller Folgerungen und ließ nur die Bergsteigergruppen einzelner Universitäten von Tokio über Vorzüge und Schwächen des Nylonseils aussagen.

– Die hervorragende Qualität des Nylonseils erweist sich offensichtlich besonders in der Schneesaison bei Schneewehen. Seine Widerstandskraft gegenüber Stößen bei einem Absturz ist durch dieses Experiment nun einmal klar geworden, aber bei spitzen Felskanten und gegenüber der durch Reibung erzeugten Hitze ist das Nylonseil wohl schwächer als das aus Hanf. Man sollte es nicht bei diesem Experiment belassen, sondern auf diesem Gebiet intensiv weiter forschen (K-Universität).

– Wir gebrauchen ein aus Beständen der amerikanischen Armee stammendes 11-mm-Seil. Insofern es von leichtem Gewicht ist, kein Schnee sich daran festsetzt und es auch nicht gefriert, ist das Nylonseil unserer Meinung nach gut. Aber als Mängel könnte man folgende nennen: 1. Beim Abseilen dehnt sich das Seil. 2. Gebraucht man Überhandschuhe, gleitet man an dem Seil zu stark ab, wodurch man sich nicht hundertprozentig sichern kann. Ferner reibt es sich an Felskanten flaumig. Bei dem Unglück am Vorderen Hodaka wurde ein 8-mm-Seil gebraucht, man hätte aber besser ein 11 mm oder 12 mm dickes Seil verwendet (M-Universität).

– Bei tiefer Temperatur ändert sich vielleicht der physikalische Charakter des Seils und es wird wohl etwas brüchig. Die Zugfestigkeit ist an sich groß, aber gegenüber Reibung ist es anfällig. Führt man Schläge darauf aus, so sind an der Rißfläche Schmelzspuren zu erkennen. Doch da das Seil gegenüber Hitzeeinwirkung nicht sehr widerstandsfähig ist, entsteht die Frage, ob das Reißen nicht teilweise auf Hitze zurückzuführen ist. – Unsere Gruppe gebraucht zwei in der Schweiz hergestellte geflochtene Seile von 30 m Länge. Die obige Darlegung stellt unsere Meinung über das in Japan hergestellte Produkt dar. Wir haben noch nie gehört, daß es in der Schweiz, wo man das Nylonseil schon seit langem verwendet, Diskussionen über seine Brauchbarkeit gegeben hat (T-Universität).

– Vorzüge. Das Nylonseil wird, auch wenn es durch Wasser oder Schnee naß wird, nicht hart. Das Gewicht ist leicht, es ist bequem zu transportieren. Es besitzt große Elastizität, bei Spannung dehnt es sich. – Nachteile. Seilt man sich mit Überhandschuhen ab, rutscht man leicht. Es ist verhältnismäßig teuer. Beim Erklettern von Felsen kann man, falls es sich an dem Felsen verwickelt, denjenigen, der sich angeseilt hat, nicht recht erkennen (H-Universität).

– Wir besitzen ein in Japan und ein in der Schweiz hergestelltes 390 m langes Nylonseil, aber im Winter gebrauchen wir es kaum; wir verwendeten es einmal versuchsweise am Grat des Hodaka, aber das in Japan hergestellte erwies sich Reibungen gegenüber als schwach. Dies sind seine Nachteile (R-Universität).

Die Bergsteigergruppen der verschiedenen Universitäten berührten, wie auf Verabredung, das Ergebnis des Experiments nicht. Sie schwiegen darüber, ob, nach ihrer Meinung, das Nylonseil an der Ostwand des Vorderen Hodaka gerissen sei oder nicht, und sie berichteten lediglich von ihren Erfahrungen her, über Vor- und Nachteile des Nylonseils. Da es sich um aktive Bergsteiger handelte, war gegen ihre Ausführungen nichts zu sagen, nur äußerten sie auch kein positives Wort der Unterstützung für Uozu.

Nachdem Uozu die Zeitungen zum Büro im Flur zurückgebracht hatte, kroch er noch einmal in sein Bett und schloß die Augen.

Er wollte darüber nachdenken, welcher Auffassung die Journalisten, deren Artikel er gelesen hatte, eigentlich waren. Was besagten diese Artikel für den Leser?

Es war die Reaktion des Nylonseils und des Hanfseils auf Druck und Stoß geprüft worden und das Experiment hatte dargelegt, welches die Vorzüge und Schwächen der beiden Seilarten waren. Das Ergebnis machte deutlich, daß gegenüber einem Stoß auf einer Felskante das Nylonseil um ein

Vielfaches kräftiger ist als das Hanfseil. Aber das Nylonseil ist gegenüber der Hitze und daher auch bei Reibung offenbar anfällig.
Daß bei der von ihm und Kosaka unternommenen Klettertour am Vorderen Hodaka das Nylonseil riß, ist demnach nicht durch den Stoß auf die Felskante zu erklären. Der Grund mußte anderswo gesucht werden. Das bedeutete, daß es ihnen beiden entweder an ausreichenden Kenntnissen über das Nylonseil gefehlt hatte oder es war ihre Bergsteigtechnik mangelhaft. Sie hatten danach einen Unfall verursacht, der sehr wohl zu vermeiden gewesen wäre. Mit anderen Worten, das Seil war gerissen, weil sie an der Felskante das Seil zu großen Reibungen ausgesetzt oder das Seil irgendwann naß gemacht hatten.
Aber eine Reibung hatte es doch gar nicht gegeben! Und das Seil war auch nicht naß geworden! rief Uozu stöhnend in seinem Herzen aus. Der Unfall war durch das plötzliche Ausgleiten Kosakas entstanden. Die Szene in jenem Augenblick stand ihm klar vor Augen: Kosakas Gestalt, wie er, an den 5 m schräg oben befindlichen Felsen sich klammernd, damit beschäftigt war, das Seil um den über seinem Kopf herausragenden Felsen zu schlingen – und als Hintergrund der kleine Raum und die Felswand, die einen fast ausgewaschen wirkenden, kalten Glanz ausstrahlten.
Irgendwo in diesem Experiment lag ein Fehler! Yashiro Kyonosuke verdiente als Mensch, wie Tokiwa sagte, durchaus Vertrauen. Auch er, Uozu, war bereit, ihm zu vertrauen. Aber Yashiros Experiment war nicht imstande, die tatsächlichen Vorgänge an der Ostwand des Vorderen Hodaka zu klären. Gab es denn etwas anderes als einen Vergleich der Vorzüge und Schwächen des Nylonseils mit denen des Hanfseils? Es wurde nur die den Bergsteigern bisher schon bekannte Leistungsfähigkeit des Nylonseils noch einmal experimentell dargelegt und hervorgehoben.
Aber für ihn bedeutete der Ausgang des Experiments letzten Endes doch einen schweren Schlag, war doch hier dargelegt worden, daß das Nylonseil dem Hanfseil um ein Vielfaches überlegen war.

Uozu blieb noch zwei Stunden in seinem Bett liegen, um 8 Uhr stand er auf. Nachdem er sich gewaschen hatte, trank er, statt zu frühstücken, nur hastig die Flasche Milch aus und zog seinen Anzug an, um sich ins Büro zu begeben.

Als er den Türflügel des Firmenbüros aufdrückte, war es 9 Uhr. Im allgemeinen genügte es, wenn er um einhalb 10 Uhr erschien, und so war er eine halbe Stunde früher daran als sonst. Von Tokiwa war ihm jedoch nahegelegt worden, heute etwas eher zu kommen, und er hatte gehorcht. Im gleichen Augenblick, als er die Tür des noch völlig leeren Raumes öffnete, fiel sein Blick auf Tokiwa, der am Schreibtisch neben dem Fenster groß und breit auf seinem Stuhle saß. Außer ihm war niemand da.

Tokiwa fragte Uozu, kaum hatte er ihn erkannt, sofort:

»Haben Sie die Zeitung gelesen?«

Sein Ton klang verdrießlich.

Uozu schwieg.

»Was sagen Sie dazu?«

»Meine Lage ist nun sehr schwierig geworden ...«, antwortete Uozu.

»Können Sie sich fügen?«

»Unmöglich!«

»Aber ich meine, so wie es da in den Zeitungen ausgedrückt ist, läßt es sich hinnehmen! Sie werden es häßlich von mir finden, aber überlegen Sie doch: Nirgendwo heißt es, Sie trügen die Schuld oder Sie hätten die Unwahrheit gesagt! Ich war schon besorgt, daß man Sie noch unbarmherziger behandeln könnte!«

»Da sehe ich keinen großen Unterschied! Bei einem Stoß auf den Felsen ist das Nylonseil sehr viel stärker als ein Seil aus Hanf. Die Möglichkeit, daß es reißt, ist gleich Null. Das ist das Ergebnis dieses Experiments!«

»Ja ...«

»Mein Standpunkt wird hierbei nicht anerkannt. Daß Kosaka ausgeglitten ist und das Seil dadurch riß, nimmt mir keiner mehr ab ...«

»Überlegen Sie einmal! Weder Sie noch ich haben das vorausgesehen, jetzt aber läßt sich nichts mehr daran ändern! Die

Firma Sakura-Seiko hat ihr Gesicht gerettet. Ist das so schlimm? Lassen Sie denen das doch!«
»Aber ich habe das meine verloren!«
»Richtig, das stimmt. Wenn das Nylonseil nicht so leicht reißt, ist Ihr Seil wohl aus anderen Gründen gerissen. Was könnten das für Gründe sein?«
Tokiwa sprach, als wollte er Uozu darauf antworten lassen. Und Uozu erwiderte:
»Es gibt da in der Öffentlichkeit wohl zwei Auffassungen. Nach der einen habe ich um mein Leben gebangt und deshalb das Seil durchgeschnitten. Nach der anderen ist uns ein technischer Fehler unterlaufen.«
»So? Das ist alles?«
»Ich glaube, es gibt nur diese beiden Meinungen. Aber ich komme in furchtbare Bedrängnis, falls man dabei bleibt! Ich habe das Seil wahrhaftig nicht abgeschnitten! Und nach meiner festen Überzeugung ist bei der Handhabung des Seils auch kein technischer Fehler vorgekommen! Im übrigen war es meine Pflicht, daß ich mich möglichst umfassend über das Nylonseil informierte. Es gäbe sonst für mich keine Entschuldigung vor Kosaka, der dabei den Tod fand! Darum muß ich darauf bestehen, daß Tatsachen als Tatsachen anerkannt werden!«
»Ich begreife – aber könnte das Seil nicht aus einem Grund gerissen sein, den Sie überhaupt nicht kennen?«
»Nein!«
»Etwa daß Kosaka selber das Seil durchgeschnitten hat!«
»Was reden Sie da?«
Uozu erhob unwillkürlich seine Stimme und rief:
»Das gibt es auf keinen Fall!«
»Es wäre schön ... Es wäre schön, aber ich fürchte, es kann sehr wohl einen Grund geben, von dem Sie gar nichts ahnen! – Nehmen Sie einmal an, daß sich bei der Bergung der Leiche eine Art Abschiedsbrief in seinen Taschen findet. Sie halten das bestimmt für Phantasterei, aber wenn sowohl in dem Experiment von Yashiro Kyonosuke kein Fehler steckt und auch alles stimmt, was Sie sagen, muß man die Ursache für das Reißen des Seils doch anderswo suchen! Und darum

ermahne ich Sie zur Vorsicht und schärfe Ihnen ein, daß Sie sich über dieses Experiment ja nicht in einer Weise äußern, daß man annehmen könnte, Sie zweifelten daran.«

Tokiwa sprach, als wollte er ihn warnen.

Uozu machte ein trauriges Gesicht und sah seinem Vorgesetzten, der soviel Wohlwollen für ihn empfand, fest in die Augen.

Tatsächlich, überlegte er, Tokiwa hatte recht: falls er, Uozu, das Experiment nicht gelten ließ und man später bei dem Leichnam Kosakas etwas wie einen Abschiedsbrief fand, verlor er den Boden unter den Füßen. Wenn Tokiwa ihn ausdrücklich warnte, ein Wort des Zweifels an dem Experiment zu äußern, ging das auf solche Erwägungen zurück.

Doch Uozu empfand Tokiwas wohlwollende Besorgtheit gleichzeitig als lästig. Kosaka war, dachte er, unmöglich ein Mann, der so etwas tat. Kannte er Kosaka denn nicht besser als alle anderen?

Er überlegte, mit welchen Worten er Tokiwas Verdacht zerstreuen könnte, aber es fielen ihm nicht die geeigneten Worte ein, und so meinte er schließlich:

»Nein, Kosaka war keiner, der, aus welchem Grund auch immer, den Tod in den Bergen suchte!«

»Nun – davon sind nur Sie überzeugt ...«

»Sobald man ihn findet, wird man das feststellen können. Seine Aufzeichnungen betreffen bestimmt nur die Berge!«

»Nun ja, das ist Ihre persönliche Meinung ... Aber jetzt glaube auch ich daran. Weil Sie es sagen, bin auch ich davon überzeugt! Aber bis die Leiche Kosakas entdeckt wird, schluckt das so leicht niemand ...«

Uozu schwieg.

»Deswegen meine ich, Sie sollten über die Frage, warum das Seil in den Bergen riß, so lange nicht viel reden, bis Kosaka gefunden worden ist. Sie können da nicht vorsichtig genug sein! Andererseits wird man, falls Sie sich überhaupt nicht äußern, vielleicht behaupten, Sie hätten das Seil durchgeschnitten! Und das muß natürlich verhindert werden! Am besten wäre es, Sie suchen Herrn Yashiro auf und legen ihm Ihre Lage dar. Sie müssen sein Vertrauen gewinnen! Bei dem

Experiment hat sich das Seil als außerordentlich widerstandsfähig erwiesen. In den Bergen aber ist es gerissen! Diese beiden Tatsachen schließen sich ja keineswegs aus! – Sie bitten Herrn Yashiro, er möge sich öffentlich in dieser Weise äußern. – Ja, so! Das Ergebnis des Experiments hat keine absolute Gültigkeit! Das Nylonseil ist von Menschen hergestellt. Unter den vielen Hunderten von Nylonseilen, die also eigentlich alle halten müßten, kann sehr wohl eines reißen! Gerade weil es das gibt, kann man darauf hinweisen, daß Nylonseile ja schließlich von Menschen hergestellt werden! Diese Auffassung, also daß das Ergebnis des Experiments das Problem des von Ihnen verwendeten Nylonseils keineswegs endgültig löst, bitten Sie Herrn Yashiro zu veröffentlichen! Ja! Machen Sie sich gleich auf den Weg zu ihm!«
»Ich soll ihn darum bitten?«
»Ja!«
»Ich soll ihn wirklich bitten ...?«
Uozu verzog schmerzlich sein Gesicht.

An dem Empfangsschalter der Firma Tohokako am Strand von Shinonome bat Uozu, Yashiro Kyonosuke sprechen zu dürfen. Das dort sitzende Mädchen gab seinen Wunsch wohl sofort an das Sekretariat weiter, aber es verging einige Zeit, bis von dort Antwort kam.
»Verzeihen Sie«, fragte das Mädchen, »sind Sie Herr Uozu von der Firma ›Neuer Ostasienhandel‹?«
»Ja.«
Daraufhin nahm das Mädchen den Hörer wieder auf und gab dies weiter. Nach einer Weile legte sie den Hörer kurz beiseite und sagte zu Uozu:
»Bitte, warten Sie einen Augenblick!«
Es vergingen wiederum drei, vier Minuten, bis die Verbindung endgültig hergestellt war.
»Herr Yashiro ist gerade in einer Konferenz. Könnten Sie etwa zehn Minuten warten?« fragte ihn das Mädchen mit höflich bedauerndem Lächeln.
»Ja.«

»Bitte. Kommen Sie!«
Das Mädchen erhob sich und hatte wohl die Absicht, ihn in das Empfangszimmer zu führen, aber er entgegnete:
»Zehn Minuten gehe ich gern draußen spazieren. Das ist mir lieber.«
Er trat auf den Außenflur und ging an dem Verwaltungsgebäude entlang auf das Meer zu. Die Fabriken lagen ziemlich weit entfernt auf einem großen Gelände verstreut. Es war dies anscheinend ein dem Meer abgerungener Boden, das Gelände hatte irgend etwas Künstliches an sich.
Der Strand lag unterhalb einer Klippe. Vom Verwaltungsgebäude bis zum Meer erstreckte sich ein hübscher Garten, der gar nicht wie der einer Fabrik aussah, eher hatte Uozu das Gefühl, im Hintergarten eines mondänen Strandhotels zu promenieren. Das fast ausgebleicht wirkende Meer, das seine blaugrüne Farbe verloren hatte, dehnte sich weithin und erweckte, vielleicht weil ihm das Blaugrün fehlte, den Eindruck ziemlicher Flachheit. Man konnte sich vorstellen, daß man mit bis zu den Knien aufgekrempelten Hosen weit hinausstapfen könnte. Trotzdem tanzten über der offenen See einige Möwen.
Uozu rauchte in aller Ruhe eine Zigarette. Nach einer Viertelstunde kehrte er zum Empfangsschalter der Firma zurück. Dort erhielt er die gleiche Auskunft wie vorhin, das Mädchen telefonierte wieder mit dem Sekretariat und sprach dann mit dem Vorzimmer von Yashiro Kyonosuke. Es dauerte drei, vier Minuten, bis von dort eine Antwort kam, und das Mädchen sagte:
»Es ist eben Besuch da. Könnten Sie, bitte, nicht noch zehn Minuten warten?«
»Gut.«
Diesmal ging er nicht nach draußen, sondern ließ sich in den Empfangsraum führen, der eng wie eine Kiste war. Was ist das, dachte er ungeduldig, für eine umständliche Firma, er wollte doch nichts weiter als ein kurzes Gespräch.
Nachdem er etwa zehn Minuten gewartet hatte, erschien ein junger Sekretär und bat Uozu, nachdem dieser ihm seine Visitenkarte gegeben hatte, ihm zu folgen.

Um geradewegs dahin zu gelangen, wo sich Yashiro Kyonosuke aufhielt, stiegen die beiden eine Treppe in den ersten Stock hinauf, eine Treppe, die so gründlich gebohnert war, daß Uozu, bei weniger Vorsicht, beinahe ausgeglitten wäre.
Als er die Tür des Arbeitsraumes öffnete, stand Yashiro Kyonosuke bereits an dem Besuchstisch, um seinen Gast zu empfangen.
»Bitte!« wandte er sich Uozu zu und bot ihm einen Stuhl an.
»Es tat mir leid neulich . . .«, fuhr er fort und setzte sich Uozu gegenüber. Uozu nahm sich noch einmal fest vor, sich auf keinen Fall aufzuregen, und erklärte dann mit sanfter Stimme:
»Das Ergebnis des Experiments neulich bringt mich in einige Verlegenheit . . .«
»Das will ich gern glauben . . .«, erwiderte Yashiro. Dann zündete sich Uozu eine Zigarette an und sagte:
»Schließt eigentlich das Ergebnis Ihres Experiments die Tatsache aus, daß in den Bergen das Seil gerissen ist?«
»Damit berühren Sie ein außerordentlich schwieriges Problem. Der Sinn des Experiments liegt in dem damit erbrachten Beweis, daß unter den dabei gegebenen Bedingungen das Nylonseil um ein Vielfaches stärker ist als ein Hanfseil. Urteilt man also auf Grund der durch dieses Experiment erwiesenen Eigenschaften des Nylonseils, kann man meines Erachtens wohl sagen, daß in den Bergen das Nylonseil nur schwer hat reißen können.«
»In meinem Fall ist es aber gerissen!«
»In Ihrem Fall ist es gerissen. – Gut, nun überlegen Sie folgendes in aller Geduld. Ich möchte vorausschicken: die Entscheidung darüber, ob das Seil gerissen ist oder nicht, würde, streng genommen, zur Voraussetzung haben, daß dem Experiment genau die Bedingungen zugrunde lagen, unter denen der Unfall geschah. Genau die gleichen Bedingungen zu schaffen, ist jedoch unmöglich. In dieser Hinsicht ist das Experiment keinesfalls mehr als ein Experiment. Es hat nur die Bedeutung von Urteilsmaterial. Aber es ist, nach meiner Auffassung, ein zur Beurteilung jenes Vorfalls durchaus dienliches Material. Das Experiment hat ergeben, daß das

Nylonseil bei einem Stoß auf eine spitze Felskante die vielfache Widerstandskraft von Hanfseilen besitzt. Das weiß man also. Aber das Seil damals in den Bergen ist gerissen! Das heißt jedoch nicht, daß das Experiment ungenau wäre. Im Gegenteil, durch das Experiment hat sich herausgestellt, daß das Nylonseil außerordentlich stark ist. So erstaunt es also, daß das Seil in den Bergen riß. Eigentlich hätte es nicht reißen können. Folgert man so, ergeben sich natürlich auch Schwierigkeiten!«

»Könnten Sie diese Ihre Auffassung nicht in irgendeiner Zeitung darlegen? Ich fürchte, die meisten Menschen sind nun der Meinung, daß durch dieses Experiment meine Behauptung, das Seil sei in den Bergen gerissen, zurückgewiesen wird!«

»Ist es nicht besser, nichts darüber zu veröffentlichen? – Falls ich etwas schreibe, so sieht das folgendermaßen aus: Soweit man nach dem Ergebnis des Experiments urteilen kann, konnte das Nylonseil in den Bergen nur schwerlich reißen. Da es aber tatsächlich gerissen ist, waren zweifellos andere Voraussetzungen gegeben. Und da meine ich doch, so etwas sollte man lieber nicht schreiben!«

Und in einem sehr kühlen Ton fügte er hinzu:

»Die Ingenieure sind nun einmal so beschaffen, daß sie nur mit Hilfe von Experimenten etwas aussagen können. Jede Vermutung ist ihnen zuwider. Um sich nun aber dem Absoluten oder der Wahrheit anzunähern, müssen auch die Phantasie und Vermutungen zu Hilfe genommen werden – wir weisen diese jedoch zurück. Hierin unterschieden wir uns von den Philosophen, und hier liegt wohl auch die Begrenztheit unseres Standpunkts.

Dann wandte er sich Uozu mit der Frage zu:

»Sie scheinen sich Sorgen zu machen, wie die Welt über Sie urteilt?«

Uozu verneinte das und erklärte:

»Ich bin keineswegs besorgt, was andere über mich denken. Ginge es nur um mich, würde ich mich überhaupt nicht darum kümmern, was man von mir hält – aber der Partner dieses Problems ist ja das Seil! Und deswegen kommt, meine ich, der Auffassung anderer eine hohe Bedeutung zu! Es könnte schreckliche Folgen haben, wenn sich über das Nylonseil falsche Vorstellungen verbreiteten! – Ich möchte Sie, Herr Yashiro, nun noch etwas fragen. Sie haben mir eben dargelegt, daß Sie als Wissenschaftler Phantasie und Vermutung unbedingt abweisen, aber falls Sie Ihren Standpunkt ausnahmsweise jetzt einmal erweitern würden: wie beurteilen Sie jenen Vorfall mit dem Seil am Vorderen Hodaka – persönlich? Glauben Sie, daß das Seil gerissen ist, oder glauben Sie es nicht?«

»Meinen Sie mich?« zögerte Yashiro Kyonosuke ein wenig, dann sagte er:

»Ich kenne die Berge nicht. Ich bin nie auf einen Berg gestiegen. Ich habe also keine Ahnung, wie man ein Seil beim Klettern handhaben muß. So besitze ich für mein Urteil kein anderes Material als das Ergebnis des gestrigen Experiments. Wie ich schon öfter betonte, ist das Ergebnis dieses Experiments nur *ein* Material – eines unter vielen möglichen Materialien – zur Beurteilung der Frage, ob das Seil in den Bergen wirklich riß. Aber ich habe nun eben nur dieses eine Material – und wenn ich danach urteile, muß ich, mag dies auch sehr unhöflich klingen, sagen, daß Ihr Nylonseil – außer Sie haben es naß werden lassen! – nur schwer hat reißen können!«

»Ah . . .«

Uozu spürte, daß alles Blut aus seinem Gesicht gewichen war. Yashiro Kyonosuke war also, dachte er, keineswegs überzeugt, daß das Seil in den Bergen gerissen war.

»Ich habe verstanden!« erwiderte er mit völlig ausgetrocknèter Stimme. Seit dem Unglücksfall war seine Darstellung noch nie so klar zurückgewiesen worden.

Er betrachtete unwillkürlich den kalten Ausdruck in Yashiros Gesicht, dann drückte er seine Zigarette in dem Aschenbecher aus und stand langsam auf. Yashiro hatte erklärt, daß das Experiment für die Beurteilung des Falles nur eines von vielen möglichen Materialien sei, aber mit keinem Wort davon gesprochen, ob nicht – selbst wenn das Experiment nur *ein* Material darstellte – vielleicht in der Methode des Experiments irgendwo ein Fehler gesteckt haben könnte. Uozu widerstand jedoch der Versuchung, weiter zu fragen. Man hatte Felskanten von 45 und 90 Grad verwendet, aber das Ergebnis eines Experiments mußte sich doch verändern, je nachdem wie scharf der Grat eines Felsen war. Setzte man hier den Zweifel an, gab es genügend Raum weiter zu zweifeln. Aber falls er anfing, davon zu sprechen, würde sich, wie Tokiwa es befürchtet, das Problem von dem tatsächlichen Geschehnis entfernen.

Uozu hörte nicht genau darauf, was Yashiro Kyonosuke noch weiter kurz zu ihm sagte. Er wollte so schnell wie möglich weg.
Er verabschiedete sich von ihm, verließ den Arbeitsraum und eilte die Treppe hinunter zum Außenflur hinaus. Da stand ein Auto, und er sah, daß Yashiro Minako ihm entstieg.
Sie schritt sofort auf den Empfangsschalter zu, aber plötzlich sah sie auf und erkannte, daß Uozu vor ihr stand ...
»Oh!« rief sie kurz und wie bestürzt.
»Waren Sie hier, um meinen Mann aufzusuchen?«
Sie war noch einen halben Ken von ihm entfernt, als sie das fragte.
»Ja«, antwortete er. »Ich komme eben von ihm.«
Minako wollte irgend etwas sagen, und ihre Lippen bewegten sich schon, da senkte sie ihren Kopf, als wollte sie überlegen. Schließlich blickte sie wieder auf und sagte im gleichen Augenblick:
»Ich möchte Sie hier irgendwo sprechen. Ist das möglich?«
»Doch, bitte!« antwortete er. Sie entfernten sich beide von dem Empfangsschalter und gingen auf das Tor zu. Als sie dieses hinter sich gelassen hatten, fragte Uozu.
»Wollen wir zum Strand gehen?«
Er bog nach links ab und Minako folgte ihm schweigend. Nach einem halben Cho endete die Straße am Meer. Von vorn wehte der Wind, in dem man die Flut spürte.
»Es tut mir leid – ich meine das mit dem Experiment meines Mannes! Ich wußte gar nicht, daß es gestern stattfinden sollte. Mein Mann sprach mit keinem Wort davon, ich erfuhr

es erst heute morgen aus der Zeitung, und ich las die Zeitung erst, als mein Mann schon zur Firma weggefahren war – ich bin bestürzt!«
Ihr Ton verriet, wie überrascht sie tatsächlich war.
»Jetzt, da das Ergebnis vorliegt, kann man natürlich nichts mehr machen ... Mein Mann hat es sicher nicht absichtlich herbeigeführt!«
»Natürlich nicht!«
»Warum wollten Sie heute meinen Mann sprechen?«
»Ich wollte ihn bitten, irgendwo zu veröffentlichen, daß dieses Ergebnis keineswegs das Geschehnis von damals aufhellt. – Aber ich habe mir das nicht reiflich genug überlegt ...«
»Was antwortete mein Mann?«
»Er könne im Augenblick sein Urteil nur mit Hilfe dieses Ergebnisses bilden, und da müsse er die Auffassung vertreten, daß das Reißen des Nylonseils am Vorderen Hodaka eigentlich verwundere. So etwa hat er sich ausgedrückt.«
»Oh!«
»Aber da er die Durchführung des Experiments übernommen hatte, blieb ihm wohl nichts anderes übrig, als das zu sagen. Es ist nichts dagegen einzuwenden! Nur komme ich jetzt in Bedrängnis. Denn das Seil ist doch gerissen!«
Beide verließen die Straße und gingen durch ein Gelände, das offenbar einer Fabrik gehörte, auf das Meer zu. Obwohl seit vorhin nur sehr kurze Zeit vergangen war, hatte sich das Meer völlig verändert, und es erhoben sich viele lebhafte, kleine Wellen.
»Ich machte mir Sorgen, als ich das in der Zeitung las, und bin gekommen, um mit meinem Mann darüber zu reden!« sagte sie und blickte eine Weile auf das Meer hinaus. Aber plötzlich wandte sie sich Uozu zu.
»Herr Uozu! Ich habe zu meinem Mann als Menschen Vertrauen. Ich bin fest überzeugt, daß er das Experiment sehr gewissenhaft ausgeführt hat!«
»Natürlich, das glaube ich auch. Aber ich halte es für möglich, daß sich trotzdem ein Fehler eingeschlichen hat, auf den Ihr Mann nicht aufmerksam wurde. Es ist wohl sehr vermessen,

wenn ich das sage, aber vielleicht ist zur Beurteilung jenes Unglücks in den Bergen das Ergebnis dieses Experiments letzten Endes ohne Wert.«

Minako schwieg eine Weile, doch dann erklärte sie:

»Herr Uozu ...! Vielleicht ist es mir nicht erlaubt, aber ich mache mir seit jenem Unglück immerzu Gedanken darüber. ... Und ich wollte sie jetzt fragen, ob Sie nicht irgendwo in Ihrem Herzen glauben, mich und Kosaka schützen zu sollen?«

»Nein!« stieß er fast heftig hervor. Sein Gesicht wurde hart, und er starrte Minako nur an.

»Das ist absurd! Kosaka war nicht so!«

»Aber ...«

»...«

»Aber vielleicht sind Sie sich nicht bewußt, daß Sie das wollen?«

»Wie sollte ich denn dazu kommen!« wies Uozu ihre Frage erneut ab, und er fuhr fort:

»Den Menschen Kosaka, den – verzeihen Sie! – kenne ich besser als Sie! Da ich ihn freundschaftlich liebte, weiß ich genau, wie er war!«

Er wollte damit zum Ausdruck bringen, daß sie Kosaka nicht kannte, weil sie ihn nicht geliebt hatte. Uozu wußte, daß dies Minako gegenüber eine ziemlich grausame Art zu reden war, aber er konnte nicht anders. Die Worte sprangen ihm wie von selber über die Lippen.

Minako verzog ihr Gesicht und sah betrübt aus.

»Wie können Sie so etwas Schreckliches sagen!« erwiderte sie verletzt, fügte jedoch hinzu:

»Als ich die Zeitung las, fürchtete ich sofort, daß Sie, Herr Uozu, in große Schwierigkeiten kommen werden, und ich fuhr hierher, um mit meinem Mann zu sprechen – ich wollte ihn, nachdem ich ihn gehört hatte, fragen, ob er nicht etwas für mich tun könne.«

»Was heißt ›etwas‹?«

»Das weiß ich selbst nicht recht, aber ich stellte mir vor, daß sich durch ein Gespräch mit ihm vielleicht ein vernünftiger Ausweg ergäbe, und wenn das nicht möglich wäre, wollte ich

Sie treffen und Sie – falls Sie wegen der Sache zwischen mir und Kosaka in Schwierigkeiten sind – bitten, keine Rücksicht auf mich nehmen . . .«, sagte sie sehr undeutlich und wie abgekürzt, aber Uozu dachte, während er sie betrachtete, daß sie ihm lästig fiel. Sie mißverstand nicht nur jenes Geschehnis in den Bergen, sondern jetzt auch ihn.

Minako ließ in dem Wind, der vom Meer her wehte, ihre Haare nach hinten flattern. Ihr leicht grübelndes Gesicht erschien ihm so jung wie noch nie.

Da er schwieg, sagte sie:

»Ich will Ihnen jetzt verraten, was ich in Wirklichkeit denke. Ich kann mir nicht helfen, aber . . . irgendwie meine ich, daß Herr Kosaka sich das Leben genommen hat!«

»Damals in den Bergen waren nur ich und Kosaka! Es steht Ihnen frei, sich beliebige Vorstellungen zu machen, aber übersehen Sie, bitte, doch nicht, daß nur ich zugegen war!«

»Natürlich! Das ist mir klar. Nur Sie allein haben das Unglück gesehen . . .! Und doch . . .«

Hier brach sie kurz ab, fuhr aber fort:

»Verzeihen Sie, es könnte doch sein, daß Sie nicht alles gesehen haben! Falls man, wie der Ausgang des Experiments ja erwies, annimmt, daß das Seil stark war . . .«

»Nach meiner Überzeugung liegt da irgendwo ein Fehler verborgen!« unterbrach Uozu sie, aber sie fuhr fort:

»Falls man das annimmt, so ist das Seil . . .«

Sie verstummte plötzlich.

»Wollen Sie andeuten, daß Kosaka es durchgeschnitten hat?«

»Irgendwie ist mir so . . .«

»Natürlich läßt sich die Möglichkeit nicht völlig ausschließen, daß Kosaka, ohne daß ich es sah, das Seil absichtlich beschädigt hat, aber das ist ja wie im Kriminalroman! Ich weiß, was für ein Mensch Kosaka war!«

»Aber auch ich kenne ihn . . .«

Uozu war verblüfft, wie sich Minako auflehnte. Jetzt, da sie ihm das ins Gesicht sagte, wußte er nicht, wie er darauf antworten sollte. Ja, natürlich kannte sie den Menschen Kosaka jedenfalls besser als er.

»Herr Uozu, Sie sollten das alles einmal veröffentlichen.

Schreiben Sie ruhig, daß ein Selbstmord Kosakas nicht ausgeschlossen werden kann. Sonst meint man gar, Sie hätten das Seil durchgeschnitten! Und dann wären Sie in einer verzweifelten Lage! Heute morgen ist jemand von einer Zeitschrift gekommen, um meinen Mann zu interviewen. Mein Mann war schon weggefahren, und so ging der Reporter wieder; er wolle, sagte er, ein andermal wiederkommen. Aber die Art, wie dieser Mann redete, hat mich erschreckt!«

Uozu schwieg. Ihm war, als würde ihn ein unsichtbarer dunkler Schatten plötzlich packen.

»Er hielt es für möglich, daß Sie das Seil abgeschnitten haben!«

»Tja, wenn einer tatsächlich glaubt, ich habe das Seil, an dem Kosaka hing, abgeschnitten – ich kann nichts dagegen machen!« antwortete er nur, aber er zitterte vor Wut.

»Wenn das Seil nicht gerissen ist, so habe ich es abgeschnitten oder es ist uns irgendein technischer Fehler unterlaufen! Aber daß Sie nun noch die Möglichkeit eines Selbstmords von Kosaka daran reihen und sich darüber Sorgen machen, ist zu viel! So wird das eigentliche Problem völlig unsinnig verschoben. Die Sache mit Kosaka wird sich klären, sobald man seinen Leichnam aufgefunden hat!«

Beide begaben sich schweigend zur Firma zurück. Als sie vor dem Tor angekommen waren, sagte Uozu:

»Also – ich darf mich verabschieden ...«

Minako aber wollte anscheinend noch irgend etwas besprechen, sie war offensichtlich nicht gesonnen, sich jetzt schon von ihm zu trennen, sie blieb stehen, und schließlich fragte sie:

»Was soll ich machen?«

»Sie sind doch hergekommen, um mit Ihrem Mann zu reden – oder?«

»Aber das ist jetzt nicht mehr nötig. Ich war schon halb entschlossen, ihm die Affäre zwischen mir und Kosaka offen zu bekennen ...«

»Ich bitte Sie!« rief Uozu unwillkürlich laut. »Dadurch würde nur Ihre eigene Lage aufs äußerste erschwert!«

»Seien Sie unbesorgt! Ich würde das schon geschickt darstellen ...«

Uozu klangen diese Worte fast treulos.
Minako stand unverändert da und überlegte weiter.
»Es ist wohl besser, ich gehe jetzt zu meinem Mann. Nachdem ich eigens hergekommen bin!«
»Sie dürfen ihm aber nichts über Kosaka sagen! beschwor er sie noch einmal.
»Ich habe begriffen. – Also ...«
Sie warf ihm einen letzten Blick zu und schritt dann durch das Tor auf das Gelände der Firma.
Uozu ging weiter. Als er an der kleinen Brücke ein leeres Taxi kommen sah, hielt er es an und stieg ein.

Nachdem Uozu in die Firma zurückgekehrt war, sah er Tokiwa nirgendwo, aber es war ein Freund aus seiner Studentenzeit, Miike, ebenfalls ein Bergsteiger, gekommen, der jetzt eine kleine Fabrik besaß.
Miike, etwas älter als Uozu, begrüßte ihn mit den Worten:
»Ich würde gern hier irgendwo eine Tasse Tee mit dir trinken, hast du nicht Lust?«
Darauf begaben sich beide in den Teeraum des benachbarten Geschäftshauses. Uozu mochte Miike gern. Er hatte zwar gelegentlich eine Art, die beinahe faschistisch klang, und er galt während seiner Studienzeit als nörgelig, doch irgendwo besaß er auch etwas Warmes, Freundliches in seinem Wesen.
»Kaffee!« bestellte Miike in unverändert derbem Ton.
»Das ist ja eine fürchterliche Geschichte!« wandte er sich dann Uozu zu und fuhr fort:
»Ich könnte mir vorstellen, daß da noch irgend etwas ist, was du verheimlichst ...«
»Nein! Ganz sicher nicht!«
»So? Tja, ich glaube dir das gern, aber willst du nicht etwa Kosaka decken?«
»Decken?«
Ohne darauf zu antworten, fragte Miike nach einer Weile:
»Hat sich nicht vielleicht das Seil gelockert?«
Er sagte das fast flüsternd.
»Das ist doch Unsinn!« erwiderte Uozu halb empört.
»So? Es hat sich nicht gelöst ...«

»Nein, bestimmt nicht!«
»Na gut, aber ich hätte mir das schon denken können, daß sich Kosakas Seil gelöst hat und du ihn decken willst. Ich hielt das für möglich.«
»Falls so etwas passiert wäre, würde ich die Unglücksursache doch nicht auf einen Mangel des Seils schieben! Das wäre ein Verbrechen!«
»Na, sei mir nicht böse. – Mir ist diese Idee einfach plötzlich gekommen, aber nicht nur mir! Viele denken so!«
In Miikes Brille schimmerten seine Augen. Uozu fand es nett von ihm, daß er aus Sorge um ihn hergekommen war, aber er staunte, wie wenig man doch seiner eigenen Darstellung glaubte.
Als sie beide den Teeraum verließen und sich verabschiedet hatten, kehrte Uozu nicht in die Firma zurück, sondern begab sich in den Hibiya-Park, wo er damals mit Kosaka zusammen herumgegangen war. Er war überzeugt, daß er jetzt unmöglich arbeiten konnte, und es bedrückte ihn die Vorstellung, wie ihn alle Angestellten der Firma anstarrten.
Im Hibiya-Park wandelten einige Paare auf und ab, die hier ihre Mittagspause verbrachten. Uozu schlenderte ein wenig am Teich entlang, dann entdeckte er eine leere Bank, ging hin und setzte sich.
Er fühlte sich erschöpft. Er wußte auch, daß diese Ermüdung weniger von dem Schlag herrührte, den ihm die Journalisten mit ihren Artikeln versetzt hatten, sondern sich aus dem mangelnden Verständnis anderer erklärte.
Die meisten waren wohl der Auffassung, daß er selber das Seil durchgeschnitten hatte, um sein Leben zu retten. Und glaubte nicht selbst Tokiwa, der ihm doch wohlgesonnen war, keineswegs alles, was er ihm sagte? Sicher hielt Tokiwa es in irgendeinem Winkel seines Herzens für möglich, daß Kosaka Selbstmord begangen hatte.
Minakos Standpunkt unterschied sich zwar etwas von dem Tokiwas, aber darin, daß sie jenes Geschehnis von vornherein als Selbstmord Kosakas interpretierte, ging sie über Tokiwa noch hinaus. Tokiwa erblickte darin nur eine Möglichkeit, das Unglück zu erklären, Minako aber, bewußt oder unbe-

wußt, war davon überzeugt, daß Uozu, indem er das nicht zugab, seinen Freund zu decken suchte.
Doch ob hier Selbstmord vorlag oder nicht, würde ja geklärt werden, sobald man Kosaka auffand. Als Uozu das überlegte, fiel ihm ein, daß Kosaka an dem Morgen jenes furchtbaren Tages etwas in sein Bergtagebuch geschrieben hatte. Er sah Kosaka noch deutlich vor sich.
Und plötzlich überfiel ihn ein beunruhigender Gedanke, der ihm noch nie gekommen war. Falls man in Kosakas Bergtagebuch unklare Worte fand, aus denen eine Selbstmordabsicht herausgelesen werden konnte – ergab das eine Katastrophe!
Er wußte genau, daß Kosaka kein Mann war, der Selbstmord beging. Kosaka war Bergsteiger und konnte daher unmöglich einen Selbstmord planen. Aber war es nicht so, daß in einer Situation, wie sie Kosaka damals durchlebte, kein Mensch ganz normal fühlte? Geschah es nicht oft, daß einer in solcher Stimmung allzu sentimental schrieb?
Gleichzeitig mit dieser Unruhe erinnerte er sich, daß vorhin Miike die völlig ungereimte Vermutung geäußert hatte, daß sich das Seil vielleicht durch eine Unachtsamkeit Kosakas von selbst gelöst hatte und er, Uozu, nun seinen Freund decken wollte. Als ihm das jetzt wieder einfiel, verstärkte sich seine Unruhe weiter. Angenommen, Kosakas Körper wurde ohne Seil aufgefunden . . .!
Uozu stand auf, er entsann sich der gestrigen Worte Tokiwas, daß er sich jetzt in einer Wirklichkeit befinde, die noch strenger und härter sei, als jene Augenblicke in der Ostwand. Und er dachte, daß dies sicher das gleiche Gefühl sei, mit dem er sich an einer Ecke der weißen, kalten, zackigen Schneewand festgeklammert hielt.
Die Hände berührten die Felskante. Die Füße standen auf einer anderen, kleineren Kante. Ringsum war niemand. Er allein hielt sich an der Felswand fest. Ständig verursachten kleine Schneelawinen unheimliche Geräusche. Aber er dachte: ›ich werde nicht abstürzen! ich werde auf keinen Fall abstürzen!‹ – Aufstöhnend, als wollte er dieses Gefühl in seiner Brust erdrücken, schritt er dahin.

Plötzlich kehrte er aus diesem Grübeln zurück. Voll Verwunderung sah er, wie die stille Frühlingssone rinsum alles beschien und erwärmte.
Nachdem er den Hibiya-Park verlassen hatte, ging er in zwei Cafés, trank etwas, was ihm nicht schmeckte, und begab sich in einer Stimmung, als gebe es für ihn nirgendwo mehr einen Platz, wo er Ruhe fand, nach drei Uhr in das Büro zurück. Er sah dort Tokiwa wie gewohnt hin und her gehen.
Uozu trat sofort zu ihm und sagte:
»Heute vormittag war ich bei Herrn Yashiro und habe ihn gefragt.«
»Hm – und?«
Tokiwa wartete, daß Uozu sich genauer erklärte.
»Er glaubt nicht, daß sich das Unglück so abgespielt hat, wie ich es darstelle. Er behauptet zwar nicht, das gestrige Experiment habe den Vorfall so, wie er wirklich war, ergründet, doch nach seiner Überzeugung ist das Ergebnis dieses Experiments gleichwohl zur Beurteilung des Vorfalls ein Material unter anderen!«
»Hm – so ist das ja wohl auch.«
»Soweit man aus diesem Material einen Schluß ziehen kann, muß man, erklärte er mir, annehmen, daß das Seil wohl auch in den Bergen nicht reißen konnte.«
»Hm, tja – darauf kommt es ja wohl hinaus ...«, erwiderte Tokiwa langsam, während er angestrengt nachdachte.
»Er könnte also auch in der Zeitung nichts als dies äußern. – Er will nicht so geschickt sein, den Hergang in den Bergen zu bejahen und gleichzeitig die Richtigkeit seines Experiments zu behaupten!«
Tokiwa kratzte sich, als jucke es ihn, mit dem Nagel seines Daumens an der Nasenspitze und überlegte. Nach einer Weile sagte er dann laut:
»Na, gut! Wenn er nichts darüber schreiben will, ist das auch recht. Ja – ich begreife das schon. Ein Mann wie er schreibt das nicht! Er sagt sich, gut, ich bin um dieses Experiment gebeten worden, und ich habe es ausgeführt. Darüber hinaus rühre ich keinen Finger!«
Er sprach fast, als vertrete er Yashiros Interessen.

»Wann kann Kosakas Körper wohl frühestens geborgen werden?«
»Tja, es wird wohl Juli, bis der Schnee ganz geschmolzen ist, aber ich möchte im nächsten Monat schon einmal hinfahren!«
»Ja, fahren Sie bald!« erwiderte Tokiwa und sah Uozu in die Augen.
»Und dann, Uozu-kun, reichen Sie jetzt Ihr Rücktrittsgesuch ein. Es handelt sich um eine Vereinbarung mit dem Hauptbüro. Da ist nun nichts daran zu ändern. Im Augenblick führt das Hauptbüro das Kommando. So leid es mir tut, Sie sind der Verlierer!«
»Ich habe nicht verloren!«
»Im Endeffekt doch. – Ich hätte das Experiment nicht vorschlagen sollen!«
»Ich schreibe das Rücktrittsgesuch sofort.«
Uozu bemühte sich, sein Gesicht möglichst ausdruckslos zu halten.
»Sie arbeiten hier zunächst im Auftrag. Finden Sie sich für etwa einen Monat damit ab! Ich will, daß Sie die gleiche Arbeit wie bisher verrichten. Später nehme ich Sie wieder als Firmenangestellten auf. – Halten Sie sich so lange, bis Kosakas Leichnam gefunden wird, möglichst zurück. Und wenn man weiß, daß Ihnen kein Fehler unterlaufen ist, wollen wir noch einmal experimentieren lassen! Dies möglichst unter den gleichen Voraussetzungen wie sie in den Bergen gegeben waren. Ganz klar! Das Seil ist gerissen. Was einmal geschehen ist, geschieht auch ein zweites Mal!«
Uozu schrieb das Rücktrittsgesuch an seinem Tisch und brachte es sofort zu Tokiwa.
»Ist es recht so?« fragte er.
Tokiwa nahm es in die Hand, überflog es kurz und bemerkte:
»Wird schon gut sein ...«
Und er fuhr fort:
»Ich würde gern heute abend mit Ihnen zusammen irgendwo essen, aber leider bin ich schon verabredet – machen wir es also morgen abend!«
Er wollte offenbar irgendwo hin und bereitete sich zum Weggehen vor. Da sagte Uozu plötzlich:

»Herr Filialchef!« und sah ihm dabei in die Augen.

»Nachdem ich das Rücktrittsgesuch geschrieben habe, müßte ich mich nicht eigentlich auch in Wirklichkeit aus der Firma zurückziehen?«

Ihm hatte diese Frage auf der Seele gelegen, seit Tokiwa angefangen hatte, von diesem Rücktrittsgesuch zu sprechen.

»Seien Sie beruhigt! Sie sind damit aus der Firma ausgetreten.«

»Ja, aber falls es besser ist, daß ich hier überhaupt nicht mehr erscheine, möchte ich das! Auf der einen Seite ein Rücktrittsgesuch schreiben und als Beauftragter weiterzuarbeiten – ich weiß nicht, ob ich Ihnen damit nicht Schwierigkeiten mache ...«

»Hm ... Machen Sie sich Sorgen meinetwegen? Seit wann ist Ihre Position so bedeutend geworden?«

Tokiwa war mißgestimmt. Uozu erkannte, daß er etwas höchst Ungeschicktes gesagt hatte, aber nun war es zu spät.

»Ich glaube doch, noch nicht soweit heruntergekommen zu sein, daß ich mich von Ihnen freundlich betun lassen müßte. Ihre Absicht ist dankenswert, aber ich verzichte. Machen Sie sich lieber um sich selber Sorgen! Ja, um sich selber! – Kümmern Sie sich um den Filialchef erst, nachdem Sie Firmenchef geworden sind!

»So habe ich das doch nicht gemeint!«

»Ja, wie denn dann? Sollte es ein Kompliment sein?«

»Ich mache keine Komplimente ...«

»Davon bin ich allerdings überzeugt! Wenn Sie dazu imstande wären, hätten Sie ja wohl das Problem gar nicht entstehen lassen. Sie hätten ein bißchen geschickt herumgeredet und – ohne daß es mit der Firma Streit gab! – Alle hätten Ihnen zugegeben, daß das Seil tatsächlich gerissen ist! Falls Sie Tokugawa Ieyasu wären, hätten Sie sich schlau aus der Klemme gezogen. Sie verstehen die Welt nicht recht zu nehmen! Bestenfalls sind Sie Uesugi Kenshin. Vielleicht gelingt es Ihnen, in die Festung des Feindes einzudringen!«

Danach blickte Tokiwa auf seine Armbanduhr, entfernte sich von dem Tisch und ging auf den Ausgang zu. Dabei versetzte er Uozu den Gnadenstoß.

»Wenn ich von Kenshin geredet habe, meinte ich es übrigens gut mit Ihnen! Seien Sie tapfer, tapfer! Ebenso wie Kenshin!« Leicht nach vorne gebeugt ging Tokiwa hinaus.

Uozu empfand das Bedürfnis, an diesem Abend irgendwo zu trinken, aber er hatte keine Lust, sich in den Oden-Buden oder den Sake-Kneipen zu zeigen, wo man ihn kannte. Er fand die Vorstellung, daß man ihn dort mit Blicken überschüttete, bedrückend.

Schließlich trat er in ein chinesisches Restaurant vor dem Bahnhof Omori und trank in einer Ecke Bier. Tokiwas Worte »Seien Sie tapfer, tapfer!« hallten ihm noch in den Ohren. Jedesmal, wenn er daran dachte, hob er den Kopf, als wollte er sich zum Kampf stellen.

Was zunächst getan werden mußte, war, Kosakas Leichnam aus dem Schnee des Vorderen Hodaka zu graben. Das mußte so schnell wie möglich erfolgen, einmal, um den Verdacht von Tokiwa und Minako zu zerstreuen, dann aber auch im Interesse von Kosakas Mutter und Schwester. Die Sorge, die ihn mittags im Hibiya-Park überfallen hatte, die Angst, es könnte unter den von Kosaka hinterlassenen Dingen etwas wie ein Abschiedsbrief entdeckt werden, und ebenso die Befürchtung, das Seil könnte nicht um seinen Körper geschlungen sein – all dies erschien ihm jetzt wie lauter Wahnideen.

Er hatte drei Flaschen getrunken, fühlte sich aber nicht im geringsten benommen. Als er das Chinesische Restaurant verließ und auf die Straße vor dem Bahnhof Omori hinausschritt, erinnerte er sich plötzlich an Minako. Er empfand ihr Mißverständnis als höchst lästig, doch nun war ihm mit einem Mal, als fühlte er die Herzenswärme eines um ihn besorgten Menschen. Es fiel ihm ein, daß ihm, während er sich mit ihr am Strand unterhalten hatte, nicht ein einziges Wort des Dankes über die Lippen gekommen war. Er konnte sich das nur damit erklären, daß er zu erregt gewesen war.

Als er in seine Pension zurückkehrte, sagte die Verwalterin zu ihm:

»Sie haben Besuch!«

»Von wem?«

»Einer jungen Frau. Ich habe sie gebeten, in Ihrem Zimmer auf Sie zu warten!«
Er dachte sofort, daß es sicher Minako sei. Sie hatte sich, nachdem sie mittags auseinandergegangen waren, mit ihrem Mann unterhalten und wollte ihm nun wohl darüber berichten.
Er sah auf die Uhr, es war nach neun. Als er die Tür seiner Wohnung öffnete, rief er hinein:
»Frau Yashiro!«
»Nein. Ich bin es« – und schon erschien Kosakas Schwester Kaoru.
»Die alte Frau unten hat mir so zugeredet, ich sollte heraufkommen. Sie hätten bestimmt nichts dagegen! Und so bin ich also hier eingedrungen ... Verzeihen Sie!«
»Oh, ich bitte!«
Er zog seine Schuhe aus und trat ins Zimmer, aber er fühlte, daß seine Beine etwas zitterten. Er hatte sonst drei Flaschen Bier ohne weiteres vertragen, doch heute fühlte er sich leicht mitgenommen.
»Bitte, nehmen Sie Platz!« bat er Kaoru, die noch immer stand. Daraufhin setzte sich Kaoru sehr ordentlich, mit geschlossenen Knien, vor den Tisch. Uozu sah dort zwei noch zugebundene Sushi-Schachteln liegen.
»Ich bin heute gekommen, um mit Ihnen abendzuessen ...«, erklärte sie.
»Hätten Sie doch in der Firma angerufen, dann wäre es Ihnen erspart geblieben, hier zu warten.«
»Ich habe ja angerufen, aber Sie waren schon fort!«
»Oh, das tut mir leid. Haben Sie sehr lange gewartet? Haben Sie schon gegessen?«
»Nein, noch nicht!«
»Oh, verzeihen Sie ... Haben Sie da nicht etwas mitgebracht – bitte, essen Sie gleich!«
»Aber haben denn Sie schon gegessen? Wenn ja, ist es gut. Ich bin eigentlich nicht hungrig!« sagte Kaoru, vielleicht weil es ihr unangenehm war, allein zu essen.
»Ich habe nur Bier getrunken, noch nichts gegessen – also ich greife gern zu! Danke!«

Daraufhin wurde Kaorus Gesicht plötzlich lebendig, und sie rief:
»Schön! Essen wir zusammen!« und sie erhob sich.
»Die Küche ist doch wohl hier?« fragte sie, und schon hatte sie das Zimmer verlassen. Uozu stützte sich auf den Tisch. Er fühlte sich so erschöpft, daß es ihm geradezu wehtat. Er konnte sein Verlangen, sich hinzulegen, kaum länger unterdrücken. Vermutlich hatte ihn, überlegte er, die schon vom Morgen an währende innere Spannung zusammen mit dem Biertrinken abends so schlapp gemacht. Er wollte, wenn irgend möglich, jetzt allein sein. Sicher fand sich Kaoru in der ihr unbekannten Küche nicht zurecht, aber er war außerstande, einen Schritt zu tun.
Inzwischen kochte Kaoru Tee und kam damit herein. Sie hatte die kleine Teekanne gefunden, Tee hineingetan und brachte sie, zusammen mit zwei Teetassen, auf einem Tablett. Shoyu-Sauce, die man auf die Sushi gießt, hatte sie in ein Tellerchen gegossen.
»Wie kommen Sie denn zu Shoyu?« fragte Uozu sie.
»Ich habe sie in einer kleinen Flasche mitgebracht, weil ich mir dachte, daß Sie vielleicht keine haben!«
»Sie denken ja wirklich an alles!« sagte er mechanisch, aber er wünschte eigentlich nichts sehnlicher, als allein gelassen zu werden. Er steckte zwei, drei Sushi nacheinander in den Mund und legte die Stäbchen gleich wieder hin.
»Sie sind aber furchtbar erschöpft!« meinte Kaoru besorgt.
»Ach, so schlimm ist das gar nicht ...«
»Doch! Wie wäre es, wenn Sie sich hinlegten!«
»Machen Sie sich keine Sorgen ...«, wehrte er noch einmal ab.
»Aber sind Sie denn nicht wahnsinnig erschöpft?« fragte sie wieder, und da streckte er sich, gleichgültig, wie das aussah und was man darüber denken konnte, flach auf der Tatami aus. Er vergaß sogar, daß Kaoru da war, schloß einfach die Augen. Ihm war, als fließe dichter, schwerer Nebel ganz nahe an ihm vorbei »Es ist nichts zu sehen, nichts, gar nichts, nirgendwo ist irgend etwas zu sehen« – diese sinnlosen Worte flüsterte er leise vor sich hin.
Dann kam er wieder zu sich und hob den Kopf. Er sah, wie

Kaoru auf der anderen Seite des Tisches, die Hände auf die Knie gestützt, dasaß und mühsam ein Schluchzen unterdrückend, zu Boden starrte.
»Was haben Sie?« fragte er bestürzt und erhob sich. Kaoru verharrte noch eine Weile unbewegt, aber schließlich wischte sie sich mit dem Taschentuch über die tränennassen Augen und blickte ernst zu ihm auf. Uozu erschienen ihre noch immer feuchten Augen wundervoll klar. Kaoru versuchte mühsam zu lächeln, aber auch ihr lächelndes Gesicht erschien ihm zaubervoll, strahlend klar.
»Ich kann mir vorstellen, wie Ihnen zumute ist!« sagte sie.
»Ich habe nur ein wenig zuviel getrunken ...«
»Mag dieses Experiment ausgegangen sein, wie es will, ich finde es empörend, daß man Ihnen nicht glaubt! Sie haben doch unendlich oft schon beteuert, daß das Seil gerissen ist!«
Kaoru redete, als wende sie sich an einen unsichtbaren Partner, der in ihrer Nähe saß. Uozu fühlte, wie etwas wundersam Weiches und Warmes auf ihn zuströmte, und sein Herz sanft wiegte.
»Es gibt Leute, die davon reden, Ihr Bruder habe vielleicht Selbstmord begangen!« sagte Uozu.
»Oh!«
Kaoru riß verwundert ihre Augen auf.
»Stimmt das?«
»Unsinn! Es ist völlig ausgeschlossen!«
»Ja, eben, das meine ich auch ...«
»Aber angenommen, es hätte für ihn vielleicht einen Grund gegeben, aus dem Leben zu scheiden?«
Uozu wollte gern erfahren, wie sie sich dazu äußerte.
»Hm – ich kann mir nicht vorstellen, daß mein Bruder in den Bergen Selbstmord begehen wollte – gleichgültig, was für Gründe es auch gegeben hat. Meinen Sie nicht auch?«
»Er war doch niemand, der sein Leben wegwirft! Ich kann mir überhaupt keinen Bergsteiger vorstellen, der sich in den Bergen umbringt! So etwas kann es einfach nicht geben!« erwiderte Uozu heftig und fuhr fort:
»Es gibt auch Leute, die es für möglich halten, daß sich sein Seil gelöst hat und ich sein Fiasko decken möchte!«

»Oh!«
Sie riß genauso wie vorhin betroffen ihre Augen auf.
»Ich kann mir das nicht denken!«
»Ich ebensowenig! Auf gar keinen Fall!«
»Dann bin ich beruhigt! Sie, Herr Uozu, und mein Bruder sind keine Männer, denen so etwas passiert!«
»Das will ich meinen! Dafür sind wir zu lange in die Lehre gegangen! Aber ich wollte Ihnen damit nur sagen, daß dieses Unglück auf die verschiedenste Weise erklärt wird!«
»Ich kann das einfach nicht begreifen! Wie ist das nur möglich! Sie haben doch gesagt, daß es gerissen ist, Herr Uozu! Was sind das für bösartige Leute!«
»Man hält es nicht schon deswegen für wahr, weil *ich* es sage!«
Uozu fühlte, wie das Gespräch mit Kaoru ihn beruhigte. Hier war er, dachte er, zum erstenmal einem Menschen begegnet, der alles, was er sagte, ausnahmslos und ohne weiteres glaubte.
»Es bekümmert mich sehr, daß Sie wegen meines Bruders so Schreckliches durchmachen müssen! Ich möchte so gern etwas für Sie tun – aber ich weiß nicht, was ... Wenn ich ein Mann wäre, würde ich Sie auffordern, mit mir in die Berge zu fahren!«
»Bei all dem geht es ja nicht nur um Ihren Bruder. Es handelt sich um einen Vorfall, den ich und Ihr Bruder zusammen verursacht haben! Eine Zeitlang werden sich verschiedene Auffassungen gegenüberstehen, aber sicher wird sich das Problem langsam klären!«
»Meinen Sie wirklich?« fragte Kaoru bekümmert.
»Sobald der Schnee zu schmelzen anfängt, fahre ich in die Berge. Ist dann Ihr Bruder einmal aufgefunden, wird sich die Hälfte aller Vermutungen von selbst erledigen. Bestimmt ist das Seil noch um seinen Körper geschlungen, und ganz sicher findet man bei ihm keinen Abschiedsbrief oder etwas Ähnliches!«
»Oh – halten Sie das bei meinem Bruder überhaupt für möglich? Gab es denn da irgend etwas, das einen solchen Verdacht rechtfertigen könnte?«

»Nein!«

»Aber wenn kein Grund vorliegt, wie kann ein solcher Verdacht entstehen?«

»Es sind auch nur sehr wenige, die an so etwas denken!«

»Frau Yashiro?« fragte Kaoru offen heraus.

Uozu sah sie verblüfft an.

»Das ist doch so, wie?«

»Ach, nein ...«, antwortete er unklar und ausweichend. Er fand es unnötig, ihr von dem, was zwischen ihrem Bruder und Yashiro Minako war, zu erzählen.

»Irgendwie ist mir so – seit einiger Zeit ...«, sagte sie. »Ich habe neulich Frau Yashiro Fotos gebracht, damit sie ein paar für sich auswählte, aber plötzlich hatte ich den Eindruck, daß sie meinen Bruder nie geliebt hat! Bis dahin war ich irgendwie überzeugt gewesen, daß sich die beiden geliebt hatten, aber das stimmte nicht!«

»Tja ...«, erwiderte Uozu auch jetzt sehr vage und fuhr fort:

»Jedenfalls wird dieser dumme Verdacht verschwinden, sobald Ihr Bruder aufgefunden ist! Und dann gibt es nur noch zwei Fragen: ist das Seil von selber gerissen, oder habe ich es abgeschnitten!«

»Aber – wie sollten Sie so etwas getan haben!«

»Natürlich, es ist völlig irre – aber ich bin machtlos, wenn man mich so verdächtigt! Doch auch diese zwei Fragen werden geklärt werden. – Auf jeden Fall muß ich so schnell wie möglich Ihren Bruder aus dem Schnee herausholen ...«

»Darf ich mitkommen?«

»Von mir aus ja, aber der Schnee liegt noch tief, und es würde Sie bestimmt zu sehr anstrengen!«

»O nein! Ich kann zwar nicht bergsteigen, aber Ski fahre ich vielleicht noch besser als Sie!«

Sie wurde dabei so rot, daß Uozu erstaunte.

7. Kapitel

Fast überstürzt brachen die Kirschblüten plötzlich auf, und schon waren sie abgefallen.
Es war in jedem Jahr so, aber auch diesmal hatte Minako die Kirschblüten kaum richtig gesehen. Als sie in der Nähe des Bahnhofs ihre Einkäufe erledigte, waren sie zu einem Viertel aufgegangen, bei ihrem nächsten Weggang von zu Hause, vier, fünf Tage später, waren nur mehr die Blätter daran.
Minako ging auf die Engawa und blickte wie jeden Tag auf die jungen Kaki-Blätter im Nachbargarten. Die grünen, kleinen Punkte wurden immer größer. Daß der Frühling entschwand war daran zu erkennen, wie schnell diese jungen Blätter wuchsen.
Jeden Morgen überflog sie die drei Zeitungen, die sie abonniert hatten. Das Problem des Nylonseils wurde noch zwei Wochen nach dem Experiment ständig behandelt.
Da die Fragen heikel waren, berührte man den Vorfall selber in keiner Zeitung direkt, aber Minako fielen Überschriften auf wie »Vorsicht bei Verwendung des Nylonseils!« und »Vorzüge und Schwächen des Nylonseils«. Las sie den Artikel, waren die Journalisten überzeugt, daß das Unglück entweder auf eine fehlerhafte Handhabung des Nylonseils beim Klettern oder auf unzureichende Kenntnisse der beiden Bergsteiger zurückzuführen war.
Auch das Nylonseil besitzt Vorzüge wie Schwächen, gebraucht man es aber mit dem rechten Verständnis, ist es stärker als das Hanfseil. Das schien die Auffassung aller Verfasser solcher Artikel zu sein.
Selbstverständlich schrieb niemand, daß Uozu das Seil vielleicht abgeschnitten habe, um sein Leben zu retten, doch die Verantwortung für das Unglück wurde von allen auf die beiden Bergsteiger selbst abgewälzt.
Minako tat, wenn sie dergleichen las, das Herz jedesmal weh. Da Uozu es so entschieden zurückwies, glaubte sie natürlich nicht, daß er das Seil durchschnitten hätte, und sie konnte sich

nicht vorstellen, daß ihnen bei dem Gebrauch des Seils irgendwelche Fehler unterlaufen waren. Aber es war ihr auch nicht möglich, das Experiment ihres Mannes als unzuverlässig abzutun. Mochte Kyonosuke, dachte sie, auf welchem Standpunkt auch immer stehen, seine Korrektheit als Wissenschaftler war über jeden Zweifel erhaben. In diesem Punkt vertraute Minako ihrem Mann, selbst wenn die Welt anderer Meinung gewesen wäre.

Waren nun aber, was Uozu behauptete, und auch das Ergebnis jenes Experiments, das ihr Mann durchgeführt hatte, richtig – worin bestand das Problem? Sie konnte sich sehr wohl vorstellen, daß Kosaka Selbstmord begangen hatte. Uozu freilich war felsenfest überzeugt, daß dies nicht in Frage kam. Doch war das nichts weiter als seine persönliche Überzeugung, er konnte nichts beweisen. Nach ihrer Meinung würde nur die Hypothese eines Selbstmords, den Kosaka begangen hatte, den Vorfall erklärlich machen.

Es war an einem Sonntag Anfang Mai. Um zehn Uhr klingelte das Telefon. Als Minako hinging und den Hörer abnahm, vernahm sie zu ihrem Erstaunen Uozus Stimme.

»Ist Ihr Herr Gemahl heute zu Hause? Ich möchte ihn gern ein paar Augenblicke sprechen.«

Seine lebhafte Stimme klang, als hungerte er danach. Minako hörte sie gern.

»Bitte, warten Sie ein wenig!«

Sie legte den Hörer hin und stieg in den ersten Stock, um ihrem Mann das mitzuteilen. Sie spähte in sein Arbeitszimmer, aber dort war er nicht. Sie ging wieder nach unten, fragte Harue und erfuhr, daß er gerade zum Tor hinausgegangen sei. Er machte wohl einen Spaziergang.

Daraufhin kehrte sie an den Apparat zurück und sagte:

»Mein Mann ist leider nicht da, er ist spazierengegangen, aber kommen Sie, bitte, ruhig. Er hat heute morgen davon gesprochen, daß er den ganzen Tag zu Hause bleiben wolle.«

Kyonosuke ging sonst auch am Sonntag nachmittag meist fort, aber er hatte Minako beim Frühstück gesagt, er wolle ausnahmsweise den ganzen Tag zu Hause sein.

Gleichwohl fühlte sie sich ein wenig beunruhigt; sie überlegte, was wohl der Zweck von Uozus Besuch sein könnte, und sie fragte vorsichtig:
»Ist es wegen des Experiments?«
Darauf antwortete Uozu nach einer kleinen Pause:
»Ich möchte bald mit fünf, sechs anderen den Hodaka besteigen. Ich kann Kosaka unmöglich noch länger dort liegen-lassen! Dabei kommen wir auch an die Stelle, wo das Unglück passiert ist. Nun fände ich es gut, wenn Ihr Mann vom wissenschaftlichen Standpunkt aus dort Erhebungen anstellen ließe. Ich meine, es gibt da doch sicher etwas zu untersuchen . . .«
»Ich verstehe. Ich werde ihm das sagen.«
»Ich gehe gleich hier weg und bin wohl in etwa vierzig Minuten in Ihrem Hause!«
»Bitte! Ich erwarte Sie!«
Als sie den Hörer aufgelegt hatte, hörte sie, wie die Eingangstür geöffnet wurde.
Sie ging sofort hin, es war ihr Mann, er war japanisch angezogen, und er sagte gleich zu ihr:
»Neben dem Tor wächst schon wieder ziemlich viel Gras!«
»Oh, das finde ich seltsam, ich habe es dort erst ausgezupft!«
Er antwortete nicht weiter darauf, sondern schickte sich an, in den ersten Stock hinaufzusteigen.
»Eben hat Herr Uozu angerufen!«
Als ihr Mann das hörte, blieb er unten an der Treppe stehen.
»Der junge Mann von neulich . . . der Bergsteiger?«
»Ja. Er kommt jetzt gleich!«
»Er kommt? Tut mir leid, ich bin weg!«
»Oh – du hast doch heute morgen gesagt, du bleibst den ganzen Tag zu Hause!«
»Hm . . . ich gehe in die Firma!«
»In etwa vierzig Minuten ist er hier!«
»Ich gehe aber gleich!«
»Du willst nicht solange warten? Keine dreißig, vierzig Minuten?«
»Nein.«
»Aber er kommt nun eigens!«

»Das mag sein, aber ich habe nicht so viel Zeit!«
»Du hast doch gesagt, du brauchtest heute nicht wegzugehen!«
»Ich hatte das auch heute morgen vor! Jetzt hat sich das geändert.«
»Wie boshaft du bist!«
Kaum hatte sie das ausgesprochen, erschrak sie. Seit sie verheiratet war, hatten sie sich noch nie so feindselig gegenübergestanden.
Plötzlich wurde ihr bewußt, daß man das, was sie jetzt für ihren Mann empfand, Haß nennen konnte. Sie hatte so etwas bis zu diesem Tag noch nie verspürt. Es war ihr wohl einmal der Fehltritt mit Kosaka geschehen, aber keineswegs deswegen, weil die Liebe zu ihrem Mann nachließ oder sie ihn plötzlich nicht mehr mochte.
Minako blieb wie benommen stehen. Sie war aber nicht nur über dieses für sie neue Gefühl betroffen. Sie war fest überzeugt, daß auch ihr Mann sie jetzt haßte. Natürlich wußte sie sehr wohl, daß er sich nicht erst, nachdem er von Uozus Besuch gehört hatte, plötzlich entschlossen hatte, in die Firma zu fahren. Aber es war zu dem heftigen Wortwechsel gekommen, nachdem der Name Uozu gefallen war.
Kyonosuke blickte seine Frau aus kalten Augen an, und Minako starrte kalt zurück. Für eine sehr kurze Spanne Zeit starrten sie sich so an.
Minako war die erste, die dann wegsah.
»Tja, also gut. Wenn Herr Uozu kommt, sage ich ihm, du hättest einer dringenden Sache wegen plötzlich gehen müssen.«
Ihr Mann antwortete nicht darauf, er sagte nur:
»Bitte, laß ein Auto kommen!«
Er gab seine Absicht auf, in sein Studierzimmer hinaufzusteigen und ging durch den Korridor in den Raum, in dem der Schrank mit seinen europäischen Anzügen stand.
Minako folgte ihm, sie öffnete den Schrank, nahm einen Anzug samt Bügel heraus und reichte ihn ihm. Dann rief sie:
»Harue!«
Als das Mädchen erschien, sagte sie:

»Rufen Sie gleich ein Auto!«
Während sich Kyonosuke umzog, warf Minako durch die Glasschiebetür einen Blick auf den Garten. Das Grün der jungen Blätter war in diesen vier, fünf Tagen tiefer geworden, es sah aus, als seien ganze Klumpen von Grün verstreut, die heiß in der Sonne schimmerten. Der Hintergrund dazu war ein klarer, wolkenloser Himmel, und obwohl sie durch Glas hindurchschaute, hatte sie den Eindruck, daß mehr Vorsommer als Spätfrühling war.
Dann blickte sie wieder zu ihrem Mann hin. Er hatte über seinen mageren Körper ein weißes Hemd gezogen und an der Hüfte die Hemdzipfel in die enge Hose gesteckt. Aus dem Kragen, um den er noch keine Krawatte geschlungen hatte, ragte sein Hals. Sein Adamsapfel bewegte sich nervös auf und ab.
»Ich komme erst abends wieder!« sagte er mürrisch, als sei das eine Kampfansage.
»Und was ist mit dem Abendessen?«
»Vielleicht esse ich hier ...«
Minako sah wieder zum Garten hinaus, und in diesem Augenblick sehnte sie sich – als sei dies ihr ganzer Widerstand gegen ihren Ehemann – nach etwas Ungestümem, sie wünschte sich einen Mann, der ihren Körper mit aller Kraft so an sich drückte, daß sie kaum mehr atmen konnte. Nun da sie Kyonosuke so unangenehm fand, überfiel sie plötzlich ein solches Verlangen ...
Sie blickte fest auf das Grün der jungen Blätter und spürte, wie sie am ganzen Körper leicht zitterte.
Als das Auto gekommen war, begleitete sie ihren Mann bis ans Tor.
»Was will er eigentlich?« fragte Kyonosuke. Er hielt im Gehen inne, und so standen sie sich noch einmal gegenüber. Er erkundigte sich, warum Uozu denn überhaupt komme.
»Es kann doch gar nichts zu besprechen geben! Ich jedenfalls ...«
Er sagte das in einem Ton, als wolle er andeuten, daß sicher auch sie nichts Rechtes darüber wußte.
»Herr Uozu hat mir erzählt, er wolle bald wieder zum

Hodaka, um seinen Freund zu bergen. Und da er auch die Stelle aufsucht, wo das Unglück damals geschah, möchte er dich fragen, ob du da nicht irgend etwas untersuchen lassen willst!«
Sie hatte noch kaum ausgesprochen, da unterbrach er sie:
»Mich fragen! Ich mache mir über diese Geschichte keinerlei Gedanken mehr! Ich habe keine Lust, mich damit abzugeben, und auch keine Zeit dazu! Auf die Frage, ob es nach meiner Meinung dort noch etwas zu untersuchen gebe, kann ich nur mit nein antworten! Ich denke nicht daran, das Experiment zu wiederholen!«
»So? Ob du es nicht aber doch tun solltest? Herr Uozu ist durch das Ergebnis deines Experiments in schreckliche Schwierigkeiten geraten ... Ob du nicht jetzt unter Bedingungen, die der Wirklichkeit näher sind ...«
»Es gibt keine Bedingungen, die der Wirklichkeit näher sind! Experimente werden immer unter besonderen, nur ihnen eigenen Bedingungen durchgeführt!«
Dann ging er einige Schritte weiter, doch schließlich blieb er erneut stehen und sagte:
»Was hältst eigentlich du davon? Nach meiner Überzeugung ist das Seil nicht einfach gerissen!«
»Willst du damit andeuten, daß Herr Uozu es durchgeschnitten hat?«
»Es kommt wohl niemand anderer als er in Frage ...«
»Oh ...!« stieß Minako hervor und fügte hinzu:
»Herr Uozu ist kein Mensch, der zu so etwas fähig wäre!«
Kyonosuke betrachtete seine Frau mit ruhigem, festem Blick, dann fuhr er fort:
»Tja – vielleicht hat Herr Kosaka das Seil durchgeschnitten – aus enttäuschter Liebe?«
Das klang, als wüßte er alles und hätte damit seinen Trumpf ausgespielt. Minako stand bleich und schweigend da.
»Ich kann mir das nicht vorstellen«, erwiderte sie nach ein paar Augenblicken. »Als Hypothese kommt Selbstmord zwar in Frage, aber warum hätte er sich denn das Leben nehmen sollen?«
Sie sah auf und blickte ihren Mann an. Sein Gesicht flößte ihr

Furcht ein. Natürlich hatte er nicht alles gesagt, aber sie glaubte zu ahnen, was er gern ausgesprochen hätte. Wollte er damit nicht andeuten, daß Uozu mit Kosakas Motiv für seinen Selbstmord zu tun hatte?

Als wollte Kyonosuke seine Worte wieder zurücknehmen, lachte er leise und meinte:

»Damit wollte ich nur sagen, daß es, falls es sich um einen Kriminalroman handelte, die verschiedensten Deutungen gäbe – es war nur ein Scherz von mir!«

In einer Haltung, die Minako unangenehm gelassen erschien, stieg er ins Auto. Und auch nachdem er fortgefahren war, fühlte sie sich noch wie benommen.

Sie war der Eifersucht ihres Mannes hier zum ersten Mal begegnet. Kosaka hatte ihr damals Briefe geschickt, mit ihr telefoniert und sie gelegentlich auch aufgesucht! Trotzdem hatte Kyonosuke nie ein häßliches oder feindseliges Wort über ihn geäußert. Woher kam nur sein Haß gegen Uozu? Veränderte er nicht jedesmal, wenn sie den Namen Uozu erwähnte, sofort seine Art zu reden und selbst sein Gesicht?

Nun, jedenfalls war damit klar, daß er Uozu keineswegs wohlwollend gesonnen war. Minako ging nicht ins Haus zurück, sondern schritt in den Garten. Ihr Mann war also überzeugt, daß die Verantwortung für Kosakas Tod bei Uozu lag. Minako fand es unvorstellbar, daß Uozu das Seil durchschnitten haben sollte. Aber selbst wenn er das nicht getan hatte, schien ihr Mann zu glauben, daß der Grund für Kosakas Selbstmord bei Uozu lag. Doch um welchen Grund konnte es sich nach seiner Meinung handeln?

Als sie bis hierher nachgedacht hatte, spürte sie, wie sie aufs äußerste erregt war, sie fühlte den plötzlichen Impuls, sich sofort niederzukauern – sie vernahm nämlich ein so lautes Motorengeräusch, als brause ein Flugzeug im Sturzflug heran. Doch als sie zum Himmel aufsah, glänzte dessen Blau im Sonnenlicht und nirgendwo in diesem silbrig blauen Meer war ein Flugzeug auszumachen.

Sie wollte einige Schritte weitergehen, blieb aber dann doch stehen. Sie spürte plötzlich in ihren Schultern und Armen genau den gleichen Druck wie damals, als Uozu sie im Traum

heftig gepackt und hin und her geschüttelt hatte. Immer noch glänzte die Sonne auf dem grünen Rasen, und plötzlich hörte sie wieder das Motorengeräusch eines Flugzeugs.
Da kam Harue über den Rasen daher.
»Herr Uozu ist da!«
Sie hätte nichts lieber getan, als schnell irgendwohin zu fliehen.
»Ich komme gleich. Führen Sie den Gast herein!« sagte sie zu Harue. Dann begab sie sich in die Küche, die am entgegengesetzten Ende des Flurs lag. Sie fühlte sich so unruhig, wie sie das früher, wenn Kosaka sie besuchte, niemals gekannt hatte.
Doch als sie ins Besuchszimmer trat, wo Uozu auf sie wartete, wirkte sie schwermütiger als sonst, und sie sah nicht nur so aus, sie fühlte sich wirklich so. Sie glaubte, so unglücklich zu sein, wie das nur wenigen Frauen auf der Erde geschehen konnte.
»Es tut mir außerordentlich leid, daß Sie nun umsonst gekommen sind – mein Mann mußte, kurz nachdem Sie angerufen hatten, plötzlich weg. Er ist in die Firma gefahren!« sagte sie, als sie Uozu gegenübersaß.
»So? Ach, wie schade, daß ich nicht eher anrief, sonst hätte ich früher hier sein können . . .«
Er sah enttäuscht aus.
»Tja, dann will ich Ihren Mann also in der Fabrik aufsuchen«, meinte er schließlich, und er wollte gleich wieder gehen.
Da brachte Harue Tee. Uozu nippte noch schnell daran und erhob sich.
Minako wußte nicht recht, mit welchen Worten sie ihn zurückhalten könnte, sie fühlte sich selstsam unfähig dazu.
»Es tut mir wirklich leid – nachdem Sie sich eigens hierher bemüht haben!« sagte sie noch einmal und begleitete ihn bis zum Flur, doch als Uozu seine Schuhe anzog, merkte sie, daß sie wenig davon angetan war, ihn nun zu ihrem Mann gehen zu lassen.
»Ich begleite Sie noch ein wenig . . .«, stammelte sie, stieg zum Vorflur hinab und trat dann als erste vors Haus.

»Also – auf Wiedersehen!« sagte Uozu und wollte sich verabschieden, doch Minako entgegnete:
»Ich begleite Sie noch bis zum Bahnhof. Man fühlt sich gleich ein wenig frischer, wenn man aus dem Hause ist!«
Sie gingen nun zu zweien den gleichen Weg, auf dem Uozu sie an jenem Abend, als sie ihn kennenlernte, nach Hause begleitet hatte. Nur gingen sie diesmal die umgekehrte Richtung, zum Bahnhof.
»Wann fahren Sie in die Berge?«
»In vier, fünf Tagen.«
»Liegt da noch Schnee?«
»In der Gegend von Kamikochi ist, glaube ich, keiner mehr – die Berge sind natürlich noch verschneit!«
Plötzlich nahm sie sich ein Herz und sagte:
»Ich glaube, es ist besser, Sie suchen meinen Mann nicht auf!«
»Warum?« fragte er überrascht.
»Sie wissen es vielleicht nicht, aber mein Mann ist furchtbar schwierig. Ich glaube, er will es bei dem Experiment, das er durchgeführt hat, bewenden lassen und das Problem nicht noch einmal berühren. Ich habe ihm vorhin von Ihrem Telefongespräch erzählt, aber er meinte, er habe mit seinem Experiment nun schon genug getan!«
»Ah!«
Uozu sah bekümmert aus.
»Im Grunde kann ich das von Ihrem Mann gut verstehen. Auch mir wird es langsam zuviel, wenn ich nur daran denke! Es ist furchtbar mühsam und lästig!«
Dann aber sagte er nachdenklich vor sich hin:
»Also, so ist das . . .«
Nachdem sie um eine Ecke gebogen waren, wo große Wohnhäuser standen, führte der Weg direkt auf den Bahnhof zu.
»Tja, dann ist es wohl am besten, ich gehe nicht zu Ihrem Mann . . .«
»Aber ist Ihre Lage nicht sehr schwierig?«
»Ein wenig wohl, aber es wird schon werden. Ich hatte nur gedacht, ob man – weil ich doch nun da hinauf klettere, wo das Unglück geschehen ist! – das Experiment nicht noch ein-

mal unter Bedingungen durchführen könnte, die den tatsächlichen näherkommen. Ihr Mann meinte zwar, daß das Nylonseil wohl kaum einfach gerissen sei ... Und ich hoffte, daß er von dieser Überzeugung abkommt, falls er ein zweites Experiment ausführt!«

Sein schwermütiges Profil füllte Minakos Herz mit unerträglichem Schmerz.

Da ein Teil des Bahnhofsgebäudes bereits vor ihren Augen auftauchte, verlangsamte sie ihre Schritte. Ihr war, als gebe es noch unendlich viel mit diesem jungen Mann zu besprechen.

Plötzlich blieb Uozu stehen und sagte:

»Wenn ich jetzt in die Berge fahre und Kosaka gefunden wird, werden sich Ihre Befürchtungen, gnädige Frau, zerstreuen!«

»Was glauben Sie, daß ich befürchte?« fragte sie zurück.

»Daß Kosaka Ihretwegen Selbstmord begangen hat. Dieses Problem jedenfalls wird bestimmt gelöst werden. Und schon deswegen, glaube ich, lohnt es, jetzt dorthin zu fahren. Dadurch wird klargestellt werden, daß Sie mit diesem Unglücksfall nichts zu tun haben.«

Da, wo sie beide gerade standen, wuchsen große Kirschbäume, deren Laub schon dicht geworden war, und dadurch erschien Minako Uozus Gesicht bleich und fahl.

Sie war mit Uozus Worten keineswegs ganz einverstanden. Es verstimmte sie, daß er ihre Auffassung von dem Unglück nur in diesem Lichte sah, und so erwiderte sie:

»Tja ..., wenn nun klar wird, daß sich Kosaka nicht das Leben genommen hat, ist mir das sehr angenehm. Aber ich bin nicht eigentlich deswegen in Sorge. Selbst wenn er sich meinetwegen umgebracht haben sollte, würde ich mir nichts vorzuwerfen haben! Es täte mir Kosakas wegen leid, aber ich konnte nicht anders handeln!«

Hier unterbrach sie sich und blickte wieder zu Uozo auf.

»Mir täte es nur leid, wenn ich Ihnen wegen dieser Sache Schwierigkeiten bereitete. Mich bedrückt allein der Gedanke, daß Sie die Beziehungen zwischen Herrn Kosaka und mir – es ist ja nun doch ein Skandal! – um meinetwillen nicht auf-

decken wollen und vielleicht deswegen die Möglichkeit eines Selbstmordes von Anfang an abgestritten haben. Es wäre mir heute gleichgültig, wenn jene Affäre bekannt würde!«
Sie glaubte noch immer, sich nicht klar genug ausgedrückt zu haben. Es irritierte sie, daß sie ihre Empfindungen Uozu nicht ausreichend klarzulegen verstand.
Da sagte Uozu:
»Wie ich Ihnen neulich schon erklärte, ist es für mich einfach unvorstellbar, daß Kosaka Selbstmord begangen hat. Aber das wird sich ja nun alles klären, wenn ich in die Berge fahre. – Ich möchte Sie, gnädige Frau, vorher noch um etwas bitten! Ich fände es wirklich unnötig, daß Sie über Ihr Gefühl gegenüber Kosaka und Ihre damaligen Beziehungen zu ihm mit seiner Schwester sprächen!«
»Das werde ich nicht tun!«
»Kosakas Schwester scheint es im übrigen schon begriffen zu haben. – Ich finde übertriebene ›Sauberkeit‹ hier sinnlos!«
Während Uozu sie so schalt, spürte sie, wie sich ein Wohlgefühl in ihr verbreitete.
Dann gingen sie weiter, auf den Bahnhof zu.
Als sie dort angelangt waren, fiel Minako kein Thema mehr ein, Uozu noch länger zurückzuhalten. Es bedrückte sie sehr, daß sie diesem jungen Mann nicht helfen konnte.
»Wenn ich von den Bergen zurück bin, rufe ich Sie an!« sagte er zum Schluß.
»Bitte! – Ich warte darauf. Sie fahren doch in vier, fünf Tagen, ja?«
»Ja, damit rechne ich eigentlich. Von mir aus könnten wir jederzeit aufbrechen, aber einige Leute, die mitkommen, können aus beruflichen Gründen nicht früher.«
»Sind alle Bergsteiger, die da mitkommen?«
»Wir sind früher viel mit ihnen herumgestiegen. Aber auch die Schwester von Kosaka ist mit.«
»Oh, sie auch?«
An sich war nichts Erstaunliches daran, daß die Schwester Kosakas mitkam, wenn dessen Leiche geborgen wurde, aber als Minako ihren Namen aus Uozus Mund hörte, fühlte sie sich etwas ratlos und verlegen. Sie hatte das Gefühl, es sei ihr

damit plötzlich etwas vorgesetzt worden, mit dem sie nicht im Traum gerechnet hatte.

»Kann sie denn bergsteigen?«

»Ja.«

»Aber bis zur Unglücksstelle zu klettern, ist doch sehr schwierig, wie?«

»Natürlich, das wäre für sie viel zu anstrengend, aber ich glaube, bis zur Tokusawa-Hütte kann sie schon mit, dort wartet sie auf uns.«

»Also – auf Wiedersehen!« sagte er und senkte, um sich zu verabschieden, leicht seinen Kopf.

»Seien Sie ja vorsichtig!«

Minako blickte ihm so lange nach, bis er hinter der Sperre verschwunden war, und dann ging sie den Weg, den sie gemeinsam gekommen waren, zurück. Im Gegensatz zu vorhin kam ihr nun, als sie allein war, der ausgetrocknete Weg staubig und unruhig vor.

Nachdem sie zu Hause angekommen war, ging sie ins Besuchszimmer und setzte sich auf denselben Stuhl, auf dem sie eben noch gesessen hatte; sie spürte nicht die geringste Lust, etwas zu tun, und war wie benommen. Ein seltsam trübseliges Gefühl durchzog ihren Körper.

Harue ahnte offenbar nicht, daß Minako schon wieder zurück war, jedenfalls hörte Minako plötzlich, wie das Mädchen in der Küche leise einen Schlager sang. Dann und wann wurde ihr Singen von dem Geräusch fließenden Wassers übertönt, gleich darauf war ihre junge und helle Stimme aber wieder zu vernehmen.

Es war dies das erstemal, daß sie Harue singen hörte. Ihre Stimme hatte einen mädchenhaft klaren Klang. Wo hatte sie den Schlager nur gelernt, wunderte sich Minako, trat auf den Korridor hinaus und rief:

»Harue!«

Und da sie damit rechnen mußte, daß Harue sie nicht rufen hörte, klatschte sie ein paarmal in die Hände. Sofort verstummte der Gesang, und nach einer Weile kam Harue und begrüßte sie:

»Oh, gnädige Frau, Sie sind schon wieder da?«

»Sie haben eine hübsche Stimme!«
»Oh ...«
Harue zog ein verlegenes Gesicht. Minako sah ihr ein wenig boshaft in die Augen.
»Was für ein Lied war denn das? Das Lied eben!«
»Ich weiß nicht ...«
»Aber Sie haben es doch gerade gesungen!«
»Trotzdem ... ich weiß nicht ...«
»Es hat sicher mit der Liebe zu tun, wie?«
Harue errötete auf der Stelle. Minako fiel ein, wie Kaoru neulich rot geworden war.
»Ich habe es nicht gern, daß hier Schlager gesungen werden ...«, sagte sie schließlich zu Harue etwas herzlos.

Kyonosuke kam erst nach neun Uhr zurück.
»War irgendwo eine Einladung?«
»Hm ... wir haben mit den jungen Leuten unserer Forschungsgesellschaft zu Abend gegessen«, antwortete er, während er sich die Schuhe auszog.
»Ich habe auch hier das Essen für dich vorbereitet! Nachdem du nicht angerufen hast ...«
»Ich habe angerufen! Gleich, nachdem ich in der Firma angekommen war. Aber du warst nicht da!« erwiderte er und ging wie immer, wenn er ein wenig getrunken hatte, ins Besuchszimmer, setzte sich auf das Sofa und streckte die Beine von sich.
»Wasser!« rief er und lockerte seine Krawatte.
Ihr Mann, überlegte sie, hatte wohl angerufen, während sie Uozu zum Bahnhof brachte. Sie ging in die Küche, um das verlangte Wasser zu holen, und dort fragte sie Harue, die in einer Ecke auf einem Stuhl saß und eine Frauenzeitschrift vor sich liegen hatte:
»Hat mein Mann heute angerufen?«
»O ja!« rief Harue erschrocken, »ich habe ganz vergessen, Ihnen das zu sagen – verzeihen Sie!«
»Schon gut. Was haben Sie zu meinem Mann gesagt?«
»Daß ich Sie rufen wolle.«
»Und dann?«

»Daß Sie nicht da seien, vielleicht den Gast weggebracht hätten ...«
»Hat mein Mann nichts wegen des Abendessens gesagt?«
»Doch ...«
Harue machte ein jämmerliches Gesicht. Da ihre Herrin, die sonst nie streng zu ihr war, sie wegen des Schlagers gescholten hatte, war sie noch aufgeregt.
Als Minako mit dem Glas Wasser im Besuchszimmer erschien, lehnte Kyonosuke im weißen Hemd sich ins Sofa zurück. Er sah aus, als überlegte er etwas, und dabei blickte er nach unten.
»Heute ist ein richtiger Sommerabend!« sagte er plötzlich.
»Ist dir zu heiß? Soll ich das Fenster aufmachen?«
»Ach, laß ruhig. Ein offenes Fenster wäre zwar angenehm, aber ich erkälte mich ...«
Mochte es noch so heiß sein, Kyonosuke fürchtete, er würde sich in der kühlen Nachtluft sofort erkälten.
Minako dachte, sie müßte ihm, da er ja wußte, daß sie Uozu begleitet hatte, nun etwas von Uozu erzählen und begann:
»Herr Uozu erzählte mir, er werde jetzt noch einmal dorthinauf klettern, wo damals das Unglück geschehen ist! Er möchte die Situation genau inspizieren. Eigentlich solltest du ihn auf dies und jenes hinweisen, was er beachten sollte!«
»Da gibt es nichts, worauf ich ihn hinweisen könnte! Es ist vielmehr so, daß ich meinerseits etwas fragen möchte!«
»Was möchtest du denn fragen?«
Darauf gab er keine Antwort, er trank das Glas Wasser leer und erhob sich, um ins Bad zu gehen.

Am 5. Mai fuhren Uozu und Kaoru nach Kamikochi, um Kosakas Leiche zu suchen. Zwei Tage, bevor sie aus Tokio aufbrachen, begaben sich sechs Mitglieder der Senioren-Bergsteigergruppe, die in ihrer Studentenzeit mit Kosaka und Uozu viel geklettert waren, nach Kamikochi. Uozu wollte eigentlich mit ihnen zusammen fahren, aber da er sich für die in den Bergen entstehenden Ausgaben erst Geld beschaffen mußte, verspätete er sich um zwei Tage.

Es war eine stattliche Summe. Natürlich hatte Kosakas Mutter Kaoru etwas geschickt, aber Uozu fürchtete, damit nicht recht auskommen zu können. Er erzählte den Inhabern zweier Sportgeschäfte, die er von seiner Studienzeit her gut kannte, von ihrem Vorhaben und lieh sich Geld, mit dem er die Lücken einigermaßen stopfen konnte.
Am Morgen des Abfahrtstages nahm Uozu nach langer Zeit wieder seinen schweren Rucksack auf die Schulter, ergriff seinen Pickel und verließ seine Pension, um in den um 8 Uhr 10 von Shinjuku abfahrenden Schnellzug zu steigen. Es war seit jener verhängnisvollen Klettertour mit Kosaka seine erste Fahrt in die Berge.
Kaum war er zum Bahnsteig des Shinjuku-Bahnhofs hinaufgestiegen, erspähten seine Augen in der großen Menschenmenge sofort Kaoru, die zu schwarzen Slacks eine weiße Bluse trug. Sie war, um für sie beide Plätze zu belegen, eine halbe Stunde früher erschienen.
In der Mitte des 3.-Klasse-Wagens saßen sie sich dann am Fenster gegenüber. Als der Zug abfuhr, nahm Kaoru für Uozu, der noch nicht gefrühstückt hatte, Sandwichs heraus und goß ihm aus der Thermosflasche in ein kleines Glas Tee ein. In dem durch das Fenster dringenden Sonnenlicht wirkte Kaoru eher heiter und glücklich. Niemand, der sie so sah, würde wohl, dachte Uozu, auf den Gedanken kommen, daß hier ein junges Mädchen unterwegs war, um den toten Körper ihres Bruders zu bergen.
Auch Uozu befand sich, obwohl er aufgebrochen war, den Leichnam seines besten Freundes aus dem Schnee zu schaufeln, nicht in sehr düsterer Stimmung. Seit dem Unglück waren ja immerhin fünf Monate vergangen. Er hatte das wärmende Gefühl, als wolle er einen Freund besuchen, der lange Zeit, von der Außenwelt abgeschlossen, in den Bergen verbracht hatte.
Als der Zug die Yamanashi-Präfektur erreichte, sahen sie da und dort in den Dörfern längs der Strecke im Winde wehende Karpfenbanner. Aber wirkliche Karpfen-Wimpel waren selten, meist waren es riesige Fahnen, die wie Samurai-Flaggen aussahen, die bei den Schlachten in alter Zeit den Heerfüh-

rern in den Rücken gesteckt waren. Unwillkürlich dachte man, daß diese Sitte gut zu der alten Kai-Provinz paßte, die einst der Stützpunkt von Takeda Shingen war.

Uozu hatte seit dem Experiment mit dem Nylonseil bedrükkende Tage erlebt, aber heute vermochte er sich zum ersten Mal der Melancholie zu entziehen. Als er überlegte, daß er sich mit jedem Augenblick dem Schnee des Hodaka-Gebirges näherte, wo sein Freund begraben lag, spürte er am ganzen Körper ein dumpfes Gefühl der Betäubung.

»Wir wollen bis nach Kamikochi mit dem Auto und noch heute die Tokusawa-Hütte erreichen!« sagte Uozu.

»Ist es sehr weit bis zu dieser Hütte?« fragte Kaoru.

»Man kann es, weil ja kein Schnee liegt, wohl in zwei Stunden schaffen!«

»Wo Schnee liegt, ist es für mich einfach, aber wo es keinen Schnee gibt, strengt es mich an. Ich bin so ungeschickt – beim Laufen! Ich schäme mich, wenn Sie mir dabei zusehen . . .«

Was für seltsamer Dinge schämte sich dieses Mädchen doch, dachte Uozu.

Nachdem sie um zwei Uhr Matsumoto erreicht hatten, stiegen sie beide in ein vor dem Bahnhof wartendes Taxi und fuhren nach Kamikochi.

Kaum hatten sie die Stadt hinter sich gelassen, breiteten sich zu beiden Seiten der Straße Felder mit Apfelbäumen aus, und es waren schon einige weiße Apfelblüten zu sehen. Es war richtig Maistimmung in der Shinano-Landschaft.

»Oh, da sind ja Kirschbäume mit gefüllten Blüten!«

Als Kaoru dies rief, blickte Uozu durch das Fenster, und da sah er neben den Bauernhäusern tatsächlich solche Kirschbäume, an denen ein wenig schwer die roten, doch schon etwas welken Blüten hingen.

Kaoru erlebte die Shinano-Landschaft in dieser Jahreszeit zum erstenmal, für ihre Augen war hier alles neu und überraschend, und sie sah nur immerzu hinaus und rief plötzlich »Da, die Goldnessen!« oder »Da, die Glyzinien!« oder »Oh, da die Magnolien!« Uozu blickte dann jedesmal auch hinaus und betrachtete diese Blüten. Irgend etwas in Kaorus kurzen, hellen Ausrufen zwang ihn dazu.

»Hier ist der Azusa-Fluß!« erklärte er ihr, als der Azusa-gawa zum erstenmal zur Rechten des Wagens auftauchte.
»Oh, das also ist der schönste Fluß Japans!«
»Ich weiß nicht, ob es der schönste von ganz Japan ist, aber er ist jedenfalls schön ...«, meinte Uozu.
»Mein Bruder hat immer gesagt, daß der Azusa-gawa der schönste Fluß Japans ist! Und weil er mich von frühester Jugend so erzogen hat, bin ich nun fest davon überzeugt!«
»Und deswegen ist Erziehung etwas zum Fürchten!« lachte Uozu.
»Oh!«
Kaoru machte scherzhaft ein Gesicht, als starrte sie ihn an.
»Bei noch etwas hat mir mein Bruder beigebracht, daß es das Beste in Japan sei!«
»Was ist das?«
»Das kann ich Ihnen nicht sagen ...«, kicherte sie, dann wandte sie ihre Augen von Uozu weg zum Fenster hin.
»Sie können das nicht sagen?«
»Nein ...«
»Und warum?«
»Ich kann es einfach nicht sagen, auf keinen Fall!« lachte sie hell auf, als belustige sie das ganze herzlich.
»Hat Ihr Bruder vielleicht gar gesagt, daß ich der erste Bergsteiger Japans bin?« fragte er scherzhaft.
»Aber, Herr Uozu!« rief sie wie verblüfft und verneinte das.
»Nein, nein, das war es nicht!«
»Er sagte, Sie seien als Bergsteiger der beste in ganz Japan, aber erst in spe!«
»Nur in spe?«
»Aber das sagte er, als ich noch klein war!«
In ihrem bei dieser Rechtfertigung plötzlich etwas ernst gewordenen Gesicht entdeckte Uozu die gleiche Reinheit und Redlichkeit, die auch ihrem Bruder eigen gewesen waren.
Als das Auto das Dorf Shimajima passiert hatte und den Azusa-Fluß entlang eine ziemlich steil ansteigende Straße fuhr, tat sich vor ihren Augen eine Welt von so viel frischem Grün der jungen, überall hervorsprießenden Blätter auf, daß ihnen fast auch das Auto grün vorkam.

An dem Berghang auf der anderen Seite des Flusses leuchteten neben dem Grün der vielen Bäume da und dort auch späte wilde Kirschblüten. Sie waren weniger rot als fast weiß, und man hätte meinen können, der Frühling sei hier versehentlich zurückgeblieben.

Als sie in das Dorf Sawando kamen, ließ Uozu vor dem Haus von Kamijo Shinichi halten. Sofort kam die etwa vierzigjährige Frau Kamijo, ein Kind auf dem Rücken, herausgestürzt und rief:

»Mein Mann ist vorgestern mit Herrn Yoshikawa in die Berge gestiegen!«

Yoshikawa war einer aus der Gruppe, die vorausgefahren war. Offenbar hatte Yoshikawa ihm erzählt, er wolle den Leichnam Kosakas ausgraben und daraufhin hatte sich ihm Kamijo ohne weiteres angeschlossen.

Dann fuhren sie weiter. Nach einer Weile hielten sie erneut. Sie befanden sich vor dem Nishiokaya-Laden. Diesmal sprang Kaoru mit ein paar aus Tokio mitgebrachten Geschenken aus dem Wagen.

Uozu rief der Inhaberin, die auf die Straße herausgetreten war, zu:

»Ich komme auf dem Rückweg zu Ihnen!« und blieb sitzen. Er wollte nicht zu viel Zeit verlieren. Nachdem schon einige vorausgefahren waren, trachtete er, so schnell wie möglich bei ihnen zu sein.

Der Nishiokaya-Laden sah anders als das vorige Mal aus. Die auf die Straße hinausgehenden Glastüren standen alle auf, und so konnte man ins Innere des Ladens blicken. Links, wo der Ofen stand, war ein Holzkasten, in dem irgendein Tier lag. Uozu sah zwei Kinder neugierig hineinspähen.

»Hören Sie! Was halten Sie sich da für ein Tier?« fragte Uozu die Inhaberin.

»Einen Dachs!«

»Aber was soll denn das?«

»Sehen Sie sich ihn an! Nur einen Augenblick!« rief sie fröhlich, als sei der Dachs ihr eigenes Kind.

»Ach, den möchte ich mir lieber auf der Rückfahrt in aller Ruhe von Ihnen zeigen lassen!«

Nachdem Kaoru wieder eingestiegen war, fuhr das Taxi sofort los, überquerte mit lautem Gepolter eine gefährlich schwank aussehende Holzbrücke und gelangte schließlich an das jenseitige Ufer. Die Straße führte an einer steilen Felswand entlang. Nur am Eingang des Kama-Tunnels lagen noch Schneereste, im übrigen sah nichts mehr nach Winter aus. In genau zwei Stunden waren sie an dem Taisho-Teich angelangt.
»Hier ist schon Kamikochi!«
Kaoru betrachtete tiefbewegt die plötzlich völlig veränderte Landschaft vor dem Fenster. Das Wasser des Taisho-Teiches war ziemlich vertrocknet, eine Reihe völlig verdorrter Bäume ragte aus dem unbewegten Wasser, auf dem sich nicht die kleinste Kräuselung zeigte. Uozu hatte den Teich schon sehr oft gesehen, aber so ruhig hatte er noch nie dagelegen.
Vom linken Fenster des Wagens aus war der Vordere Hodaka zu sehen, aber Uozu sprach darüber kein Wort. Ihm war, als müsse es ihm unerträglich wehtun, den Namen dieses Berges zu erwähnen.
Da er, falls Kosakas Leichnam gefunden wurde, den Hüttenwart des Hotels, Herrn T, um Unterstützung bitten mußte, entschloß er sich, diesen aufzusuchen. Sie fuhren an dem Hotelgebäude, das mit seinem roten Dach sehr reizvoll wirkte, vorüber, kamen dann auf einen Weg, der an beiden Seiten mit niedrigem, gestreiftem Bambusgebüsch bestanden war, und hielten vor der Hütte an. Auf dem Stamm einer Tanne war ein Schild »Verwaltung der Bergsteigerhütte außerhalb der Saison. Verband der Bergsteigerhütten der Nordalpen«. T hatte also neben seinem Amt als Haushüter des Hotels noch die Verwaltung sämtlicher Bergsteigerhütten im Winter inne, und so wurden bei besonderen Vorkommnissen und Unglücksfällen Herr T und die ihm unterstehenden Warte tätig.
Aber T war am Vortag nach Matsumoto hinuntergefahren, und in der Hütte befand sich nur eine vor drei, vier Tagen aus dem Tal heraufgekommene 35- bis 36jährige Angestellte, die gerade vor der Hütte in einem Trog Wäsche wusch.
»Ist Herr Kure nicht da?« fragte Uozu. Es war dies der Name eines der Untergebenen von T.

»Er ist gerade fort, um Feuerholz zu schlagen. Sie treffen ihn sicher auf dem Weg zur Kappabrücke!«

»Gut. Dann fahren wir dahin . . .«

Uozu und Kaoru stiegen wieder in das Taxi, fuhren noch einmal an dem Hotel vorbei zur Kappabrücke. Bald erkannte Uozu in dem sich neben dem Weg weithin erstreckenden Dickicht die Gestalten einiger Männer, die gefällte Bäume hinunterschleiften. Die Sonne war von Wolken bedeckt, und die kleinen Gestalten sahen aus, als frören sie entsetzlich.

Uozu stieg aus und rief, die Hände trichterförmig vor den Mund haltend, in die Richtung, wo die Männer waren:

»Herr Kureee!«

»Hallo!« schallte die Antwort.

Und schließlich sah Uozu drei, vier Männer langsam und schwerfällig aus dem Dickicht treten.

»Herr Uozu?« rief ihm ein etwa fünfzigjähriger Mann zu, der als erster hervorkam. Er hatte ein rotes Gesicht und sah recht primitiv aus. Noch bevor Uozu etwas sagen konnte, rief ihm dieser zu: »Kosaka wird wohl im B-Tal liegen! – Gehen Sie jetzt nach Tokusawa?«

»Herr Yoshikawa uns seine Leute sind seit vorgestern schon dort.«

»Ich habe ihn getroffen! Leider ist T nicht da!«

»Ich werde Ihre Hilfe brauchen, Herr Kure!«

»Ah so – ich bin immer bereit!«

Damit endete die Unterhaltung, und sie fuhren weiter.

An der Kappa-Brücke stiegen Uozu und Kaoru aus und nahmen den Rucksack auf die Schulter. Das Auto konnte hier unmöglich weiter.

In der Nähe lagen einige Gasthöfe. Gewöhnlich hatten sie im Mai ihren Betrieb schon aufgenommen, aber in diesem Jahr war alles später geworden, und überall waren die Türen noch fest verschlossen.

Uozu und Kaoru verabschiedeten sich von dem Chauffeur und gingen sofort los. Vom Taisho-Teich ab hatte Kaoru fast kein Wort mehr gesprochen. Auch Uozu redete nicht. Irgend etwas hatte den beiden, die sich mit jedem Schritt Kosakas Leichnam näherten, gleichsam befohlen zu schweigen.

Uozu ging voran, in einem Abstand von ein, zwei Ken folgte Kaoru. Sie durchschritten die Waldzone. Sobald Kaoru zurückblieb, hielt Uozu an und wartete auf sie. War sie etwas näher gekommen, ging er weiter.
Uozu brach das lange Stillschweigen erst, als sie zu der Erdbrücke gekommen waren, die sich über einen in den Azusa-Fluß mündenden Bach spannte. Von hier aus war der Myojindake am besten zu überblicken.
»Ich glaube, hier können wir den Myojindake deutlich sehen!« meinte Uozu, und Kaoru blickte den am anderen Ufer des Azusa-Flusses aufragenden Berg empor.
»Da liegt aber noch wirklich viel Schnee!« sagte sie. Der mittlere Hang war tatsächlich noch stark beschneit. Der Gipfel war durch den ziemlich schnell aufsteigenden, dichten Nebel verdeckt.
Als sie den kleinen Teich erreicht hatten, der kurz vor dem Myojin lag, blieb Uozu unwillkürlich stehen. Viele Hunderte von Fröschen wimmelten in der Nähe des Teichs und quakten laut durcheinander.
»Oh! So viele Frösche!« rief Kaoru aus und blieb gleichfalls stehen.
Plötzlich sah Uozu zu seinen Füßen, wie ein Stück Erde, auf dem welkes Laub lag, sich aufhob, ein Frosch langsam seinen Kopf hervorstreckte und dann mit dem ganzen Körper herauskam. Als er genauer zusah, waren die Frösche hier überall dabei, aus dem Boden zu kriechen. Sie erwachten aus dem langen Winterschlaf und wollten in dem Frühlingslicht der Erde baden. Die Sonnenstrahlen waren zwar noch schwach, aber sie verbreiteten eine stille und behagliche Stimmung, die zu dem Hervorkriechen der Frösche gut paßte. Bald sprangen die Frösche überall umher, als seien sie vor Freude außer sich geraten. Es war ein tolles Durcheinander.
»Das ist ja wie ein Sportfest der Frösche!« rief Kaoru. Aber als Uozu bemerkte, wie alle männlichen Frösche hinter den ihnen zahlenmäßig weit unterlegenen weiblichen Fröschen her waren, drängte er Kaoru:
»Es wird spät! Kommen Sie, wir gehen!«
Das Lebensbankett der unzähligen aus dem Winterschlaf

erwachten Frösche wirkte nicht gerade obszön, aber Uozu wünschte nicht, daß Kaoru hier zusah.

Als sie die Wegabzweigung nach Tokugotoge erreicht hatten, blieben beide gleichzeitig stehen. Sie hörten ein gräßliches Flügelrauschen in dem nahen Wald.

»Was könnte das sein?«

»Vielleicht ein Falke?«

Aber der Vogel war nirgendwo zu erblicken, sie hörten nur noch hin und wieder das Rauschen seiner Flügel.

Schließlich führte der Weg zum Ufer des Azusa-Flusses.

»Sieht man ihn von hier aus noch nicht?« fragte Kaoru. Sie meinte den Vorderen Hodaka, wo das Unglück geschehen war.

»Das kann man erst von der Tokusawa-Hütte aus!« antwortete Uozu.

Nach einer Weile fragte ihn Kaoru:

»Wissen Sie, was ich jetzt denke?«

»Nein!«

»Warum ich eigentlich nicht als Mann auf die Welt gekommen bin! Wenn ich ein Mann wäre, hätte ich von frühester Jugend an mit meinem Bruder in die Berge steigen können – und auch mit Ihnen! Schon seit vielen, vielen Jahren!« sagte Kaoru und ging von nun an voraus.

Als Uozu die ihm so vertraute zweistöckige Tokusawa-Hütte zwischen den Baumstämmen hindurch aufschimmern sah, war es sechs Uhr. Auf dem weiten Platz vor der Hütte lag nur noch in einigen Ecken Schnee, aber die Bäume ringsum waren schon voll grünen Laubs.

Uozu erinnerte sich an die kummervollen Tage, die er gleich nach dem Unglück hier verbracht hatte. Unaufhörlich tanzten kleine Schneeflocken damals vom Himmel und erfüllten den leeren Raum, und wie stöhnte der Wind – eine schwere, dunkle Zeit, die knirschend vorüberzog. – Aber die Tokusawa-Hütte, wie er sie nun sah, schien mit all dem nicht das geringste zu tun zu haben. Sie lag in der weißlichen Dämmerung des Maiabends ruhig da.

Als sie beide den ungedielten Flur betraten, tauchte aus dem Innern sofort der Hüttenwart S mit seinem gutmütigen Gesicht auf.

»Ich dachte schon, Sie kämen gestern!« begrüßte er sie.
Uozu stellte ihm Kaoru vor.
»Ein schreckliches Unglück! Ihr Bruder war ein so guter Mensch!« sagte S mitfühlend zu Kaoru. Und Kaoru bedankte sich:
»Wir machten Ihnen damals soviel Mühe – verzeihen Sie!«
Nach dem Bericht von S hatte die zuerst aufgebrochene Gruppe Yoshikawas zusammen mit Kamijo, also im ganzen sieben Mann, vorgestern hier übernachtet und war gestern morgen um sechs Uhr zur Zweiten Terrasse aufgebrochen.
»Ich nehme an«, fügte er hinzu, »daß sie gestern in Matashiro gezeltet haben und vielleicht heute abend zurückkommen.«
Im letzten Winter war nur ein Teil der Hütte gebraucht worden, doch nun, vor Beginn der Bergsteigersaison, waren das untere und obere Stockwerk für die zu erwartenden Gäste säuberlich hergerichtet. Uozu und Kaoru erhielten im oberen Stock zwei Zimmer nebeneinander. Sie badeten, dann aßen sie in einem gleich an der Schwelle unten liegenden Raum, wobei S sie bediente. Plötzlich gab es gegen einhalb 9 vor der Hütte laute Geräusche und die Yoshikawa-Gruppe drängte lärmend herein.
»Ich danke Ihnen herzlich! – Wir sind eben angekommen!« sagte Uozu, während er den ungedielten Vorflur hinunterstieg.
»Wir wollten gestern zur Zweiten Terrasse und haben uns auch heute mit allen unseren Kräften bemüht, aber wir kamen nicht durch! Der Schnee liegt noch zu tief. Es ist einfach nichts zu machen! Wir wollen es morgen im S-Tal versuchen!«
Während er das sagte, nahm Yoshikawa, dessen Gesicht in diesen zwei Tagen dunkel eingebrannt war und der in seiner zarten, wenn auch kräftigen Statur gar nicht wie ein Bergsteiger aussah, seinen Rucksack ab.
Etwas später als alle anderen kam schließlich Kamijo. Er war von nicht sehr gedrungener oder gar massiver Gestalt, zudem war er etwa sechzig Jahre alt, aber der Rucksack klebte an seinem Rücken mit einer so wunderlichen Kraft, als hätte er dort Wurzeln geschlagen.

»Verzeihen Sie!« entschuldigte sich Uozu, aber Kamijo erwiderte:
»Warum denn? – Übrigens, sind Sie nicht ein bißchen dick geworden?«
Darauf wandte er sich an Kaoru, die gleichfalls zum Vorflur hinuntergestiegen war.
»Sicher sind Sie die Schwester von Herrn Kosaka? Sie sehen ihm sehr ähnlich!«
Seine Stimme klang gerührt. So begrüßte dieser Bergführer, den man den Herrn des Hodaka nannte, Uozu und seine Begleiterin.

Am nächsten Morgen brach die Gruppe um sechs Uhr von der Tokusawa-Hütte in Richtung Haupttal auf. Den sechs Yoshikawa-Leuten hatten sich Kamijo sowie Uozu und Kaoru angeschlossen. Da Yoshikawa und seine Leute nun schon drei Tage lang suchten, waren sie ziemlich müde, aber da sie alle im Berufsleben standen, konnte sich keiner von ihnen einen Rasttag leisten.
Uozu überlegte, ob es nicht vielleicht unvernünftig war, Kaoru mitzunehmen, aber sie wünschte es, und einige aus der Gruppe meinten, es sei bis zum Haupttal auch kaum gefährlich, und so gestattete er ihr, sie zu begleiten.
Oberhalb des Matsutaka-Gebirgsbaches lag unerwartet viel Schnee, aber es hatte nicht etwa frisch geschneit, sondern der Schnee war hart und fest, und die Stiefel sanken nicht im geringsten ein. Sie vermieden Nakabatake-shindo und stiegen den Matsutaka-Gebirgsbach empor.
In das Haupttal gelangten sie gegen 10 Uhr, sie nahmen dort eine kleine Mahlzeit ein und begannen von 11 Uhr ab, in dem riesigen Gebiet des Haupttals nach Kosaka zu suchen. Sie stießen mit dünnen Eisenstäben, die sie hierfür mitgebracht hatten, in die Schneefläche und kratzten mit den Schaufeln den Schnee zur Seite. Dieses ziellose Suchen setzten sie mehrere Stunden lang fort, doch dann brachen sie, völlig erschöpft, ihre Bemühungen ab und traten gegen 4 Uhr den Heimweg an.
Anders als am Morgen umgingen sie den Matsutaka-Gebirgs-

bach und wollten den Nakabatake-shindo benutzen. In der Nähe des Matsutaka-Gebirgsbaches gab es nämlich einen drei Meter hohen Wasserfall und dort erschien es ihnen für Kaoru doch zu gefährlich. Normalerweise benötigte man für den Abstieg eineinhalb Stunden, aber nun brauchten sie, da sie sehr vorsichtig und langsam vorgingen, zweieinhalb. Als sie in der Tokusawa-Hütte schließlich anlangten, war Kaoru trotzdem so erschöpft, daß sie sich für eine Weile kaum mehr rühren konnte.

Am nächsten Tag brach die Gruppe um vier Uhr nach dem B-Tal auf. Da dieser Strecke Kaorus Kräfte keinesfalls gewachsen waren, blieb sie allein in der Hütte zurück.

Die Gruppe schlug den gleichen Weg wie am Vortag ein, stieg also zum Haupttal auf und kam gegen 8 Uhr am Saum des B-Tales an. Sie rasteten etwa eine Stunde lang und begannen um einhalb 10 Uhr dort zu suchen.

Sie verteilten sich auf dem schmalen Terrain dieses B-Tales. In der Mitte befand sich im Sommer ein Wasserfall, doch jetzt war er gefroren und tief mit Schnee bedeckt. Uozu stieg empor und achtete dabei vor allem auf die beiden Seiten des Schlundes (eine Spalte, die dadurch entsteht, daß zwischen Felsen der Schnee schmilzt).

Da rief plötzlich – es war gegen 12 Uhr – in der Nähe des oberen Teils des B-Tales Yamane, ein Angestellter einer Versicherungsgesellschaft in Tokio, der am weitesten vorgedrungen war, laut:

»He!«

Uozu, der ihm am nächsten stand, ging sofort auf ihn zu. Er spähte angestrengt in die Richtung, wohin Yamane seine Blicke schweifen ließ, und entdeckte an dem schimmernd weißen Schneehang einen hellroten Strich.

»Ist das nicht das Seil?«

»Ja, ich glaube auch!«

Beide gingen darauf zu. Es war tatsächlich das Nylonseil.

Schließlich waren auch Yoshikawa und die anderen Männer herangekommen.

Yamane und Kamijo schaufelten den harten Schnee beiseite. Zunächst wurde eine Schulterspitze sichtbar, dann erkannten sie Kosakas rechten Fuß. An seinem Oberkörper war die Kleidung völlig nach oben gezogen und plötzlich sahen sie auf der hartgefrorenen Schneeschicht Kosakas nackte Haut. Sie war wie unmittelbar nach dem Baden leicht gerötet, und alle erschauerten.

Auch Uozu griff nun zur Schaufel und schaufelte, sorgsam bedacht, den toten Körper nicht zu verletzen, da, wo er Kosakas Kopf vermutete, den Schnee beiseite.

Und dann lag mit einem Mal das Gesicht frei. Ganz ohne Zweifel war das Kosaka, der vor ihnen lag. Seine Augen waren halb geschlossen, sie blickten starr nach oben. Die Gesichtshaut sah, anders als das, was von seinem Körper bisher sichtbar geworden war, dunkelfarben aus. Uozu war in seltsamem Wahn zumute, als sei aus dem Schnee der Bronzekopf Kosakas gegraben worden.

Der Anblick dieses Kopfes erweckte keineswegs den Eindruck, daß es sich um eine Leiche handelte. Uozu blickte verwundert auf diesen Bronzekopf zu seinen Füßen herab.

Dann kniete er nieder und blickte in sein Gesicht. Es wirkte noch männlicher als zu seinen Lebzeiten.

»Berühren Sie ja das Seil nicht!« rief ihm Yoshikawa zu, und da kehrte er, wie aus einem Traum, in die Wirklichkeit zurück. Er betrachtete erneut Kosakas Körper, der inzwischen ganz aus dem Schnee freigeschaufelt worden war.

Das Seil war fest um Kosaka geschlungen. Der Knoten verlief unterhalb der Achsel; Anorak und Hemd waren nach oben gerutscht und an der Brust zusammengeschoben. Die Schuhe steckten noch an den Füßen, aber die Eisennägel an einem Schuh waren herausgefallen.

Kamijo und Yamane wickelten nicht etwa das noch an Kosakas Körper haftende Seil um ihn, sondern verwendeten ein anderes, das sie hierfür mitgebracht hatten, schlugen einen Haken in den Felsen und gingen daran, den Leichnam zu sichern. Dann schaufelten sie schnell wieder Schnee darauf. Auch Uozu schaufelte mit, um Kosakas Leiche ganz mit Schnee zu bedecken.

Als der Körper nicht mehr zu sehen war, steckten sie eine Schaufel in den Schnee darauf, damit sie die Stelle gleich

finden konnten, wenn sie zum Abtransport wieder erschienen.
»Für jeden Fall will ich hier ein paar Aufnahmen machen!« sagte Yoshikawa, und er knipste die hier Stehenden einige Male. Dann bat Kamijo Yoshikawa, sich neben sie zu stellen, und drückte statt seiner auf den Auslöser.
Keiner der Anwesenden vergoß um Kosaka Tränen. Die Erregung darüber, daß sie seinen Körper endlich gefunden hatten, machte Uozu, Yoshikawa und die anderen Männer stumm, gleichsam leer und traurig.
Gegen 6 Uhr trafen sie in der Tokusawa-Hütte ein. Sie besprachen, was weiter zu geschehen habe, legten den Tag der Leichenschau auf den vierten Tag nach der Auffindung, also nach drei Tagen, fest und entschlossen sich, an diesem Tag Kosakas sterbliche Überreste den Berg hinunterzutransportieren.
Am nächsten Morgen begaben sich, noch als es ziemlich dunkel war, zwei Leute der Gruppe zur Hütte des Kamikochi-Hotels, um Bescheid zu geben. Sie sandten an Kosakas Mutter und auch an die Firma, in der er beschäftigt gewesen war, ein Telegramm »Leiche im B-Tal aufgefunden«. Außerdem mußte Herr Kure gebeten werden, die Leichenschau zu veranlassen und auch das Forstamt zu bitten, die für die Einäscherung nötigen Bäume fällen zu lassen.
An diesem Tag schliefen Uozu, Yoshikawa und auch Kamijo völlig erschöpft wie tot. Vom Morgen an bis zum Nachmittag fiel feiner Regen. Kaoru half S und bereitete für alle, die Kosakas wegen bald hierherkommen würden, eine Mahlzeit.
Als es Nacht wurde, kamen die beiden Leute aus Kamikochi zurück. K hatte sich geschickt bemüht, daß alles nach dem festgelegten Zeitplan vonstatten gehen konnte.
Am Mittag des darauffolgenden Tages, also drei Tage nach der Auffindung von Kosakas Leiche, kam Kure zusammen mit einem Beamten der Polizeistation von Shimajima und einem Arzt. Der Arzt war Mitglied des Bergsteiger-Clubs Q aus Kansai und hatte sich gerade in der Berghütte befunden. Es war ein noch junger Mann von etwa dreißig Jahren.

Um 3 Uhr erschien ein Beamter aus dem Forstamt. Uozu und Kure gingen mit ihm los, die Bäume auszuwählen, die zur Einäscherung abgeholzt werden sollten.

Man einigte sich schließlich auf neun Bäume des Waldgebietes, das 500 Meter unterhalb der Einmündung des Matsutaka-Grabens lag. Es waren Tannenstämme mit einem Durchmesser von 30 bis 50 cm.

»Neun Bäume sind eigentlich sehr viel, genügen nicht sechs?« gab der Forstbeamte zu bedenken, aber Uozu wollte das Feuer, das Kosakas sterbliche Reste zu Asche verbrannte, stark und lodernd machen, und bat daher, neun Bäume bewilligen zu wollen. Die Arbeiter, die diese Bäume fällten, sollten nach Kures Plan am Morgen des nächsten Tages von Kamikochi kommen.

Als Uozu und seine Begleiter in die Hütte zurückkehrten, war die Nacht hereingesunken. Ungefähr um die gleiche Zeit kamen von Kosakas Firma die zwei jungen Männer, Miyakawa und Edamatsu, die schon damals nach dem Unglück erschienen waren. Sie betraten die Hütte, die elektrischen Lampen noch an ihren Mützen befestigt.

Edamatsu trug einen riesigen Rucksack. Daraus packte er Salz und Propylalkohol aus; für das Totenopfer hatte er Obst, Sake, Weihrauchstäbchen und Kerzen mit. Miyakawa hatte auf seinem Rücken ein Snowboat, das ein Sportgeschäft in Tokio für die Bergung Kosakas zur Verfügung gestellt hatte. Es war nicht schwer, aber offenbar nicht einfach zu tragen, denn kaum hatte Miyakawa die Hütte betreten, rieb er sich mit schmerzverzerrtem Gesicht den Rücken.

Die Hütte war plötzlich voller Menschen. Nur Kaoru hatte ein kleines Zimmer für sich in dem unteren Stockwerk, die Männer schliefen zu zweien und dreien zusammen.

An dem Tag, als Kosakas Leiche geborgen werden sollte, begaben sich Yoshikawa und seine fünf Leute, ferner Uozu, Kamijo sowie Miyakawa und Edamatsu – im ganzen also zehn – zum B-Tal. Sie brachen um 4 Uhr von der Tokusawa-Hütte auf.

Kure blieb zurück. Ihm oblag die wichtige Aufgabe, die Holzarbeiter zu leiten, die die Tannen fällen sollten. Kaoru

und der Hüttenwart S sollten schätzen, wann die Bäume wohl gefällt waren, und dann dorthin aufbrechen, um alles für die Totenfeier herzurichten.
Die zehn Männer, unter ihnen Uozu, verteilten die einzelnen Sachen und verstauten sie in den Rucksäcken. Haken, Karabiner, Schlafsack, das Tuch für den Zeltboden und schließlich das Seil, all das, was notwendig war, um Kosakas Körper zu transportieren, war ziemlich viel. Die beiden jungen Leute aus Tokio trugen abwechselnd das Snowboat auf ihrem Rücken.
Sie verließen die Hütte um 4 Uhr, aber es war 11 Uhr, als sie an der Stelle ankamen, wo Kosaka lag. Sie ruhten sich zunächst eine Stunde aus und stießen um 12 Uhr ihre Schaufeln in den Schnee, der die Leiche bedeckte.
Nachdem sie Kosaka ausgegraben hatten, legten Uozu, Yoshikawa und Kamijo ihn auf Vinyltuch und Uozu sprengte das von Kaoru mitgebrachte Parfüm auf den Toten. Yamane streute außerdem 3 Sho Salz, goß einige Flaschen von Porpylalkohol darauf und bedeckte den Körper wieder mit etwas Schnee. All das geschah natürlich, um die Verwesung zu verhindern.
Schließlich steckten sie den in das Vinyltuch gehüllten Toten in den Schlafsack. Diesen Schlafsack hatte Kamijo mitgebracht, aber Uozu bat ihn:
»Bitte, nehmen Sie den da!« und übergab ihm seinen eigenen.
»Dafür nehme ich in Zukunft den deinen!« sagte er in seinem Herzen zu Kosaka, sprach es aber nicht aus. Er hatte wirklich vor, das zu tun. Kosakas Schlafsack befand sich noch in dem Zelt am Okumatashiro-Teich.
Die in dem Schlafsack ruhende Leiche wurde dann unter Mithilfe aller Anwesenden in das große Zelttuch gewickelt und auf das Snowboat gelegt.
Erst nach 1 Uhr begannen sie mit der mühseligen Arbeit des Transports. Es war überaus schwierig, damit den Hang des B-Tales hinunter zu kommen. Gleichzeitig mußte ja auch die eigene Sicherheit bedacht werden. Dafür schlug man eine große Zahl von Haken in das Gestein, und von zwei Seiten

abgesichert, kam das Snowboat schließlich langsam den steilen Hang nach unten.

Nachdem sie das B-Tal hinter sich gebracht hatten und im Haupttal waren, wurde der Transport viel leichter. Sie stiegen nun abwärts, während sie sich abwechselnd mit Schulter und Pickel sicherten.

Als sie schließlich über den Matsutaka-Graben herab in die Waldzone gelangten, hatten sie zwei Stunden mehr als geplant gebraucht; es war nach 8 Uhr. Die Nacht war schon hereingebrochen. Da sahen sie endlich durch das Gestrüpp hindurch das stechend rot flammende Feuer, das Kure und seine Leute angezündet hatten. Die Sterne funkelten schon am Himmel.

Das Seil des Snowboats, auf dem der Leichnam lag, wurde vorn von Uozu und Yoshikawa und hinten von Yamane und Kamijo gehalten. Die anderen sechs Männer folgten in einer Reihe.

Uozu war an der Spitze. Auf allen Seiten stießen sie an die dicht beieinander stehenden Bäume, es war stockdunkel und daher sehr schwer, vorwärts zu kommen. Doch Uozu führte die Gruppe in die Richtung, wo er in der Ferne durch die Bäume das Feuer leuchten sah.

Plötzlich standen sie auf einem weiten Platz, wo die Bäume gefällt waren. Dort unterhielten etwa zehn Leute das Feuer, aber als sie Uozu und seine Begleiter erkannten, kam Bewegung in sie.

»Ich danke Ihnen! Sie haben so viel Mühe damit gehabt . . .« hörte man Kaoru nach allen Seiten sagen. Das Snowboat stellte man einfach zu Boden, und ganz von selbst umringten es die Anwesenden. S meinte, es werde der Mond bald hervorkommen, und daraufhin beschloß man, mit der Leichenschau noch solange zu warten.

Uozu und seine Leute ruhten sich ein wenig aus, tranken im Stehen heißen, schwarzen Tee und zündeten sich eine Zigarette an.

Schließlich ließ, wie S angekündigt hatte, der Mond sein grünlich mattes Licht über die Waldzone schweben. Jetzt waren die Gesichter der Anwesenden deutlich zu erkennen,

und man sah auch das aufgehäufte Holz und den Altar. Der Schnee auf der Erde schimmerte bläulich weiß.
Da wo Uozu und die anderen Männer standen, hatte K die neun Tannen schlagen lassen, es war auf diese Weise ein Platz von etwa 10 Tsubo in der dunkelgrünen, dichten Waldzone entstanden. In der Mitte hatte man zur Einäscherung der Leiche etwa einen Ken lang Tannenscheite, fünf Shaku hoch, sorgfältig längs und quer geschichtet. Darauf sollte der Leichnam gelegt und eingeäschert werden.
Vor dem Scheiterhaufen war ein mit weißem Tuch bedeckter Altar errichtet; es sah aus, als hätte man einen Tisch gedeckt. Auch für Blumen und Weihrauchabbrennen war gesorgt.
Es begann die Leichenschau. Da der Polizist und auch der Arzt ziemlich lange hatten warten müssen, wollten sie wohl ihre Arbeit schnell verrichten, um dann wieder frei zu sein. Die Leiche wurde enthüllt, und der Arzt stellte fest, daß die Todesursache Bruch der Schädeldecke war und der Tod sofort eingetreten sei.
Während dieser Leichenschau stützte Uozu Kaoru leicht von hinten; sie bedeckte ihr Gesicht mit beiden Händen. Miyagawa und Edamatsu machten einige Blitzlichtaufnahmen. Yoshikawa steckte das von der Leiche gelöste Seilstück in den Nylonsack.
Aus Kosakas Tasche kam ein Notizbuch zum Vorschein, das der Polizist Kaoru überreichte.
Als die Leichenschau beendet war, deckte man den Toten mit dem weißen Tuch zu, das Kaoru mitgebracht hatte, und legte ihn auf den hohen Stoß von Tannenscheiten. Dann opferten nacheinander Kaoru, Uozu, Yoshikawa, Kamijo dem Toten Weihrauchstäbchen. Es wurde zwar kein Sutra rezitiert, aber die hier in der Waldzone hoch in den Bergen stattfindende, vom Mond beleuchtete Zeremonie der Weihrauchopferung zur Totenmesse war überaus feierlich.
Schließlich übergossen Kamijo und Kure die Leiche und auch den Holzstoß mit Petroleum. Kaoru zündete am unteren Ende des Scheiterhaufens das Feuer an.
Alle scharten sich darum und starrten auf das Feuer, das mit wachsender Kraft die Tannenscheite verzehrte. Dann sangen

die Freunde Kosakas gemeinsam ein Berglied, das Kosaka besonders geliebt hatte:

Du Schnee! Du Eis!
Du Blau des Azusa-Flusses!
Auf den Winter-Hodaka
bin ich wieder gekommen!

Diese eigentümlich traurig klingenden Stimmen, die dieses Gedicht auf die Melodie eines amerikanischen Volksliedes sangen, durchdrangen die einsame Stille der Bergnacht und hallten weithin. Uozu konnte nun seinen Schmerz nicht länger mehr unterdrücken. Unaufhaltsam stürzten ihm die Tränen aus den Augen und rannen ihm die Wangen hinab. In dem Licht des Feuers, das Kosakas Leichnam verbrannte, schimmerten auch die Wangen von Kaoru, Yoshikawa, Kure und Kamijo naß.

Nachdem das Lied zu Ende gesungen war, sagte der Polizist:

»Nun – ich glaube, wir verabschieden uns jetzt ...«

Dies war gewissermaßen das Zeichen, daß alle, die nichts mehr zu tun hatten, aufbrechen konnten. Erst gegen 4 Uhr morgens war zu erwarten, daß Kosakas Körper ganz Asche geworden war. Auch Uozu fand es unnötig, daß alle solange ausharrten; außerdem waren diejenigen, die die Leiche mit hierher geschafft hatten, so müde, daß sie kaum mehr stehen konnten.

So wurde beschlossen, daß nur Uozu, Kaoru, Kamijo und Kure blieben, und alle anderen mit dem Polizisten und dem Arzt zur Tokusawa-Hütte zurückkehrten.

Als diese Gruppe in den Wald trat und nur mehr die vier zurückgeblieben waren, herrschte plötzlich eine sehr einsame Stimmung; nur das brennende Tannenholz war knacken zu hören. Der Schnee auf der Erde war fast ganz geschmolzen. Die vier richteten sich in einem Winkel des Platzes Sitze her und ruhten aus.

Von 11 Uhr ab wurde das Mondlicht unheimlich klar und kalt. Blauweiß beschien es genau von oben die Einäscherungsstätte tief in den Bergen. Gleichsam wetteifernd mit diesem

Licht wurde das Feuer, das Kosaka verbrannte, noch heftiger, und die Flammen schienen den Himmel zu versengen.
Um 12 Uhr züngelten von dem oberen Teil des Scheiterhaufens gelbe Flammen zur Erde herunter. Wie die rote große Flamme zum Himmel aufstieg und die zahllosen kleinen gelben Flammen hinunterschlugen, war für die vier hier versammelten Menschen ein geheimnisvoll feierliches Schauspiel.
»Sicher entspricht es auch dem Wunsch von Kosaka, daß wir ihm hier ein so prachtvolles Leichenbegängnis veranstalteten! – Ich habe mein ganzes Leben in den Bergen verbracht – ich möchte auch einmal so verbrannt werden!« sagte Kure schlicht.
»Ja, wirklich!« rief Kamijo spontan.
Auch Uozu dachte das. Er fand die Einäscherung hier in den Bergen ganz im Sinn seines Freundes, und er wünschte so etwas einmal auch für sich.
»Ja, so muß der Tod eines richtigen Mannes sein!« flüsterte er vor sich hin. Nur Kaoru schwieg.

Um 5 Uhr im Licht der Morgendämmerung sammelten sie zu vieren Kosakas Asche. Es war außerordentlich kalt geworden. Uozu und auch Kaoru, Kamijo und Kure konnten, seit die Kraft des Feuers langsam nachließ, die eisige Kälte kaum länger ertragen, sie nahmen ihren Rucksack und gingen, um sich so zu wärmen, auf und ab. Auch als sie jetzt die Asche sammelten, behielten sie den Rucksack auf dem Rücken.
Um 6 Uhr brachen sie zur Tokusawa-Hütte auf. Uozu schritt durch den Wald von Lärchen und Takekamba, die Urne mit Kosakas Asche sorgsam in den Händen, dahin. Er konnte es nicht fassen, daß der mächtige Körper seines Freundes in diesem kleinen Gefäß enthalten sein sollte.
Als sie zur Tokusawa-Hütte gekommen waren, nahmen sie zunächst das von S für sie bereitete Frühstück zu sich. Die heiße Misoshiru-Suppe schmeckte ihnen vorzüglich.
Der Polizist, der Bergsteiger-Arzt und die drei Holzfäller verließen die Hütte als erste Gruppe gegen 9 Uhr. Als nächste

folgten um 10 Uhr Miyakawa und Edamatsu, um 12 Uhr die sechs Leute mit Yoshikawa.
So waren schließlich nur mehr fünf da: Uozu, Kaoru, Kamijo, Kure und S in der Hütte. Die vier, die in der vergangenen Nacht überhaupt nicht geschlafen hatten, zogen sich, kaum waren Yoshikawa und seine Begleiter weg, sofort in ihre Zimmer zurück und schliefen. Uozu war allzu erschöpft und er trank, als er merkte, daß er deswegen wohl nur schwer einschlafen würde, vorher zwei Gläser Sake.
Als er aufwachte, herrschte vor dem Fenster die Abenddämmerung. Er blieb liegen und überlegte, was als nächstes zu tun war. Am folgenden Tag mußte er noch hierbleiben, mit Kamijo zusammen zum Okumatashiro-Teich gehen, um das Zelt zu holen. Nach Tokio kehrte er am übernächsten Tag zurück. Und so bald wie möglich wollte er mit Kaoru dann nach Sakata.
Nachdem er hinuntergegangen war und sich gewaschen hatte, standen, als hätten sie sich verabredet, Kamijo und Kure nacheinander auf. Alle machten einen ausgeschlafenen Eindruck. Da erschien plötzlich Kaoru, die bisher keiner bemerkt hatte und die vermutlich als erste aufgestanden war, und sie sagte: »Bitte! Das Abendessen ist fertig!«
Hierauf saßen sie zu fünft mit S zusammen in dem Zimmer, wo die Urne mit Kosakas Asche war und verzehrten die Abendmahlzeit. Die großen Teeschalen enthielten Sake.
»Wie ruhig es ist!« sagte Kamijo nach einiger Zeit. Es war tatsächlich eine sehr stille Nacht. Sie sprachen alle wenig und schlürften ihren Sake. Hin und wieder erzählte einer Erinnerungen an Kosaka.
Plötzlich fiel Uozu etwas Seltsames ein. Seit sie Kosakas Leichnam entdeckt hatten, war ihm nicht ein einziges Mal der Gedanke an das Seil gekommen, noch war darüber gesprochen worden.
Für diejenigen, die Kosakas wegen hier erschienen waren, stellte sein Tod kein Problem dar. Er war gestorben, weil das Seil riß, man hatte seinen Leichnam ausgegraben und auf einem Platz in der Waldzone eingeäschert. Das war alles. Und was sie erfüllte, war nur die Trauer um ihn.

Uozu mußte daran denken, wie furchtbar das Feuer ausgesehen hatte, das Kosakas Körper verbrannte und den Himmel fast versengte. Als er sich die Farbe dieses Feuers vorstellte, erschien ihm der ganze Lärm, der sich außerhalb der Berge um Kosakas Tod erhoben hatte, das Experiment und all die Zeitungsberichte erschreckend sinnlos und töricht.
Kaoru erhob sich und brachte aus ihrem Zimmer das Notizbuch, das in Kosakas Jackentasche gefunden worden war.
»Ich wollte es Ihnen schon am Morgen zeigen, aber als dann einer nach dem anderen aufbrach, hatte ich keine Zeit!« sagte sie zu Uozu, übergab es ihm und fuhr fort: »Ich habe es mittags schon einmal in Ihr Zimmer gebracht, aber Sie schliefen!«
Uozu schlug es auf. Es war ein kleines Taschentagebuch.
Nur für die ersten Januartage fand sich mit dem Federhalter kurz etwas notiert. Beim ersten, zweiten und dritten Januar stand überall das Schriftzeichen »Berg«. Beim vierten Januar hieß es »Abstieg, Rückkehr nach Tokio«, beim fünften Januar »Neujahrskarten schreiben«, und beim sechsten Januar war »Wiederbeginn der Arbeit in der Firma« und »Um 5 Uhr Besuch beim Firmenchef« vermerkt. Das war alles, was er hineingeschrieben hatte. Es war kein Tagebuch, sondern eher ein Notizbüchlein.
Uozu entdeckte kein einziges Wort, das man als Äußerung des Abschieds oder als letzten Willen hätte bezeichnen können, aber er fühlte sich dadurch nicht erleichtert. Er hatte es ja auch nicht im geringsten erwartet. Irgendwann befürchtete er wohl, in Schwierigkeiten zu geraten, falls man bei Kosaka etwas wie einen Abschiedsbrief finden würde, aber als er dieses Ich, das sich deswegen ein wenig beunruhigt hatte, nun genauer betrachtete, begriff er gar nicht mehr, warum er sich deswegen Sorgen gemacht hatte. War nicht auch er in den Wirbel der Gewöhnlichkeit hineingerissen worden, den seine Umgebung erzeugte? Bestimmt fand er auch morgen, wenn er zum Okumatashiro aufbrach, das Zelt zu holen, unter Kosakas Hinterlassenschaften nichts weiter, als was zum Bergsteigen nötig ist.
Reihum nahmen auch Kamijo, Kure und S das Tagebuch in die Hand.

»Da steht für den 4. Januar ›Abstieg, Rückkehr nach Tokio‹ vermerkt – also wollte er am Dritten hier übernachten!« meinte S.

»Ja – das war unsere Absicht ...« erwiderte Uozu.

»Danach wollte er am Nachmittag des Vierten zur Hütte des Hotels, mit Kure Tee trinken und am Abend wohl zu mir nach Sawando!« sagte Kamijo.

»Ja, so wäre es wohl geworden ...«, bemerkte Uozu. Ja, falls das Unglück nicht geschehen wäre, würde, dachte er, alles so verlaufen sein, wie es hier besprochen wurde.

Das Mahl war nach zwei Stunden zu Ende. Uozu stand auf, um sich in sein Zimmer zurückzuziehen. Er stieg noch kurz zum Vorflur hinunter und sah zur Türe hinaus, dann trat er plötzlich ins Freie. Das Licht des Mondes erleuchtete den Platz vor der Hütte taghell.

Es war kalt, aber Uozu, der Sake getrunken hatte, wollte lieber in der kalten Nachtluft bleiben. Er ging neben die Hütte.

Da kam Kaoru, die ihm wohl gefolgt war.

»Was ist das für ein schöner Mond!« sagte sie.

»Ist es nicht zu kalt für Sie. *Ich* habe getrunken ...«

»Oh, ich finde die Kälte nicht so schlimm ...«

Uozu sah, wie sie sich näherte.

Als sie dicht neben ihm stand, sagte sie:

»Ich danke Ihnen von Herzen! In allem habe ich auf Sie zählen dürfen!«

Da sie nun endlich allein waren, wünschte sie ihm wohl, dachte er, noch einmal zu danken.

»Sie müssen sehr müde sein!« sagte er nur.

»Ach, ich nicht! Aber Sie bestimmt!«

Dann standen sie eine Weile, vom Mond überglänzt, unbewegt da.

»Wollen Sie mich nicht morgen mitnehmen?« fragte sie.

»Zum Matashiro? Unmöglich! Es liegt dort noch viel Schnee!«

»Ja? Aber ich möchte sehen, wo das schreckliche Unglück passiert ist!«

»Dahin gehe ich auch gar nicht!«

Und nach einer Weile fuhr er fort:
»Ich will nur das Zelt am Matashiro holen. Da, wo Ihr Bruder abgestürzt ist, ist bis zum Ende des nächsten Monats noch alles tief verschneit. Das kommt für Sie nicht in Frage! Im nächsten Monat komme ich noch einmal!«
»Kann ich dann mit?«
Ja, meinetwegen ...«
»Gut – Sie werden mich also im nächsten Monat mitnehmen? Ja, wirklich?«
Kaoru blickte zu ihm auf. Sie sah ihn so liebevoll an wie noch nie.
»Wollen wir nicht in die Hütte zurück? Sie dürfen sich nicht erkälten!«
Uozu ging schon los, da rief sie plötzlich »Hören Sie!« und blieb nach ein paar Schritten stehen. Auch er hielt an.
»Ich werde es Ihnen nun doch sagen! Ob es komisch ist?« begann sie. Uozu hatte nicht die geringste Ahnung, was sie ihm mitteilen wollte.
»Ich habe daran gedacht, als ich gestern nacht in das Feuer sah, das meinen Bruder einäscherte. Ich habe es wirklich ernsthaft gedacht. Ich fürchte, daß ich es, sobald ich die Farbe dieses Feuers vergessen habe, nicht mehr sagen kann ...«
»Was?«
»Ich habe zum ersten Mal in meinem Leben an das Heiraten gedacht«, erklärte sie nach einer Weile mit fester Stimme.
»Bitte, lachen Sie nicht!« flehte sie ihn an.
»Ich lache nicht!« erwiderte Uozu in einem Ton, der fast zornig klang.
»Tja, dann sage ich es also: ich wünsche mir, daß Sie mich heiraten!«
»Heiraten? Wir?« fragte er verblüfft.
»Ja! Oh – nun lachen Sie!«
Uozu hatte wirklich nicht gelacht. Ihm war nicht im geringsten zum Lachen zumute.
»Wirklich! Ich habe es in allem Ernst gedacht!«
Und als sei dies alles, was sie konnte, wiederholte sie das, was sie ›in allem Ernst gedacht‹ hatte.
»Heirat? Heiraten ist ein schwieriges Problem!«

Das war alles, was er antworten konnte. Und dann sah er erneut in das Gesicht dieser jungen Frau, deren Gestalt einen tiefschwarzen Schatten warf und kalt dem Mondlicht ausgesetzt war.

»Ich werde gut darüber nachdenken. Überlegen Sie es sich auch noch einmal! Sie sind jetzt, unmittelbar nach der Einäscherung Ihres Bruders sicher zu erregt!«

Dann wechselte er das Thema.

»Ich brauche morgen noch den ganzen Tag hier und kann also erst übermorgen nach Tokio zurück. Fahren Sie auch übermorgen?«

»Ja!« antwortete sie mit niedergeschlagenen Augen.

»Sobald wir in Tokio sind, müssen wir die Asche Ihres Bruders nach Sakata bringen! «

»Fahren Sie auch mit?«

»Natürlich!«

»Ich habe telegraphiert, sicher kommt jemand von meiner Familie nach Tokio, uns abzuholen. Meine Mutter ist krank, sie wird wohl kaum erscheinen . . .«

»Auch wenn niemand von Ihrer Familie kommt, will ich selber Ihren Bruder seiner Mutter übergeben. Mein Gewissen würde sonst nicht ruhig sein können . . .«

Sie gingen beide auf die Hütte zu. Ihnen war kalt geworden. Sie hatten das Gefühl, daß dies nicht von der Nachtluft herrührte, sondern weil das Mondlicht ihren Körper durchbohrt hatte.

Als sie vor der Türe standen, sagte Kaoru:

»Also – auf Wiedersehen!«

»Kommen Sie nicht mit hinein?«

»Doch, aber . . .«

Kaoru blickte zu ihm auf.

»Es ist mir peinlich, mit Ihnen zusammen hineinzugehen!«

»Warum?«

»Nun – weil ich das vorhin zu Ihnen gesagt habe. Ich schäme mich, wenn Sie mir da drin ins Gesicht sehen!«

»Gut – dann gehen Sie zuerst!«

»Also – gute Nacht!«

Und sie trat sofort ins Haus.

Uozu begab sich noch einmal auf den Platz hinaus. Er tat dies nicht unbedingt Kaorus wegen. Er hatte plötzlich das Gefühl, daß es da irgend etwas gab, worüber er allein nachdenken mußte.
Er schritt quer über den Platz, doch mit einem Mal blieb er wie erschrocken stehen. Und dann beugte er sich zurück, als schöpfte er tief Atem.
»Aaaah«, entrang es sich ihm stöhnend. Er fühlte von dem Augenblick an, als Kaoru von Heirat gesprochen hatte, eine heftige Unruhe in sich, aber nun glaubte er, deren wahren Grund erkannt zu haben. Jetzt merkte er, daß er von der gleichen Sehnsucht schon lange gepackt war, mit Yashiro Minako durch den Lärchenwald zu gehen. Das war zweifellos nicht bis in sein Bewußtsein gedrungen, aber er konnte nicht leugnen, daß sich heimlich, in kaum faßbarer Gestalt, ein solches Verlangen nach Minako in seinem Herzen eingenistet hatte.

8. Kapitel

An dem Tag, als Tokiwa Daisaku in der Zeitung die kleine Notiz las, daß Kosakas Leichnam gefunden und in den Bergen eingeäschert worden sei, ferner Uozu und Kaoru die sterblichen Reste nach Tokio brächten, rief er bei dem Toko-Verlag an, wo Kosaka gearbeitet hatte, und erkundigte sich nach dem Tag und der Stunde, in der Uozu in Shinjuku eintreffen werde.

Tokiwa hatte Kosaka auch nicht flüchtig gekannt, aber da Kosaka mit Uozu, einem Angestellten seiner Firma, so eng befreundet gewesen war, wollte er doch bei ihrer Ankunft am Shinjuku-Bahnhof zugegen sein. Zwar würden natürlich die Hinterbliebenen Kosakas und auch Angestellte aus Kosakas Firma dort erscheinen, aber er fand, daß doch wenigstens einer aus der Firma »Neuer Ostasienhandel« mit dabei sein müßte.

Tokiwa übernahm diese Aufgabe selber. Der Zug sollte um 8 Uhr 30 in Shinjuku eintreffen, und er kam, nicht im zeremoniellen, sondern einfachen Anzug, etwa zwanzig Minuten früher auf den Ankunftsbahnsteig der Chuo-Linie.

Dort befand sich bereits eine Gruppe, der Tokiwa sofort ansah, daß sie zum Empfang von Kosakas irdischen Resten erschienen war. Auch zwei, drei junge Frauen waren darunter, aber es handelte sich vermutlich um Angestellte der Firma Kosakas. Fünf Minuten vor dem Eintreffen des Zuges waren etwa dreißig Menschen versammelt.

Kurz bevor der Zug einlief, sah Tokiwa zufällig nach links, und da entdeckte er Yashiro Minako. Sie trug keine Trauerkleidung, aber einen schwarzen Kimono und stand von den anderen etwas entfernt. Als sie vor einiger Zeit Tokiwas Firma besucht hatte, war sie ihm faszinierend schön vorgekommen, doch auch jetzt fand er sie bewundernswert.

»Oh, guten Tag!«

»Ah ...«, rief sie erstaunt und sah zu ihm auf.

»Verzeihen Sie neulich!«

Sie verbeugte sich höflich.
»Wie gut – daß man Kosakas Körper nun gefunden hat!«
»Ja, wirklich!«
»Es klingt zwar komisch, wenn ich eben sagte ›wie gut‹, aber nachdem man mit einer langen Suchzeit rechnen mußte, finde ich es gut, daß man ihn so schnell gefunden hat! Man hätte ja sonst endlos weitersuchen müssen. Wann war das wohl nur – es war in Europa, da suchte man einmal die Leiche eines Verunglückten, fand sie aber nicht, sondern dafür einen toten Wolf! Sicher holt man nur selten aus dem Schnee ein totes Tier heraus – das ist ja wohl ein wissenschaftliches Problem ... Also – egal ob es sich nun um ein Unglück oder einen plötzlich eingetretenen Tod handelt – oh! Da kommt der Zug!«
Als der Zug langsam einfuhr, geriet die Menge der zum Empfang Gekommenen in Bewegung, auch Tokiwa und Minako schlossen sich ihr an.
Nachdem schon fast alle ausgestiegen waren, erschienen an der Wagentüre als letzte Uozu und Kaoru. Uozu hielt die Urne mit den sterblichen Überresten seines Freundes ehrfürchtig ein wenig hoch.
Da wegen der vielen Aussteigenden ein großes Durcheinander herrschte, schien Uozu warten zu wollen, bis es ruhiger wurde, und er blieb an dem einen Ende des Bahnsteigs stehen. Unverzüglich begaben sich alle, die zum Empfang erschienen waren, in seine Nähe.
»Wollen wir ihn nicht auch gleich begrüßen? Sobald er durch die Sperre ist, wird er sicher sofort ins Auto steigen!« forderte Tokiwa Minako auf, ging selber zügig zu der Menschenmauer, die Kosakas Urne umgab, und schob sich, alle zur Seite drängend, nach vorn. Dann gab er Uozu mit den Augen ein kleines Zeichen und verbeugte sich ehrerbietig vor der in weißes Tuch gehüllten Urne.
Hierauf trat er auf Uozu zu und sagte teilnahmsvoll:
»Sie werden sicher furchtbar müde sein ...«
»Ein wenig erschöpft bin ich wohl ...«, erwiderte Uozu schlicht und fügte hinzu:
»Ich komme morgen in die Firma!«

»Sie werden sicher noch viel erledigen müssen! Sie können ruhig noch ein paar Tage fernbleiben!«
In diesem Augenblick nahm Uozu Minako wahr, und er sagte zu Tokiwa:
»Die Frau von Herrn Yashiro ist also auch gekommen ...«
»Frau Yashiro?«
»Die Frau von Yashiro Kyonosuke!«
»Die schöne Frau da ...«
»Ja!«
»Sooo ... Da bin ich aber erstaunt! Ah so, das ist Frau Yashiro?«
Tokiwa war ein Mann, den nichts so leicht aus der Ruhe brachte, aber jetzt war ihm, als hätte es ihm den Atem verschlagen.
Nachdem sich Tokiwa von Uozu verabschiedet hatte, ging er zu Minako zurück, die noch immer im Hintergrund stand und redete ihr zu:
»Gehen Sie doch auch hin!«
»Tja ...«, antwortete sie unklar, doch dann fuhr sie fort:
»Ich glaube, das ist nicht nötig. Hiermit habe ich ihn ja schon begrüßt!«
Tokiwas Augen kamen aus dem Staunen nicht heraus.
Inzwischen begann die zum Empfang erschienene Menge, Uozu und Kaoru in die Mitte nehmend, sich auf dem Bahnsteig langsam zur Treppe hin zu bewegen.
»Ich werde mich jetzt empfehlen!« meinte Tokiwa, und darauf sagte Minako:
»Das will ich auch tun!«
Plötzlich wandte sich Tokiwa ihr zu und sagte:
»Verzeihen Sie, es ist mir entgangen ..., aber Sie sind, wie ich höre, die Gattin von Herrn Yashiro, ja?«
»Ja. Entschuldigen Sie, daß ich mich Ihnen nicht genauer vorgestellt habe!«
Daraufhin verbeugten sich beide noch einmal voreinander.
»In welche Richtung fahren Sie?«
»Mit der Yamate-Linie nach Shibuya.«
»Oh, dann haben wir ja den gleichen Bahnsteig – nur die Richtung ist anders ...«

Sie gingen nebeneinander die Treppe hinunter und stiegen dann zum Bahnsteig der Yamate-Linie hinauf.
»So ... Also die Geschichte mit dem Wolf vorhin ...«, fing Tokiwa an, doch da fragte Minako, als wollte sie davon nichts mehr hören: »Das Seil ist also gerissen?«
»Wie meinen Sie? Darüber habe ich noch nichts gehört!«
»In der Zeitung hieß es, das Seil sei fest um den Körper des Toten gewickelt gewesen!«
»Das stand in der Zeitung?«
»Ja, es war allerdings nur eine Sportzeitung ...«
»Oh ...«
»Ob Herr Uozu nun in Schwierigkeiten kommt?«
Ihre Stimme klang betrübt.
»War in der Zeitung nichts von einem Abschiedsbrief oder so zu lesen?«
»Nein!«
Falls bei dem Toten kein Abschiedsbrief gefunden wurde, überlegte Tokiwa, befand sich Uozu tatsächlich in einer prekären Lage.
»Jedenfalls hat das Ergebnis des Experiments überall großes Aufsehen erregt, meinen Sie nicht?« fragte Tokiwa.
»Ja, zweifellos. Man hätte meinen Mann lieber nicht darum bitten sollen!«
»Ich war es, der ihn darum ersucht hat!«
Er blickte Minako dabei mit großen Augen an, und da war Minako nun völlig verwirrt.
»Ach ... Ist das wahr?«
»Ja!«
»Und warum taten Sie das?«
»Natürlich war ich überzeugt, daß Uozus Lage dadurch verbessert würde. Doch es kam höchst unerwartet anders! – Das war ein schwerer Schlag! Ja! Aber natürlich zweifle ich nicht im geringsten an dem Experiment Ihres Mannes!«
»Ja. Trotzdem meine ich, daß dieses Experiment für Uozu von vornherein nur lästig war. Von meinem Mann war das nicht recht! Er hätte es nicht machen sollen! – So sehr Sie ihn auch darum baten, er hätte es nicht übernehmen dürfen!«
»Sie kritisieren Ihren Mann zu Unrecht! Falls ich jemanden

um etwas bitte, wird es mir eigentlich nie abgelehnt! Selbst bei recht schwierigen Problemen gelingt mir das!«

»Sie mögen meinen Mann noch so gebeten haben, Herr Tokiwa – es wäre besser gewesen, er hätte es nicht übernommen! Dann wäre das alles nicht geschehen! Mein Mann ist sonst furchtbar schwierig, aber seltsamerweise läßt er sich manchmal auf komische Dinge ein ...«

Nachdem Minako wußte, daß Tokiwa ihren Mann um das Experiment gebeten hatte, richtete sich unversehens ihre Kritik erst recht gegen ihren Mann.

Als Tokiwa Minakos Worte hörte, war er verblüfft. Er spürte in ihrer Art zu reden die ganze Willkür und Verworrenheit, die eine Liebende zeigt, wenn sie den Geliebten vor Feinden schützen will.

»Hm ...«, seufzte er unwillkürlich tief auf. Er richtete seine Blicke wieder auf diesen offenbar sehr kühnen, weiblichen Leoparden. Und während er sich eine Zigarette anzündete, dachte er, sich auf seine Intuition verlassend, daß er sich bei einer solchen Annahme wohl kaum irrte, und er sann nach, ob er kein geeignetes Wort finden könnte, Minako in die Enge zu treiben.

In diesem Augenblick fuhr die Bahn, in die Minako einsteigen wollte, an dem Bahnsteig vor.

»Also auf Wiedersehen! Verzeihen Sie!« verabschiedete sich Minako.

»Oh! Verzeihen vielmehr Sie mir! Bitte, grüßen Sie Ihren Mann!«

»Gern!«

Als Minako, eingekeilt in eine Menge von Menschen, die gleichfalls einsteigen wollten, im Wagen verschwunden war, seufzte Tokiwa noch einmal laut. Er hatte das Gefühl, daß Frau Yashiro, die er, wenn auch nur mit einem Wort, in die Enge hätte treiben müssen, ihm geschickt entkommen war.

Als Tokiwa am nächsten Tag das Firmenbüro betrat, war Uozu bereits da, er saß vor seinem Tisch und las die Papiere, die sich während seiner Abwesenheit angesammelt hatten.

»Ob es richtig ist, daß Sie heute schon wieder hier sind ...?« sagte Tokiwa und ging auf seinen eigenen Schreibtisch zu.

Da erhob Uozu sich und sagte höflich:
»Es tut mir aufrichtig leid, daß ich Ihnen schon so lange mit meinen Angelegenheiten lästig gefallen bin!«
Dann bedankte er sich bei Tokiwa, daß er zum Shinjuku-Bahnhof gekommen war.
»Es ist jedenfalls gut, daß Kosaka aufgefunden worden ist! Sie hätten ja sonst immer wieder in die Berge fahren müssen! – Hat man irgend etwas entdeckt, was wie ein Abschiedsbrief aussieht?«
»Nein! Weder Testament noch Ähnliches. Nur ein Taschentagebuch fand man, das bis zum fünften Januar sehr kurze Aufzeichnungen enthält. Ich habe auch das Zelt mitgebracht, das wir am Okumatashiro-Teich aufgeschlagen hatten, aber auch bei diesen Sachen kam nichts zum Vorschein. Es gibt also nicht den geringsten Hinweis auf einen Selbstmord!«
»Hm . . .«
»Außerdem war das Seil fest um seinen Körper gewickelt und damit ist auch der bei einigen aufgetretene Verdacht entkräftet, ich hätte Kosaka decken wollen, weil sich sein Seil gelöst hat!«
»Hm . . . Gut . . .«, und er fügte nach einer Weile hinzu:
»Nun schön – das Seil war um seinen Körper geschlungen –. Nimmt man also an, daß Kosaka keinen Selbstmord beabsichtigte, ist die Affäre damit sehr viel einfacher geworden. Aber wie steht es mit Ihnen?«
Uozu schwieg.
Darauf sagte Tokiwa, als gebe er sich die Antwort selber:
»Ihre Lage ist nun recht schwierig geworden! Man wird jetzt annehmen, daß das Seil entweder riß, weil es zu schwach war oder Sie es abgeschnitten haben!«
»Ja. Keines von beiden!« erwiderte Uozu mit Nachdruck.
»Das Experiment von Herrn Yashiro hat, obwohl es nicht unter idealen Bedingungen durchgeführt wurde, den Beweis erbracht, daß das Nylonseil durch einen Stoß oder so etwas nicht einfach reißt!«
»Ach, das Experiment da . . .«, begann Uozu.
»Auch wenn Sie es nur ›das Experiment da‹ nennen, wird es doch allgemein als höchst zuverlässig betrachtet!«

»Und doch ist ein Fehler dabei!«
»Tja, es ist wohl falsch. – Weil Sie so sagen ... Aber da Sie keine Autorität haben, glaubt die Welt dem Experiment!«
»Ja, und deswegen ist meine Lage schwierig.«
»Aber mit dieser Erkenntnis allein ist nichts getan! Haben Sie keine gute Idee, wie Sie den Verdacht, der jetzt auf Sie zukommt, zerstreuen könnten?«
»Nein, ich habe noch keinen festen Plan. Aber ich wäre dafür, daß man noch ein neues Experiment durchführte, dessen Bedingungen denen der Unglückssituation näherkommen. Aber dort liegt der Schnee noch sehr tief, man kann nicht heran. Es ist also noch nicht möglich, die genaue Form der Felskante zu untersuchen und nachzubilden. Ich möchte im nächsten Monat noch einmal hinfahren. Und daher wird das Experiment auf der Basis genauer Reproduktion der Unglücksstelle noch etwas hinausgeschoben werden müssen.«
»...«
»Und dann noch etwas: Ich habe das Seilende mitgebracht, das um Kosaka gewickelt war. Vielleicht kann man wissenschaftliche Schlüsse daraus ziehen.«
»Oh! Das haben Sie mitgebracht?«
Tokiwas Augen funkelten kurz auf. Er überlegte, ob man nicht tatsächlich zu neuen Ergebnissen käme, wenn er das Seilstück Yashiro Kyonosuke zeigte.
Damit schloß Tokiwa ihr Gespräch über das Problem des Seils zunächst ab und sagte:
»Na ja – nehmen Sie in aller Ruhe Ihre Arbeit hier wieder auf! Mit der Angelegenheit sind Sie ja doch jetzt fertig, ja?«
»Ja!« antwortete Uozu, fügte aber gleich hinzu:
»Ich muß allerdings Kosakas Asche noch zu seiner Mutter nach Sakata bringen!«
»Wann?«
»Das steht noch nicht fest. In einigen Tagen wohl. Heute kommt Kosakas Schwester, Kaoru, um das mit mir zu besprechen.«
»Hm ... Sie fahren also noch einmal nach Sakata? Natürlich – Sie müssen da wohl hin ...!«
»Ja, ich meine doch auch! Ich möchte Kosakas irdische Reste

seiner Mutter unbedingt persönlich bringen. Sonst habe ich das Gefühl, ich würde meinen Freund vernachlässigen ...«
»Tja, ich verstehe, aber ...«
Tokiwa war eigentlich der Meinung, Uozu sollte nun endlich seine Arbeit wieder aufnehmen und auf alles andere verzichten. Es sah sonst vor den anderen Firmenangestellten schlecht aus, zum andern mußte man sich ja auch nach einem Unglücksfall wieder dem normalen Leben zuwenden, man konnte nicht endlos lang damit zubringen. Uozu hatte vom Beginn des Monats Januar an fast überhaupt keine Arbeit in der Firma mehr verrichtet. Zunächst hatte er des Unglücksfalls wegen alle Arbeit hier liegen lassen müssen, dann war er nach Sakata gefahren und einige Tage dort geblieben. Und schließlich fehlte er wieder etwa zehn Tage, weil er den Leichnam von Kosaka suchte! Und nach seinen Äußerungen jetzt, wollte er im nächsten Monat noch einmal in die Berge fahren. Außerdem redete er davon, bald wieder nach Sakata fahren zu müssen. Tokiwa verspürte nicht übel Lust, ihm mehr Zurückhaltung anzuempfehlen.
Aber da sagte Uozu bereits – ohne sich um Tokiwas Empfindungen weiter zu kümmern:
»Herr Filialchef! Es ist da noch etwas, wovon zu reden mir schwerfällt ...«
»Was?«
Tokiwa hegte sofort den Verdacht, es werde sich um Geld handeln, und tatsächlich war das die Bitte, die ihm Uozu vortrug.
»Leider reicht das Geld zur Reise nicht ganz ...«
»Hm ...«
»Verzeihen Sie vielmals, aber ich würde gern wieder etwas von der Firma leihen!«
In Geldsachen war Tokiwa, anders als bei der Frage des Fernbleibens von der Firma, ziemlich großzügig, und er antwortete:
»Gut. Das mit dem Geld bringe ich in Ordnung, aber nach Sakata fahren Sie mit dem Nachtschnellzug und kommen mit dem Nachtschnellzug zurück!«
»Jawohl! Ich werde mit dem Nachtschnellzug hinfahren und

mit dem Nachtschnellzug wieder zurückkommen. Wenn Sie mir nur mit dem Geld aushelfen könnten!«

Das Geldproblem schien ihm sehr auf der Seele zu liegen, denn er hatte das mit zusammengezogenen Brauen gesprochen.

Tokiwa ließ sich von dem Rechnungsführer 38 200 Yen geben und reichte sie Uozu.

»Da – nehmen Sie! Das ist nicht eine Summe, die Ihnen die Firma leiht, sie schenkt sie Ihnen!«

»Wirklich?«

»Sie brauchen sich keine Gedanken darüber zu machen.«

»Verzeihen Sie, handelt es sich um eine Prämie?«

»Dummes Zeug! Wie sollte ich Ihnen eine Prämie geben? Ausgerechnet Ihnen! – Da Sie pro forma vorübergehend aus der Firma ausgeschieden sind, bekommen Sie eine Abfindung. Was Ihnen die Firma bisher geliehen hatte, ist davon abgezogen. Es ist also der Rest!«

Uozu war erleichtert, daß er damit die Fahrtkosten nach Sakata bestreiten konnte. Das für die Fahrt in die Berge zurechtgelegte Geld hatte er bereits fast ganz ausgegeben. Für die Reise nach Sakata war nicht mehr genügend da. Doch dank dieser Abfindung gab es nun keine Schwierigkeiten mehr. Die Summe war allerdings, dachte er, überraschend klein, und der Gedanke, daß damit seine Hilfsquellen erschöpft waren, machte ihn beklommen, aber in dieser Situation mußte er dankbar sein.

Kurz nach Mittag erschien Kaoru; Uozu stand von seinem Schreibtisch auf, fuhr mit ihr, die auf dem Korridor gewartet hatte, im Lift nach unten und trat auf die Straße hinaus, die in sommerlich heißen Sonnenstrahlen schimmerte.

»Wollen wir in die Ginza, zusammen Tee trinken?« fragte er Kaoru.

»Können Sie sich das zeitlich leisten?«

»Oh, seien Sie unbesorgt! Eine Stunde etwa kann ich ohne weiteres weg.«

»Gut.«

Beide gingen, Schulter an Schulter, in Richtung der Verkehrskreuzung Hibiya.

»Wann fahren Sie nach Sakata? Ich kann jederzeit, nur muß ich den Nachtschnellzug nehmen und auch mit dem Nachtschnellzug zurückkommen!«

»...«

»Da ich von der Firma schon allzulange weggeblieben bin, ist der Filialchef ein bißchen verstimmt. Er ist eigentlich kaum je knauserig, aber diesmal bestand er darauf, daß ich hin und zurück mit einem Nachtschnellzug führe!«

Uozu lachte. Er hatte sich Tokiwas Gesicht vorgestellt, als jener ihm das befohlen hatte, und er hatte es komisch gefunden. Uozu war damit auch einverstanden, er wollte die Hin- und Rückfahrt mit dem Nachtschnellzug machen. Tokiwa würde zwar nachher zu ihm sagen »Was sind Sie für ein dummer Bursche! Ich habe Ihnen zwar aufgetragen, Sie müßten mit dem Nachtschnellzug hin- und zurückfahren ..., aber natürlich hätten Sie eine Nacht bleiben können!« Ja, das sähe Tokiwa gleich.

»Ja, um diese Reise geht es ...«, sagte Kaoru plötzlich.

Uozu fühlte, daß sie anders als sonst war, seltsam niedergeschlagen.

»Ob ich nicht allein nach Sakata fahren sollte.«

»Warum? Ich komme mit! Hat Sie das, was ich Ihnen gerade erzählte, verstimmt?«

»Nein! Aber es geht ja nur darum, die Asche meines Bruders hinzubringen, und da genügt es, wenn ich es allein tue!«

»Das wäre nicht recht! Ihr Bruder nähme das übel! Er würde mich herzlos heißen! – Also, ich möchte auch unbedingt mit!«

Daraufhin blieb Kaoru stehen und sagte:

»Ich verstehe gut, wie Ihnen zumute ist. Ich möchte das ja auch, und sicher, mein Bruder würde sich freuen. Aber ...«

Sie stockte, hob den Kopf und sah Uozu in die Augen.

»Bitte, werden Sie jetzt nicht zornig, wenn ich Ihnen das jetzt sage, meine Mutter hat mir geschrieben ..., einer von unseren Verwandten sei so uneinsichtig!«

»Was heißt uneinsichtig?«

»Er macht Ihnen Vorwürfe! Er sieht die Sache irgendwie anders! – Meine Mutter ist nun sehr besorgt, daß Sie sich, wenn Sie kommen, verletzt fühlen könnten!«

Alles, was in Uozus Blickfeld bisher hell erglänzt hatte, verlor mit einem Schlag seine Farbe.
»Ja, es gibt Leute, die glauben, ich hätte das Seil abgeschnitten, um mein Leben zu retten ...«
»So hat das meine Mutter nicht geschrieben ...«, sagte Kaoru leise und voller Bedauern.
»Ihre Mutter wird wohl kaum so denken ...«
»Nein! Wirklich nicht!«
Kaoru blickte zu Uozu auf und schüttelte mit verzweifelter Miene den Kopf.
»Meine Mutter denkt auf keinen Fall so! Und wenn der Himmel einstürzen sollte, denkt sie das nicht! Aber wir leben nun einmal auf dem Land, und da gibt es unter den Verwandten eben auch Leute, die nichts begreifen! Dieser Verwandte hat wohl seinen gemeinen Verdacht meiner Mutter gegenüber geäußert ...«
»Das ist möglich ...«, sagte Uozu. Ihm war plötzlich, als müßte er zu Boden sinken. Noch nie hatte man ihm einen so schweren Schlag versetzt! Sicher, nach dem Seilexperiment war er sehr bedrückt gewesen, aber jetzt fühlte er sich verzweifelt, ganz und gar hilflos. Er wußte, daß man in bezug auf das Unglück die verschiedensten Vermutungen auch über ihn anstellen würde, er hatte sich das aber bisher nie zu Herzen genommen. Irgendwo war er zu unbekümmertem Trotz entschlossen gewesen.
Doch als er nun merkte, daß sich diejenigen, die ihn so schwer verdächtigten, in Kosakas Heimat, ja unter Kosakas Verwandten befanden, war das für ihn ein so schwerer Schock, als sei ihm mit einem Holzklotz auf den Scheitel geschlagen worden.
Kaoru, die dies offenbar bemerkte, sagte mit tränenfeuchter Stimme:
»Gehen wir doch schnell in irgendein Lokal in der Nähe, wo Sie sich etwas ausruhen können ...«
An der Hibiya-Kreuzung fanden sie schließlich ein Gebäude, wo im Erdgeschoß ein Geschäft mit ausländischen Kuchen und im ersten Stock ein Café war. Dort traten sie ein.
Uozu stieg hinter Kaoru die Treppe empor, und beide nah-

men am Fenster Platz. Kaum hatte sich Uozu gesetzt, fühlte er sich dermaßen erschöpft, daß er sich am liebsten irgendwohin flach auf den Boden gelegt hätte. Es fiel ihm unsäglich schwer, Kaoru gegenüberzusitzen.

»Herr Uozu! Ich möchte mit Ihnen zusammen fahren! Ich weiß es jetzt : meine Mutter und ich sahen das falsch!«

»Schon gut!« antwortete Uozu. Er schüttelte seinen Kopf einige Male hin und her, als triebe er Gymnastik.

»Ich bin wirklich gräßlich schlapp!« spottete er über sich selber, fügte aber hinzu:

»Ich möchte aber doch meinen Besuch bei Ihrer Familie verschieben! Ich fahre lieber später einmal!«

Sein Gesicht war bleich.

Er entschloß sich aber nicht deshalb, die Reise nach Sakata aufzuschieben, weil er die fürchtete, die ihn so schimpflich verdächtigten, sondern er dachte, es dürfe, wenn Kosakas Seele zu seiner Mutter zurückkehrte, da nicht irgendwie Zank geben. Fand sich bei denen, welchen er Kosakas sterbliche Reste brachte, irgend etwas Unreines, so wäre – nach seinem Empfinden – das Kosaka wie auch dessen Mutter gegenüber nicht zu entschuldigen.

Kaorus Worte hatten ihn zwar schwer getroffen, aber er erholte sich ziemlich schnell und sagte:

»Bringen also Sie die Asche Ihres Bruders hin! Nach einiger Zeit werde ich auch hinfahren!«

Doch nun fühlte sich Kaoru hilflos und unglücklich.

»Aber wann fahren Sie?« fragte sie ihn.

»Nach ein, zwei Monaten. Ich möchte dann sein Grab besuchen.«

»Ja, wirklich?«

»Natürlich! Ich müßte mich vor Ihrem Bruder schämen, falls ich, nachdem ich nun schon seine sterblichen Reste nicht hinbringe, nicht wenigstens sein Grab besuche!«

»Tja – ich werde also das nächste Mal mit Ihnen fahren!«

Und als sei ihr plötzlich etwas eingefallen, fügte sie hinzu:

»Auch bei mir ist der Abteilungsvorsteher schon verstimmt. Ich habe meine Arbeit seit einiger Zeit ziemlich vernachlässigt! Aber sobald Sie nach Sakata fahren, komme ich mit,

gleichgültig, was er redet! Ich fahre mit dem Nachtschnellzug hin und komme mit dem Nachtschnellzug wieder zurück!«
Hierauf schwieg sie eine Weile, als sinne sie über etwas nach; schließlich sah sie zu ihm auf und meinte:
»Dann wird auch darüber entschieden werden!«
»Worüber?«
»Oh!« stieß sie verlegen hervor, und ihr Gesicht wurde bemitleidenswert rot.
»Schon gut ...«, erwiderte sie ausweichend, und es war sehr unklar, was sie gut fand. Erst in diesem Augenblick fiel Uozu ein, was sie wohl hatte sagen wollen. Zweifellos war es das Thema Heirat – jenes so schwierige Problem, das sie vor der Tokusawa-Hütte aufgeworfen hatte. Uozu tat, als wisse er noch nicht, was sie meinte, und trank seinen Kaffee aus.
»Tja, wollen wir gehen!« wandte er sich dann an sie.
Er hatte vor, sich gleich vor dem Café von Kaoru zu verabschieden, doch als er das tun wollte, merkte er, daß er ihr bisher noch keine einzige der Fragen gestellt hatte, die er beantwortet haben mußte. So erkundigte er sich genau, wann sie mit der Urne ihres Bruders abfahre, und versprach, dann am Ueno-Bahnhof zu sein. Er vergewisserte sich auch, daß sie nicht etwa der Reisekosten wegen oder sonstwie in Schwierigkeiten sei.
Als sie sich schließlich getrennt hatten und er allein war, überfiel ihn die Verzweiflung, die vorübergehend verschwunden war, von neuem. Ah, wie furchtbar war das doch alles, stöhnte er, und er bemühte sich, an etwas anderes zu denken. Da fiel ihm plötzlich Yashiro Minako ein, die er gestern am Shinjuku-Bahnhof unter den zum Empfang Erschienenen flüchtig gesehen hatte.

Am Abend, kurz bevor er die Firma verließ, ging er zu Tokiwa hin, der eben aufbrechen wollte, und fragte ihn:
»Haben Sie heute abend Zeit?«
»Ich habe nichts Besonderes vor ...«, erwiderte Tokiwa und sah Uozu fragend an, was er denn wünsche.
»Falls Sie Zeit haben, würde ich mich freuen, wenn Sie mit mir kommen wollten!«

»Mit Ihnen kommen? Wollen Sie mich etwa zum Essen einladen?«
»Jawohl!«
»Vergessen Sie nicht, daß Sie nur 26 000 Yen bekommen haben und damit keine großen Sprünge machen können!«
»Es waren 38 200 Yen!«
»So? 38 200 Yen? So viel? Aber die Reise nach Sakata ist teuer! Da bleibt nicht mehr viel übrig!
»Ich habe meinen Plan, nach Sakata zu fahren, aufgegeben!«
»Und warum?«
Tokiwas Augen glänzten.
»Unter den Verwandten dort ist jemand, der mir zutraut, daß ich das Seil abgeschnitten habe! Deswegen verzichte ich darauf, Kosakas Asche seiner Mutter selber zu überbringen! Ich werde schon noch einmal hinfahren, aber ich lasse besser erst einige Zeit vergehen!«
Als Tokiwa das hörte, äußerte er ein »Hm . . .«, das wie ein Ächzen klang. Er nahm mit einer übertrieben langsamen Bewegung eine Schachtel »Peace« heraus und steckte sich eine Zigarette in den Mund. Hierauf wandte er sich Uozu zu, als wartete er, daß jener etwas sage.
»So habe ich Geld übrig und möchte Sie, Herr Filialchef, einladen!«
»Hm . . .«
Tokiwa schien kurz nachzudenken, dann erwiderte er:
»Gut! Ich komme mit!«
»Um ein sehr vornehmes Restaurant handelt es sich allerdings nicht . . .«, meinte Uozu vorsichtig, doch Tokiwa antwortete:
»Schon gut. Auch wenn Sie dahin wollten, könnten Sie das ja wohl kaum, wie?«
»Heute vielleicht nicht . . .«
»Gehen wir doch in ein ganz schlichtes Lokal! Sonst haben wir beide Angst . . .«
Während er so redete, zog er seine Jacke über, ordnete seine Papiere auf dem Schreibtisch und sagte schließlich:
»Also – ich warte draußen.«
Damit ging er hinaus.
Uozu kehrte zu seinem Platz zurück und räumte dort auf.

Von dem vor ihm sitzenden Shimizu verabschiedete er sich mit den Worten:
»Nehmen Sie es mir nicht übel – ich gehe schon . . .«
»Sind Sie vom Filialchef eingeladen worden?«
»Ich habe ihn eingeladen!«
»Das ist ja kaum zu fassen! Er selber lädt gern andere ein, kann es aber nicht leiden, eingeladen zu werden!«
Dann verließ Uozu das Büro. Es war das erste Mal, daß er mit Tokiwa Daisaku allein ausging, aber er wußte, daß er sich jetzt nur dadurch aufrechthalten konnte, daß er sich Tokiwas Geschwätzigkeit überließ.
Er führte Tokiwa in das Hamagishi in der Nishi-Ginza. Im ersten Stock wäre ein Gastraum für sie frei gewesen, aber Tokiwa meinte:
»Ist es hier nicht viel hübscher?« – und so setzten sie sich an die Theke gleich vor der Kochstelle. Da es noch früh war, gab es noch keine anderen Gäste. Uozu nahm die »Speisekarte«, ein schwarzes Brett, auf dem mit weißen Schriftzeichen die Namen der Gerichte geschrieben standen.
»Eingemachter Ikura, roher Seeigel, eingesalzene Fischeingeweide – das schmeckt sicher alles hervorragend! Das möchte ich haben! Als Rohfisch mag ich Meerbrasse. Krabben wären auch nicht schlecht . . . Und das Zarayaki-Gericht von Garnelen ist bestimmt nicht zu verachten! Oh! Es gibt auch Forellen! So viele werden das aber noch kaum sein! Also, wollen wir, bevor die anderen Gäste kommen, je zwei Forellen bestellen?«
»Und wie ist es mit den Garnelen und den Krabben?«
»Die möchte ich! Natürlich! – So, und dann gibt es hier ja auch Pilze! Pilze in dieser Jahreszeit sind sicher ein wenig kümmerlich! Aber vielleicht sind sie aus dem Treibhaus? Probieren möchte ich eigentlich schon, wie Treibhauspilze schmecken! Sicher sind sie als Dobinmushi zubereitet! Und außerdem gibt es noch zartes Wildentenfleisch! Ja, das auch, und bitte, vorher noch eine in Salzwasser gekochte Meerbrasse!«
»Herr Filialchef!« rief Uozu. Wenn der Mann nicht bald Schluß machte, dachte er, ging hier der größte Teil seiner

Abfindungssumme flöten! Sicher, man aß hier gut, aber dafür war es auch ziemlich teuer! Uozu kam zwar dann und wann hierher, doch bestellte er nie mehr als ein oder zwei Gerichte. Nachdem er Tokiwa eingeladen hatte, wollte er selbstverständlich eine Ausnahme machen, aber nun sah er doch schwarz, falls sein Gast die ganze Speisekarte durchbestellte!
»Trinken Sie Bier oder Sake, Herr Filialchef?«
»Tja – das ist mir gleich. Trinken wir das, was Sie gern mögen! Ob Bier oder Sake, mir reicht aber eine Flasche!«
»Gut, dann bestelle ich Sake!« erwiderte Uozu. Als Sake-Fläschchen gebracht wurden, griff Uozu danach und wollte Tokiwa einschenken.
»Oh, das ist nicht nötig!« wehrte Tokiwa aber ab. »Ich meine, jeder soll sich selber bedienen. So ist es gemütlicher!«
So verzichtete Uozu darauf und goß sich nur das eigene Schälchen voll.
»Darf ich mich mit Ihnen unterhalten?«
»Unterhalten?«
»Ja! Miteinander reden! Wenn wir uns nicht unterhalten, könnte man denken, wir säßen stumm da und tränken nur!« lachte Uozu.
»Von mir aus! Ich habe nichts dagegen. Nein, nicht nur das – ich werde ja, sobald ich einen Tropfen Alkohol getrunken habe, richtig schwatzhaft!«
»Das wird ja enorm ... «
»Was??«
»Wenn Sie ›richtig schwatzhaft‹ werden, Herr Filialchef!«
»Aber sind nicht Sie das heute? Ich werde aber auch gleich damit anfangen! Außerdem ist da noch etwas, worüber ich mit Ihnen schimpfen möchte!«
Er nahm mit seinen Eßstäbchen das eingesalzene Fischeingeweide, das in einem kleinen Gefäß serviert worden war, und hatte es mit zwei Bissen verschlungen.
»Es schmeckt phantastisch! Bitte, noch einmal dasselbe!«
Während Uozu schon drei leere Sake-Fläschchen vor sich stehen hatte, war das erste von Tokiwa noch nicht ausgetrunken, aber die Gerichte hatte er alle verzehrt, er genoß es

sichtlich, daß das eingesalzene Fischeingeweide hier in Sake serviert wurde. Drei, vier leergegessene Teller standen schon herum.

Tokiwa wurde, wie er selber vorausgesagt hatte, beim Trinken noch geschwätziger, als er es sonst schon war; sein Gesprächspartner war aber vor allem der dicke Besitzer des Lokals, der mit einem weißen Küchenkittel an der Kochstelle stand.

Diese beiden ziemlich gleichaltrigen Männer waren sich hier zum ersten Mal begegnet, aber sie paßten großartig zueinander, sie lachten und sprachen so laut, daß die ebenfalls an der Theke sitzenden Gäste unwillkürlich zu ihnen hinsahen. Tokiwa redete völlig unbekümmert, ob es vielleicht jemanden stören könnte, doch seltsamerweise empfand keiner der Gäste das etwa als unangenehm.

Weil der Besitzer des Lokals aus einem Dorf in der Nähe des Towada-Sees in Aomori stammte, unterhielten sich die beiden lange über den Towada-See. Tokiwa war in seinem Leben zweimal dort gewesen, aber er hatte beide Male, während er im Bus auf der Fahrt nach der Oirase-Schlucht hin und her geschüttelt wurde, geschlafen, konnte sich also kaum erinnern. Als er das nun jenem erzählte, bedauerte der das und sagte, diese Oirase-Schlucht sei noch schöner als der Towada-See, und wenn er da geschlafen habe, könnte man eigentlich gar nicht sagen, er sei zum Towada-See gefahren.

Da antwortete Tokiwa:

»Nicht nur auf meiner Reise zum Towada-See habe ich geschlafen! Das tue ich immer, wenn ich durch eine schöne Landschaft fahre! Ich fände es jammerschade, bei der Fahrt durch eine hübsche Gegend immer wach zu sein! – Im allgemeinen ist doch der Schlaf von unsereinem etwas furchtbar Armseliges! Man hat sich den ganzen Tag abgerackert und ist dann so hin, als sei man in einer Schlacht gefallen! Legt man sich schließlich schlafen, sind die Gedanken noch immer bei der Arbeit! Wacht man nachts auf, denkt man an Geld oder an alle möglichen Familienquengeleien! Und dann sinkt man wieder in tierischen Schlaf! – Na ja, jetzt versuchen Sie doch, wenn Sie zur Oirase-Schlucht fahren, einmal im Bus oder in der Eisenbahn zu schlafen! Ab und zu wachen Sie von dem

Gerüttel auf. Am Fenster sehen Sie herrliche Buchenwälder, alles ist phantastisch grün! Und dann duseln Sie wieder ein. Wachen Sie das nächstemal auf, fährt der Wagen an riesigen Roßkastanien vorbei. Die jungen Blätter streifen vielleicht das Wagendach, und es raschelt. Blicken Sie nach der anderen Seite, tanzt auf dem Oirase-Fluß weißer Schaum – und dann schlafen Sie wieder ein!«

Hier schwieg Tokiwa, und dann fragte er den Besitzer des Lokals, als sei ihm da etwas Wunderbares eingefallen.

»Mögen Sie das No gern?«

»So besonders auch wieder nicht, aber ich lerne den No-Gesang!«

»Gut, dann versuchen Sie doch das nächstemal, wenn Sie in ein No gehen, zu schlafen! Es ist anders als beim Oirase, aber auch hier ist das ein herrliches Gefühl! Man hört in der Ferne einen Gesang, und während man noch darauf lauscht, schlummert man ein. Es ist ein aufregender Genuß!«

Uozu schlürfte, während er Tokiwas eigenwilligem Gerede zuhörte, aus seinem Sakeschälchen. Er begrub seine Einsamkeit, die ihn heute abend scharf bedrängte und der er allein nicht gewachsen gewesen wäre, in Tokiwas amüsanter Geschwätzigkeit.

Es wäre vielleicht besser gewesen, Uozu wäre allein trinken gegangen. Es gab eigentlich nichts, was er mit Tokiwa hätte besprechen müssen. Daß Tokiwa neben ihm saß, empfand er seltsamerweise fast als störend.

Schwieg Tokiwa bei seiner Unterhaltung mit dem Besitzer einmal, so geschah dies nur, weil er sich irgendwelche neuen Gerichte schmecken ließ.

»Sie sind herrlich, diese Krabben!«

»Ja, das kann ich mir denken!« meinte der Besitzer.

»Soll ich noch mehr davon essen?«

Wenn man Tokiwa so beobachtete, aß er tatsächlich mit großem Appetit, und was er an Nahrung sich einverleibte, schien sich bei ihm auf der Stelle in Energie umzusetzen.

Doch dann brachen einige Gäste auf, der Besitzer verschwand aus der Kochstelle, weil er irgend etwas zu erledigen hatte, und nun wandte sich Tokiwa an Uozu:

»Was ist denn mit Ihnen los? Haben Sie Kummer? Kommen Sie, seien Sie munter!«

»Ich habe keinen Kummer . . .!«

»Seien Sie ehrlich! Es geht Ihnen an die Nieren, diese Geschichte da mit dem Verwandten von Kosaka. Was sind Sie doch für ein dummer Kerl! Lassen Sie die Leute denken, was sie wollen! – Oh, da fällt mir etwas ein! Sie haben mir erzählt, Sie hätten das Seilende, das an Kosakas Körper befestigt war. Wollen Sie es mir nicht morgen kurz überlassen?«

»Ist es übermorgen zu spät?«

»Doch, übermorgen ist mir auch recht!«

»Das Seil hat mein Freund Yoshikawa in Verwahrung. Ich habe es nicht angerührt. Ich möchte nicht, daß da irgendwelche Mißverständnisse entstehen!«

»Sie sind ja furchtbar nervös! Na, weil Sie das von Haus aus nicht sind, tut es Ihnen vielleicht ganz gut!«

Tokiwa lachte und fuhr fort:

»Na gut – bringen Sie es mir also übermorgen. Ich möchte Herrn Yashiro bitten, es untersuchen zu lassen! Es könnte ja sein, daß er dann anders darüber denkt . . .«

»Daran glaube ich nicht! So wie der Mann ist!«

»Keine Vorurteile! Herr Yashiro ist ein untadeliger Wissenschaftler!«

»Das weiß ich, aber ich habe das Gefühl, daß er mir nicht wohlgesonnen ist.«

»Warum?«

»Irgendwie ist mir so.«

»Das kommt nur daher, daß *Sie* ihm nicht wohlgesonnen sind!«

»Nein, das stimmt nicht! Aber, na gut, ich werde mitkommen.«

»Oh, das dürfen Sie nicht!« rief Tokiwa plötzlich, und er wiederholte es:

»Es ist viel besser, Sie kommen nicht zu Herrn Yashiro mit! Sie sollten da kein zweites Mal hin!«

»Ja!« erwiderte er wie mechanisch; Tokiwas heftiger Ton hatte ihn fast eingeschüchtert. So fragte er nicht weiter, war-

um Tokiwa das meinte, aber er fand, daß jener wohl recht hatte.
»Gut, wenn Sie mir das also versprechen!«
Dann wandte sich Tokiwa nach der Kochstelle hin und rief:
»Bitte, die Rechnung!«
»Aber ich möchte doch bezahlen!« protestierte Uozu.
»Nein, nein, das mache ich!« erwiderte Tokiwa, die Hände in den Taschen.

Kyonosuke wachte um sieben Uhr auf und merkte, daß er sich am ganzen Körper abgespannt fühlte. Seine Arme waren matt und auch seine Beine schlaff. Er überlegte sofort, worauf das wohl zurückzuführen sei, aber er kam zu keinem Ergebnis.
Vorgestern abend, fiel ihm schließlich ein, hatte er eine Abendgesellschaft gegeben, hatte, was sonst selten geschah, zu viel getrunken, und vielleicht war die daher rührende Ermüdung erst jetzt, also einen Tag später, zum Ausbruch gekommen. Kyonosuke trank, auch in Gesellschaft, nur selten mehr, als er sich vorgenommen hatte. Doch vorgestern hatte er ein paar Leute eingeladen und in guter Stimmung unversehens zu viel getrunken.
Er fühlte sich nicht nur am ganzen Körper matt. Ihm war auch, als hätte er Fieber. Er überlegte, was er heute zu tun hatte, und erkannte, daß er nicht unbedingt in die Firma mußte. Kaum war ihm das klargeworden, entschloß er sich, zu Hause zu bleiben und sich auszuruhen. Schon seit dem vergangenen Jahr ermüdete er leicht und suchte schon bei dem geringsten Gefühl der Erschöpfung möglichst etwas auszuspannen.
Als er die Treppe hinuntergehen wollte, traf er auf dem Korridor mit Minako zusammen, die aus der Küche kam.
»Ich gehe heute nicht in die Firma, sondern ruhe mich hier aus. Vielleicht habe ich etwas Fieber ...«
»Oh!« rief Minako erstaunt aus, aber da sie gerade die Zeitung in der Hand hatte, ging sie zunächst ins Wohnzimmer.
Kyonosuke stand eben vor dem Spiegel des Waschraums, als sie kam.

»Hast du wirklich Fieber? Bist du erkältet?« fragte sie, und dabei legte sie ihre Hand auf seine Stirn. Kyonosuke empfand sie als außerordentlich kalt.
»Ja, vielleicht . . .«, erwiderte er.
»Nein, das glaube ich nicht! Ganz sicher kann ich es freilich nicht sagen, denn meine Hände sind noch vom Wasser kalt!«
In diesem Augenblick warf Kyonosuke unwillkürlich einen Blick auf sein Gesicht im Spiegel. Er sah, wie Minako ihre Hand gerade von seiner Stirn nahm, da plötzlich zögerte diese Hand, bevor sie sich von seiner Stirn ganz entfernt hatte, für einen Augenblick, und Minako sagte:
»Da ist ein bißchen Schmutz daran . . .« – und ein Finger ihrer weißen Hand berührte den Haaransatz auf seiner Stirn.
»Schmutz wird da ja kaum sein!« erklärte er.
»Doch! Ich habe ihn eben weggenommen!«
Sie zog flink ihre Hand fort und kam auf das ursprüngliche Thema zurück.
»Du kannst unbesorgt sein! Ich glaube nicht, daß du Fieber hast. Aber falls du nicht in die Firma zu gehen brauchst, ruhe dich aus!«
Kyonosuke dachte nun aber weniger an die Firma, ihn beunruhigte der »Schmutz« an seiner Stirn, von dem sie so geschickt abgelenkt hatte. Sie hatte von seiner Stirn unmöglich Schmutz entfernen können, denn es handelte sich ja nicht um »Schmutz«, es war ein Hautfleck, der vor vier, fünf Tagen selber zum erstenmal von ihm entdeckt worden war.
Als er sich fertig gewaschen hatte, trat er mit der Zeitung auf die Engawa. Er setzte sich in den Rohrstuhl, versank aber in Gedanken und las die Zeitung gar nicht.
Ja, was war Liebe? Mit einem Male hatte sich diese Frage seiner bemächtigt. Was war das, was man so gemeinhin Liebe nannte? Dieses Problem hätte er eigentlich schon vor vielen Jahren klären müssen, aber da es ihn nun erneut plötzlich überfiel, war wohl anzunehmen, daß er es damals nicht hatte lösen können.
Minako hatte vorhin im Waschraum auf der Stirn ihres Mannes einen Flecken entdeckt. Zunächst hatte sie es für ein

Stäubchen Schmutz gehalten, aber dann erkannte sie, daß es eine Alterserscheinung war.
Die junge Ehefrau aber sprach nicht davon, und das war zweifellos ein wenig unnatürlich, es hatte sich ihr Bewußtsein eingeschaltet. Sie wollte ihren um so viel älteren Mann diesen Makel nicht spüren lassen. War dies die höfliche Aufmerksamkeit einer jungen Frau gegenüber ihrem schon alternden Gatten?
Doch diese Höflichkeit hatte sie ihm heute morgen keineswegs zum erstenmal erwiesen, auch sein silbrigweißes Haar, das schon geraume Zeit an ihm auffiel, hatte sie noch nie erwähnt. Als sei das Wort »weißes Haar« stillschweigend zum Tabu-Wort erklärt worden, vermied sie sorgfältig, es in den Mund zu nehmen.
Was war aber ein solches Verhalten seinem Wesen nach? Man könnte denken, daß es mit Liebe zu tun hatte, doch ebensogut ließ sich das genaue Gegenteil annehmen. Zweifellos handelte es sich hier um die Besorgtheit einer Ehefrau, die in ihrem Mann keine unangenehme Empfindung wachrufen wollte, und so konnte man schon von Liebe sprechen. Sah man darin aber eine kühle, wenn auch rücksichtsvolle Distanziertheit, war dies keinesfalls Liebe. Es war das Gegenteil.
Kyonosuke gelangte jedoch zu dem Schluß, daß man es vielleicht doch Liebe nennen könnte. Nur spürte er darin einen Hauch von Künstlichkeit.
»Trinkst du den Tee da, wo du jetzt bist?« hörte er Minako aus dem Wohnzimmer fragen.
»Ja, hier!«
Daraufhin brachte sie ihm den Tee zur Engawa. Er hatte es vorhin nicht wahrgenommen, aber nun sah er, daß dicht an ihren Ohren ein kleiner, grünlicher Gegenstand befestigt war. Es waren Ohrringe. Er hatte bei seiner Frau so etwas noch nie gesehen. Vielleicht wirkte ihr Gesicht wegen dieser an ihren Ohrläppchen hängenden grünen Gegenstände ein wenig fest, ja jünger als sonst.
Kyonosuke hatte Ohrringe noch nie recht leiden können. Sah er in der Straßenbahn Mädchen oder sehr junge Frauen, die an der Spitze ihrer beiden Ohrläppchen diesen kleinen

Schmuck baumeln hatten, fand er das nicht unbedingt reizlos, aber er konnte das Gefühl nicht loswerden, daß da an zwei Körperteilen etwas im Grunde höchst Überflüssiges befestigt war.
Bei Frauen um die zwanzig ging das noch an. Ein solcher Ohrschmuck wirkte jugendlich, paßte also zu ihren Jahren, und es stimmte ihn manchmal fröhlich, als sähe er Kindern beim Spielen zu. Waren es aber Frauen über dreißig, fiel es ihm schwer, dergleichen auch nur aus Höflichkeit gutzuheißen. Er spürte, obwohl es ihn nichts anging, geradezu den Drang, das überflüssige Zeug so schnell wie möglich von den Ohrläppchen abzunehmen und diese davon zu befreien.
Minako, die die Teetasse auf den Tisch gestellt hatte, merkte wohl, daß die Blicke ihres Mannes auf ihren Ohrläppchen hafteten, sie führte einen Zeigefinger hoch und berührte die Ohrringe.
»Das habe ich geschenkt bekommen!« erklärte sie.
»Von wem?« fragte Kyonosuke und nahm gleichzeitig die Teetasse auf. Minako sah auf die Gartengewächse vor dem Haus.
»Von Frau Yoshimatsu!« antwortete sie. Yoshimatsu war der Chef der Firma Taiheishokan, und Kyonosuke hatte in der Zeitung gelesen, daß dieser neulich von seiner Auslandsreise zurückgekehrt sei. Vielleicht hatte Minako diese Ohrringe von dessen Frau als Mitbringsel erhalten. Minako fühlte sich ein wenig irritiert:
»Findest du sie komisch«? fragte sie und wandte ihm ihr Gesicht zu. Vielleicht weil sie diese Ohrringe trug, erschienen ihre Lippen etwas röter als gewöhnlich. Wäre sie auffallender, modischer gekleidet gewesen, hätte man sie noch für zwanzig halten können.
»Findest du sie komisch?« fragte sie noch einmal.
»Schon gut ...«, erwiderte er, und diese Antwort enthielt wohl ein wenig Dank dafür, daß sie sich vorhin nicht hatte anmerken lassen, wie gealtert er war.
»Tun dir denn die Ohren nicht weh?«
»Nein! Überhaupt nicht! Sie hängen nur leicht daran!«
»Aber können sie dann nicht plötzlich abfallen?«

»O nein – da, schau!«
Und sie packte die Ohrringe mit Zeige- und Ringfinger und zog daran, um ihrem Mann zu beweisen, daß sie ganz fest hielten. Sie behauptete, daß das nicht weh tue, und da die Ohrringe tatsächlich daranblieben, dachte er, daß sie von ihr wohl sehr delikat und geschickt befestigt worden waren.
»Auch zum Kimono passen sie gut, sie baumeln nicht ...«
»Hm ...«
»Es gibt aber auch Ohrringe, die von den Ohren herunterbaumeln. Die trägt man zu europäischen Kleidern!«
Kyonosuke fand es schrecklich, daß Minako solchen Schmuck trug, doch er schwieg. Und dieses Schweigen war nichts anderes als Liebe. Er konnte sich freilich des Eindrucks nicht erwehren, daß ein Hauch von Künstlichkeit dabei war.
Als er mit dem Frühstück fertig war, begab er sich sofort in sein Arbeitszimmer im ersten Stock. Es hatten sich da etwa zehn Bücher, alle in ausländischer Sprache, angesammelt, in denen er schon lange einmal blättern wollte. Nun, da er sich entschlossen hatte, nicht in die Firma zu fahren, wollte er sich auf die Couch legen und geruhsam in diesen Büchern lesen.
Er hatte sie gerade aus dem Regal genommen, da kam Minako herein.
»Oh, du liest schon wieder?«
»Ich habe ja sonst nichts zu tun.«
»Aber du bist doch heute deswegen nicht in die Firma gegangen, weil du müde bist!«
Ihr Ton war leicht vorwurfsvoll. Dann fuhr sie fort:
»Es ist ein Anruf von Herrn Mimura!«
»... Er soll sich an die Firma wenden!« erwiderte er, plötzlich verdrießlich geworden.
»Er hat in der Firma angerufen, aber dort erfahren, daß du nicht kommst, und so hat er jetzt hierher telefoniert!«
»Hattest du der Firma Bescheid gegeben, daß ich nicht komme?«
»Ja.«
»Weil ich krank bin?«
»Das habe ich nicht gesagt. Denn sonst wäre gleich der Privatsekretär gekommen!«

»Bleibe ich aber hier, ohne daß man der Firma mitteilt, ich sei krank, werden alle Telefonate hierhergelegt!«
Sein Ton klang so, daß seine Kritik an Minako deutlich zu spüren war.
»Informiere sie jedenfalls, ich fühlte mich schlecht und läge zu Bett. Und wenn du wieder hereinkommst, bring mir Tee!«
»Jawohl!«
Minako ging sofort hinaus, erschien jedoch schon nach kurzer Zeit mit Tee und fragte:
»Eben ruft Herr Miki an – was soll ich tun?«
»Ich fühle mich schlecht!«
»Es ist aber doch Herr Miki!«
»Das kümmert mich nicht! Wenn ich mich schlecht fühle, fühle ich mich schlecht!«
Minako verließ das Zimmer gleich wieder. Kyonosuke rief hinter ihr her:
»Ich hätte gern etwas stärkeren Tee!«
Minako brachte ihm nach einer Weile den gewünschten Tee, doch auch diesmal meldete sie ihm einen Anruf.
»Das war gerade furchtbar schwierig für mich! Ich habe ihm ausdrücklich gesagt, daß du liegst!«
»Wer ist es?«
»Ein Herr Yoshizuka!«
»Einen Yoshizuka kenne ich nicht!«
»Er behauptet, du hättest ihn für heute in die Firma bestellt!«
»Ah, der ist das ...«, fiel es ihm ein.
»Ich liege zu Bett!«
»Du liegst da und trinkst in einem fort Tee!« entgegnete Minako. Kyonosukes Ohren klang das ironisch.
»Heute ruhe ich mich aus. Ich will nichts mehr von irgendwelchen Anrufen hören!« erklärte er fast erzürnt.
Dann und wann hörte er das Klingeln des Telefons. Minako ging dann wohl an den Apparat, aber sie teilte ihrem Mann nun nichts mehr mit.
Hin und wieder verließ Kyonosuke sein Studierzimmer und klatschte oben auf der Treppe in die Hände.

»Ja!« rief Minako dann, erschien ein paar Augenblicke später unten an der Treppe und wandte ihr Gesicht mit den Ohrringen zu ihm herauf.
»Bring mir Tee!«
»Ja!« erwiderte Minako und ging sofort in die Küche zurück. Das wiederholte sich an diesem Vormittag ziemlich oft. Schließlich fragte sie, unterhalb der Treppe stehend, ihren Mann, der zu ihr herunterschaute:
»Willst du nicht in Zukunft klingeln, wenn du Tee haben möchtest? Das ist einfacher!«
»Klingeln?«
»Falls du klingelst, weiß ich, daß du Tee haben willst und bringe ihn dir!«
Weil er innerhalb einer Stunde manchmal zwei-, dreimal nach Tee verlangte, wäre das Übereinkommen, daß ein Klingelzeichen eine Bitte um Tee bedeute, recht praktisch gewesen. Er brauchte dann nicht sein Studierzimmer zu verlassen, bis an die Treppe zu gehen und in die Hände zu klatschen, und Minako konnte sich die unnütze Mühe ersparen, jedesmal bis unterhalb der Treppe hinzulaufen, um den Wunsch ihres Mannes entgegenzunehmen.
Aber wenn Kyonosuke bisher, ohne zu klingeln, sein Studierzimmer verlassen hatte, und bis oberhalb der Treppe gegangen war, so hatte er damit seiner Frau die Arbeit ersparen wollen, die Treppe hinaufzusteigen und sein Zimmer zu betreten. Sein Handeln entsprang also einer besonderen Rücksicht auf seine Frau. Doch nun spürte er in Minakos Worten, die ihm statt dessen das Klingeln vorschlug, Unzufriedenheit, sie erkannte also seine bisher geübte Rücksicht gar nicht an. Sie wollte sich, dachte er, auf diese Weise wohl nur die nutzlose Mühe sparen, bis zur Treppe zu kommen.
»Willst du damit sagen, daß du, sobald ich klingle, weißt, ich möchte Tee?« fragte er in etwas boshaftem Ton.
»Ja.«
»Ich könnte dich doch auch einmal etwas anderes bitten!«
»Das ist richtig, aber ...«
Und sie fuhr nach ein paar Augenblicken fort:
»... das geschieht nicht so oft! Meist möchtest du Tee!«

»Schön, also ich werde klingeln. Soll ich lange klingeln, wenn es besonders starker Tee sein soll?«
»Ja, gut!« prustete sie lachend heraus, doch für ihn klang dieses Lachen unerfreulich. Ihm war, als hätte sich hier die ganze Morschheit einer künstlichen Liebe verraten.
In diesem Augenblick kam Harue herein.
»Herr Tokiwa ist am Telefon. Darf er Sie besuchen?«
»Ich gehe an den Apparat!« erwiderte Minako sofort und ging hinaus. Sie beabsichtigte wohl, Tokiwa abzusagen.
Als Kyonosuke den Namen Tokiwa hörte, verspürte er plötzlich Lust, ihn zu empfangen. Es erschien ihm das sinnvoller, als hier Bücher zu lesen und dann und wann zu läuten.
Minako war inzwischen die Treppe hinuntergegangen, und er hörte sie am Telefon sagen:
»... mein Mann hat kein Fieber, und er ist auch nicht eigentlich krank, aber er fühlt sich nicht gut ...«
Kyonosuke ging zu ihr hin und flüsterte ihr zu:
»Ich übernehme das Gespräch!«
»Oh – ja, bitte, warten Sie einen Augenblick!«
Sie drückte eine Hand auf den Hörer und sagte leise zu ihrem Mann:
»Ich habe ihm gerade erklärt, daß du im Bett liegst!«
»Schon gut!«
»Es ist gar nicht gut!«
Sie runzelte unwillig die Stirn.
»Wie? Er kann also kommen?«
»Hm ...«
Minako überlegte einen Augenblick, dann nahm sie den Hörer wieder auf:
»Verzeihen Sie, bitte, daß ich Sie habe warten lassen!«
Und nachdem sie mit einer sehr jugendlich klingenden Stimme aufgelacht hatte, fuhr sie fort:
»Es macht nichts weiter aus – ja, bitte, kommen Sie! – So schlimm ist es nicht mit ihm ... Je nachdem, wer es ist, empfängt er Besuch! So ist das! Er ist recht eigenwillig ... Oh, sehr! – Bitte! Wir warten also auf Sie! Auf Wiedersehen!«
»Das ist sicher eine Eigensinnskrankheit, hat er gesagt! Er hat

genau erkannt, daß du dich nur krank stellst! Du machst mir wirklich Kummer!«
Aber sie sah gar nicht so bekümmert aus.
»Er kommt doch wohl allein?« fragte Kyonosuke.
»Tja ...«
»Was heißt ›tja‹? Er bringt doch niemand mit?«
»Das nehme ich an«, erwiderte sie nicht sehr überzeugend.
»Hat er denn nicht gesagt, daß er allein kommt?«
»Nein, das nicht ...«
»Na ja, er wird schon allein sein ...«
»... das nehme ich an ...«
»Was heißt ›das nehme ich an‹? Wenn er nichts weiter gesagt hat, kommt er selbstverständlich allein!« erklärte Kyonosuke und blickte seiner Frau ins Gesicht. Es paßte ihm nicht, daß sie nicht davon überzeugt war, obgleich doch Tokiwa bestimmt allein kam. Kyonosuke wollte Tokiwa sehen, aber keineswegs Uozu, von dem also nicht feststand, daß er nicht kam. Uozu war ihm nicht eben zuwider, aber aus irgendeinem Grunde verspürte er keine Lust, ihn zu sehen.
Noch als Minako ins Wohnzimmer ging, machte sie ein unzufriedenes Gesicht. Sie überlegte angestrengt, ob Tokiwa wohl allein käme.
»Nimm deine Ohrringe ab. Vor Gästen sieht das fürchterlich aus!«
Er gab in diesem Augenblick die höfliche Rücksicht eines gealterten Ehemannes auf. Minako nahm mit lässiger Bewegung die beiden Ringe von den Ohren.
Nach einer Weile war auf dem Flur Tokiwas Stimme zu hören:
»Das ist ja ein prachtvolles Haus!«
Sein lautes Organ drang bis in den ersten Stock hinauf. Er war offenbar allein gekommen. Kyonosuke ließ sich von Harue seine Kleidung bringen und zog sich an.
Als er in das im Erdgeschoß liegende Besuchszimmer trat, saß Tokiwa, im europäischen Anzug, etwas steif, mit angewinkelten Knien da. Als er Kyonosuke erblickte, rief er:
»Verzeihen Sie, daß ich Sie hier aufsuche – obgleich Sie müde sind ...«

»Oh, ich bitte Sie! Mir fehlt eigentlich nichts, aber wenn ich mich nicht krank melde, kann ich mich nie ausruhen!«
»Das kann ich Ihnen nachfühlen! Sie haben ja so viel Arbeit – Auch ich stelle mich dann und wann krank, aber es wird eben doch hinter einem her telefoniert!«
»Tja, weiß der Himmel!«
»Ein Freund von mir hat übrigens auch immer vorgeschützt krank zu sein, aber plötzlich ist er an einer wirklichen Krankheit gestorben!«
»Ho . . .«
»An dem Morgen seines Todes hat man bei ihm angerufen und jemand von seiner Familie sagte, er sei gestorben – aber das hat zuerst kein Mensch geglaubt! – Ja, das ist tatsächlich passiert!«
Minako kam mit Tee herein, ging aber mit dem Tablett gleich wieder hinaus. Bald darauf war ihr und Harues Lachen aus der Küche bis ins Besuchszimmer zu hören.
Als Minako das zweite Mal kam und noch einmal Tee vor die beiden hinstellte, brachte Tokiwa das Gespräch plötzlich auf den Grund seines Besuchs.
»Es handelt sich um die Sache von neulich. Ich habe heute das Seilende mitgebracht, das um den Toten geschlungen war. Wollen Sie es, bitte, einmal ansehen?«
»Ansehen?«
»Es ist das nur die Idee eines Laien, aber könnten Sie, wenn Sie die Rißfläche untersuchen, nicht vielleicht etwas Neues entdecken?«
»Das glaube ich kaum . . .«
Kyonosukes Gesicht verhärtete sich.
»Läßt sich nicht an der Rißfläche erkennen, auf welche Weise das Seil gerissen ist?«
»Das glaube ich nicht . . .«
»So?«
Gleichwohl öffnete Tokiwa die Mappe, die er mit ins Besuchszimmer gebracht hatte, und nahm ein kleines Nylon-Päckchen heraus.
»Das ist es!«
»Oh!«

Kyonosuke wandte sich mit einer fast krampfartigen Geste dem Päckchen zu.
»Soll ich es aufmachen?«
»Nachdem Sie es eigens brachten, will ich es mir wenigstens kurz anschauen . . .«
In diesem Augenblick warf Kyonosuke einen Blick auf Minako und erkannte, daß sie kreidebleich geworden war; ihr Gesicht war häßlich verzerrt.
»Ach, lassen Sie es lieber. Es ist ja nichts damit gewonnen, wenn ich es mir anschaue!«
Die Vorstellung des Seils, das an der Leiche Kosakas befestigt war, hatte die junge Frau offenbar aufs äußerste verwirrt.
»Wollen Sie es nicht sehen?« fragte Tokiwa erstaunt.
»Lassen wir es! Es hat keinen Sinn. Bitte, lassen Sie es verschlossen!«
Minako merkte selbst, daß er das in einem fast befehlenden Ton gesprochen hatte, aber hätte er mit weniger Nachdruck gebeten, wäre Tokiwa wohl kaum bereit gewesen, es wegzutun.
»So? Das tut mir leid . . .«
Mit einer Miene tiefen Bedauerns steckte Tokiwa das Nylonpäckchen mit dem Seilende wieder in seine Mappe. Dann sagte er offen:
»Bitte, verzeihen Sie, aber Laien sind nun einmal komisch. Ich war überzeugt, daß man, falls man das Seilende unter das Mikroskop steckte, etwas Wichtiges entdecken könnte!«
Kyonosuke lachte und erwiderte:
»Selbstverständlich gibt es verschiedene Methoden, die Bruchstellen eines Seils zu untersuchen. Man kann etwa feststellen, daß irgend etwas an dem Seil hängengeblieben ist, oder man erkennt an der Bruchstelle, auf welche Art das Seil vermutlich gerissen ist, und es gibt auch noch andere Möglichkeiten. Man kann so die Bedeutung, die dieser Bruchstelle zukommt, vielleicht klären. Natürlich ist das hier, in diesem Hause, nicht möglich, aber ich könnte es von Ihnen ausleihen und in unserem Laboratorium untersuchen lassen. Doch auch das würde zur Lösung des Problems nichts Wesentliches beitragen. Genau wie bei dem letzten Experiment gewinnt man

nur Material zur Beurteilung. Man könnte vielleicht zunächst glauben, es sei um so besser, je mehr Material zur Verfügung stehe, aber so ist das nicht unbedingt! Nimmt die Menge des Materials zu, kommt damit nämlich auch unreines Material herein, welches das Urteil am Ende verfälscht!«

»Ich verstehe – aber dann wäre es für die Wissenschaftler wohl am besten, sie gäben ihren Beruf auf!«

»Durchaus nicht! Die Wissenschaft verliert dadurch keineswegs an Glaubwürdigkeit. Wir empfinden unser Bemühen, Material aneinanderzureihen, als durchaus wertvoll. Doch es gibt eben außer uns noch Menschen, die das von uns dargebotene Material auswerten, gewissermaßen zum Leben bringen!«

»Und welche Menschen sind das?«

»Die Genies! Sie erfassen aus dem vielfältigen Material die Wahrheit!«

»Intuitiv?«

»Letzten Endes wohl intuitiv. Alle diejenigen, die keine Genies sind, müssen auf ein Urteil verzichten. Denn sie würden dem Material Gewalt antun, sich in unverantwortlichen Vermutungen ergehen und falsche Schlüsse ziehen. Da ich solche Fehler vermeiden will, glaube ich nur das, was das Material unmittelbar aussagt. Da ich weiß, daß ich kein Genie bin, enthalte ich mich von vornherein jeglicher ›Intuition‹! Bittet man mich, so untersuche ich die Bruchstelle des Seils und was auch immer sonst, und ich liefere damit Material. Ich erkläre auch die unmittelbare Bedeutung, die dieses Material hat. Aber keinesfalls lasse ich mich darauf ein, Schlüsse daraus zu ziehen!«

»Du! Hör mal!« sagte Minako, die bis dahin geschwiegen hatte, plötzlich und hob den Kopf.

»Ich begreife schwierige Dinge nicht, aber falls Experimente das sind, was du eben behauptet hast, wäre es da nicht besser gewesen, du hättest das Experiment mit dem Seil neulich nicht übernommen? Der Ausgang des Experiments hat doch offensichtlich sehr viele zu der Überzeugung gebracht, daß das Seil von Menschenhand durchgeschnitten worden ist!«

»Aber so etwas habe ich nie behauptet! Das ist ja gerade das

Furchtbare, daß die Menschen dann solche willkürlichen Schlüsse ziehen! Davon rede ich doch!«
Darauf erwiderte Minako, als wollte sie gar nicht darauf hören:
»Du hättest das Experiment besser nicht übernehmen sollen!«
»Oh, ich bitte Sie! Ich war es ja doch, der Ihrem Mann das aufgedrängt hat!« wandte Tokiwa ein, der nun bemerkte, daß es zwischen den beiden Unstimmigkeiten gab, und er fuhr fort:
»Ich möchte mich jetzt verabschieden. Verzeihen Sie, daß ich Sie an Ihrem Ruhetag störte, den Sie sich eigens freigenommen haben!«
Er verbeugte sich.
»Oh, bleiben Sie doch! Lassen Sie sich Zeit! Wir müssen noch unser Gespräch von neulich weiterführen!«
»Daß gewisse Leute ihr Geld in einen Topf stecken und ihn im Garten vergraben?«
»Hm. Seit einiger Zeit habe ich das Gefühl, daß ich langsam auch so werde!« sagte Kyonosuke, doch da fragte Minako:
»Worum geht es dabei? Was ist das für ein Gespräch?«
Tokiwa aber lachte nur laut auf.
»Tja ...«, sagte er nur und erhob sich.

Nachdem sie Tokiwa zum Flur hinausgeleitet und verabschiedet hatten, gingen Kyonosuke und Minako, wie auf Verabredung, sofort ins Besuchszimmer zurück und setzten sich auf die gleichen Plätze.
»Tokiwa tat mir richtig leid! Er ist eigens deswegen hergekommen!«
»Ach ... Er wird jemand anderen darum bitten. Er hat sich nur zunächst an mich gewandt!« erwiderte Kyonosuke.
Tatsächlich hatte Kyonosuke nur aus Mitgefühl mit Minako, die so furchtbar bleich geworden war, Tokiwa gebeten, den Beutel mit dem Seilstück nicht zu öffnen, aber das verheimlichte er ihr.
Minako saß schweigend da, sie schien etwas zu überlegen. Aber dann fragte sie in einem Ton, der sehr entschieden klang:

»Weshalb ist das Seil eigentlich gerissen?«
»Bei dem Experiment neulich hatte sich herausgestellt, daß dieses Nylonseil nicht reißt, weil es zu schwach ist. Untersucht man aber die Bruchstelle des Seilstücks, könnte sich schon etwas anderes ergeben!«
»So? Aber dann hättest du dieses Seilstück doch untersuchen sollen!«
»Für wen?«
Kyonosuke spürte, wie seine Blicke mit denen Minakos heftig zusammenstießen, und er erschrak.
Als Minako, nachdem es Uozus wegen zu Spannungen mit ihrem Mann gekommen war, wieder allein war, fühlte sie sich matt und kraftlos. Sie setzte sich in das Wohnzimmer, verspürte aber nicht die geringste Lust, irgend etwas zu tun.
Auch Kyonosuke, der sich in sein Studierzimmer im ersten Stock zurückzog, ließ, vielleicht weil er sich aus irgendeinem Grunde scheute, zwischen seinen Klingelzeichen längere Pausen eintreten. Hin und wieder klingelte er aber doch, und Harue brachte ihm dann Tee.
Minako geriet einige Male im Monat in eine solche völlig lustlose Stimmung, aber so stark wie heute hatte sie das noch nie empfunden. Durch diese Sache mit Uozu verwirrt, hatte sie sich, was bisher kaum geschehen war, mit ihrem Mann gestritten, und dieses Gefühl der Hilflosigkeit währte immer länger, da sie ja weder eine Rechtfertigung noch einen Ausweg wußte.
Vielleicht würde ihr, überlegte sie, etwas heiterer zumute, wenn sie jetzt ausginge und durch die von der Frühsommersonne beschienenen Straßen spazierte. Sie dachte nach, ob sie nichts in der Stadt zu tun habe, und da fiel ihr ein, daß sie sich bei einer kleinen Schneiderei ein Kleid bestellt, sich aber seitdem nicht mehr darum gekümmert hatte; weil es ziemlich billig war, wollte sie dem Geschäft nicht zumuten, es ihr zu schicken, sondern gedachte es abzuholen, wenn sie einmal in die Ginza kam; doch dabei war es geblieben.
Jetzt wollte sie dies zum Anlaß nehmen auszugehen, und kaum war sie dazu entschlossen, sehnte sie sich danach, endlich wieder frische Luft in ihre Lungen zu bekommen. So stieg

sie in den ersten Stock hinauf und sagte zu ihrem Mann: »Ist es dir recht, wenn ich zwei Stunden in die Ginza gehe? Ich möchte ein Kleid abholen.«
Kyonosuke lag auf der Couch und las in einem Buch. Minako wunderte sich, daß er das Lesen nie über wurde.
»Ja, geh nur . . .«, antwortete er. Als er seine Augen von dem Buche hob, war sein Gesicht so ruhig, als hätte er völlig vergessen, was eben geschehen war. Daß er, mochte er sonst auch schwierig und oft streng sein, Unerquickliches schnell vergessen konnte, war zweifellos eine gute Seite an ihm. Aber Minako fand einen solchen Ehemann heute nicht sehr erfreulich.
»Bis zum Abend bin ich wieder zurück!«
»Hm . . .«
Seine Augen waren schon wieder auf das Buch gerichtet.
Minako entschied sich für japanische Kleidung und steckte ihre Ohrringe wieder an, die sie auf Geheiß ihres Mannes hatte ablegen müssen. Als sie in den Spiegel sah, fand sie, daß sie noch jung sei und ein natürliches Recht auf Ohrringe besitze. Sie betrachtete sich eine Weile in dem Spiegel. Da spürte sie gegenüber diesen an die Ohrläppchen gesteckten kleinen, grünen Gegenständen fast etwas wie Widerstand.
Sie überlegte kurz und nahm dann die Ohrringe ab. Doch kaum war sie aufgestanden, schmückte sie ihre Ohren doch wieder damit.
»Ich bin gegen Abend zurück. Bringen Sie meinem Mann nun keinen Sencha-Tee mehr, sondern Obancha!« wies sie Harue an und trat über den Flur hinaus ins Freie.
Sie fuhr mit der Vorortsbahn nach Meguro, anschließend mit der Kokuden nach Shimbashi und schlenderte dann in Richtung Ginza. Die Menschen auf den Straßen waren sommerlich leicht gekleidet. Schon nach kurzer Zeit wurde ihr heiß.
Sie befand sich gerade auf dem Weg von Shimbashi zu dem Kleidergeschäft in der Ginza, da spürte sie plötzlich Lust, Uozu in seiner Firma aufzusuchen. Vielleicht wurde das Gefühl der Hilflosigkeit, das sie nach dem Streit mit ihrem Mann wegen Uozu bedrängte, durch ein Gespräch mit diesem geklärt.

Sie mußte noch immer daran denken, daß ihr Mann von Uozu in einer Weise gesprochen hatte, die auf kein Wohlwollen schließen ließ, sie erinnerte sich genau seines Gesichtsausdrucks, ja sogar an den Ton, in dem er geredet hatte.
Sie überquerte die Holzbrücke, blieb aber kurz vor der Allee stehen. Es kamen einige Mädchen daher, die alle, als hätten sie das verabredet, beide Arme bloß trugen und die Atmosphäre einer vor Lebenslust fast explodierenden Jugend um sich verbreiteten. Es gingen auch noch andere junge Frauen von etwa ihrem Alter des Wegs. Sie waren den Jahren nach nicht jünger als sie selber, aber sie erweckten den Eindruck, als sei ihr Lebensgeist von völlig anderer Art. Ihre Kleidung war modisch schick, und sie schritten fröhlich daher. Nach zwei, drei Jahren tauchten sicher auch um ihre Augen die ersten kleinen Fältchen auf, doch jetzt waren diese Frauen von pulsierendem Leben erfüllt, sie waren frisch und heiter, entschlossen, bis dahin den Rest ihrer Jugend bis auf den letzten Tropfen zu genießen.
Minako betrachtete in dem blank geputzten Schaufenster eines Juwelierladens aufmerksam ihr Gesicht. Ihre grünen Ohrringe saßen dicht an den Augen. Sie fühlte sich plötzlich unsicher, so als hätte sie sich etwas ganz und gar Ungewohntes an die Ohren gesteckt. Nur die Ohrringe besaßen bei ihr Jugend; Kleidung und auch der Ausdruck ihres Gesichts waren schon alt.
»Das sieht schrecklich aus! Nimm es weg!« hatte Kyonosuke ihr befohlen. Gut, das hatte er gesagt, aber sie war doch, überlegte sie, noch jung! Daß die Ohrringe nicht zu ihr paßten, rührte allein daher, daß sie sich in der Kleidung und auch in ihren Gefühlen absichtlich unauffällig und schlicht hielt, um so zu ihrem älteren Mann zu passen.
Es war dies seit ihrer Heirat das erstemal, daß sie das Gefühl hatte, noch jung zu sein. Hatte sie bisher so etwas auch nur zu denken gewagt, war sie dem sofort erschrocken ausgewichen. Aber diesen Zwang wollte sie nunmehr beendet wissen, sie wünschte, fortan ohne Rücksicht auf irgendwen jung zu sein.
Ein paar junge Leute in Studentenuniform, die neben ihr

gleichfalls in das Schaufenster sahen, näherten sich ihr fast bedrängend. Der geradezu atemberaubende Körpergeruch dieser jungen Männer hüllte sie ein. Sie überlegte, ob sie jetzt Uozu besuchen sollte. Ihr Herz hatte sich jedoch noch immer nicht entschieden.

Sie ging bis vor das Kleidergeschäft, dessentwegen sie an diesem Tag ja in die Ginza gekommen war, und blieb wiederum stehen. Sie konnte sich nicht recht entschließen einzutreten. Tat sie das, mußte sie das Paket mit dem Kleid natürlich mitnehmen. Damit dann aber Uozu in seiner Firma aufzusuchen, fand sie unschön. Wollte sie Uozu sehen, war es besser, nicht hineinzugehen.

So hin und her schwankend, stand sie noch immer davor. Plötzlich bemerkte sie, daß rechts neben ihr eine junge Frau war. Sie sah aus, als würde sie hier auf jemanden warten, mit dem sie sich verabredet hatte; sie blickte dann und wann unruhig umher.

Endlich begann die junge Frau weiterzugehen. Der Rock, der sich nach der Mode des Jahres eng um ihre Hüften legte, modellierte ihren Körper deutlich, gab den Beinen nur wenig Spielraum und verlieh ihrem Gang etwas jugendlich Strammes. Bald blieb sie jedoch stehen. Dies galt offensichtlich einem etwa 35-36jährigen großgewachsenen Mann, der unerwartet vor ihr aufgetaucht war; sie sah zu ihm auf und beide sprachen ein paar Worte miteinander, gingen dann aber auf die andere Straßenseite. Minako hatte das Gefühl, als würde die junge Frau von dem verliebten Manne mit fortgerissen werden, und das erfüllte sie mit einer Art Verlegenheit, die man Eifersucht hätte nennen können.

Nachdem die Frau in der Menschenmenge verschwunden war, ging Minako in die entgegengesetzte Richtung. Und kaum hatte sie damit begonnen, war ihr, als müßte sie nun wohl oder übel weitergehen.

Sie kehrte nach Shimbashi zurück und wandte sich nach Tamuracho. Sie schritt merkwürdig hastig und unruhig dahin, als hätte sie etwas sehr Dringliches zu erledigen, überholte die Passanten und drängte sich zwischen ihnen hindurch.

Als sie an dem Nampo-Gebäude angekommen war, ging sie

ohne Zögern durch den Eingang, betrat den Lift und stieg im zweiten Stock aus. Sie drückte die Tür der Firma »Neuer Ostasienhandel« auf und fragte die dort in der Nähe sitzende Angestellte nach Uozu.

»Herr Uozu ist heute nach Yokohama gefahren!« lautete die Antwort.

Minako fühlte sich erleichtert. Nachdem sie mit so viel Erwartung hergeeilt war, war ihr zwar, als sei sie leichthin im Stich gelassen worden, aber im Grunde war sie überzeugt, daß dies das Beste war, was ihr heute hatte geschehen können.

Während sie aus dem Nampo-Gebäude hinaus auf die Straße trat, glaubte sie plötzlich, schon in dem Vorgefühl hier erschienen zu sein, daß Uozu gar nicht anzutreffen war. Sonst wäre sie bestimmt nicht gekommen! Sehr, sehr langsam ging sie nach Shimbashi zurück und kaufte sich eine Karte nach Meguro. Vom Erfolg her beurteilt, war ihr unverständlich, warum sie überhaupt in die Ginza gefahren war.

In der Bahn, auf der Rückfahrt, gewann sie ihre Gelassenheit allmählich zurück. Als sie in Meguro umstieg, verließ sie den Bahnhof und kaufte in einem nahen Kuchengeschäft eine Schachtel Windbeutel. Dann stieg sie in die Vorortsbahn, um heimzufahren.

Als sie zu Hause ankam, ging Kyonosuke im Garten auf und ab.

»Ich habe dir Kuchen gekauft. Willst du ihn gleich haben?«

»Ach, laß ruhig . . . es ist ja gleich Zeit zum Abendessen!« antwortete er und ging, ihr seinen gekrümmten Rücken zudrehend, auf die andere Seite des Gartens.

9. Kapitel

Am nächsten Tag räumte Minako, nachdem ihr Mann in die Firma gefahren war, eben sein Arbeitszimmer auf, da hörte sie das Telefon unten klingeln. Sie dachte, daß Harue hingehen würde und kümmerte sich nicht weiter darum, aber weil das Mädchen den Hörer offenbar nicht abnahm, lief sie schließlich selber die Treppe hinunter.

Als sie den Hörer ans Ohr hielt, vernahm sie die Stimme von Uozu, der sie, auf die üblichen Grußworte verzichtend, sofort fragte:

»Wollten Sie mich gestern in der Firma besuchen?«

»Ja, Sie waren nicht da ...«, antwortete sie in einem etwas harten Ton und überlegte, was sie weiter sagen sollte.

»Gab es etwas Besonderes?«

»Nicht eigentlich ...«

Doch dann fuhr sie fort:

»Fühlen Sie sich jetzt wieder etwas besser?«

»Ja, mehr oder weniger ... Ich würde Sie gern einmal wiedersehen!«

»Kommen Sie doch hierher! Falls Sie Lust haben ...«, sagte sie plötzlich zu ihrer eigenen Überraschung.

»Ja ...«, erwiderte er unklar.

»Könnten nicht Sie wieder einmal kommen?«

»Ja, ich muß in der Stadt sowieso etwas erledigen ...«

Sie dachte an das Kleid, das sie gestern nicht abgeholt hatte.

»Mir ist es jederzeit recht. Sehe ich Sie also?« fragte Uozu und fügte gleich hinzu:

»Wann?«

»Heute?«

»Sehr schön! Ich habe allerdings bis fünf Uhr im Geschäft zu tun.«

»Um sechs Uhr?«

»In der Firma?«

»Ja. Genau um sechs Uhr!«

Nachdem sie den Hörer aufgelegt hatte, merkte sie, daß sie

etwas erregt war. Ihr war, als hätte sie Unmögliches geredet. Sorgfältig überlegte sie, was für Worte sie eigentlich gebraucht hatte, und fühlte sich, nachdem sie erkannt hatte, daß diese weder liederlich noch schamlos gewesen waren, ein wenig erleichtert. Sie stützte ihre Wangen auf die Hände und stand eine Weile so da. Wollte sie um sechs Uhr bei Uozus Firma sein, mußte sie sich eine Ausrede ausdenken. Am besten war es, sie sagte, es sei eine alte Schulfreundin aus Kyoto gekommen. Da sie Uozu versprochen hatte, um sechs Uhr bei ihm zu sein, mußte sie kurz vor fünf Uhr aus dem Hause.

Nachmittags säuberte sie die Bücherregale im Arbeitszimmer ihres Mannes. Da sie schon lange nicht mehr gereinigt worden waren, lag der Staub ziemlich hoch. Von einem Brett nach dem andern nahm sie die Bücher heraus, klopfte mit dem Staubwedel darauf und stellte die Bücher in der gleichen Reihenfolge wieder ein. Für diese Arbeit benötigte sie einen halben Tag.

Es war fünf Uhr geworden, aber Kyonosuke war noch immer nicht zurück. Sie hatte ursprünglich beabsichtigt, ihm gleich, wenn er kam, zu sagen, daß sie ausgehen wolle und dann erst das Haus zu verlassen, doch weil er auch nach fünf Uhr noch nicht da war, sagte sie Harue Bescheid und ging.

Noch auf dem Weg zur Bahn blieb sie, sobald ein Auto kam, stehen, um sich zu vergewissern, ob nicht vielleicht ihr Mann darin saß. Vor dem Bahnhof fiel ihr ein, daß zum Nachtisch für ihren Mann kein Obst vorhanden war; sie trat schnell in einen Obstladen, kaufte Biwa und bat, sie ihr sofort nach Hause zu schicken.

Als sie in die Bahn gestiegen war, geriet die brave Ehefrau, die einen halben Tag lang im Staub des Arbeitszimmers ihres Mannes hart geschuftet hatte, in große Unruhe. Es überfiel sie ein Zittern wie bei einem Fieberanfall. Sie zitterte zwar nicht am ganzen Körper, doch spürte sie, wie ihr Hände und Beine bebten. Sie hatte plötzlich das Gefühl, daß ihr Vorhaben, Uozu aufzusuchen, höchst unvernünftig sei. Sie überlegte, aus welchem Grund sie wohl glaubte, ihn heute, nachdem sie schon gestern dort gewesen war, in seiner Firma aufsuchen zu müssen, und spürte, wie sich in ihrem Herzen gegen

den jungen Mann, der ihr so etwas aufzwang, Abneigung regte.
Kaum war sie am Bahnhof Shibuya ausgestiegen und auf die Straße getreten, verlor sie mit einemmal all ihren Mut und fühlte sich erneut aufs höchste beunruhigt. Die Kehle war ihr trocken, sie empfand eine leichte Übelkeit, aber sie stieg trotzdem in die Untergrundbahn.
Diese unangenehme Stimmung dauerte, bis sie vor der Firma »Neuer Ostasienhandel« stand und Uozu traf. In demselben Augenblick, als sie Uozu im Korridor erblickte, wohin sie ihn hatte bitten lassen, war die Bedrücktheit und auch ihre Angst, sich erbrechen zu müssen, wie durch Geisterhand verschwunden.
Sie blickte zu Uozu, der sie von all dem befreit hatte, mit ruhigen Augen auf, so als würde sie zu einem Geliebten emporsehen, mit dem sie endlich wieder vereinigt sei. Sie überlegte, warum diese widerwärtigen Empfindungen durch die Begegnung mit Uozu beseitigt worden waren, und plötzlich glaubte sie, diesen Grund auch gefunden zu haben. Es war dies, weil sie hier in der Absicht erschien, diesem unglücklichen Mann, dem keiner half, Mut zuzusprechen. Sie war fest davon überzeugt, daß dies der Grund sei.
»Was gibt es?« fragte Uozu.
»Oh, das hat sich inzwischen erledigt!«
»Nein, ich meine: was war neulich, als Sie mich aufsuchten?«
»Oh, das wollen Sie wissen?« erwiderte sie betroffen. Sie fand den jungen Mann, der sie so ausfragte, geradezu boshaft.
Während sich Uozu zum Weggehen aus dem Büro vorbereitete, stieg Minako schon die Treppe hinunter und wartete am Eingang des Geschäftshauses. Uozu hätte eigentlich gleich nachkommen müssen, aber er ließ sich noch immer nicht sehen. Minako stand in einiger Entfernung vom Eingang an einer Straßenecke. Es war gerade die Zeit, in der die Büros schlossen, und ein endloser Strom von Männern und Frauen, die von den Mühen des Tages endlich befreit waren, wälzte sich einher.
Minako spähte immer wieder suchend nach dem Eingang. Da sah sie plötzlich Tokiwa Daisaku, der aus dem Gebäude trat.

Verblüfft kam Tokiwa sofort auf sie zu.
»Verzeihen Sie gestern die Störung! Wie geht es Ihrem Mann?«
Er hatte seinen Rock ausgezogen und über den Arm gelegt, die Hemdärmel waren hochgekrempelt. Als er vor Minako stand, wirkte er für ihre Augen unerwartet groß.
»Ich muß mich entschuldigen!« entgegnete sie höflich. »Zum Glück war es mit meinem Mann nichts Ernstes, er ist heute wieder in der Firma!«
»So? Das ist ja erfreulich!«
Als wolle er fragen, was sie hierhergeführt habe, sah er ihr ein wenig starr in die Augen, konnte sich aber schließlich die Frage nicht verkneifen:
»Warten Sie auf jemanden?«
»Ja!«
Minako überlegte kurz, ob sie von Uozu sprechen solle. Es wäre nur natürlich gewesen, ihm offen zu sagen, daß sie auf Uozu warte, aber irgend etwas in ihr hieß sie doch schweigen.
»Ich warte auf jemanden ...«
»So?«
Tokiwa nahm ein Taschentuch aus seiner Hosentasche und wischte sich über das Gesicht und sagte in sorglos heiterem Ton: »Es ist heiß geworden! Richtiger Sommer!«
»Ja, wirklich!«
Bei dem Gedanken, daß jederzeit Uozu auftauchen könne, fühlte sie sich unbehaglich; sie fürchtete, dies könne eine etwas peinliche Situation ergeben. Doch zum Glück verabschiedete sich Tokiwa:
»Also – auf Wiedersehen! Meine Empfehlung an Ihren Mann!«
Und als hätte er den richtigen Zeitpunkt abgepaßt, verbeugte er sich, richtete sich wieder auf, strich sich über die Hemdbrust und mischte sich unter die Menge in Richtung Hibiya. In den Strom von Menschen fügten sich seine Bewegungen keineswegs rhythmisch ein. Alle rings um ihn eilten, den Büros entronnen, schnell auf Straßenbahn und Bus zu, nur Tokiwa bewegte sich ruhig und gelassen. Endlich erschien Uozu:

»Verzeihen Sie, daß ich Sie so lange warten ließ!«
Er trug ebenfalls seinen Rock über dem linken Arm.
»Ich bin gerade Herrn Tokiwa begegnet!« sagte Minako.
»Ich weiß, ich habe es von oben gesehen!« erwiderte er und fragte dann:
»Hat er etwas gesagt?«
»Nein!«
Ohne daß einer von ihnen ausdrücklich davon sprach, gingen sie in die Richtung, die der von Tokiwa entgegengesetzt war.
Es war nach 6 Uhr, und über den Straßen schwebte das weißliche Licht der Abenddämmerung.
»Haben Sie dem Filialchef erzählt, daß Sie auf mich warten!« fragte er nach einer Weile. Er schien ein wenig beunruhigt.
»Nein.«
»Gut so . . .«
»Es hätte nur ein peinliches Mißverständnis gegeben!«
Während sie sich so unterhielten, fühlte Minako immer mehr, daß sie sich auf ein Gebiet begab, das zu betreten ihr nicht erlaubt war. Der junge Mann zu ihrer Rechten war ein wenig verlegen.
Nachdem sie die Straßenkreuzung Tamuracho überquert hatten, gingen sie zum Shibapark. Sie redeten fast kein Wort miteinander.
Als Minako neben Uozu schweigend so dahinschritt, fühlte sie, wie erneut eine heftige Unruhe in ihr aufstieg. Sie überlegte sorgfältig, woher diese stammen mochte, aber es gelang ihr nicht dahinterzukommen.
Es wäre ihr am liebsten gewesen, wenn Uozu sie möglichst bald in ein hübsches Restaurant geführt hätte. Sie sehnte sich danach, ihm gegenüberzusitzen und mit ihm irgend etwas zu essen. Davon versprach sie sich eine beruhigendere Wirkung als von dem endlosen Gang neben ihm her.
Aber Uozu ging, soviel Zeit auch verstrich, schweigend nur immer weiter. Notgedrungen folgte sie ihm. Als er einmal unterwegs stehenblieb und sich eine Zigarette anzündete, nahm sie sich ein Herz und fragte:
»Wohin gehen wir eigentlich?«
»Tja . . .«

Er sah aus, als würde er darüber nachdenken.
Dann erwiderte er:
»Wollen Sie umkehren?«
»Umkehren? Den gleichen Weg zurück?«
»Ja.«
»Von mir aus ...«
Es war gut, daß sie zurückgingen, oder vielmehr: es war einfach klüger, daß sie das taten. Wären sie weiter gegangen, hätten sie sicher auch kein geeignetes Restaurant gefunden. Minako empfand es jedenfalls als nicht sehr angenehm, ziellos immer weiter zu gehen.
Da sagte Uozu, vielleicht weil er nun bemerkte, wie ihr zumute war:
»Sind Sie müde?«
»Ja, ein wenig ...«
»Ich werde ein Taxi anhalten!«
Aber da fühlte sie plötzlich, wie ihr Puls immer heftiger schlug. Sie mußte an jenen Weihnachtsabend denken, als sie mit Kosaka ebenfalls in ein Taxi stieg, und sie spürte, daß ihr damals genauso zumute war wie jetzt.
Und als ein Taxi auf ein Zeichen von Uozu vor ihnen anhielt, erklärte sie:
»Nein, ich möchte doch lieber gehen ...«
Sie spürte, wie sich ihr Gesicht dabei verkrampfte.
Nachdem das Taxi wieder losgefahren war, atmete sie erleichtert auf. Sie blickte um sich. Abendliche Helle schwebte in den Straßen. Auf dem Gehsteig zogen zahllose Männer und Frauen dahin, auf der Fahrbahn sausten unablässig Autos.
Minako war es vor Uozu peinlich, daß sie nicht in das Taxi gestiegen war, obgleich sie kurz vorher über ihre Müdigkeit geklagt hatte.
»Sobald ich müde bin, nehme ich sonst ein Taxi!« meinte Uozu.
Als sie wieder ausschritten, überkam Minako plötzlich ein Gefühl wie von Trunkenheit. Sie konnte sich das selber nicht erklären. Sie wollte jetzt so schnell wie möglich ihren Füßen Ruhe gönnen, denn ihr war, als taumele sie vor Schwindel.

Sie fragte sich, ob sie denn mit Uozu, so wie er es wünschte, endlos lange gehen müsse, doch sie spürte nicht einmal mehr Kraft genug, sich aufzulehnen.
Nachdem sie schon viele Straßenkreuzungen überquert hatten, brach Uozu plötzlich sein Schweigen und sagte:
»Ich habe heute bei Ihnen angerufen, aber ich war dabei entschlossen, daß dies das letzte Mal sein soll!«
»Warum?«
Minako blickte überrascht zu ihm auf.
»Herr Tokiwa hat von mir verlangt, daß ich Ihr Haus nie wieder aufsuche. Und ich gab ihm mein Versprechen. Ich hatte das übrigens schon von mir aus vor, also bevor er das zu mir sagte! Wenn ich Sie nicht besuchen darf, kann es natürlich auch nicht erlaubt sein, Sie anzurufen. Doch ich rief heute mit dem Vorsatz an, es nie wieder zu tun!«
»Warum?« fragte sie noch einmal.
»Ich darf nicht. Warum ich nicht darf, ist meine Sache, aber Tatsache ist, daß ich nicht darf! Und was ich nicht darf, muß ich unbedingt unterlassen – um zweier Menschen willen!«
»Um zweier Menschen willen?«
»Der eine von ihnen lebt, der andere ist tot. Natürlich sind Sie der eine, der andere ist Kosaka!«
Und dann fuhr er fort, als wollte er nun, nachdem er davon zu reden angefangen hatte, nichts mehr verschweigen. Seine Stimme klang etwas erregt.
»Ich weiß jetzt, was Kosaka gelitten hat! Jetzt begreife ich es! Alles, was er damals zu mir gesagt hat, begreife ich jetzt. Er hat mir erklärt, er möchte Ihnen die Winterberge zeigen, und das war sein Herzenswunsch! Und wenn nun auch ich die Eiswand der Winterberge jemandem zeigen möchte, so sind – verzeihen Sie! – nur Sie das!«
Minako fühlte, wir ihr Puls heftig pochte. Völlig unerwartet hatte ihr Uozu seine Liebe erklärt. Minako war außerstande, ihr Gesicht zu heben, und sie schritt mit gesenkten Augen dahin. Doch Uozus Worte waren von seltsamer Art: sie bedeuteten Liebeserklärung und Abschied zugleich. Beides war gleichzeitig über sie hereingebrochen, und so wußte sie nicht, was sie antworten sollte.

Sie spürte, wie es in ihrem Herzen sehr kalt und dann ganz ruhig wurde. Die leidenschaftliche Erregung, die sie, bevor Uozu zu sprechen begonnen hatte, fortgerissen hatte, war mit einem Schlag erloschen.
»Sind Sie hungrig?«
»Ja, ein bißchen, aber es macht nichts aus ...«
»So? Können wir dann noch weitergehen? Sie bekommen keine Schwierigkeiten zu Hause?«
»Nein! Ich habe gesagt, daß ich vielleicht später heimkomme«, erwiderte sie ruhig. Sie war nicht im geringsten beunruhigt, was ihr Mann dazu sagen würde. Sie begriff überhaupt nicht mehr, daß sie beim Weggehen etwas ängstlich gewesen war.
Beide schritten nebeneinander einher. Nach einiger Zeit begann Uozu erneut:
»Sie haben einmal von Ihrer Vermutung gesprochen, Kosaka könnte Selbstmord begangen haben, ja?«
»Das ist nun anders. Nur solange man ihn nicht gefunden hatte, fürchtete ich es dann und wann.«
»Wie hätte Kosaka an Selbstmord denken sollen! Er wollte klettern! Ich verstehe jetzt sehr gut, wie ihm zumute war. Er wollte einfach in die Berge!«
»Und trotzdem hat Ihnen das Experiment meines Mannes viel Unannehmlichkeiten bereitet!«
»Seit das Ergebnis aber vorliegt, läßt sich nichts mehr dagegen tun. Das bedeutet natürlich keineswegs, daß ich mich für immer damit abfinde!«
»Es ist mir wirklich sehr peinlich, daß sich mein Mann weigert, die Bruchstelle des Seilstücks zu untersuchen!«
»Ah, schon gut. Ich werde bestimmt jemanden finden, der das für mich tut. Bitte, verstehen Sie mich nicht falsch – ich bin Ihrem Mann nicht im geringsten böse! Ich kann nur einfach das Ergebnis seines Experiments nicht anerkennen. Daß ich mich entschlossen habe, Sie nie mehr wiederzusehen, hat damit nichts zu tun!«
»Ich begreife«, erwiderte Minako verlegen. Sie konnte der Versuchung, ihm nun zu bekennen, was sie für ihn fühlte, kaum widerstehen, doch da sagte Uozu plötzlich:

»Kehren wir um, ja?«
Und so gingen sie beide den gleichen Weg zurück. Unversehens war es dunkel geworden, und die schimmernden Schriftzeichen der Neonreklame auf den großen Geschäftshäusern vor ihnen zuckten auf dem Nachthimmel hysterisch hin und her.
Sie sprachen fast kein Wort zueinander. Minako fühlte zum ersten Mal in ihrem Leben, daß sie liebte. Verwirrt überlegte sie, ob sie das Uozu gestehen dürfe, aber auch wenn sie sich dazu entschlossen hätte, wäre es ihr nicht möglich gewesen, dies in angemessene Worte zu fassen.
Sie spürte, wie sich das, was sie Uozu gegenüber schon lange Zeit empfunden hatte, in ihrem Herzen endlich klärte und dort beruhigte. Sie hatte dem Menschen Uozu gegenüber schon lange besonders empfunden, nun aber schien ihr, daß sich dies als Liebe konsolidiert habe.
»Wollen wir uns hier verabschieden? Verzeihen Sie, daß ich Sie bat, zu kommen. Seien Sie mir nicht böse! Ich könnte meine Gefühle fortan unmöglich unterdrücken, wenn ich sie nicht wenigstens einmal äußerte. – Die Entscheidung ist nun gefallen. Ich werde Sie nie mehr aufsuchen und auch nicht mehr bei Ihnen anrufen!«
Minako schwieg. Sie überlegte, ob er wohl wirklich dazu entschlossen war. Sie wollte ihm etwas sagen. Sie wußte genau, daß sie nun etwas tat, was ihr auf keinen Fall gestattet war.
»Ich ...«, begann sie, aber da schnitt ihr Uozu, der wohl alles ahnte, das Wort ab:
»So – ich möchte mich jetzt von Ihnen verabschieden!«
Und er fügte hinzu:
»Bitte, grüßen Sie Ihren Gatten!« – und ging.
Minako sah diesem jungen Mann, der ihr Herz entflammt hatte und dann fortlief, nach, wie er in der Menschenmenge verschwand. Er hatte sich, überlegte sie, nur das, was ihn selber bedrückte, von der Seele geredet und sich hierauf schnell zurückgezogen. Und eine solche Haltung, die sich in allem selber zum Maßstab nahm, erfüllte sie mit Zorn. Doch dieser Zorn verwandelte sich in ihrem Herzen schnell in etwas anderes.

Um nach Hause zu gehen, bog sie, nunmehr allein, um die Straßenkreuzung Tamuracho. Noch nie in ihrem Leben hatte sie so vor der Notwendigkeit gestanden, intensiv nachzudenken. Sie war ein völlig anderer Mensch als zu dem Zeitpunkt, da sie von zu Hause weggegangen war. Auch da hatte sie sich zu Uozu hingezogen gefühlt, aber auf gänzlich andere Art. Nun war weniger Uozu als ihr zumute, den Fuß in eine ganz und gar neue Welt gesetzt zu haben. Sie wußte, daß sie liebte. Als sie um den Bahnhof Shimbashi bog, rief plötzlich von hinten jemand sie an. Sie wollte sich gerade umdrehen, da stand höchst unerwartet Kosaka Kaoru vor ihr.

»Es ist lange her, daß ich Sie sah . . .«, sagte Kaoru höflich und fügte gleich hinzu:

»Ich möchte Ihnen noch einmal herzlich danken, daß Sie mich damals zum Shinjuku-Bahnhof begleitet haben. Ich habe Sie inzwischen zwar einmal flüchtig gesehen, aber mich noch immer nicht ordentlich bedankt . . .«

»Sie hatten sicher in Ihrer Heimat eine schwere Zeit!« entgegnete Minako. Kaoru hatte ihren schmalen, aber mädchenhaft festen Körper in ein graues Kleid gehüllt. Es war sehr schlicht und unauffällig, aber paßte andererseits gerade deswegen gut zu ihrer Jugend.

Kaoru wollte offenbar etwas mit ihr besprechen.

»Hätten Sie nicht«, fragte sie, »etwa fünf Minuten für mich Zeit?«

»Oh doch«, erwiderte Minako, und sie suchten beide nach einem Café.

Schließlich stiegen sie in den ersten Stock eines eben erst fertiggewordenen Restaurants.

»Haben Sie schon zu Abend gegessen?« fragte Minako. Da sie selber noch nicht gegessen hatte, dachte sie daran, vielleicht mit ihr zusammen hier zu speisen. Sie hatte bisher Kaoru nicht sehr gemocht, doch an diesem Abend fühlte sie anders. Nun war ihr jedermann recht, sie hatte das Bedürfnis zu jedem sanft und freundlich zu sein.

»Ich habe schon gegessen, aber ich werde Fruchtsaft trinken!« antwortete Kaoru und hierauf bestellte Minako für Kaoru Fruchtsaft und für sich selber Eis.

»Nun ... verzeihen Sie meine komische Bitte, aber könnten Sie mich nicht Ihrem Mann, Yashiro-sensei, vorstellen?« fragte Kaoru in einem Ton, dem anzumerken war, wie schwer es ihr fiel, davon zu reden.
»Yashiro – meinem Mann?«
»Ja!«
Kaoru ließ den Fruchtsaft, der ihr inzwischen gebracht worden war, vor sich stehen und blickte, beide Hände im Schoß, zu Boden. Obwohl sie die Augen niedergeschlagen hatte, wirkte das durchaus nicht schwächlich, sondern im Gegenteil kraftvoll und entschlossen, fast wie ein Protest.
»Ja ... ich will das gern tun! Aber worum geht es?« fragte Minako.
»Ich möchte Ihren Mann bitten, das Seilende zu untersuchen, das Herr Uozu mitgebracht hat!«
»Deswegen war gestern schon Herr Tokiwa bei uns!«
»Ich weiß!«
Kaoru hob den Kopf und blickte Minako ins Gesicht. Doch dann sah sie wieder weg, schlug die Augen nieder und sagte:
»Ich war heute in der Firma von Herrn Uozu und habe auch Herrn Tokiwa gesprochen. Daher weiß ich, daß Herr Tokiwa gestern zu Ihnen kam und Ihr Mann seine Bitte, das Seilstück zu untersuchen, abgeschlagen hat. Trotzdem will ich es versuchen – ich möchte Ihren Mann nun von mir aus noch einmal bitten!«
Dabei sah sie unverändert auf ihren Schoß. Ihre Worte waren wohlgesetzt, und ihr Ton hatte nichts Ungewöhnliches, aber trotzdem empfand Minako Kaorus Gesicht als kalt.
Natürlich konnte sie, dachte Minako, nicht erwarten, daß Kaoru, falls sie die Wahrheit über ihre Beziehungen zu Kosaka erfuhr, ihr wohlgesonnen war, aber das junge Mädchen wußte ja, solange sie, Minako, ihr nichts von diesem schwierigen Verhältnis erzählte, nichts davon, und sie würde es wohl auch kaum begreifen.
»Ich bringe Sie gern mit meinem Mann zusammen. Aber mein Mann ist nun einmal etwas starr und eigenwillig, und ich glaube auf gar keinen Fall, daß er, nachdem er es schon

einmal abgelehnt hat, Ihre Bitte erfüllen wird!«
»Aber warum will Ihr Mann nicht?« fragte Kaoru, während sie ihren Kopf hob. Man sah ihr an, daß sie das verwunderte.
»Tja, ich glaube, mein Mann will sich im Grunde mit nichts anderem abgeben als mit seinem Fach. Das gilt nicht nur für das, wovon Sie jetzt sprechen ...«
»Aber Ihr Mann hat doch das Experiment durchgeführt!«
»Er hat bestimmt nicht damit gerechnet, daß sein Ergebnis für Herrn Uozu so unangenehme Folgen haben könnte. Er hat es übernommen, ohne sich viel dabei zu denken, und er hat es sicher längst bereut. Aber natürlich ist das von ihm egoistisch! Sollte man nicht lieber meinen Mann ersuchen, er möge irgend jemand vorschlagen, der diese Untersuchung ausführt? Es gibt in seiner Firma doch eine Menge hierfür geeigneter junger Leute!«
Darauf antwortete Kaoru:
»Ja ... aber ich meine, für Herrn Uozu wäre es besser, wenn möglichst auch diesmal Yashiro-sensei die Untersuchung vornähme und das Ergebnis durch ihn bekanntgemacht würde. Ich verstehe nichts davon, aber aus der Bruchstelle eines Seils soll man, wie es heißt, sofort erkennen können, ob das Seil abgeschnitten wurde oder von selber gerissen ist. So eine Untersuchung ist doch ziemlich einfach! – Das hat mir neulich ein Universitätsdozent gesagt, den ich gut kenne. – Nachdem es doch darum geht, daß nicht etwa Herr Uozu das Seil abgeschnitten hat, meine ich, daß das Ergebnis dieser Untersuchung durch Yashiro-sensei wirksamer als durch irgend jemand anderen bekanntgegeben wird! Er hat doch auch das vorige Experiment gemacht und seine Worte haben das meiste Gewicht!«
»Ich weiß nicht recht, wie mein Mann sich dazu stellen wird ...«, erwiderte Minako nur. Obwohl Kaoru sie darum bat, fühlte sie sich nicht mutig genug, ihrem Mann die Sache noch einmal vorzubringen, und sie hielt es für völlig ausgeschlossen, daß er die Untersuchung übernahm.
Da Minakos Worte einer Ablehnung ihrer Bitte gleichkamen, verhärtete sich Kaorus Gesichtsausdruck, doch dann sagte sie

unerwartet schlicht: »Ich will darauf verzichten, daß Sie mich mit ihrem Mann zusammenbringen. Ich bespreche das mit Herrn Uozu und wir bitten dann irgend jemand anderen!«
Sie sprach, als handelte es sich um ihr Problem.
In diesem Augenblick fühlte sich Minako gegenüber dieser jungen Frau, die noch etwas jugendlich unreif und spröde war, plötzlich beunruhigt. Sie begriff die Natur dieser Unruhe nicht genau, doch breitete sich diese in ihr immer weiter aus.
Sie sah Kaoru erneut ins Gesicht. Es war sehr dunkel, fast schwärzlich, aber es wirkte vielleicht gerade deswegen ungemein lebendig; ihre Gesichtszüge waren beinahe allzu ebenmäßig. Sie hatte sich nur wenig zurechtgemacht. Falls sie ihr Gesicht sorgfältig pflegte, wirkte es sicher so auffallend, daß man es kaum mehr erkannte.
Kaoru trug auch sehr unauffällige Kleidung. Zu der Farbe der Haut paßte deren Farbe eigentlich nicht recht, und doch hatte man das Gefühl, daß das unscheinbare Grau die Jugend und Reinheit Kaorus noch unterstrich. Minako dachte, daß ihre eigene Schönheit sich nicht mit der Kaorus messen konnte.
Kaoru hatte eben gesagt, sie wolle sich mit Uozu darüber unterhalten, und dann solle entschieden werden, aber das bedeutete wohl, daß sie Uozu traf, sich mit ihm darüber unterhielt und hierauf die Persönlichkeit bestimmte, die sie um eine Untersuchung der Seilbruchstelle bitten wollte.
Minako erinnerte sich an Uozus Worte, daß, falls es überhaupt jemand gab, dem er die Eiswand der Winterberge zu zeigen wünschte, nur sie das sei, doch jetzt kamen sie ihr sehr fern und kraftlos vor.
Sie empfand gegenüber dieser jungen Frau, die da vor ihr saß, zweifellos Uozu liebte und entschlossen war, all das, was sie für recht hielt, unverzüglich auszuführen – dieser antilopengleichen jungen Frau gegenüber plötzlich Feindschaft.
»Von Herrn Uozu habe ich mich übrigens gerade verabschiedet«, sagte sie wie nebenher. Es klang ihr selbst wie eine Mahnung.
»So?« rief Kaoru leise aus und fuhr fort:

»Sie haben ihn getroffen? Heute?«
»Ja, eben!«
Minako beobachtete scharf, wie sich Kaorus Gesicht schmerzlich umwölkte. Dieses bekümmerte Gesicht verzerrte sich leicht, als würde es gleich zu weinen beginnen, doch dann wurde es plötzlich ruhig und sah fast gleichgültig aus. Gerade das erfüllte Minako mit Neid. Und sie sagte:
»Wollen wir jetzt gehen?«

Es war an einem Samstagnachmittag Ende Juni. In der Firma saß Uozu an seinem Tisch.
»He! Uozu-kun!« rief ihm Tokiwa plötzlich zu. Tokiwa hatte bis dahin, den Hörer am Ohr, mit irgend jemandem gesprochen, aber nun hielt er den Hörer zur Seite und rief Uozu zu sich.
Uozu begab sich sofort zu dessen Schreibtisch, und da fragte ihn Tokiwa:
»Sind Sie heute den ganzen Tag im Büro?«
Uozu überlegte kurz, entsann sich, daß es heute keine Arbeit mehr gab, derentwegen er hätte ausgehen müssen, und so antwortete er:
»Ja, ich bin hier!«
»Bis zum Abend?«
»Jawohl.«
Hierauf hielt Tokiwa den Hörer wieder an sein Ohr.
»Er ist heute den ganzen Tag da. Bitte! Es kann hier zu jeder Zeit angerufen werden! Herzlichen Dank! Auch er wird sich freuen!«
Dann legte er den Hörer auf und sagte:
»Ich habe die Untersuchung der Seilbruchstelle erbeten, und das Ergebnis steht jetzt vorläufig fest. Derjenige, der die Untersuchung ausgeführt hat, wird Sie heute noch anrufen!«
Uozu wußte gar nicht, daß Tokiwa jemanden um eine solche Untersuchung gebeten hatte, aber sich danach zu fragen, verschob er auf später, er wollte wissen, wie diese Untersuchung ausgegangen war:
»Wie steht es?«

»Die Gnädige Frau hat jedenfalls erklärt, es würde das schreckliche Mißverständnis Ihnen gegenüber dadurch beseitigt!«

»Die ›Gnädige Frau‹?« fragte Uozu unwillkürlich.

»Ja, Frau Yashiro!«

Tokiwa sagte das, als handle es sich hier um das Natürlichste der Welt. Ah, dachte Uozu, Tokiwa hat also eben mit ihr telefoniert!

»Wer hat die Untersuchung vorgenommen?«

»Offenbar ein junger Ingenieur der Firma, den Herr Yashiro kennt. Ich habe Ihnen bisher nichts davon erzählt, aber vor etwa zehn Tagen fragte mich Frau Yashiro, ob sie nicht ihren Mann bitten solle, jemanden zu empfehlen, der diese Untersuchung vornehmen könnte. Ich sagte natürlich sofort ja und ließ dem Ingenieur das Seilstück bringen.«

Dann sagte Tokiwa zu Uozu, der aussah, als sei er gar nicht recht einverstanden.

»Es war sehr gut, daß die Untersuchung durch jemanden ausgeführt wurde, den Herr Yashiro kennt. Kyonosuke ist kein niedrig denkender Mensch, der etwa nicht will, daß sich nun ein anderer noch einmal damit beschäftigt! Und das Ergebnis ist doch für Sie recht günstig! Frau Yashiro ist fabelhaft! Sie kennt ihren Mann gut! Was sie sieht, sieht sie genau! Und sie vertraut ihrem Mann. Na klar – nachdem sie mit ihm verheiratet ist, muß sie ihn ja kennen ...«

Die Art wie Tokiwa Frau Yashiro pries, klang, als wollte er Uozu damit etwa bedeuten ›Glauben Sie ja nicht, daß Sie da durch irgendeine Lücke schlüpfen können‹!

Um 4 Uhr nachmittags rief der junge Ingenieur Sasa, der die Bruchstelle des Seils untersucht hatte, bei Tokiwa an.

Uozu erkannte sofort an der Art, wie Tokiwa mit jenem redete, daß es sich um den erwarteten Anruf handelte.

Den Hörer an sein Ohr haltend, stieß Tokiwa hin und wieder ein bloßes »Ja!« und »Ah! Ich verstehe!« hervor und sagte schließlich:

»Gut, jetzt übergebe ich den Hörer Herrn Uozu. Verzeihen Sie, daß wir Sie mit all dem behelligt haben! Vielen Dank! Ich werde nächstens bei Ihnen vorbeisehen und mich noch einmal in aller Form bedanken, aber nehmen Sie, bitte, schon jetzt meinen aufrichtigen Dank entgegen!«

Dann nahm er den Hörer vom Ohr und rief mit lauter Stimme:

»Uozu-kun!«

Uozu stand sofort auf und nahm den Hörer auf seinem Tisch ab. Er vernahm zu seiner Überraschung eine außerordentlich ruhige, doch fast leise Stimme, die, unter Verzicht auf alle einleitenden Floskeln, zu ihm sagte:

»Ich habe das Ergebnis der Untersuchung eben schon Herrn Tokiwa mitgeteilt. Darf ich es noch einmal kurz wiederholen?«

Uozu stellte sich unwillkürlich einen jungen Ingenieur, kraftvoll gebaut und mit kalten Augen vor.

»Natürlich wäre es das Beste, wir träfen uns und könnten es miteinander besprechen, aber ich muß heute abend nach Osaka fahren, und vorher sind noch zwei Konferenzen! Verzeihen Sie also, wenn ich es telefonisch mache! In etwa zehn Tagen kann ich mit Ihnen zusammentreffen, und so schicke ich Ihnen jetzt den Bericht über die Untersuchung. Dieser Bericht ist ziemlich fachmännisch – es geht dabei nicht nur um die Untersuchung des Seilstücks! – aber ich habe es Ihnen jedenfalls zur Kenntnisnahme zugesandt. Da Sie aber natürlich auch verstehen müssen, worum es sich handelt, will ich Ihnen das Ergebnis kurz zusammenfassen.«

Der Ingenieur glaubte wohl, in dem, was er Uozu nun erklärte alles Nötige zum Ausdruck zu bringen. Tokiwa hatte vorhin ständig ein »Ja!« und »Ah so! Ich verstehe!« dazwischen geflochten, aber auch Uozu blieb nichts anderes übrig, als sich darauf zu beschränken. Die Erklärung des Ingenieurs lautete etwa folgendermaßen:

»Falls man ein Nylonseil mit einem scharfen Messer durchschneidet oder es sonstwie zum Reißen bringt, sehen die Fasern verschieden aus. Man untersucht das natürlich mit dem Mikroskop. – Die weiteren Einzelheiten entnehmen Sie, bitte, meinem Bericht. Bei dem Seil, das ich zur Untersuchung erhielt, ist die Farbe der Fasern an der Bruchstelle verändert und das Ganze sieht wie ein Geleebonbon auseinandergezogen

aus. Dies ist charakteristisch für den Fall, daß das Seil durch heftigen Zug daran gerissen ist!«
»Ah so – ich verstehe!« sagte Uozu.
»Daraus geht eindeutig hervor, daß es nicht mit einem Messer durchgeschnitten oder durch irgendeinen Gegenstand wie Eisennägel verletzt worden ist.«
Und dann fuhr er fort:
»Das ist also ganz klar. Es ist ohne jeden Zweifel durch einen scharfen Stoß gerissen!«
Hierauf fragte Uozu:
»Heißt das nun, daß das Seil riß, weil es zu schwach war?«
»Nein, das läßt sich nicht behaupten! Auch ein noch so starkes Seil reißt wohl, wenn es einer zu großen Belastung ausgesetzt wird. Außerdem muß noch das Verhältnis zu den Stützpunkten bedacht werden.«
»Gut, haben Sie vielen Dank! Ich werde also Ihren Bericht lesen, den Sie mir zugeschickt haben. – Darf ich Sie noch etwas fragen: Hätten Sie etwas dagegen, wenn ein Teil Ihres Berichts in einer Zeitung abgedruckt wird?«
»Ich wäre einverstanden – aber die Zeitungen bringen so etwas bestimmt nicht! Es ist viel zu speziell!«
»So? Darf ich dann Zeitungsleute jedenfalls über das Ergebnis informieren, das Sie mir mitgeteilt haben?«
»Natürlich! Soviel Sie wollen! Ich habe allerdings nur einen Teil erwähnt ...«
»Gut! Haben Sie vielen Dank!«
Damit legte Uozu den Hörer auf. Tokiwa rief ihm sofort zu:
»Ist das nicht großartig? Wenigstens der Verdacht, daß Sie das Seil durchgeschnitten haben, ist damit aus der Welt geschafft!«
»Ja. Das kommt also in Ordnung. Die grundlegende Frage bleibt nach wie vor freilich ungelöst!«
»Welche Frage?«
»Ob der Grund für das Reißen des Seils in der mangelnden Leistungsfähigkeit des Seils liegt oder ob wir einen technischen Fehler begangen haben!«
Darauf erwiderte Tokiwa mit sehr intensivem Ausdruck im Gesicht:

»Oh ja! Für Sie ist das wohl die entscheidende Frage! Aber vielleicht wird sie nie geklärt werden können!«

Und er fuhr fort:

»Da ich kein Wissenschaftler bin, weiß ich nicht genau Bescheid, aber es dürfte schwierig sein, einen in der Vergangenheit liegenden komplizierten Tatbestand nachher genau festzustellen. Was meinen Sie? Ich habe vorgestern in einem Restaurant Aal gegessen. Aber heute morgen bekam ich plötzlich Durchfall. Magen und Darm sind bei mir gesund, und ich leide nur selten an so etwas. Nun überlegte ich mir, wo der Grund liegen könnte. Das einzige, was ich seit vorgestern an außergewöhnlichen Gerichten aß, war der Aal. Und daher kann ich mir nur vorstellen, daß der Aal schuld ist. Gehe ich jetzt zu dem Aalrestaurant und beschwere mich, wird der Besitzer sagen, seine Aale seien peinlich genau geprüft worden, er nehme keine Aale, bei denen auch nur der geringste Zweifel an ihrer Frische besteht! Vermutlich liegt der Grund für meinen Durchfall darin, daß ich den Aal aß. Aber es könnte auch sein, daß die Zusammenstellung des Essens ungünstig oder mein Magen und Darm gerade an diesem Tag geschwächt waren!«

»Warten Sie einen Augenblick!« unterbrach ihn Uozu.

»Beim Seil liegt das Problem anders! Bei den Aalen gibt es doch wohl gute und auch leicht verdorbene Aale. Beim Seil ist das nicht so!«

»Inwiefern?«

Tokiwa blickte, wie er es in solchen Fällen immer tat, Uozu scharf in die Augen.

»Das Seil ist eine feine Konstruktion! Zwar kann man nicht behaupten, alle Seile seien gleich, aber im allgemeinen werden Seile von gleicher Leistungsfähigkeit hergestellt. Außerdem werden sie genau überprüft und die schlechten ausgeschieden!«

»Bei den Aalen ist das genauso! Sie werden im gleichen Teich aufgezogen, und bei der Zubereitung untersucht sie ein erfahrener Koch. Es gibt da höchstens den Unterschied zwischen Sachen und Lebewesen.«

»Das ist eine Streitfrage!«

»Ja, vielleicht. Aber ich würde auch jetzt wieder gern sagen, daß es sich im Grunde um das Gleiche handelt. – Sie haben einmal von dem ›Reproduktions-Experiment‹ gesprochen, einem Experiment also, bei dem die Gegebenheiten des eigentlichen Falls für die Durchführung des nachprüfenden Experiments reproduziert werden. Und nicht nur Sie, auch Yashiro hat davon gesprochen. Als ich das damals hörte, dachte ich mir sofort, daß eine solche Reproduktion doch unmöglich gelingen könne. Hält man es trotzdem für möglich, so ist es das Beste, man versucht es. Sicher wird man sich dabei den Bedingungen des eigentlichen Falls bis zu einem gewissen Grade annähern. Aber die absolute Wahrheit kann man damit kaum erfassen. Und wenn die Wissenschaftler der ganzen Welt so experimentierten – ich würde dem Ergebnis mißtrauen! Schon das Wort Reproduktion klingt unbescheiden, ja anmaßend. Was meinen Sie? Um diese Seilfrage zu klären, bleibt vielleicht nichts anderes übrig, als ein solches Reproduktions-Experiment auszuführen, aber man wird damit nie alle Menschen überzeugen können. Bei einem solchen Experiment weiß man nie vorher, ob das Seil reißt oder nicht. Reißt es nicht, bleibt Ihre Auffassung unbestätigt, und nun zweifeln Sie zum ersten Mal an dieser ›Reproduktion‹. Nehmen wir aber an, das Seil reißt – glauben Sie, Sie hätten deswegen gesiegt? Es ist ja wohl kaum denkbar, daß das Seil, wie oft man das Experiment auch wiederholt, jedesmal reißt. Es ist doch eine von Menschenhand produzierte Ware, mit der da experimentiert wird! – Und weil man also auf eine Reproduktion im strengen Sinn nicht rechnen, sie nicht erwarten kann, finde ich es töricht, seine Hoffnungen darauf zu setzen!«

»Heißt das aber nicht, daß dieser Fall niemals gelöst werden kann?«

»Streng genommen, ist das, nach meiner Überzeugung, wohl auch nicht möglich! Ich glaube, es wird nie geklärt werden können, ob das Seil Mängel gehabt hat oder Ihnen bei der Handhabung ein Fehler passierte!«

Und er fuhr nach ein paar Augenblicken fort:

»Genügt es Ihnen nicht, daß der Verdacht, Sie hätten das

Seil abgeschnitten, nunmehr beseitigt ist? Es gäbe nichts Schöneres, als wenn sich ergründen ließe, weshalb jenes Unglück damals geschah, aber das ist, wie ich schon sagte, unmöglich. Bei Menschen gibt es die Möglichkeit eines Geständnisses. Aber hier ist auf der einen Seite das Seil, auf der anderen der Tote. Außerdem ist das alles in den Bergen an einer Felswand geschehen, wo niemand zusah!«

»Doch, jemand hat es gesehen! Gott!« sagte Uozu.

»Gott hat es gesehen – tatsächlich ...«

Tokiwa Daisaku krempelte seine Hemdärmel hoch. Es sah aus, als bereitete er sich zu einem Zweikampf vor. Dann rief er das Lehrmädchen der Firma und befahl ihr:

»Bestell uns zwei Kaffee und laß sie herbringen!«

»Na, kommen Sie, setzen Sie sich, Uozu!« und er drängte Uozu auf einen Stuhl. Nachdem Uozu das brav getan hatte, nahm Tokiwa aber keineswegs Platz, sondern lief vor ihm hin und her.

»So – Gott hat es gesehen! Was für feine, bequeme Worte!«

Er sprach so laut, als ob er Uozu schelten wollte. Er war aber keineswegs zornig. Es war ein Siegesgebrüll, daß ihm gelungen war, die Beute zu erwischen.

»Gott sieht es! So redet ein Tunichtgut, der, zu faul, selber zu arbeiten, sich von seinem Vater immer weiter ernähren läßt! Man darf sich nicht auf Gott hinausreden wollen! Man schiebe doch nicht immer alles anderen zu, damit die einstehen! Man rede doch nicht immer von Gott, von Gott! Selbst wenn Gott es gesehen hat, sage man lieber, Gott habe es nicht gesehen! Daß Gott Zeuge war, sagt ein Mann erst in seiner Todesstunde. ›Gott! Ich habe nie gelogen!‹ – das ist das letzte Wort eines Mannes, bevor er stirbt!«

Tokiwa Daisaku schöpfte tief Atem und nahm dann aus seiner Tasche eine Schachtel Peace-Zigaretten; als er merkte, daß sie leer war, streckte er schweigend seine Hand Uozu hin.

Uozu gab ihm seine Schachtel und auch Streichhölzer. Tokiwa steckte die Zigarette in den Mund und sagte, während er sie anzündete, mit leiserer Stimme:

»Gehen Sie doch zur Zeitung und erzählen Sie von dem – na, wie hieß er schnell wieder?«

»Sasa?«

»Ja! Bitten Sie die Zeitungsleute, daß sie ein Interview mit Sasa bringen. Das ist wohl das Erste, was Sie jetzt machen müssen!«

»Ja, ich werde das sofort tun!«

Uozu wollte die Gelegenheit, Tokiwas Schwatzhaftigkeit zu entrinnen, nicht ungenutzt vergehen lassen und erhob sich.

»Uozu! Warten Sie noch einen Augenblick! Der Kaffee wird gleich kommen!«

»Trinken Sie ihn! Ich habe heute schon so viel Kaffee getrunken!« – und schon entfernte er sich mit schnellen Schritten. Er fürchtete, Tokiwa könnte seinen Sinn ändern. Doch er bewunderte das, was Tokiwa ihm da vorgetragen hatte, keineswegs, er fühlte sich nicht ›besiegt‹. Um mit Uozus eigenen Worten zu reden: Uozu fühlte den Wunsch, mit Gott ein Zwiegespräch zu halten.

Mit der Erklärung des Ingenieurs Sasa, das Seil sei keinesfalls mit einem scharfen Messer durchgeschnitten oder durch Eisen beschädigt worden, hatte Uozu zwar nicht erlangt, worauf er gehofft hatte, aber er mußte einräumen, daß im Vergleich zu bisher doch einiges gewonnen war. Der Verdacht gegen ihn wurde jedenfalls beseitigt.

Die noch verbleibende Frage war jedoch, wie das Seil hatte reißen können. War es infolge mangelnder Leistungsfähigkeit gewissermaßen notwendig gerissen oder hatten sie, die beiden Bergsteiger, durch ungeschickte Handhabung dieses Seil, das gar nicht hätte reißen müssen, zum Reißen gebracht? Das Problem reduzierte sich auf diese beiden Fälle.

Im ersteren ließen sich verschiedene Möglichkeiten denken. Man durfte auch die Frage nach eventueller Einwirkung durch ultraviolette Strahlen oder durch Hitze nicht außer acht lassen. Aber das alles hatten sie bedacht, und ebenso waren sie bei dem Transport des Seils sehr sorgfältig gewesen. Außerdem war die Form des Felsens, auf den das Seil gelegt worden war, von Bedeutung. Je nachdem ein oder zwei Stützpunkte gegeben waren, bewegte sich die Kraft dynamisch auf verschiedene Art. Aber es war für Uozu unvorstellbar, daß Kosaka bei der Handhabung des Seils an der mit Schnee und Eis bedeckten Wand als Bergsteiger versagt haben sollte. Kosaka hatte den Zustand des Felsens nicht mit der Hand abgetastet, und er hatte den Felsen auch vorher nicht geprüft – war aber deswegen ein Vorwurf gegen ihn gerechtfertigt?

Tokiwa Daisaku lehnte das »Reproduktions-Experiment« ab. Er behauptete, eine Reproduktion des tatsächlichen Schauplatzes sei unmöglich. Im strengen Wortsinn traf das auch zu, aber war ein solches Reproduktions-Experiment deswegen völlig wertlos? Erfuhr man nicht vielleicht gerade auf diese Weise bisher unbekannte Leistungsmängel?

Tokiwa hatte davon gesprochen, ob er, Uozu, glaube, gesiegt zu haben. Was hieß hier »siegen«? Er hatte in all dieser Zeit nicht ein einziges Mal an Sieg oder Niederlage gedacht! Er wollte die Schuld wahrhaftig nicht auf andere schieben.

Falls in bezug auf die Leistungsfähigkeit des Nylonseils etwas Neues entdeckt wurde, mußte eine andere Handhabung ausgedacht werden. Und dann war auch Kosakas Tod nicht umsonst gewesen.

Uozu blieb stehen. Unwillkürlich war er ins Laufen geraten. Nun da er es gemerkt hatte, hielt er inne. Er hatte sich vielleicht etwas erregt. Die Bäume des Hibiya-Parks, welche die Fahrbahn säumten, raschelten im Wind.

Uozu ging zu einer Zeitungsredaktion im Yurakucho-Viertel und sagte am Empfangsschalter, er wolle den ihm persönlich bekannten Reporter Kamiyama, einen Journalisten der Sportredaktion, sprechen. Kamiyama war an der Universität jahrgangsmäßig hinter ihm gewesen, und auch als Bergsteiger hatte er weniger Erfahrung.

Der kleine, untersetzte Reporter kam von der Redaktionsabteilung herunter.

»Oh, Herr Uozu! Wir haben uns ja lange nicht mehr gesehen!« begrüßte er Uozu mit der ihm eigenen Freundlichkeit.

»Ich habe heute eine kleine Bitte an Sie!« sagte Uozu im Ton des Älteren.

»Wollen wir nicht dabei irgendwo Tee zusammen trinken?« fragte der junge Journalist.

Uozu aber lag daran, jenem zunächst sein Anliegen vorzutragen.
»Es handelt sich noch einmal um das Problem von damals ...«, begann er.
»So? Was ist?«
»Ich habe die Bruchstelle des Seils von einem Ingenieur untersuchen lassen, und jetzt liegt das Ergebnis vor!«
»Ah, dieses Sache ...«
»Könnten Sie nicht einen Artikel darüber schreiben?«
»Welches Ergebnis hatte die Untersuchung?«
Der junge Journalist zündete sich eine Zigarette an, bekam plötzlich ganz geschäftsmäßige Augen und wandte sich Uozu zu. Nachdem Uozu ihm den Bericht des Ingenieurs Sasa zusammenfassend mitgeteilt hatte, bat er:
»Ich wäre Ihnen dankbar, wenn Sie Herrn Sasa einmal aufsuchen wollten und das, was er Ihnen sagt, in einem Artikel darstellten! Ich kam gleich zu Ihrer Zeitung, weil wir ja schon früher miteinander zu tun hatten!«
Und das dachte Uozu wirklich.
»Ah! Ja ...«
Kamiyama dachte eine Weile nach, doch schließlich erwiderte er:
»Man könnte das höchstens auf der Lokalseite bringen, aber ich fürchte, es ist schwierig, es überhaupt zu verwenden ...«
»Warum?«
»Als Nachricht ist es wohl ein wenig schwach!«
»Schwach?«
Dieses Wort Kamiyamas traf ihn höchst unerwartet, und er entgegnete:
»Aber die Sache mit dem Seilunglück ist damals doch groß herausgebracht worden!«
»Damals ja, aber jetzt scheint mir die Sache alt.«
»Alt?«
»Vielleicht weniger alt als schwach. Die Leute haben diese Geschichte mit Ihnen längst vergessen! Na ja ... Es liegt also von der Bruchstelle des Seils eine genaue Untersuchung vor, aber es handelt sich doch offenbar nur darum, daß das Seil nicht mit einem Messer durchgeschnitten worden ist, ja? Kein

Mensch glaubt doch heute noch, daß Sie es durchgeschnitten haben!«
»Meinen Sie?«
»Natürlich! Sicher hat es so einen Verdacht gegen Sie einmal gegeben, aber der ist längst erloschen! Wärmt man diese ganze Geschichte nun nochmal auf, ist das höchstens Ihr Schaden! Und vor allem ist es keine ›Nachricht‹. Es eignet sich nicht für die Lokalseite, man könnte es vielleicht unter Sport bringen, aber nein ...«
»Ah, ich verstehe!« nickte Uozu gehorsam und fuhr fort: »Für mich persönlich ist es ein sehr wichtiges Problem, aber als ›Zeitungsnachricht‹ hat es vielleicht keinen Wert ...!«
Jenes tragische Ereignis, das Kosaka Otohiko an der verschneiten Eiswand das Leben gekostet hatte, war innerhalb von etwa sechs Monaten klein und alt geworden. Ja, so war das wohl ... Und was bei der Untersuchung der Bruchstelle des Seils herauskam, betraf ihn nur persönlich, besaß keinerlei Wert, vielen Menschen mitgeteilt zu werden. Ja, so war das wohl ...
Uozu nahm aus der Zigarettendose, die ihm Kamiyama hinreichte, eine Zigarette und steckte sie langsam in den Mund.
Als er die K-Zeitung verlassen hatte, ging er zur Redaktion der nicht allzuweit entfernten Q-Zeitung. Schon vom Morgen an war Wind gewesen, aber nun war er sehr stark geworden. Zahllose Papierfetzen wirbelten und tanzten auf der Straße, hin und wieder blieben Frauen stehen und drehten sich schnell um, damit der Windstoß ihnen nicht allen Staub in die Augen wehte.
Uozu bat bei der Q-Zeitung, den Leiter der Sportredaktion, Herrn Okamura, sprechen zu dürfen, mit dem er zwar nicht eben befreundet war, den er aber oft getroffen hatte. Okamura war als Bergsteiger älter als er. Man bat Uozu, gleich zur Redaktionsabteilung hinaufzukommen; daraufhin fuhr er mit dem Lift in den zweiten Stock und ging zu den Tischen der Sportabteilung in einer Ecke des Redaktionsbüros.
Okamura unterhielt sich mitten in der um ihn herrschenden Unordnung, eine Zigarette im Mund, gerade mit jemandem, aber als man ihm meldete, Uozu sei gekommen, rief er:

»Ah, wie schön, Sie wieder einmal zu sehen!« und bewegte mit einiger Mühe seinen großen, schweren Körper auf Uozu zu. Sicherlich besaß er ein Gewicht von zwanzig Kan. Gleichgültig, was früher einmal gewesen sein mochte, jetzt kam er wohl kaum mehr auf die Berge, und er sah auch nicht nach einem Bergsteiger aus.

Uozu setzte sich, wie er gebeten wurde, auf einen Stuhl und erzählte, mit welchem Anliegen er gekommen sei. Okamura sprach zunächst überhaupt nichts, sondern nickte nur dann und wann groß mit dem Kopf und hörte ihm zu, doch schließlich meinte er:

»Ich fürchte, als Nachricht kann man das wohl kaum verwenden – als Nachricht kaum, aber wenn Sie darüber einen kleinen Bericht schreiben, nehme ich ihn in meine Sportseite auf! Da ist noch etwas Platz für ein paar Zeilen von Ihnen frei!«

»Ich soll das schreiben?«

Es war doch, dachte er, völlig sinnlos, wenn er es selber schrieb. Wahrheitscharakter erhielt es nur, falls derjenige, der die Untersuchung ausgeführt hat, entweder selber etwas schrieb oder ein Gespräch mit ihm abgedruckt wurde. Schrieb er es aber selber, hätte das nur die gegenteilige Wirkung.

»Aber das wäre doch komisch, wenn ich es selber schriebe!«

»Ach wo! Tun Sie das nur!« entgegnete Okamura auf sein Bedenken, doch für Uozu kam das nicht in Frage, und er sagte nach ein paar Augenblicken:

»Dann lasse ich es lieber ...«

Okamura bat ihn auch nicht mehr weiter darum, sondern fragte mit einer Miene, als sei dies nun erledigt:

»Na, wie steht es neuerdings?«

»Sie meinen das Bergsteigen? Seit jenem Vorfall bin ich überhaupt nicht mehr geklettert!«

»Ich wollte vor einiger Zeit – nach wer weiß wieviel Jahren! – wieder einmal zum Hodaka hinauf, aber das war eine Überraschung! Mein Körper machte einfach nicht mit!«

»Das kann ich mir denken ...«

»Ich habe mir von jungen Leuten sogar meinen Pickel tragen lassen! Eine schöne Bescherung war das!«

Er lachte laut.
Nachdem sich Uozu etwa fünf Minuten mit Okamura unterhalten hatte, verabschiedete er sich. Es gab in der Nähe noch die P-Zeitung, aber er hatte weder Kraft noch Mut, es da noch einmal zu versuchen.
Der Tod Kosakas war, dachte er, schon von allen vergessen worden, aber selbst dann blieb doch noch das Problem! Als er mit dem Lift nach unten gefahren war und hinaustrat, erschien ihm die Straße mit dem abendlichen Gedränge zahlloser Menschen plötzlich besonders lebendig. Vermutlich kam dies daher, daß der Wind so heftig blies.
Er begab sich zur Firma zurück, doch Tokiwa war nicht mehr da, und so bereitete er sich zur Heimkehr vor und verließ das Büro. Sonst stieg er immer von Shimbashi aus in die Bahn, aber heute ging er bis Tamachi zu Fuß. Er empfand das Bedürfnis, ein wenig zu laufen.
Er fühlte sich nicht etwa hilflos verzweifelt, aber sehr einsam. Er ging durch die abendlichen Straßen, wo das Menschengewühl nun seinen Höhepunkt erreicht hatte, doch seine Augen nahmen von all dem um ihn her nichts wahr. Ihm war zumute, als würde er im Hodaka den Azusa-Fluß entlang allein durch die Waldzone wandern.
Bei jeder Straßenkreuzung blieb er etwas stehen, entzog sich seinen eigenen Gedanken, sah seine Umgebung an und erkannte, daß er auf einer Straße, über die ein heftiger Wind immer wieder aufs neue herfiel, in eine riesige Menge von Männern und Frauen eingekeilt war.
Er hatte plötzlich das Gefühl, als stehe selbst Tokiwa Daisaku ihm sehr fern. Daß er mit Kamiyama von der K-Zeitung und mit Okamura von der Q-Zeitung nichts gemein hatte, war ihm gleichgültig, aber es schmerzte ihn, daß sogar Tokiwa ihm im Grunde fremd war. Tokiwa hatte gesagt, daß man die Wahrheit über jenen Vorfall nie ganz würde ergründen können. Und darin, daß mit dieser Feststellung die Angelegenheit für ihn erledigt war, lag Tokiwas Standpunkt. Sein eigener aber war, daß diese Sache für ihn trotzdem nicht abgeschlossen sein konnte! Das war der Unterschied zwischen Dritten und Beteiligten.

Es gab sicher Fälle, wo das Hanfseil nicht riß, wohl aber das Nylonseil, und umgekehrt solche, bei denen das Nylonseil nicht riß, wohl aber das Hanfseil. Uozu wollte nun unbedingt wissen, unter welchen Umständen dies jeweils so und nicht anders war. Sobald er das erkannt hätte, wäre, dachte er, Kosakas Tod nicht ganz umsonst gewesen. Als ihm Tokiwa erklärte, daß die Wahrheit über jenes Geschehen nie herausgebracht werden könne, war das für ihn ein schwererer Schlag als das mangelnde Interesse der Zeitungsredaktionen für die Untersuchung des Seilstücks. Der Tod Kosakas war während eines halben Jahres in weite Ferne gerückt und die Bedeutung jenes Vorfalls war außerordentlich klein geworden, ja erlosch!
Uozu verzehrte in einem kleinen Restaurant vor dem Bahnhof Tamachi ein Reiscurry-Gericht als Abendmahlzeit und stieg hierauf in die Kokuden-Bahn.
Um sieben Uhr kehrte er in seine Pension in Omori zurück. Als er im ersten Stock vor seiner Wohnung stand, öffnete sich ihm von innen die Tür und mit dem Gruß:
»Guten Abend!« stand Kaoru vor ihm.
»Verzeihen Sie, daß ich in Ihrer Abwesenheit hier eindrang. Ich bin erst vor etwa fünf Minuten gekommen!« sagte sie, als wolle sie sich verteidigen.
»Schon gut . . .«, antwortete Uozu nur.
Er trat ein, stellte sich neben das offene Fenster und zog, während er auf die Straßenlampen Omoris hinabsah, seinen Rock aus.
»Sie sind aber wieder sehr müde!« hörte er Kaorus Stimme hinter sich.
»Ganz und gar nicht!«
»Aber ich glaube trotzdem, daß Sie furchtbar müde sind! Auf ihrer Stirn sind zwei blaue Adern zu sehen!«
»Blaue Adern?«
Uozu drehte sich unwillkürlich dem Fensterglas zu, um sich dort anzuschauen, aber da rief Kaoru:
»Oh, verzeihen Sie! Ich habe mich geirrt! Es sind rote Adern!«
»Wie? Rote Adern?«

Er drehte sich um und sah die fast zornig blitzenden Augen Kaorus.
Der Ausdruck ihres Gesichts, das ihn da anstarrte, erschien ihm völlig anders als sonst. In dem strammen und schmalen Gesicht richteten sich die beiden Augen wie stechend auf ihn. Er bemerkte gerade, daß die Muskeln ihrer Wangen zuckten, da sagte sie:
»Verzeihen Sie. Es sind keine roten Adern – sie sind gelb!«
Und schon verzog sich ihr Gesicht zu einem Weinen.
»Was ist?« rief Uozu. »Es ist doch gleichgültig, ob die Adern rot, blau oder gelb sind!«
»Aber sie haben doch so ausgesehen! Fürchterlich kalt! – Ich mag so ein Gesicht nicht!«
Als Uozu das hörte, dachte er, daß er sich vielleicht tatsächlich rücksichtslos verhalten hatte, als er ins Zimmer trat. Er hatte das nicht im mindesten beabsichtigt, aber Kaoru war es so erschienen.
Er erklärte ihr hierauf, warum er wohl so kalt und abweisend ausgesehen hatte. Am Fenster stehend, erzählte er ihr, was er bei den zwei Zeitungsredaktionen erlebt habe. Kaoru hörte, in einiger Entfernung stehend, ihm zu, aber kaum war er fertig, sagte sie:
»Natürlich wäre es besser, die Zeitung hätte es gebracht, aber wenn das nicht geschieht, ist es ja auch nicht so schlimm, wie?«
Und sie fuhr fort:
»Mich macht vor allem traurig, daß ich Ihnen heute nicht helfen kann! Das bedrückt mich schrecklich. Ich wünsche mir so, bald so alt wie Frau Yashiro zu sein! Dann können Sie sich besser mit mir unterhalten! Jetzt fehlt mir einfach die Ruhe und Gelassenheit, wie Frau Yashiro sie hat. Und ich kann auch nicht so reden wie sie. Wenn, als Sie hereinkamen, Frau Yashiro dagewesen wäre, hätten Sie sich bestimmt anders verhalten! Sie wären nicht gleich ans Fenster gegangen und hätten ihr den Rücken zugekehrt!«
Als er Kaoru so reden hörte, fand er, daß sie nicht ganz unrecht hatte.
Falls jetzt, dachte er, Frau Yashiro in diesem Zimmer stünde, würde allein durch ihre Anwesenheit das Gefühl der Hilf-

losigkeit, das ihn quälte, auf eine sehr sanfte Weise getröstet und beruhigt werden.
»Meinen Sie nicht auch?«
»... vielleicht ...«
»...«
Kaoru blickte Uozu an, als flößte er ihr Angst und Schrecken ein, und wich dann ein paar Schritte zurück. Ihre Züge verzerrten sich häßlich und verwandelten sich schließlich in einen halb irren und geistesabwesenden Blick.
Hierauf wandte sie sich plötzlich von Uozu ab, bückte sich schweigend an der Schwelle, um in ihre Schuhe zu schlüpfen.
Uozu sah ihr betroffen zu.
»Wollen Sie gehen?« fragte er, doch dann sagte er, als hätte er erst jetzt begriffen:
»Verzeihen Sie mir, ich habe dummes Zeug geredet! Seien Sie mir nicht böse! Kommen Sie wieder herein!«
»Ich bin Ihnen nicht böse!«
Sie erhob sich, wandte sich ihm zu und sah ihn an.
»Ich bin heute abend gekommen, um mir Ihre Antwort zu holen – wegen der Heirat, über die ich damals vor der Tokusawa-Hütte zu Ihnen sprach. Aber nun möchte ich nicht mehr ...«, sagte sie mit unerwartet fester Stimme. Doch schon sah Uozu, wie die Tränen aus den Augen traten und über die Wangen liefen. Als sei ein Damm gebrochen, strömten sie unaufhaltsam herab.
Dann brach es aus ihr heraus, als wollte sie nun, da Uozu sie sogar weinen gesehen hatte, nichts mehr vor ihm verbergen:
»Ich mochte Sie gern! Ich wollte Sie heiraten! Es war nicht recht von meinem Bruder! Er hat nur immer das Beste von Ihnen gesagt! Und deswegen hatte ich mir gewünscht, sobald ich groß bin, Ihre Frau zu werden. In dieser Vorstellung bin ich aufgewachsen! Aber ich hätte Sie wohl auch gern gemocht, wenn mein Bruder nicht immer so gut von Ihnen gesprochen hätte! Gleich als ich Sie zum ersten Mal sah, war ich wie verzaubert ... Ich habe neulich meiner Mutter darüber geschrieben, und sie antwortete mir, meine Verwandten seien zwar dagegen, aber ich sollte ruhig das tun, was ich gern möchte!«

Und dann stieß sie, wie besessen, hervor:
»Mein Bruder hat sein Leben eingebüßt, weil er das tat, was er wollte. Und ich hatte mich auch entschlossen, das zu tun, was ich wollte! Aber nun ist es aus! Ich weine zwar jetzt, aber nicht deshalb, weil es mich schmerzt, Sie zu verlieren! Ich bin nur traurig, daß ich nicht sterben kann, während ich wie mein Bruder das tue, was ich will!«
In diesem Augenblick spürte Uozu, wie seine Gefühle erschreckend kalt wurden. Sein Denken war plötzlich so fröstelnd kühl, als sei das Mondlicht in seinen Kopf gedrungen.
Und dann dachte er: ›Ich muß dieses Mädchen, Kosakas Schwester, heiraten!‹
Nach einer Weile, von der er selbst nicht wußte, wie lange sie gedauert hatte, sagte er:
»Ich heirate Sie! Ich habe mir das schon lange gewünscht! Aber erst jetzt habe ich es erkannt!«
Er trat gelassen auf sie zu, hob ihr Kinn und näherte sein Gesicht dem ihren, das nun nach oben sah, und drückte stark und ruhig seine Lippen auf die von Kaoru.
Als Kaoru sich aus seinen Armen löste, war ihr ein wenig schwindlig, sie ging einige Schritte auf die andere Seite des Zimmers und blieb, mit dem Rücken zu Uozu, dort stehen.
Nach ein paar Augenblicken wandte sie sich mit verlegenem Gesicht ihm zu und sagte:
»Du brauchst dich nicht zu zwingen, mich zu heiraten!«
»Wie sollte ich mich dazu zwingen? Ich heirate dich, weil ich es möchte!«
»Wirklich?«
Forschend blickte sie in seine Augen, trat wieder auf ihn zu und erklärte ernst:
»Aber liebst du nicht eigentlich Frau Yashiro? Ich möchte nicht, daß du auch nur in einem Winkel deines Herzens an sie denkst!«
»Sei unbesorgt!«
»Darf ich das sein?« fragte sie unsicher.
»Ich kann keine Frau lieben, die mit einem anderen verheiratet ist. Es gibt Frauen, die man lieben darf und solche, bei denen dies untersagt ist. Ich wäre wohl gar nicht imstande, eine

Frau zu lieben, die ich nicht lieben darf. – Ich werde nie wieder mit ihr sprechen und sie auch nicht sehen! Das gelobe ich!«

»Wem gelobst du das?«

»Mir selber!«

»Dir selber?«

»Oder, wenn ich nicht ›mir selber‹ sagen darf: Gott!«

Kaum hatte er das ausgesprochen, erinnerte er sich, daß er dieses Wortes wegen von Tokiwa Daisaku getadelt worden war.

»Es ist richtiger, so etwas nicht Gott, sondern sich selber zu geloben! Wenn ich mich entschlossen habe, sie nicht wieder zu sehen, sehe ich sie nicht wieder! Und wenn ich mich entschlossen habe, nie mehr mit ihr zu sprechen, spreche ich nie wieder mit ihr!«

Er wollte gerade sagen, daß er, wann immer er sich bis jetzt vorgenommen hatte, einen Berg zu besteigen, er diesen Berg, mochte dieser noch so schwierig sein, auch bestiegen hatte – doch er unterdrückte das und fuhr statt dessen fort:

»Wenn ich heiraten möchte, dann heirate ich!«

»Und wenn du dir vorgenommen hast zu lieben, dann liebst du, wie?« fragte sie mit einem etwas traurigen Gesicht, fügte aber gleich hinzu: »Gut . . . ich habe nichts dagegen . . .«

Ihr Ton hörte sich fast nach einem Geschäftabschluß an. Um diesem bedrückenden Gespräch ein Ende zu setzen, umarmte er Kaoru noch einmal. Diesmal schmiegte sie ihr Gesicht an seine Brust.

»Schon gut! Ich liebe dich doch! Aber du mußt dein Versprechen halten!«

Als er statt einer Antwort sie leicht küßte, dachte er ruhig: ›Ja, ich muß unbedingt Kaorus wegen noch einmal in die Berge!‹

Er entschloß sich, sie bis zum Omori-Bahnhof zu begleiten. Sie gingen den von seiner Pension sanft hinabführenden Weg Schulter an Schulter, bis sie zur großen Straße und dann zum Bahnhof kamen, aber sie sprachen kein Wort miteinander.

Erst vor dem Bahnhofsgebäude blickte Kaoru wieder zu Uozu auf, und sie sagte:

»Also – auf Wiedersehen ...«
»Wollen wir nicht einmal zusammen in die Berge?« fragte Uozu. Er hatte, seit sie seine Pension verlassen hatten, angestrengt darüber nachgedacht.
»Ja?« rief Kaoru erstaunt, ihr Gesicht war plötzlich voller Leben.
»Wann kannst du?« fragte Uozu.
»Immer!«
»Und deine Firma?«
»Ach was, die Firma!«
Sie sprach in einem Ton, als wollte sie sagen, das sei, wenn es ums Bergsteigen gehe, überhaupt kein Problem.
»Und wohin?«
»Auf den Hodaka!«
»Oh, herrlich! Mein Bruder schaut uns dann zu!«
»Ist er wirklich zugegen?« fragte Uozu, und da bekam sie – wer weiß, wie sie das aufgefaßt hatte! – einen so roten Kopf, daß sie einem leid tun mußte.
»Auf Wiedersehen!« sagte sie und ging, als ergreife sie die Flucht, schnell in den Bahnhof hinein und durch die Sperre. Uozu blieb stehen und blickte ihr nach, bis ihre Gestalt an der zum Bahnsteig emporführenden Treppe verschwunden war, aber sie sah sich nicht nach ihm um.
Während sich Uozu wieder in seine Pension begab, hatte er das Gefühl, als trete er nun in eine völlig andere Welt ein. Er sann noch einmal über das nach, was ihm auf dem Weg zum Bahnhof durch den Kopf gegangen war. – Es ging nicht darum, die Felswand von Takitani allein zu ersteigen, diese Felswand, die am Hang der Hida-Seite der Karasawa-Route des Hodaka gegenüber lag. Da er Kaoru unmöglich mitnehmen konnte, gab es keine andere Möglichkeit, als daß sie in der Tokusawa-Hütte auf ihn wartete. Er würde von Takayama aus den Takitani allein ersteigen, bei der Hodaka-Hütte schließlich herauskommen, nach Karasawa hinabsteigen und von da aus zur Tokusawa-Hütte gelangen, wo ihn Kaoru erwartete.
Während er das dachte, nahm sein Gesicht einen strengen Ausdruck an. Es war ganz selbstverständlich, daß der Mensch

Uozu, der zur Tokusawa-Hütte hinunterstieg und dort Kaoru traf, ein ganz anderer war als jetzt. Unternahm er denn diese Klettertour nicht, um sich zu verändern? Um sich seine hartnäckige Liebe zu Yashiro Minako auszutreiben? Dies allein war doch der Grund, warum er die hohe und steile Wand des Takitani ersteigen wollte!

Er wußte nicht, wie er das Traumbild, die Vision Minako anders aus seinem Herzen vertreiben sollte. Als plötzlich der düster strenge, jedes Eindringen von Menschen entschieden ablehnende Ausdruck der Felswand an der Rückseite des Hodaka vor seine Augen trat, stieg er, als würde er diese Felswand bereits erklettern, langsam, die Augen auf den Boden gerichtet, den Hügel zu seiner Pension empor.

10. Kapitel

Die Entscheidung, ob er die Ersteigung des Hodaka von Takitani aus im Juli oder August unternehmen sollte, fiel ihm schwer. Er hatte sich zwar mit Kosaka zusammen bereits zweimal daran gewagt, aber das erste Mal, es war im März, hatten sie wegen starker Lawinen ihr Ziel aufgegeben. Das andere Mal, im August, waren sie zwar durch Steinschlag gefährdet gewesen, konnten aber schließlich den Vierten Grat des Hodaka-Gipfels ersteigen.

Uozu überlegte, daß er diesmal allein war, und er entschied sich für Anfang Juli. Es fiel in jenem Monat zwar noch viel Schnee, am Ende der Schneeschlucht öffnete sich ein Schlund, es war dort also riskant, aber Uozu konnte sich auf diese Weise den beschwerlichen Geröllabhang ersparen. Takitani ist, wie schon der Name (»Wasserfall-Tal«) besagt, ein an Wasserfällen reiches Tal. Zweifellos war die Wassermenge Anfang Juli größer als im August, und daher gab es häufiger Steinschlag, doch Uozu wollte vermeiden, auf dem sehr steilen Geröllabhang auf allen vieren herumklettern zu müssen.

Von der Hida-Seite des Hodaka-Gebirges hieß es lange Zeit, daß es sogar für Vögel schwierig sei, so hoch hinauf zu fliegen, und man hielt den Aufstieg über Takitani für besonders anstrengend. Es war ein riesiges, dunkles, in U-Form tief ausgehöhltes Tal; an seiner unteren Hälfte gab es den O-taki (»Männlicher Wasserfall«) und den Me-taki (»Weiblicher Wasserfall«), an der oberen Hälfte den Suberi-taki (»Schlüpfriger Wasserfall«), und sie alle widersetzten sich der Bezwingung. Außerdem standen auf der oberen Hälfte auch eine dunkle Steinhalde und eine tiefe Hangrinne hindernd im Weg.

Dieses Takitani-Tal war zum ersten Mal am 3. August 1925 erstiegen worden. An diesem Tag rivalisierten unerwartet zwei Kletterpartien um die Erstbesteigung. Die eine Partie stieg links an dem Otaki empor, gelangte in das Takitani-Tal, kletterte den A-Gebirgsbach entlang hinauf und erreichte den großen, tief eingeschnittenen Sattel; über Minami-dake und Yarimira kehrten sie zurück. Die andere Kletterpartie stieg auf der rechten Seite des Otaki hinauf, gelangte nach Takita, kletterte das D-Tal hinauf und kam an dem Sattel des Karasawa-dake heraus. Die erste Partie wurde geführt von Fujiki Kyuzo und anderen, die zweite von Yotsuya Tatsuyasu und Kojima Rokuro von der Berggruppe der Waseda-Universität. Von da an wurden die nächsten zehn Jahre auf dem Takitani alle möglichen Routen begangen, und schließlich gelang der Berggruppe der Waseda-Universität die vollständige Ersteigung bei tiefstem Schnee.

Bis zum heutigen Tag versuchten dann sehr viele Bergsteiger den Hodaka über Takitani zu erklettern, aber Takitani erwies sich unverändert als eine strenge, die Menschen abweisende Felswand.

Auch jetzt gab es in jedem Sommer höchstens eine Kletterpartie, die durch Einsteigen in die Schlucht auf der Rückseite des Hodaka über Otaki und Metaki emporkletterte.

Uozu hatte, solange er noch nicht selbst dort war, keine rechte Vorstellung, wie er es machen sollte, doch wollte er, wenn irgend möglich, auf der dem Otaki gegenüberliegenden Seite hinaufklettern, sich das D-Tal hinaufarbeiten und schließlich beim Chor von Karasawa herauskommen. Dieser Plan war fast waghalsig zu nennen, doch wenn er schon die Takitani-Felswand bezwingen wollte, gedachte er dies von unterhalb des Otaki und Metaki aus ordentlich zu tun. Für das Hinaufarbeiten durch das ganze D-Tal war nach seiner Meinung bei einem Alleingang diese Route am wenigsten gefährlich, die Chance des Gelingens am größten.

Er entwarf für diese Klettertour auf den Hinteren Hodaka folgendes Programm.

10. Juli nachts Abfahrt aus Tokio. In Gifu umsteigen in die Takayama-Linie; 11. Juli Mittag Ankunft am Bahnhof Furukawa, mit dem Bus über Kamioka nach Tochio und von dort aus dreistündige Wanderung zum Shin-Hodaka-onsen-Bad. Dort Übernachtung. Am Morgen des 12. Juli unterhalb der Otaki- und Metaki-Wasserfälle Beginn der Kletterpartie. Nachmittag Erreichung des Gipfels, Übernachtung in der

Hodaka-Hütte. Am 13. Juli Abstieg über Karasawa zur Tokusawa-Hütte.
Das war natürlich nur der Entwurf eines Vorhabens. Bis zum Shin-Hodaka-onsen waren keine Schwierigkeiten zu erwarten, doch nachher hing alles vom Wetter ab. Regnete es, mußte er mit dem Klettern am 12. Juli so lange warten, bis der Regen aufgehört hatte. Am Takitani hochzusteigen, war bei Regen absolut unmöglich. Da er bei dieser Route durch den reißenden Bergbach der Schlucht bis zur Hüfte im Wasser emporstieg, bestand Gefahr, daß er bei hohem Wasserstand mit fortgerissen wurde; auch mit Steinschlag mußte er dann rechnen.
War das Wetter aber schön und verlief alles planmäßig, konnte er am 13. Juli zur Tokusawa-Hütte hinunter, aber er fand es trotzdem besser, wenn Kaoru vom 13. an mit drei Tagen Wartezeit rechnete. Es genügte, wenn sie am 12. Juli morgens in Tokio abfuhr. Sie kam an diesem Tag in Kamikochi an, erreichte am nächsten Tag die Tokusawa-Hütte und wartete dort auf ihn. Trat nichts Unvorhergesehenes dazwischen, trafen sie sich in der Tokusawa-Hütte.
Nachdem er seinen Plan genügend durchdacht hatte, teilte er ihn Kaoru telefonisch mit.
»Uozu-san, ich gehe mit dir zum Tokio-Bahnhof! Bis dahin kann ich dich leider nicht mehr sehen!«
Und sie fügte fröhlich hinzu:
»Ich habe nämlich furchtbar viel zu tun! Ich mache mir ein Kleid!«
»Ein Kleid? Vergiß nicht, daß du eine Bergtour unternimmst! Bis Tokusawa mußt du acht Kilometer wandern!«
»Ich weiß – ich bereite mich ja auch für eine Bergtour vor! Aber diesmal möchte ich ganz neu in die Berge. Mit einem neuen Kleid und einem neuen Gefühl!«
Ihre elastisch schwingende Stimme brachte gleichsam die Telefondrähte zum Klingen.
Für diese Unternehmung benötigte Uozu mindestens eine Woche Urlaub. Auch in diesem Jahr wurde in seiner Firma der Sommerurlaub so geregelt, daß sich alle – Tokiwa eingeschlossen – untereinander abstimmten und jeder sechs Tage

Urlaub bekam; allerdings nahm keiner seinen Urlaub auf einmal, sondern in zwei oder drei Teilen.

Uozu hatte sich nun eigenmächtig entschlossen, vom 11. Juli an eine Woche in Urlaub zu gehen, aber es fiel ihm schwer, Tokiwa das beizubringen. Da in diesem Jahr noch niemand Urlaub genommen hatte, war er also der erste. Er hatte schon von Beginn des Jahres an höchst unregelmäßig gearbeitet, im übrigen war seine Position nur mehr die eines Beauftragten. So konnte er also keinesfalls mit selbstverständlicher Miene Urlaub fordern.

Erst als er seine Fahrkarte gekauft und auch sonst alles vorbereitet hatte, die Abreise für die übernächste Nacht bevorstand, trat er vor Tokiwas Schreibtisch, um ihn um Urlaub zu bitten.

»Herr Filialchef, es betrifft meinen Urlaub ...«, sagte er ohne Umschweife und fuhr fort:

»Könnte ich fünf Tage haben? Und wäre es möglich, daß ich sie zusammenhängend bekomme?«

»Fünf Tage? Genügt das?« fragte Tokiwa, der von seinen Papieren aufsah, gelassen.

»Ich denke, ja. Vielleicht werden es sechs ...«

Er fand das selber ein wenig unverschämt, aber es war von vornherein unmöglich, am fünften Tag schon wieder zurück zu sein!

»Das heißt, es werden wohl sechs Tage?«

Tokiwas Gesicht blieb nach wie vor unverändert.

»Tja, ich bin aber überzeugt, daß es wohl keine sieben werden!« suchte er vorzufühlen. Da begannen Tokiwas Augen zu funkeln. Es war, als sei ein schlafender Löwe erwacht.

»Das heißt also, es könnten unter Umständen auch sieben Tage werden?«

Seine Stimme klang ziemlich laut.

»Sieben Tage – das ist eine Woche! Der vierte Teil eines Monats! Außerdem: wohin fahren Sie? Falls Sie in die Berge wollen, bin ich nicht einverstanden!«

»Ich fahre nicht in die Berge!« erwiderte er. Uozu log nur selten, aber erstaunlicherweise verneinte er mit Nachdruck, in die Berge zu fahren.

»Irgendwohin aufs Land, wo es ruhig ist – ich möchte da ein Buch übers Bergsteigen schreiben.«
Daran war nur so viel wahr, daß man ihn tatsächlich vor kurzem gebeten hatte, ein Buch über das Bergsteigen zu schreiben.
»Hm, was soll denn das? Das ist doch nicht ihr Metier! Aber – na gut ...«
»Ich möchte schon übermorgen aus Tokio abfahren und bitte daher um Urlaub vom 11. an!«
»Nichts gegen Urlaub, aber ist das nicht ein bißchen früh? Könnten Sie es nicht verschieben?«
»Ich habe die Fahrkarte schon gekauft!«
Daraufhin reckte sich Tokiwa nach vorne und fragte:
»Was für eine? Zeigen Sie mal her! Doch wohl nicht nach Matsumoto?«
Uozu nahm aus der Innentasche seines Rocks die Fahrkarte und legte sie ihm auf den Tisch. Tokiwa warf einen flüchtigen Blick darauf.
»Nach Gifu?« bemerkte er lediglich und reagierte sonst nicht weiter. Er war offensichtlich der Meinung, daß für Uozu ›Bergsteigen‹ immer bedeutete, von Shinjuku nach Matsumoto zu fahren und von Kamikochi aus den Hodaka zu erklettern.
»Nach Gifu? Da habe ich auch so meine Erinnerungen ... Die Tochter eines Sakebrauers dort hat mich einmal heiraten wollen. Sie war eine phantastische Schönheit, und sie wollte unbedingt mich haben! Ich saß in einer scheußlichen Klemme! Wenn sie nicht gar so hübsch gewesen wäre, hätte ich es leichter gehabt! Aber leider war sie faszinierend schön! Ihnen ist das wohl noch nicht passiert, daß so eine Schönheit hinter Ihnen her war – für den Betroffenen ist es jedenfalls eine Katastrophe!«
Da Tokiwas Stimme immer lauter und vernehmlicher geworden war, hörte man in dem Büro einige der Angestellten kichern.
»Aber das war doch ein Jammer! Hätten Sie sie doch geheiratet!«
»O nein, das ging ja nicht! Ich war damals schon mit meiner

jetzigen Frau verlobt. Ich war in meine Frau zwar gar nicht so leidenschaftlich verliebt, aber wir waren verlobt. Meine Frau ist mir aber noch heute dankbar!«
Da plötzlich veränderte Tokiwa schlagartig seinen Ton und sagte:
»Also, fahren Sie nach Gifu! Der Urlaub beträgt fünf Tage! Ich will aber, daß Sie am sechsten Tag auf jeden Fall wieder in der Firma sind!«
Dagegen war kein Einspruch mehr möglich. Uozus Urlaub betrug also fünf Tage.

Am Tag seiner Abreise verließ Uozu seine Pension um sieben Uhr abends. Der Zug, ein Schnellzug, fuhr zwar erst um 11 Uhr ab, aber Uozu hatte mit Kaoru verabredet, sie um acht Uhr am Bahnhof Yurakucho zu treffen und mit ihr zusammen abendzuessen.
Das Gepäck machte er so klein wie nur möglich. Was er zum Umziehen brauchte und alles, was nicht unmittelbar zum Klettern nötig war, ließ er Kaoru zur Tokusawa-Hütte bringen und hatte es in ein Furoshiki-Tuch gepackt. Er selber nahm nur einen kleinen Rucksack und einen Pickel. Da er vielleicht unter dem Wasserfall hindurchschlüpfen mußte, wählte er als Rucksack einen mit gummierter Innenschicht, so daß er wasserdicht war.
In den Rucksack tat er außer Waschzeug ein Unterhemd und eine Unterhose aus Wolle, eine Wegkarte, einen Kompaß, einen kleinen Feldkessel und eine Feldflasche, sodann ein zwanzig Meter langes Seil, Hammer und Meißel und zwei Mauerhaken.
Uozu stieg in Yurakucho aus, verließ den Bahnhof durch den Hauptausgang, und da kam bereits Kaoru auf ihn zu.
»Oh, du siehst ja ungewöhnlich aus!« begrüßte sie ihn lachend. Eine Bergsteigerkluft fiel im Gebirge natürlich nicht auf, aber in der Großstadt richteten sich alle Augen auf ihn.
Er übergab ihr das Furoshiki-Tuch.
»Es gibt in dieser Gegend eigentlich nur ein einziges Lokal, wo man in diesem Aufzug essen kann!« sagte er, bog in eine schmale, gleich in der Nähe des Bahnhofs liegende Gasse mit

lauter Restaurants und trat in eines, das ungefähr in der Mitte lag.
Die Sitze waren dort alle um einen Oden-Kochtopf angeordnet, und es waren drei, vier Gäste da. Aber Uozu ging durch einen hinten herum führenden schmalen Gang, zog da, wo dieser zu Ende war, seine Schuhe an der Schwelle aus und stieg die in den ersten Stock führende Treppe hinauf. Kaoru folgte ihm.
Bevor er in die Berge fuhr, aß Uozu eigentlich immer besonders gut, um sich zu stärken, und meist tat er das im Hamagishi in der Ginza, doch an diesem Tag mied er dieses Lokal. Seit er einmal mit Tokiwa dort gewesen war, tauchte dieser offenbar gelegentlich allein dort auf, und Uozu wollte es lieber nicht wagen, mit ihm heute, zumal in dieser Aufmachung, zusammenzutreffen.
Im ersten Stock gab es je einen Gastraum von sechs und viereinhalb Matten Größe. Beides waren Schlaf- und Aufenthaltsräume für das Besitzerehepaar von mittlerem Alter sowie für die beiden Dienstmädchen, manchmal ließen sie jedoch auch Stammkunden hinein, vor denen sie sich nicht zu scheuen brauchten.
In dem auf die Straße hinausgehenden sechs Matten großen Zimmer befand sich ein kleiner Toilettenspiegel und ein Schränkchen für Teegerät; es machte überhaupt nicht den Eindruck, daß es als Gästezimmer benutzt wurde, doch stand in der Mitte immerhin ein Tisch. Da Kaoru so etwas zum erstenmal erlebte, stand sie etwas unruhig am Fenster, doch nachdem ein junges Mädchen Bier und grüne Soyabohnen serviert hatte, setzte sie sich, durch den Tisch getrennt, Uozu gegenüber.
»Ich glaube«, sagte Uozu, »hier sind wir heute besser als sonstwo aufgehoben ...«
»Ja ...«, erwiderte Kaoru vage.
»Wenn wir verheiratet sind, wird unsere Wohnung zunächst ja wohl auch so ein Zimmer wie dieses da sein ...«, meinte Uozu nach einer Weile.
Weil das Dienstmädchen in der Nähe war, sah Kaoru mit etwas steifer Miene erneut um sich. Jedesmal wenn die Straßenbahn vorbeifuhr, bebte das Häuschen.

Kaoru trank zwei Glas Bier. Beim ersten spürte sie überhaupt nichts, aber als sie das zweite Glas halb ausgetrunken hatte, war ihr Gesicht dunkelrot geworden.
Uozu fand Kaoru an diesem Abend überraschend schweigsam. Sie hatte das letzte Mal überaus kühn und mutig geredet, heute kam sie ihm jedoch wie ein völlig anderer Mensch vor.
»Du siehst fast ein wenig bedrückt aus«, sagte er zu ihr. »Fühlst du dich schlecht«?
»O nein.«
Sie schüttelte den Kopf mit einem Ausdruck fester Entschlossenheit.
»Ich bin so glücklich! Und heute abend habe ich das erstemal begriffen, daß man, wenn man wirklich sehr glücklich ist, lieber schweigen möchte!«
Uozu dachte, daß er ein so liebreizendes, schönes Wesen sicher lieben würde – ja, es wohl lieben müsse.
Während sie aßen – Schweinebraten, Oden, geriebene Yamswurzeln – bewegten sie, fast wortlos, ihre Eß-Stäbchen. Kaoru war vor Glück schweigsam geworden, Uozu wurde schweigsam, weil er sich gelobt hatte, glücklich zu werden.
Um einhalb 11 Uhr standen beide auf. Kaoru reichte, während sie gleichzeitig etwas nach hinten auswich, Uozu ihre Hände hin, als wollte sie ihn um einen Händedruck bitten. Uozu streckte, so wie es von ihm gewünscht wurde, seine Arme aus und ergriff ihre weichen, schmalen Hände.
»Am 13. warte ich also in der Tokusawa-Hütte auf dich! Komm gesund herunter! Ich werde so glücklich sein ...! Ich habe mir eigens ein neues Kleid dafür gemacht! Es ist ein bißchen bunt – vielleicht magst du es gar nicht?«
Dann zog sie, als sei sie über irgendwelche Geräusche auf der Treppe erschrocken, die Hände wieder an sich und sagte:
»Also, gehen wir! Es wäre schrecklich, wenn du den Zug versäumtest!«
Das nahm Uozu als Zeichen ihres endgültigen Aufbruchs, er nahm seinen Rucksack auf, den er in eine Ecke gestellt hatte.
Mit dem Taxi fuhren sie von Yurakucho zum Hauptbahnhof.

Der Zug stand bereits da. Sie gingen nach vorne, wo sich die Schlafwagen dritter Klasse befanden.
Uozu stieg schnell ein, kam aber sofort wieder auf den Bahnsteig. Kaoru streckte ihm gleich beide Hände entgegen. Uozu erschien ihr Verhalten fast etwas kühn. In der Nähe standen viele Passagiere und Leute, die gekommen waren, von ihnen Abschied zu nehmen.
Uozu nahm mit einer Beherztheit, die ihm auch jetzt gleichsam abgenötigt wurde, Kaorus Hände in die seinen. Dann ließen sie sich schweigend wieder los.
Als der Zug abfuhr, sah Uozu noch aus dem Wagenfenster. Kaoru lief auf dem Bahnsteig eine Weile nebenher und rief noch:
»Also am 13.!«
Schließlich blieb sie stehen und winkte mit ihrer Rechten Uozu heftig nach.

Uozu fuhr vom Bahnhof Furukawa mit dem Bus nach Tochio. Von dort aus wanderte er drei Stunden lang und kam am Abend – es war der 11. Juli – in dem Quellbad Shin-Hodaka-onsen an, das nur ein einziges Haus zwischen Bergen am Kamata-Fluß war. Er tauchte in die dicht am Flußufer hervorsprudelnde heiße Quelle und ging bald schlafen. Er war der einzige Gast.
Am nächsten Tag wachte er um fünf Uhr auf. Gemischt mit dem Rauschen des Gebirgsbachs vernahm er Vogelstimmen. Er stand sofort auf, ging aus dem Haus und wusch sich in dem eiskalten Kamata-Fluß das Gesicht. Hierauf frühstückte er eilig, packte seinen Rucksack, stieg zum Vorflur hinab und schnürte sich dort die Stiefel. Es war zehn Minuten vor sechs Uhr.
Er hatte gerade seinen Rucksack geschultert, da erschien der Besitzer des kleinen Gasthofs. Er gehörte zu jenen Bergsteigern, die unter der Führung von Fujiki Kyuzo die Takitani-Wand zum erstenmal erstiegen hatten; er war damals in seinen kräftigsten Jahren gewesen, doch nun schon etwa sechzig Jahre alt. Der ehemals lebensprühende Bergführer hatte, wie es bei Männern dieses Berufs oft ist, jetzt ein fast

bitter vergilbtes Gesicht und darin zwei freundliche, kleine Augen.

»Seien Sie vorsichtig beim Klettern! Sie machen das zwar schon zum drittenmal und da brauche ich mich eigentlich nicht um sie zu sorgen – und doch . . .«

Von diesen Worten begleitet, verließ er das Haus. Der Himmel war angenehm klar. Bis zur Mündung unterhalb des Otaki- und Metaki-Wasserfalls war es nicht sonderlich steil, man brauchte im allgemeinen vier Stunden, doch Uozu wollte es in drei schaffen.

Er ging am linken Ufer des Kamata-Flusses entlang durch die Waldzone. Das war also, dachte er, seine erste Bergtour, nachdem Kosaka verunglückt war. Ein halbes Jahr war seitdem verstrichen. Falls Kosaka noch lebte, würde er jetzt mit ihm zusammen hinaufklettern, aber er war allein . . .

Als er bei der Mündung der beiden Wasserfälle in den Kamata-Fluß ankam, nahm er den Rucksack von der Schulter und ruhte kurz aus. Es war 9 Uhr. Er rauchte eine Zigarette und erhob sich gleich wieder.

Von da an wanderte er am rechten Ufer des Flusses weiter. Dann kam ein sehr steiler Geröllabhang und nach einer Weile begann die Schneeschlucht. Hin und wieder öffneten sich Schneeschluchtspalten. Ein wenig unruhig, schritt er in der Schneeschlucht dahin, denn er wußte nicht, ob sie nicht vielleicht plötzlich einstürze. Das Rauchen des unterhalb der Schneeschlucht vorbeifließenden Baches hörte sich unheimlich an.

Von der Mündung der beiden Wasserfälle an beschleunigte er seine Schritte und kam nach einer halben Stunde unterhalb des Otaki-Wasserfalls an. Es war ein überwältigender Anblick, wie der sechzig Meter hohe Wasserfall herniederdonnerte. Die Wassermenge war ziemlich groß. Vor dem Wasserfall bildete die Schneeschlucht eine bogenförmige Schneebrücke.

Hier, wie eingehüllt von dem Lärm des Wasserfalls, gönnte sich Uozu eine kurze Pause. Nach seinem Plan sollte er hier mittagessen, aber er verspürte keinen rechten Appetit und trank nur einen Schluck Kakao aus der Feldflasche, hierauf rauchte er eine Zigarette.

Für die Bewältigung des Otaki erschien ihm auf Grund seiner beiden bisherigen Erfahrungen eine gute Stunde als ausreichend. Wie das letztemal wollte er zunächst von der linken Seite des Metaki-Wasserfalls her die rechte Seite des Otaki-Wasserfalls hinaufsteigen. Die Felswand war zwar mit Takekamba-Gesträuch bewachsen, aber er hielt es zum Anhalt beim Klettern nicht zuverlässig genug.
Er erhob sich und sah eine Weile zu dem feucht schimmernden großen Felsen hinauf, den zu erklettern er sich vorgenommen hatte. Wie immer vor einem schwierigen Unternehmen, fühlte er sich von einer starken Erregung gepackt, die er fast als Lähmung seines ganzen Körpers empfand, und er wurde sonst auch etwas gesprächiger, doch heute fehlte ihm der Partner. Er sog den Rauch der letzten Zigarette, die er sich jetzt gestattete, ruhig ein.
Als er auf die Uhr sah, war es zwanzig Minuten nach 9 Uhr. Vorsichtig ließ er sich zwischen die Felsen hinunter in den Schlund, der sich zwischen Felsen und Schneeschlucht öffnete. Nach diesem gefährlichen Wagnis klammerte er sich mit großer Mühe an der gegenüberliegenden Felswand fest. Dann suchte er langsam einen festen Halt für seine Füße und kletterte empor.
Nach zwanzig Minuten war er völlig durchnäßt. In dem mit Moos bedeckten, glatten Felshang streckten Nanakamado ihre Wurzeln aus, aber sobald er daran zog, lösten sie sich leicht, ihnen war als Halt also nicht zu trauen. Auch das Moos ging, wenn man daran zog, in einer Größe von etwa einem Quadrat-Shaku los.
Die Sprühtropfen des Otaki-Wasserfalls fielen ständig wie Regen auf ihn herab. Die Kälte des aufgetauten Schneewassers war für Uozu, der jetzt bis zur Hüfte im Wasser stand und auch seine Hände hineinhalten mußte, um unerträglichsten.
Nachdem er die dreißig, vierzig Meter hohe Felswand, über die das Wasser herabfloß, hinaufgeklettert war, erreichte er eine kleine Terrasse. Erleichtert atmete er auf und ruhte sich aus. Er befand sich etwa auf halber Höhe des Otakifelsens, aber er konnte sich nicht lange verschnaufen. Er fühlte sich am ganzen Körper kalt wie Eis.

Er stieg weiter. Nun kletterte er, sich an dem Takekamba-Gebüsch festhaltend, etwas quer nach rechts. Und nach einer halben Stunde stand er endlich oberhalb des Otaki-Wasserfalls.
Der Platz, auf dem er stand, war mit Gras bewachsen, das ihm bis zur Brust reichte, und ziemlich flach. Bei dem Gedanken, daß er dies jedenfalls geschafft habe, atmete er erleichtert auf. Es war – planmäßig – zwanzig Minuten nach 10 Uhr. Doch als er an die Verhältnisse auf dem Suberitaki dachte, fühlte er sich beunruhigt und war außerstande, sich sorglos auszuruhen. Er zog Strohsandalen an, steckte den Karabiner in seinen Gürtel, tat drei Haken daran und nahm den Hammer über die Schulter.
Als er von dem mit Gras bewachsenen Platz zum Tal hinunterblickte, sah er, daß dort das ganze Tal tief unter Schnee begraben lag. Die Tallinien wurden immer schmaler, und als er nach oben sah, wölbte sich die Schneeschlucht in einer Kurve nach oben.
Zwanzig Minuten lang schritt er durch die Schneeschlucht. Dann erreichte er den Saum des Suberitaki. Es sah hier aus, als seien es mehrere Wasserfälle, ja, noch besser nannte man dies weniger Wasserfälle als einen Fluß, der eine außerordentlich steile Felswand mit toller Kraft hinunterstürzte. Die Felsen an beiden Ufern waren schwarz, und aus dem Wasser sprühte Gischt empor. Zahllose kleine, schwarze Schmetterlinge flogen über das ganze Tal.
Uozu überlegte, während er sich etwas erholte, wie er am besten weiter vorgehen sollte. Dieser Wasserfall war in seinem oberen Teil nach links gekrümmt, und die letzten zwanzig Meter des Felshangs waren steil und boten wohl die allergrößte Schwierigkeit. Außerdem war die Felsbeschaffenheit morsch. Da Uozu vor drei Jahren zusammen mit Kosaka hier hinaufgeklettert war, wußte er, daß es, sobald er diesen letzten Steilhang bezwungen hatte, plötzlich hell vor ihm werden würde. Das schmale Tal war hier zu Ende. Und der Ort, wo die Bergbäche zusammenflossen, war dann in fast greifbarer Nähe.
Uozu ruhte sich zehn Minuten aus und erhob sich. Er war

entschlossen, zunächst ein Drittel des rechten Ufers des Wasserfalls in der Höhe zu umgehen. Als ihm dies gelungen war, stieg er zu dem Rand des Wassers hinab.
Dort angekommen, sah er plötzlich einen rostigen Haken liegen. Er hob ihn auf und betrachtete ihn. Nach der jetzt üblichen Form und Größe zu urteilen, handelte es sich um einen schon ziemlich alten Haken.
Uozu stieg, während ihn der Wasserstaub bespritzte, wieder das Tal entlang hinauf. Nach einer Weile traf er eine Stelle, wo es keinen Halt mehr für seine Hände gab, und er auf die bisherige Art nicht weiter kam. Es war dies etwa auf dem mittleren Teil des Wasserfalls. Er schlug einen Haken ein, stützte seine Füße darauf und stieg daran weiter empor. Als er die letzten zwanzig Meter der großen Steilwand, die ihm das vorige Mal unüberwindliche Schwierigkeiten bereitete, hinter sich gebracht hatte und oberhalb des Suberitaki stand, war es genau 12 Uhr.
Von hier aus bot sich die Natur seinen Augen völlig verändert dar. Er konnte herrlich weit sehen, und vor ihm erstreckte sich fächerförmig ein weites, schneebedecktes Plateau. Klettermäßig gab es keine Schwierigkeiten mehr, doch barg die vor ihm liegende Strecke besondere Gefahren.
Er ruhte sich an der Mündung der Wasserfälle zum erstenmal besonders lange aus, aß einen Kloß aus gekochtem Reis, Rindfleisch und Pfirsiche aus Konserven, dann trank er noch ein Glas Kakao und rauchte eine Zigarette. Als er damit fertig war, zog er die Strohsandalen aus und seine Stiefel wieder an. Dann nahm er das D-Tal in Angriff. Er kletterte den Geröllhang an der rechten Seite hinauf, wo die Spitze des Vierten Grates sich wie ein Katzenschwanz krümmte und in die Weite dehnte.
Den Geröllhang stieg er in über einer Stunde hoch, dann kam wieder eine Schneeschlucht, und dort legte er nochmals eine kleine Pause ein. In seiner Nähe strömte nun leicht der Nebel dahin. Da er noch einen langen Weg vor sich hatte, fand er es sicherer, sich zu beeilen. Er mußte für das Übersteigen der Schneeschlucht eine Stunde rechnen.
Die ersten zwanzig Minuten ging er über den an der Schnee-

schlucht entlangführenden Geröllhang auf der linken Seite. Schließlich hatte dieser Geröllhang ein Ende, und er konnte nur mehr in der Schneeschlucht weiterkommen. Auch hier ruhte er sich ein wenig aus. Es war vierzig Minuten nach 2 Uhr. Der Nebel verschwand gelegentlich, kam aber wieder.

Der Schnee in dieser Schlucht war hart gefroren. Gedankenlos hielt Uozu die Füße in Bewegung. Mitten im Hinteren Hodaka-Gebirge, wo keine Menschenseele war, stapfte er mit seinen Füßen dahin, die ihm erst jetzt schwer geworden waren. Er stieg die Schneeschlucht bis zu Ende. Es war einhalb 4 Uhr. Der Nebel war inzwischen noch viel dichter geworden. Ohne sich noch einmal auszuruhen, stieg Uozu am Ende der Schneeschlucht nach rechts hinauf und kletterte dann nach oben weiter. Als er schließlich am Ende des Hangs angelangt war, öffnete sich ein Graben vor ihm.

Hier bot sich seinen Augen wieder ein völlig anderes Aussehen des Tales. Ohne sich auch nur einen Augenblick zu verschnaufen, überblickte Uozu das längliche, mürrisch dreinsehende D-Tal, das er als den letzten schwierigen Abschnitt seines Unternehmens hinaufsteigen mußte.

Nach wie vor floß der Nebel dahin und klarte für kurze Zeit wieder auf. Uozu konnte durch Risse im Nebel den Westgrat des von rechts herandrängenden Karasawa-dake und das unsagbar launisch und verdrießlich wirkende Massiv des von links herandrängenden Fünften Grates bläulich in die Höhe ragen sehen. Das B-Tal, das er jetzt hinaufsteigen wollte, erstreckte sich eng zwischen den riesigen Bergen, die wie aufeinander getürmte große Felsen aussahen.

Um das D-Tal zu bezwingen, mußte er mit eineinhalb Stunden rechnen. Uozu rauchte hier zwei Zigaretten. Als er den Rucksack wieder auf die Schulter nahm, den Stummel der letzten Zigarette wegwarf und mit den Stiefeln austrat, drang das Geräusch des ersten Steinschlags unheimlich in seine Ohren.

Uozu ging den schmalen Graben entlang, wo mächtige Steine nebeneinander lagen. Bald hörte er wieder das Geräusch von in der Ferne herabpolternden Steinen. Sie stürz-

ten über den Hang des Westgrats des Karasawa-dake in die Tiefe.
Steinschlag verursacht ein ganz eigenartiges Geräusch, das sich nicht beschreiben läßt. Solange man selbst nicht gefährdet ist, erscheint es einem als ein klarer, wunderlich heller Laut, der etwa »kara kara« klingt und vielfältig widerhallt; befindet man sich aber selber in der Gefahrenzone, empfindet man es als ein unerträglich düsteres, widerwärtiges Geräusch. Dieses Hinunterpoltern von Steinen war nun ständig zu hören.
Der Nebel wurde ziemlich dick. Uozu konnte zwar noch den nächsten Umkreis seiner Füße erkennen, aber weiter als ein, zwei Ken vermochte er nicht zu blicken. Schritt für Schritt suchte er sich Steine, die sicheren Halt gaben. Seine Füße von einem Stein zum anderen zu bewegen, fiel ihm sehr schwer.
Nach zwanzig Minuten hielt er bestürzt inne. Zunächst erschien es ihm als ein dumpfer Laut, so als grollte die Erde, dann aber verwandelte sich das plötzlich in ein Krachen und Knirschen, als sei die Erdachse ins Schwanken geraten. Das rührte nicht daher, daß ein paar Steine hinunterpolterten. Uozu konnte des Nebels wegen nicht weiter sehen, aber das Ganze schien sich nicht allzu fern von ihm abzuspielen. Als Uozu sich das klarmachte, bemächtigte sich seiner zum erstenmal beträchtliche Unruhe.
Er ging weiter.
Die Aussicht, daß der Nebel sich hob, wurde immer geringer. Uozu schritt mitten durch diesen Nebel und starrte dabei unverwandt auf die Steine zu seinen Füßen. Ständig drang aus der Ferne der Lärm herabpolternder Steine, doch war dies nicht so laut, daß er stehengeblieben wäre.
Nachdem er noch einmal zehn Minuten gegangen war, schreckte er aber erneut zusammen. Nun hörte er den Steinschlag plötzlich in ziemlicher Nähe, und dieses Geräusch hielt ohne Unterbrechung an. Er wußte nicht, ob es vor oder hinter ihm war, aber er hatte den Eindruck, daß viele Dutzende von großen Steinen, einer nach dem andern, in endloser Folge hinunterpurzelten.

Schließlich war dieser widerliche Lärm vorbei. Uozu blieb noch immer stehen. Ging er jetzt weiter, mußte er damit rechnen, daß er selber in einen solchen Steinschlag geriet. Er befand sich in dem D-Tal, für das er sich eineinhalb Stunden vorgenommen hatte, noch keine vierzig Minuten, also hatte er die Hälfte noch nicht hinter sich gebracht. Falls er aus der Gefahrenzone heraus wollte, mußte er schleunigst umkehren.

Als er das eben überlegte, fiel ihm Kaoru ein. War sie gerade in Kamikochi angekommen oder wanderte sie von Kamikochi durch die Waldzone zur Tokusawa-Hütte? Ungefähr um diese Zeit mußte das wohl sein. Nachdem er so an Kaoru gedacht hatte, setzte er seinen Weg fort. Doch war er seltsamerweise jetzt kühn und mutig geworden. Auch Kaoru schritt ja jetzt dahin! Also mußte auch er weiter! So etwa fühlte er.

Zu seinen Füßen lagen große und kleine Steine durcheinander. Seine Füße von einem Stein zum andern zu bewegen, war außerordentlich schwierig. Denn sobald er auf einen Stein trat, begann sich dieser unter Uozus Gewicht wackelnd hin und her zu bewegen.

Uozu ging weiter. Dabei vernahm er pausenlos, in der Ferne wie auch ziemlich nahe, das Geräusch von kleinen herunterpolternden Steinen. Er hatte das Gefühl, als würde Kaorus schlanke Gestalt aufrecht, zu ihm hersehend, auf ihn zukommen.

Kaoru wachte über ihn. Mit dieser Vorstellung setzte Uozu eifrig einen Fuß vor den anderen.

Unversehens war ihm, als schritte er im Dunkel der Nacht allein dahin. Nur daß er das Weiß der Steine zu seinen Füßen sah, erinnerte ihn, daß Tag war.

Wieder, das wievielte Mal wohl schon, blieb er erschrocken stehen. Anders als bisher hörte er nun nicht das Geräusch zahlloser Steine, doch polterten in unmittelbarer Nähe einige kleine Steine herunter. Sie fielen, als würden sie auf Uozu zielen. Er mußte befürchten, daß auch er davon getroffen würde. Schließlich hörte es sich an, als schlügen die Steine etwa zwanzig Meter von ihm entfernt auf.

Uozus Körper war steif vor Angst; er dachte, während er dastand, daß, falls er weiterging, höchste Gefahr für ihn bestand.
So änderte er plötzlich seine Richtung und ging den Weg, auf dem er gekommen war, wieder zurück. Doch als er sich dessen bewußt wurde, kam ihm der Gedanke, daß er auf keinen Fall umkehren durfte.
Er blieb stehen. Mit einem Male hatte er das Gefühl, eine solche Umkehr würde seine Rückkehr zu Yashiro Minako bedeuten. Selbstverständlich hatte sie nur den Sinn, daß er sich aus der Gefahrenzone brachte, aber auf diesen Gedanken kam er jetzt gar nicht.
Er blieb mitten im Nebel stehen und überlegte. Kehrte er um, entschied er sich für Minako, ging er weiter, entschied er sich für Kaoru. Und je länger er dies dachte, desto glaubwürdiger erschien es ihm.
Er mußte weiter, vorwärts gehen. Er hatte, fand er, überhaupt keine andere Wahl, als weiter zu klettern. Er mußte zu Kaoru. War er denn zu dieser schwierigen, außerordentlich gefährlichen Bergtour nicht deswegen aufgebrochen, um sich das Wahnbild Minako aus dem Herzen zu reißen?
Ob er umkehrte oder weiterging, die Gefahr des Steinschlags erschien ihm ziemlich gleich.
Plötzlich schnupperte er mit der Nase. Eine Spur von Pulverdampf schwebte in dem Nebel an ihm vorbei. Es war der eigentümlich brenzlige Geruch, der nach einem großen Bergsturz noch lange in der Luft liegt.
Uozu änderte die Richtung und setzte seinen Weg fort. Kaoru wartete. Er mußte so schnell wie möglich zu ihr.
Plötzlich hörte er von irgendwoher das Geräusch eines starken Erdgrollens. Sich aus unendlicher Ferne nähernd, schwoll es zu immer größerer Lautstärke an, es war, als breche eine riesige Flutwelle tosend über ihn herein. Als Vorboten einer großen Steinlawine stürzte nun rechts von Uozu eine Unzahl kleiner Steine den Berghang hinunter.
Gleich einem Regen fielen sie rings um ihn herab. »Kaoru!« rief er laut. Und um zu ihr zu fliehen, rannte er in ihre Richtung – aber das dünkte ihn nur so, in Wirklichkeit konnte er

gar nicht rennen. Während er in seiner Nähe große, herunterpolternde Steine dröhnen und krachen hörte, bewegte er seine unsagbar schwer gewordenen Füße nur langsam dahin.

Am Morgen des 12. Juli stieg Kaoru in den um 8 Uhr 10 von Shinjuku abfahrenden Schnellzug nach Matsumoto. Da sie nur von Kamikochi bis zur Tokusawa-Hütte, also acht Kilometer, den Azusa-Fluß entlang zu wandern hatte, war sie nicht bergsteigermäßig gekleidet.
Sie trug zu schwarzen Slacks ein weißes Hemd und an den Füßen Caravan-Schuhe. Über die Schultern hatte sie sich einen Rucksack gehängt.
In dem Rucksack befand sich das, was ihr Uozu für sich zum Umziehen mitgegeben hatte, ferner ihr neues Kleid, ein dünner Wollsweater und Sandalen. Im übrigen hatte sie viel zu essen mit.
Von Matsumoto aus nahm sie die elektrische Bahn nach Shimajima, von dort den Bus nach Kamikochi. Sie fuhr diese Strecke nun schon zum dritten Mal. Das erstemal war, als sie auf die Nachricht von dem Unfall ihres Bruders hineilte; da der Bus damals nur nach Sawando ging, übernachtete sie im Nishiokaya und verbrachte dort, ständig in den Schneesturm hinausspähend, eine Reihe unruhiger Tage. Diese Reise war dunkel und traurig gewesen. Doch hierbei traf sie Uozu zum erstenmal, und so konnte sie das Gefühl nicht loswerden, daß ihr Bruder sie beide zusammengebracht hatte.
Das zweitemal war, als sie mit Uozu zusammen fuhr, die Leiche ihres Bruders zu suchen. Damals verbrachte sie einige Tage in der Tokusawa-Hütte. Und während sie die Farbe der Flamme anstarrte, die zu später Nacht im Wald den toten Körper ihres Bruders einäscherte, faßte sie den Entschluß, Uozu zu heiraten.
Und dieses war nun das drittemal. Jetzt war sie, dachte sie, in diesen Bus gestiegen, um ihr vor der Welt geheimgehaltenes Versprechen einzulösen, das sie Uozu gegeben hatte.

Gegen einhalb 5 Uhr erreichte der Bus die Kappa-Brücke von Kamikochi.
Sie schwang ihren Rucksack auf die Schulter und ging sofort in Richtung der Tokusawa-Hütte los. Die anderen Fahrgäste, die mit ihr ausgestiegen waren, begaben sich entweder in die Verkaufsläden des Gosenjaku-Gasthofs oder sie ruhten sich irgendwo in der Nähe aus. Nur Kaoru machte sich unverzüglich auf den Weg.
Sie wollte so schnell wie möglich in der Tokusawa-Hütte sein. Selbst wenn alles glatt und planmäßig verlief, konnte Uozu, der heute die Takitani-Wand erklettern und dann in der Hodaka-Hütte übernachten wollte, die Tokusawa-Hütte zwar noch nicht erreicht haben. Aber sie wollte trotzdem so bald wie möglich da sein, wo Uozu nach nicht allzu langer Zeit erschien.
Der Azusa-Fluß sah anders als im Frühling des letzten Jahres aus. Die Regenzeit war noch nicht zu Ende, und durch den überreichlichen Regen war der Fluß angeschwollen; so wusch das etwas trübe Wasser das eng gewordene Flußbett auf beiden Seiten aus und strömte mit reißender Kraft dahin.
Als sie an dem Teich vorüberkam, wo sie das letztemal ungeheuer viele, eben aus dem Winterschlaf erwachte Frösche erlebt hatten, schaute sie aufmerksam umher, aber sie konnte keinen einzigen Frosch mehr entdecken – wohin mochten sie wohl entschwunden sein?
Den Azusa-Fluß entlang wandernd, fand sie das Grün auf dem anderen Ufer besonders schön. Das Grün der Kesho-Weiden sah tief und kräftig aus, das der Schwarzerlen war bedeutend schwächer. Von diesen Kesho-Weiden wie auch von den Schwarzerlen hatte sie damals durch Uozu zum erstenmal erfahren.
Um 7 Uhr, als es langsam dunkel wurde, kam Kaoru an der Tokusawa-Hütte an. Weil die Saison für das Bergsteigen noch nicht begonnen hatte, gab es nur wenige Gäste, die hier übernachteten, und in der Hütte war es still.
»Guten Tag! Herzlich willkommen!« rief der Hüttenwart S aus dem Innern, sein Gesicht war so gutmütig und freundlich wie immer. Als er sah, daß außer ihr niemand mehr eintrat, fragte er zweifelnd:

»Sind Sie allein?«
»Ja, ich bin allein gekommen!« erwiderte Kaoru. Sie hatte sich wegen ihrer Verabredung mit Uozu hier bisher keine Gedanken gemacht, doch nun, da sie in der Hütte stand, fiel es ihr seltsamerweise schwer, davon zu reden.
Sie bedankte sich bei S für all seine Hilfe das letzte Mal, überreichte ihm einige Geschenke, die sie in Tokio gekauft hatte, und wurde von ihm gleich in das zuhinterst liegende Zimmer des ersten Stockes geführt.
Als die Petroleumlampe ihren Schein verbreitete, hatte sie endlich die Empfindung, daß sie sich hier fern jeder Großstadt befand. Vor dem Fenster drängte sich die tiefe Finsternis der Nacht, es war so still, daß nicht das kleinste Geräusch zu hören war und sie sich fast benommen fühlte. Ihre Waden schmerzten vor Müdigkeit.
Sie stieg sofort ins Bad und setzte sich dann an das kleine Tischchen, das ihr eine Verwandte von S mit dem Abendessen darauf hereinbrachte. Es waren gekochte Warabi, und sie schmeckten ihr herrlich.
Nachdem sie ihr Tagebuch vorgenommen und dort etwas über ihre Reise eingetragen hatte, legte sie sich unverzüglich schlafen. Damit der morgige Tag, an dem sie ja Uozu traf, schnell kam, fand sie es am besten, sich möglichst bald schlafen zu legen.
Am nächsten Morgen um 4 Uhr wachte sie auf. Draußen war es schon hell geworden, und es sangen einige kleine Vögel verschiedener Art. Ihr Gezirpe hörte sich an wie kyo-chochotsu-kyo-chottsu-chotturei.
Kaoru überlegte, daß Uozu nun wohl gerade in der Hodaka-Hütte schlief. Natürlich konnte sie sich unter dieser Hodaka-Hütte nichts Rechtes vorstellen, aber sie dachte, daß sie, anders als die Tokusawa-Hütte, auf dem Gipfel eines wirklich sehr hohen Berges liege. Dort also schlief Uozu in seiner Bergsteigerkluft, er lag mit dem Gesicht nach oben und erholte sich in einem gesunden Schlummer von den Anstrengungen des Vortags. Kaoru war von diesem Bild wie fasziniert.
Um einhalb 6 Uhr stand sie auf und stieg, um sich in dem

kleinen Bach neben der Hütte zu waschen, die Treppe hinunter. Als sie ins Freie trat, begegnete sie dem Mädchen, das offenbar erst aufgestanden war. Kaoru fragte sie, was das wohl für ein Vogel sei, der da immer kyo-chochotsu-kyo chottsu-chottsurei sang.

»Da! Sie hören ihn doch jetzt auch?« drängte sie, als das Mädchen nicht gleich Antwort gab.

Das Mädchen lauschte angespannt, den Kopf zur Seite neigend, doch sie sagte:

»Meinen Sie das chirorin-chirorin-rinrinrin?«

Tatsächlich, dachte Kaoru, als sie daraufhin noch einmal lauschte – so klang es auch. Und dann erfuhr sie von dem Mädchen, daß dieser Vogel Miyama hieß. Außer diesem Miyama sangen noch Meisen. Sie lärmten »chii-chii-chii«.

Das Wasser des kleinen Flusses war kalt, als könnten ihre Hände darin erfrieren. Als sie sich fertiggewaschen hatte und sah, wie der Myojin-dake klar in den tiefblauen Himmel aufragte, tauchte plötzlich eine Idee in ihr auf: lieber als hier zu warten, bis Uozu erschien, wollte sie ihm entgegengehen.

Nachdem sie fertig gefrühstückt hatte, stieg sie die Treppe hinunter und sagte dem Hüttenwart, sie würde eigentlich gern zum Karasawa hinaufsteigen, ob sie das wohl allein wagen könnte. Uozu erwähnte sie dabei mit keinem Wort.

»Hm . . .«, brummte er nur als Antwort.

Sobald es um Berge ging, machte S stets eine nachdenkliche Miene und äußerte sich nur vage. Nach einer Weile aber meinte er:

»Heute wird der Träger Ko von Yokoo herunterkommen, wenden Sie sich an ihn, vielleicht geht er mit!«

Ko war ein etwa 56jähriger Mann, der allerlei Transporte übernahm und auch Bergführer war, er hatte gestern von hier aus zu den acht Kilometer entfernten Yokoo-Hütte Holz geschafft und wurde an diesem Morgen zurückerwartet.

»Gibt es nach Karasawa nur einen Weg?« fragte sie, denn sie wollte auf keinen Fall Uozu verfehlen.

»Mehr oder weniger ja – es ist da nur ein Weg, den man zwischen hier und Karasawa benutzt.«

»Also ist es kaum möglich, daß man jemanden verfehlt?«

»Kommt jemand?«

»Ja, vielleicht ein Bekannter von mir, der heute von Karasawa heruntersteigt«, antwortete sie. Auch dieses Mal brachte sie es nicht über sich, den Namen Uozu zu verraten.

»Na – es passiert eigentlich kaum! Und nachdem Sie eigens bis hierher gewandert sind, sollten Sie ruhig weiter nach Karasawa. Übernachten Sie heute in der Karasawa-Hütte und kommen Sie morgen wieder hierher zurück!«

Da stand S auf, ging zum Vorflur und trat ins Freie, aber er kam gleich wieder zurück.

»Das Wetter ist ganz gut, es könnte allerdings sein, daß es nachmittags ein bißchen regnet! Gestern abend hat der Mond einen Hof gehabt!« sagte S, aber Kaoru schien es unvorstellbar, daß es am Nachmittag regnen würde. Der Himmel war blau und klar, und die Morgensonne streute hübsche, winzige Lichtpartikelchen auf die weite Gartenfläche vor der Hütte.

Kaoru ging in ihr Zimmer im ersten Stock zurück und bereitete sich für ihren Weg nach Karasawa vor. Da erschien auch schon das Mädchen und meldete, daß der Träger Ko zurückgekehrt sei.

Zehn Minuten vor 9 Uhr verließ Kaoru mit Ko zusammen die Tokusawa-Hütte.

Das Wetter war so prachtvoll wie an einem klaren Herbsttag. Vom Gipfel des Myojin-dake stiegen weiße Wolken in die Höhe. Ko erzählte, er sei 56 Jahre, doch er wirkte bedeutend jünger. Er besaß noch die schimmernde Haut eines jungen Mannes, er war mager, aber daher im ganzen elastisch, ja fast leichtfüßig beschwingt und erweckte den Eindruck, daß er, so weit er auch wanderte, nie ermüdete.

Nach fünfzehn Minuten schritten sie durch den Waldgürtel und erreichten die Shimmura-Brücke. Bis hierher war Kaoru auch gekommen, als sie nach der Leiche ihres Bruders suchten. Sie war damals über die Brücke aufs andere Ufer gegangen, doch diesmal blieben sie herüben und wanderten am linken Ufer des Azusa-Flusses entlang, immer weiter seinem Oberlaufe folgend.

Nun sahen sie einen Teil des Gipfels vom Vorderen Hodaka, und unter der Brücke rauschte der Azusa dahin. Gestern war sein Wasser trübe gewesen, aber heute sah es schön klar aus, und man konnte auf seinem Grund deutlich die Steine erkennen. Der Bergfuß am anderen Ufer war von dem üppigen tiefen Grün verschiedenster Sommerbäume eingehüllt.

Von der Shimmura-Brücke an schritten sie noch eine Weile durch die Waldzone, doch dann verließen sie diese und kamen an eine Verbreiterung des Flußufers, wo zahllose Steine umherlagen. Hier legten sie eine kleine Ruhepause ein.

»Es ist besser, dann und wann etwas zu verschnaufen, als damit zu warten, bis man erschöpft ist!« sagte Ko und erklärte ihr die nun langsam immer näher rückenden Berge. Von hier aus war der ganze Vordere Hodaka zu überblicken, der Myojin-dake war bereits in den Hintergrund getreten und ließ nur noch einen Teil von sich hervorspitzen. An den Seiten der Berge auf dem anderen Ufer zog sich die Schneeschlucht mit ihrem weißen Saum in ziemlicher Länge hin.

Von hier aus gingen sie kurze Zeit auf einem Bohlenweg, der dicht am Abgrund gebaut worden war. Als sie ihn hinter sich ließen und wieder zu dem mit Steinen übersäten Flußbett kamen, wurde außer dem Vorderen Hodaka nun noch der Vorderrand des Nord-Grats sichtbar. Hier ruhten sie sich wieder ein wenig aus. Kaoru kühlte eine Obstkonserve im Wasser, öffnete sie dann und aß das Obst mit Ko zusammen.

Darauf gingen sie zwanzig Minuten weiter und gelangten dahin, wo der Yokoo-Fluß in den Azusa mündete. Auf dessen weitem Steinfeld machten sie erneut Rast. Es war zwanzig Minuten nach 10 Uhr.

Dann wanderten sie wieder eine halbe Stunde durch die Waldzone. Unversehens verwandelte sich der Azusa-Fluß in einen Gebirgsbach, der Steine annagend dahinfloß. Auf dem anderen Ufer ragte die große Felswand des Byobu-Felsens würdevoll empor.

Nach weiteren dreißig Minuten kamen sie in das Haupttal. Es war ein Steinfeld, auf dem große Felsen durcheinander lagen, und sie nahmen, während sie zu der Felswand des unmittelbar vor ihren Augen aufragenden Hinteren Byobu-Felsens emporsahen, eine kleine Mahlzeit ein.

Ko erklärte Kaoru, daß ihnen jetzt bis zum Karasawa ein ziemlich steiler Aufstieg bevorstehe, er das allein in eineinhalb Stunden schaffen würde, doch sie müßten, da sie, Kaoru, derlei nicht gewohnt sei, wohl mit drei Stunden rechnen. Kaoru aber dachte, daß sie während dieser drei Stunden sicher Uozu treffen würden, der von oben herunterkam. Oh! was er wohl für ein verblüfftes Gesicht machte, wenn er ihr nun so unerwartet begegnete!

Sie brachen um einhalb ein Uhr auf. Nachdem sie den Fluß durchquert hatten, wurde der Weg sofort steil. Kaoru strengte es ungeheuer an. Endlos lange zog sich dieser außerordentlich steile, mit Steinen übersäte Weg fort.

Ko nahm ihr den Rucksack ab, doch nach zwei, drei Minuten ging ihr trotzdem der Atem aus. Als täte sie ihm leid, hielt Ko immer wieder an, stieg wieder ein wenig und legte eine neue Pause ein.

Der schmale Weg zog sich immer weiter den Hang hinauf. Rechts davon gähnte ein Abgrund, sehr tief unten erstreckte sich weithin das öde, einsame Haupttal, das Flußbett war deutlich zu sehen.

Ko hielt nun gewissenhaft alle fünf Minuten inne und wies Kaoru dann auf allerlei kleine Pflanzen wie etwa das Kinugasa-Gras und Warabi zu ihren Füßen hin. Die Bergkirschen begannen zu blühen. Obwohl in der Großstadt schon Sommer herrschte, war hier Frühlingsanfang.

Jedesmal wenn sie sich ein wenig ausruhten, dachte Kaoru an Uozu. Falls er, wie geplant, in der letzten Nacht in der Hodaka-Hütte übernachtet hatte, stieg er am Vormittag zum Karasawa hinunter, und selbst wenn er sich sehr ausgiebig ausgeruht hatte, mußte er bald hier auftauchen.

Sie waren erst eineinhalb Stunden gestiegen, da packte Kaoru plötzlich der Drang, von Uozu zu reden. Sie war nicht etwa beunruhigt, aber sie fühlte eine seltsame, schwer benennbare Nervosität, die sie glauben ließ, sie könnte Uozu vielleicht nie treffen, wenn sie ihn noch weiter verschwieg.

»Kennen Sie eigentlich Herrn Uozu, einen Bergsteiger?« fragte sie Ko, als sie sich gerade ein wenig ausruhten.

»Herrn Uozu? Uozu Kyota?« fragte Ko sofort zurück.

»Ja! Sie kennen ihn also?«
»Natürlich kenne ich ihn! Als Herr Kosaka damals verunglückte, lag ich leider wegen einer Blinddarmentzündung zu Bett und konnte nicht helfen, aber ich kenne die Herren Uozu und Kosaka gut! Es ist ein Jammer um Kosaka! Herrn Uozu habe ich seit dem letzten Frühling nicht mehr getroffen, ich würde ihn so gern wiedersehen!«
»Das können Sie heute! Bestimmt!«
»Wie? Wirklich?«
»Er hat gestern nacht in der Hodaka-Hütte übernachtet und kommt heute zur Tokusawa-Hütte herunter. Ich bin ihm entgegengekommen!«
»Wie? Herrn Uozu?«
»Ja ... aber ich finde es jetzt schon ziemlich spät ...«
Ko ging auf diese Bemerkung Kaorus nicht weiter ein, sondern sagte: »So? Ich kann ihn also heute sehen? Da freue ich mich ...«
»Ich meine, er müßte eigentlich schon längst kommen ...«
»Sicher wartet er in der Karasawa-Hütte auf Sie!«
»Aber er weiß doch gar nicht, daß ich ihm bis Karasawa entgegenkomme!«
»Tja ... dann wird er in der Karasawa-Hütte vielleicht gerade plaudern oder seinen Mittagsschlaf halten. Das könnte ich mir bei ihm schon vorstellen!«
Diese Worte Kos beruhigten Kaoru etwas. Sie hielt es nun für durchaus möglich, daß er sich etwas ausruhte.
Sie war mit ihren Skiern zwar schon ziemlich viel im Gebirge gewesen, aber im Bergsteigen besaß sie noch keinerlei Erfahrung. Als sie jetzt mit noch etwa einer halben Stunde bis zum Karasawa rechnen mußte, überfiel sie plötzlich eine lähmende Müdigkeit.
»Es wird bald regnen! Hoffentlich kommen wir vorher noch bis zur Hütte!« sagte Ko, und als Kaoru zum Himmel aufsah, war es dort tatsächlich unversehens schwarz vor Wolken geworden, und die Bäume und Gebüsche auf dem Berghang wurden im Wind hin und her geschüttelt.
Als ein Teil der Karasawa-Hütte auf dem vor ihnen liegenden Hügel bereits zu sehen war, berührte der erste Tropfen eines feinen Regens kalt Kaorus Wange.

Die Hütte erschien nun schon ziemlich nahe, aber noch war der letzte Abschnitt dieses Steilhangs zu bewältigen. Schließlich gelangten sie an eine Stelle, wo das ganze Tal noch tief von Schnee bedeckt war, und als sie dieses Tal überschritten hatten, erstreckte sich dort ein Geröllhang. Vom feinen Regen durchnäßt, stieg Kaoru, immer wieder rastend, weiter empor.
Als sie endlich vor der Kotaku-Hütte standen und auf ihre Uhr sahen, war es 3 Uhr.
Die Hütte war in die Mitte der Mulde gebaut, die von strengen Bergen wie dem Nord-Hodaka und dem Oku-Hodaka umgeben waren. All diese Berge besaßen Schneeschluchten, die wie weiße Schleppen aussahen, lang und gewichtig.
Kaoru war von der majestätischen Strenge der Hodaka-Gipfelkette nur kurz wie hingerissen, dann öffnete sie in ihrer Sorge um Uozu sofort die Tür der Hütte und trat ein. Am Eingang befand sich ein Vorflur, und hier saßen vier, fünf junge Bergsteiger um den Ofen.
Der Hüttenwart Jin wandte Kaoru mit einem kurzem »Willkommen!« sein ausdrucksloses Gesicht zu. Er war ein kleiner Mann mit einer wollenen Mütze auf dem Kopf.
Kaoru sah umher und fragte, als sie Uozu nirgendwo entdeckte:
»Wo ist Herr Uozu?«
»Herr Uozu? Wird denn Herr Uozu hier erwartet?«
»Er soll heute von der Hodaka-Hütte herunterkommen!«
»So? Hier ist er noch nicht ...«
»Er hätte eigentlich schon am Vormittag hier eintreffen sollen ... Ob er vorbeigegangen ist?«
»Das glaube ich nicht. Wer hier herunterkommt, besucht auch die Hütte!«
»Aber ...«
Plötzlich packte sie die Angst.
Nun kam Ko wieder, der sich offenbar das Gesicht schnell gewaschen hatte und es sich nun mit einem kleinen Handtuch abtrocknete.
»Ach was! Sie brauchen sich keine Sorge zu machen! Wir wollen hier warten! Er wird gleich da sein!«

Doch Kaoru war damit nicht zufrieden. Sie nahm die Tasse Bancha-Tee, die ihr der Hüttenwart Jin auf einem Tablett gebracht hatte, in die Hände, trank einen Schluck und fragte Ko:

»Kann ich noch heute weiter zur Hodaka-Hütte?«

»Das wäre möglich . . .«

»Wieviel Stunden braucht man dazu?«

»Wenn man sich Zeit läßt, vielleicht drei. – Aber heute reichen Ihre Kräfte nicht mehr aus!«

Kaoru blickte nachdenklich und beunruhigt durch das Fenster hinaus, wo es plötzlich heftig regnete. Dann verließ sie die Nähe des Ofens und öffnete die Eingangstür. Der Regen rauschte nun ziemlich stark. Ko trat hinter sie und sagte:

»Der Regen wäre nicht so schlimm, aber – Sie können das heute beim besten Willen nicht mehr! Sie sind von 9 Uhr morgens ab immerzu gelaufen! Sie sind total erschöpft!«

Aber Kaoru fragte, ohne darauf einzugehen:

»Ojisan, sind Sie müde?«

»Ich? Nicht die Spur! Ich renne doch ständig mit mehr als zehn Kan Gewicht auf dem Buckel diese Strecke hin und her! Das war heute ein Spaziergang für mich!«

»Tja . . . Bitte, gehen Sie mit mir bis zur Hodaka-Hütte, ja?«

Da sie das sehr ernst sagte, blickte er sie überrascht an und fragte:

»Wollen Sie denn das wirklich?«

Hierauf ging er, nachdem er eine Weile geschwiegen hatte, in den Regen hinaus und sah zum Himmel empor.

»Der Regen wird bald aufhören. Die Wolken reißen auf!« sagte er, als er zu Kaoru zurückkam. Und er fuhr fort:

»Gut. Also . . : Wir wollen gehen! Aber es wird Sie furchtbar anstrengen!«

»Ja. Ich schaffe das schon!«

»Wie spät ist es?«

»Einhalb 4 Uhr«, antwortete Kaoru mit einem Blick auf ihre Armbanduhr.

»Wenn wir gehen, sollten wir es bald tun! Und dann gemächlich hinaufsteigen!«

Sie begaben sich in das Innere der Hütte, ruhten etwa zwanzig Minuten aus und gingen los. Wie Ko vorausgesagt hatte, war der Regen fast zu Ende. Der halbe Himmel war blau.
Jin begleitete sie hinaus.
»Auf der Rückkehr übernachten Sie doch hier, ja?«
»Natürlich, morgen abend – bestimmt!« antwortete Kaoru und folgte Ko. Sie stiegen von dem Plateau, auf dem sich die Hütte befand, zu der dahinter liegenden breiten Schneeschlucht. Genau auf der gegenüber befindlichen Seite erhob sich der Oku-Hodaka, und der Grat, auf dem die Hodaka-Hütte stand, erschien etwas niedriger. Fast der ganze große Hang der Hodaka-Gebirgskette war noch von Schnee bedeckt, die Geröllhänge da und dort, auf denen auch größere Steine aufragten, sahen klein und schwarz aus. Nach der Erklärung Kos stiegen sie jetzt unter Umgehung des Nord-Hodaka zu der Schneeschlucht auf und kamen, die Richtung ändernd, zu dem Geröllhang im Jutaro-Grat; daran stiegen sie dann steil nach oben, überquerten noch eine weitere Schneeschlucht und würden auf diese Weise die Hodaka-Hütte erreichen. Nach seiner Schätzung benötigten sie hierfür keine drei Stunden.
Ko überquerte mit Kaoru die hinter der Hütte liegende Schneeschlucht, und als sie auf den ersten Geröllhang gekommen waren, hielt Ko wieder alle zwei, drei Minuten inne. Kaoru aber fühlte sich, vielleicht weil sie bis aufs äußerste angespannt war, fast überhaupt nicht müde.
»Ist es hier nicht wunderschön?« fragte Ko sie jedesmal, wenn er stehenblieb. Kaoru erschien das für sie neue schneebedeckte, ungeheure Gebirgsmassiv des Hodaka zwar erhaben, aber nicht eigentlich schön. In der gewaltigen Natur kam sie sich außerordentlich klein vor, und dies verstärkte wohl die Unruhe, in der sie war.
Auf dem ersten Geröllhang wuchsen viele Haimatsu-Kiefern. Von hier aus erreichten sie die Schneeschlucht, durchkletterten sie und begannen, den Jutaro-Grat zu besteigen. Hier hatten sich viele Steine aufeinander gehäuft und Kaoru trat mit großer Präzision auf die Steine, die Ko vor ihr benutzt hatte. Bald geriet sie außer Atem, doch Ko ruhte nun, da sie

ein gutes Stück nach oben gestiegen waren, etwas aus. Auf dem Fels wuchs niedriges Takekamba-Gebüsch, und die in der spärlichen Erde zwischen den Felsen wurzelnden Nanakamado und Schwarzerlen schlugen ihre ersten Triebe.
Ko nannte ihr in einem fort die Namen der kleinen Pflanzen, die hier in den Bergen wuchsen, so Kobaikei-so, gelbes Rhododendron, Hakusanichige, Shinanokinbei, Shojobakama. Kaoru aber interessierte es nicht, welcher dieser Namen zu welcher Pflanze gehörte, sie warf jeweils nur einen kurzen Blick auf die kleinen violetten und gelben Blüten und setzte, etwas atemlos geworden, vorsichtig Fuß vor Fuß.
Nur als Ko rief:
»Da! Ein Schneehuhn!« – blieb sie stehen und blickte in die von ihm gewiesene Richtung. Sie sah einen zur Hälfte schwarzen und weißen kleinen Vogel zwischen den Felsen gleich einem Pfeil dahinschießen. Als Ko ihr etwas später zurief:
»Da! Eine Felslerche!« schaute sie überhaupt nicht mehr hin.
Nachdem sie den Geröllhang des Jutaro-Grats durchquert hatten und wieder zur Schneeschlucht hinunterstiegen, war es kurz nach sechs Uhr.
Ko legte nun gemächlich eine Pause ein. Kaoru wäre in ihrer Unruhe am liebsten sofort weitergeeilt, aber Ko war damit nicht einverstanden. Er fürchtete, es könnten in der gefährlich abschüssigen Schneeschlucht ihre Füße ins Gleiten geraten, und wollte Kaoru daher ausruhen lassen.
Kaoru empfand vor der Schneeschlucht jedoch nicht die geringste Angst. Wohl weil sie schon so viel Ski gefahren war, vermochte sie gut Gleichgewicht zu halten und fühlte sich daher nicht im geringsten unsicher. Trotzdem gehorchte sie Kos Weisung, immer in die Spuren zu treten, die er, Schritt für Schritt, vorsichtig in den Schnee gedrückt hatte.
Auf diese Weise bewältigten sie zwei Schneeschluchten. Sie hatten die zweite kaum hinter sich gebracht, da konnten sie plötzlich die kleine, feste Hodaka-Hütte sehen.
Als sie davor standen, bat sie Ko:
»Ojisan, bitte, gehen Sie zuerst hinein!«
Ihr fehlte der Mut, als erste einzutreten.

Ko tat das, kam aber gleich wieder und sagte:
»Herr Uozu ist nicht da!«
Kaoru wurde es mit einem Mal dunkel vor den Augen. Ihr war, als würde der Schnee des großen Hangs, den sie eben hinaufgeklettert war, plötzlich ins Schwanken geraten, die ganze Landschaft vor ihr erschien ihr so düster, als sei sie hellviolett eingefärbt worden.
Hinter Ko tauchte sofort der robuste Besitzer der Hütte, Herr Jin, der früher als Bergführer weithin bekannt war, auf. Er war sehr schlicht gekleidet, wie dies zu einem Mann paßte, der sein ganzes Leben in den Bergen verbringt.
»Sollte Herr Uozu denn hierherkommen?« fragte er.
»Ja!«
»Wann?«
»Sein Plan war, gestern morgen das Shin-Hodaka-onsen zu verlassen, die Wasserfälle Metaki und Otaki und dann das D-Tal zu ersteigen. Die Nacht wollte er hier verbringen!« erklärte Kaoru und blickte ihm starr ins Gesicht, damit ihr nicht die geringste Veränderung seines Ausdrucks entgehen könne.
Jin schwieg. Sein Gesicht wurde verdrießlich. Es war schwer zu sagen, was er dachte. Er sah mit gerunzelten Augenbrauen auf irgendeinen Punkt am Boden, doch schließlich sagte er:
»Tja – kommen Sie jedenfalls einmal herein!«
Innen war es dunkel. In der Mitte des Vorflurs stand ein länglicher Tisch, auf einigen Holzstühlen darum saßen einige junge Leute, wohl Studenten, und rauchten Zigaretten. Außerdem befand sich gleich rechts neben dem Eingang ein kleiner Verkaufsladen, und ein etwa zwanzigjähriges Mädchen hatte, sich wohl langweilend, eine Zeitschrift vor sich aufgeschlagen. Es waren aber nur wenige Waren zum Verkauf da, auf den Ladenbrettern lagen verschiedene Andenken-Stempel durcheinander.
Kaoru setzte sich auf einen der Stühle, aber sie kam nicht zur Ruhe. Sie bat das Mädchen um Tee, trank ihn, ging aber dann wieder hinaus vor die Hütte.
Dort befand sich ein schmales Plateau. Auf der einen Seite lag der Karasawa-Hang, den Kaoru eben heraufgestiegen

war, und gegenüber davon befand sich der Hang der Hida-Seite, wo Uozu heraufkommen mußte.
Kaoru ging bis zum Rand des Plateaus und blickte zu dem Hang der Hida-Seite hinüber. Anders als bei der Karasawa-Seite hatte sie hier keinen Überblick. Sie hörte nur das fürchterliche Rauschen eines gewaltigen Windes, der, wie es ihr schien, heraufwehte und auf halber Höhe des Hangs einen Wirbel bildete.
Sie lauschte diesem Rauschen voll Besorgnis. Sie konnte die Möglichkeit, daß Uozu etwas zugestoßen war, nicht länger mehr ausschließen.
Der Landschaft selbst schenkte sie keinerlei Beachtung. Sie hörte ausschließlich auf den Wind. Obwohl er auf dem Plateau nicht zu spüren war, stöhnte und brüllte er an dem Hang der Hida-Seite. Ihren Ohren klang das, als würden Hunderte von bösen Geistern wütend aufeinander losschreien.
Wie lange sie dagestanden hatte, wußte sie selber nicht, da streckte Ko seinen Kopf aus der Tür der kleinen Hütte und rief ihr zu: »Ihr Bad ist fertig!«
Kaoru verspürte nicht die geringste Lust, aber sie merkte nun doch, daß sie am ganzen Körper eisig kalt war, und daher begab sie sich in die Hütte zurück.
Als sie eintrat, war sie über den Anblick, der sich ihr da bot, verblüfft. Jin, die Studenten und auch Ko, alle banden ihre Nagelschuhe, rollten ein Seil zusammen, befestigten sich eine Taschenlampe an der Stirn, machten sich also zum Aufbruch bereit. Die ganze Hütte war von Spannung erfüllt. Sie wollten alle fort, Uozu zu suchen.
»Ich danke Ihnen!« sagte Kaoru kurz, aber sonst kam ihr kein Wort mehr über die Lippen. Jin, Ko, die Studenten, sie alle machten sich, wortkarg und mit energischen Bewegungen, fertig und dann verließ einer nach dem andern die Hütte.
Ko erschien den Augen Kaorus gar nicht mehr der gleiche Mensch, der sie vorher heraufgeführt hatte. Er kam ihr vor, als sei eine metallische Verstärkung durch seinen schmalen Körper gezogen worden, und auch sein Gesicht verriet kraftvolle Gespanntheit.

»Baden Sie, essen Sie und gehen Sie dann schlafen!« sagte er zu ihr. »Ich glaube, daß Herr Uozu aus irgendeinem Grund von Shin-Hodaka-onsen gar nicht aufgebrochen ist! Aber um uns zu vergewissern, wollen wir jetzt den halben Weg zum D-Tal gehen. – Sie brauchen sich also keine Sorgen um Herrn Uozu zu machen! Wirklich nicht!«
Hierauf trat er als letzter aus der Hütte.
Kaoru und das Mädchen begleiteten die aufbrechende Gruppe bis vor die Türe hinaus. Unversehens war alles ringsum dunkel geworden, da und dort am Himmel begannen ein paar Sterne zu blinken.
Die Gruppe stieg auf ihrem Weg zum Karasawa-dake den Hang unmittelbar hinauf. Während Kaoru noch einige Taschenlampen blitzen sah, entfernten sich die Männer langsam, und schließlich waren sie von der lackschwarzen Finsternis verschluckt. Kaorus Ohren hörten wieder das Brüllen des Windes auf dem Hang der Hida-Seite.
»Eine Weile ist es jetzt dunkel, aber bald scheint der Mond!« sagte das Mädchen zu ihr. »Gestern abend ist er um acht Uhr schon herausgekommen!«
Von Uozu sprach sie mit keinem Wort. Sie versuchte, Kaorus Aufmerksamkeit abzulenken. Auch Kaoru sprach nicht über Uozu. Sie wußte genau, daß sie, sobald sie daran rührte, die ungeheure Spannung in sich nicht länger ertragen könnte.
Dann stieg sie ins Bad, für das Regenwasser erhitzt worden war, und aß hierauf an dem Tisch im Vorflur die Abendmahlzeit, die ihr das Mädchen brachte. Kaoru erschien ihr eigener Schatten, den das Lampenlicht auf den Flur warf, unheimlich.
Wie das Mädchen vorausgesagt hatte, kam am Gipfel des Byobu-Berges der Mond schon bald hervor. Dank seinem Lichte war der ganze düstere, große Bergklumpen ausgezeichnet sichtbar, die verschiedenen Berge erschienen schwarz, die Schneeschluchten blau und überscharf deutlich.
»Im ersten Stock ist Ihr Bett. Legen Sie sich doch schlafen!« war sie von dem Mädchen schon ein paarmal aufgefordert worden, aber sie antwortete stets, sie sei nicht müde und wolle lieber im Vorflur aufbleiben. Sie redete umgekehrt dem Mädchen zu, sich auszuruhen.

Nachdem sich das Mädchen gegen 10 Uhr in das Hinterzimmer zurückgezogen hatte, befand sich Kaoru im Vorflur allein.
Irgendwann war sie eingeschlafen, aber dann wachte sie erschrocken auf. Die Lampe war fast ausgegangen und dunkel. Als Kaoru auf die Uhr sah, war es 2 Uhr. Sie begab sich vor die Hütte. Der Mond stand senkrecht über ihr. Die Stille der tiefen Nacht hier auf einem Gipfel der hohen Berge ergriff ihr Herz.
Da sie nun einmal aufgewacht war, schlief sie nicht mehr ein, sondern blieb, auf den Tisch gestützt, wach. Sie spürte, wie eisig die Frostkälte auf sie eindrang, aber sie kümmerte sich nicht weiter darum. Als sie jedoch gewahr wurde, wie sie am ganzen Körper vor Kälte zitterte, schritt sie neben dem Tisch auf und ab.
Sie hatte alles, was sie an Kleidung in ihrem Rucksack besaß, schon angezogen, und so wirkte ihre Gestalt unförmig dick.
Um 4 Uhr, als das weißliche Licht der Morgendämmerung über allem schwebte, kam einer der zur Suche aufgebrochenen Studenten zurück.
Kaum hatte Kaoru gemerkt, daß jemand von draußen die Tür aufdrückte, stand sie sofort auf. Der Student blieb am Eingang stehen und sagte lediglich:
»Hier bin ich wieder ...«
Sein Ton war ruhig, doch gerade diese Ruhe trieb Kaoru das Blut aus dem Gesicht.
»Und die anderen?« fragte Kaoru.
»Sie kommen etwas später.«
»Warum?«
Darauf antwortete er nicht. Er trat in die Hütte hinein, stülpte die Kapuze seines Anoraks nach hinten und nahm, nachdem er sich eine Zigarette angezündet hatte, aus der Brusttasche seines Anoraks ein Notizbuch heraus. Dieses reichte er Kaoru schweigend hin.
Kaoru griff mit zitternden Händen danach. Das Notizbuch war feucht.
»Es steckte eine Zigarettenschachtel dazwischen, und da ist es offen geblieben ...«

Tatsächlich befand sich zwischen den Blättern eine leere »Peace«-Schachtel. Kaoru öffnete das Notizbuch. Es war zur Hälfte vom Regen durchnäßt. Aber die mit Bleistift geschriebenen großen Schriftzeichen konnte sie gut lesen.

Um 1/2 4 Uhr am D-Tal angelangt, ständiger Steinschlag, tiefer Nebel.
Um 4 Uhr 35 traf mich beim Turm ein großer, herabstürzender Stein, ich wurde verletzt.
Suchte bei einem herausragenden Fels eines vom Karasawadake stammenden unbenannten Grates Schutz, verlor dann das Bewußtsein.
Bin wieder bei Bewußtsein. 7 Uhr. Großer Blutverlust am Oberschenkel.
Unterkörper wie gelähmt, keine Schmerzen.
Unverändert tiefer Nebel.
Mein Bewußtsein setzt immer wieder aus.
Der Grund für diesen Unfall ist bestimmt, daß ich trotz des Nebels weitergegangen bin, mich nicht um den häufigen und außergewöhnlichen Steinschlag gekümmert habe. Kurz: Unvorsichtigkeit.
Auch berühmte Bergsteiger büßen bei vermeidbaren Unfällen ihr Leben ein. Nun bin ich ihren Fußspuren gefolgt.
Überhaupt kein Nebel, funkelndes Mondlicht. 2 Uhr 15.
Keine Schmerzen mehr. Mir ist nicht kalt ...
Es ist ruhig. Unendlich ruhig.

Damit endeten die Aufzeichnungen in dem Notizbuch.

11. Kapitel

Tokiwa Daisaku war mittags nicht im Büro, sondern erschien dort erst gegen fünf Uhr, kurz vor Büroschluß. Er legte seinen Rock, den er über dem Arm getragen hatte, über die Lehne seines Stuhls, streifte die Hemdärmel auf und sagte mit seiner tiefen Baßstimme:

»Bitte, hören Sie einmal alle mit der Arbeit auf!«

Es waren etwa zwanzig Angestellte vom Innen- und Außendienst zugegen. Da es Tokiwas Stimme gegenüber nur unbedingten Gehorsam geben konnte, waren sofort alle still und sahen zu ihm hin. Tokiwa ließ seine Blicke flüchtig über sie hinweg schweifen, trat vor den Schreibtisch und sagte in einem etwas förmlich klingenden Ton:

»Sie haben es sicher schon in der Zeitung gelesen. Unser Freund Uozu-kun ist im D-Tal des Hodaka verunglückt. Es stand das bereits in der Zeitung, aber ich habe bisher nicht darüber gesprochen, weil ich nicht wußte, ob dies den Tatsachen entspricht. Ich schickte gestern morgen sofort Yamatani und Saeki aus unserer Firma hin und eben telefonierte ich mit ihnen. Es steht nun fest, daß Uozu tödlich verunglückt und er auch schon aufgefunden worden ist. Ich bitte Sie um ein kurzes Schweigen für Uozu-kun!«

Er wartete, bis sich alle erhoben hatten, rief dann:

»Schweigen!« – und senkte selber seinen Kopf. Nachdem sich alle gesetzt hatten, fuhr er fort:

»Die Frage, ob Uozu-kun ein vorbildlicher Angestellter gewesen ist, vermag ich nicht vorbehaltlos zu bejahen. Ich kann jedenfalls nicht sagen, daß er für mich ein idealer Untergebener war. Als er Sommerurlaub nahm, behauptete er, er wolle zur Erholung verreisen. Und dann fuhr er zum Klettern in die Berge. Er hat mir also nicht die Wahrheit gesagt! Bedeuteten denn die Berge tatsächlich so viel für ihn? Waren ihm die Berge wichtiger als ich? Wichtiger als die Firma und ich? Ja? Warum verschwieg er mir das? Hierin war er unfertig, unreif, ein grüner Junge, unausgegoren . . .!«

Während Tokiwa dies heraussprudelte, wischte er sich mit dem Taschentuch ständig über Gesicht und Nacken. Er wischte unaufhörlich darüber. Auf seinem Gesicht und seinem Nacken brach ihm der Schweiß so stark aus, daß ihm gar nichts anderes übrigblieb. Von seinen Empfindungen offenbar überwältigt, brach er plötzlich ab, fuhr aber fort:

»– Warum hat er mir das nicht gesagt? Wann habe ich mich ihm gegenüber so verhalten, daß er meinte, mir das nicht sagen zu können?«

Seine Stimme klang fast zornig. Doch er änderte seinen Ton sofort wieder.

»Na ja, also gut! Ich will ihm verzeihen! Toten gegenüber soll man nicht die Peitsche schwingen ... Uozu-kun war ein guter Bergsteiger. Er war ein hervorragender Bergsteiger! Seine Tätigkeit für die Firma »Neuer Ostasienhandel« war zwar nicht immer hervorragend, aber als Bergsteiger war er ungemein gewissenhaft und sorgfältig. Er hat kurz vor seinem Tod die Umstände seines Unglücks genau aufgeschrieben. Das hätten Sie und auch ich wohl kaum fertiggebracht!«

Wieder brach ihm der Schweiß aus.

Die untergehende Sonne schien in das Büro und traf auf seinen Rücken. Ihm war offensichtlich sehr heiß.

»Warum ist Uozu Kyota verunglückt? Er hat darüber in seinem Notizbuch selber berichtet. Man hat mir das eben am Telefon gesagt, aber ich habe nicht Wort für Wort behalten und will daher lieber schweigen. Sie werden es ja wohl bald selber lesen! Was ich jetzt sagen möchte, ist etwas anderes.

Warum ist Uozu-kun gestorben? Das ist ganz klar. Er starb, weil er ein mutiger Bergsteiger war. Mutige Bergsteiger sterben, glaube ich, fast alle in den Bergen. Das ist eigentlich selbstverständlich. Sie klettern ja immer dahin, wo die Wahrscheinlichkeit eines Unfalls besonders hoch ist, und so wäre es verwunderlich, wenn sie am Leben blieben.

Selbst wenn Kozu-kun diesmal heil davongekommen wäre, wäre er, falls er seinen Mut nicht verloren hätte, bestimmt eines Tages tödlich verunglückt. Da, wo alles gewissermaßen mit Tod angefüllt ist, wo die Natur die Menschen schroff zurückweist, da hat Uozu-kun mit den Waffen des Willens

und der Geschicklichkeit die Natur zum Kampf herausgefordert. Das ist zweifellos eine herrliche Sache, wobei der Mensch die äußersten Möglichkeiten seiner Existenz erlebt. Seit alter Zeit hat die Menschheit auf diese Weise die Natur bezwungen. Wissenschaft und Kultur sind dadurch weiter vorangekommen. So hat die Menschheit ihr Glück erfahren. In diesem Sinn ist das Bergsteigen etwas Großartiges. Aber es ist eng mit dem Tod verknüpft. – Wäre Uozu-kun ein hundertprozentiger Firmenangestellter geworden, hätte er auch in den Bergen sein Leben nicht verloren, er hätte die Berge geliebt und sie genossen, aber jedes gefährliche Wagnis vermieden. Aber leider war Uozu-kun, obwohl er von der Firma »Neuer Ostasienhandel« sein Gehalt bezog, weniger ihr Angestellter als vor allem ein Bergsteiger. Er fuhr nicht in die Berge, um sie, die er so liebte, zu genießen. Er war ein Bergsteiger und suchte die Berge auf, um sie sich zu unterwerfen, um sich selber zu erfahren!«
Plötzlich rief er einer Angestellten zu:
»Wasser!«
Er stand da, als wolle er, bis man es ihm brachte, ein wenig verschnaufen und sagte fast verdrießlich:
»Ich habe noch etwas zu sagen!«
Er stieß diese Worte hervor, als wäre Uozu zugegen und als seien sie an ihn gerichtet. Nachdem er das Glas Wasser ausgetrunken hatte, wischte er sich von seinem Nacken erneut den Schweiß ab.
»Also, es gibt Leute, die behaupten, daß das Bergsteigen keineswegs etwas sei, wofür man sein Leben einsetze, sondern vielmehr eine Art modernen Sports – aber ich bin da anderer Meinung. Das Bergsteigen ist seinem Wesen nach bestimmt kein Sport. Wenn die Menschen den Himalaya bezwungen haben, war das doch kein Sport! Es kann das nicht sein! Weil aber manche im Bergsteigen einen Sport sehen, ergeben sich hieraus eine Reihe von Irrtümern. Jedes Jahr geschehen zahlreiche Unglücksfälle in den Bergen. Und diese Tragödien entstehen daraus, daß einige das Bergsteigen als einen Sport betrachten. Oder? Für Sport gibt es Regeln. Wer im Bergsteigen einen Sport sieht, soll fairerweise für das Bergsteigen

auch Regeln aufstellen! Sobald es diese gibt, wird sich die Zahl der Unfälle verringern. Es kann doch unmöglich einen Sport ohne Regeln geben! Und dann noch eins: Bei den verschiedenen Sportarten unterscheidet man den Amateur von einem Professional! Beim Bergsteigen gibt es das aber nicht. Wenn ein ›Amateur‹ ein paarmal in den Bergen herumgeklettert ist, glaubt er, er sei ein ›Professional‹ geworden. – Ein ›Professional‹, ein ›Berufsbergsteiger‹, ist ein Bergsteiger so wie Uozu Kyota! Hat aber nicht sogar dieser Berufsbergsteiger Uozu sein Leben in den Bergen eingebüßt?«
Nachdem er zu Ende war, wobei man gar nicht recht wußte, ob das eine Rede oder ein bloßes Gebrülle sei, rief er abschließend:
»Dummer Bursche!«
Das klang für die Anwesenden höchst absonderlich. Einige von ihnen hatten das Gefühl, daß damit sie gemeint seien. Niemand konnte das genau wissen. Auch Tokiwa hatte keine Ahnung, warum er seine Rede mit einem solchen Wort beschlossen hatte. Er wußte es selbst nicht, ob er es vielleicht Uozu Kyota zurief, der sein Leben völlig sinnlos weggeworfen hatte, oder ob er es sich selber entgegenschleuderte, den der Tod Uozus unsagbar getroffen hatte. Fest stand nur, daß er von einem Gefühl plötzlich so heftig überfallen wurde, daß er dieses Schimpfwort hatte ausstoßen müssen.
Nachdem er fertig war, blieb Tokiwa stehen und blickte mit zusammengekniffenem Mund und weit geöffneten Augen auf einen Punkt, der etwas höher als seine Augen lag. Nach wie vor brach aus Gesicht und Nacken dieses gigantischen Körpers und auch auf den kräftigen, aus seinen aufgestreiften Ärmeln ragenden Armen der Schweiß hervor.
Als er nichts mehr zu reden hatte, fühlte er sich plötzlich von einer Leere bedrängt. Ah, dachte er, wäre doch jetzt Uozu hier! Wenn Uozu lebte und hier stünde, würde er auf seine, Tokiwas, Rede zweifellos sofort in seiner für ihn typischen, hartnäckigen Art etwas zu erwidern haben, etwa:
»Ah, ich verstehe – aber, Herr Filialchef . . .«
Und er würde fortfahren:
»Es gibt doch beim Bergsteigen genaue Regeln! Auf den

ersten Blick könnte man zwar meinen, das sei nicht so, aber es gibt sie!«
Und dann würde Uozu in seiner aggressiven Art langsam die sehr selbstsicheren Augen auf ihn richten.
»Dummer Bursche!« wiederholte Tokiwa noch einmal bei sich, kehrte hierauf zu seinem Schreibtisch zurück und dachte, was Uozu doch für herrliche Augen besessen hatte.
Er steckte ein paar neu erschienene Bücher in eine Schublade seines Schreibtisches, nahm von dem Stuhl seinen Rock auf, legte ihn über den linken Arm und schritt erhobenen Hauptes aus dem Büro, das für ihn öd wie eine Wüste war. Dieser Büroraum ohne Uozu wirkte auf ihn tatsächlich so leer und verlassen wie eine Wüste.
Auf die Straße fielen die schwachen Strahlen der langsam untergehenden Sonne. Tokiwa überlegte, wohin er gehen sollte. Er hatte das Gefühl, daß es für ihn jetzt nirgendwo einen Platz gab, den er aufsuchen konnte. Seine Kehle war wie ausgetrocknet.
Schließlich entschloß er sich, am Bahnhof Yurakucho in die Vorortsbahn zu steigen, und er ging die von abendlichem Gedränge erfüllte Straße auf die Hibiya-Kreuzung zu.
Er hatte nach Büroschluß bisher noch nie eine solche Leere gespürt. Vielleicht war einem Vater, dem sein Kind gestorben war, ähnlich wie ihm zumute. Um nach Hause zu fahren, ging er jetzt zu diesem Bahnhof, wo er einsteigen konnte. Daran war, überlegte er, kein Zweifel, aber was war das für ein Gefühl, daß es für ihn jetzt nirgendwo mehr einen Platz gab, den er aufsuchen konnte?
Er überquerte die Hibiya-Kreuzung, bog um das N-Gebäude und hielt vor dem Gebäude erstaunt inne. Am Rand des Gehsteigs stand Yashiro Kyonosuke, den mageren Körper in einem weißen Hanfanzug, und wartete offenbar auf einen Wagen.
Tokiwa trat schnell auf ihn zu und sprach ihn von hinten her an:
»Ah, Herr Yashiro!«
Kyonosuke wandte sich mit einem Ausruf des Erstaunens um.

Er lachte dabei, doch wurde sein Gesicht sofort wieder ernst, und er sagte: »Das ist ja entsetzlich! Ich habe es in der Zeitung gelesen! – Stimmt es wirklich?«
»Ich habe eben mit ein paar Angestellten telefoniert, die ich hinschickte. Danach ist der Tod von Uozu-kun leider eine Tatsache!«
»Oh!«
Kyonosukes Gesicht verdunkelte sich.
Da glitt ein teurer Wagen neuester Bauart heran, wohl ein Auto aus Yashiros Firma.
»Fahren Sie zur Firma zurück?« fragte ihn Tokiwa.
»Nein, ich möchte nach Hause. Und Sie?«
»Ich? Ich auch, aber im Augenblick bin ich wegen Uozu-kun wie betäubt . . .«
Und er fügte hinzu:
»Ich will Ihnen nicht lästig fallen, aber könnten wir uns nicht irgendwo ein wenig unterhalten?«
»Gern!« erwiderte Kyonosuke. Er überlegte ein paar Augenblicke und wandte sich hierauf an den Chauffeur, der die Wagentür geöffnet hatte und auf ihn wartete:
»Fahren Sie wieder zurück! Ich nehme nachher ein Taxi!«
Dann gingen Tokiwa und Yashiro Kyonosuke zusammen los.
»Trinken Sie Bier?« fragte Tokiwa etwas unsicher, wohin er den verwöhnten Herrn führen sollte.
»Ja.«
»Waren Sie schon einmal in einer Bierhalle?«
»Nein, aber ich gehe gern mit.«
»Es ist das mehr für das Volk und daher ziemlich laut . . .«
»Schon recht. Vielleicht ist das heute gerade gut!« antwortete Kyonosuke und Tokiwa pflichtete ihm bei. Mehr als ein ruhiges Lokal, wünschte er sich jetzt eines mit geräuschvoller Atmosphäre. Dort wollte er sich mit Yashiro Kyonosuke unterhalten.
Da er aber schon lange keine Bierhalle mehr aufgesucht hatte, wußte er nicht, wo jetzt eine war, doch er erinnerte sich dunkel, daß es in der Nähe des Bahnhofs Yurakucho so etwas gegeben hatte und ging daher in jene Richtung.

Tatsächlich fand sich dort so ein Lokal. Tokiwa blieb davor stehen und fragte seinen Begleiter:
»Hier ist es! Sind Sie einverstanden?«
Hier traten beide ein und setzten sich an einen leeren Tisch in der Mitte. Der Raum war ziemlich groß, und es standen mehr als zehn Tische darin, doch an fast jedem saßen junge Leute in weißen Hemden. Einige sehr junge Kellnerinnen wanden sich, geschickt die Biergläser in den Händen haltend, zwischen den Tischen so schnell hindurch, als rennten sie. Das Geklirr sich berührender Biergläser, viele laut und rücksichtslos sich unterhaltende Stimmen und damit vermischt der Lärm der Autos auf der Straße erfüllten das Lokal.
Tokiwa und Yashiro Kyonosuke saßen einander gegenüber und setzten ihre Biergläser schweigsam an den Mund.
»Er war ein prachtvoller junger Mann! Es ist ein Jammer! Ich werde sofort traurig, wenn ich daran denke, daß er jetzt tot ist!« sagte Tokiwa schlicht. Er hatte das Gefühl, sich mit niemandem über Uozu besser unterhalten zu können als mit Yashiro Kyonosuke. Zwischen Kyonosuke und Uozu hatte wegen des Nylonseils eine gewisse Verbindung bestanden. Die Art dieser Beziehungen war für Uozu zwar keineswegs erfreulich gewesen, aber Tokiwa konnte, wie er selbst deutlich fühlte, sich nichts Besseres wünschen, als heute, da ihm der tödliche Unfall Uozus bestätigt worden war, mit diesem schwierigen Manne Kyonosuke zusammenzusitzen. Recht überlegt, hatte sich jener gegenüber Uozu streng, ja schonungslos verhalten, und das hatte Uozu einen schweren Schlag versetzt. Wie kam es nur, überlegte er, daß er jetzt trotzdem so positiv über Kyonosuke dachte?
»Ja, der Tod von Uozu-kun ist auch für mich ein Schock! Ich bin nur zweimal mit ihm zusammengetroffen. Das erstemal haben Sie ihn mir in der Lobby des N-Hotels vorgestellt. Das zweitemal kam er nach dem Seilexperiment – ich glaube, es war am Tag darauf – zu mir in die Firma und protestierte dagegen. Ganze zwei Mal sah ich ihn also nur, aber ich mochte den jungen Mann. Leider kann ich mit Menschen, die ich anerkenne, nur schwer Kompromisse schließen. Das ist ein Fehler von mir. Wenn ich Uozu-kun ein drittes Mal getroffen

hätte, wären wir vielleicht befreundet geworden. Ich wünschte mir wirklich, nächstens mit ihm zusammenzutreffen. Hätte ich ihn doch noch gesehen! Aber ich fand einfach keine Zeit dazu. Und dann geschah das . . .«

»Ja, schade, daß Sie ihn nicht noch einmal getroffen haben. Ich hätte mich gefreut!«

»Auch meine Frau Minako schwärmte für ihn. Und ich kann das begreifen.«

Tokiwa wußte nicht recht, ob er dem beipflichten sollte und brummte daher nur leise vor sich hin.

Dann trank er das noch zu einem Drittel volle Glas Bier leer.

Da Kyonosuke den Namen Minako erwähnt hatte, fand Tokiwa es besser, das Thema zu wechseln.

»Es geht um das Seilexperiment, von dem Sie eben gesprochen haben – ich bat Sie damals darum, und Sie übernahmen es, aber es war ein Reinfall! Ich hätte Sie besser nicht bitten sollen!«

»Ja, es wäre für mich wie für Uozu-kun besser gewesen, ich hätte das Experiment nicht ausgeführt. Ich sagte vorhin, ich hätte Uozu-kun gern noch einmal getroffen, und damit meinte ich, daß ich mich mit ihm über das Experiment noch einmal unterhalten wollte. Als simpler Ingenieur kann ich das Ergebnis eines von mir durchgeführten Experiments nicht selber negieren. Zu diesem Ergebnis kam es nun eben, und wenn ich danach urteile, muß ich sagen, daß das Nylonseil bei Stoßeinwirkung stärker ist als ein Seil aus Manilahanf!

Doch man darf nicht übersehen, daß mit diesem Experiment keineswegs die Ursache jenes Unglücks festgestellt werden sollte. Es ging nur um die Leistungsfähigkeit des Seils. Doch dann hat man das Ergebnis des Experiments sofort mit dem Unglück verknüpft. Die Zeitungen interpretierten es falsch und auch Uozu-kun verstand es nicht richtig. Und außerdem versäumte ich, die Dinge ausreichend zu erläutern.

Am Tag nach dem Experiment erschien Uozu-kun bei mir, er wollte das Experiment überhaupt nicht gelten lassen und behauptete, es sei ein Fehler unterlaufen. Das erboste mich, offen gestanden. Ich erklärte ihm mit Nachdruck, daß es bei dem Experiment keinesfalls einen Fehler gegeben habe. Ich hätte natürlich versuchen sollen, Uozus Mißverständnis zu berichtigen, aber ich konnte es einfach nicht. Ich war nur verstimmt und traurig ...«

»Ja, ich verstehe!«

»Aber weil Uozu-kun dann in der Presse seine eigene Auffassung mit keinem Wort darlegte, ließ mein Ärger langsam nach. Ich fand ihn für einen jungen Mann erstaunlich reif. Im allgemeinen ist ein heißblütiger junger Mensch zu so etwas nicht imstande.«

Hier unterbrach sich Kyonosuke und trank, als wollte er seinen Durst löschen, das Bier mit einem Zug aus.

Dann blickte er nachdenklich durch das Fenster nach draußen.

»Ich habe mich nach dem Experiment noch weiter mit dem Problem des Seils beschäftigt. Heutzutage nennt man das Kletterseil ›Seil‹ – das ist wohl ein Wort, das durch die Bergsteigergruppen der früheren Obergymnasien in Gebrauch gekommen ist. Es ist ja ein deutsches Wort. Im Englischen heißt es ›climbing rope‹. Bevor ich nun über das ›climbing rope‹ spreche, möchte ich ein paar Worte zu dem ›rope‹ sagen. Das ›rope‹ nutzt sich, soviel ich weiß, beim Gebrauch langsam ab. Wie alle Dinge hat auch dieses ›rope‹ ein Leben. Und über die Lebensdauer, also die Dauer seiner Brauchbarkeit entscheidet dreierlei. Erstens die Gestalt des Materials, das mit ihm in Berührung gebracht wird, seine ›Rauheit‹. Das Zweite ist das Gewicht. Das Dritte ist die Art, wie man mit dem ›rope‹ umgeht. Je nachdem hat es ein langes oder kurzes Leben.«

Tokiwa bestellte noch ein Bier, und zwar für sich, da nur er das seine bereits ausgetrunken hatte.

»Die Form, der Rauheitsgrad des Materials, das mit dem ›rope‹ in Berührung kommt, das Gewicht des ›rope‹; die Behandlung des ›rope‹ – diese drei Faktoren bestimmen die Lebensdauer des ›rope‹. Für die Behandlung ist es gleichgültig, ob es sich um wire-rope, um Manila-rope oder um ein ›rope‹ aus synthetischen Fasern handelt, es ist stets ein Gebrauch verboten, bei dem sich das Seil aufdreht. Außerdem darf auch kein Stoß darauf ausgeübt werden. Ferner darf es sich nicht in einem kleinen Radius drehen. Ich gebe Ihnen hier keine Zahlen, weil das zu fachmännisch würde, aber es ist der Radius des Drehens jedenfalls von Bedeutung, und das ›rope‹ bricht, falls dieser Radius dabei zu klein ist. Das also ist sorgfältig zu vermeiden. Und für das Kletterseil gilt das gleiche wie für jedes Seil: auch hier muß alles vermieden werden, was vom Wesen des Seils her Gefahren bringt.«

»Ja, ich verstehe ...«, stimmte Tokiwa zu.

»Widersinnigerweise wird vom Kletterseil, dem ›climbing rope‹, eine Art des Gebrauchs gefordert, der, vom Wesen des Seils her gesehen, unbedingt vermieden werden müßte. Daher ist bei seiner Handhabung eine Technik, die diesen Widersinn ausgleicht, von größter Bedeutung. Mit Hilfe des Karabiners wird vermieden, daß sich das Seil in allzu kleinem Radius dreht. Liegt das Seil auf einer grobkörnigen Felsfläche, legt man etwas darunter. Es gibt also Verschiedenes zu beachten.«

»Ah, ja ... Das ist ja alles sehr schwierig!«

»Vergleicht man nun aber das fragliche Nylonseil mit dem Manilaseil, hat jede der beiden Seilarten ihre besonderen Vorzüge und Schwächen. Die Vorzüge des Nylonseils bestehen in seinem kleinen Gewicht und einer großen Zugfestigkeit. Auch bei tiefen Temperaturen sinkt seine Spannkraft nicht in dem Ausmaße, wie dies bei dem Hanfseil geschieht. Große Feuchtigkeit und hohe Temperaturen wirken bis 15 Grad Celsius nicht weiter ein. Ein Nachteil ist, daß der Schmelzpunkt niedriger als bei Hanf liegt. Wird also auf das Seil ein Stoß ausgeführt, schmilzt und reißt es. Außerdem ist es gegenüber ultravioletten Strahlen anfällig. Setzt man es ultravioletten Strahlen aus, läßt seine Kraft nach. Außerdem erweist es sich gegenüber einer einfachen Schneidekraft als schwach.«

Nach einer kurzen Pause fuhr er fort:

»Na, das sind also die wesentlichen Vorzüge und Schwächen. Neuerdings sind zwei wissenschaftliche Aufsätze darüber erschienen, in denen das Nylonseil und Hanfseil mechanistisch untersucht wurden. Im wesentlichen handelt es sich aber um das, was ich Ihnen eben darlegte.«

»Eignet sich nun Nylon oder Hanf besser für das Kletterseil?«

»Das kann ich nicht sagen.«

»Ja, aber ergibt sich nicht irgendein Schluß aus dem unglückseligen Absturz Kosakas? Warum ist sein Seil gerissen?«

Tokiwa stieß das unbewußt ziemlich heftig hervor, aber er setzte sofort in milderem Ton hinzu:

»Könnten sie nicht aus all dem schließen, daß Uozu-kun das Seil nicht abgeschnitten hat?«

»Durchaus!« erwiderte Kyonosuke. »Der Ingenieur, der das von Uozu-kun gebrachte Seilbruchstück untersuchte, legte mir das ausführlich dar! Aus der Bruchstelle der Nylonfasern ergibt sich eindeutig, daß das Seil durch einen heftigen Ruck gerissen ist.«

Und er wiederholte:

»Man weiß also genau, daß weder Uozu-kun noch Kosaka-kun das Seil abgeschnitten haben. Das Seil ist durch einen heftigen Ruck gerissen ...«

»Gut, das Seil ist durch heftigen Ruck gerissen – aber dem Seil vertrauen die Bergsteiger ihr Leben an, das Seil darf doch nicht einfach reißen!«

»Ja. Das Problem ist also, warum es riß. Ganz sicher ist das eine Frage, auf welche die Bergsteiger, die das Seil zum Klettern verwenden, unbedingt eine klare Antwort haben wollen. Aber *ich* kann, wie ich Ihnen schon sagte, nur insoweit dazu Stellung nehmen, als ich experimentell die Leistungsfähigkeit des Hanfs und Nylons miteinander verglich. Die Umstände, unter denen das Unglück passierte, können nicht genau reproduziert werden. In diesem Sinn ist die Ursache des Absturzes, streng genommen, kaum festzustellen.«

»Ah, ich verstehe ...«

»Insofern wir diesem Problem jetzt konfrontiert werden, ist der Tod Kosakas nicht nutzlos gewesen. Es muß rein wissenschaftlich untersucht werden, weshalb das Seil riß. Tatsache ist, daß das Nylonseil am soundsovielten Januar 1955 an der Ostwand des Vorderen Hodaka gerissen ist. Nach jenem Vorfall sind von den verschiedensten Gesichtspunkten aus, in Büchern über das Bergsteigen wie in Tagungsberichten von Bergsteiger-Vereinigungen, die Vorzüge und Nachteile des Nylonseils kritisch dargestellt worden. Ich ließ mir das ganze Material neulich zusammenstellen und habe es durchgelesen. Die Auffassung, daß sich das Nylonseil gegenüber einer sehr scharfen Felskante als schwach erweist, ist durch eine Bergsteiger-Vereinigung, der Uozu-kun angehörte, mit Nachdruck vertreten worden. Auch ein ausländischer Bergsteiger warnte in diesem Sinn. Demgegenüber führt ein anderer aus, man könne das Nylonseil ohne jede Furcht gebrauchen, falls man über eine Technik verfügt, die diesen Mangel ausschaltet. Wieder ein anderer wies darauf hin, daß die Bergsteiger der Himalaya-Expedition das Nylonseil benutzt haben und sie es vermutlich deswegen so hoch schätzten, weil es von geringem Gewicht und niedrigen Temperaturen gegenüber widerstandsfähig ist; er verteidigte also das Nylonseil. Ein Ingenieur meinte, man werde das Nylonseil und das Seriren wohl noch etwa zehn Jahre lang gebrauchen, bis eine synthetische Faser von größerer Leistungsfähigkeit gefunden worden sei.«

»...«

»Lästigerweise sind also bei dem Kletterseil auf Grund seines Charakters die Leistungsfähigkeit und die Technik seines Gebrauchs eng miteinander verbunden. Und dies muß bei jeder Diskussion über das Nylonseil berücksichtigt werden. Damit aus jenem Unglücksfall die rechten Lehren gezogen werden können, müssen sich Wissenschaftler, Bergsteiger und Seilproduzenten zusammentun und jeder muß von seiner Warte aus das Nylonseil als Kletterseil sorgfältig prüfen. Ich wünschte, daß sich vor allem Uozu-kun damit befaßte. Ich hielt ihn für am geeignetsten. Er war bei dem Unglück zugegen, ein aktiver Bergsteiger und vor allem ein junger Mann, der die Berge über alles, unter Einsatz seines Lebens, liebte.«

»Ja. Wirklich! ›Unter Einsatz seines Lebens‹ ...«

Tokiwa überwältigte plötzlich eine heftige Erregung. Er war außerstande, mehr darauf zu sagen. Es entrang sich seiner

Brust ein leises Stöhnen, das sich anhörte, als heulte ein Hund leise.
Ein paar Leute, die in seiner Nähe standen, blickten zu ihm hin.

Eines Tages, etwa eine Woche, nachdem die Zeitungen über Uozus Tod berichtet hatten, stand in der von der R-Zeitung herausgegebenen Wochenzeitschrift ein zweiseitiger Artikel »Ergebnis der Seilaffäre«, und es hieß dort einleitend:
»Als im Januar dieses Jahres an der Ostwand des Vorderen Hodaka das Seil riß und Kosaka Otohiko abstürzte, konzentrierte sich die Aufmerksamkeit der Öffentlichkeit auf die Frage, ob das Seil infolge mangelnder Leistungsfähigkeit des Seils oder aus einem anderen Grund gerissen sei, und man war hierbei noch zu keinem abschließenden Ergebnis gelangt, da ereilte den damals mitbeteiligten Uozu Kyota im D-Tal des Hinteren Hodaka gleichfalls ein Verhängnis. Weil Uozu Kyota durch die Seilaffäre in eine höchst prekäre Situation geraten war und nun, noch vor Ablauf eines halben Jahres, auch selber tödlich verunglückte, werden über seinen Tod die verschiedensten Mutmaßungen angestellt. Wir haben jetzt einige Persönlichkeiten befragt, die mit Uozu Kyota befreundet waren.«
Diese einführende Bemerkung nahm etwa eine Seite ein. Hierauf folgten kurze Unterhaltungen mit den mit Uozu befreundeten Bergsteigern, die sich etwa folgendermaßen zusammenfassen lassen:
Herr A: Es gibt nicht den geringsten Beweis, daß es sich bei dem Tod von Uozu-kun um Selbstmord handelt, und doch halte ich das nicht für ausgeschlossen. Da sich Uozu-kun im Mittelpunkt der noch immer ungeklärten Affäre befand und von der Öffentlichkeit mit Mißtrauen betrachtet wurde, hatte er wohl sehr gelitten.
Herr B: Ich kann es kaum glauben, daß Uozu-kun im D-Tal den Tod durch Steinschlag gefunden hat. Ob er Selbstmord beging, vermag ich nicht zu entscheiden, aber sein Verhalten scheint mir geradezu selbstmörderisch.
Herr C: Die kurzen Bemerkungen, die Uozu-kun kurz vor

seinem Tod aufgezeichnet hat, sind wundervoll. Selbstverständlich handelt es sich bei seinem Tod um einen Unfall. Ich frage mich nur, warum er den Otaki und Metaki erstieg und durch das bekanntlich von häufigem Steinschlag heimgesuchte D-Tal trotz aller Gefahren hinaufgeklettert ist.

Außerdem wurden noch die Ansichten von zwei weiteren Bekannten Uozus über dessen Tod gebracht. Sie deckten sich im allgemeinen mit den bereits erwähnten.

Yashiro Minako las diesen Artikel im Wohnzimmer ihres Hauses in Denenchofu. Sie hatte die an diesem Tag aus einem nahen Buchladen zugeschickte Wochenzeitschrift nach dem Abendessen ahnungslos geöffnet und diesen Artikel entdeckt. Sie las ihn, am Tische sitzend, unerwartet kühl.

Sie mußte an ihre letzte Begegnung mit Uozu denken. Seine Worte, er wolle sie auf keinen Fall mehr anrufen und sie auch nie wieder sehen, erschienen ihr, durchaus in dieser Richtung deutbar.

Aber Minako interessierte sich jetzt nicht dafür, ob der Tod von Uozu Selbstmord oder sonst etwas sei. Wichtig war ihr nur, daß Uozu nicht mehr lebte. Daran mußte sie immer wieder denken, und jedes Mal durchzuckte sie ein zwar leichter, aber länger anhaltender Schmerz. Sie hatte schon die ganze Woche über mit diesem Schmerz gekämpft.

Als sie jetzt, die Zeitschrift auf den Knien, mit einem Gesichtsausdruck dasaß, der so leer war, als sei ihr Geist entflohen, kam aus seinem Studierzimmer im ersten Stock Kyonosuke herein.

Er blieb an der Tür stehen und sagte:

»Ich hatte es ganz vergessen, aber heute rief Tokiwa an. Die sterblichen Reste Uozu-kuns sollen morgen um zwei Uhr mittag mit dem Schnellzug von hier in seine Heimat Hamamatsu überführt werden. Gehst du auch für mich hin?«

Es war unmöglich, daß er etwa nicht bemerkt hatte, welchen Schlag der Tod Uozus seiner Frau versetzt hatte, aber sein Gesicht war ausdruckslos.

»Ja, ich gehe . . .«, erwiderte Minako. Sie war ganz mit sich beschäftigt und außerstande, darauf zu achten, was im Herzen ihres Ehemannes vorging. Sie war zu sehr erschöpft. Als

Kyonosuke von den »sterblichen Resten Uozu-kuns« sprach, zuckte sie zusammen.
Kyonosuke ging hinaus, um sich in den ersten Stock zurückzuziehen, aber er kam noch einmal zurück und sagte mit unveränderter Miene:
»Ich fahre Anfang August für fünf Tage ins Shiga-Takahara-Hotel. Es haben sich allerlei dringliche Arbeiten angesammelt, die ich erledigen möchte.«
Bei dem Wort Shiga-Takahara-Hotel hob Minako überrascht den Kopf und fragte nach ein paar Augenblicken:
»Macht es dir etwas aus, wenn ich mitkomme?«
Als sie sich an die klare Sonne in Shiga-Takahara, wohin sie im letzten Jahr mit ihrem Mann gefahren war, erinnerte und daran, wie der frühe Herbstwind ihr über die Haut strich, sehnte sie sich heftig dorthin ...
»Durchaus nicht. Ich habe zu arbeiten ...«
»Ich werde dich nicht stören. Du könntest ja ein Arbeitszimmer dazunehmen!«
»Hm ...«
Kyonosuke dachte kurz nach, aber er fand sich wohl damit als mit etwas Unvermeidlichem ab.
»Tja, wen, meinst du, könnten wir das Haus hüten lassen? Harue allein erscheint mir etwas unsicher!«
Hierauf ging er wieder hinaus, und Minako dachte, daß sie und ihr Mann im letzten Jahr das gleiche Gespräch geführt hatten.
Kyonosuke hatte eigentlich gewünscht, möglichst allein zu fahren, um ungestört und in aller Muße ein paar ausländische Bücher lesen zu können. Minako begriff das, doch sie wollte trotzdem, genau wie im vergangenen Jahr, auch diesmal mitfahren.
Nur war sie im letzten Jahr auf ihren Mann zornig gewesen, weil er gern hatte allein sein wollen und sie an ihm hing. Aber nun war es, dachte sie, anders. Ebenso wie er nicht mehr jung war, hatte auch sie jetzt ihre Jugend eingebüßt. Ihr Mann war den Jahren nach älter geworden, ihr hatte Uozus Tod die Jugend für immer vernichtet. Ihre Jugend war nun schon in ihr gestorben.

Sie hatte durch den jungen Uozu ein neues Leben als Frau beginnen wollen, und sie hatte hierfür kein Opfer gescheut. Doch jetzt hatte sein Tod mit einem Schlag alles verändert.
Am Nachmittag des folgenden Tages ging sie zum Hauptbahnhof Tokio, um sich von den sterblichen Resten Uozus zu verabschieden. Der Zug befand sich bereits auf dem Bahnsteig und jemand, offenbar ein Verwandter Uozus, stand mit der Urne in den Händen am Fenster eines Wagens. Da Minako nicht zum Bahnhof gekommen war, als Kaoru Uozus Asche nach Tokio brachte, begegnete sie Uozus irdischen Resten jetzt zum ersten Mal.
Es waren ungefähr dreißig Menschen zum Abschied erschienen. Minako trat, ohne sich hierum zu kümmern, nahe an das Wagenfenster, verbeugte sich ehrerbietig vor der Urne und zog sich wieder zurück. Es gab nichts, worüber sie mit Uozu hätte sprechen können. Sie hatte sich in der vergangenen Woche ununterbrochen mit ihm unterhalten und wußte ihm daher nichts mehr zu sagen.
In der bis zur Abfahrt noch verbleibenden langen, unruhigen und traurigen Spanne Zeit stand sie hinter den zum Abschied Erschienenen und blickte zu Boden. Auch als die Klingel das Abfahrtszeichen gab, sah sie nicht auf. Sie senkte ihren Kopf nur noch tiefer.
Nachdem der Zug vom Bahnsteig aus nicht mehr sichtbar war und die zum Abschied erschienenen Menschen in Bewegung gerieten, erhob Minako ihr Gesicht zum ersten Mal. Jetzt war der Zug verschwunden und mit ihm die sterblichen Reste Uozus, und Minako sah, wie auf dem gegenüberliegenden Bahnsteig weiße Papierfetzen durcheinander wirbelten. Offenbar wehte, dachte sie, ein ziemlicher Wind.
Als sie etwa einen Ken weit gegangen war, bemerkte sie Tokiwa, der sich mit ein paar jungen Leuten unterhielt. In seinem Cut schien ihm sehr heiß zu sein. Sie schritt unwillkürlich auf ihn zu.
»Letzten Endes kommt es darauf an, ob ein Mensch dem anderen glaubt oder nicht! Und ich glaube, daß Uozu-kun kein Selbstmörder war! Sie waren zwar von ihrer Schulzeit an mit ihm befreundet, aber mir scheint, daß Sie ihn nicht

kannten! Sie wissen nicht, wie er wirklich war! Und deswegen meinen Sie, er könnte vielleicht Selbstmord begangen haben. Er war ein Bergsteiger! Ein junger Mensch, der im Gebirge seinen Willen gestählt hat! Und vor allem hat er, als Kosaka-kun verunglückte, selber gesagt: ›Kosaka hat auf keinen Fall Selbstmord begangen! Wie könnte ein Bergsteiger so etwas tun!‹ Da ist es doch ausgeschlossen, daß er selber Selbstmord begehen wollte!«
Die jungen Leute waren durch Tokiwas zornige Stimme eingeschüchtert, und keiner von ihnen erwiderte ein Wort.
»Oh, verzeihen Sie!« bemerkte Tokiwa abschließend. »Ich wollte Ihnen meine Auffassung nur zu bedenken geben!«
Dann verließ er sie. Als er wahrnahm, daß sich Minako ihm näherte, schritt er ihr entgegen und fragte sofort, also ohne sie lange zu begrüßen:
»Was ist mit Kaoru?«
Er sah aus, als suchte er nach ihr. Auch Minako schaute umher.
Kaoru stand in einer Entfernung von fünf, sechs Ken allein. Die Art, wie sie dastand, hatte etwas Entschlossenes an sich, und sie blickte auf das Ende des Bahnsteigs, wo der Zug verschwunden war. Minako erschien Kaorus Gestalt aus irgendeinem Grund funkelnd und kalt wie ein scharfes Messer.
Aber Kaorus Gesicht war, als es zu ihr hersah, unerwartet hell. Minako staunte, als sie die sich Nähernde betrachtete, wie erwachsen jene plötzlich wirkte. Der Ausdruck ihres Gesichts war so still und in sich beruhigt, daß sie fast ein anderer Mensch zu sein schien.
Tokiwa wartete, bis sich die beiden Frauen begrüßt hatten und sagte hierauf zu Kaoru:
»Wie geht es Ihnen? Sie werden sicher müde sein. Aber Sie haben es vorläufig hinter sich gebracht. Uozu-kun freut sich bestimmt, daß Sie sich so abmühten!«
»Uozu-san hat mir damals, als mein Bruder verunglückte, geholfen und jetzt wollte ich etwas für ihn tun! – In seiner Pension ist aber noch alles so wie bisher, ich habe noch ein paar Tage damit zu schaffen.«
»Kommt denn niemand von seiner Familie?«

»Doch, seine Mutter. Ich habe mit ihr verabredet, daß ich bis dahin ein wenig Ordnung mache.«
»Hm, das wird Sie sicher sehr anstrengen. – Ich schicke Ihnen aus der Firma so viel Leute Sie brauchen!«
»Danke, ich werde mit dem, was noch zu tun ist, schon allein fertig.«
Dann gingen sie zu dritt, Tokiwa unwillkürlich in die Mitte nehmend, dem Ausgang des Bahnsteigs zu.
»Ach – ich war wirklich entsetzt! Haben Sie die Wochenzeitschrift gestern gelesen? Da schreibt einer, ob Uozu nicht vielleicht Selbstmord begangen habe. Ein paar dieser Burschen habe ich eben erwischt und es ihnen besorgt! Die meinen, sie bräuchten den Aufzeichnungen von Uozu-kun keinen Glauben zu schenken. Ach – wenn man einmal anfängt, anderen zu mißtrauen, kann man nicht mehr aufhören! Im Umgang mit Menschen ist entscheidend wichtig, ob man ihnen glaubt oder nicht. Ich glaube dem Menschen Uozu! – Aber viele glauben ihm nicht! Ich bin tief betroffen! Solche erbärmlichen Leute gibt es entsetzlich viel!«
Tokiwa blickte mit stechenden Augen umher, als stünden in seiner Nähe viele solcher erbärmlichen Wichte. Plötzlich stieß er laut seinen Atem aus. Die Leidenschaft, mit der er gerade die jungen Leute gescholten hatte, packte ihn offenbar erneut.
Wie von ihm mitgerissen, blickte auch Minako umher. Aber sie dachte an etwas anderes. An etwas, was niemand wußte: daß Uozu sie geliebt und sie Uozu geliebt hatte. Es konnte durchaus sein, daß Uozu, wie Tokiwa behauptete, keinen Selbstmord begangen hatte, und es konnte ebenso sein, daß Uozu – wie viele, die Tokiwa verachtete, meinten – Selbstmord begangen hatte. Aber war das jetzt so wichtig? Uozu Kyota war nicht mehr in dieser Welt. Das Wunderbare, das sie und Uozu bei ihrer letzten Begegnung einander heimlich hatten erkennen lassen, war nur für ein paar Augenblicke dagewesen und nun für immer fort.
Während Minako nachsann, war Kaoru in sich versunken und dachte mit jenem stillen und sich beruhigten Blick, der Minako so erstaunt hatte, etwas völlig anderes.

Kaoru konnte Tokiwa, dem die Frage, ob Uozu Selbstmord begangen hatte, so außerordentlich wichtig erschien, nicht verstehen. Sie fand das sinnlos und ganz und gar unwichtig.
Sie hatte noch immer das Gefühl, daß Uozu Kyota auf dem Weg zu ihr war. Er hatte, um sie zu treffen, zur Tokusawa-Hütte kommen wollen, und war durch höhere Gewalt gehindert worden, sein Ziel zu erreichen, doch sein Wille schwebte bestimmt nach wie vor lebendig im All. Kaoru hatte von niemandem Genaueres darüber gehört, in welcher Lage der tote Uozu aufgefunden worden war, doch sie glaubte fest, daß er ihr sein Gesicht zuwandte und die Hände nach ihr ausgestreckt hielt.
Uozus Tod war für Kaoru zwar eine feste, durch nichts zu erschütternde Tatsache, aber gleichwohl haftete in ihr die Vorstellung, daß Uozu zu ihr unterwegs war.
In dieser unerfüllbaren Erwartung lebte sie über zehn Tage. Davon war ihr Herz ständig erfüllt. Sie sah mit festen Blikken, wie Uozu still und gelassen auf sie zukam.
Die drei gingen die Bahnsteigtreppe hinunter, durch das Menschengedränge hindurch und blieben, nachdem sie die Sperre hinter sich gelassen hatten, stehen.
»Wollen wir uns nicht wieder einmal, zu gemeinsamem Essen etwa, sehen? Irgendwo, wo es kühl ist. Ich werde alles vorbereiten!« sagte Tokiwa, während er zu den beiden Frauen gleichzeitig hinsah. Und er fuhr fort:
»Wir können ihm unbedingt glauben! Wir jedenfalls wollen seiner gedenken!«
»Ja!« erwiderte Minako.
»Ja!« sagte in gleicher Weise Kaoru. Aber zu Kaoru paßte das von Tokiwa gebrauchte Wort »gedenken« nicht recht. Uozu lebte mit jedem Tage deutlicher in ihrem Herzen.
»Also – auf Wiedersehen!« sagte Tokiwa schließlich. Er zog seinen Rock aus, nahm ihn in die Hand und ging los. Als er so selbstbewußt aufrecht durch die Menge schritt, erschien seine Gestalt Minako wie auch Kaoru ein wenig gealtert.
»Ich gehe auch ... Besuchen Sie mich doch, bitte, wenn Sie einmal Zeit haben!« verabschiedete sich Minako von Kaoru und schritt los. Nun war, dachte sie, Uozu also nicht mehr in

dieser Welt, und daß es ihn nicht mehr gab, bedeutete eigentlich, daß auch sie selber nicht mehr existierte. Minako ging auf die Leere zu, wo die Sonne des Bahnhofsplatzes glänzte, und wollte selbst ein Teil dieser Leere werden.

Als Tokiwa und Minako gegangen waren, blieb Kaoru unbewegt stehen. Sie überlegte mit leicht schimmernden Augen, wo sie wohl Blumen kaufen könnte. Uozu Kyoto war nicht mehr auf dieser Welt, und so war es heute ihre, Kosaka Kaorus, Aufgabe, sein Zimmer in der Pension mit schönen Blumen zu schmücken und seine Hinterlassenschaft zu ordnen.

Es gab auch sonst viel für sie zu tun. Noch morgen und sogar übermorgen war sie beschäftigt, in seiner Wohnung Ordnung zu schaffen, und dann mußte sie in ihre Heimat fahren. Nachdem sie zur Ruhe gekommen war, wollte sie den Hodaka besteigen. Mochte das für sie auch ungeheuer schwierig sein, sie wollte dies noch im Herbst dieses Jahres schaffen. Und sie wollte, wie es in dem Gedicht jenes französischen Bergsteigers hieß, ein hübsches »face« suchen, dort einen kleinen Erdhügel aufwerfen und die Pickel von Uozu Kyoto und ihrem Bruder Kosaka Otohiko hineinstecken.

Anmerkungen

7 *Shaku:* Längenmaß, ca. 30 cm.
sun: Längenmaß, ca. 3 cm.
8 *Ginza:* Hauptgeschäftsstraße Tokios.
Akadashi: Rötliche Bohnenmussuppe mit Fisch- oder Fleischeinlage.
22 *ken:* Längenmaß, 6 shaku (s. dort).
32 *Meiji-Ära:* 1868–1912.
Showa-Ära: Gegenwärtige Ära, 1926–.
42 *Sencha:* Aufgegossener, gekochter Tee.
Bancha: Billige Teesorte aus harten Teeblättern, beliebtes Getränk nach Mahlzeiten.
50 *Engawa:* Eine Art schmaler Veranda.
72 *Makamba:* Betula nikoensis Koidz.
Katsura: Cercidiphyllum japonicum.
Tohi: Picea jezoensis var. hondoensis.
Shirabi: Abies veitchii.
74 *Bento:* Einfache Mahlzeit in halbmondförmiger Schachtel.
76 *Udon:* Nudeln aus Weizenmehl.
Soba: Buchweizengericht.
77 *Kotatsu:* Durch ein Holzgestell abgesicherte Feuerstelle, über die eine Decke gelegt wird.
82 *Yokan:* Kuchen aus gezuckerter Bohnenpaste.
109 *Futon:* Bettzeug mit Baumwollfütterung.
141 *Eri-Kragen:* Vorne überkreuzter Kragenteil der japanischen Kleidung.
181 *Kunugi:* Eichenart, quercus serrata.
215 *kaki-Früchte:* Persimonenart.
282 *Shō:* Hohlmaß, 1,8 Liter.
284 *Tsubo:* Flächenmaß, 3,3 qm.
Sutra: Heilige buddhistische Schriften.
286 *Takekamba:* Betula ermani.
307 *Ikura:* In Salzwasser angerichtetes Fischrogengericht.
dobinmushi: Gericht aus gedämpften Pilzen, Fisch, Hühnerfleisch und Gemüse.
340 *-sensei:* Als ehrerbietige Anredeform gebrauchtes Namenssuffix.
-kun: Als vertrauliche, freundschaftliche Anredeform, meist gegenüber Jüngeren gebrauchtes Namenssuffix.
382 *warabi:* Farnkrautart.

386 *Kinugasa:* Pflanze aus der Familie der japan. Trillium smallii.
390 *haimatsu:* kriechende Kiefernart, pinus pumila.
391 *Nanakamado:* Sorbus Aucuparia L.
Hakusan-ichige: Anemonenart, anemone narcissiflora.
Shinano-Kinbai: Trollius japonicus.
Shojo-bakama: Zu den Liliaceen gehörende perennierende Pflanze mit langen, eiförmigen Blättern.

Moderne japanische Literatur in den Verlagen Insel und Suhrkamp

Kōbō Abe: Die Frau in den Dünen. Roman. Aus dem Japanischen von Oscar Benl und Mieko Osaki. BS 856

Yasushi Inoue: Die Eiswand. Roman. Aus dem Japanischen von Oskar Benl. st 551

– Eroberungszüge. Gedichte. Mit einem Vorwort von Yasushi Inoue. Ausgewählt, aus dem Japanischen übertragen, mit einem Nachwort und mit Anmerkungen versehen von Siegfried Schaarschmidt. BS 639

– Die Höhlen von Dun-Huang. Roman. Aus dem Japanischen von Siegfried Schaarschmidt. Suhrkamp Verlag. Leinen

– Das Jagdgewehr. Erzählungen. Aus dem Japanischen von Oscar Benl. BS 137

– Meine Mutter. Erzählungen. Aus dem Japanischen von Oscar Benl. Suhrkamp Verlag. Leinen

– Der Stierkampf. Erzählung. Aus dem Japanischen von Oscar Benl. BS 273

– Der Stierkampf. Erzählung. Aus dem Japanischen von Oscar Benl. st 944

– Das Tempeldach. Ein historischer Roman. Übertragung aus dem Japanischen und Nachwort von Oscar Benl. BS 709

Taeko Kōno: Knabenjagd. Erzählungen. Ausgewählt, aus dem Japanischen übersetzt und mit einem Nachwort versehen von Irmela Hijiya-Kirschnereit. Insel Verlag. Gebunden

Mensch auf der Brücke. Zeitgenössische Lyrik aus Japan. Herausgegeben von Eduard Klopfenstein und Cornelius Ouwehand. Insel Verlag. Leinen

Yukio Mishima: Nach dem Bankett. Roman. Deutsch von Sachiko Yatsushiro. BS 488

Mori Ōgai: Im Umbau. Gesammelte Erzählungen. Ausgewählt, aus dem Japanischen übertragen und mit einem Nachwort versehen von Wolfgang Schamoni. Insel Verlag. Leinen

– Vita sexualis. Erzählung. Übertragung aus dem Japanischen und Nachwort von Siegfried Schaarschmidt. BS 813

– Die Wildgans. Roman. Aus dem Japanischen übersetzt und mit einem Nachwort versehen von Fritz Vogelgsang. BS 862

Shimazaki Tōson: Ausgestoßen. Roman. Aus dem Japanischen übersetzt und mit einem Nachwort versehen von Jürgen Berndt. Insel Verlag. Leinen

121/1/11.89

Japanische Bibliothek im Insel Verlag

Mensch auf der Brücke. Zeitgenössische Lyrik aus Japan. Herausgegeben von Eduard Klopfenstein und Cornelius Ouwehand. Insel Verlag. Leinen

Mori Ōgai: Im Umbau. Gesammelte Erzählungen. Ausgewählt, aus dem Japanischen übertragen und mit einem Nachwort versehen von Wolfgang Schamoni. Insel Verlag. Leinen

Nishida Kitarō: Über das Gute. Eine Philosophie der reinen Erfahrung. Aus dem Japanischen übertragen und eingeleitet von Peter Pörtner. Insel Verlag. Leinen

Shimazaki Tōson: Ausgestoßen. Roman. Aus dem Japanischen übersetzt und mit einem Nachwort versehen von Jürgen Berndt. Insel Verlag. Leinen

123/1/11.89

265/1/6.89

suhrkamp taschenbücher
Eine Auswahl

Bioy Casares: Der Traum der Helden. st 1185
Blackwood: Die gefiederte Seele. PhB 229. st 1620
– Der Tanz in den Tod. PhB 84. st 848
Blatter: Kein schöner Land. st 1250
– Die Schneefalle. st 1170
– Wassermann. st 1597
Böni: Ein Wanderer im Alpenregen. st 671
Bohrer: Ein bißchen Lust am Untergang. st 745
Brasch: Der schöne 27. September. st 903
Braun, V.: Gedichte. st 499
– Hinze-Kunze- Roman. st 1538
Bertolt Brechts Dreigroschenbuch. st 87
Brecht: Gedichte. st 251
– Gedichte für Städtebewohner. st 640
– Gedichte über die Liebe. st 1001
– Geschichten vom Herrn Keuner. st 16
Brecht-Liederbuch. st 1216
Brentano, B.: Berliner Novellen. st 568
Broch: Die Verzauberung. st 350
– Der Tod des Vergil. st 296
– Die Schuldlosen. st 209
– Massenwahntheorie. st 502
Brod: Der Prager Kreis. st 547
Buch: Die Hochzeit von Port-au-Prince. st 1260
– Karibische Kaltluft. st 1140
Cain: Serenade in Mexiko. st 1164
Campbell: Der Heros in tausend Gestalten. st 424
Carossa: Der Arzt Gion. st 821
– Ungleiche Welten. st 521
Carpentier: Explosion in der Kathedrale. st 370
– Die Harfe und der Schatten. st 1024
Carroll: Das Land des Lachens. PhB 170. st 1247
Celan: Gesammelte Werke in fünf Bänden. st 1331/1332
Christo: Der Reichstag. st 960
Cioran: Syllogismen der Bitterkeit. st 607
Clarín: Die Präsidentin. st 1390
Cortázar: Album für Manuel. st 936
– Alle lieben Glenda. st 1576
– Bestiarium. st 543
– Rayuela. st 1462
Dorst: Merlin oder Das wüste Land. st 1076
Duras: Heiße Küste. st 1581
– Hiroshima mon amour. st 112
– Der Lastwagen. st 1349
– Der Liebhaber. st 1629
– Ein ruhiges Leben. st 1210
Eich: Fünfzehn Hörspiele. st 120
Eliade: Bei den Zigeunerinnen. st 615
– Kosmos und Geschichte. st 1273
– Yoga. st 1127
Eliot: Werke. 4 Bde.
Enzensberger: Gedichte. st 1360
– Der kurze Sommer der Anarchie. st 395
– Politische Brosamen. st 1132
Fanon: Schwarze Haut, weiße Masken. st 1186
Federspiel: Die Liebe ist eine Himmelsmacht. st 1529
– Die Märchentante. st 1234
– Massaker im Mond. st 1286

265/2/6.89

265/3/6.89

suhrkamp taschenbücher
Eine Auswahl

Hesse: Casanovas Bekehrung und Pater Matthias. st 1196
– Demian. st 206
– Gertrud. st 890
– Das Glasperlenspiel. st 79
– Innen und Außen. st 413
– Karl Eugen Eiselein. st 1192
– Klein und Wagner. st 116
– Kleine Freuden. st 360
– Klingsors letzter Sommer. st 1195
– Knulp. st 1571
– Die Kunst des Müßiggangs. st 100
– Kurgast. st 383
– Ladidel. st 1200
– Der Lateinschüler. st 1193
– Legenden. st 909
– Die Morgenlandfahrt. st 750
– Narziß und Goldmund. st 274
– Die Nürnberger Reise. st 227
– Peter Camenzind. st 161
– Robert Aghion. st 1379
– Roßhalde. st 312
– Schön ist die Jugend. st 1380
– Siddharta. st 182
– Der Steppenwolf. st 175
– Unterm Rad. st 52
– Der vierte Lebenslauf Josef Knechts. st 1261
– Walter Kömpff. st 1199
– Der Weltverbesserer und Doktor Knölges Ende. st 1197
– Der Zyklon. st 1377
Hildesheimer: Das Ende der Fiktionen. st 1539
– Marbot. st 1009
– Mitteilungen an Max über den Stand der Dinge. st 1276
– Mozart. st 598
– Die Theaterstücke. st 1655
Hohl: Notizen. st 1000
Horváth: Gesammelte Werke. 15 Bde. st 1051-1065
– Italienische Nacht. st 1053
– Geschichten aus dem Wiener Wald. st 1054
– Glaube Liebe Hoffnung. st 1056
– Don Juan kommt aus dem Krieg. st 1059
– Jugend ohne Gott. st 1063
– Ein Kind unserer Zeit. st 1064
Hrabal: Erzählungen, Moritaten und Legenden. st 804
– Harlekins Millionen. st 1615
– Das Städtchen am Wasser. st 1613-1615
Hürlimann: Die Tessinerin. st 985
Hughes: Ein Sturmwind auf Jamaika. st 980
Im Jahrhundert der Frau. st 1011
Innerhofer: Die großen Wörter. st 563
– Schöne Tage. st 349
Inoue: Die Eiswand. st 551
– Der Stierkampf. st 944
Janker: Zwischen zwei Feuern. st 1251
Johnson: Berliner Sachen. st 249
– Das dritte Buch über Achim. st 169
– Ingrid Babendererde. st 1387
– Mutmassungen über Jakob. st 147
– Eine Reise nach Klagenfurt. st 235
Jonas: Materie, Geist und Schöpfung. st 1580
– Das Prinzip Verantwortung. st 1085
Joyce: Anna Livia Plurabelle. st 751

265/4/6.89

suhrkamp taschenbücher
Eine Auswahl

265/5/6.89

suhrkamp taschenbücher
Eine Auswahl

Lem: Waffensystem des 21. Jahrhunderts. PhB 124. st 998
Lenz, H.: Die Augen eines Dieners. st 348
– Ein Fremdling. st 1491
– Der Kutscher und der Wappenmaler. st 934
– Neue Zeit. st 505
– Der Tintenfisch in der Garage. st 620
– Der Wanderer. st 1492
Leutenegger: Gouverneur. st 1341
– Ninive. st 685
Lezama Lima: Paradiso. st 1005
Lovecraft: Azathoth. PhB 230. st 1627
– Der Fall Charles Dexter Ward. PhB 8. st 391
– Stadt ohne Namen. PhB 52. st 694
Majakowski: Her mit dem schönen Leben. st 766
Mayer: Außenseiter. st 736
– Ein Deutscher auf Widerruf. Bd. 1. st 1500
– Ein Deutscher auf Widerruf. Bd. 2. st 1501
– Georg Büchner und seine Zeit. st 58
– Thomas Mann. st 1047
Mayröcker: Die Abschiede. st 1408
– Ausgewählte Gedichte. st 1302
Meier, G.: Toteninsel. st 867
Meyer, E. Y.: In Trubschachen. st 501
– Ein Reisender in Sachen Umsturz. st 927
– Die Rückfahrt. st 578
Miller: Am Anfang war Erziehung. st 951
– Bilder einer Kindheit. st 1158
– Das Drama des begabten Kindes. st 950
– Du sollst nicht merken. st 952
Miłosz: Verführtes Denken. st 278
Mitscherlich: Ein Leben für die Psychoanalyse. st 1010
– Massenpsychologie ohne Ressentiment. st 76
– Thesen zur Stadt der Zukunft. st 10
Morshäuser: Die Berliner Simulation. st 1293
– Blende. st 1585
Moser: Gottesvergiftung. st 533
– Grammatik der Gefühle. st 897
– Kompaß der Seele. st 1340
– Lehrjahre auf der Couch. st 352
– Stufen der Nähe. st 978
Muschg: Albissers Grund. st 334
– Baiyun oder die Freundschaftsgesellschaft. st 902
– Entfernte Bekannte. st 510
– Fremdkörper. st 964
– Gegenzauber. st 665
– Im Sommer des Hasen. st 263
– Das Licht und der Schlüssel. st 1560
Museum der modernen Poesie. st 476
Neruda: Liebesbriefe an Albertina Rosa. st 829
Nizon: Canto. st 319
– Im Hause enden die Geschichten. st 431
Nossack: Aus den Akten der Kanzlei Seiner Exzellenz. 4.4. st 1468
– Begegnung im Vorraum. st 1177

265/6/6.89

265/7/6.89

suhrkamp taschenbücher
Eine Auswahl

Sternberger: Herrschaft und Vereinbarung. st 1289
– Die Politik und der Friede. st 1237
Stierlin: Delegation und Familie. st 831
– Eltern und Kinder. st 618
– Das Tun des Einen ist das Tun des Anderen. st 313
Struck: Lieben. st 567
– Die Mutter. st 489
Strugatzki / Strugatzki: Der ferne Regenbogen. PhB 111. st 956
– Die häßlichen Schwäne. PhB 177. st 1275
– Eine Milliarde Jahre vor dem Weltuntergang. PhB 186. st 1338
Tendrjakow: Die Abrechnung. st 965
– Frühlingsspiel. st 1364
Unseld: Der Autor und sein Verleger. st 1204
– Begegnungen mit Hermann Hesse. st 218
– Peter Suhrkamp. st 260
Vargas Llosa: Gespräch in der ›Kathedrale‹. st 1015
– Der Hauptmann und sein Frauenbataillon. st 959
– Der Krieg am Ende der Welt. st 1343
– Tante Julia und der Kunstschreiber. st 1520
Wachenfeld: Camparirot. st 1608
Walser, M.: Die Anselm Kristlein Trilogie. st 684
– Brandung. st 1374
– Ehen in Philippsburg. st 1209
– Ein fliehendes Pferd. st 600
– Halbzeit. st 94
– Jenseits der Liebe. st 525
– Liebeserklärungen. st 1259
– Die Ohrfeige. st 1457
– Das Schwanenhaus. st 800
– Seelenarbeit. st 901
Walser, R.: Fritz Kochers Aufsätze. st 1101
– Der Spaziergang. st 1105
– Seeland. st 1107
– Geschwister Tanner. st 1109
– Jakob von Gunten. st 1111
– Der Räuber. st 1112
– Wenn Schwache sich für stark halten. st 1117
Watts: Der Lauf des Wassers. st 878
– Vom Geist des Zen. st 1288
Weber-Kellermann: Die deutsche Familie. st 185
Weiß, E.: Franziska. st 785
– Der Aristokrat. st 792
– Georg Letham. st 793
– Der arme Verschwender. st 795
– Der Augenzeuge. st 797
Weiss, P.: Das Duell. st 41
– In Gegensätzen denken. st 1582
Wilhelm: Die Wandlung. st 1146
Wilson: Brüchiges Eis. st 1336
Winkler: Das wilde Kärnten. 3 Bde. st 1042-1044
Zeemann: Einübung in Katastrophen. st 565
– Das heimliche Fest. st 1285
Zweig: Brasilien. st 984

265/8/6.89